GOLDMANN

D1926002

Utta Danella ist Berlinerin, lebt aber seit vielen Jahren in München. Schon als Heranwachsende wollte sie Musik studieren, Schauspielerin werden oder Bücher schreiben. Sie probierte alles der Reihe nach und blieb schließlich beim Bücherschreiben – was sie nie bereut hat, wie sie sagt. Allein die deutschen Ausgaben ihrer Romane sind in mehr als 50 Millionen Exemplaren verbreitet, womit sie als die erfolgreichste deutschsprachige Autorin der Gegenwart gelten darf.

Außer dem vorliegenden Band sind von Utta Danella als Goldmann-Taschenbücher erschienen:

Alle Sterne vom Himmel. Roman (9797)
Alles Töchter aus guter Familie. Roman (41065)
Die Frauen der Talliens. Roman (9617)
Gestern oder die Stunde nach Mitternacht. Roman (9789)
Jovana. Roman (9589)
Quartett im September. Roman (9892)
Tanz auf dem Regenbogen. Roman (9437)
Vergiß, wenn du leben willst. Roman (9424)

UTTA DANELLA

Regina auf den Stufen

ROMAN

GOLDMANN VERLAG

Ungekürzter Nachdruck
der 1959 erschienenen Originalausgabe

Der Goldmann Verlag
ist ein Unternehmen der Verlagsgruppe Bertelsmann

Made in Germany · 1. Auflage · 1/92
© 1989 Albrecht Knaus Verlag GmbH, München
Umschlagentwurf: Design Team, München
Umschlagfoto: Busselle / Tony Stone Worldwide, München
Druck: Graphische Großbetriebe Pössneck GmbH
Verlagsnummer: 41322
MV · Herstellung: Ludwig Weidenbeck
ISBN 3-442-41322-2

ZWISCHEN ENDE UND ANFANG

Sie saß nun schon lange so, reglos, vor sich hin starrend, die Unterlippe trotzig vorgeschoben, kalt und abweisend der Blick. Trotz des finsteren Ausdrucks glich sie einem verirrten, ratlosen Kind, das anfangen möchte zu weinen. Eigentlich hätte sie längst gehen können, der Teller war leer, das Glas war leer. Aber wohin sollte sie gehen? Draußen war es kalt und dunkel, und sie würde wieder so einsam sein. Und gerade heute abend...

Auf ihrem planlosen Weg durch die große Stadt war sie zu dem kleinen Gasthof gekommen, hatte gegessen und ein Glas Wein getrunken, mit winzigen Schlucken, um den Genuß möglichst lange zu haben. Es war Leichtsinn, was sie tat, denn sie hatte nur noch wenig Geld. Aber irgendeine Freude mußte man doch haben an diesem Abend.

Nun saß sie da und wartete, daß die Zeit vergehen sollte. Einmal würde auch diese Nacht ein Ende haben. Zuerst hatte sie versucht, sich mit Erinnerungen zu trösten, wie es früher gewesen war an Silvesterabenden, als sie noch Kind war, behütet und sorglos. Besuch war gekommen, Onkel Heinz und Freunde der Eltern, alle waren immer sehr fröhlich gewesen. Ja, und dann wurde Blei gegossen, und der Vater hatte die geheimnisvollen Bröckchen gedeutet. Und was noch? Angestrengt zog sie die Brauen zusammen. Es war lange her. Nicht nur die Zeit, eine Welt trennte sie von diesen glücklichen Erinnerungen. Wie auf einem anderen Stern lag das Damals.

Und jetzt war sie allein, so allein, als sei sie der einzige Mensch auf der Welt, als lebe sie ganz verlassen in der großen lichterglänzenden Stadt, die kalt und feindlich zu ihr war und ihr nicht Heimat sein mochte, arm und hilflos, wie sie war. Wenn man hübscher wäre und schöne Kleider hätte, dann könnte die Stadt vielleicht freundlicher zu einem sein. Aber so – wer sah sie denn schon an?

Sie strich das glatte Haar lieblos zurück, und der Zug von Trotz um ihre Lippen verstärkte sich.

Der Mann, der zwei Tische entfernt saß, sah das. Er war genauso einsam, genauso verlassen. Erst hatte er geistesabwesend über das Mädchen hinweggestarrt, mit seiner eigenen Verzweiflung beschäftigt. Doch nun sah er sie schon eine ganze Weile an – nicht wie ein Mann eine Frau ansieht, nur wie ein Mensch, der plötzlich einen anderen Menschen erblickt, in einer Wüste, wo er es am wenigsten erwartet hätte.

Warum saß sie da so trübselig und allein? Warum hatte sie den finsteren, trostlosen Zug im Gesicht, jung und ganz hübsch, wie sie doch war? Er fand sie recht hübsch mit den hellen Augen und dem schmalen, feinen Gesicht. Was mochte sie für einen törichten Mädchenkummer haben? Vielleicht hatte der Freund sie verlassen, vielleicht war es nur ein Streit, der vorübergehen würde, und sie ärgerte sich nun, daß sie am Silvesterabend allein war? Was konnte sie schon wissen, in dieser satten, zufriedenen Welt hier, von Leid und Einsamkeit und Elend?

Sie spürte den Blick und hob den Kopf. Ihre Augen trafen sich.

Die Uhr an der Wand schlug mit hellen, eiligen Schlägen zehnmal.

Der Mann versuchte ein Lächeln und sagte: »In zwei Stunden beginnt ein neues Jahr.«

Er sagte *ein* neues Jahr, nicht *das* neue Jahr, als gelte ihm eins wie das andere.

»Ja«, erwiderte sie kurz. Nach einer Weile fügte sie hinzu: »Zwei Stunden, das ist noch sehr lange.«

»Sehr lange«, bestätigte er.

Dann war es wieder still. Sie lauschten beide auf das Ticken der Uhr. Aus dem Nebenzimmer klangen fröhliche Stimmen, dort feierte der Wirt mit seiner Familie und mit Freunden den Silvesterabend. Er hatte die beiden letzten hartnäckigen Gäste allein gelassen, er konnte sie nicht gut auf die Straße setzen. Sollten sie selbst sehen, was aus ihnen wurde. Zweimal hatte er seitdem den Kopf hereingesteckt. Ob etwas gewünscht werde? Auf das ablehnende Kopfschütteln hin hatte er sich achselzuckend zurückgezogen. Zwei merkwürdige Vögel! Arme Teufel wohl, alle beide. Das dachte er nicht mitleidig, eher verächtlich. Konnte nicht viel los sein mit jemand, der ein armer Teufel war in diesen Zeiten des Wohlstands.

Eine gute Weile später sagte das Mädchen: »Es dauert überhaupt alles so lang, jeder Tag, jede Nacht, das ganze Leben. Als ob es nie ein Ende nehmen würde.«

Der Mann horchte auf. Sie hatte ihn nicht angesehen und an ihm vorbei ins Leere gesprochen. Ihre Stimme war leise, die Sprache ohne Dialekt und gepflegt.

Langsam stand er auf, trat an ihren Tisch und sah sie verwundert an. Wieder fiel ihm auf, wie schmal und regelmäßig ihr Gesicht war, rührend und zart, die Linie der Wangen wie von Künstlerhand geformt.

Erschreckt blickte sie zu ihm auf. Ihre Augen waren graugrün, ja wirklich, fast grün, der Ring um die Iris wirkte schwarz dagegen. Seltsame Augen hat dieses Mädchen, dachte er, Nixenaugen, Undinenaugen. Er wußte selbst nicht, wieso ihm dieser Name einfiel: Undine, das Fabelwesen aus dem Reich der Wassergeister, das keine Seele besaß. Aber der Zug von Trotz und Härte paßte nicht dazu, er gehörte nicht in das junge Gesicht.

»Geht es Ihnen auch so?« fragte er und setzte sich einfach ihr gegenüber, ohne um Erlaubnis zu fragen. »Daß alles so langsam geht, meine ich?«

Sie gab keine Antwort, sah ihn nur erstaunt an mit diesen hellen verwirrenden Augen.

»Früher ging alles viel zu schnell«, fuhr er fort, »man hatte Angst, das Leben wäre zu bald vorüber, es wäre zu kurz. Aber nun besteht es nur noch aus endlosen Stunden. Ich dachte, das wäre nur bei uns so, die wir von draußen kommen – aus dem Krieg, wissen Sie«, setzte er erläuternd hinzu, als spräche er von einem unbekannten lang vergangenen Ding.

»Da kommen wir alle her«, sagte sie gleichgültig.

Er lachte bitter auf. »Davon merkt man nichts. Die Leute hier leben, als sei der Krieg schon hundert Jahre vorbei. Wenn man sie ansieht, die hier und ihr Leben, könnte man meinen, es habe gar keinen Krieg gegeben. Seit ich hier bin, denke ich manchmal, ich habe alles nur geträumt.«

»Geträumt?« wiederholte sie fragend.

»Ja, alles geträumt, den Krieg, die Gefangenschaft, das ganze Elend. Sogar das Heimweh ist auf einmal nicht mehr wahr. Es muß ein Irrtum gewesen sein. Oder eben ein Traum. Ich weiß heute nicht mehr, wonach ich Heimweh hatte. Hier ist alles ganz anders, danach kann man kein Heimweh haben.«

Als sie ihn fragend ansah, sprach er weiter, hastig, mit scheinbarer Lässigkeit und doch gierig darauf, sich mitzuteilen. »Ich bin nämlich noch nicht lange hier, wissen Sie. Ich bin erst vor vier Monaten aus Rußland gekommen. Gefangenschaft, mehr als zehn Jahre, wissen Sie, was das heißt?« Seine Stimme brach ab.

»Zehn Jahre«, wiederholte sie leise. »Das ist furchtbar.«

Er lachte voll Verachtung. »Was wißt ihr denn hier davon! Ihr habt uns längst vergessen. Sprechen wir nicht mehr davon. Es wird Sie nicht interessieren.«

Die Uhr an der Wand tickte, nebenan hämmerte ein Klavier, eine helle Frauenstimme überschlug sich im Gelächter.

»Haben Sie denn keine Angehörigen?« fragte sie, nur um etwas zu sagen. Es interessierte sie wirklich nicht.

»Nein«, erwiderte er kurz. Doch dann fügte er hinzu: »Meine Frau lebt hier. Deswegen kam ich her.«

»Aber dann...«

»Sie hat natürlich einen anderen, schon lange. Sie wollte mich nicht einmal sehen. Es graust ihr wohl vor mir. Und es geht ihr gut. Der Mann hat Geld, er hat ein großes Auto. Na ja, was soll sie auch mit mir? Sagen Sie selbst, was soll sie mit mir?«

Sie senkte die Augen vor seinem eindringlichen starren Blick. Sicher, es war schlimm. Aber sie verstand auch die andere Frau. Sie hatte ja selbst Verlangen nach Wärme und Geborgenheit. Und wenn man schon nach einem Mann Verlangen haben konnte, dann nur nach einem, der nicht arm und elend war, sondern der helfen und schützen konnte.

Es klang härter als beabsichtigt, als sie sagte: »Das Leben ist nun einmal so, ungerecht, die einen verlieren, und die anderen gewinnen. Manche müssen bezahlen, und andere bekommen noch etwas heraus.«

»Natürlich. Das Leben ist nun einmal so. Ich weiß es schon. Sie sind ja auch eine Frau, berechnend wie alle. Frauen wissen immer, auf welche Seite sie gehören.«

Sie hob gleichgültig die Schultern, das Gespräch erstarb. Aus dem Päckchen, das vor ihr auf dem Tisch lag, nahm sie eine Zigarette und bot ihm auch eine an.

»Danke, ich habe selber welche«, sagte er störrisch und zog seine eigene Packung aus der Tasche. Eine Weile rauchten sie schweigend.

»Ich gehöre nicht zu denen hier«, sagte das Mädchen dann. »Ich bin noch nicht einmal so lange hier wie Sie. Erst ein paar Wochen. Und ich kenne keinen Menschen hier.« Sie lächelte kühl, ein wenig spöttisch. »So wie die Dinge liegen, wird es mir kaum gelingen, einen reichen Mann mit einem großen Auto aufzutreiben, wenn ich auch berechnend bin wie alle Frauen. So wie ich aussehe... Was ich anhabe, ist so ziemlich alles, was ich besitze.« Mit der Hand, die die Zigarette hielt, deutete sie in einem flüchtigen Kreis über ihren einfachen grauen

Pullover hin. »Übrigens liegt mir auch gar nichts daran, nicht das geringste.«

Er wurde ein wenig verlegen. »Entschuldigen Sie. Ich wollte Sie nicht kränken.«

»Bitte, bitte. Es macht nichts.«

»Und wo – ich meine, wo kommen Sie her?«

»Aus der Ostzone. Ich bin das, was man hier mit dem hübschen Ausdruck ›Zonenflüchtling‹ bezeichnet.«

»Ach so.«

»Ich komme auch aus einer Art Gefangenschaft. Wir haben im Krieg alles verloren. Früher wohnten wir in Königsberg. Mein Vater ist gefallen. Meine Mutter und ich waren dann bei Verwandten. Sie konnten uns nicht leiden. Und ich«, ihre Augen wurden noch grüner, »ich hasse sie. Aber meine Mutter war krank, ich konnte sie nicht im Stich lassen. Vor einem Vierteljahr ist sie gestorben.«

»So«, sagte der Mann hilflos.

»Ich bin dort heimlich weggelaufen. Ich wollte in den Westen, weil ich dachte, hier ist alles anders, alles besser.«

»Nun, das ist es doch sicher auch.«

»Nicht für mich. Oder denken Sie, ich könnte hier etwas anfangen, so wie ich hier vor Ihnen sitze? Sehen Sie doch die anderen Mädchen an!«

»Sie müssen Geduld haben. Mit der Zeit wird es schon werden.«

»Ja, ja, mit der Zeit. Ich weiß schon. Aber wir waren uns ja vorhin darüber einig, daß die Zeit jetzt sehr langsam vergeht für Leute wie Sie und mich.« Und dann hatte sie gedacht, in eine Wunderwelt zu kommen, in der alles mit *einem* Schlage besser wurde, wie im Märchen. Aber der Westen war keine Märchenwelt, er war auch nur Wirklichkeit und eine harte Wirklichkeit dazu.

»Man muß abwarten«, versuchte er sie zu trösten.

»Schön«, sagte sie, »da wissen wir ja beide, womit wir uns zu beschäftigen haben: mit Warten. Aber es wird nicht viel nützen, fürchte ich. Wir holen den Vorsprung nicht mehr ein. Und sie sind alle so hart hier, so selbstsüchtig.«

Er hätte ihr gern ein wenig Mut zugesprochen. Aber er wußte nicht wie. Er hatte ja selber keinen. Ihr Gesicht war jetzt auch wieder ganz verschlossen.

Plötzlich stand sie auf.

»Ich muß überhaupt gehen. Ich glaube, ich bin hier sehr weit weg von der Gegend, in der ich wohne.«

Sie zog ihren Mantel an, ehe er ihr helfen konnte. Er war etwas aus der Fassung gebracht durch diesen sehr überraschenden Aufbruch.

Sie zögerte noch einen Moment, als wollte sie etwas sagen, ein paar freundliche Worte vielleicht zum Abschied. Doch dann sagte sie nur kurz »guten Abend«, wandte sich zur Tür und ging.

Er war so verwundert, daß er nicht einmal den Gruß zurückgab. Aber schon als er ihr nachsah, die all ihren Worten zum Trotz einen gespannten, federnden Gang hatte, war es ihm, als dürfe er sie um keinen Preis der Welt hinausgehen lassen. Sie sollte bleiben. Er wollte noch weiter mit ihr sprechen. Zusammen mit ihr wollte er dieses unheimliche neue Jahr beginnen, dieses erste Jahr in einer neuen Welt, in einem neuen Leben. Sie hatten beide Angst davor, und sie fanden sich nicht zurecht. Sie mußte bleiben. Aber er brachte kein Wort über die Lippen. Dann klappte die Tür, und sie war fort.

Er hätte ihr nachlaufen können. Doch er saß unbeweglich am Tisch und starrte auf die Tür. War es nicht Schicksal, daß sie einander begegnet waren, gerade heute?

Reglos blieb er sitzen und blickte vor sich hin. Langsam, ganz langsam vertröpfelte das müde alte Jahr.

Auf einmal wurde die Tür heftig aufgerissen, sie kam herein. Die Wangen gerötet von der Winterluft und vom raschen Lauf.

Sie blieb an der Tür stehen und lachte verlegen. »So was Dummes«, sagte sie, »ich habe ganz vergessen, mein Abendbrot zu bezahlen.« Sie kam näher. »Ja, und dann, es tut mir leid, daß ich so plötzlich weggelaufen bin. Das war sehr unhöflich. Wirklich, es tut mir leid.«

Er stand auf und trat dicht vor sie hin. »Ich ... bin sehr froh, daß Sie zurückgekommen sind.«

In ihren Blick kam ein fragendes Staunen. »Ja?« fragte sie leise.

Auf einmal waren sie nicht mehr allein, sie waren zwei. Es war für sie beide ein Trost. Das Mädchen lächelte ein wenig ratlos. Ihr Gesicht war jetzt rührend jung, der Mund ganz weich.

»Ja, da werde ich mal zahlen«, sagte sie unschlüssig.

»Gehen wir von hier fort«, sagte er entschieden. »Hier ist es eigentlich nicht sehr hübsch.« Zum erstenmal an diesem Abend sah er sich mit Bewußtsein in der kahlen Stube der Vorstadtkneipe um. »Nicht das Richtige zum Silvesterfeiern.«

»Feiern!« Sie lachte. »Wir sind die richtige Silvestergesellschaft, wir zwei!«

»Nun«, er reckte sich zu seiner vollen Größe auf, »ich hoffe, ja, ich hoffe«, überdeutlich betonte er die beiden Silben, »den nächsten Silvesterabend werden wir in hübscher Umgebung verbringen.«

Sie sah ihn von unten herauf spöttisch an. »Wir?«

Empfindlich zog er sich zurück. »Nun ja, ich meine Sie und ich. Vielleicht jeder für sich. Vielleicht aber auch ...«, er sprach nicht weiter, er hatte es verlernt, mit einem Mädchen zu sprechen. Früher hatte er es gut gekonnt, jetzt war es sehr schwer.

Die Tür zum Nebenraum öffnete sich, ein Schwall von Worten, Lachen, Musik; Wein- und Tabakdunst strömten herein. Der Wirt, mit gerötetem Gesicht, etwas angeheitert, kam auf sie zu.

»Steht etwas zu Diensten?« fragte er. »Es ist bald zwölf.«

»Ich möchte zahlen«, sagte das Mädchen.

»Können Sie mir eine Flasche Wein verkaufen, zum Mitnehmen?« fragte der Mann.

»Aber natürlich«, der Wirt strahlte freundlich. »Wollen S' daheim noch feiern?« – Der Mann sah das Mädchen an. »Die trinken wir zusammen«, sagte er bestimmt.

Sie erwiderte nichts darauf. Während er mit dem Wirt verhandelte, stand sie abgewandt, ganz allein mit sich, und hatte auf einmal Angst. Warum sollte sie mit diesem fremden Mann Wein trinken? Und wo? Nun, wohl in seiner Wohnung, falls er eine besaß; was das bedeutete, war klar genug.

Sie schob die Unterlippe wieder vor. Wie kam sie dazu, einen einsamen Mann zu trösten, der sie mangels besserer Gesellschaft mitnahm? Sie brauchte selber Trost, aber nicht so einen. Nein. So einen schon gar nicht. Er konnte ja nicht wissen, daß sie Männer haßte, haßte und verabscheute. Seit damals. Fünfzehn Jahre war sie alt gewesen, als die Russen kamen, ein Kind, zart und verträumt, unschuldig und ahnungslos.

Aber das konnte man niemandem erzählen, auch diesem Mann hier nicht. Gewiß, er hatte es nicht leicht gehabt: die vielen Jahre Gefangenschaft – und vorher der Krieg. Aber er war ein Mann, man konnte ihm vieles antun, aber niemals so etwas wie ihr. Ihre Jugend war ausgelöscht, sie war hart und scheu und ängstlich geworden; nicht vom Kind zum Mädchen, vom Mädchen zur Frau war sie gereift, niemals, in all den Jahren nicht. Sie war geschlechtslos geworden, unfähig, Liebe zu geben und Liebe zu empfangen. Sie verspürte wieder den rasenden Schmerz von damals, den Ekel, das schreiende Entsetzen. Auch das war zehn Jahre her, mehr als zehn Jahre. Aber es war, als sei es gestern gewesen.

Gehetzt blickte sie zur Tür. Warum war sie nur zurückgekommen? Was wäre schon gewesen, wenn sie den dicken Wirt um die kleine Zeche geprellt hätte?

Sie mußte fort von hier. Gleich.

Sie ging auf die Tür zu. Da war der Mann an ihrer Seite. Er lachte, im Arm trug er eine Flasche. »Kommen Sie«, sagte er und legte seine Hand um ihren Arm. Sie zog hastig den Arm zurück, als habe sie sich verbrannt, und schaute nicht auf.

»Na also«, hörte sie die gemütliche Stimme des Wirtes hinter sich. »Schönen Abend noch die Herrschaften, und ein gutes neues Jahr!«

»Danke«, sagte der Mann neben ihr, »gleichfalls.«

Dann waren sie auf der Straße.

Der Mann merkte nichts von ihrer Verwirrung. Er ging ruhig neben ihr her, größer als sie, sein Schritt war fest und sicher, obwohl die Straße von gefrorenem Schnee bedeckt und glatt war. Sie rutschte in ihren dünnen Schuhen. Die Kälte drang eisig durch die Sohlen. Es wäre gut gewesen, sich bei ihm einzuhängen. Doch er war ihr Feind, und sie fürchtete sich vor ihm.

»Wenn es Ihnen recht ist«, sagte er nach einer Weile, unsicher durch ihr Schweigen, »trinken wir den Wein bei mir. Ich wohne ganz in der Nähe.«

Entschlossen blieb sie stehen und sah ihn an. »Ich fürchte, das wird nicht gehen. Das ist... das ist ein Mißverständnis.«

Er sah ihr kaltes, abweisendes Gesicht im Licht einer Lampe. »So ist es nicht gemeint. Sie brauchen keine Angst vor mir zu haben. Ich bin nicht... ich meine, so ist es wirklich nicht gemeint. Ich dachte nur, wir wollten doch beide nicht allein sein. Sie haben von mir nichts zu befürchten.«

Er lächelte ihr zu. Sie erwiderte sein Lächeln nicht, aber die Angst wich. Er war fremd, aber er war nicht böse.

In diesem Augenblick begannen die Glocken zu läuten. Zugleich wurde es auf den Straßen laut. Fenster wurden geöffnet, Menschen kamen aus den Häusern, Rufe und Gelächter waren zu hören, in der Nähe warf jemand Feuerwerkskörper, es blitzte und krachte, eine Rakete stieg zischend in die Luft.

Der Mann zog die Stirn in Falten. »Verdammte Knallerei. Daß sie davon nicht genug haben.«

Sie hörte nur die Glocken, hier am Rande der Stadt hörte man sie weit. Ganz in der Nähe war eine helle, heitere, die fröhlich und eilig das neue Jahr begrüßte. Von der Ferne hörte man große dunkle Glokken tönen. Ihre Erstarrung wich, sie seufzte.

»Die Glocken. Es klingt wunderschön, nicht?«

»Ja«, sagte er. »Also dann: ein glückliches neues Jahr wünsche ich

Ihnen.« Er bot ihr die Hand, und sie legte ihre schmale, kalte Hand hinein.

»Ich wünsche Ihnen auch alles Gute«, sagte sie und lächelte zu ihm auf. Plötzlich stiegen ihr Tränen in die Augen. Daß jemand da war, der ihr Glück wünschte in dieser Silvesternacht! Es war wie ein unerwartetes Geschenk.

Er empfand das gleiche – und noch mehr: Zärtlichkeit für das fremde Mädchen, den Wunsch, gut zu ihm zu sein. Er hielt ihre Hand fest. »Alles, was Sie sich wünschen, soll in Erfüllung gehen. Und – ich danke Ihnen.« – »Wofür?«

»Daß Sie jetzt hier bei mir sind. Daß ich nicht allein hier stehe.«

Sie sagte nichts darauf, aber sie hatte keine Angst mehr vor ihm. Er schob seinen Arm unter ihren. »Also gehen wir. Sonst bekommen Sie noch kalte Füße. Es ist nicht mehr weit.«

Das Haus, in dem er wohnte, war eines der kleinen Häuser, die hier am Stadtrand eine Siedlung bildeten. Unten war ein Laden, eine Bäckerei, wie sie erkennen konnte.

Er schloß auf, machte Licht und sagte ein wenig verlegen: »Bitte herein, mein Fräulein.«

Er stieg vor ihr die Treppe hinauf. Im ersten Stock war es still, im zweiten Stock hörte man hinter der Wohnungstür Lärm und Musik.

Es ging noch höher, die Treppe wurde schmaler. Oben waren ein kleiner Vorplatz und eine niedrige Tür. Der Mann schloß auf.

»Das Haus gehört dem Bäcker«, erläuterte er. »Der Sohn war mit mir zusammen in Gefangenschaft. Er ist tot. Sie lassen mich hier wohnen, weil ich ja nicht weiß, wohin.« Er stieß die Tür auf. »Es sind sehr nette Leute.«

Die Beleuchtung bestand nur aus einer nackten Birne, die an der Decke hing. Der Raum war klein, eine Kammer mit einem schiefen Dach und einem kleinen Fenster, eine Dachkammer. Ein Bett stand darin, eine Kommode, ein Tisch, ein Stuhl, ein alter Sessel, eine Kiste, auf der Bücher lagen, ein schmaler Schrank. Der Mann sah es, als käme er zum erstenmal hierher. Wie armselig es war, wie dürftig! Er mußte verrückt gewesen sein, sich Besuch einzuladen.

»Es ist natürlich einfach«, sagte er verlegen. »Lange werde ich sowieso nicht mehr hierbleiben. Ja. Sehen wir mal… das Feuer wird ausgegangen sein, aber das haben wir gleich. Ich bin Experte im Feuermachen. Und dann wollen wir es uns recht gemütlich machen.« Er sprach hastig und unsicher, ganz überrascht von seinem eigenen Mut, ein fremdes Mädchen hierher mitzubringen. Ein Mädchen, das er nicht kannte und dessen Gegenwart er im Moment eher als störend empfand. Was sollte er eigentlich mit ihr anfangen? Eine Liebesgeschichte etwa? Gott behüte! Er wollte allein sein. Ja, jetzt auf einmal dachte er: ich möchte allein sein. Was soll ich mit ihr? Ich kenne sie nicht.

Das Mädchen stand noch an der Tür und wünschte sich ebenfalls weit fort. Aus den Augenwinkeln spähte sie nach dem altmodischen hölzernen Bett, die Angst schnürte ihr die Kehle zu. Was sollte sie bei dem wildfremden Mann? Wenn er mich anrührt, schreie ich, dachte sie.

Er kniete jetzt vor dem Ofen. »Es ist noch ein bißchen Glut drin. Das haben wir gleich. Aber ziehen Sie doch den Mantel aus, und setzen Sie sich. Es wird gleich warm.«

Sie rührte sich nicht. Immer noch im Kampf, ob sie bleiben oder davonlaufen sollte.

Komisches Ding, dachte der Mann irritiert. Ob sie Angst vor mir hat? Lieber Himmel, sie ist doch kein Kind mehr. Aber wahrscheinlich graut ihr vor mir, genau wie es Gaby vor mir graut. Sie wollen alle einen satten fetten Spießer, einen mit Bankkonto oder Pensionsberechtigung, einen mit gepolstertem Hintern und einem richtigen Ehebett. Vermutlich ekeln sich sich vor Männern, wie ich einer bin, sie denken, wir haben noch Läuse und Flöhe, sie denken, wir sind krank und riechen schlecht. Und vor allem denken sie, wir werden mit dem Leben nicht fertig. Und verdammt noch mal, da haben sie recht. Ich habe keine Ahnung, wie es weitergehen soll und was aus mir wird; es ist mir gleichgültig. Anstatt darüber nachzudenken, bringe ich mir ein fremdes Mädchen hierher. Was soll ich eigentlich mit ihr anfangen? Komisch, vorhin hatte ich das Gefühl... Ja, ein merkwürdiges Gefühl hatte ich da. So als ob sie zu mir gehöre. Als sei es Schicksal, daß ich ihr begegnet bin. Was man manchmal für einen Unsinn zusammendenkt! Das kommt von der Gefangenschaft, von dem vielen Grübeln, von dem vielen Hunger. Kein Wunder, daß man nicht mehr ganz normal ist.

Er kauerte noch immer vor dem Ofen und schürte abwesend in der Glut, schichtete Holz hinein, steckte Papier dazwischen. Hinter seinem Rücken war es still. Sie stand noch immer auf dem gleichen Fleck und rührte sich nicht.

Das Holz begann leise zu knistern.

Er richtete sich auf.

»Übrigens, falls Sie das interessiert, ich heiße Scholz, Martin Scholz.«

»Aha«, sagte sie gedankenlos. Er wartete eine Weile, doch als nichts kam, trat er zu ihr und sagte barsch: »Nun setzen Sie sich endlich! Geben Sie mir doch Ihren Mantel! Es wird schon wärmer, merken Sie's?«

Er hängte den Mantel auf einen Haken neben die Tür. Mein Gott, wie leicht und dünn er war, sie mußte doch frieren in dem Fähnchen!

»Warten Sie«, sagte er eifrig, »setzen Sie sich hierher, da wird Ihnen gleich warm werden.« Er schob einen altersschwachen Sessel um den Tisch herum bis dicht an den Ofen. »So, ich glaube, einen Schnaps habe ich auch noch.«

»Danke«, sagte sie leise. Sie saß zierlich und schmal in dem alten Sessel und sah kindlich zu ihm auf. »Es tut gut, wieder mal ein bißchen umsorgt zu werden. Ich weiß schon gar nicht mehr, wie das ist.«

Sie hätte nichts sagen können, was ihm mehr ans Herz gegangen wäre, an dieses verhungerte, einsame Herz. Zu denken, daß er es war, der jemand umsorgen konnte, daß er noch dazu imstande war! Es machte ihn maßlos verlegen, daß sie es sagte. Er brummte irgend etwas vor sich hin, brachte aus dem Hintergrund eine Flasche Schnaps, in der etwa noch ein Drittel drin war, beugte sich wieder zum Ofen, schob eine große Schaufel Kohle hinein. Dann ging er auf die Suche nach Gläsern. Natürlich fand er nur eines.

»Ich kann ja aus der Tasse trinken«, meinte er und goß den Schnaps ein. »Prost!«

Das Mädchen, gar nicht zimperlich, leerte das Glas mit einem Schluck.

»Tut gut, nicht?«

»Ja.«

»Sie müssen entschuldigen, wenn ich mich komisch benehme«, sagte er hastig. »Aber ich bin ein richtiger Stoffel geworden, ich bin den Umgang mit Frauen nicht mehr gewohnt.«

Trocken erwiderte sie: »Nun, dann ist es ja ganz gut, wenn Sie bei mir ein bißchen üben. Ich bin nicht verwöhnt. Aber die Frauen hier – die stellen allerhand Ansprüche.«

Das war nicht geschickt gesagt.

Und noch weniger gewandt erwiderte er: »Ja, da hätte ich natürlich keine Chancen.« Als es heraus war, erschrak er über seine Dummheit und fügte eilig hinzu: »Ich meine natürlich, da würde ich mich gar nicht trauen, nein, ich wollte sagen ...«

Aber da lachte sie. Sie lachte laut und herzlich, mit hübschen weißen Zähnen und fröhlichen Augen. Jung und unbeschwert sah sie aus, wenn sie so lachte. Martin lachte erleichtert mit.

»Lassen Sie nur«, sagte sie, »ich weiß schon, was Sie meinen. Wir sind wirklich ein komisches Paar, wir beide, zerzaust und ungut und voller Komplexe. Ausgerechnet uns beide übereinander stolpern zu lassen, das ist schon sehr boshaft vom Schicksal. Aber wir wollen es für heute mit Humor ertragen.«

»Oh«, sagte er angenehm berührt, »haben Sie welchen? Das ist viel wert.«

»Natürlich habe ich welchen«, rief sie. »Sehe ich so dumm aus?«

»Dumm? Wieso dumm?«

»Völlig humorlos zu sein ist stets ein Zeichen von Dummheit, von angeborener Dummheit. Das sagte jedenfalls mein Vater immer.«

»Da hat er sicher recht gehabt. Trinken wir noch einen Schnaps?« Den Wein schien er völlig vergessen zu haben.

»Schön«, sagte sie, bemüht, die Übereinstimmung und die kleine Heiterkeit festzuhalten. »Trinken wir noch einen!«

Es war jetzt schön warm im Zimmer. Der kleine Ofen strahlte eine wunderbare Hitze aus. Sie schlüpfte aus den nassen Schuhen und streckte die Füße dem Feuer entgegen.

»Eigentlich«, sagte sie, »wollten wir ja mit einem Glas Wein auf das neue Jahr anstoßen.«

»Ach ja, natürlich«, er sah sich suchend nach der Flasche um, sie war auf dem Bett gelandet. »Da sehen Sie, ich bin vollkommen vertrottelt. – Verdammt!«

»Was ist denn?«

»Ein Korkenzieher. Ich hab' keinen Korkenzieher. Wir hätten die Flasche aufmachen lassen sollen.«

»Wie bekommen Sie sonst die Flaschen auf?«

»Ich mach' sie unten auf, bei Mosers. Das sind die Bäckersleute.«

»Und die sind heute nicht da?«

»Sie sind bei ihrer Tochter eingeladen. Zu dumm. Jetzt können wir den Wein nicht trinken.«

Wie leicht er kapituliert, dachte sie. »Da unten war doch Betrieb, im zweiten Stock. Klingeln Sie eben mal dort, und leihen Sie sich einen Korkenzieher!«

»Aber ich kenne die Leute gar nicht.«

»Wennschon.«

Scheu und Abwehr kamen wieder in seine Miene. »Ach, ich weiß nicht. Das ist mir unangenehm. Ich könnte ja schnell in die Wirtschaft zurücklaufen, das dauerte nicht lange …«

»Was für ein Unsinn«, rief sie, »seien Sie nicht so menschenscheu! Gehen Sie hinunter, klingeln Sie, machen Sie einen netten Diener, und bitten Sie um den Korkenzieher. Da ist doch nichts dabei.«

»Ja aber …«

»Na los, gehen Sie schon! Die werden Sie schon nicht fressen.«

Zögernd ging er zur Tür.

»Die Flasche«, rief sie ihm nach. »Nehmen Sie die Flasche gleich mit, sonst müssen Sie noch mal hinunter.«

Wortlos klemmte er die Flasche unter den Arm und ging.

Sie sah ihm nach und lachte vor sich hin. Es befriedigte sie, die Klügere und Mutigere gewesen zu sein. Das mußte man gesehen haben, das große Mannsbild, das sich vor allen Leuten fürchtete.

Aber wußte man denn, was der Arme alles erlebt hatte? Erst der Krieg, dann die Gefangenschaft. Jahre und Jahre. Kein Wunder, wenn einer da seltsam wurde, unbeholfen und scheu, wenn er sich an allen Ecken stieß.

Wie mochte er überhaupt leben? Und wovon? Hatte er eigentlich einen Beruf? Das interessierte sie jetzt doch alles ein wenig. Und wie alt mochte er sein. Es war schwer zu schätzen, sicher sah er älter aus, als er war, hager und faltig und blaß, wie er war, verbiestert und unglücklich. Aber unsympathisch sah er trotzdem nicht aus. Nein, gar nicht. Ende Dreißig mochte er sein, möglicherweise auch jünger.

»Er braucht jemanden, der ihm Mut macht, der ihn wieder an das Leben gewöhnt«, sagte sie laut vor sich hin. Sie erschrak. Nun, ich nicht, dachte sie. Ich habe mit mir selbst genug zu tun. Ich brauche selber jemanden, der mir hilft.

Wo er nur blieb? Martin, Martin Scholz. Sicher wartete er darauf, daß sie ihm auch ihren Namen sagte. Wozu? Heute abend nur, dann würden sie sich sowieso nie wiedersehen.

Er blieb lange. Ob der Feigling wirklich in die Wirtschaft zurückgelaufen war? Sie zog eine Zigarette aus der Tasche und zündete sie an. Es war die drittletzte.

Ich werde mir keine mehr kaufen können. Ich habe noch neun Mark zwanzig. Wenn die zu Ende sind ... Ich hätte mir die Bluse nicht kaufen sollen. Aber man will doch auch einmal etwas Hübsches haben. Wenn ich sie wenigstens heute abend angezogen hätte!

Sie blickte sich in der Kammer um. Besonders angestrengt hatten sich die Bäckersleute nicht. Sicher hatten sie unten eine gut eingerichtete Wohnung. Na ja, ihre eigene Behausung war ja noch schlimmer.

Die Füße waren jetzt warm und trocken. Ein herrliches Gefühl! Sie zog sie herauf auf den Sessel und schloß schläfrig die Augen. Schön warm war es im Zimmer. Wenn er nicht bald kommt, schlafe ich ein.

Aber jetzt, laute Stimmen im Treppenhaus, Gelächter. Er war also doch im zweiten Stock. Und wie es sich anhörte, schien alles gut abgelaufen zu sein. Sie lächelte vor sich hin. Er brauchte eben jemanden, der ihm Mut machte.

Stolz und zufrieden kam er herein. »Hat lang gedauert, nicht? Entschuldigen Sie bitte. Die wollten mich gar nicht weglassen. Ich mußte ein Glas mit ihnen trinken. Die haben nicht schlecht einen sitzen.«

»Und gebissen hat Sie keiner?«

»Sie haben ganz recht, sich über mich lustig zu machen. Wird schon wieder werden. Früher, also früher war ich ganz anders.«

Er goß den Wein ein, und sie stießen an. »Ja, also dann, mit Mut und Humor ins neue Jahr.«

Der Wein war gut, voll und blumig, nicht zu süß und nicht zu herb. Wenn ich Geld hätte, dachte sie, würde ich oft Wein trinken, drüben haben wir nie welchen gehabt.

»Haben Sie Hunger?« fragte er unvermutet.

»Hunger? Nein, eigentlich nicht.«

»Aber ich. Wie wär's mit einem Stück Kuchen? Frau Moser hat mir Kuchen dagelassen, so Sachen, die ein bißchen mißglückt sind. Sie können aber auch ein Brötchen haben.«

In einem Fach unter dem Fenster bewahrte er seine Vorräte auf. Er brachte alles herbei, Brötchen, Butter, Wurst und den Kuchen, und stellte es auf den Tisch.

»Hm«, meinte sie, »wenn ich das alles so sehe, dann glaube ich doch, daß ich Hunger habe. Ich habe meist Hunger. Drüben sind wir eben noch nicht so satt wie die hier.«

Sie aßen beide mit gutem Appetit, erst die Brötchen, dann den Kuchen, dazu tranken sie den Wein.

Es war nichts Wichtiges, was sie miteinander sprachen. Im Grunde hatten sie sich nicht viel zu sagen, sie waren sich ja noch so fremd – aber irgendwie auch schon ein wenig vertraut. Sie ersehnten beide ein wenig Wärme und Liebe, und wo sollten sie die herbekommen, wenn nicht einer vom anderen? Doch sie waren beide zu ungeschickt, sie verstanden es so schlecht, das alte, immer neue Spiel.

Das neue Jahr war schon drei Stunden alt, da wußten sie auch noch nicht viel mehr voneinander. Aber sie kannten einander schon ganz gut. Er kannte die wechselnde Farbe ihrer Augen, das matte Blond ihres Haares, die Art, wie sie es achtlos zurückstrich und wie sie manchmal die Hand seitwärts an den Hals legte und den Kopf schief darauf neigte. Kindlich verspielt sah es aus. Und ihre Art zu lächeln, so ein kleines verwehtes Lächeln war es, es rührte ihn, es wirkte so hilflos. Er hatte die schmale feine Form ihrer Hände bemerkt und das hübsche, straffe Profil ihrer Brust unter dem derben Pullover.

Sie kannte die Linien seines Gesichts, den widerspenstigen Wirbel in seinem Haar, die Art, wie er eine Zigarette anzündete. Sie hatte gesehen, wie dieser scheue verletzte Zug manchmal in sein Gesicht kam, wie es dann wechselte zu Finsterheit und Abwehr und wie ganz anders er aussah, wenn er lächelte, viel jünger und geradezu liebenswert.

Sie fürchtete sich auch nicht mehr vor ihm, als das neue Jahr drei Stunden alt war. Sie war satt und fror endlich einmal nicht, überdies war sie beduselt von dem ungewohnten Alkohol und sehr müde.

Von Liebe war keine Rede. Wer hätte auch davon anfangen sollen? Aber jeder fand ein wenig Trost im Da-Sein des anderen. Wenn man bedachte, daß sie noch vor wenigen Stunden zwei einsame, von Gott und der Welt verlassene Kreaturen gewesen waren, dann schien das schon sehr viel.

»Ich muß nach Hause gehen«, sagte sie.

»Wo wohnen Sie denn?«

»Ach, weit von hier, ziemlich weit, glaub' ich. Ich weiß gar nicht, wie ich heute hier herausgekommen bin.«

»Sie werden noch bleiben müssen«, meinte Martin. »Jetzt fährt sicher keine Straßenbahn. Legen Sie sich doch ein bißchen hin!«

»Nein, o nein«, wehrte sie ab. »Ich werde schon irgendwie weiterkommen.«

»Habe ich Ihnen nicht gesagt, daß Sie keine Angst vor mir haben sollen?«

»Was würden die Leute im Hause sagen, wenn ich noch bliebe!«

»Na, auf ein paar Stunden mehr oder weniger kommt es jetzt nicht mehr an. Außerdem ist es mir egal, was die Leute sagen. Wissen Sie, solche Fragen, die sind nach allem, was ich erlebt habe, einfach lächerlich für mich.«

»Sie werden es wieder lernen müssen, daß hier ganz andere Fragen wichtig sind als das, was für Sie in Rußland wichtig war.«

»Das mag sein.«

Er hob die Flasche und hielt sie gegen das Licht. »Leer. Nichts zu machen. Wollen Sie noch eine Zigarette?«

Unten fuhr ein Wagen vor, das Garagentor quietschte.

»Mosers kommen nach Hause«, sagte Martin.

»Oje, ich hätte vorher gehen sollen.«

»Warten wir halt noch ein bißchen. Sie werden sicher bald schlafen. Sonst gehen sie immer zeitig ins Bett.«

Sie schwiegen eine Weile. Ihre Augenlider sanken herab. Müde und kindlich war ihr Gesicht. Sie ist noch sehr jung, dachte Martin. Eine jähe Zärtlichkeit erwärmte sein Herz. Armes, kleines Ding, dachte er. Dann war sie auf einmal eingeschlafen. Ihr Kopf sank an die Lehne.

Martin nahm ihr behutsam die Zigarette aus der Hand. Eine Weile betrachtete er die Schlafende. Eine merkwürdige Situation. Sein erstes Tête-à-tête mit einer Frau hatte er sich auch anders vorgestellt. Daß ausgerechnet sie beide aneinandergeraten mußten, zwei verirrte, heimatlose Außenseiter! Es sei boshaft vom Schicksal, hatte sie vorhin gesagt. Oder war es klug vom Schicksal?

Wenn ich schon ein wenig weiter wäre, dachte er, wenn ich nicht die vergangenen Monate alles hätte laufen lassen, wie es lief, wenn ich Geld verdiente, dann könnte ich vielleicht ... Was? Ein Verhältnis mit ihr anfangen? Aber genaugenommen brauchte er keine Frau. Wer im Elend lebt, soll besser allein leben.

Ja, wenn er hätte zu Gaby zurückkehren können, wenn sie auf ihn gewartet hätte, das wäre eine andere Sache gewesen. Dann hätte er gewußt, wohin er gehörte.

Gaby! Gaby war hübscher als die hier. Sie war immer fröhlich gewesen und so verliebt in ihn – damals. Er hatte alles gut behalten: ihr Lächeln, die kecke Locke, die sie sich immer aus der Stirn pustete, ihren warmen schlanken Körper in seinem Arm. Ihre Ehe hatte nicht lange gedauert, eigentlich nur das halbe Jahr, das er Studienurlaub hatte. Aber sie waren sehr glücklich gewesen und beide blutjung. Eine Verrücktheit, so jung zu heiraten! Man sah ja, was dabei herauskam. Aber er hatte immer an sie gedacht in den vergangenen Jahren. Wie es sein würde, wenn er sie wiedersähe. Sie würde beide Arme um seinen Hals werfen und ihn küssen, mit diesen spitzen, kleinen, atemlosen Küssen, mit denen sie ihn immer empfangen hatte. Und nachts würde er sie im Arm haben und würde alles vergessen, all die furchtbaren endlosen Jahre. Ein neues Leben würde beginnen.

Die Wahrheit sah anders aus. Gaby hatte ihn längst vergessen, sie hatte einen anderen Mann, sogar ein Kind. Für sie hatte das neue Leben bereits begonnen. Und in diesem Leben war kein Platz für ihn. Wahrscheinlich hatte sie im stillen gehofft, er würde gar nicht wiederkommen.

Aber daß sie so feige war! Sie ging ihm aus dem Weg, wollte ihn nicht sehen.

»Ich möchte ihr jeden Kummer ersparen«, hatte der Mann gesagt, mit dem sie jetzt lebte. »Sie müssen das begreifen, Herr Scholz. Sie war so jung damals. Und sie hat so viel durchgemacht. Wirklich, sie hat es schwer gehabt. Ganz allein in dieser furchtbaren Zeit, ohne Schutz und Hilfe.«

Ja, es schien das Los der Frauen heute zu sein. Allein zu sein, ohne Schutz und ohne Hilfe. So weit hatte man es gebracht.

Der andere Mann war übrigens ein feiner, anständiger Kerl. »Bitte sagen Sie mir, was ich für Sie tun kann, Herr Scholz. Ich fühle mich tief in Ihrer Schuld.«

Martin hatte schroff abgelehnt und war gegangen. Vielleicht war es ungerecht von ihm. Man mußte die anderen auch verstehen. Für sie war das Leben weitergegangen. Man hatte sich eben bloß das Heimkommen ganz anders vorgestellt, hatte gedacht, daß jemand da wäre, der auf einen gewartet hatte. Aber wer wartete schon zehn Jahre lang! Nein, dreizehn Jahre waren es im ganzen. In den beiden letzten Kriegsjahren hatte er keinen Urlaub gehabt. Wer wartet so lange? Es war dumm, so etwas zu verlangen.

Das Mädchen seufzte im Schlaf, ihr Kopf neigte sich ein wenig. Furchtbar unbequem, wie sie da kauerte.

Martin stand auf, beugte sich über sie und hob sie vorsichtig aus dem Sessel. Sie war so leicht, ihr Kopf lag an seiner Schulter, sie bewegte ein wenig die Lippen, aber sie erwachte nicht.

Behutsam legte er sie aufs Bett und deckte sie zu. Jetzt schlief sie also doch bei ihm!

Er setzte sich in den Sessel, griff nach den Zigaretten. Doch dann ließ er sie liegen. Es war genug Rauch im Zimmer. Man sollte besser etwas lüften. Er stand wieder auf und öffnete leise das Fenster. Kalte Luft strömte herein. Der Nachthimmel war hoch und klar, voll von Sternen. Dieselben Sterne wie im alten Jahr. Warum denkt man nur, es sei etwas Besonderes los mit so einem neuen Jahr? Es war doch immer wieder dasselbe.

Nach einer Weile setzte er sich wieder. Im Zimmer war es jetzt kühl, der Ofen war ausgegangen. Besonders bequem war es nicht für ihn. Warum sollte er sich nicht einfach neben sie legen? Schließlich war es doch sein Bett.

Vorsichtig legte er sich nieder. Sie atmete ruhig und bewegte sich nicht. Sie schlief fest wie ein Kind.

Es ist angenehm, neben ihr zu liegen, dachte Martin, sie ist zart und schlank, sie riecht gut. Eigentlich ist es doch ganz schön, daß sie hier ist.

Er schob sich noch etwas näher zu ihr hin. Morgen muß ich sie fragen, wie sie eigentlich heißt. Und ob sie wieder einmal zu mir kommen wird.

Und dann schlief er ein.

Regina erwachte. Die erste Empfindung, noch im Aufdämmern, war angenehm. Es war warm und weich, sie machte Anstalten, sich noch mal auf die andere Seite zu drehen. Da spürte sie den fremden Körper neben sich, fühlte den Atem, der sie streifte. Einen Augenblick lang lag sie in starrem Entsetzen, ihr vom Schlaf entspannter Körper wurde steif, zog sich zusammen. Vorsichtig öffnete sie die Augen einen Spalt.

Der Mann lag ihr zugekehrt, sein Gesicht war ganz nahe, es war ernst und sorgenvoll, die Mundwinkel herabgezogen. Er schlief nicht leicht und entspannt, sein Schlaf war angestrengt und schien von Kummer begleitet.

Regina betrachtete ihn mit Abneigung, während sie versuchte, sich an die Geschehnisse der Nacht zu erinnern. Was war geschehen? Wieso lag sie hier im Bett? Sie hatte offenbar hier geschlafen. Aber zuletzt hatte sie doch im Sessel gesessen. Wie war sie nur ins Bett gekommen? Und was war geschehen?

Er konnte ihr nicht zu nahe gekommen sein, das hätte sie schließlich gemerkt. Immerhin lagen sie in einem Bett und hatten zusammen geschlafen.

Merkwürdig, daß sie das konnte, in einem Bett zusammen mit einem fremden Mann schlafen! Es hatte sie immer etwas Entsetzliches gedünkt. Seit damals war sie jedem Manne ausgewichen in krankhafter Scheu, von Widerwillen erfüllt, wenn sie nur eine Männerhand spürte.

Sie wagte nicht, sich zu rühren, nur ihre Augen wanderten umher. Wie gelangte sie nur unbemerkt aus dem Bett und aus dem Zimmer? Ob er fest genug schlief und es nicht merkte, wenn sie leise aufstand? Es würde furchtbar sein, wenn er erwachte und sie hier neben ihm lag. Wäre sie doch bloß gestern nicht in den Gasthof zurückgekehrt! Warum hatte sie das getan? Der Zeche wegen, ja. Aber auch seinetwegen, das war das Komische. Er hatte sich gefreut, daß sie zurückgekommen war. Und sie hatte sich auch gefreut.

Er bewegte sich im Schlaf, sein Kopf rutschte noch näher, so daß er fast ihre Wange berührte. Sie lag mit angehaltenem Atem. Seltsam zu denken, daß alle Frauen so mit einem Mann schliefen und glücklich dabei waren. Ob es ihr auch so gegangen wäre, wenn das damals mit den Russen nicht passiert wäre? Ob sie sich dann auch eines Tages glücklich und verliebt in die Arme eines Mannes gelegt hätte?

Aber immer wieder, immer wieder sah sie das dunkle, wüste Gesicht über sich, den fletschenden Mund, der keine Liebesworte sprach, nur gierig klaffte, die rohen Hände, die nicht zärtlich streichelten, nur schmerzhaft zugriffen. Konnte sie das denn nie und nie vergessen?

Vielleicht, wenn sie nicht so jung gewesen wäre, wenn schon ein anderer Mann sie zuvor besessen hätte, einer, der sie liebte. Wenn sie um die Liebe gewußt hätte, um das Glück des Beieinanderseins, und das andere nur als grauenvolles Zwischenspiel erlebt hätte. Aber so hatte es ihr jede Fähigkeit genommen zu lieben.

Ich möchte vergessen, dachte sie angestrengt. Lieber Gott, laß mich vergessen! Mach, daß ich einen Mann lieben kann! Meinetwegen diesen hier oder einen anderen, aber laß mich so werden wie andere Frauen.

Trotzdem dachte sie: Ich muß fort, ich muß fort sein, ehe er aufwacht. Ich schäme mich. Aber wie hinauskommen? Sie lag an der Wand, sie mußte über ihn hinwegsteigen. Und wie sollte sie aus dem Haus kommen? Man würde sie sehen, unten, doch das war schon egal jetzt.

Vorsichtig schob sie sich ein wenig zur Seite; sofort rührte er sich, seine Hand hob sich im Schlaf und legte sich auf ihre Brust.

Regina blieb steif und reglos liegen. Es war unmöglich, unbemerkt aufzustehen.

Im Hause hörte man jetzt verschiedene Geräusche. Jemand ging auf der Treppe, eine Tür fiel zu, eine Frauenstimme rief etwas, ein Radio spielte. Draußen bellte ein Hund, und ein Auto fuhr vorbei.

Und dies, die Geräusche der Außenwelt, gaben ihr auf einmal ein Gefühl der Geborgenheit. Draußen die Welt war feindlich, war böse, bot weder Heim noch Hilfe. Hier war es warm und still, und hier war ein Mensch, der vielleicht gut zu ihr sein würde.

In diesem Augenblick erwachte Martin. Er erwachte rasch und war sofort ganz da. Er blickte in die ängstlichen Augen des Mädchens. Dann spürte er ihre Brust unter seiner Hand. Es war ein schönes Gefühl, und er zog die Hand nicht zurück.

»Guten Morgen«, sagte er. »Nun? Wie geht es? Gut geschlafen?«

Regina wandte den Kopf zur Seite und errötete. Behutsam zog er seine Hand zurück.

»Ich muß mich entschuldigen«, sagte Regina verwirrt. »Ich weiß gar nicht, was mit mir los war. Bin ich denn einfach eingeschlafen?«

»Ja, ganz plötzlich. Und ich hab' das Kind ins Bett gelegt. Erst blieb ich im Sessel sitzen, aber dann war es mir zu kalt.«

»Aha. Es... es tut mir leid.«

»Warum? Mir hat's gefallen.« – »Es... es ist unmöglich.«

»Kein Grund zur Besorgnis. Harmloser als wir heute nacht haben noch nie zwei Leute in einem Bett geschlafen.«

Sie vermied seinen Blick. Leise sagte sie: »Was werden die Leute sagen!«

»Was für Leute? Mich geht keiner was an. Außerdem ist es mir sch... ich meine, es ist mir egal.«

»Ihre Frau Bäckerin wird Sie an die Luft setzen.«

»Wäre auch noch nicht das Schlimmste. Ewig kann ich hier sowieso nicht bleiben. Aber – wie wär's denn, wollen wir nicht wenigstens du zueinander sagen, wenn wir schon zusammen geschlafen haben, hm?«

»Oh«, sagte Regina unsicher, »wenn Sie wollen...«

»Wenn du willst. Sag's mal.«

Er neigte sich über sie. Befangen sah Regina zu ihm auf und flüsterte: »Wenn du willst...«

Ohne daß es ihm bewußt wurde, kehrte seine Hand zurück und legte sich sanft wieder auf ihre Brust. Regina zuckte zusammen, helle Angst kam in ihren Blick.

»Und wie heißt du?« fragte er.

»Ich... oh, ich... Regina.«

»Regina. Die Königin, ein schöner Name.« Seine Hand schloß sich fester um ihre Brust, sein Körper drängte heran.

»Oh, nicht, nicht«, rief sie beschwörend, »bitte, ich... ich will aufstehen.«

»Bleib doch«, flüsterte er. »Bitte, bleib doch!«

Sie spürte seinen Körper, der immer näher kam, immer drängender wurden seine Hände. Mit einem erstickten Aufschrei stieß sie ihn zurück. »Nein, nein, lassen Sie mich. Ich kann nicht. Ich kann nicht.«

»Warum? Warum, Regina? Du hast neben mir geschlafen. Bin ich dir so zuwider?«

»Ich kann nicht. Ich kann wirklich nicht.« Ihre Augen füllten sich mit Tränen, das Entsetzen in ihrem Gesicht ernüchterte ihn.

Er ließ sie los und rückte ein Stück von ihr ab. »Ich weiß, ich habe es dir versprochen. Aber ich dachte, jetzt... Wahrscheinlich bin ich in meinem derzeitigen Zustand für ein junges Mädchen ein Graus.« Nun kamen wieder die harten Linien in sein Gesicht.

»Bitte, das dürfen Sie nicht denken«, sagte Regina verzweifelt. »Das ist es nicht... es ist nur... Ach!« Plötzlich warf sie sich auf die Seite und begann zu weinen.

Martin war bestürzt, er war den Umgang mit Frauen nicht mehr gewohnt. Was ihm gefehlt hätte, wäre eine unkomplizierte Begegnung gewesen. Und nun ausgerechnet dies!

»Bitte, Regina, weine nicht«, bat er, »ich wollte dich nicht kränken, ich... Sicher benehme ich mich unmöglich.«

»Nein«, schluchzte Regina, »ich, ich bin unmöglich, ich weiß es.«

»Hör auf zu weinen«, sagte er rauh, »es ist ja schon gut.« Er strich ihr ungeschickt übers Haar und zog ihren Kopf an seine Brust.

Schweigend blieben sie so liegen. Regina hörte sein Herz schlagen. Das war es, was ihre Furcht vergehen ließ. Ein Herz, ein Menschenherz schlug an ihrem Ohr, eine Hand streichelte sie. Nein, es war nicht furchtbar, es war nicht häßlich. Es tat gut. Sie wollte nicht mehr feig sein. Sie wollte, sie mußte ein neues Leben beginnen.

»Ich bin so dumm«, flüsterte sie an seiner Brust, »ich weiß es. Du kannst das nicht verstehen. Aber ich habe Angst vor Männern. Ich habe immer Angst gehabt.«

»Warum?« fragte er.

Sie schwieg.

»Hast du noch nie etwas mit einem Mann gehabt?«

»Nein«, sagte sie leise.

Das war ihm mehr unangenehm als erfreulich zu hören. So jung konnte sie doch gar nicht mehr sein. Und da hörte man immer tolle Geschichten, wie schnell bereits heutzutage die Mädchen mit der Liebe seien, wie früh sie damit anfingen.

»So«, sagte er, »ja dann...«

Nach einer Weile blickte er auf sie herab und lächelte. »Ein kleines Mädchen also«, sagte er, es klang zärtlich. »Ein ganz kleines Mädchen. Das muß mir passieren!« Er lachte ein wenig vor sich hin. »Aber einen Kuß darf ich dir doch wenigstens geben? Oder nicht?«

In diesem Moment kamen Schritte die Treppe herauf. Tap, tap, langsam und bedächtig kamen sie näher. Die beiden fuhren auseinander, lagen steif und lauschten. Verdammt, dachte Martin, ich hab' nicht abgeschlossen.

Die Schritte verhielten vor der Tür, es klopfte.

Martin streifte Regina mit einem Blick, ehe er antwortete. Mit angstvoll geweiteten Augen sah sie zu ihm auf.

»Ich liege noch im Bett«, rief er. »Wer ist denn da?«

»Ich. Könnten Sie wohl einen Gang erledigen, Martin? Gerbers haben einen Kuchen bestellt, er müßte hingebracht werden.«

»Ja. Ich komme gleich.«

»Sie können bei uns zu Mittag essen, Martin.«

»Danke, Frau Moser.«

Die Schritte gingen wieder abwärts.

Beide atmeten auf. »Ich hatte nämlich nicht abgeschlossen«, sagte er.

»Au weia«, sagte Regina kindlich. »Wenn sie hereingekommen wäre!«

»Sie hätte ein dummes Gesicht gemacht.«

Und nun? Er wollte ihr einen Kuß geben, richtig. Aber die Stimmung war zerstört. Er wußte nicht, wie wieder beginnen.

»Stehen wir lieber auf«, meinte Regina, im Grunde ganz froh über Frau Mosers Erscheinen, »sonst kommt wirklich noch jemand.«

»Ja. Stehen wir auf.«

Schweigend stieg Martin aus dem Bett. Alles war so verfahren und vertrackt. Früher war das Leben doch auch nicht so kompliziert gewesen. Man hatte einfach verlernt, natürlich zu sein, das war es. Und daß auch Frau Moser gerade kommen mußte! Und daß Regina hören mußte, wie man ihn herumschickte wie einen Botenjungen! Bisher hatte *er* nichts dabei gefunden, für die Mosers mal einen Gang zu machen, das Auto zu putzen und Holz zu hacken. Warum denn nicht? Er hatte ja Zeit, und es war ihm sowieso egal, was er tat. Aber heute ärgerte es ihn. Auch, daß Frau Moser ihn zum Essen eingeladen hatte. War er ein Bettler? Ein Almosenempfänger?

Mit verbissenem Gesicht hantierte er über seiner Waschschüssel, schnitt sich zweimal beim Rasieren, weil er es kaum über sich brachte, sein Gesicht im Spiegel zu sehen.

Das war also aus ihm geworden, ein Nichts, ein Niemand, ein armseliger Hungerleider in der Dachkammer, der von Almosen lebte. Die Pest über die Welt und die gesamte Menschheit. War es seine Schuld, daß er heute so dastand? Aber danach fragte niemand. Man fragte nur danach, was einer besaß, wieviel Geld er hatte. Das schien das einzige zu sein, was noch zählte in dieser Welt. So einer wie er war nicht geachtet und angesehen, im Gegenteil. Keiner fragte danach, warum es ihm dreckig ging. Es ging ihm eben dreckig, und damit basta. Kein Recht mehr zum Leben. Recht hatten die anderen. Er und seinesgleichen hatten unrecht. Es war zum Lachen. Und zu allem fingen sie schon wieder mit einer neuen Wehrmacht an. Geld genug hatten sie ja. Und die Dummen, die man da hineinstopfen konnte, die fand man schon wieder.

Er haßte sie alle. Dieses ganze Land hier, diese Menschen, die nur satt und vollgefressen waren und dabei so dumm. Sie wurden nicht klüger. Und er und seinesgleichen, die es ihnen hätten sagen können, sie wurden nicht gefragt. Armselige Kreaturen, zu nichts mehr nutze. Keine Steuerzahler. Almosenempfänger. Ein bißchen was vom Staat für die Heimkehrer, ein bißchen was von den Mosers.

So arm war er gar nicht, wie es von außen schien. Er hatte fast das ganze Geld noch da, das er bekommen hatte. Was sollte er auch damit anfangen? Eine Existenz gründen? Wozu sollte das gut sein? Einen Anzug hatte er sich gekauft, kurz vor Weihnachten, einen hübschen grauen Anzug. Frau Moser hatte ihn dazu verleitet. Ein paar Hemden und was man eben noch so brauchte im zivilen Leben. Einmal hatte er ihn bisher angehabt, am Heiligen Abend, unten bei Mosers, als er mit grimmiger Miene neben dem Christbaum gesessen und krampfhaft in eine andere Richtung geblickt hatte. Es war ja auch eine Zumutung, ihn einzuladen, ausgerechnet ihn, an solch einem Abend. Bei fremden Leuten vor brennenden Kerzen sitzen, nachdem einen die eigene Frau nicht mehr kennen wollte. Und überhaupt, so etwas konnte man nicht mehr sehen, einen Christbaum, eine Familie, die darunter saß und sich liebhatte. Und ein Kind, das glücklich plapperte, das Kind von Mosers Tochter.

Und dann hatte Frau Moser auch noch angefangen zu weinen, weil sie an ihren Sohn dachte, und er sollte von ihm erzählen.

Da hatte er es nicht mehr ausgehalten. Mit einer kurzen Entschuldigung war er gegangen.

Seitdem hing der neue Anzug unberührt im Schrank. Am wohlsten fühlte er sich noch immer in den alten Klamotten. Da gehörten solche wie er hinein. Man bekam sowieso nur, was übrigblieb. Und es blieb nicht gar zuviel übrig. Die ordentlichen Berufe, die Wohnungen, die Frauen, das war alles für die anderen da. Nun, gut, es machte ihm nichts aus. Er haßte sie, alle, die Mosers, seine Frau und die da in seinem Bett, die angefangen hatte zu weinen, als er ihr nahe gekommen war. Es war typisch. Zum Teufel mit ihr, zum Teufel mit allen. Er wollte niemanden mehr sehen.

Als er sich umwandte, saß Regina auf dem Bettrand. Unsicher blickte sie zu ihm auf. »Wie werde ich jetzt aus dem Haus kommen?«

»Ganz einfach«, sagte er grob und rieb sich heftig Gesicht und Hals mit dem Handtuch, »die Treppen hinunter und durch die Haustür.«

Doch dann tat sie ihm wieder leid, als er sie da sitzen sah wie ein Häufchen Unglück. »Das werden wir schon sehen. Und im übrigen kann es uns gleich sein.«

Regina hob die Schultern. »Mir bestimmt. Mich kennt ja keiner hier.«

Wider Willen fragte er: »Wirst du nicht wiederkommen?«

»Soll ich denn?« Es klang zaghaft.

»Du wirst kaum Lust dazu haben. Ich fürchte, ich bin keine sehr angenehme Gesellschaft.« Das klang nicht eben einladend. Auf diese Weise würde es nie etwas mit ihnen werden. Eigentlich wußte er auch nicht genau, ob er wollte, daß sie wiederkäme.

»Ja, dann könnte ich jetzt gehen?« meinte Regina, als er nichts mehr sagte.

»Ja«, sagte er und setzte sich neben sie auf den Bettrand. Schweigsam saßen sie so eine ganze Weile beieinander. Dann seufzte Martin und sagte: »Ich bin zu nichts mehr zu gebrauchen. Geh fort, Regina. Geh, und komm nicht wieder. Mit mir ist nichts los.«

»Das denkst du nur«, sagte sie sanft. »Ich finde dich sehr nett. Ich verstehe zwar nicht viel von Männern, aber ich finde dich nett. Und ich glaube, du könntest ganz anders sein. Du bist eben noch gar nicht richtig da, das ist es. Wie warst du denn früher?«

»Du hast es eben gesagt: ganz anders.« Die wenigen lieben Worte hatten ihm gutgetan. Auf einmal brachte er es fertig, den Arm um ihre Schulter zu legen. »Ich möchte gern wieder ein normaler Mensch werden«, sagte er leise, gar nicht mehr trotzig, nur noch unglücklich. »So wie die anderen sind. Seit ich zurück bin, habe ich noch nichts Vernünftiges getan. Ich bin wie gelähmt, weißt du. Und ich kann mich selber nicht ausstehen. Wie soll mich da jemand anders leiden können? Du zum Beispiel?«

»Aber ich mag dich ja leiden.« – »Wirklich?«

Er nähere ihr vorsichtig sein Gesicht, darauf gefaßt, daß sie zurückweichen würde. Aber sie saß ganz still. Da küßte er sie ganz zart auf die Wange. Wie weich und samten ihre Haut war! Daß es so etwas gab! Er beugte sich vor und küßte sie auf den Mund, wieder nur ganz zart, ganz leicht.

Regina rührte sich nicht. Ihr Herz klopfte lauter, aber sie hatte keine Angst. Ein seltsames Gefühl, süß und bitter zugleich, gemischt aus Bangnis, Sehnsucht, ein wenig Trauer und ein wenig Glück. So wie einem manchmal zumute war im Frühling, an den ersten milden Tagen, wenn die Erde aufbrach. Sie wußte nicht, was es war, ahnte kaum, daß es die Liebe war, die sich zum erstenmal ihrem Herzen genähert hatte, die zum erstenmal, seit sie mit Martin hier war, in dieses Zimmer geblickt hatte.

Während Martin hinunterging, um Näheres über seinen Auftrag zu hören, erfrischte sich Regina ein wenig. Sie kämmte ihre Haar und zupfte an ihrem zerdrückten Rock. Aufmerksam betrachtete sie sich in dem kleinen fleckigen Spiegel. Besonders reizvoll sah sie nicht aus. Sie war blaß, das Haar fiel ihr lang und glatt auf die Schultern. Nicht einmal einen Lippenstift hatte sie einstecken.

Da muß einer schon aus Rußland kommen, damit er mich überhaupt bemerkt, dachte sie nicht ohne Galgenhumor. Aber das wird anders. Sobald ich Arbeit habe und Geld verdiene, kaufe ich nur Sachen, die mich hübsch machen. Nichts sonst. Ich will auch so aussehen wie andere Frauen, ich will einfach.

»Es geht ganz leicht«, sagte Martin, als er zurückkam. »Frau Moser ist in der Küche. Er liegt auf der Couch und liest Zeitung. Ich gehe laut hinunter, und du kommst leise nach. Wenn niemand aus dem Fenster schaut, sieht auch niemand, wie du aus dem Hause kommst.«

»Und die anderen Leute im Haus?«

»Weiß ich nicht. Vielleicht schlafen sie noch. Bei denen war es gestern sehr spät.« – »Na ja. 'raus muß ich schließlich, nicht?«

»Ich hab' mir auch schon überlegt, wie wir es weitermachen. Heute beim Essen werde ich Mosers erzählen, daß ich eine Bekannte getroffen habe, ein junges Mädchen, das ich von früher kenne. Wo hast du denn gewohnt?«

»Früher in Königsberg und zuletzt in Coßlitz, das ist so eine Kleinstadt, gleich hinter der Neißelinie.«

»Königsberg ist prima, da war ich als Soldat. Dort haben wir uns kennengelernt. Ich habe dich und deine Eltern oft besucht.«

»Mein Vater war Studienrat am Gymnasium, Lateinprofessor, während des Krieges war er Oberleutnant.«

»Noch besser. Wir waren also Kameraden, dein Vater und ich. Das macht sich gut. Sonst denken die, du warst meine Freundin.«

»Ich war ja damals noch ein Kind.«

»Ach so, ja. Natürlich. Na, dann habe ich eben mit dir ›Mühle‹ gespielt und ›Mensch ärgere dich nicht‹.«

»Warum nicht gleich ›Hoppe, hoppe Reiter‹?«

»Und gestern habe ich dich zufällig getroffen, und wir waren ein bißchen bummeln. Das ist für Mosers ganz plausibel und in Ordnung, und du kannst mich besuchen, wann du willst.«

Sie flüsterten wie zwei Verschwörer, lachend, ganz entzückt von dem schönen Spiel.

»Hoffentlich sieht uns niemand aus dem Haus kommen«, kicherte Regina, »sonst ist die ganze schöne Geschichte ins Wasser gefallen.«

»Die Geschichte bleibt, wie sie ist. Sie werden dann eben merken, daß du heute kein Kind mehr bist. Um so besser, dann gewöhnen sie sich gleich daran.«

Doch keiner begegnete ihnen bei dem Abzug aus dem Haus. Und wenn niemand hinter der Gardine stand, sah auch keiner Regina das Haus verlassen.

Sie schlenderte die Straße entlang, eine sonntagsstille Vorstadtstraße, schneebedeckt und friedlich.

Der 1. Januar. In den sauberen kleinen Häuschen bereiteten die Frauen den Neujahrsbraten, die Männer lasen Zeitung oder genossen ihren Frühschoppen. Eine geruhsame, friedliche Welt, lauter glückliche Menschen, die eine Heimat hatten.

Regina verzog das Gesicht. Nun ja, das wußte man nicht. Es war unruhig und friedlos überall, wo Menschenherzen schlugen, sicher auch unter diesen Dächern.

Sie lächelte im Gehen vor sich hin und berührte ihre Lippen mit den Fingerspitzen. Er hatte sie geküßt. Eigentlich war es schön, geküßt zu werden.

Martin holte sie ein. Er trug den Karton mit dem Kuchen und schien ein wenig geniert deswegen. Jedenfalls sprach er gleich davon.

»Das hört jetzt auf. Ich muß eine vernünftige Arbeit haben. Sonst werde ich nie wieder normal.«

»Und was willst du arbeiten?«

Ja, das war es eben. Was sollte er arbeiten? »Ich weiß noch nicht«, sagte er.

Er brachte sie bis zur Straßenbahn, und sie vereinbarten, sich an einem Nachmittag dieser Woche in der Stadt zu treffen.

Martin sah der Straßenbahn nach, solange sie noch zu sehen war. Ja, es mußte etwas geschehen. Er mußte handeln. Von selber änderte sich nichts. »So jedenfalls kann es nicht weitergehen«, murmelte er vor sich hin. Dann ging er mit seinem Kuchenpaket davon.

Natürlich, wieder kein Parkplatz. Janos fuhr langsam um den Platz herum, einmal, zweimal. Er war sowieso schon viel zu spät dran. Linda würde ärgerlich sein. Aber Dodo war schuld, das kleine Biest. Sie hatte ihn absichtlich so lange aufgehalten. Aufreizend langsam hatte sie sich angezogen. Und dann saß sie nur im Hemdhöschen auf der Sessellehne, wippte mit den Beinen und erzählte ihm irgendeine lange Geschichte.

»Willst du wirklich gehen?« hatte sie zwischenrein ganz harmlos gefragt.

»Kind, sei doch nicht albern«, hatte er halb ärgerlich, halb amüsiert geantwortet. »Linda würde es mir furchtbar übelnehmen, wenn ich nicht käme.«

»Du mit deiner Linda«, sagte Dodo gereizt. »Es ist doch lange aus zwischen euch. Oder?«

»Natürlich. Aber wir sind gute Freunde. Und das werden wir auch bleiben.«

»Gute Freunde! Daß ich nicht lache. Aber sie liebt dich immer noch.«

Janos lächelte. »Willst du es ihr verbieten?«

Dodo versuchte ihn festzuhalten, sie legte ihre Arme um seine schmale Taille und bat:

»Es war so nett heute. Bleib doch da.«

Er schüttelte den Kopf. »Es wird morgen wieder so nett sein. Heute muß ich wirklich gehen.«

Dodo ließ sich lässig in den Sessel hinuntergleiten. Lukretia, die Katze, die dort gelegen hatte, fauchte erschrocken und machte einen Buckel.

»Oh, entschuldige, Lukretia«, sagte Dodo. Sie hob Lukretia hoch und schmiegte ihr dunkles Köpfchen an das helle silbergraue Fell. Sie wußte, daß es hübsch aussehen würde. Ihr war jedes Mittel recht, um Janos aufzuhalten. Vielleicht überlegte er es sich doch noch anders. Aber er war schon fast ganz angezogen. Und elegant hatte er sich gemacht, einen dunklen Anzug und eine silbergrauen Krawatte. Bloß weil *die* Premiere hatte! Und sie war auch nichts anderes gewesen, als was Dodo jetzt war, seine Freundin. Und natürlich liebte sie ihn noch. Keine Frau konnte ihn vergessen. Und jede war bereit, ihm wieder zu gehören. Das war es eben. Darum war es so. Was hatte sie selbst sich nicht für Mühe gegeben, bis sie ihn bekam!

»So was wie du müßte verboten werden«, sagte sie erbost.

Er lachte. »Ja, wirklich?«

»Warum ziehst du nicht gleich den Smoking an?« stichelte sie weiter. »Wenn's doch schon so ein dolles Ereignis ist.«

»Ich bin ja nur ein Gast am Rande.«

»Für Linda jedenfalls der wichtigste. Sonst soll sie ja bereits sehr arrogant geworden sein, sagt man.«

»So. Sagt man das.«

»Na, allein jetzt die Wichtigkeit mit der Premiere. Die Glorus hat sämtliche Termine umgeschmissen. Sie wollten die erste Premiere im neuen Jahr haben. Bei der Cinema ärgern sie sich schief. Sie starten morgen ihren neuen Film.«

»Ja, ich weiß. Willst du dich nicht endlich fertig anziehen?«

»Ich kann ja hierbleiben und auf dich warten«, sagte Dodo lauernd.

Er blickte sie jetzt etwas ungeduldig an.

»Das willst du nicht, siehst du«, rief sie triumphierend. »Weil du nachher mit ihr herkommst.«

»Sei kein Kind«, sagte er. »Wenn ich das wollte – Linda hat eine sehr hübsche eigene Wohnung.«

»Die du natürlich kennst.«

»Natürlich. Ich war erst letzte Woche bei einer Party dort.«

Dodo stieß geräuschvoll die Luft durch die Nase. »Ja. Eine Party zu zweien.«

»Also gut«, meinte Janos. »Dann bleibst du eben hier. Aber es wird wahrscheinlich spät.«

»Warum braucht sie dich noch?« nörgelte Dodo weiter. »Sie hat alles, was sie will. Sie hat Karriere gemacht. Wenn der Film ein Erfolg wird, ist sie ein Star. Und der Film soll gut sein. Der kleine Thomasin hat eine Studiovorführung gesehen. Er war ganz begeistert.«

»Es ist Lindas erste große dramatische Rolle. Es hat ihr viel bedeutet.«

»Natürlich. Eine große Bettszene ist drin. Da soll sie sehr überzeugend wirken. Kunststück. Das hat sie bei dir gelernt.«

»Nicht nur bei mir, nehme ich an«, sagte Janos ruhig. »Und im übrigen kann ich eifersüchtige Frauen nicht ausstehen, das weißt du ja.«

Dodo seufzte. »Ja, ich weiß. Du kannst alles an Frauen nicht ausstehen, was dir unbequem ist. Du machst es dir leicht. Und die Frauen machen es dir bestimmt viel zu leicht. Aber ich – ich hasse dich, daß du es nur weißt.«

Er hob sie aus dem Sessel und stellte sie auf die Beine. »Das könnte mich fast veranlassen, doch zu bleiben. Aber wenn du mir versprichst, deinen Haß bis morgen aufzuheben, fahr' ich dich jetzt schnell nach Hause.«

»Scheusal«, sagte Dodo und zog sich endlich an.

Als Janos das drittemal bei dem Kino vorbeigefahren war, schob sich kurz vor ihm ein Wagen aus der Reihe der parkenden Autos, eine Lücke wurde frei. Na also, wieder mal Glück gehabt.

Lindas schönes großflächiges Gesicht blickte etwas verzerrt von dem riesigen Plakat herunter. Linda Gerson in »Das Leben mit dir« stand darauf und darunter in roten Buchstaben »Heute Uraufführung«. Und noch mehrere andere Plakate: »Die erste Uraufführung des neuen Jahres – ein neuer Glorus-Film.«

Linda wandte den Kopf, als er die Loge betrat. Sie trug ein weißes, tiefdekolletiertes Abendkleid. Gerührt konstatierte Janos, daß sie ihm einen Platz an ihrer Seite aufgehoben hatte. Das würde wieder genügend Anlaß zu neuem Klatsch geben. Aber ihr schien das gleich zu sein.

Sie verzog schmollend den Mund, als er sich über ihre Hand neigte. Aber dann lächelte sie. »Du kommst spät«, sagte sie leise.

»Nicht zu spät, um deinen Erfolg mitzuerleben«, sagte er und setzte sich neben sie.

Der Regisseur Anders, der links von Linda saß, blickte flüchtig zu Janos hinüber. Die beiden Männer nickten sich zu.

Janos war noch rechtzeitig genug gekommen, um die große, leidenschaftliche Liebesszene zu sehen. Linda schob ihre nackte Schulter ein wenig zu ihm hinüber. »Gut?« fragte sie.

Er nickte. »Sehr gut. Und sehr echt.«

»Ach, Janos«, sagte Linda leise. Sie hielt seinen Blick fest. Er brauchte jetzt nicht hinzusehen. Sie war sowieso nicht im Bild.

Wie immer, wenn sie ihn ansah, sein blasses schmales Gesicht mit den dunklen, etwas schwermütigen Augen und dem schönen, zärtlichen Mund, war alles wieder da, was sie mit ihm verbunden hatte. Konnte sie es denn nie vergessen? Würde denn wirkliche Liebe, wirkliche Leidenschaft immer nur mit ihm verbunden sein? Nur mit dem Gedanken an seinen Mund, an seine Hände, an seine Zärtlichkeit? Was hatte ihr denn Liebe früher bedeutet, was war ihr ein Mann gewesen? Mittel zum Erfolg. Ihre Karriere, ihr Vorwärtskommen, das allein war ihr wichtig gewesen. Danach hatte sie die Männer ausgesucht, ob sie ihr nützen würden auf diesem Weg. Nun hatte sie es geschafft. Ab heute war sie oben, ganz oben. Die neuen Angebote, die vorlagen, konnten sich sehen lassen. Noch vor einer Stunde war sie wie trunken gewesen vor Glück. Sie hatte sich bei den Nachmittagsvorstellungen schon verbeugt, begeistert hatte ihr das Publikum zugejubelt.

Anders hatte sie in die Arme genommen und geküßt. »Du bist gemacht, Bijou«, hatte er gesagt.

Sie hatte ihn wiedergeküßt. Ihm verdankte sie viel. Er liebte sie, und er hatte es durchgesetzt, daß sie diese Rolle spielte. Bisher hatte man sie nur in mittelmäßigen Durchschnittsfilmen gesehen. Als sie sich vor einigen Monaten mit Anders zusammentat, hatte sie gewußt warum. Er war einer der ersten Regisseure, und wenn er wollte, dann war ihr Weg frei. Nun, er hatte gewollt. Erst sie und dann auch ihren Erfolg.

Linda Gerson war nicht eine von vielen. Sie war nicht nur schön, sie hatte ein Gesicht. »Ein Gesicht voll Musik« hatte Janos es einmal genannt. Und sie war eine gute Schauspielerin. In den vergangenen Monaten hatte sie hart gearbeitet, und jetzt war es also geschafft. Vorhin, zwischen den Vorstellungen, hatte eine glückliche Erschöpfung sie übermannt, müde und abwesend saß sie oben in den Privaträumen ihres Verleihs, sie hatte mehrere Gläser Sekt getrunken und kaum richtig wahrgenommen, was um sie herum vorging. Anders hatte dafür gesorgt, daß sie ein wenig Ruhe hatte.

»Glücklich?« hatte er gefragt.

»Ja«, hatte sie erwidert. Und dann nicht eben sehr poetisch hinzugefügt: »Ich komme mir vor wie eine ausgenommene Gans.«

Anders hatte gelacht. »Das geht vorüber. In sechs Wochen gehen wir wieder ins Atelier. Für die doppelte Gage diesmal. Hab' ich recht gehabt, als ich dir riet, den Vertrag nur für diesen Film zu unterschreiben?«

»Ja«, gab sie bereitwillig zu. »Du hast recht gehabt, wie immer. Aber jetzt brauche ich unbedingt eine Pause.«

»Wir könnten wegfahren«, schlug er vor. »Südwärts, die Kanarischen Inseln sollen sehr schön sein. Oder in die Berge, nach St. Moritz, was du lieber willst. Vierzehn Tage könnte ich mich frei machen. Vielleicht kommen Knott und Berthold mit, dann können wir das neue Drehbuch zusammen fertigmachen.«

»Das wäre fein«, hatte Linda zerstreut geantwortet.

Es würde auch wieder keine richtige Erholung sein. Sie würden sich über das Drehbuch streiten, Anders würde nervös und gereizt sein, der kleine Knott jeden Tag betrunken, und der dicke Berthold würde mindestens hundertmal sagen: »Schmarrn. Ihr macht einen gottverdammten Schmarrn daraus. Das ist das letzte Drehbuch, das ich schreibe, nie wieder, lieber verhungere ich.«

Ah, sie kannte das nun schon bis zum Überdruß. Sie erschrak selbst über ihre Gedanken. Hatte sie es schon satt, kaum daß es richtig angefangen hatte? Nun ja, es würde vorübergehen, wenn sie wieder im Atelier stand, wenn es von neuem begann, dann würde die Müdigkeit vergessen sein.

Aber als sie Janos neben sich spürte, da wußte sie, was sie wünschte. Ein paar Wochen wieder mit ihm, ein paar Tage wenigstens, einen Tag, nur eine Nacht. Das würde das ganze Leben wieder verändern. Warum liebte er sie nicht mehr?

Vorsichtig, damit es Anders nicht sehen konnte, schob sie ihre Hand über die Lehne und suchte nach seiner Hand. Sie seufzte glücklich, als sich seine Finger um ihre Hand schlossen. Und auf einmal dachte sie ganz leidenschaftlich, ganz inbrünstig: Alles, alles könnte ich aufgeben für ihn, wenn ich ihn wiederhätte.

Sie wandte den Kopf und traf seinen Blick. Er lächelte. Sicher spürte er, was sie dachte und was sie fühlte. Aber es machte ihr nichts aus. Man brauchte ihm gegenüber kein Theater zu spielen. In seinen Armen nur war wirklich Liebe, da hörte alle Verstellung auf.

Kurz vor Ende der Vorstellung verließ sie mit Anders die Loge. Wenig später sah Janos sie unten auf der Bühne, strahlend und schön in dem weißen Kleid, den Arm voll Blumen. Sie lächelte glücklich ins Publikum. Jetzt hielt Anders ihre Hand.

Janos gönnte ihr den Erfolg. Sie hatte ihn verdient, sie konnte etwas. Daß er sie einmal geliebt hatte, war für ihn nicht mehr als eine schöne Erinnerung, eine unter vielen. Doch nein, das stimmte nicht ganz. Sie war nicht eine unter vielen, sie war etwas Besonderes. Auch ihre Liebe war etwas Besonderes gewesen. Seit Ilonka habe ich keine Frau mehr so geliebt, dachte er, selbst ganz überrascht von dieser Entdeckung. Ich muß es ihr einmal sagen, es wird sie freuen.

Daß er nur die Hand auszustrecken brauchte, damit sie käme, das wußte er. Es war immer so. Alle Frauen, die er verließ oder die ihn verlassen hatten, ließen ein Stück von ihrem Herzen bei ihm zurück, das sie bereit waren, immer wieder einzulösen.

Aber gerade das bißchen Sehnsucht in ihren Augen und um ihren Mund macht sie so schön, dachte Janos, als er Linda ansah.

Langsam ging er hinaus ins Foyer. Hier wimmelte es von Leuten. Linda stand im Mittelpunkt, sie plauderte und lachte, stieß mit vielen Leuten an, lächelte in die Kameras der Reporter, gab Interviews.

Janos lehnte sich etwas abseits an die Wand, rauchte eine Zigarette und wartete den schlimmsten Sturm ab. Aber man ließ ihn nicht allein. Er war zu bekannt; und wie immer waren es vor allem Frauen, die seine Nähe suchten.

»Warum nimmst du mich nicht mit?« hatte Dodo vorwurfsvoll gefragt. »Ich möchte Anders auch kennenlernen. Ich will auch zum Film, das weißt du ja.«

»Ich weiß«, hatte Janos erwidert. »Ihr seid alle von einer bemerkenswerten Originalität, ihr hübschen Mädchen. Aber heute ist bestimmt nicht die richtige Gelegenheit, Anders kennenzulernen. Das wird sich schon mal ergeben.«

Linda suchte Janos mit den Augen. Er war doch nicht etwa fortgegangen? Nein, da stand er, natürlich wieder von Frauen umringt. Sie durchbrach den Kreis um sich und ging auf ihn zu.

»Nun?« fragte sie.

»Du warst wundervoll«, sagte er. »Ich gratuliere.«

»So trocken? Bekomme ich nicht wenigstens einen Kuß zur Belohnung?«

Er legte den Arm um sie und küßte sie. Und wie stets ließ er sich Zeit zum Küssen. Linda schloß die Augen. Wenn sie doch bloß irgendwo allein mit ihm wäre! Sie mußte sich zusammennehmen, um nicht alles um sich her zu vergessen.

Sie lachte unsicher, als er sie losließ. »Danke«, sagte sie leise. »Danke für den Glückwunsch.«

Als sie sich umwandte, begegnete sie Anders' Blick. Er hatte ihnen zugesehen. Seine Miene war finster. Ach, was wußte denn er!

Sie lächelte Janos zu. »Kommst du mit? Im Plaza ist die Premierenfeier.«

Er zögerte einen Moment, doch dann sagte er: »Gern, wenn du willst.«

Der grüne Salon im Plaza war festlich geschmückt. Ein kaltes Büfett und wieder Sekt, und Leute, viele Leute. Hauptsächlich Kollegen, Männer aus der Branche, ein paar Zeitungsleute und die ewigen Schlachtenbummler. Und viele schöne Frauen, Filmstars und solche, die es werden wollten.

Am kalten Büfett entdeckte Janos die vergnügte hellblonde Pussy. »Nanu«, sagte er. »Was machst du denn hier?«

»Ich hab' doch eine kleine Rolle in dem Film gehabt, weißt du das nicht?« sagte Pussy und verspeiste genießerisch ein Stück Hühnerbrust. »Aber sie haben's 'rausgeschnitten. Na, mir auch Wurscht. War sowieso das erste- und letztemal. Der Betrieb ist mir zu anstrengend. Und Talent hab' ich sowieso nicht.«

»Der Himmel lohne dir deine Einsicht«, sagte Janos.

»Er hat mir's schon gelohnt«, lachte Pussy. »Da.« Sie griff hinter sich und zog einen großen, etwas ungeschlacht wirkenden jungen Mann am Arm heran, der seltsam verloren in dieser Umgebung wirkte. Jedoch war er sehr gut angezogen und hatte ein offenes, vertrauenerweckendes Gesicht. »Das ist Ottchen«, erklärte Pussy stolz.

»Ah, das ist also Ottchen«, meinte Janos lächelnd und überlegte, was sie von ihm erzählt hatte. »Nett, daß ich ihn mal kennenlerne.«

Der junge Mann war errötet bei der formlosen Vorstellung. Er warf

Pussy einen strafenden Blick zu, machte eine korrekte Verbeugung und sagte: »Warendorf. Otto Warendorf.«

»Sehr erfreut, Herr Warendorf«, sagte Janos. »Wir haben alle schon viel von Ihnen gehört. Nur schade, daß Sie Pussy heute nicht als Filmstar bewundern konnten.«

»Es ist mir lieber so«, sagte Herr Otto Warendorf gemessen. »Der Film, wissen Sie, der Film verdreht den jungen Mädchen nur die Köpfe. Dann sind sie für ein vernünftiges Leben nicht mehr zu gebrauchen.«

»Da dürften Sie recht haben. Aber ich glaube, Pussy hat eine sehr gesunde Einstellung dazu. Sie hält sich mehr an die Realitäten. Wer nicht sehr großes Talent hat, aber sehr vielseitige Talente auf verschiedenen Gebieten, der sollte es lieber lassen. Wenn man nur so am Rande mitläuft, ist es kein sehr befriedigendes Dasein.«

»Davon bin ich überzeugt«, bestätigte Herr Warendorf.

Janos nahm Pussy den Teller aus der Hand, auf dem sich eine große Portion Geflügelsalat und zwei Scheiben Gänsebrust befanden. »Du frißt wieder zuviel«, sagte er leise, »denk doch an deine Figur.«

Mit aufrichtigem Bedauern sah Pussy dem Teller nach. »Ich habe ja eben erst angefangen«, sagte sie betrübt. »Und Ottchen mag es ganz gern, wenn ich ein bißchen voller werde. Nicht, Ottchen?« Doch dann erhellte sich ihre Miene. »Wir verreisen morgen«, erzählte sie eifrig. »Wir fahren nach Teneriffa.«

»Donnerwetter«, sagte Janos anerkennend.

»Ja, ich habe mich für drei Wochen frei gemacht«, erklärte Herr Warendorf mit Würde. »Mal muß man ja ein bißchen ausspannen.«

»Natürlich«, meinte Janos, »sehr vernünftig. Sie leben nicht hier in der Stadt, nicht wahr?«

»Nein. In Borkewitz.«

»Aha«, sagte Janos, er hatte keine Ahnung, wo das war.

»Ich produziere in der Provinz billiger«, belehrte ihn Herr Warendorf. »Man bekommt die Arbeitskräfte dort günstiger.«

»Aha«, sagte Janos abermals.

»Er fabriziert Kochtöpfe und all so was«, erzählte Pussy nicht ohne Stolz.

»Das ist eine ebenso wichtige wie erfreuliche Produktion«, sagte Janos freundlich. »Ich hoffe, Sie werden dabei bleiben.«

»Natürlich«, sagte Herr Warendorf.

»Angefangen hat er mit Schrott«, vervollständigte Pussy Herrn Warendorfs Lebenslauf.

»Natürlich«, sagte Janos. »Eine ganz logische Entwicklung.«

Er war nicht ganz bei der Sache. Schon seit einer Weile betrachtete er das schlanke, hochbeinige Mädchen im roten Kleid, das mitten im Raum stand und selbst unter so vielen reizvollen Frauen noch eine auffallende Erscheinung war. Er hatte sie noch nie gesehen. Wer mochte sie sein? Er hatte sofort gesehen, daß ihre Figur hinreißend war. Das enganliegende Cocktailkleid verbarg nichts. Doch sie konnte es sich leisten. Das Gesicht paßte zu dem schönen Körper, sehr regelmäßig, gut geformt und kaum geschminkt, wie er feststellte. Sie mußte noch sehr jung sein. Das Haar war ein dunkles, fast metallisches Goldblond, sie trug es ganz eng an den Kopf frisiert. Und sie verzog keine Miene, sie wirkte etwas hochmütig. Neuer Nachwuchs? Nun, zu dem Erwerb konnte man den Filmleuten gratulieren.

Sie war in Begleitung des Hauptdarstellers gekommen, der sich ihr vollkommen widmete. Sie ließ es sich gleichmütig gefallen, ohne besonderes Interesse zu zeigen.

Ein kaltes Biest, dachte Janos. Aber man konnte nie wissen, oftmals war viel Feuer unter solchem Eis. So etwas reizte ihn immer.

In diesem Augenblick traf sich sein Blick mit dem der jungen Schönen. Aber er bemerkte keine Reaktion, kalt und hochmütig blickte sie über ihn hinweg.

Linda kam auf ihn zu. Sie nahm ihn am Arm, lächelte Pussy und ihrem Kavalier flüchtig zu und zog Janos mit sich fort.

»Komm«, sagte sie, »trink ein Glas Sekt mit mir! Ich habe jetzt ein bißchen Ruhe. Sie handeln den neuen Film aus.«

Janos blickte hinüber in die Ecke, wo Anders mitten in einem Kreis von Fachleuten saß. Die lauten Stimmen drangen bis hier herüber.

Linda ging zur Tür.

»Wo willst du denn hin?« fragte Janos.

»Hinüber in die Bar. Hier hat man doch keine Ruhe.«

Janos blieb an der Tür noch mal stehen. »Wer ist die junge Diana?« fragte er.

Linda wußte sofort, wen er meinte. Unwillig zog sie die Brauen hoch, »Kannst du es nicht lassen?« fragte sie ein wenig scharf.

»Nun, immerhin, es fällt mir auf, wie sehr sich dein Partner um sie bemüht. Er hat sich den ganzen Abend lang kaum um dich gekümmert.«

»Der Idiot. Ich bin froh, wenn ich nichts von ihm sehe und höre. Er hat mich bei den Aufnahmen genug Nerven gekostet. Er ist unbeschreiblich dumm und dazu noch maßlos eingebildet. Er denkt, er hat bei ihr Chancen. Für sie ist er so«, sie pustete ausdrucksvoll über ihre ausgestreckten Fingerspitzen. »Sie ist ein Luder.«

»Wer ist sie?« beharrte Janos.

»Komm jetzt«, sagte Linda ungeduldig.

Während sie durch den kurzen Gang zur Bar hinübergingen, berichtete sie knapp: »Ruth Bornemann. Die Tochter von Bornemann AG.«

»Keine Ahnung«, sagte Janos.

»Aber natürlich, Maschinenbau, irgendwelche mechanischen Präzisionsmaschinen. Die große Fabrik draußen im Osten. Du hast den Namen sicher schon gehört. Viel Geld, und das weiß das kleine Luder. Der Alte gehört ins Wirtschaftswunder, aber nur geschäftlich. Sonst ist er alles andere als ein Manager. Eine Persönlichkeit, würde ich sagen. Aber der Fratz paßt in die Zeit.«

»Sie muß noch sehr jung sein. Will sie auch zum Film?«

»Sie ist neunzehn, war in der Schweiz im Pensionat, dann ein Jahr in Amerika. Alles, was gut und teuer ist, hat der Alte ihr gegeben. Sie nimmt es als selbstverständlich.« Linda lachte kurz auf. »Weiß Gott, ich bin auch noch nicht alt. Aber diese zehn Jahre, die mich von ihr trennen, sind mehr als eine ganze Generation. Diese Jungen heute, diese Wirtschaftswunderkinder; es scheint, sie haben alle kein Herz. Von Idealen gar nicht zu reden. Und was Träume sind, wissen sie auch nicht. Der Sohn ist genauso. Ob sie zum Film will, weiß ich nicht. Sie hat's nicht nötig. Wenn sie wollte, ginge es ohne weiteres, und zwar auf geradestem Weg. Der Alte kann's bezahlen. Sie braucht keine Umwege zu machen. Aber sie ist viel zu kalt.«

»Nun«, meinte Janos, »das kann man nie wissen. Ich behaupte nie von einer Frau, daß sie kalt ist, ehe ich sie näher kennengelernt habe.«

Linda blieb stehen und stampfte mit dem Fuß auf. »Hör auf«, sagte sie böse. »Du sollst jetzt nicht an andere Frauen denken.«

Janos lächelte. »Ich hab' sie schon vergessen«, sagte er und stieß die Tür zur Bar vor ihr auf.

In der Bar war es ruhig. Nur wenige Leute saßen hier. Sie blickten alle auf die schöne blonde Frau in dem schimmernden Kleid. Aber Linda übersah die bewundernden Blicke. Sie nickte nur Pölsen, dem Geschäftsführer, zu und reichte ihm die Hand, als er auf sie zukam.

»Herzlichen Glückwunsch, gnädige Frau«, sagte er. »Ich höre, es war ein großer Erfolg.«

»Es scheint so«, sagte Linda müde.

Sie steuerte geradewegs auf die letzte, etwas verborgene Nische der Bar zu und setzte sich dort mit einem hörbaren Aufatmen.

»Du kannst doch nicht einfach von deiner eigenen Premierenfeier verschwinden«, sagte Janos zögernd.

»Nur eine Viertelstunde«, sagte sie. »Ich hab' sonst gar nichts von dir heute abend.«

»Was willst du trinken?«

»Nur Sekt. Nichts anderes, das bekommt mir nicht.«

Janos setzte sich neben sie und wartete, was nun geschah.

»Ach, Janos«, sagte Linda mit einem Seufzer.

»Du machst kein sehr glückliches Gesicht.«

»Aber ja, ich bin sehr glücklich. Sehr, sehr glücklich. Das ist doch klar. Es war kein leichter Weg bis hierher, Janos. Aber ich bin einfach fertig jetzt.«

»Das geht vorüber«, tröstete er.

»Ich hab' auf einmal Nerven«, sagte sie klagend. »Ich hab' bisher nicht gewußt, daß ich welche habe.«

»Ruhm muß man immer bezahlen.«

»Es scheint so. Und ich habe genug dafür bezahlt, das darfst du mir glauben. Aber jetzt möchte ich von dir wissen, wie ich dir gefallen habe.«

»Du hast mir gut gefallen. Aber vielleicht solltest du mal eine Weile nicht an den Film denken und nicht darüber reden.«

»Du hast recht. Ich will auch nicht darüber reden.« Sie schob sich ganz dicht an ihn heran und lehnte ihren Kopf an seine Schulter. Sie veränderte diese Haltung auch nicht, als der Ober kam und den Sekt brachte.

Janos reichte ihr das gefüllte Glas. »Auf dein Glück, Linda«, sagte er.

»Mein Glück?« fragte sie. Ihre Augen waren auf einmal dunkel und traurig. »Was ist denn mein Glück?«

»Nun, dein Erfolg, dachte ich.«

»Ja, das dachte ich früher auch.«

Sie trank, stellte dann das Glas wieder hin und wandte sich ihm heftig zu. »Küß mich, Janos«, sagte sie.

»Hier?« fragte er zögernd.

»Wo sonst? Oder besuchst du mich heute abend noch?«

»Ich glaube nicht, daß Herr Anders damit einverstanden wäre.«

»Nein«, Linda lachte kurz auf. »Da kannst du recht haben. Aber das ist mir egal.«

Sie schloß die Augen und bot ihm ihren Mund. Janos küßte sie, liebevoll und zärtlich.

Als sie die Augen wieder öffnete, standen Tränen darin. Sie sagte leise: »Weißt du, daß ich dich immer noch liebe, Janos?«

»Das macht mich sehr glücklich«, sagte er galant.

Linda lachte. Sie nahm das Glas wieder, trank und stellte es dann hart zurück. »Du lügst«, sagte sie. »Aber es ist nett von dir, daß du lügst.«

»Ich lüge nicht«, widersprach er. »Warum soll es mich nicht glücklich machen, wenn mir noch ein kleines Stück von dem Herzen einer so berühmten Frau gehört?«

»Es ist sogar ein großes Stück«, sagte Linda. »Und wenn ich es genau untersuchen würde, käme wahrscheinlich heraus, daß es das ganze Herz ist. Aber ich werde lieber nicht so genau hinschauen. Es hat doch keinen Zweck.«

Darauf gab Janos keine direkte Antwort. Er sagte nur: »Du hättest ja doch keine Zeit für mich. Und du weißt ja, daß ich nicht teile, mit nichts und niemand. Ich will eine Frau ganz oder gar nicht.«

»Ja, ich weiß«, sagte Linda. Sie küßte ihn noch einmal. Sie lächelte. »Und das ist ja das Wunderbare. Wenn man bei dir ist, dann kann es nichts anderes auf der Welt geben, was einen interessiert. Ich weiß nicht, warum es so ist. Ich kenne sonst keinen Mann, bei dem es so ist. Es ist, als wenn du die Liebe erfunden hättest.«

Janos lachte. »Das ist ein hübsches Kompliment.«

»Das Komische ist nur«, sagte Linda, und sie war jetzt ganz ernst und traurig, »man hat das Gefühl, du kannst gar nicht mehr richtig lieben. Du hast zu viele Frauen geliebt. Und sie lieben dich zu sehr. Aber keine bekommt dein Herz. Hast du überhaupt eins?«

»Ich denke doch«, sagte Janos. »Ich habe es mir jedenfalls immer eingebildet. Hast du nie etwas davon gespürt?«

»Doch«, sagte sie. »Aber vielleicht habe ich mir das auch nur eingebildet.«

Sie schwiegen eine Weile. Dann fragte er vorsichtig: »Sollten wir nicht lieber wieder hinübergehen?«

»Ja«, sagte Linda. »Gehen wir. In die Wirklichkeit zurück. Aus dem Reich der Träume bin ich verbannt. Ich bin bloß noch dazu da, es anderen vorzuspielen.«

Vor dem grünen Salon trafen sie Lindas Partner mit dem schönen Mädchen. Er hüllte seine Begleiterin gerade in einen kostbaren Pelz. Er tat es sehr sorgfältig und schien ganz davon in Anspruch genommen.

Linda lächelte spöttisch. »Du gehst schon?« fragte sie gleichgültig.

»Ja. Fräulein Bornemann möchte nach Hause gehen, sie ist müde.«

»Aha. Dann wünsche ich eine angenehme Nachtruhe«, sagte Linda. Ohne ihnen die Hand zu geben, betrat sie den grünen Salon.

Janos wollte ihr folgen. Er hatte das Mädchen angesehen, und sie hatte, genau wie vorhin, kühl und uninteressiert seinen Blick zurückgegeben. Doch jetzt sagte sie überraschend: »Sie sind Janos Janady, nicht wahr?« – Er verbeugte sich zustimmend. »Ja.«

»Ich habe schon von Ihnen gehört. Man spricht ziemlich viel von Ihnen.«

»So«, sagte Janos, genauso kühl und zurückhaltend wie sie. Er kam ihr mit keinem Wort entgegen. Er bemerkte jetzt, daß sie fast so groß war wie er, ihre Augen befanden sich in gleicher Höhe. Stahlblau waren ihre Augen, groß und leuchtend, aber kalt und abweisend.

»Ich verstehe auch ein wenig von Ihrem Geschäft«, sagte sie. »Ich habe in Amerika Modeaufnahmen gemacht.«

»Oh, wirklich?« fragte Janos höflich. »Nun, wenn Sie es hier fortsetzen wollen, ich würde mich jederzeit freuen, Sie in mein Team aufzunehmen. Mit Ihrer Figur...«

Sie verzog geringschätzig den Mundwinkel. »Ich mache so was nur zu meinem Vergnügen.«

»Das steht Ihnen ja frei. Und mir ist es egal, aus welchem Anlaß ich Sie vor meiner Kamera habe.«

Der junge Filmschauspieler räusperte sich. Die beiden beachteten ihn überhaupt nicht. »Ruth«, begann er, doch sie wandte nicht einmal den Kopf.

»Wenn ich einmal Langeweile habe, werde ich Sie vielleicht anrufen«, sagte sie.

Janos lächelte. »Es wird mir ein Vergnügen sein, Ihnen die Langeweile zu vertreiben. Auf welche Art immer Sie es wünschen.«

Das war ein wenig unverschämt, und zum erstenmal flatterten ihre Augenlider. Einen Moment lang sah es aus, als wolle sie etwas darauf erwidern, doch dann sagte sie nur: »Guten Abend«, ohne auch nur einen Millimeter den Kopf dabei zu neigen.

»Guten Abend, gnädiges Fräulein«, sagte Janos. Er sah ihr nach, wie sie ging. Die Figur war wirklich tadellos, auch von hinten. Der Gang war ein bißchen hart, noch ohne Harmonie, ohne Schmiegsamkeit. So ging ein kühles, hochmütiges Mädchen. Keine Frau, die die Liebe kannte. Janos sah es sofort. Es war noch nicht erwiesen, ob nicht vielleicht doch Feuer unter dem Eis sein konnte.

Der junge Schauspieler, der eifrig hinter ihr herlief, würde es allerdings kaum entdecken. Er gewiß nicht.

In all den Jahren, in denen Regina von der Flucht in den Westen geträumt hatte, war Anni Plaschek ihre große Hoffnung gewesen. Annis Mutter war eine geborene Thorbeck. Um ein paar Ecken herum war Regina Thorbeck mit Anni Plaschek also verwandt, wenn sie die entfernte Kusine auch nie gesehen hatte.

Aber Annis ältere Schwester hatte in Königsberg gewohnt und war manchmal zum Kaffee eingeladen worden. Von ihr erfuhren sie manches über Anni. Erst hatte Anni in Berlin gearbeitet, dann hatte sie einen Herrn Plaschek geheiratet. Während des Krieges waren die Plascheks von Berlin weggezogen und lebten nun im goldenen Westen.

Anni war also Reginas erstes Ziel gewesen, jedoch sie kam recht ungelegen. Nicht alle Menschen im Westen lebten so glücklich und sorglos, wie Regina gedacht hatte. Anni zum Beispiel nicht. Ihr Mann war Hilfsarbeiter; denn er hatte nie etwas Ordentliches gelernt, wie Anni erbost erzählte. Er verdiente wenig, vertrank das meiste davon, und außerdem lief er den Weibern nach. So jedenfalls drückte Anni sich aus, die eine früh verblühte, verbitterte Frau war, zermürbt von einem armseligen Proletendasein. Sie hatte drei Kinder. Der Älteste ging bereits in die Lehre, die beiden Kleinen noch in die Schule. Sie hausten in zwei kärglichen Hinterhofzimmern, es war ungemütlich und unfreundlich bei ihnen, sie stritten sich und haßten einander.

Keinesfalls war bei ihnen Platz für Regina. Sie kampierte auf einem alten Sofa in der düsteren Küche. Einer der Jungen hatte murrend das Lager frei gemacht. Es war die erste Enttäuschung für Regina nach all den hochgespannten Erwartungen.

Früh um fünf stand der Mann schon auf, daher mußte Regina vorher aufstehen. Anni machte ihm, der müde und unlustig, nach Schnaps riechend, umherschlurfte, das Frühstück. Nicht viel später ging der Junge an seinen Arbeitsplatz. Dann frühstückten Anni und Regina zusammen, und Anni schüttete ihr Herz aus. So wie das Leben ihr begegnet war, schien es nicht lebenswert. Nichts als Plage und Arbeit, Sorge und Ärger.

Die Kusine tat Regina leid. Aber vor allem hatte sie den Wunsch, diesen unerfreulichen Ort zu verlassen, der alle ihre Illusionen von einem besseren Dasein im Westen zerstören wollte.

Aber wo sollte sie hin? Und wie Geld verdienen? Sie hatte nie etwas Gescheites gelernt. In all den vergangenen Jahren hatte sie bei den Verwandten helfen müssen, die sahen das als selbstverständlich an. Wenn man Mutter und Tochter schon aufgenommen hatte, dann sollten sie auch etwas dafür tun. Die Mutter kränkelte immer. Sie hatte sich auf der Flucht eine schwere Krankheit geholt, die sie fast getötet hätte. Nie wieder wurde sie richtig gesund. Ihre Seele vor allem war krank. Sie konnte nie verwinden, was geschehen war, der Mann tot, die Heimat verloren und am Ende das furchtbare Geschehen, das so nachhaltig das junge Leben ihres Kindes zerstörte.

Regina pflegte die Kranke und arbeitete bei den Verwandten, sie mußte Wohnung und Lokal sauberhalten, Geschirr abwaschen, nach Lebensmitteln anstehen. Es gab wenig genug zu essen in all den Jahren. Und wenn es etwas gab, bekamen es die Jungen, ihre beiden Vettern. – Aber sie träumte. Sie träumte von einer herrlichen Zukunft im Westen.

Und dann landete sie bei den Plascheks. Sie blieb nicht lange dort. Als sich eines Nachts der betrunkene Plaschek vor ihrem Sofa einfand, der allerdings von der schimpfenden Anni vertrieben wurde, hatte sie nur noch den einen Wunsch fortzukommen. Anni besorgte ihr eine andere Bleibe. Bei einer älteren, mürrischen Frau, die ihre lichtlose, häßliche Wohnung ganz vermietete und selbst in der Küche wohnte und schlief. Bei den Preisen für möblierte Zimmer hatte sie eine ganz schöne Einnahme. Sie hatte sich gnädig bereit erklärt, Regina bei sich aufzunehmen. Zunächst einmal zur Probe, wie sie sich ausdrückte.

Der Raum, in dem Regina hauste, konnte ehemals nicht viel mehr als eine Besenkammer gewesen sein, so winzig klein war er. Ein Matratzenlager war darin, eine Kiste mit einer Waschschüssel, ein niederes viereckiges Gestellt mit Beinen, das wohl eine Art Tisch darstellen sollte. Kein Schrank, nur ein paar Haken an der Wand. Nun, viel Garderobe hatte Regina ohnedies nicht. Oben, unter der Decke, war ein winziges Fensterchen, das auf einen trüben schmutzigen Hof hinausging.

Es war der trostloseste Ort der Welt, und Regina mußte fünfundzwanzig Mark dafür zahlen. Trotzdem war sie froh, aus der Plaschek-Wohnung herauszukommen und allein zu sein. Sie gab sich große Mühe, Frau Zenger, die Wirtin, freundlich zu stimmen. Doch wie sollte ihr das gelingen, wenn es nicht einmal die Siebzig-Mark-Mieter in den Vorderzimmern fertigbrachten?

Anni war es auch, die Regina die erste Arbeit besorgte. Um etwas zu verdienen, ging Anni abends in ein großes Warenhaus zum Saubermachen. Sie meinte, Regina solle sich bewerben, vor Weihnachten suche man Aushilfskräfte. Tatsächlich wurde Regina als Packerin eingestellt. Es war nicht leicht für sie, sie war schwach und zart und unterernährt und mußte alle ihre Kräfte zusammennehmen, um die Arbeit zu schaffen.

Am Heiligen Abend bekam sie wie alle Aushilfskräfte die Kündigung. Zum erstenmal dachte sie ein wenig anders über das, was drüben im Osten gesagt worden war und was sie nicht hatte hören und glauben wollen.

»Kapitalistenpack«, murmelte sie vor sich hin, als sie am Weihnachtsabend ihrer Behausung zuging. Sie erschrak, als es ausgesprochen war. So war es nun einmal. Das Leben war wohl überall nur dann lebenswert, wenn man Geld hatte, wenn man zu einer bevorzugten Klasse gehörte, hier wie dort. So war es immer gewesen, und drüben, wo sie herkam, hatte sich daran auch nichts geändert. Und hier natürlich erst recht nicht.

Früher hatte sie das nicht gewußt. Ihre Kindheit war sorglos gewesen. Sie waren keine reichen Leute, aber sie lebten in einem geregelten bürgerlichen Rahmen, in einer Vierzimmerwohnung mit einer Hausgehilfin. Es war immer gut gegessen worden, sie hatten Theater und Konzerte besucht und jedes Jahr eine Sommerreise gemacht. Damals war das alles selbstverständlich gewesen, erst recht, daß man hübsche Kleider besaß, in die höhere Schule ging und jede Woche Taschengeld bekam. Auch der Krieg hatte zunächst nichts daran geändert. Das kleine Mädchen war sogar stolz auf seinen Vater, auf einen Onkel in der Offiziersuniform. Es verstand nicht, warum die Mutter seufzte und weinte. Freilich, der Vater fehlte, Onkel Heinz fehlte, mit dem man so herrlich spielen konnte. Er war Mutters Bruder, ein Onkel wie im Märchen, immer zu Scherzen aufgelegt, immer mit einer Überraschung für die kleine Nichte in der Tasche.

Was für ein entsetzliches Unheil der Krieg war, das begriff Regina erst, als die Mutter bitterlich weinte, weil Onkel Heinz nie wiederkommen würde. Er fiel gleich zu Anfang des Krieges. Und dann gab es auf einmal auch keinen Vater mehr, keine Wohnung, keine Heimat, keine Geborgenheit. Und am Ende kamen die Russen, die wüsten Gesichter, die rohen, brutalen Hände. Und dieses Bild, das sie immer wieder vor sich sah, im Wachen, in stöhnenden Angstträumen, das war für sie das Gesicht des Krieges, dies vor allem. Jeder Mann wurde ihr zum verhaßten Feind, zum Zerstörer, zum Vernichter.

Auf diesen Trümmern sollte man nun ein neues Leben aufbauen, in einer Welt, in der es keine Trümmer mehr gab. Und niemand half dabei. Sie war allein. Grauenhaft allein.

In trüber Stimmung hatte sie die Zeit zwischen Weihnachten und Silvester verbracht. Von ihrem Verdienst zahlte sie gleich die Januarmiete an Frau Zenger, damit sie diese letzte Zuflucht nicht verlor. Dann hatte sie sich eine Bluse gekauft, nachdem sie wochenlang sehnsüchtig vor allen Schaufenstern stehengeblieben war. Einmal hatte sie sich ein Kino geleistet. Die übrige Zeit lag sie auf dem harten Matratzenlager, dankbar dafür, daß der Kamin von der danebenliegenden Küche den Raum ein wenig wärmte. Morgens und abends duldete es Frau Zenger gnädig, daß sie in die Küche kam und sich eine Tasse Tee aufbrühte.

Nun auf einmal war ein Mann, war dieser Martin in ihr trostloses Dasein gekommen. Aber sie hatte gar keine Vorstellung, was daraus werden sollte oder könnte. Sie hatte auch keine Wünsche ihn betreffend, keine Hoffnung, kein Verlangen nach Liebe. Oder es war ihr nur noch nicht zum Bewußtsein gekommen, daß auch sie, wie jedes menschliche Wesen, Wünsche und Hoffnungen und Sehnsucht nach Liebe hatte.

Zunächst kam ihr die ganze Angelegenheit recht unwirklich vor. Hatte sie wirklich ein Rendezvous? Sie sprach das schmeichelnde Wort mehrmals laut vor sich hin. Lieber Himmel, man stellte sich darunter etwas anderes vor als die Begegnung zweier armseliger, abgerissener Leute, wie sie es waren. Man stellte sich eine Frau vor, die sich schön macht, ein hübsches Kleid anzieht und auf hohen Absätzen einem gut aussehenden Kavalier entgegengeht, der sich galant über ihre Hand beugt.

Ja, so ungefähr stellte sie sich das vor. Obwohl – sicher war es Kitsch, sich das vorzustellen. Es gab wohl auch ganz andere Verhältnisse, unter denen man ein Rendezvous haben konnte.

Aber dann ist es eben kein Rendezvous, beharrte Regina eigensinnig bei sich selbst, dann ist es bestenfalls eine Verabredung.

Aber wie immer man es auch nannte, sie hatte nicht die geringste Lust, diesen Martin wiederzusehen. Durchaus keine Lust. Wozu auch? Und wenn sie daran dachte, daß sie in der Nacht mit ihm in einem Bett geschlafen hatte, dann war es überhaupt nur noch peinlich, nichts anderes sonst.

Trotzdem spielte sie eine Zeitlang mit dem Gedanken, zum Friseur zu gehen. Das Haar kürzer und in Locken, das wäre schon besser. Aber es würde mindestens die Hälfte von dem Geld kosten, das sie noch besaß, vielleicht sogar mehr.

Und es war schließlich auch egal. Für Martin war es lange gut genug so, für einen, der genau wie sie in der Silvesternacht allein und verlassen in einer Vorstadtkneipe herumsaß. Es war schade um die Zeit. Sie würde gar nicht hingehen zu dieser Verabredung.

Martins Gefühle waren ganz ähnlich. Seine Stimmungen wechselten häufig. Trotzdem hatte er den Bäckersleuten beim Mittagessen die Geschichte erzählt, die sie sich ausgedacht hatten, die Geschichte von der alten Bekannten aus Königsberg.

»Ach?« hatte Frau Moser gesagt. »So ein Zufall. Und warum bleibt sie nicht drüben? Alle kommen sie hierher. Wo soll denn das hinführen? Es soll doch drüben soweit jetzt wieder alles ganz ordentlich sein. Frau Köster hat erst unlängst ihre Schwester in Dresden besucht, und sie hat erzählt...«

Lang und breit berichtete Frau Moser, was Frau Köster, die Nachbarin im übernächsten Haus, über ihre Reise nach Dresden erzählt hatte. Der Schwester von Frau Köster ging es gar nicht so übel. Nicht einmal verhungert war sie bis jetzt.

Der Bäcker hatte zum Essen eine Flasche Wein aufgemacht.

»Du willst doch nicht etwa schon wieder Alkohol trinken, Anton?« hatte seine Frau vorwurfsvoll gefragt.

»Wir müssen doch mit Martin anstoßen«, sagte Herr Moser. Das taten sie dann auch, sie wünschten sich gegenseitig alles Gute für das neue Jahr. Es war wieder so eine Gelegenheit, bei der Frau Moser plötzlich Tränen in den Augen hatte. Sie dachte an ihren Sohn. Sie dachte oft an ihn, natürlich, wie sollte sie auch nicht! Aber sie war im Grunde eine diesseitige, problemlose Natur, sie wurde immer schnell wieder damit fertig.

Martin hatte ein schlechtes Gewissen. Da saß er nun an diesem Tisch, aß von dem Braten der Mosers, trank ihren Wein. Das kam ihm gar nicht zu. Er lebte, und der, der hier eigentlich hätte sitzen müssen, war tot. Er hatte ihn selber mit begraben. Wäre es nicht viel vernünftiger gewesen, er wäre gestorben und der junge Moser wäre zurückgekommen? Werner hatte er geheißen, Werner Moser. Er wollte nicht Bäcker werden, nein. Studieren wollte er. Ingenieur wollte er werden und Brücken bauen, das war sein Traum. Anfangs hatte er davon erzählt. Später nicht mehr. Später wäre er sicher auch ganz gern Bäcker geworden, hier in dem hübschen kleinen Haus, in dem es immer so schön warm war. Bei ihnen draußen war es kalt gewesen. So kalt, daß Werner eine Lungenentzündung bekommen hatte und daran gestorben war. An einer Lungenentzündung! Hier wäre er nicht daran gestorben. Hier hätte er sich bald erholt und dann bei seinem Vater gelernt, wie man knusprige Brötchen bäckt. Auch eine sehr schöne Aufgabe. Vielleicht eine schönere, als Brücken zu bauen, die dann doch wieder in die Luft gesprengt wurden. Wahrscheinlich hätte er hier auch gar keine Lungenentzündung bekommen, höchstens mal einen Schnupfen.

Martin hatte Frau Moser alles genau erzählen müssen, wie es war mit ihrem Werner. Das heißt, er hatte erzählt, was ihm ratsam erschien. Warum die Frau peinigen mit der Schilderung des elenden

Lagers, auf dem ihr Werner, ihr netter blonder Bub, armselig gestorben war? So armselig, wie die hier es sich gar nicht vorstellen konnten. Die hier, so nannte Martin bei sich immer noch seine Umwelt. Er war noch nicht hier, er war immer noch dort. Und er schämte sich, daß er jetzt bei ihnen am Tisch saß. Seit Monaten schon. Und nichts dafür tat, als mal einen Kuchen oder ein paar Brötchen auszutragen, den Wagen zu waschen und die Mehlsäcke zu schleppen.

»Ich werde mir jetzt eine Arbeit suchen«, sagte er nach dem Essen. »Ich falle Ihnen schon so lange zur Last.«

»Sie fallen uns nicht zur Last«, sagte Frau Moser gutherzig. »Aber ich glaube, es würde Ihnen ganz guttun, wenn Sie eine Arbeit hätten. Was wollen Sie denn tun?«

Martin hob die Schultern.

»Ich weiß nicht. Irgend etwas.«

»Ich wüßte was«, sagte Herr Moser. »Es ist bloß die Frage, ob es das Richtige für Sie wäre. Aber Sie verstehen doch eine Menge von Autos.«

Martin verstand wirklich viel von Autos. Er hatte schon einige Male Herrn Mosers Wagen repariert, geschickt wie ein Mechaniker.

»Da vorn, in der Tankstelle an der Kreuzung, wo ich immer tanke, suchen sie jemand. Zur Bedienung und für Reparaturen. Frau Roth sagt, sie findet keinen geeigneten Mann.«

Martin kannte Frau Roth. Manchmal fuhr er den Moserschen Wagen zum Tanken oder zum Ölwechsel. Eine hübsche, resolute Person. Ganz außerordentlich hübsch sogar, rotbraunes Haar und Augen voller Lebensfreude. Und eine Figur, daß jeder Mann zweimal hinschaute. Sie leitete den Betrieb ganz allein. Eine Reihe von Garagen, die Reparaturwerkstatt und die Tankstelle. Ihr Mann war vor zwei Jahren mit dem Wagen verunglückt.

»Sehen Sie doch mal hin«, meinte Herr Moser. »Das wäre doch was für Sie. Jedenfalls zunächst mal. So schön in der Nähe.«

Später, oben in seinem Zimmer, dachte Martin darüber nach. Es war ihm schon wieder unter die Haut gegangen, daß die Bäckersleute ihm zugeraten hatten. Natürlich, er fiel ihnen zur Last. Es war ja auch eine Zumutung, monatelang hier bei ihnen zu leben für nichts und wieder nichts.

Warum sollte er schließlich nicht in der Tankstelle arbeiten? Was blieb ihm denn schon anderes übrig? Den Weg in seinen erlernten Beruf, den würde er wohl nie wieder finden, so wie er heute geworden war. Es war ja auch gleichgültig, was er tat. Ob er mal eben zu Frau Roth hinging?

Doch davor scheute er dann zurück. Er hatte Angst vor den Menschen, erst recht vor einer so hübschen jungen Frau. Am wohlsten war ihm in seiner kleinen Kammer, allein und für sich. Nur nicht mit anderen Menschen reden müssen!

Bei diesem Gedanken erinnerte er sich an Regina. Das war auch so etwas. Warum hatte er sich nur mit ihr verabredet? So ein Unsinn! Er würde gar nicht hingehen. Sie machte sich ja doch nichts aus ihm, das war deutlich zu merken gewesen.

Am Ende hatte er sie dann doch geküßt. Weich und zart waren ihre Lippen gewesen. Ein seltsames Gefühl, wieder eine Frau zu küssen! Aber warum nicht? Er war noch jung. Er lebte. Wenn Gaby ihn nicht verlassen hätte, wäre er heute bei ihr und könnte sie küssen, soviel er wollte.

Gaby! Seine Frau! All die Jahre hatte er an sie gedacht, hatte sich an Erinnerungen geklammert. Ihr frisches, junges Gesicht, die spitzbübische Art, wie sie die Nase krauste, ihr fröhliches Lachen, ihre stürmischen Zärtlichkeiten. Wenn er an Heimkehr gedacht hatte, so hatte er an sie gedacht.

Nun, das war vorbei. Sie wollte ihn nicht einmal sehen. Man würde sich scheiden lassen und dann nie wieder voneinander hören. Er würde allein weiterleben, wenn er nun schon noch am Leben war. Und eigentlich war es ihm ganz recht so. Er fühlte sich am wohlsten, wenn er allein war. Jetzt wußte er es auf einmal ganz genau.

Sie trafen sich auf einem belebten Platz mitten in der Stadt. Beide waren sie pünktlich. Warum auch nicht? Sie hatten Zeit.

Regina sah wieder sehr blaß aus. Sie fror, es war kalt und naß. Ihre Schuhe waren schon wieder feucht. Über dem glatten Haar trug sie ein blaues Tuch, doch sie streifte es ab. Keine Frau trug hier mehr ein Kopftuch.

Martin machte ein finsteres, widerspenstiges Gesicht. Er war gegen seinen Willen hier. Es war ihm lästig, das Mädchen zu treffen. Nur der Gedanke, daß sie wartend und frierend hier stehen würde, hatte ihn hergetrieben. Als er sie wiedersah, stellte er fest, daß sie ihm sowieso nicht gefiel. Sie war wirklich nicht besonders hübsch.

Schweigsam gingen sie nebeneinander her, keiner wußte, was er mit dem anderen anfangen sollte. Die Straßen waren naß und schmutzig. Es dunkelte bereits, die Schaufenster warfen ihre strahlende Lichterflut in die Dämmerung. Regina streifte sie aus den Augenwinkeln. Sie kannte die Auslagen gut. Ihr Verlangen, all die herrlichen Dinge zu kaufen, war so stürmisch, so sehnsüchtig, daß sie Hunger und Kälte darüber vergessen konnte. Oft stand sie vor den Fenstern und suchte sich aus. Diese Schuhe, nein, lieber jene dort, oder am besten alle beide. Und hier, ein Mantel, noch besser ein Pelz, seidig und weich. Die Kleider, Pullover, Blusen. Dann die Wäsche, duftig, hauchzart, ein Traumgespinst. Alles wollte sie haben, alles. Dann würde sie schön sein, elegant gekleidet, reizvoll und gepflegt, eine Frau wie die anderen auch.

In der Woche nach Weihnachten hatten die großen Modehäuser Abendkleider ausgestellt, Gebilde aus Seide oder Samt, aus starrem Brokat und duftigem Tüll. Alle Farben, alle Formen, Regina betrachtete sie alle. Eines hatte es ihr besonders angetan. Es lag in einem Schaufenster ganz für sich, ganz allein, der Rock, weit ausgebreitet, füllte den ganzen Raum, ein sahniges Weiß, mit glitzernden Blüten bestickt. Darüber ein kleines zierliches Mieder aus Brokat, eine lange Chiffonstola daneben.

In Gedanken zog sie dieses Kleid an, immer wieder, und sah sich selbst darin, das Haar kurz und lockig, lange Ohrringe, so wie die Frauen auf den Titelseiten der Illustrierten.

Am Tag vor Silvester war das Kleid verschwunden. Es war wohl verkauft worden. Regina empfand Schmerz und Neid. Neid auf die fremde Frau, die es tragen würde. In der Silvesternacht würde sie tanzen darin, der weite Rock würde sich um sie drehen.

Regina hatte sich ausgemalt, sie wäre diese Frau. Den ganzen Ball hatte sie geträumt. So vertieft war sie in ihre Phantasien, daß sie immer weiter gelaufen war, ohne auf den Weg zu achten.

Statt in einem Ballsaal war sie in der kleinen Kneipe gelandet. Dort war sie Martin begegnet. Nun ging er neben ihr. Natürlich blieb er an keinem Fenster stehen. Er ging mit gesenktem Kopf neben ihr her, die Hände tief in den Taschen vergraben, und sprach kein Wort.

Regina ärgerte sich. Von ihren nassen Füßen stieg die Kälte lähmend in ihr auf. Sie nieste, dann schauerte sie zusammen.

Martin erwachte aus seinen Grübeleien, er schien jetzt erst zu bemerken, daß er nicht allein durch die Straßen ging.

»Ist Ihnen kalt?« fragte er. Er schien auch vergessen zu haben, daß sie sich duzten.

»Natürlich ist mir kalt«, erwiderte Regina unfreundlich. »Ich kann mich nicht erinnern, wann mir das letztemal warm war.«

Er blieb stehen und sah sie an. »Nun, in der Silvesternacht doch. Oder nicht?« fragte er sachlich.

Regina gab keine Antwort.

»Ja, was machen wir?« meinte er unschlüssig. »Vielleicht sollten wir einkehren?«

»Ich kann auch nach Hause gehen«, sagte sie patzig.

Er schaute sich suchend um. »Wir könnten da hineingehen«, er deutete auf das hellerleuchtete, breite Fenster eines Cafés. Hinter der Scheibe waren Torten aufgebaut, wahre Meisterwerke, Kuchen, Konfekt. Reginas Magen zog sich schmerzhaft zusammen. Sie hatte den ganzen Tag noch nichts gegessen.

Das Café war gut besucht. Beide wären am liebsten umgekehrt. Offensichtlich war es ein sehr feines Café, ganz modern eingerichtet, mit niedrigen Sesseln und dezenter Beleuchtung.

Tapfer schritt Martin voran. Man konnte wirklich nicht mitten im Winter ewig auf der Straße herumlaufen. Und wenn er sich nun schon mit dem Mädchen getroffen hatte, mußte er auch mit ihr einkehren, das war so üblich. Na ja, einmal und nicht wieder.

Gerade als sie vorbeigingen, wurde in einer Ecke ein Tisch frei. Ein schöner Platz. Man saß ein wenig für sich, nicht so den Blicken der Leute ausgesetzt. Martin blickte sich befriedigt um. Ein hübsches Lokal, gefiel ihm gut. Sie sollte nur nicht denken, daß er gewohnheitsmäßig in so miesen Kneipen herumsaß wie am Silvesterabend.

»Möchten Sie Kaffee?« fragte er seine Begleiterin.

»Ja, gern«, sagte sie und dachte: Ob er Geld hat?

Ein hübsches, freundliches Mädchen kam und fragte nach ihren Wünschen. »Möchten Sie Kuchen dazu?«

»Möchtest du Kuchen?« wiederholte Martin die Frage. Er duzte sie auf einmal wieder.

»Nein, danke«, sagte Regina artig und dachte voll Verlangen an die schönen Dinge, die sie im Schaufenster gesehen hatte.

»Ich habe gar keinen Appetit auf Kuchen«, erklärte Martin, nur um etwas zu sagen. »Bei Mosers gibt es immer so viel Kuchen. Wenn was übrigbleibt, muß ich es essen. Die Leute sind so anspruchsvoll, sie wollen jeden Tag frischen Kuchen.«

Noch während er sprach, kam ihm zum Bewußtsein, wie dumm das war. Weil er jeden Tag Kuchen hatte, sollte sie keinen essen. Dabei sah sie aus, als bekäme sie nie satt zu essen. Sicher hatte sie Hunger.

»Du mußt aber unbedingt ein Stück essen«, fügte er eifrig hinzu. »Das Zeug sieht doch hier sehr gut aus.«

»Nein, danke, wirklich nicht.«

»Unsinn, natürlich.« Als das Mädchen den Kaffee brachte, sagte er: »Für die Dame doch Kuchen, bitte.«

Das Mädchen brachte eine große runde Platte mit einer Anzahl verschiedener Kuchen- und Tortenstücke. Reginas Gesicht bekam etwas Kindliches, als sie die Platte betrachtete, ein schwaches Rot stieg in ihre Wangen. Es fiel ihr sichtlich schwer, sich zu entscheiden.

»Vielleicht dies hier?« schlug Martin vor und wies auf ein mächtiges Stück Schokoladentorte. »Sieht aus, als wenn es gut wäre, nicht?«

»Ja«, sagte sie atemlos, »o ja.«

»Nimm nur noch eins dazu«, sagte er. »Wie wär's mit dem? Das ist eine Cremeschnitte«, fügte er sachverständig hinzu.

»Nicht soviel.«

»Warum denn nicht? Du brauchst doch keine Angst um deine Linie zu haben.«

»Sahne dazu?« fragte das Mädchen.

»Ja, natürlich«, erwiderte Martin.

Die Apathie war aus seinem Gesicht gewichen, als er ihr zusah, wie sie den Kuchen aß. Sie hatte Hunger, das war klar zu sehen, wenn sie sich auch bemühte, langsam und in kleinen Bissen zu essen. Es freute ihn, daß es ihr schmeckte. Auf einmal war wieder etwas von der Rührung, von der Zuneigung da, die er in der Silvesternacht empfunden hatte. Was für ein armes kleines Ding sie war! Allein und verlassen und dazu noch hungrig.

Aber jetzt war sie nicht mehr so blaß, sie hatte direkt rote Wangen bekommen. Sie lächelte ihn an über ihrem Kuchenteller, der sich rasch leerte.

»Schmeckt es?«

»Ja. O ja, sehr.«

Unter dem Tisch schlüpfte sie aus den Schuhen und bewegte die Zehen, die ganz steif waren vor Kälte und Nässe. Hier drin war es wunderbar warm. Der Kaffee war heiß und stark, und der Kuchen schmeckte herrlich. Wenn man nur recht lange hier sitzenbleiben konnte!

»Ich habe übrigens eine Stellung in Aussicht«, erzählte Martin und berichtete von Frau Roth und der Tankstelle. Über irgend etwas mußte man ja reden. Dabei war er noch nicht einmal bei Frau Roth gewesen. Am Ende war die Stellung schon vergeben, bis er hinkam.

Auch Regina begann zu erzählen. Von früher, auch von ihren Erlebnissen hier in der Stadt.

»Der Westen ist ganz anders, als ich gedacht habe«, sagte sie. »Ich habe mir vorgestellt, hier wären die Menschen – gut. Es geht ihnen doch gut. Da müßten sie doch selbst auch gut sein. Aber sie sind böse und egoistisch, sie denken nur an sich.«

»Das tun alle Menschen auf der ganzen Welt. Gerade wenn es ihnen gut geht. Und darum geht es ihnen auch nie lange gut«, meinte Martin. Er hatte plötzlich den Wunsch, sie wieder draußen bei sich zu haben, ganz allein. Dann würde er ein Feuer machen, schön warm, und dann würde er sie in die Arme nehmen und küssen. Vielleicht würde sie einmal keine Angst mehr vor ihm haben.

»Wirst du mich wieder mal besuchen?« Sein Blick war warm und liebevoll, die Verdrossenheit war aus seiner Miene gewichen.

»Geht das denn?«

»Natürlich«, sagte er eifrig. »Ich habe Mosers schon von dir erzählt, so wie wir es ausgemacht haben. Wann kommst du? Bald? Übermorgen, ja? Zum Abendessen«, betonte er. »Ich bereite etwas vor.« – »Wenn du willst«, es klang zutraulich.

Er brachte sie bis vor ihre Tür. »Also dann übermorgen abend.«

Sie blickte zu ihm auf. »Ja.« Ihr Gesicht war kindlich, jung und süß im Licht der Laternen.

Plötzlich, ohne weiteren Übergang, zog er sie in die Arme und küßte sie. Nicht so kurz wie neulich, es war ein richtiger fester Kuß. Regina widerstrebte nicht. Sie fühlte sich im Moment fast glücklich. Es war nicht der Kuß, es war nicht Liebe und Begehren, es waren die Arme, die sie hielten, sie einschlossen und vor der Welt schützten, es war dieses nie empfundene Gefühl der Geborgenheit; nur das war es, was sie wünschte.

Die abendliche Einladung gestaltete sich allerdings ganz anders, als er sich das gedacht hatte. Als er Frau Moser erzählte, daß er Besuch erwartete, die Bekannte aus Königsberg, von der er neulich berichtet hatte, sagte sie: »Dann können Sie ja mit der jungen Dame hier bei uns zu Abend essen. Oben können Sie doch keinen Besuch empfangen.«

Natürlich hatte er nicht den Mut, das abzulehnen. Vermutlich war auch gegen Frau Moser nicht aufzukommen. Schließlich war es verständlich, daß sie sehen wollte, wer ins Haus kam.

So fand sich Regina bei Mosers am Familientisch sitzen. Herr Moser gab sich gemütlich und bieder, Frau Moser abwartend und ein wenig kritisch. Doch sie ermunterte Regina immer wieder zum Essen. Sie sagte: »No, durch Sie blast ja der Wind durch«, was, auf sie angewandt, auch gar kein schlechtes Bild war.

Übrigens trug sie heute nicht den Pullover, sie hatte eine Bluse an, eine hübsche blaue Bluse, die mit kleinen Röschen bestreut war. Sie stand ihr gut. Allerdings hatte sie auf dem Herweg noch erbärmlicher gefroren als sonst.

Auch Martin hatte sich schön gemacht. Er sah sehr gut aus in seinem neuen grauen Anzug, ein ganz anderer Mann, ein Herr.

Die Unterhaltung war etwas schleppend. Die Mosers fragten nach dem Leben in der Ostzone. Regina gab dazu nur knappe, zögernde Auskunft. Ja, es gab nicht so viel zu essen. Und zu kaufen auch nicht so schöne Sachen wie hier. Nein, die Bluse hatte sie hier gekauft. Ja, die Leute leben natürlich ganz anders. Es war überhaupt alles ganz anders als hier.

Es war unmöglich zu erklären, *wie* anders alles war. Es lag ja nicht nur an den Waren in den Läden, an den großen Autos, an den vollen Schüsseln. Das, woran es lag, war schwer zu beschreiben. Man wußte eigentlich erst hier, was man alles entbehrt hatte. Hier entbehrte man es auch, mehr als drüben, denn hier besaßen es die anderen. Vielleicht war es Lebensmut. Oder Lebensfreude. Schwer zu sagen.

Nach dem, was Regina erzählte, konnten sich die Mosers kein Bild von jener anderen Welt machen.

Um neuen Gesprächsstoff zu haben, fragte Frau Moser nach der Zeit, in der sie sich, Regina und Martin, kennengelernt hatten. Das war ein heikles Thema. Doch es erwies sich, daß Martin Phantasie besaß. In aller Gemütsruhe erzählte er von seinen Besuchen bei Reginas Eltern, von Regina selbst, die damals ein dünner langbeiniger Backfisch gewesen sei. Er tat es nicht ohne Witz. Regina lachte dazu und errötete ein wenig. Der Schwindel war ein einendes Geheimnis, das ihnen gehörte.

Martin hatte übrigens die Stellung in der Tankstelle bekommen, er sollte am nächsten Tag mit der Arbeit beginnen. Es erfüllte ihn mit einem gewissen Widerstreben, das war deutlich zu merken. Nun, da er hier war, wieder im normalen Leben, besann er sich doch auf früher, auf seine Herkunft, seine Erziehung. Er sprach nicht davon, er dachte es wahrscheinlich nicht einmal richtig, aber halb unbewußt war ihm die neue Tätigkeit ein wenig unangenehm. Man erörterte kurz Reginas Aussichten, eine passende Arbeit zu finden. Frau Moser streifte das Mädchen dabei mit mitleidig abschätzendem Blick. Viel würde sie nicht leisten können, für Haushalts- und Fabrikarbeit war sie wohl ungeeignet, zu schwach und zart, sagte sie.

Ein kleiner Zug von Hochmut kam in Reginas Gesicht. Es lag ihr auf der Zunge, zu sagen, das sei es auch nicht, was sie suche, Haushalts- oder Fabrikarbeit. Da hätte sie drüben bleiben können. Aber es war nicht der Mühe wert, Frau Moser das auseinanderzusetzen. Für Frau Moser war sie ein armes Luder, das froh sein mußte, irgendwo unterzukriechen. Das Milieu, in dem sie aufgewachsen war, die Atmosphäre ihres Elternhauses, ihr Bildungsgrad, das waren für Frau Moser keine Begriffe. Die sah nur, was sie heute und in dieser Welt vorstellte, und das war weniger als eine Fabrikarbeiterin. Martin sah Regina an. Er fühlte und verstand genau, was sie dachte. Er wollte ihr helfen.

»Wie ist es mit Sprachen?« fragte er.

»Englisch und Französisch, allerdings nur Schulkenntnisse«, erwiderte Regina. Mit einem gewissen Nachdruck fügte sie hinzu: »Am besten eigentlich Latein. Ich war eine gute Lateinerin, schon durch meinen Vater.«

Darauf entstand ein kleines betretenes Schweigen bei den Mosers. So, Latein konnte die. Wer hätte das gedacht?

Herr Moser räusperte sich. »Damit kann man aber im praktischen Leben nicht viel anfangen, was?« äußerte er zweifelnd.

»Es kommt auf den Beruf an«, erwiderte Regina. »Auf jeden Fall ist es ein gutes Training für den Kopf. Das sagte mein Vater immer. Ob man es nun später braucht oder nicht.« Es klang ein ganz klein wenig überheblich.

»Hm, na ja, mag sein«, meinte Herr Moser eingeschüchtert.

»Ich halt's für überflüssig für ein Mädel«, sagte Frau Moser energisch. »Es gibt wichtigere Dinge, die man lernen sollte.«

»Oh, einige andere Dinge habe ich auch noch gelernt«, sagte Regina sanft, doch mit einer gewissen Entschiedenheit.

Sieh an, dachte Martin, sie ist gar kein so kleines Lämmchen, wie man denkt, sie wehrt sich ihrer Haut. Das gefiel ihm.

»Könntest du denn nicht als Sprechstundenhilfe arbeiten«, sagte er, ganz stolz auf diesen Einfall. »Da ist es doch sicher von Nutzen, wenn man Latein kann.«

Frau Moser winkte ab. »Das ist nichts für ein Mädel, das sich selbst erhalten muß. Das kann man nur machen, wenn man zu Hause bei den Eltern wohnt. Die Tochter von Bayers vorn, die kleine Dunkle, wissen Sie, die arbeitet als Sprechstundenhilfe bei einem Zahnarzt. Da bekommt sie nicht viel, 150 Mark, glaub' ich. Sie ist ja auch gerade erst neunzehn Jahre, und verlobt ist sie auch schon. Verdient sich halt ein Taschengeld, bis sie heiratet.«

»Mein Vater wollte ja, daß ich studiere«, sagte Regina, ohne näher auf die Berufsaussichten einer Sprechstundenhilfe einzugehen, »und die höhere Lehrerlaufbahn einschlage, so wie er.«

»Lehrerinnen verdienen ja auch nix«, sagte Herr Moser, der Haus-, Bäckerei- und Autobesitzer, »das hört man ja immer wieder, was das für ein Hungerdasein ist.«

Regina errötete. Ihr Vater war Studienrat gewesen. Er hatte ein gutes Einkommen gehabt, das ihnen ein behagliches und kultiviertes Leben ermöglicht hatte. Jedenfalls damals, als sie noch Kind war. Doch sie verzichtete darauf, dies Herrn Moser mitzuteilen. Heute war eben alles anders. Und hier im Westen legten die Leute überhaupt ganz andere Maßstäbe an.

»Und wolltest du nicht Lehrerin werden?« kam Martin ihr zu Hilfe.

»Nein, damals eigentlich nicht. Mein Traum war es, Malerin zu werden. Ich habe immer mit den Augen gelebt. Und ich hatte wohl auch ein bißchen Talent.«

In den Moserschen Gesichtern stand Geringschätzung. Malerin, war das ein Beruf? Ein komisches Ding, das sich der Martin da aufgegabelt hatte! Der hätte sich auch etwas Besseres suchen können!

Alle beide, Regina und Martin, empfanden genau, was die Mosers dachten. Ihre Blicke trafen sich in geheimem, lächelndem Einverständnis. Im Augenblick fühlten sie sich einander ganz verbunden. Wenn auch die Mosers reiche Leute waren gegen sie, erfolgreiche Leute, so besaßen sie, die beiden armen Heimatlosen, einen anderen Besitz, von dem die Mosers nichts verstanden.

»Ja, ich erinnere mich«, sagte Martin mit einem Spitzbubengesicht, »du hast mir damals deine Zeichnungen gezeigt. Waren sehr hübsche Sachen dabei. Und heute? Malst du gar nicht mehr?«

Reginas Gesicht verschloß sich. »Nein. Das ist vorbei.«

Malen! Heute! Wie er sich das wohl vorstellte! In der Besenkammer bei der Witwe Zenger etwa? Oder bei den Verwandten in Coßlitz? Ihre Tante hatte einmal giftig gesagt: »Hast du weiter nichts zu tun? Ich rackere mich ab den ganzen Tag, und das gnädige Fräulein sitzt hier und pinselt. Ein bißchen Schularbeiten, ein bißchen Krankenpflege und dann Bildchen malen. So ein Leben möchte ich auch mal haben.«

Nur heimlich hatte sie manchmal noch ein Skizzenbuch in die Hand genommen. Aber es war nicht viel daraus geworden, die Atmosphäre war nicht danach. So war das Talent nicht weiter gepflegt worden, sicher war es auch nur ein kleines Talent gewesen. Das sagte sie sich selbst, wenn sie einmal dabei war, sich zu bedauern. Wäre es ein großes Talent gewesen, hätte sie wohl trotzdem gemalt.

Nachdem es noch Kuchen gegeben hatte und einen klebrigen Süßwein, verabschiedete sich Regina artig und mit wohlgesetzten Worten.

»Ich bringe dich zur Straßenbahn«, sagte Martin. »Aber möchtest du dir nicht noch mein Zimmer ansehen? Vielleicht besuchst du mich mal oben. Und da mußt du doch wissen, wo du mich findest.«

Er hatte sich diese Wendung vorher sorgfältig überlegt. Die Mosers sollten nur wissen, daß Regina wiederkommen würde. Und zwar zu ihm.

»Ja«, sagte Regina kühl. »Natürlich, wenn du willst.«

Frau Moser sagte nichts dazu, ein leises Mißbehagen war auf ihrem Gesicht zu lesen.

Herr Moser hingegen nickte gönnerhaft und ein wenig verschmitzt. Und dann sagte er etwas Ungeheuerliches, er sagte: »Sie können ja dann den Wagen nehmen, Martin, und das Fräulein nach Hause fahren.«

Seiner Frau verschlug es die Sprache, was den Abschied wesentlich abkürzte. Als die Mosers allein waren, sagte sie: »Na, das geht ja nun wirklich zu weit, Anton.«

Herr Moser war selbst nachträglich überrascht von seiner Großzügigkeit. »Ausnahmsweise mal«, entschuldigte er sich. »Die Kleine kann einem ja leid tun, sie hat es schwer.«

»Sie ist ganz schön eingebildet«, meinte Frau Moser. »Latein! Und Malerin will sie werden. Hat man so was schon gehört.«

»Wollte sie werden«, verbesserte ihr Mann. »Das hat sie sich jetzt wohl aus dem Kopf geschlagen.«

»Glaubst du das, daß er sie von früher her kennt? Ich nicht«, sagte Frau Moser, denn sie war eine Frau und stets voll Mißtrauen.

»Warum denn nicht? Sie haben sich ja auch von damals unterhalten«, erwiderte Herr Moser, ein Mann, und daher eher geneigt zu glauben, was man ihm erzählte.

In dem Blick, den seine Frau ihm zuwarf, stand denn auch deutlich zu lesen, was sie von der männlichen Intelligenz im allgemeinen und von der ihres Gatten im besonderen hielt. Doch sie verzichtete darauf, sich näher zu dem Thema auszusprechen, sie sagte nur noch: »Es paßt mir nicht, daß Martin sie mit hinaufnimmt.«

»Aber Therese, das mußt du doch verstehen! Er ist doch noch ein junger Mann. Und seit er zurück ist, lebt er hier allein. Irgendwann muß er sich doch mal ein Mädel zulegen.«

»Aber nicht hier bei mir«, sagte Frau Moser energisch. »Es genügt, daß wir ihn hier wohnen lassen, für nichts und wieder nichts. Wir könnten das Zimmer genausogut für teures Geld vermieten. Und was soll er auch mit so einem komischen Ding anfangen? Er soll sehen, daß er eine Frau mit Geld findet, die ein Geschäft hat oder so was, damit er wieder auf die Beine kommt. So eine wie die braucht er nicht. Eine, die selbst vorn und hinten nichts hat, nur einen Vogel.«

Darauf sagte Herr Moser etwas sehr Hübsches, was man gar nicht von ihm erwartet hätte. »Vielleicht braucht er nötiger eine, die ihn liebhat und die er auch liebhaben kann.«

»Schmarrn«, meinte seine Frau darauf herzlos. »Liebe! Davon kann man nichts 'runterbeißen. Und überhaupt – er ist ja noch verheiratet.« Damit verschwand sie in Richtung Schlafzimmer.

Herr Moser blickte nachdenklich hinter ihr drein. Er war nicht so gebaut, daß er philosophiert hätte. Und schon gar nicht über die Liebe. Aber in seiner Jugend war er romantischen Gefühlen gegenüber sehr aufgeschlossen gewesen. Und ein wenig war davon noch übrig. Es war ein Stück seines Wesens, das seine Therese niemals entdeckt hatte. Dafür war sie blind und taub. Wenn sie auch sonst eine tüchtige und ordentliche Frau war, die Haus und Geschäft mit fester Hand regierte.

Ja. Herr Moser seufzte leise vor sich hin. Kein Mensch war eben vollkommen. Und alles konnte man nicht haben, so war das mal im Leben.

Regina und Martin konnten an diesem Abend, nachdem sie vor den Augen der Mosers hinaufgegangen waren – vor ihren wachen Ohren gewissermaßen –, den Übergang zu zärtlicher Stimmung nicht finden. Sie blieben nicht länger als eine knappe Viertelstunde oben in Martins kleiner Stube und wußten nicht recht, was beginnen.

»Das war heute anders, als ich es mir vorgestellt habe«, sagte Martin unglücklich. »Aber ich mußte den Mosers sagen, daß du kommst. Und als sie uns einluden, bei ihnen zu essen, konnte ich schlecht ablehnen. Sie sind eben ein bißchen neugierig.«

»Aber das macht doch nichts«, sagte Regina, ganz höhere Tochter, »es war doch sehr nett.«

»Das nächste Mal gehen wir gleich zu mir 'rauf und machen es uns gemütlich, ja? Schließlich habe ich hier eine sturmfreie Bude.«

Die Formulierung war nicht ganz glücklich gewählt, gewollt burschikos, aus der Stimmung des enttäuschenden Abends heraus. Er meinte es gewiß nicht böse. Aber Regina nahm Anstoß daran. Was fiel ihm ein? Sie gab keine Antwort, zog nur die Oberlippe ein wenig hoch, was ihr ein hochmütiges Aussehen gab. Dabei ließ sie den Blick durch die kahle kleine Kammer schweifen, und ihre Augen waren sehr hell und sehr abweisend.

Sie wollte ihn nicht kränken. Aber auch sie war abgespannt, die zwei Stunden da unten im Moserschen Wohnzimmer hatten sie nervös gemacht. Ach, im Grunde wollte sie das ja alles nicht! Nicht bei Mosers sitzen und nicht hier bei diesem fremden Mann in der Dachkammer.

Es stand in ihrem Gesicht geschrieben, und Martin, empfindlich, wie er nun einmal war, zog sich sofort in sein Schneckenhaus zurück. Natürlich, er war ihr nicht gut genug, das konnte man deutlich merken. Nun bitte, ihm war das gleichgültig. Von ihm aus brauchte sie auch nicht wiederzukommen.

Um etwas zu reden, sagte Regina schließlich: »Wenn ich nur schon eine Stellung hätte. Das ist mir momentan das wichtigste.«

»Es kann doch eigentlich nicht so schwer sein, etwas zu finden«, sagte er uninteressiert. »Ich denke, es werden überall Arbeitskräfte gesucht. Hast du denn wirklich nichts Vernünftiges gelernt?«

Dieses Frage trieb Regina das Blut in die Stirn und verpatzte vollends alles. Was bildete dieser Kerl sich ein! Gelernt! Sie hatte bei den Verwandten für das tägliche Leben arbeiten müssen, schlimmer als eine Dienstmagd. Alles nur darum, weil die sie damals aufgenommen hatten.

Ich konnte ja nicht weg, dachte sie, oben in der kleinen Stube lag die Mutter und starb jeden Tag ein Stückchen, jeden Tag ein kleines Stück. Jahrelang starb sie so. Und wenn sie sprach, dann sprach sie von früher. Von unserer Wohnung in Königsberg, von dem Barockschränkchen und dem guten Porzellan, sie sprach von Vater, von den Großeltern, von Onkel Heinz. Das waren Erinnerungen, die sie liebte und über die sie mit mir sprechen wollte. Niemals mochte sie von der Gegenwart sprechen, niemals von der Zeit nach unserer Flucht. Niemals von heute, immer nur von früher. Wenn ich anfing, von heute zu sprechen, schloß sie die Augen, und aus ihren geschlossenen Augen liefen Tränen über ihre Wangen. Da sprach ich auch nur noch von früher.

Ich lebte zwei Leben, eines mit Mutter in der Vergangenheit und eines mit den schrecklichen Menschen, bei denen wir lebten und von denen wir abhängig waren, in der Gegenwart. Eigentlich waren es drei Leben. Das dritte lebte ich in der Zukunft, in einer herrlichen, glücklichen Zukunft im Westen.

Was ich jetzt habe, ist das vierte Leben. Allein, verlassen, arm und hungrig. Das Leben im Westen, wie es wirklich ist.

Sie straffte sich ein wenig in den Schultern und lächelte kühl und unpersönlich. »Gehen wir?« fragte sie. »Ich glaube, daß es Frau Moser nicht gern sieht, wenn ich zu lange hier oben bin.«

Martin widersprach nicht. Stumm gingen sie die Treppe hinab. Regina wartete am Tor, während er den Wagen aus der Garage holte. Auf der Fahrt sprachen sie nicht viel. Martin brachte sie höflich bis vor die Haustür, aber er küßte sie nicht zum Abschied. Das enttäuschte Regina nun doch ein bißchen. Vielleicht hätte sie einfach die Arme um seinen Hals legen und ihn küssen sollen. Aber so etwas hätte sie nie getan.

Das Kind weinte leise vor sich hin, es klang verzagt und schmerzvoll. Sein kleines Gesicht war kläglich verzogen, alle Fröhlichkeit war daraus verschwunden, selbst die kurzen blonden Haare, die sonst so lustig vom Kopf wegstanden, schmiegten sich trüb und glanzlos unter Gabys streichelnde Hand.

»Was hast du denn, Liebchen?« flüsterte sie zärtlich. »So schlaf doch, schlaf doch ein. Es ist schon so spät. Ich bin ja da, du brauchst keine Angst zu haben. Wir lassen das Licht brennen. Schlaf, Michi! Schlaf jetzt!«

Einen Moment verweilte ihre Hand noch auf Michis Stirn. Nein, sie täuschte sich nicht. Er hatte Fieber. Zu dumm, daß man kein Thermometer hatte!

Bei ihrem Streicheln hatte sich der Kleine beruhigt. Er lag ganz still und schien wirklich eingeschlafen zu sein. Doch sein Atem ging kurz und laut, seine Lippen, die sonst rund und weich im Schlaf waren, wirkten schmal und trocken und seltsam gespannt.

Gaby blieb eine Weile reglos sitzen und beobachtete ihn. Schlief er wirklich? Sie zog behutsam die Decke ein wenig höher und drehte die Lampe mehr zur Seite. Dann stand sie leise auf und ging nebenan in ihr Zimmer.

Kein Grund, sich zu beunruhigen. Eine kleine Erkältung vielleicht. Kinder fieberten leicht einmal, sagte man. Obwohl – Michi war noch nie ernsthaft krank gewesen. Und sie konnte sich auch nicht erinnern, daß er schon einmal Fieber gehabt hätte. Unentschlossen blieb sie mitten im Zimmer stehen. Ob sie Paul weckte? Wie spät war es eigentlich?

Kurz vor Mitternacht erst, noch gar nicht so spät. Vielleicht war er noch wach. Er ging in letzter Zeit immer spät zu Bett. Früher war er dafür gewesen, zeitig schlafen zu gehen. »Wir sind eine Kriegsgeneration«, pflegte er zu sagen, »wir brauchen viel Schlaf, um unsere Nerven wieder ein wenig zu beruhigen.«

Es sei denn, sie gingen aus, was immerhin häufig genug vorkam. Paul hatte viele Freunde und Bekannte, er war ein geselliger und heiterer Mensch. Und Gaby, sehr lebenslustig und ein wenig vergnügungssüchtig, liebte es, sich schön zu machen und abends auszugehen.

Früher war es aber auch sehr nett gewesen, wenn sie allein zu Hause waren. Es gab immer viel zu erzählen, Gaby war gesprächig und heiter und Paul stets gut gelaunt. Außerdem hatten sie sich sehr lieb.

In letzter Zeit war Paul ernster geworden, er war selten so zärtlich und liebevoll wie früher. Er las Zeitung oder beschäftigte sich mit seinem Geschäftskram. Selten kam es vor, daß sie so unbeschwert beisammensaßen. Eigentlich nie mehr. Alles war so anders geworden.

Ja, alles war anders geworden. Und Gaby wußte genau, warum und seit wann. Seit Martin zurückgekommen war und sie sich geweigert hatte, ihn zu sehen und zu sprechen. Geweigert aus einer jähen Panik heraus, aus einem unausgesprochenen Gefühl der Schuld, das sie veranlaßte, den Kopf in den Sand zu stecken und zu tun, als habe sich nichts geändert.

Sie hatte das immer schon ganz gern getan, allem Unangenehmen aus dem Wege gehen und es andere für sich erledigen lassen. Aber diesmal war es ein Fehler gewesen. Es gab Dinge, die konnte kein anderer erledigen, die mußte man selbst tun. Genau wie es Dinge gab, die sich nicht von selbst und mit der Zeit erledigten.

Gaby stand unbeweglich mitten im Zimmer und betrachtete prüfend die Frau, die ihr im Spiegel gegenüberstand. Eine hübsche Frau, schlank und jugendlich, trotz des bekümmerten Gesichts, das sie im Moment aufgesetzt hatte. Eine kostbare Frau, in einem eleganten seidenen Morgenrock über einem hauchzarten Nachthemd, die Füße in hochhackigen Seidenpantöffelchen. Auch die Umgebung paßte zu dieser Frau. Das Zimmer war geräumig und behaglich, cremefarben die Wände, aus Seide die Vorhänge, die Möbel ausgesucht hübsche Stücke, ein breites Bett mit lichtblauer Daunendecke, ein pastellfarbener Teppich, eine Zimmerwand wurde ganz von dem riesigen Schrank eingenommen, der ihre reichhaltige Garderobe barg. Besonders hübsch war der Toilettentisch, niedrig, helles Kirschbaumholz, der Sessel davor hatte die gleiche Farbe wie die Daunendecke. Im Zimmer war es warm, man heizte gut in der teuren, komfortablen Neubauwohnung.

Das war alles sehr hübsch. Luxus, Wohlstand. Das, was sie sich so lange gewünscht hatte, so lange vergeblich: erst in einer kargen Jugend, dann in den schweren trostlosen Nachkriegsjahren, die sie in häßlich möblierten Zimmern verbracht hatte, frierend, hungernd, wie die meisten Menschen damals.

War es wirklich Luxus, was sie hier umgab? Es war ja nur Wärme, Geborgenheit, weiter nichts als eine gut eingerichtete Vierzimmerwohnung, ein paar Kleider mehr, als man unbedingt gebraucht hätte. Wenn man es einmal besaß, kam es einem ganz selbstverständlich vor. Wichtiger war das Kind, das sie über alles liebte. Und der Mann, der zu dem allem gehörte, obwohl sie nicht mit ihm verheiratet war. Verheiratet war sie immer noch mit dem anderen.

Sie trat näher an den Spiegel heran und betrachtete sich aufmerksam. Das Gesicht war noch nicht für die Nacht eingefettet, es war geschickt zurechtgemacht, ein wohlgeformtes, faltenloses Gesicht mit einer kurzen, etwas kecken Nase, einem vollen Mund und warmen braunen Augen. Die Stirn war nicht sehr hoch, aber klar, auch sie noch faltenfrei. Das braune Haar hatte eine leicht rötliche Tönung, es war kurz und gelockt, von einem erstklassigen Coiffeur frisiert.

Alles in allem eine Frau, die nett anzusehen war, man merkte nicht, daß sie schon Mitte der Dreißig war. Und wenn auch, was schadete es? War es nicht das beste Alter für eine charmante Frau? Wenn man so lebte wie sie jetzt, dann ließ sich noch allerhand anfangen mit diesem Leben. Was hinter ihr lag, war vergangen. Wenn auch nicht vergessen. Sie selbst, sie allein, konnte in dem Glas die andere Gaby sehen, die junge Gaby, achtzehn Jahre alt, mit langen braunen Haaren, stets voll Lachen und Übermut, gerade mit der Handelsschule fertig und verliebt in einen jungen Mann, der Martin hieß und eben nur ein paar Jahre älter war. Ein junger Mann aus gutem, wohlhabendem Hause, der in ihrer Heimatstadt, in Breslau, studierte. Er wollte sie heiraten, glatt vom Fleck weg, so wie sie war. Es war sehr aufregend damals. Denn sie liebte ihn auch, und außerdem war er eine gute Partie.

Sie stammte aus kleinen Verhältnissen, nicht im vornehmen Süden wohnten sie, sondern jenseits der Oder in der häßlichen Vorstadt. Nicht, daß es sie allzusehr bedrückt hätte, sie war eine viel zu heitere Natur und stets überzeugt davon, daß das Leben nur darauf wartete, ihr alles, was sie sich wünschte, in den Schoß zu werfen. Und nachdem sie Martin kennengelernt hatte, sah es auch ganz danach aus.

Im Nebenzimmer regte sich das Kind, sein lautes Atmen war bis herüber zu hören, und jetzt begann auch wieder das leise, klägliche Weinen.

Gaby verließ ihr Spiegelbild und kehrte an Michis Bett zurück.

»Aber Michilein, Schätzchen, was ist denn?« Sie kniete neben dem Bett nieder und umfing den kleinen heißen Körper mit beiden Armen und drückte ihn an sich. »Was hast du denn? Sag's doch der Mutti. Wo tut's denn weh? Sag mir's.« Sie legte ihre Wange an die des Kindes, die ihr noch heißer vorkam als zuvor. Michi hatte den Mund geöffnet, er atmete stoßweise und wimmerte leise vor sich hin.

Und plötzlich durchfuhr sie ein wilder Schreck. Das war die Strafe. Michi war krank. Er würde sterben. So würde Gott sie strafen, weil sie Martin im Stich gelassen hatte, weil sie zu feige gewesen war, wenigstens mit ihm zu sprechen.

Sie legte das Kind in die Kissen zurück und stand auf. Ihr Mund stand vor Entsetzen offen, gehetzt blickte sie um sich. Das war die Strafe. Alles, was ihr nicht zukam, würde sie wieder verlieren. Paul hatte sie schon verloren. Und nun würde das Kind sterben.

Ohne zu zögern, ging sie über die Diele in Pauls Zimmer. Er schlief noch nicht. Die Nachttischlampe brannte, er lag im Bett und rauchte. Er lag allein im Bett und rauchte und starrte an die Decke. Das paßte gar nicht zu ihm.

Als sie eilig eintrat, richtete er sich auf. An ihrem Gesicht sah er, daß sie nicht kam, sich einen Gutenachtkuß zu holen, wie sie es manchmal tat.

»Michi ist krank«, sagte sie hastig. »Er hat doch Fieber. Du hast es mir vorhin nicht glauben wollen. Ich möchte doch lieber einen Arzt rufen.«

»Aber Gaby, es ist zwölf Uhr durch. Wir haben ihn doch vorhin genau angeschaut. Er ist ein bißchen erkältet. Oder er hat sich den Magen verdorben. Bei kleinen Kindern ist doch schnell mal was in Unordnung.«

»Er hat Fieber«, beharrte sie.

»Na ja, vielleicht hat er auch ein bißchen Fieber. Das kann leicht sein. Morgen früh wird ihm besser sein. Geh jetzt schlafen.«

Sie stand neben dem Bett und blickte feindselig auf ihn hinunter. Lieblos, gleichgültig war er jetzt. Sie und das Kind, was bedeuteten sie ihm noch? Vielleicht würde er sie ganz gern beide loshaben. Nun, das konnte er leicht haben, sie waren ja nicht einmal verheiratet.

Sie preßte die Lippen zusammen, um das nicht alles herauszusprudeln. Sie wußte, daß es nicht stimmte. So war Paul nicht, und sicher war, daß er sich für sie beide verantwortlich fühlte. Aber er liebte sie nicht mehr, nicht mehr so wie früher. Seit Martin gekommen war, seit er mit Martin gesprochen hatte, seither war alles anders geworden. Nicht auf einmal, so nach und nach, wie eine schleichende Krankheit. Und das Schlimme war, daß sie nie darüber sprachen. Sie war von Anfang an jedem Gespräch über Martin ausgewichen. Das war falsch gewesen, das wußte sie jetzt.

Der zornige Ausdruck verschwand aus ihrem Gesicht. »Paul, bitte… ich mache mir solche Sorgen. Michi ist ganz bestimmt krank.«

Er stand sofort auf, drückte seine Zigarette aus und sagte: »Ich will ihn mir noch mal anschauen.«

Gerade jetzt lag Michi ganz ruhig und schien wieder zu schlafen, den Kopf ein wenig auf die Seite geneigt, eine Faust neben der Wange geballt, nicht viel anders, als er sonst auch schlief. Paul fühlte vorsichtig seine Stirn.

»Er hat Fieber, sicher«, flüsterte er. »Irgend etwas stimmt nicht ganz mit ihm. Aber du übertreibst wirklich, Gaby. Mach das Licht aus, und laß ihn schlafen, das ist das beste. Im Schlaf kuriert sich das meiste von selbst. Komm.« Er knipste die kleine Lampe aus, auf Zehenspitzen gingen sie in Gabys Zimmer.

»Ich mach mir solche Sorgen«, sagte Gaby noch einmal.

»Du bist schon bald hysterisch mit dem Kind«, erwiderte er ein wenig ungeduldig.

Gereizt fuhr sie herum. Jetzt sagte sie doch, was sie nicht hatte sagen wollen. »Wenn wir dir lästig sind, ich und Michi, dann können wir ja gehen. Du bist nicht an uns gebunden. Du bist frei. Das muß doch ein herrliches Gefühl sein, nicht? Frei von jeder Verpflichtung. Eine Freundin wechselt man schnell. Und hat dabei noch das erhebende Gefühl, daß ihr recht geschieht. Sie ist selber treulos und feig, sie hat es nicht anders verdient.«

Paul antwortete nicht gleich, er blickte sie nur traurig an. Er sah sie an, wie er sie früher nie angesehen hatte, mit ernsten, grüblerischen Augen, in denen Frage und Zweifel stand. So ruhte in letzter Zeit manchmal sein Blick auf ihr, und dieser Blick machte sie stets nervös.

»Gaby«, sagte er dann ruhig, »schämst du dich nicht? Warum redest du solchen Unsinn? Ist es meine Schuld, daß wir nicht verheiratet sind?«

»Nein. Ich weiß, es ist meine. Alles ist meine Schuld. Ich bin die pflichtvergessene, treulose Frau, die ihren Mann im Unglück allein gelassen hat und in ein angenehmes Leben ausgewichen ist.«

»Ich denke, das war es doch wohl nicht allein.«

»Ach Paul!« Mit hängenden Armen, die Augen voll Tränen, stand sie und schaute trostlos zu ihm auf. »Ich weiß, du liebst mich nicht mehr.«

»Es hat sich nichts zwischen uns geändert«, sagte er fest.

»Doch. Es hat sich alles geändert, und ich weiß auch, warum. Du verachtest mich.«

Er ging zu ihr und nahm sie in die Arme. »Sei nicht so töricht, Gaby. Ich liebe dich, wie ich dich immer geliebt habe, dich und Michi. Und ich wünsche so sehr, unser gemeinsames Leben könnte endlich einmal in Ordnung kommen. Aber ich billige dein Verhalten nicht deinem ...

deinem Mann gegenüber, das weißt du. Es war herzlos, seine Rückkehr einfach zu ignorieren. Und wenn man Herzlosigkeit an der Frau entdeckt, die man liebt, dann ist das schlimm.«

Eine Weile blieb es still. Gaby hatte ihr Gesicht an seiner Schulter verborgen, ein paar Tränen tropften auf seinen Schlafanzug. Sie schämte sich, daß er dies zu ihr sagen mußte und daß es die Wahrheit war. Aber sie war auch froh, daß es endlich, endlich einmal ausgesprochen wurde, nach Wochen und Monaten des Verstummens und Fremdwerdens. Ja, sie war herzlos gewesen, herzlos und dumm. Sie hatte sich drücken wollen, als der Tag gekommen war, vor dem sie sich jahrelang gefürchtet hatte und an den sie nie denken mochte. Hatte sie nicht sogar manchmal im stillen gedacht, halb unbewußt, daß es das beste wäre, wenn Martin gar nicht zurückkäme, wenn er sterben würde, fern dort in Rußland? Und es war doch derselbe Martin, den sie einmal geliebt hatte! Vielleicht hatte sie ihn auch nicht richtig geliebt, sie war ja so jung gewesen, so jung und dumm. In Wirklichkeit war sie nur verliebt gewesen, wie man halt verliebt ist in diesem Alter.

Paul küßte sie leicht auf die Wange, löste sich dann von ihr, ging zu ihrem Toilettentisch und nahm eine Zigarette aus der Dose, die dort stand. »Willst du auch?«

»Ja, gib mir eine.«

Nachdem er die Zigaretten angezündet hatte, sagte er, ohne sie anzusehen: »Ich kann bis heute nicht begreifen, warum es dich nicht mehr berührt hat, daß Martin zurückkam. Nicht weil er dein Mann ist. Ich kann verstehen, daß dir die Ehe mit ihm nichts mehr bedeutet, es ist zu lange her, und es ist zu viel geschehen. Mein Gott, es leben sich ja Leute auseinander, die ständig zusammen sind. Daß keine Bindung mehr zwischen euch bestehen kann, ist ja verständlich. Du lebst mit mir, wir haben Michi. Das ist ein anderes Leben für dich, ein neues Leben. Aber abgesehen davon, es muß einen doch als Mensch tief berühren, wenn man bedenkt, was er alles hinter sich hat. Jahre und Jahre. Schön, ich war auch im Krieg. Ich war verwundet, ich war auch kurz in Gefangenschaft. Gut. Soweit kann ich mitempfinden. Aber 1945 war für mich der Krieg zu Ende. Und seitdem habe ich gelebt. Und er? Er war in Rußland. Ein Gefangener. Jahre und Jahre. Jahre, in denen es uns schlecht ging. Jahre, in denen es uns gut ging. Jahre, in denen wir uns überlegt haben, ob wir im Sommer nach Italien oder nach Spanien fahren, ob wir einen Opel oder einen Volkswagen kaufen, ob wir als Weihnachtsbraten eine Gans oder eine Pute machen, ob wir beim nächsten Anzug die Hosen etwas enger machen lassen, ob wir unseren Finanzbeamten ein bißchen schmieren oder ob wir lieber die Spesen erhöhen, ob wir...«

»Hör auf«, sagte Gaby heiser.

»Als er zurückkam, war der Krieg über zehn Jahre zu Ende. Zehn Jahre, in denen wir Frieden hatten. Oder jedenfalls so etwas Ähnliches. Und abgesehen von den ersten paar Jahren ist es uns nicht schlecht gegangen. Die heute Zwanzigjährigen, die wissen gar nicht mehr, was das ist – Krieg. Und die noch Jüngeren wissen es schon gar nicht. Er aber war zehn Jahre lang gefangen, mehr als zehn Jahre.« Er sah sie jetzt an, drängend, geradezu etwas Verzweifeltes im Blick. »Gaby, hast du darüber einmal nachgedacht, was das bedeutet? Über zehn Jahre lang. Und er ist ein Mensch, den du kanntest. Kein Fremder. Ein Mann, den du doch gern gehabt hast, der dir Liebe geschenkt hat, Liebe und Vertrauen. Ich kann nicht verstehen, wie dich das so kalt lassen kann. Darüber komme ich nicht hinweg.«

»Es läßt mich doch nicht kalt«, sagte sie leise. »Wie kannst du so etwas denken? Aber was sollte ich denn tun? Sollte ich dich verlassen? Dich und Michi? Ich kann ihm doch auch nicht helfen.«

»Du warst der einzige Mensch, der ihm helfen konnte, als er kam. Ich habe ja vorher auch nicht darüber nachgedacht. Und natürlich wollte ich nicht, daß du mich verläßt und zu ihm gehst. Das ginge ja auch gar nicht, so wie die Dinge liegen. Ich dachte, es wird sich schon eine Lösung finden lassen. Aber als ich ihn dann gesehen habe...« Er verstummte.

Ja, als er ihn gesehen hatte, auf dem Bahnhof, wo er hingegangen war, um den Heimgekehrten in Empfang zu nehmen. Da hatte er sofort gewußt, daß sie es falsch gemacht hatten, daß es grausam war, grausam und böse, den Mann *so* zu empfangen. Nie wird er dieses Gesicht vergessen, diesen Blick, täglich hat er ihn seitdem vor sich gesehen.

Er hatte ihn ins Auto genommen, sie waren in eine kleine Weinstube gefahren, dort saßen sie sich gegenüber. Paul hatte gesprochen, unzusammenhängend, unsicher, die Worte suchend, die er einfach nicht finden konnte. Daß Gaby krank sei und nicht selber kommen könne. Und dann auch, daß Gaby bei ihm lebe und daß sie ein Kind zusammen hätten.

»Ich verstehe«, hatte der Mann mit dem tiefliegenden Blick und den hohlen Wangen gesagt, »ich verstehe, natürlich.« Und man hatte ihm angesehen, daß er *wirklich* alles verstand, alles das, was Paul nicht hatte sagen können.

Diese Stunde konnte Paul nicht vergessen. Er hatte dem Heimkehrer seine Hilfe angeboten, doch der hatte schroff abgelehnt und war gegangen. Paul hatte das Gefühl gehabt, er müsse ihn festhalten, aber er wagte es nicht. Und wohin ging der Mann, der nun allein in dieser fremden Stadt war? Wo lebte er? Wie lebte er? Mit wem sprach er?

Immer mußte Paul seitdem über diese Fragen nachdenken. Und sie bedrückten ihn, wie ihn nichts, *nichts* in seinem Leben bisher bedrückt hatte. Zweimal hatte er noch versucht, mit Martin Verbindung aufzunehmen, doch er traf auf Schweigen. Und so fühlte auch *er* sich schuldig, und dieses Gefühl der Schuld verdarb sein Leben mit Gaby, war dabei, seine Liebe zu ihr zu zerstören.

Wenn er mit ihr darüber hätte sprechen können, wenn er sich mit ihr hätte beraten können, wenn man zusammen nach einem Ausweg gesucht hätte! Aber Gabys feiges Ausweichen vor dem Thema, ihr Bestreben, diese ganze Situation einfach zu ignorieren, machte es unmöglich, mit ihr darüber zu sprechen. Ihre Haltung hatte ihn oft mit Zorn gegen sie erfüllt.

Nun also sprachen sie doch darüber, und es wurde ihnen beiden leichter ums Herz.

»Was soll man denn tun, Paul?« fragte Gaby. »Was soll man denn bloß tun?«

»Er wohnt immer noch da draußen bei diesem Bäcker. Aber er läßt sich von mir nicht sprechen. Es wäre so wichtig, daß er wieder in das normale Leben hineinfindet, daß er arbeitet. Hast du schon einmal darüber nachgedacht, wie irrsinnig ihm unsere Welt vorkommen muß, unsere Wirtschaftswunderwelt mit ihrer ganzen hektischen Prosperity, mit ihrer Verlogenheit, ihrer Wichtigtuerei? Stell dir vor, ein Mensch, der die ganze Entwicklung nicht miterlebt hat, der gewissermaßen jetzt aus dem Krieg kommt, aus dem Jahr 1945 kommt, sieht sich unserem Tollhaus gegenüber. Er kann sich nicht zurechtfinden, Gaby, er kann einfach nicht. Es sei denn, er wäre ein ganz stumpfsinniger, primitiver Mensch, der weder hören noch sehen, noch denken kann. Ich muß immer darüber nachdenken, wie das wohl sein mag, wenn man so von heute auf morgen in diese Welt gerät. Damit kann man nicht allein fertig werden.«

»Aber ich konnte ihn doch nicht in Empfang nehmen, als wenn alles in Ordnung wäre. Und wohin sollte er denn heimkehren? Dies hier ist doch deine Wohnung. Hierher konnte ich ihn doch nicht bringen.«

Hilflos sah sie ihn an, und noch einmal dachte sie: Es wäre besser gewesen, er wäre gar nicht gekommen.

Und weil sie sich des Gedankens schämte, begann sie wieder zu weinen. Ach, warum war nur das Leben so schwierig, warum konnte sie denn nicht endlich einmal in Ruhe und Frieden leben, in ordentlichen Verhältnissen, so wie andere Frauen auch. Jetzt weinte sie aus Mitleid mit sich selbst.

Paul tröstete sie. Er nahm sie in die Arme, und sie waren sich wieder so nah und vertraut wie früher. Aber Gaby dachte: Wie lange noch? Er wird sich bald nach einer Frau umsehen, die ihm nicht solche Konflikte ins Haus bringt. Vielleicht tut er es jetzt schon.

»Wir haben es falsch gemacht«, wiederholte Paul. »Wir hätten uns vorher gründlich überlegen müssen, wie man es am besten machen kann. Am besten für ihn, das vor allem.«

Plötzlich hob Gaby den Kopf und lauschte. Michi!

Sie stürzte ins Nebenzimmer, und als sie das Kind sah, hatte sie alles andere vergessen, Paul, Martin; nichts war mehr wichtig.

Michi hatte sich halb aufgerichtet, sein Gesicht war rot, er rang keuchend nach Luft. Der Anblick war so entsetzlich, daß Gaby vor Schreck aufschrie.

Paul kam ihr nach, und als er den Buben sah, vergaß auch er augenblicklich alles andere. »Verdammt«, rief er, »das sieht nach Diphtherie aus. Ich rufe gleich den Arzt an«, und damit lief er hinüber in sein Arbeitszimmer ans Telefon.

Gaby brach neben dem Bett in die Knie, stützte den Kopf des Kindes, rief immer wieder seinen Namen. Aber Michi erkannte sie nicht. Schluchzend legte sie die Stirn in die Kissen.

»Es ist die Strafe«, flüsterte sie, »die Strafe.«

Die Großeltern lebten in einem kleinen Ort in Ostpreußen, in einer weiten fruchtbaren Landschaft. Nirgends war der Sommer so schön wie hier. Es mußte wohl vom Himmel kommen, denn der unendliche blaue Himmel, der sich an jedem Punkt des Horizontes mit dem Gelb der reifen Ährenfelder und dem tiefen Grün der Wiesen verband, war wie eine mächtige Glocke über das Land gestülpt und hatte den Sommer eingefangen.

Der Großvater zog in seinem Garten das schönste Gemüse und die herrlichsten Blumen, die Regina je gesehen hatte. Vor dem Haus standen hohe gelbe Sonnenblumen, der Duft des gemähten Grases war der Duft der Heimat, den man nie vergessen würde, Apfelbäume bogen sich unter der Last der Früchte, der ganze Ablauf des Sommers war für Regina mit dieser Landschaft verbunden. Sie lag im Gras, die Großmutter brachte ihr ein Glas Milch. »Trink, Kind«, sagte sie, »davon bekommst du schöne rote Backen.«

Es war ein müßiges Beginnen, ein sinnloses, auf dem Matratzenlager in der armseligen Kammer der Witwe Zenger zu liegen und an die glücklichen Sommer der Kindheit zurückzudenken. Es gab weiß Gott genug anderes, was Regina hätte bedenken müssen. Aber vielleicht kam es daher, daß sie hungrig war und ständig fror, vielleicht auch daher, daß sie der trostlosen Gegenwart entrinnen wollte, wenigstens in Gedanken. Und wenn sie sich an schöne und glückliche Stunden ihres Lebens erinnern wollte, dann mußte sie bis in ihre Kindheit zurückgehen. Sie lag auf dem harten Lager, die Decke bis an die Nasenspitze hinaufgezogen, sah in die Luft und träumte. Immer noch. Oder schon wieder. Aber nicht mehr von der Zukunft, sondern von der Vergangenheit.

Wenn das Kind aus dem Garten auf die Straße trat, konnte es am anderen Ende des Weges den großen Bauernhof erkennen. Dann zog es die Schuhe aus und lief mit bloßen Füßen in dem weichen grauen Staub der Straße. Jochen, der jüngste Sohn des Bauern, war sein Freund und Beschützer. Er nahm Regina mit in die Wälder, an den See zum Fischen, in die Ställe oder auf die Weiden, wo sie die weichen Mäuler der Kühe liebkoste und wo ihr aus den großen sanften Augen der Tiere alle Demut und alle Geduld der Welt entgegenblickte. Wenn sie Getreide einfuhren, durfte sie auf dem Rücken eines Pferdes sitzen und erfuhr, was Glück, was wirkliches Glück war.

Begann die Schule und mußte sie zurück in die Stadt, so konnte sie sich schon auf den nächsten Sommer freuen. Dann würde es wieder so schön sein, so sonnig, so friedlich, Großvaters Blumen würden blühen, das Korn auf den Feldern würde reifen. Nichts schien so sicher wie dies.

Und dann war alles untergegangen in dem Meer des Entsetzens, das Häuschen auf dem Lande, die Großeltern, Jochen, erstickt in dem Schnee des furchtbaren Winters. Nichts war von der glücklichen Welt der Kindheit zurückgeblieben.

Übrig blieben Regina und ihre Mutter, heimatlos, zwei verschüchterte, aus dem Nest gefallene Vögel: eine hilflose kranke Frau, ein ängstliches, blasses Kind. So kamen sie bei den Verwandten an.

Die Tante betrieb den häßlichen kleinen Gasthof damals allein. Doch schon Ende des Jahres 1945 kam ihr Mann zurück, groß, derb, rotgesichtig, seine laute Stimme dröhnte durch das ganze Haus. Es verging fast kein Tag, an dem er nicht zuviel trank. Regina fürchtete sich vor ihm.

Und noch mehr fürchtete sie sich vor den beiden Vettern, die keine Gelegenheit vorübergehen ließen, das blasse Mädchen zu ärgern und zu quälen. Besonders der ältere, Manfred, wurde ihr Feind. Immer wieder fing er an, von der Vergewaltigung zu reden, die er miterlebt hatte. Wenn Regina je hätte vergessen können, er sorgte dafür, daß sie nicht vergaß. Wenn Regina sich einmal bei der Tante beschwerte, wurde sie barsch zurechtgewiesen. Sie solle sich nicht so haben und es lieber lernen, sich ihrer Haut zu wehren.

Von Anfang an mußte Regina viel arbeiten. Der Tante war es ein Dorn im Auge, daß sie weiter die Schule besuchte. »Alberner Luxus«, sagte sie, »so was könnt ihr euch doch wirklich nicht mehr leisten.«

Doch die Mutter, sonst durchaus nicht so energisch, bestand darauf. Ihr Mann hätte es auch gewollt, daß Regina das Abitur machen sollte.

Regina selbst hätte es nichts ausgemacht, die Schule zu verlassen. Sie war sowieso keine gute Schülerin mehr, blutarm, unterernährt und ständig voll Furcht, wie sie war. Sie schaffte es gerade mit Mühe und Not.

»Es wird später einmal nützlich für dich sein«, sagte die Mutter. »Wir werden von hier weggehen, und du wirst studieren.« Sie lebte noch immer in Begriffen der Vergangenheit. Dabei lag sie damals schon fast den ganzen Tag, müde, apathisch, mit einem kranken, flatternden Herzen. Es war nicht möglich, daß Regina einen Beruf erlernte, schon gar nicht war an ein Studium zu denken. Sie mußte die Kranke pflegen, im Haus gab es von früh bis spät Arbeit für sie. Die Tante schien der Meinung zu sein, für alle Zeit eine billige Arbeitskraft gewonnen zu haben, dafür, daß sie die beiden aufgenommen hatte.

Regina hatte keine Freunde, keine Freundinnen, keine Bekannten. Sie wich jeder Berührung mit anderen Menschen aus. Und sie hatte eine panische Angst vor Männern.

Einmal erwischte der Vetter Manfred sie abends allein im Hausgang, er hatte getrunken. Er war ein vierschrötiger, derber Bursche, er hatte das Schlosserhandwerk erlernt, arbeitete damals aber bereits in der Fabrik. Überdies war er in der Partei und tat sich großmäulig damit hervor.

»Na, Kusinchen«, sagte er, »wollen wir nicht ein bißchen spazierengehen? Ich hätte gerade Zeit.«

Regina antwortete nicht und wollte an ihm vorbei. Doch er hielt sie fest und drängte sie an die Wand. »Immer noch Zustände?« fragte er. »Das gibt sich, wenn du erst mal auf den Geschmack gekommen bist. Mach nicht so ein Gesicht! Du könntest ganz niedlich sein, wenn du nicht immer so finster dreinschauen tätst. Auf mein Wort. Viel ist ja zwar nicht dran an dir.« Und damit griff er plötzlich nach ihrer Brust.

Regina schrie hell auf, so voll Entsetzen, als wollte er ihr ans Leben.

Erschrocken ließ er von ihr ab, murmelte: »Hysterische Ziege!« und torkelte weiter.

Das alles trug nicht dazu bei, den Schock zu heilen, den sie erlitten hatte. Sie litt unter diesem Zustand. Sie wollte so sein wie andere Frauen auch. Sicher wäre es ihr in anderer Umgebung gelungen, mit dem Geschehenen fertig zu werden, aber nicht hier, wo sie ständig Angst hatte und unglücklich war.

Blieben nur die Träume. Die Träume von einem schöneren Leben, drüben im Westen, später. Regina wußte nicht, wann dieses Später sein würde und ob es jemals Wirklichkeit werden würde. Und nie dachte sie daran, daß es nirgends auf der Welt so vollkommen sein konnte wie in ihren Träumen.

Dies war nun das erste, was sie zu lernen hatte, seit sie im Westen war. Daß Wirklichkeit niemals so sein konnte wie ein Traum. Es war eine schwierige Lektion. Aber sie würde sie lernen müssen. Noch war sie tief in ihre Traumwelt verstrickt, in der alles von selbst geschah. Sie würde erst richtig anfangen zu leben, wenn sie eines Tages entdeckte, daß nie oder fast nie etwas von selbst kam, sondern daß man handeln mußte.

Jeden Tag ging sie in die Innenstadt und betrachtete den Aushang der größten Tageszeitung, die Annoncen mit den Stellenangeboten. Es gelang ihr immer nur unvollständig. Meist wurde sie zurückgedrängt; das lag auch daran, daß sie sich genierte, hier zu stehen. Es war dumm, aber sie genierte sich.

Glaubte sie etwas Passendes gefunden zu haben, ging sie nach Hause und schrieb eine Bewerbung, die sie dann wieder zur Zeitung zurückbrachte und in den Offertenkasten steckte. Da sie keine Zeugnisse beilegen konnte, bekam sie sehr selten eine Antwort.

Einige Male stellte sie sich vor. Aber niemand wollte sie haben, ein Mädchen ganz ohne Ausbildung und Erfahrung, schlecht gekleidet, mit scheuem Wesen. Einer sagte ihr ganz deutlich: »Sehen Sie, Fräulein, wenn ich jemand nehmen soll, der keine Ahnung hat und den ich erst anlernen muß, dann nehm' ich mir gleich ein Lehrmädchen, das kommt billiger.«

Dann ging sie wieder nach Hause, zog die blaue Bluse aus und den dicken Pullover an und kroch unter die Decke. Sie hätte sich gern eine Tasse Tee gemacht, doch dann mußte sie in die Küche gehen, Frau Zenger würde sie mißtrauisch mustern und fragen: »Noch keine Arbeit? Versteh' ich nicht. Werden doch überall Leute gesucht.« Auf ihrem Gesicht war dann deutlich zu lesen, was sie von ihrer Untermieterin hielt.

Zu essen gab es wenig, mal eine Scheibe Brot, ein Stück Wurst, das sie sich mitbrachte.

Sie wurde noch blasser und durchsichtiger.

In dieser tristen Situation tauchte eines Tages Martin auf. Regina hörte seine Stimme, als er bei Frau Zenger nach ihr fragte. Sie fuhr auf, strich sich übers Haar, da klopfte es schon an der Tür.

Sie begrüßten sich befangen. Martin sah sich erstaunt in der seltsamen Behausung um.

»Großer Gott!« sagte er verwundert. »Hier wohnst du?«

Regina wurde rot. Sie haßte ihn in diesem Augenblick. Haßte ihn, weil er hierherkam und das sah.

»Hast du schon Arbeit?« fragte er.

»Nein. Das heißt, ich habe etwas in Aussicht. Warum?« Ihre Stimme klang gereizt und böse.

»Es tut mir leid, wenn ich dir ungelegen komme«, sagte Martin förmlich. »Ich wollte dir nur einen Vorschlag machen. Du kannst ja nein sagen, es war bloß so ein Einfall von mir.«

Folgendes war passiert: Fräulein Marie, die langjährige Verkäuferin und Hilfskraft in der Bäckerei Moser, war auf einer glatten Stufe ausgerutscht und hatte sich den Arm gebrochen. Ein glatter, unkomplizierter Bruch, weiter kein Grund zur Besorgnis. Immerhin konnte sie vorerst nicht arbeiten. Frau Moser mußte nun den ganzen Tag im Laden sein, während sie sonst nur zu Zeiten des Hochbetriebes mitbediente. Da aber Frau Moser in Haus und Geschäft gerade genug zu tun hatte, war es einfach zuviel für sie.

Sie suchte eine Aushilfe, und heute war nun Martin der großartige Einfall gekommen, daß dies doch etwas für Regina sein könnte. Unbewußt mochte wohl auch der Wunsch mitgesprochen haben, Regina wiederzusehen.

Frau Moser hatte zunächst gezögert. Sie vermochte sich die junge Dame nicht hinter ihrem Ladentisch vorzustellen. Aber dann hatte sie gemeint, Martin könne ja mal nachfragen.

Regina zögerte auch, das Unbehagen war deutlich von ihrem Gesicht abzulesen. Seltsam, wie schwer ein Mensch die Vorurteile überwinden kann, mit denen er aufgewachsen ist. Aber schließlich – in ihrer jetzigen Situation konnte sie es sich gar nicht erlauben abzulehnen.

»Wenn du meinst«, sagte sie und sah unglücklich zu Martin auf.

»Es ist ja nur für kurze Zeit«, tröstete er sie. »Ein Armbruch dauert ja nicht so lange. Die Marie ist ein zäher Brocken. Im Moment würdest du was verdienen. Und wenn du eine richtige Stellung findest, kannst du jederzeit aufhören. Außerdem ist es sehr schön warm im Haus und im Laden, bei einem Bäcker immer, weißt du. Und du frierst doch so leicht.«

Die Wärme gab den Ausschlag. »Ja, wenn Frau Moser einverstanden ist...« Greulich, gewissermaßen Frau Mosers Angestellte zu werden!

»Sie ist froh, jemanden zu finden. Also mach dich fertig, ich nehm' dich gleich mit.«

»Gleich?«

»Natürlich. Ich hab' einen Wagen unten. Mit dem mußte ich probefahren. Ich bin doch jetzt in der Reparaturwerkstatt.«

»Ach so. Wie ist es denn da?«

»Na ja. Es geht.«

Es wäre übertrieben zu sagen, daß Regina für Frau Moser eine besonders große Hilfe bedeutete, wenn sie auch eine weiße Schürze umhatte und hinter dem Ladentisch stand. Am Anfang blieb Frau Moser an ihrer Seite und beobachtete die neue Helferin kritisch. Sehr anstellig war sie gerade nicht. Solange Frau Moser kassierte, ging es noch. Frau Moser deutete dann auf die gewünschte Ware, Regina verpackte sie recht und schlecht in Papier und Tüten. Schlimm wurde es, wenn sie allein im Laden blieb und auch kassieren mußte. Leider verrechnete sie sich oft. Nicht selten kam es vor, daß die Kunden sie berichtigten. Manchmal stimmte dann die Kasse am Abend nicht.

Nach einigen Tagen ging es besser. Der Unterschied zwischen Prinzregenten- und Nußtorte war ihr da schon aufgegangen, sie konnte Kaisersemmeln, Glatte und Geteilte auseinanderhalten, wußte, daß zwischen Apfelstrudel und Apfelrolle ein himmelweiter Unterschied klaffte, und brachte es sogar fertig, die Tortenstückchen aus dem Schaufenster auf den Ladentisch zu balancieren, ohne daß sie auf dem Fußboden landeten. Bißchen langsam ging es halt. Aber hier draußen hatten die Leute Zeit. Und die Hausfrauen, die zum Einkaufen kamen, hätten noch mehr Zeit gehabt. Für einen kleinen Schwatz beispielsweise, wie man ihn mit Fräulein Marie vortrefflich abhalten konnte. Denn Fräulein Marie kannte sämtliche Familienverhältnisse aus der näheren und ferneren Umgebung genau, sie fragte nach dem Rheuma des Großvaters, nach dem ersten Kind der Tochter und nach der Braut des ältesten Sohnes, ob Nero sich wieder mit dem Hund von Bröslmeiers gebissen habe und wo denn der schöne neue Hut her sei.

In dieser Hinsicht war Regina ein Versager. Wenn sie schon nicht Bescheid wußte über all diese wichtigen Dinge, so hätte man wenigstens erwarten können, daß sie sich dafür interessierte. Aber sie stopfte schweigend die Semmeln in die Tüte, wickelte das Brot in Papier, suchte angestrengt nach den Gesundheitsplätzchen, und hatte sie alles beisammen, rechnete sie mit gerunzelter Stirn und atmete erleichtert auf, wenn alles vorbei und gut abgelaufen war. So machte das Einkaufen natürlich keinen Spaß mehr, und unbefriedigt zogen die Hausfrauen von dannen.

Reginas Verhältnis zu Frau Moser war – nun, ein wenig gespannt. Regina hatte ständig Angst, etwas falsch zu machen, was ja auch oft der Fall war. Frau Moser konnte dann eine äußerst sprechende Miene aufsetzen, meistens jedoch ohne viel mehr als einen Seufzer oder ein gemurmeltes: »Mei, so schwer ist das doch wirklich nicht!« zu äußern. Zu Herrn Moser sagte sie dann draußen wohl: »Ich hab's ja gleich gesagt, besonders intelligent ist die nicht. Latein! Und Malerin! Das sagt ja alles. Wenn man sich schon so deppert anstellt bei ein paar Semmeln verkaufen... Ich versteh' den Martin nicht.«

Herr Moser hingegen war sehr nett zu Regina. Er machte immer irgendeinen Scherz und lachte sie freundlich an. Regina lächelte dann zutraulich zurück, dankbar für seine Freundlichkeit. Sie merkte, daß er es gut mit ihr meinte. Doch beide, Regina und Herr Moser, waren nachdrücklich bemüht, dies vor Frau Moser zu verbergen. Man mußte sich das Leben nicht unnötig erschweren.

Im stillen war Herr Moser der Ansicht, daß er Martin sehr wohl verstehe, denn ihm gefiel Regina. Er fand sie sehr hübsch, nur halt ein bisserl arg dünn, aber das würde schon werden.

Wirklich sah Regina während der Zeit bei Mosers recht gut aus. Es kam wohl hauptsächlich davon, daß ihr endlich einmal von früh bis abends warm war, wie Martin ganz richtig verheißen hatte. Und überdies bekam sie jeden Tag ordentlich zu essen. Frau Moser kochte für das gesamte Personal, die Gesellen und Lehrbuben aus der Backstube, das Hausmädchen, alle bekamen ein gutes, kräftiges Essen.

Der Mittagstisch hatte Frau Moser anfangs Kopfzerbrechen bereitet. Konnte man es diesem seltsamen Mädchen zumuten, mit dem übrigen Personal an einem Tisch zu essen, an dem Tisch, der mittags hinten, im Vorbau der Backstube, gedeckt wurde? Oder sollte man sie an den Moserschen Mittagstisch bitten, der ja schließlich werktags auch nur in der Küche stattfand?

Ignaz, der erste Geselle, löste dieses Problem mit der ihm eigenen Unbekümmertheit. Am ersten Tag, Regina kam ziemlich aufgelöst um 12.30 Uhr aus dem Laden – der Laden schloß mittags, hier draußen in der Vorstadt hielt man an dieser geruhsamen Sitte aus Kriegszeiten fest –, rief Ignaz ihr zu: »Gengans her, Freilein, setzens Eahna zu mir, ich rück ein Stückl.« Er hatte sie schon zuvor durch die Glastür, die Laden und Hausflur verband, beäugt, und sie hatte seinen Beifall gefunden.

Regina, froh, dem Laden entronnen zu sein und verschnaufen zu können, kam der Aufforderung ohne Bedenken nach. Die gesellschaftliche Stufung des Moserschen Haushalts war ihr noch nicht aufgegangen. Ignaz bekam ein scheues Lächeln von ihr, dieses kleine verwehte Lächeln von der Seite, ein wenig zaghaft, ein wenig fragend und von ganz eigenem Zauber. Ein Lächeln, das Männer immer ganz eigentümlich berührte.

Auch auf Ignaz verfehlte es seine Wirkung nicht. Er rückte ihr den Stuhl zurecht und blickte ihr erwartungsvoll entgegen. Sie nickte der Tischrunde zu, setzte sich, dann kam auch schon Berti, das Hausmädchen, mit der Suppenschüssel. Kräftige Rindfleischbrühe mit Nudeln, jeder bekam ein großes Stück Fleisch. Und natürlich Semmeln, soviel man wollte.

Frau Moser hatte aus der Ferne beobachtet, wie sich der Fall befriedigend geklärt hatte, und setzte sich etwas später mit ihrem Anton auch zu Tisch.

Von Martin sah Regina nicht viel. Er schien auch keineswegs darum bemüht zu sein, mit ihr zusammenzutreffen. Er ging früh, und abends kam er meist erst, wenn Regina schon gegangen war. Wenn sie zur Straßenbahn ging, konnte sie vorn an der Kreuzung die bunte, prächtige Beleuchtung der Tankstelle sehen.

Über die Bezahlung von Reginas Tätigkeit war zunächst nicht gesprochen worden, und sie brachte es natürlich auch nicht über sich, die Frage anzuschneiden. Schon am dritten Tag wußte sie nicht, woher das Straßenbahngeld für den nächsten Tag nehmen. Herr Moser, der abends kam, als sie gerade gehen wollte, sagte: »Sie können mitfahren, ich muß noch schnell in die Stadt.«

Als er sie absetzte, gab er ihr zwanzig Mark.

»Inzwischen als Vorschuß, wir rechnen dann Ende der Woche ab.«

Er rechnete übrigens sehr großzügig ab. Zu großzügig, wie seine Frau meinte, aber er überhörte es. Es kam ihm nicht darauf an, außerdem sah er, daß die Kleine sich schwer tat mit der ungewohnten Arbeit.

Am Sonnabend schloß das Geschäft um 14 Uhr. Regina trödelte etwas beim Aufräumen. Würde Martin auch heute nicht kommen? Sie ging dann an der Tankstelle vorbei. Ein großer, blitzender Wagen stand gerade unter dem Vordach und tankte, ein junger Mann war mit ihm beschäftigt. Der Besitzer des Wagens war ausgestiegen und unterhielt sich mit einer Frau, einer hübschen Person im gelben Pullover, der herausfordernd die üppige Figur unterstrich. Die Frau hatte einen rotbraunen Lockenschopf, sie lachte mit zurückgeworfenem Kopf. Regina sah es im langsamen Vorübergehen. Martin war nicht zu sehen.

Am Monatagmorgen traf sie ihn. Er wollte gerade gehen, als sie kam.

»Nun, wie geht es?« fragte er. »Viel Arbeit?« Er sah gut aus, der Blick lebhaft, die Haltung gestrafft.

»Ziemlich viel, ja«, antwortete Regina. »Ich fürchte, ich stelle mich etwas dumm an.«

»Wirklich?« fragte er. »Warum denn? Kann doch nicht so schwer sein, Brötchen zu verkaufen.«

Man konnte nicht sagen, daß es besonders liebevoll klang. Sie schaute ein wenig gekränkt drein.

»Wir sehen uns ja noch«, rief er schon im Gehen und lief mit langen Schritten die Straße hinunter. Enttäuscht blickte sie ihm nach.

Lore Roth saß hinter dem Schreibtisch in dem gläsernen Gehäuse, von dem aus sie die Tankstelle und den Hof überblicken konnte, und beobachtete Martin, der damit beschäftigt war, den Motor von Herrn Grabners Kapitän zu untersuchen.

Eigentlich arbeitete sie die Abrechnungen durch. Doch nun saß sie schon eine Weile untätig, den rotbraunen Schopf in die Hand gestützt, und sah dem Neuen zu. Er gefiel ihr. Das war an sich nichts Besonderes, sie mochte Männer gern, und die Männer mochten sie. Sie wußte es, und war stets bereit zu Scherz, Geplänkel, Flirt, auch zu mehr. Ein Leben ohne Mann konnte sie sich nicht vorstellen. Solange Herr Roth gelebt hatte, hatte sie nichts entbehrt; er war ein temperamentvoller und liebevoller Gatte gewesen, manchmal etwas rauh in den Umgangsformen. Aber das hatte sie nicht weiter gestört.

Diesen ganzen Betrieb hier, Garagen, Reparaturwerkstatt, Tankstelle, hatte Herr Roth aus eigenen Kräften aufgebaut. Das mußte man anerkennen. Früher war er auch nur Mechaniker in einer Werkstatt in der Stadt gewesen. Aber er war tüchtig und nicht ungeschickt. Die Zeit der Benzinbewirtschaftung hatte ihm in den Sattel geholfen. Im großen Stil hatte er damals Benzin verschoben. Als es damit zu Ende war, konnte er daran denken, sich eine erstklassige Existenz zu gründen. Tankstelle und Werkstatt waren nach modernsten Gesichtspunkten erbaut. Die geräumigen, heizbaren Garagen natürlich stets vermietet. Außerdem hatte er vorgehabt, dem Betrieb ein Autobusunternehmen anzuschließen, Gesellschaftsreisen waren heute ein großes Geschäft. Der erste Bus war schon gekauft, da ereilte ihn sein Geschick. Warum mußte er auch immer so schnell fahren! Und ein Glas zuviel trank er auch ganz gern. Er war schon tot, als man ihn aus den Trümmern seines Wagens zog.

Lore betrauerte ihn aufrichtig. Aber man konnte nicht sagen, daß ihr das Herz gebrochen wäre. Sie war viel zu jung und viel zu hübsch, eine gute Existenz hatte sie überdies. Sie führte das Geschäft allein weiter und machte ihre Sache nicht schlecht. Natürlich wollte sie auch wieder heiraten, nicht den ersten besten, einen tüchtigen Mann, der etwas vom Geschäft verstand und der ihr auch sonst gefiel. Längere Zeit hatte sie ein Verhältnis mit einem Ölvertreter. Aber er war ihr nicht seriös genug, nicht zum Heiraten. Sie unterschied sehr genau zwischen Scherz und Ernst.

An Verehrern und ernsthaften Bewerbern fehlte es ihr nicht. Auch manche ihrer Kunden luden sie manchmal ein, zu einer kleinen Fahrt, zu einem Bummel. Sie sagte nicht nein, sie war lebenslustig und liebte die Abwechslung. Manchmal wurde mehr daraus als ein Abendessen mit anschließendem Barbesuch. Aber es bedeutete ihr nicht viel.

Martin gefiel ihr vom ersten Augenblick an. Er sah gut aus, so groß und breitschultrig, wie sie die Männer gern hatte. Und er schien zuverlässig und anständig zu sein. Daß er so zugeknöpft war und ein wenig finster, störte sie nicht. So einen Mann zum Auftauen zu bringen, machte gerade Spaß. Zwar hatte sie noch nie mit einem ihrer Angestellten etwas angefangen. Aber bei ihm war das anders. Irgendwie gehörte er sowieso nicht dazu, das spürte sie gut. Und daß er so zurückhaltend war, so gleichgültig ihren Reizen gegenüber, machte die Sache noch anregender.

Sie schob die Abrechnungen beiseite, zündete sich eine Zigarette an und ging hinaus auf den Hof. Ihre Figur war schlank und fest, die Brust wirkte üppig in dem knappen Pullover, die Beine ganz besonders wohlgeformt.

Diese Beine waren das erste, was in Martins Blickfeld geriet, als sie neben ihm auftauchte. Er sah flüchtig zu ihr auf und tauchte dann wieder unter die Kühlerhaube.

»Na, was fehlt ihm denn?« fragte sie.

»Ich hab's schon«, sagte er kurz. Noch immer konnte er sich nicht daran gewöhnen, daß eine Frau sein Chef war. Es ging ihm gegen den Strich. Auch das bemerkte sie und genoß es.

»Dann wird der Wagen heute noch fertig?«

»Sicher.«

»Fein. Herr Grabner will morgen nach Frankfurt fahren.« Kleine Pause. »Er hat mich eingeladen mitzufahren.«

»So.«

»Ja, soll ich?«

»Von mir aus.«

»Wär' mal ganz nett, was anderes zu sehen, nicht? Ich glaube, ich könnte Ihnen den Laden ruhig ein paar Tage überlassen.«

»Max ist ja auch da.«

Max war der älteste und tüchtigste ihrer Angestellten, schon lange im Betrieb, daher wäre es auch seine Aufgabe, die Chefin zu vertreten.

Lore ging nicht näher auf das Thema ein. Diesem Holzkopf schien es vollkommen egal zu sein, ob sie mit Herrn Grabner nach Frankfurt fuhr. Dabei mußte er doch merken, daß Herr Grabner sie beinahe mit Blicken auffraß. Übrigens hatte sie ihn schon einmal auf einer Reise begleitet, und es hatte ihr nicht besonders gefallen. Aber das mußte man ja nicht erzählen.

»Ich glaube, Frau Grabner würde nicht sehr begeistert sein, wenn ich ihren Mann begleite«, sagte sie etwas deutlicher.

Frau Grabner war eine blasse, müde Blondine, die manchmal mit in dem Kapitän saß. Selten genug.

»Sie braucht es ja nicht zu wissen«, murmelte Martin und bückte sich nach dem Schraubenschlüssel.

Lore lachte. Sie hatte ein hübsches Lachen, übermütig und perlend. »Sie sind mir einer. Ist das wohl noch eine Moral?«

»Moral!« grunzte es wegwerfend unter der Kühlerhaube hervor.

»Ihnen wäre es wohl ganz egal, ob ich mitfahre, wie?«

»Mir?« Martin richtete sich auf und sah die Frau kurz an. »Mir kann es egal sein. Mich geht's nichts an.«

Lore versuchte seinen Blick festzuhalten. Dann senkte sie die Lider und schob schmollend die volle Unterlippe vor. »Das ist nicht sehr nett. Warum sind Sie so ruppig?«

Martin bekam eine ratlose Miene. »Ruppig? Aber ich ...«

»Ist doch wahr. Sie sind nicht mehr in Rußland. So langsam könnten Sie ruhig ein bißchen umgänglicher werden.«

Ehe sich Martin eine Erwiderung überlegt hatte, kurvte mit viel Schwung ein himmelblauer Ford vor den Tank.

»Da«, meinte Lore, »Ihre Freundin, die verrückte Schauspielerin. Gehen Sie hin, die will ja nur von Ihnen bedient sein. Was hat sie neulich gesagt? Sie hätten einen Charakterkopf.« Sie kicherte. »Na, die muß es ja wissen.«

Willy, der Jüngste der Belegschaft, kam schon aus der Werkstatt gestürzt. Lore stoppte ihn mit einer Handbewegung und rief: »Laß mal, Willy. Martin macht das schon.«

Martin warf ihr einen zornigen Blick zu und ging an den Tank. Tatsächlich kam der blaue Ford in letzter Zeit recht oft. Und die blonde Dame darin unterhielt sich dann immer lange mit Martin.

Lore näherte sich langsam. Scharf musterte sie die Frau am Steuer. So hübsch wie die bin ich lange, dachte sie. Und die ist mindestens zehn Jahre älter als ich. Mindestens.

»Wie geht es, gnädige Frau?« fragte sie liebenswürdig. »Keine Aufnahmen heute?«

»Gott sei Dank, nein. Nur Kostümproben. Oh, meine Liebe, wenn Sie wüßten, wie ermüdend das ist.« – Und zu Martin: »Wenn Sie vielleicht die Reifen nachsehen würden? Ich glaube, links hinten ist zuwenig Luft.«

Am Hals hat sie schon ziemlich viel Falten, dachte Lore. Sonst sieht sie nicht schlecht aus. Alles künstlich natürlich. Sieg der Kosmetik. Aber Martin gefällt den Frauen, ich hab' es mir gleich gedacht.

Sie sagte: »Werden die Kleider wieder bei Raifferscheid gearbeitet? In Ihrem letzten Film waren Sie phantastisch angezogen.«

»O wirklich? Danke.«

Allzu große Rollen spielte sie ja nicht mehr, aber immerhin, sie wurde noch ganz gut beschäftigt.

Lore wich nicht, bis der Wagen weggebraust war. Mit viel zuviel Gas aus dem Stand weg, hart geschaltet.

»Die lernt's auch nicht mehr«, sagte Lore.

Martin ging ins Glasgehäuse und brachte das Geld in die Kasse, dann wollte er wieder zu seinem Kapitän.

»Ich dachte, Sie helfen mir bei den Abrechnungen«, meinte Lore. »Ich komme diesmal nicht zurecht.«

»Aber der Wagen soll doch bis 6 Uhr fertig sein«, sagte Martin hilflos.

»Ach so! Dann kommen Sie heute abend und helfen mir ein bißchen ja? Es ist so ein Durcheinander.«

Es war Unsinn, und sie wußten es beide. Die Abrechnungen stammten aus der Zeit, bevor Martin hier gearbeitet hatte. Lore hatte zweifellos einen weit besseren Überblick als er. Außerdem war sie eine tüchtige Geschäftsfrau.

Gleich darauf fiel ihr auch etwas Besseres ein. »Sie müssen sich da auch ein bißchen einarbeiten. Wenn ich wirklich mal nicht da bin, müssen Sie doch Bescheid wissen. Nach Frankfurt mit Herrn Grabner werde ich allerdings nicht fahren. Lieber nicht.« Sie lächelte ihm zu, unter halbgesenkten Wimpern. Am Kinn hatte sie ein Grübchen. – »Ja«, sagte Martin schwerfällig.

»Also dann heute abend? Wir können es ja oben in der Wohnung machen, da ist es gemütlicher.«

Schon eine Stunde später machte Martin mit dem Kapitän eine Probefahrt. Er lief wieder tadellos und würde sanft schnurrend wie eine Katze nach Frankfurt kommen. Mit Herrn Grabner allein.

Natürlich war Martin nicht so gleichgültig, wie er tat. Man konnte es nicht sein einer so hübschen jungen Frau gegenüber. Auch er sah, was jeder andere Mann sah, die herausfordernde Form der Brust, den weißen glatten Hals, die weichen vollen Lippen, das schimmernde Haar. Sie war nett zu ihm, fast zu nett. Aber war sie nicht zu allen Männern so? Sogar Max, glücklich verheiratet und Vater von zwei Kindern, sagte: »Die Chefin ist prima. Ganz große Klasse.« Und Willy, der Kleine, betete sie an. Er bekam jedesmal einen roten Kopf, wenn sie ihn ansprach, obwohl er sonst immer mit den Mädchen prahlte, die er alle kannte.

Fräulein Marie langweilte sich gräßlich. Der Arm lag in Gips, schmerzte verhältnismäßig wenig und heilte brav vor sich hin. Einige Tage hatte sie es genossen, früh länger zu schlafen, oder besser gesagt, im Bett zu liegen, denn pünktlich wie nun schon seit vielen Jahren weckte die inwendige Uhr sie um 5.30 Uhr.

Die Witwe Biermann, bei der sie wohnte, erschien meist so gegen 7.30 Uhr, um bei der Bereitung des Frühstücks zu helfen, denn mit einem Arm im Gips stellte man sich etwas ungeschickt an beim Kaffeekochen und Brötchenstreichen. Frische Brötchen brachte übrigens jeden Morgen der Lehrbub von Mosers herüber, doch, das tat man Fräulein Marie zuliebe. Sonst hatte es die Bäckerei noch nicht wieder eingeführt, den Kunden morgens die Brötchen ins Haus zu liefern. Man wußte zwar, daß einige Bäckereien in der Stadt diese übersteigerten Vorkriegsbräuche wieder aufgenommen hatten, aber hier draußen, wo man keine Konkurrenz besaß, erübrigte sich dies. Herr Moser hatte es mal erwogen, doch seine Frau erklärte energisch: »Schmarrn. Wer Semmeln will in der Früh, der soll sich's selber holen.« Und das taten die Leute denn auch.

Nach dem Frühstück folgte der Morgenschwatz mit Frau Biermann, der aber nicht sehr ergiebig war, da Frau Biermann das Haus seit dem Abendschwatz nicht mehr verlassen hatte. Sonst stellte ja auch Fräulein Marie die Hauptnachrichtenquelle dar. Während eines langen

Tages hinter dem Ladentisch der Bäckerei hörte und erfuhr sie genug, um Frau Biermann abends zu unterhalten.

Nachdem Marie eine Serie von Romanheften ausgelesen hatte, sämtliche Illustrierten dazu, die ihr besorgte Nachbarn brachten, und da auch das Rundfunkprogramm nicht wesentlich zur Unterhaltung beitrug, begann sie sich heftig nach der Bäckerei Moser zu sehnen. So tauchte sie eines Vormittags im Laden auf, den Arm in der Schlinge, eine entsprechende Leidensmiene aufgesetzt, aber sonst ganz munter. Natürlich wollte sie nicht arbeiten, nur mal sehen und hören, was los war, und die Vertreterin beäugen. Von Reginas Vorhandensein und Wirken war sie natürlich unterrichtet.

Die gesamte Belegschaft der Bäckerei nahm von ihrem Erscheinen gebührend Notiz, Fräulein Marie erzählte mehrmals ausführlich, wie alles passiert war und wie sie sich fühlte, dann setzte sie sich hinter dem Ladentisch auf einen Stuhl und sah Regina beim Arbeiten zu. Sie schüttelte mißbilligend den Kopf, wenn die Aushilfe Schokoladenwaffeln mit Nougatwaffeln verwechselte, wies, kaum daß die Kunden ausgesprochen hatten, auf die verlangten Kuchenstücke und wußte bei den meisten überhaupt schon vorweg, was sie kaufen wollten.

Die Kundinnen waren sehr angetan, Fräulein Marie wiederzusehen, erkundigten sich lang und breit nach ihrem Befinden, worauf Marie jedesmal aufs neue von dem Unfall erzählte. Nach wenigen Stunden hatte Regina das Gefühl, sie habe selbst den Arm gebrochen. Nichts an dem ganzen Vorgang war ihr noch fremd.

Ihrerseits erzählten die Kundinnen dann von den letzten Neuigkeiten, denn wenn man sich eine Weile nicht gesehen hatte, war viel geschehen, was des Erzählens wert sein mochte.

Abends spürte Regina ihre Nerven wie noch nie. Sie war nahe daran zu weinen und betrachtete die arme Marie mit feindseligen Augen. Hoffentlich würde die am nächsten Tag nicht wiederkommen.

Aber sie kam, sogar schon früher. Und dabei blieb es. Am liebsten hätte Regina ihre Tätigkeit in der Bäckerei Moser kurz entschlossen beendet. Aber konnte sie sich das leisten? Auch der Gedanke an Martin bestimmte sie dazu auszuharren. Warum sah sie ihn so selten? Er schien gar keine Lust mehr zu haben, sie zu treffen.

Sie sah ihn zufällig eines Abends, als sie gerade gehen wollte.

»Man sieht dich gar nicht mehr«, sagte sie, einen kleinen Vorwurf in der Stimme.

»Ja«, erwiderte er verlegen, »ich weiß. Es tut mir leid. Viel Arbeit. Ich muß auch gleich noch mal weg.«

»So«, sagte sie. »Gefällt es dir da vorn?«

»Wie man's nimmt. Es geht. Es ist mir egal, was ich tue. Spielt für mich keine Rolle mehr.«

»So«, sagte Regina noch einmal. Das hatte er schon öfter gesagt. Aber jetzt klang es nicht mehr ganz glaubwürdig. Er wirkte nicht mehr so gedrückt, machte keinen so resignierten Eindruck, das Gesicht war entspannt, sein Blick hatte den unsteten Ausdruck verloren.

Eine kurze Weile standen sie stumm voreinander. Keiner wußte mehr etwas Rechtes zu sagen. Regina war enttäuscht. Martin fühlte sich unbehaglich.

»Ja also«, sagte er, »ich muß laufen. Ich will mich nur schnell umziehen. Wiedersehen.«

Er streckte ihr die Hand hin, Regina legte ihre hinein. Sie schaute ein wenig traurig drein, Martin lächelte flüchtig. Oben, während er ein sauberes Hemd anzog und seinen grauen Anzug, hatte er fast so etwas wie ein schlechtes Gewissen. Aber warum eigentlich? Doch er hatte nicht viel Zeit, darüber nachzudenken. Lore Roth hatte ihn aufgefordert, abends herüberzukommen. Es war schon das zweitemal. Und Martin ging ganz gern.

Das erstemal war er nicht lange geblieben und war nicht aus seiner Reserve herauszulocken gewesen. Diesmal ging es schon besser. Sie waren oben in der Wohnung, Lore hatte belegte Brote zurechtgemacht, und eine Flasche Wein stand auf dem Tisch. Die Abrechnungen und Angebote lagen da, doch Lore schien keine Lust zum Arbeiten zu haben. Sie plauderte ein bißchen über dies und über das. Martin fiel es schwer, ihren leichten Ton aufzunehmen, ihre Blicke zu erwidern. Sie war auch zu hübsch. Nicht blaß und hilflos wie Regina, nein, gesund, blühend und voll Leben. Sie trug einen weiten schwarzen Rock, der mit einem bunten Muster geschmückt war. Dazu wieder einen Pullover, eng um die Brust, doch tief ausgeschnitten, man sah Hals, Schultern und den Ansatz der Brust. Es hätte auch einen anderen Mann, der nicht so schwerfällig war wie Martin, verwirrt.

»Wohnen Sie eigentlich immer noch bei dem Bäcker?« fragte ihn Lore.

»Ja, natürlich.«

»Ich dachte, Sie suchen sich jetzt mal was anderes. Dort wohnen Sie doch ziemlich eng und unbequem, nicht?«

Von wem wußte sie das nun wieder? Sicher hatte ihr Mädchen mit der Marie vom Laden geschwatzt. Daß diese Weiber doch immer miteinander reden mußten!

Martin bekam eine zugeknöpfte Miene und einen abweisenden Blick. Lore übersah es.

»Es kann sein«, sagte sie, »daß bei mir unten demnächst ein Zimmer frei wird. Das können Sie haben.«

Sie bewohnte den oberen Stock des Hauses, das Herr Roth hinter der Tankstelle gebaut hatte. Unten wurde ein Teil als Lagerraum benutzt, in zwei Zimmern wohnten Untermieter.

»Es ist ein hübsches Zimmer. Ich lass' es Ihnen billig.«

Martin gab keine Antwort. Warum war sie so nett zu ihm? – Wußte er es nicht schon?

»Erzählen Sie mir ein bißchen von sich«, bat sie und lehnte sich zurück.

»Die Abrechnungen ...«, wich er aus.

»Die laufen uns nicht davon. – Ich möchte wissen, wie Sie sich fühlen, jetzt, wieder hier, nach all den Jahren in Rußland. Enttäuscht es Sie?«

Es war unmöglich, ihr zu erklären, *wie* es ihn enttäuscht hatte.

»Haben Sie eigentlich keine ... keine Frau?« fragte Lore. Dabei war sie auch darüber genau informiert.

»Nein«, sagte er steif. »Nicht mehr.«

»Und Sie sind immer ganz allein?«

»Ich bin am liebsten allein.«

»Wirklich? Ich finde es schrecklich, allein zu sein.« Sie machte ein betrübtes Gesicht. »Sie können sich nicht vorstellen, wie schwer es für mich ist, seit mein Mann tot ist. Ich bin so liebebedürftig. Bei einer Frau ist eben manches anders.«

Ein blödes Gespräch. Martin rutschte unbehaglich auf seinem Stuhl hin und her. Was sollte das alles? »Sie werden ja sicher wieder heiraten«, sagte er.

»Vielleicht. Aber das muß man gut überlegen. Und die Männer heutzutage ...«, sie seufzte, »die haben gar keine Zeit für die Liebe, so wie eine Frau sie sich wünscht. Und ohne Liebe würde ich nie heiraten.« Sie machte eine wirkungsvolle kleine Pause, seufzte noch einmal und lachte dann ein wenig. »Aber Sie wollten mir von sich erzählen, Martin.«

»Da gibt es nicht viel zu erzählen. Ich arbeite hier, dann gehe ich nach Hause und schlafe. Das ist alles, und von den vergangenen Jahren möchte ich lieber nicht sprechen.«

»Das kann ich verstehen. Sie sollen es ja auch vergessen. Es ist schlimm genug.« Ihre Stimme klang weich und mütterlich, und das war echt.

»Schmeckt Ihnen der Wein?«

»Ja, danke. Sehr gut.«

Sie füllte die Gläser wieder. »Na dann, prost. Auf eine bessere Zukunft.«

Dachte Martin noch an Regina? Nein. Das war alles ganz anders hier, viel leichter. Er kannte auch Lore erst seit drei Wochen. Aber sie kam nicht, um seine Einsamkeit zu teilen, sie fegte sie einfach beiseite, warm, lebendig. Er wußte selbst nicht, wie es kam, plötzlich saß er neben ihr auf der Couch, sie war ganz nahe, das glänzende schwere Haar, halbgeschlossene Augen, ein süßes Parfüm. Sie lehnte sich ein wenig an ihn und lachte.

»Ich glaube, ich habe einen kleinen Schwips. Ich trinke jetzt so selten Wein. Seit ich allein bin, habe ich ja auch keinen Grund dazu.« Es war eine glatte Lüge, aber das konnte er nicht wissen. Ganz nah bei ihm war die weiße zarte Haut einer Frau, ein voller weicher Mund. Dann küßte er sie auf einmal. Oder küßte sie ihn?

Er hielt sie im Arm, eine wirkliche lebendige Frau, ihre Zunge zuckte spielerisch an seinen Lippen, er spürte ihre Brust, den warmen, bereitwilligen Leib.

Hatte sie gedacht, es würde schwer sein, ihn zu erobern? Es war ganz leicht. Er war ja so einsam, so hungernd nach ein wenig Zärtlichkeit und immer noch nicht richtig daheim. Was für sie nur ein Spiel war, ein immer wieder neues, immer wieder genossenes Spiel, das war für ihn ein neues, wiedergeschenktes Leben.

Gaby kam am Nachmittag aus der Kinderklinik, wo sie ihren kleinen Sohn wie jeden Tag besucht hatte. Zwar durfte sie nicht zu ihm ins Zimmer, sie sah ihn nur durch ein kleines Fenster, doch selbst auf die Entfernung sah sie, daß es ihm schon viel besser ging. Er war sehr krank gewesen. Das runde kleine Gesicht war blaß und spitz geworden, ganz mager. Es gab ihr jedesmal einen Stich ins Herz, wenn sie es sah.

Die ersten Tage war sie halb verrückt gewesen vor Angst. All die beruhigenden Worte des Arztes, das gute Zureden Pauls hatten sie nicht aus dem lähmenden Entsetzen reißen können, das der Anblick des verfärbten, nach Luft ringenden Kindes verursacht hatte.

Immer und immer wieder der gleiche Gedanke: Das ist die Strafe. Ich habe Martin den Tod gewünscht, Gott straft mich jetzt und läßt mein Kind sterben.

Sie hatte in Pauls Armen verzweifelt geschluchzt und immer wieder gestammelt: Es ist meine Schuld. Es ist die Strafe.

Paul hatte nicht gefragt, wofür es die Strafe sein sollte. Er wußte, was sie meinte, und begriff ihre Erschütterung. Daher vermied er es, auf das begonnene Gespräch zurückzukommen, obwohl er wußte, daß sie eines Tages doch würden darüber sprechen müssen.

Gaby ging langsam die wenigen Schritte zum Wagen. Es war ein klarer, sonniger Tag, gar nicht kalt. Fast schon Frühlingswetter. In ihrem Herzen war Dankbarkeit, daß Michi gesund werden würde. Alles war sie bereit herzugeben, Paul, das angenehme Leben, das er ihr bot, Sicherheit, Ruhe, alles, nur das Kind, der kleine blonde Bub da oben in seinem Bettchen, er durfte ihr nicht genommen werden. Seltsam, wie so etwas kam! Man konnte es nicht begreifen, wenn man es von anderen hörte, erst wenn man selbst ein Kind hatte, verstand man es.

Als sie damals gemerkt hatte, daß sie ein Kind bekommen würde, war es ihr gar nicht recht. Endlich war ihr Leben ein wenig leichter geworden. Paul sorgte für sie, er liebte sie. Gaby fand das Leben endlich wieder einmal ganz vergnüglich.

Sie hatte schwere Jahre hinter sich, Ganz fremd kam sie in diese Stadt, die Nachkriegsjahre waren schwer und trübe gewesen. Sie arbeitete für wenig Geld. Zuerst bei den Amerikanern. Während dieser Zeit hatte sie eine kurze Affäre mit einem amerikanischen Offizier, der sehr gut zu ihr war. Doch dann ging er zurück nach Amerika.

Längere Zeit hatte sie dann ein Verhältnis mit einem jungen Schauspieler, der noch weniger besaß als sie selbst und der sie mehr quälte als liebte.

Zu jener Zeit dachte sie noch, daß Martin tot sei. Als sie die erste Nachricht von ihm erhielt, auf tausend Umwegen, weinte sie vor Freude und war bereit, wieder an die Zukunft zu glauben. Aber die Jahre vergingen, eines nach dem anderen, er kam nicht zurück.

Nach der Währungsreform bekam sie eine gute Stellung in einem großen Betrieb. Da sie tüchtig und gewandt war, hatte sie sich nach zwei Jahren zur Chefsekräterin heraufgearbeitet.

Sie verdiente gut, konnte endlich etwas angenehmer leben. Dann lernte sie Paul kennen. Er war Ingenieur und arbeitete zu jener Zeit als Vertreter einer großen Maschinenbaufirma. In dieser Eigenschaft kam er öfter zu ihr ins Büro. Sehr männlich, ein wenig von der sieghaften, draufgängerischen Art, die den meisten Frauen so gefällt, dabei immer höflich, ja galant und niemals zudringlich, konnte man ihm schwer widerstehen. Ihm gefiel die charmante kleine Frau, die so tüchtig war und mit der man so nett plaudern konnte. Seine Einladung, mit ihm auszugehen, nahm sie mit natürlicher Sicherheit an. Privat lernte er sie von einer anderen Seite kennen, kapriziös, temperamentvoll, ein wenig leichtlebig, dabei eine Frau, mit der man sich überall sehen lassen konnte. Als er sie das erstemal küßte, spürte er, daß sie das Alleinsein satt hatte. Auch der Gedanke an den Mann im fernen Rußland ließ es sie nicht leichter ertragen.

Paul verliebte sich ernstlich. Und sie erwiderte seine Gefühle. Sie verlebten eine glückliche Zeit. Er war viel auf Reisen, doch wenn er kam, waren es wunderschöne Tage. Sie fuhren zum Wochenende ins Gebirge, sie machten herrliche Ferienreisen zusammen und verstanden sich immer besser. Aus Verliebtheit wurde Liebe. Es kam wohl daher, daß sie so gut zusammenpaßten. Sie hätten ohne weiteres heiraten können, wenn es möglich gewesen wäre. Paul kam rasch voran. Er bekam die Generalvertretung seiner Firma und verdiente viel Geld. Nun hatte er in der Stadt ein Büro, reiste seltener; er war ein Mann, dessen Zukunft, soweit dies möglich war, gesichert schien. Und dann meldete sich Michi an. Zunächst sann Gaby auf Abhilfe. Aber Paul wollte davon nichts wissen. Seine Freude an dem erwarteten Kind steckte sie an. Ja, warum eigentlich sollte sie kein Kind haben? Früher hatte sie es sich stets gewünscht. Sie wurde nicht jünger. Daß sie zunächst nicht heiraten konnten, war nicht so schlimm. Man würde es zu gegebener Zeit nachholen. Endgültig löste sich ihr Herz von Martin.

Sie gab ihre Stellung auf und zog ganz zu Paul. Zunächst hatten sie eine etwas unbequeme Wohnung in der Innenstadt, doch bald nach der Geburt des Kindes zogen sie in die Neubauwohnung im besten Viertel der Stadt. Gaby lebte jetzt nicht anders als jede glücklich verheiratete Frau und Mutter, die ein normales Familienleben und geordnete Verhältnisse hat. Die meisten ihrer Bekannten wußten gar nicht, daß sie und Paul nicht verheiratet waren.

Manchmal sprachen sie von Martin, der in immer größere Entfernung rückte. Wenn er wiederkam, würde man die Angelegenheit regeln, so fair und anständig, wie es eben ging. Ein wenig Angst vor dem Zusammentreffen war da, ein wenig Schuldbewußtsein, sie schoben es beiseite und sprachen immer seltener davon.

Aber nun war Martin da. Die Tatsache, daß er lebte und hier war, ließ sich nicht so leicht ignorieren, wie Gaby es gern gewollt hätte, wenn es auch keinen Zweifel daran gab, daß sie viel mehr mit Paul verband als mit Martin. Nicht nur das Kind und die lebendige Gegenwart ihrer Liebe, auch die Zeit, die sie mit ihm verbracht hatte, zählte nach Tagen und Stunden ja viel mehr als die kurze Ehe damals mit Martin, als sie zudem noch ein halbes Kind gewesen war. Doch es ließ sich nicht leugnen, daß diese Ehe ihr eine Verpflichtung auferlegte und eine Aufgabe stellte, der sie nicht aus dem Weg gehen konnte.

Immer und immer wieder fragte sie sich: Aber was hätte ich denn tun sollen? Ihn empfangen, als sei alles in Ordnung? Und dann erst, wenn er glaubte, heimgekehrt zu sein, zu ihr, zu seiner Frau, dann sagen, es ist alles nicht wahr, ich gehöre nicht mehr zu dir, ich lebe seit Jahren mit einem anderen Mann? Alles war gleich grausam und herzlos, wie Paul es genannt hatte. So hatte Martin die Wahrheit erfahren, gleich als er gekommen war. Aber Paul war es, der sie ihm gesagt hatte, vielleicht war das falsch gewesen.

Mit gesenktem Kopf saß Gaby hinter dem Steuer und konnte sich nicht entschließen wegzufahren. Nur wenn sie bei Michi war, nur in seiner Nähe schien ihr Leben noch Sinn zu haben, war sie noch im Einklang mit der Umwelt.

Paul war am Tag zuvor geschäftlich nach London geflogen. Es hatte deswegen einen kurzen Streit zwischen ihnen gegeben. Gaby fand, er brauche nicht gerade wegzufahren, solange Michi krank sei. Paul erwiderte, die Gefahr sei doch vorüber.

»Ich mache mir noch immer Sorgen«, sagte Gaby darauf. »Du brauchst mich nicht gerade jetzt allein zu lassen.«

Und etwas ungeduldig und gereizt, wie oft in letzter Zeit, hatte Paul erwidert: »Liebes Kind, du solltest wirklich nicht nur immer deine Person und deine Belange in den Mittelpunkt deiner Gedanken stellen.«

Darauf war Gaby beleidigt gewesen. Ja, es kriselte zwischen ihnen, daran war kein Zweifel. Paul war aus der Verliebtheit der vergangenen Jahre aufgeschreckt und betrachtete sie mit kritischen Augen. Das machte Gaby unsicher. Es machte sie ungerecht und kleinlich und empfindlich und kühlte auch ihre Gefühle ab. Gewiß, solche Zeiten gab es in jeder Ehe. Aber ihr Zusammensein war eben keine Ehe, das machte alles noch schwieriger.

Paul hatte es gleich danach leid getan. Er sagte: »Nun komm, sei vernünftig, Gaby! Michi wird bald wieder ganz gesund sein. Dann nehme ich mir ein bißchen Urlaub, und wir fahren ins Gebirge zum Schilaufen, das wird uns beiden guttun.«

Sie waren bisher jeden Winter zu einem Urlaub weggefahren. Paul war ein guter Schiläufer, und Gaby hatte den schönen Sport auch wieder ausgeübt. Als junges Mädchen war sie auch schon Schi gelaufen, damals, daheim im Riesengebirge. Martin hatte es ihr beigebracht. Er und sein Bruder waren erstklassige Läufer, sie beteiligten sich an Wettbewerben und Meisterschaften und brachten manchen Preis nach Hause. Kein Wunder, im Gebirge aufgewachsen, waren sie gleichsam auf Schiern großgeworden, der schneereiche schlesische Winter und das günstige Gelände des Riesengebirges boten ausreichende Trainingsmöglichkeiten. Auch Martins Vater lief damals kaum schlechter als die Söhne. Und oft war Gaby mit allen drei Männern auf Schiern unterwegs gewesen.

Martins Vater! Wenn sie an ihn dachte, tat ihr jedesmal das Herz weh. Sie hatte ihn so liebgewonnen, genaugenommen war er ihr vertrauter und näher gewesen als Martin selbst. In den letzten Kriegsjahren, nachdem ihre Mutter gestorben war und der Krieg Martin ganz verschluckt hatte, lebte sie bei ihm, sie half im Betrieb, war eine zärtliche und liebevolle Tochter, dankbar für alles, was ihr geboten wurde. Sie hatte seinen Schmerz geteilt, als die Nachricht kam, daß der älteste Sohn gefallen sei. Und sie hatten gemeinsam geweint, als sie erfuhren, daß auch Martin von einem Spähtrupp nicht zurückgekommen war.

Heinrich Scholz war plötzlich alt und müde geworden, die immer so jugendlich elastische Gestalt beugte sich, er sprach nicht mehr viel. Er kümmerte sich kaum mehr um die Hotels, lief stundenlang mit den Hunden in den Wäldern herum. Und am Abend hörte Gaby, wie er ruhelos durch die Zimmer ging.

Sie kannte Martin schon seit einiger Zeit, als er sie damals übers Wochenende nach Hause eingeladen hatte. Nach Hause, das war der bekannte Kurort im Gebirge, das waren die beiden ersten Hotels am Platze. Gaby staunte. Sie hatte in ihrem Leben noch nie in einem Hotel gewohnt, die Eleganz und gediegene Vornehmheit, die sie dort umgaben, schüchterten sie zunächst ein. Ein Portier, der sich verneigte und gnädiges Fräulein zu ihr sagte, ein Empfangschef, der sie zum Lift geleitete, ein Page, der vor ihr die Tür aufriß! Sie hatte alle Mühe gehabt, ihre Befangenheit zu verbergen. Und natürlich imponierte es ihr ungemein, Martin zu sehen, der sich mit Nonchalance und Sicherheit in diesem Rahmen bewegte, der Sohn des Hauses, der zukünftige Chef oder einer der zukünftigen Chefs. Doch hier würden sich keine Konflikte ergeben, er verstand sich prächtig mit seinem Bruder, der zwei Jahre älter war und Medizin studierte. Wie die Brüder ihr auseinandersetzten, bestand der Plan, später einmal ein Sanatorium zu erbauen und den Hotels anzugliedern.

»Ich die medizinische Leitung und Martin die kaufmännische und gastronomische«, erklärte Lutz eifrig. »Ein Sanatorium, wie es die Welt noch nicht gesehen hat. Das Modernste vom Modernen, gründliche Restaurierung des gesamten Menschen nach neuesten Forschungsergebnissen. Die gehetzten Großstadtmenschen müssen von Grund auf umgekrempelt werden. Eine Mischung aus Ferien vom Ich und Bogomoletz. Verstehst du?«

»Aha«, hatte Gaby verständnislos gesagt.

»Eine Frau, die vier Wochen bei mir in Behandlung war, muß mindestens zehn Jahre jünger aussehen und sich zwanzig Jahre jünger fühlen, wenn sie abreist.«

Hier hatte Gaby übermütig gelacht und gesagt: »Also dann melde ich mich schon heute zur Behandlung an.«

Dann aber war die ganze Welt von Grund auf umgekrempelt worden, die Menschen wurden nicht restauriert, nicht verjüngt und erfrischt, sie wurden getötet, vernichtet, von Bomben erschlagen, von Panzern zerquetscht. Und aus den friedlichen Bergen, die Gabys Heimat geworden waren, wurden sie verjagt.

Auch Lutz war tot, ehe er seine menschenfreundlichen Pläne ausführen konnte. Und Martin, der die Hotelfachschule besucht hatte und später in Breslau Volks- und Betriebswirtschaft studierte, um einmal Hotels und Sanatorium in Höchstform zu bringen, kehrte nicht zurück.

Wie mochte es heute in dieser Heimat aussehen? Gaby dachte oft darüber nach. Die geliebte Landschaft, lieblich und herb zugleich, die weiten tiefen Wälder, endlos aufsteigend an den Hängen, die sanfte Kette der Berge, unvergessen blieb dieses Bild, unvergessen der Abschied von dem Vater; denn das war Heinrich Scholz ihr in den schweren Jahren des Krieges geworden. Die Hotels waren leer, das Personal schon fort, in alle Winde zerstoben, kalt und seltsam fremd wirkte das riesige, einst so lebendige Haus.

Bis zuletzt hatte Gaby den Vater unter Tränen gebeten, doch mitzukommen.

»Nein, Kind«, hatte Heinrich Scholz gesagt, »warum sollte ich fortgehen? Ich habe alles verloren. Meine Söhne sind tot. Wenn die Russen kommen oder die Polen, werden sie meine Häuser zerstören und anzünden, was weiß ich? Ich bin dann nichts mehr als ein armer alter Mann, ohne Heimat, ohne Aufgabe. Warum sollte ich dieses Schicksal auf mich nehmen? Wovon sollte ich leben? Du bist jung, du hast dein Leben noch vor dir und mußt es retten. Geh mit Gott, mein Kind.«

»Ich gehe nicht ohne dich, wenn du bleibst, dann bleibe ich auch.«

»Gaby, du mußt das begreifen. Ich kann die Heimat nicht verlassen. Ich kann nicht. Sie ist das letzte, was mir geblieben ist. Sieh hinaus.«

Er hatte sie ans Fenster geführt und war schweigend neben ihr stehengeblieben.

Berge und Wiesen und Wälder, alles lag in tiefem Schnee, wie eine Märchenlandschaft war es, unwirklich in ihrer Schönheit, erhaben in ihrem reinen Frieden.

Frieden? Wenn man auf der anderen Seite des Hauses aus dem Fenster sah, erkannte man die Täuschung. Zerstampft war der Schnee auf den Straßen, der Ort war in Bewegung, mit Schlitten und Wagen, bepackt und beladen, waren die Menschen im Aufbruch. Sie flohen ins Ungewisse. Sie flohen, als seien sie Menschen aus grauer Vorzeit, als lebten sie nicht im 20. Jahrhundert, sondern in einer unbelehrten rohen Vergangenheit, da Stämme und Völker einander überfielen und jagten und töteten. Konnte dies heute geschehen, in dieser Zeit, in diesem Jahrhundert, war dies möglich? Es war wie ein wirrer Angsttraum.

Gaby erinnerte sich an ihren ersten Besuch im Hotel, als ein internationales, wohlhabendes Publikum in diesen Räumen wohnte, speiste, lachte und tanzte. Elegante Frauen, reiche Männer, sie gingen in diesen Wäldern spazieren, lagen in der Sonne, scherzten, flirteten, schöne Frauen saßen nachmittags auf der Terrasse beim Tee und abends in der Bar. War das wirklich erst sechs Jahre her? Konnte sich die Welt in so kurzer Zeit so grausam verändern?

Sie schlang ihre Arme um Heinrich Scholz und weinte bitterlich. »Ich bleibe bei dir. Ich lasse dich hier nicht allein.«

Er streichelte ihr tröstend übers Haar. »Du mußt gehen, Gaby. Du kannst nicht hierbleiben. Und ich bin nicht allein.« Er wies hinaus auf den Hof, wo die beiden Hunde spielten, übermütig im Schnee übereinanderkugelten, nichts ahnend von dem Verhängnis, das die Menschen traf. »Nicht einmal im Tode werde ich allein sein. Die beiden werden mit mir zusammen sterben.«

Gaby wußte, woran er dachte. Sie hatte am Tage zuvor, als sie merkte, daß seine Weigerung, mit ihr zu fliehen, Ernst war, heimlich in seinem Schreibtisch nach dem Revolver gesucht und hatte ihn nicht gefunden. Er hatte sie dabei überrascht. »Du brauchst nicht zu suchen, Gaby«, sagte er. »Er ist hier.« Und er hob die Waffe aus der Tasche. »Ich werde ihn brauchen.«

Seitdem hatte Gaby mit Tränen und Bitten und zornigen Worten versucht, ihn zum Gehen zu bewegen. Vergebens. »Dann bleibe ich auch«, war ihr trotziger Entschluß.

Doch Heinrich Scholz kümmerte sich nicht darum. Der große Mercedes war randvoll aufgetankt, und alle Reservekanister waren gefüllt. Es lagen warme Decken darin, Lebensmittel für viele Tage. Mehr konnten sie nicht mitnehmen; denn Fritze, der Chauffeur, hatte noch seine Familie darin untergebracht, die Frau, seine drei Kinder und die alte Großmutter. Auch er versuchte bis zum letzten Moment, seinen Chef zum Mitfahren zu überreden. »Sei still« fuhr ihn Heinrich

Scholz schließlich an, »ich habe hier gelebt, ich hatte hier meine Lebensaufgabe, und ich werde jetzt hier auch sterben. Denkst du, ich will anderswo von Almosen leben? Ich will jetzt nichts mehr hören.«

Gemeinsam mit Fritze hatte er die weinende Gaby halb mit Gewalt in den Wagen gesetzt. »Los jetzt, abgefahren!« befahl er. »Wollt ihr so lange warten, bis einer kommt und den Wagen beschlagnahmt? Fahr zu, Fritz! Und wenn dich einer anhalten will, gib Gas. Jetzt kann jeder nur noch an sich selber denken.«

Gaby hatte nichts mehr gesehen, nicht das Haus, nicht die Berge, nicht den Vater. Blind vor Tränen hatte sie neben Fritze gekauert und all das Furchtbare kaum begriffen.

Elf Jahre war das nun her. Fast auf den Tag elf Jahre. Gaby erwachte aus ihren Grübeleien. Sie richtete sich auf und startete den Wagen. Das war alles lang vorbei.

Aber Martin lebte und war da. Zumindest war sie ihm schuldig, daß er erfuhr, wie sie seinen Vater verlassen hatte. Vielleicht würde er dann auch sagen, daß sie treulos und herzlos sei. Ja, treulos sowieso, das wußte er schon. Und herzlos? War sie wirklich herzlos, weil sie ein bißchen Glück, ein bißchen Liebe gewollt hatte, ehe das Leben vorbei war?

Ihr Entschluß, eine Begegnung mit Martin herbeizuführen, stand fest. Und zwar bald. Am besten, solange Paul noch fort war. Das Dumme war nur, daß sie nicht einmal wußte, wo Martin sich aufhielt. Es war ihr bekannt, daß Paul versucht hatte, noch einmal Verbindung zu ihm aufzunehmen. Von irgendeiner Heimkehrerstelle hatte er die Adresse erfahren. Eines Tages erzählte er, er wisse nun, wo Martin sei. Er wohne bei einem Bäcker, irgendwo am Stadtrand. Und dann, einige Tage später, berichtete er, daß Martin es abgelehnt habe, mit ihm zu sprechen.

Diese kurzen Mitteilungen waren immer so zwischendrein erfolgt. Sie hatte gesagt »Ach?« und »So?« und war nicht näher darauf eingegangen. Heute verstand sie sich selbst nicht mehr. Wie konnte sie nur so töricht sein!

Bei einem Bäcker. Systematisch begann sie Pauls Notizbücher zu durchforschen. Im Terminkalender auf dem Schreibtisch stand nichts. Das Buch mit den Telefonummern und Adressen würde er eingesteckt haben. Ob seine Sekretärin etwas wußte? Davon sicher nicht. Wo konnte man nachfragen? Auf der Polizei? Einwohnermeldeamt? Nun, sie hatte ja Zeit. Sie würde ihn schon finden.

So kam es, daß einige Tage später ein Wagen vor der Bäckerei Moser hielt. Im Laden befanden sich Frau Moser selbst, Fräulein Marie, Regina und eine Kundin. Man unterhielt sich über die empörende Tatsache, daß der Mann von Frau Käsbacher eine Freundin hatte und sich scheiden lassen wollte, ernsthaft und in aller Entschiedenheit. Frau Käsbacher erzählte es seit Tagen in der gesamten Nachbarschaft herum mit vielen interessanten Details und fand überall ein williges und mitfühlendes Ohr. Herr Käsbacher konnte sich seitdem nur noch bei Dunkelheit durch die Straßen bewegen.

In der Bäckerei Moser sprach man also auch über den Fall. Das heißt, Frau Moser, Fräulein Marie und die Kundin. Regina schwieg dazu. Erstens interessierte sie die Ehetragödie Käsbacher nicht sonderlich, und zweitens hatte sie in den letzten Wochen Gelegenheit gehabt, Frau Käsbacher kennenzulernen, und war daher geneigt, Herrn Käsbacher Verständnis und Sympathie entgegenzubringen. Aber sie hütete sich natürlich, dies laut werden zu lassen.

Als der Wagen am Straßenrand hielt und eine sehr elegante Dame ausstieg, verstummte das Gespräch. Durch das breite Schaufenster konnte man über Kuchen und Semmeln hinweg alles sehr schön beobachten, das lenkte vorübergehend von Frau Käsbacher ab. Die Dame blieb einen Moment zögernd stehen und sah sich unsicher um. Dann kam sie auf die Ladentür zu. Sie war wirklich sehr elegant, ein hellbrauner Pelz, ein kleines grünes Hütchen, Schuhe mit hohen Absätzen.

Als die Ladentür bimmelte und die Fremde eintrat, blickten ihr vier Augenpaare neugierig entgegen. Wenn jemand mit einem Auto vor einer Bäckerei in der Vorstadt vorfuhr, kam er doch wohl kaum, um Brötchen zu kaufen.

Die Dame enttäuschte das Quartett nicht. Sie sagte höflich: »Guten Tag«, und auf Frau Mosers einladendes »Bitt schön, die Dame, was darf's denn sein?« fragte sie mit leiser Stimme: »Ich hätte gern ... ich möchte gern Herrn Scholz sprechen. Er wohnt doch hier?«

Eine winzige Überraschungspause entstand, dann sagte Frau Moser: »Ja. Doch. Er wohnt hier.«

»Wo kann ich ihn finden, bitte?«

»Er ist tagsüber nicht da. Nur abends.«

»Ach!« Das klang enttäuscht.

»Soll ich ihm was ausrichten?«

»Eh, nein ... ich ... ich müßte ihn schon selbst sprechen. Wo ist er denn tagsüber?«

»Er arbeitet natürlich«, sagte Frau Moser mit Nachdruck und nicht ganz unparteiisch. Anständige Leute arbeiteten selbstverständlich am Tage und fuhren nicht im Auto spazieren.

»Er arbeitet?« fragte Gaby erstaunt. Paul hatte doch gesagt, Martin gehe kaum aus dem Haus. Was arbeitete er denn?

Sie brauchte nicht zu fragen. Fräulein Marie, die schließlich auch etwas sagen wollte, klärte sie auf. »Er ist vorn an der Straße in der Tankstelle beschäftigt.«

»In der Tankstelle?«

»Na ja, als Mechaniker halt.«

»Als Mechaniker«, wiederholte Gaby erstaunt, »so.«

Wieder eine Pause. Dann lächelte Gaby und blickte die versammelten Damen liebenswürdig an. »Vielen Dank.«

Einen Moment lang war sie gebannt von zwei hellen graugrünen Augen in einem schmalen zarten Gesicht. Das Mädchen blickte sie unverwandt an. Wie apart, dachte Gaby flüchtig, wie kommt so etwas in die Bäckerei?

Sie wandte sich zum Gehen. »Dann werde ich es mal an der Tankstelle versuchen. Wo ist das, bitte?«

Jetzt war die Kundin an der Reihe. Sie stellte sich neben Gaby an die Ladentür und erklärte umständlich das kurze Stück Weg.

»Vielen Dank«, sagte Gaby noch einmal. »Guten Tag.«

Und auf ihren hohen schmalen Absätzen schritt sie anmutig wieder zum Wagen und fuhr davon.

»Wia ma nachher nur auf solche Absätz laufa kann, des möcht i amoal wissen«, meinte die Kundin gedankenvoll hinter ihr her.

»Mei, die jungen Madln laufen heut alle so herum«, sagte Marie.

»Die war aber koa jungs Madl net.«

»Nein«, sagte Frau Moser nachdenklich, »das war's net. Und deswegen denk' ich mir... es könnte... es könnte..., drei Augenpaare hingen gespannt an ihren Lippen, »ja, könnt's nicht die Frau vom Martin gewesen sein?«

»Seine Frau?«

»Na ja, er kennt doch sonst niemanden hier in der Stadt.« Sie besann sich auf Regina. »Außer Ihnen natürlich.«

Alles blickte jetzt Regina an, die errötete ein wenig.

»Wissen Sie, wie seine Frau aussieht?« wollte Frau Moser wissen.

»Nein.«

»Hm. Er hat mal gesagt, daß es ihr gut geht. Sie könnt's schon gewesen sein.«

»Vielleicht will sie sich wieder mit ihm versöhnen«, meinte Fräulein Marie.

»Da wird sie wohl kein Glück bei ihm haben«, vermutete Frau Moser. »Außerdem hat sie ja einen anderen.«

»Ja. Aber verheiratet ist sie schließlich noch mit ihm.«

»Das ist wahr. Verheiratet ist sie noch mit ihm.«

Darauf sahen alle drei Frauen noch einmal Regina an. In Frau Mosers Gesicht stand etwas: Armes Hascherl, wenn der Martin die sieht, da hast du keine Aussichten mehr.

Dann kehrten die Damen zum Thema Käsbacher zurück.

Die Musterung durch die vier Frauen hatte Gaby nervös gemacht. Sie fuhr langsam bis zur Hauptstraße vor, stoppte dort den Wagen und blieb eine Weile überlegend sitzen. Was nun?

Martin arbeitete. Und dazu noch in einer Tankstelle. Als Mechaniker. Komisch. Daß er das überhaupt konnte. Und es paßte so gar nicht zu dem Bild des Martin, den sie kannte.

Damals war er ein flotter junger Mann gewesen, groß, breitschultrig, mit einem hübschen Gesicht, dichtem braunem Haar, ein liebenswerter Junge, sehr sportlich, leicht zu Spaß und Unfug aufgelegt, doch auch ein wenig grüblerisch veranlagt, mit vielerlei Interessen. Der typische Sohn aus wohlhabendem Hause mit einigen Allüren, er kleidete sich sehr gut, trug nur reinseidene Hemden und urteilte schnell über Leute mit weniger guten Manieren, als er sie hatte. Überdies interessierte er sich sehr offenkundig für hübsche Frauen, was Gaby manchmal ein wenig angst machte. Denn sie wußte wohl, daß sie außer ihrer Jugend, ihrem niedlichen Gesichtchen nicht viel zu bieten hatte. Und sie war selbst Zeuge davon, daß reizende und charmante Frauen an Martin Gefallen fanden. Die verwöhnten weiblichen Gäste unterhielten sich gern mit ihm, er begleitete sie auf Ausflügen, bei Ausritten und bei manchem abendlichen Bummel. Gaby gab sich große Mühe, sich in dieser fremden, großzügigen Welt zurechtzufinden und eine Frau zu werden, die anspruchsvollen Männern gefiel.

Viel Zeit blieb ihr nicht. Der Krieg vereinheitlichte alles. Aber es war wohl diesen frühen Eindrücken und Martins Einfluß zu verdanken, daß sie sich zu einer vollkommenen Dame entwickelte.

Später dann, als er während des Krieges auf Urlaub kam, war er verändert, ernst geworden, hager, älter wirkend, als er war. Aber sie verstanden sich gut und waren glücklich in den wenigen Tagen, die ihnen geschenkt wurden.

Gaby seufzte. Sie drehte den Zündschlüssel und fuhr an. Immer diese müßigen Erinnerungen an früher. Sie mußte zu einem Entschluß kommen, was hier und heute zu geschehen hatte!

Langsam fuhr sie an der Tankstelle vorbei. War es nicht taktlos, wenn sie einfach da hineinfuhr, im Wagen des Mannes, mit dem sie jetzt lebte? Und Martin arbeitete dort als Mechaniker. Wer weiß, was er sagen würde. Sich umdrehen und weggehen. Nun, dann konnte sie Gas geben und wegfahren. Aber damit war nichts geholfen. Sie *mußte* mit ihm sprechen.

Sie umfuhr einen Häuserblock und kehrte zurück, fuhr langsam bis zur Endstation der Straßenbahn, wendete dort und kam den gleichen Weg zurück. Diesmal stand ein Wagen unter dem Vordach und tankte. Kurz entschlossen fuhr sie auch hinein und stellte sich dahinter auf. Vorsichtig blickte sie sich um.

»Was darf's sein, gnädige Frau?« fragte ein junger Bursche. Aufgestört blickte sie auf.

»Zehn Liter, bitte.« Und dann sah sie Martin plötzlich. Er kam aus dem Glasgehäuse, warf der Dame am Steuer einen kurzen Blick zu und ging dann über den Hof.

Gabys Herzschlag hatte eine Sekunde lang ausgesetzt. Er war es. Und er hatte sie nicht einmal erkannt. War das möglich?

»Noch einen Wunsch, bitte?«

Der Junge mußte seine Frage wiederholen. Abwesend sah Gaby ihn an. »Nein, danke.« Sie reichte einen Zwanzigmarkschein zum Fenster hinaus.

»Brauchen Sie eine Quittung, gnädige Frau?«

»Nein, danke.«

Während sie auf das Wechselgeld wartete, blickte sie verstohlen über die Schulter. Martin war auf dem Hof, er beugte sich über die offene Kühlerhaube eines Wagens, der dort stand. Er sah nicht mehr auf. Und er hatte sie wirklich nicht erkannt. Ja, so war das. Dreizehn Jahre waren eine lange Zeit. Nicht nur für sie, auch für ihn.

Wenn sie ausstiege und einfach zu ihm hinginge? Nein, sie konnte nicht. Sie konnte einfach nicht, jetzt nicht.

Sie nahm das Geld in Empfang, steckte es achtlos in die Tasche und fuhr weg. Sie würde ihm schreiben.

FEBRUAR

Ende Januar begann es heftig und ausdauernd zu schneien, und dann wurde es sehr kalt. Regina fror erbärmlich in ihrer ungeheizten Kammer. Aber wenigstens tagsüber in der Bäckerei war es warm. Trotzdem wollte sie froh sein, wenn ihre Tätigkeit da beendet wäre. Lange konnte es nicht mehr dauern, es ging Fräulein Marie schon wieder recht gut.

Martin traf sie überhaupt nicht mehr. Fast sah es aus, als ginge er ihr aus dem Weg. Hatte er denn nicht den Wunsch, sie zu sehen? Am ersten Sonnabend im Februar erfuhr sie, warum.

Der Laden schloß um vierzehn Uhr, meist wurde es etwas später, denn immer noch kamen eilige Hausfrauen, die etwas vergessen hatten. Als Regina dabei war, die Kasse abzurechnen, assistiert von Fräulein Marie, sah sie Martin kommen. Er ging eilig ins Haus, am Schaufenster vorbei, ohne einen Blick hineinzuwerfen. – Nun gut, dachte Regina, ich werde dann einfach hinaufgehen und ihn besuchen. Warum denn nicht?

Doch noch ehe sie mit ihrer Arbeit fertig war, kam ein Wagen, wendete und hielt ein Stück vom Haus entfernt, aber durch das breite Schaufenster noch gut zu sehen. Auf dem Dach waren Schier aufgeschnallt. Eine Frau stieg aus. Sie trug enganliegende Schihosen und einen weißen Pullover, der rotbraune Haarschopf kam Regina bekannt vor. Die Frau zündete sich eine Zigarette an und spazierte auf und ab.

Fräulein Marie fiel bald durch die Scheibe. »Na so was! Die Roth von der Tankstelle, seine Chefin.«

Sie watschelte eilig zur Tür, die ins Haus führte, und rief: »Frau Moser! Frau Moser! Gengans mal her.«

Frau Moser kam ohne Verzug. Die Dringlichkeit in Maries Ruf war ihr nicht entgangen. »Was gibt's denn?«

»Da! Schaun's 'naus. Die Roth. Wartet die auf Herrn Scholz?«

Frau Moser blickte interessiert nach draußen. »Ich hab' ihn eben getroffen, als er kam. Er sagte, er fährt über Sonntag weg, ins Gebirg.«

Frau Moser und Fräulein Marie blickten sich bedeutungsvoll in die Augen. »Mit ihr?«

»Es sieht so aus.«

»Jetzt so was!«

Da kam auch schon Martin aus dem Haus. Er trug eine funkelnagelneue Schihose, funkelnagelneue Schistiefel, einen gelben Pullover, auch neu, in der Hand schwenkte er ein Köfferchen. Er lachte. Keinen Blick warf er zurück auf das Haus, auf den Laden, in das Schaufenster, hinter dem die drei Frauen standen.

Frau Roth warf die Zigarette in den Schnee, schüttelte ihre rote Mähne, sagte etwas zu ihm, lachte dann mit blitzenden Zähnen und setzte sich hinter das Steuer. Martin stieg ein, der Wagenschlag klappte energisch zu, und weg waren sie.

»Jetzt so was!« wiederholte Fräulein Marie, sprachlos vor Staunen.

»Er fährt mit der Roth ins Wochenend'«, konstatierte Frau Moser nicht weniger perplex. »Wer hätte das gedacht? Monatelang hat man gedacht, er ist mehr tot als lebendig.«

Plötzlich besannen sich die beiden Frauen auf Regina. Wie auf Kommando richteten sie ihre Blicke auf das Mädchen, das blaß und schmal hinter dem Ladentisch stand. Unter diesen Blicken errötete Regina und begann, eilig noch einmal das Geld zu zählen.

»Na ja«, meinte Frau Moser etwas verlegen, »machen's Ihnen nix draus, Fräulein Regina! So sind die Mannsbilder nun mal.«

»Mein Gott«, sagte Regina gereizt, »mir ist das doch egal.«

Aber es war ihr nicht egal. Sie haßte die beiden Frauen, die sie mitleidig und herablassend ansahen. Und sie haßte Martin dafür, daß er sie dieser Situation ausgesetzt hatte.

»Jaja«, beschloß Frau Moser den Zwischenfall, »seht's zu, daß ihr fertig werdet. Die Berti will den Laden putzen.« Und damit ging sie, Herrn Moser zu suchen, um auch ihm die große Neuigkeit mitzuteilen.

Fräulein Marie hatte es auf einmal eilig. Endlich hatte sie mal etwas Neues und wirklich Interessantes zu berichten. Ha, wenn man es genau besah, konnte Martin in die Tankstelle einheiraten. Das wäre keine schlechte Sache. Ein gutgehender Betrieb und eine hübsche Frau dazu.

Schweigsam beendete Regina ihre Arbeit. Als sie zur Straßenbahn ging, brannten Tränen in ihren Augen. Sie wußte selbst nicht warum. Beschämung, verletzter Stolz. Und Einsamkeit. Ja, wieder Einsamkeit. Aber die war sie ja schließlich gewohnt. Warum tat ihr bloß das Herz so weh? Hatte sie ihn am Ende doch ein bißchen liebgehabt, diesen Martin? Ach, Unsinn. Das kleine Hoffnungslicht aus der Silvesternacht war erloschen. Der erste schüchterne Versuch zu einer Zweisamkeit, der kleine Wunsch nach etwas Zärtlichkeit, das erste keimende Vertrauen, es war vertan und mißglückt. Ein wenig hatte ihr Herz sich aufgetan, dieses einsame, sehnsüchtige Herz. Aber keiner wollte es haben.

Als Martin von seiner Wochenendfahrt zurückkam, Montag abend war es, fand er einen Brief seiner Frau vor.

Gaby schrieb: »Lieber Martin, schon lange habe ich vor, Dir zu schreiben, aber es ist so schwer, die richtigen Worte zu finden. Damals, als Du kamst, war ich gerade krank und konnte Dich nicht abholen. Und in den ganzen vergangenen Monaten war ich einfach zu feig und traute mich nicht. Jetzt war auch noch mein Junge so krank, eine schwere Diphtherie, und ich habe mir viel Sorgen gemacht. Bitte, Martin, denke nicht nur im Zorn an mich! Versuche auch, mich ein wenig zu verstehen. Ich möchte furchtbar gern, daß wir uns allein und in Ruhe einmal aussprechen können. Bitte, tu mir den Gefallen! Darf ich dich in den nächsten Tagen einmal anrufen? Oder rufst Du besser bei mir an? Am Vormittag, da bin ich bestimmt zu Hause. Bitte. Viele Grüße, Gaby.«

Nun ja, eine große Schriftgelehrte war Gaby wohl noch nie gewesen. Und in diesem Fall war es wirklich besonders schwierig, passende Worte zu finden.

Vor vier Wochen hätte Martin den Brief wahrscheinlich zusammengeknüllt und in den Ofen gesteckt. Aber inzwischen hatte sich vieles geändert. Die Verkrampfung, die tödliche Spannung, hatte angefangen sich zu lösen, der Heilungsprozeß hatte begonnen. Langsam, oder vielleicht auch schneller, wollte aus einem kranken wieder ein gesunder Mensch werden. Hauptsächlich war das Lore zu verdanken. Zwar kam es immer noch vor, daß er in seine Schwermut zurückfiel, daß er begann zu grübeln, daß die Hoffnungslosigkeit der schweren Jahre ihn jäh überfiel und der Gegenwart entrückte. Doch das dauerte nicht lange, wenn Lore in der Nähe war. Sie hatte die einzig richtige Therapie für ihn, jedenfalls in diesem ersten Stadium seiner Heilung: Arbeit und Liebe. Sie belud ihn mit einem großen Teil der Verantwortung für den Betrieb, und abends war sie nichts als Frau, weich und zärtlich. Sie gab ihm gut zu essen und zu trinken, sie drehte das Radio an, plauderte über alle möglichen Nichtigkeiten und zwang ihn, ihr zuzuhören. Und wenn sie ihn küßte, hätte sie nicht geduldet, daß er dabei an etwas anderes dachte. Sie war gesund, unkompliziert, dem

Leben zugewandt und von nimmersatter Sinnlichkeit. Das alles half Martin mehr, als es die ausgeklügelte Behandlung eines erfahrenen Psychiaters hätte tun können. So einfach ist das Leben manchmal.

Er selbst tat instinktiv das Richtige. Er wollte nicht mehr an früher denken, schob die Gedanken daran rasch beiseite, flüchtete sich in Lores Umarmungen, in ihr frauliches Dasein wie einer, der aus der Kälte in ein warmes Zimmer kommt und nichts möchte als diese Wärme genießen, solange es noch Winter ist.

Kein Wunder auch, daß Regina mit dem wenigen, was ihn mit ihr verband, verblaßte und versank, als sei nie etwas dagewesen. Was übrigblieb, war vielleicht ein wenig Mitleid und eine kleine Spur von schlechtem Gewissen, mehr nicht.

Martin las also Gabys Brief, krauste die Stirn, las ihn nochmals, legte ihn dann sorgsam auf den Tisch, zündete sich eine Zigarette an und dachte, er würde sich ärgern. Aber er ärgerte sich eigentlich nicht. Nicht richtig. Das war das Verdienst der letzten Tage.

Sie waren im Gebirge gewesen, in der herrlichen, überwältigenden Landschaft, Berge im Schnee, Wälder, frische Luft. Sie waren Schi gelaufen, mit der Seilbahn auf einen Berg gefahren, waren in dem regen Kurort mit seinem internationalen Fremdenverkehr herumspaziert, und schließlich hatten sie in einem sehr guten, sehr teuren Hotel gewohnt. Dies nun, dies vor allem hatte auf Martin belebend gewirkt.

Es schien nicht ganz logisch. Man hätte annehmen sollen, die vielen Parallelen zu früher, der Kurort, die Berge, das Hotel, würden Verbitterung und trübe Gedanken in ihm wecken. Das Gegenteil war der Fall: Natürlich dachte er unausgesetzt an früher, an seine Jugend, an seinen Vater, aber es tat ihm gut. Bisher hatte er immer bloß die jüngste Vergangenheit gesehen, die so unerfreulich war. Jetzt gewann er den Anschluß an sein früheres Leben, an den früheren Martin wieder, der mit dem heutigen so wenig Ähnlichkeit hatte, der aber doch irgendwo in ihm steckte.

Voll Interesse beobachtete Martin das Leben und Treiben im Hotel, erkannte sofort, daß das Haus gut geführt war, er sah, wie das Personal geschult war, wie sich die Zimmermädchen bewegten, die Portiers ihren Turnus hatten. Er hätte gedacht, dies längst vergessen zu haben. Am meisten freute es ihn, wenn es etwas zu bemängeln gab. Er rügte den Ton des Hausdieners und machte Lore leise auf einige kleine Formfehler eines jungen servierenden Obers aufmerksam.

»Na hör mal«, staunte Lore, »lernt man das in Rußland? Ich dachte, es gefällt dir hier. Es ist das teuerste Hotel am Platz«, sie betonte es mit dem Nachdruck reich gewordener Leute.

»Sicher«, gab er bereitwillig zu. »Eben deshalb dürfte so was nicht vorkommen.«

»Also ich find's großartig hier. Die Zimmer sind bildschön. Und schau den Ober an. Er ist die Vornehmheit in Person ...«

»Das gehört bei ihnen zur Berufskleidung«, meinte Martin unbeeindruckt. »Das lernt man, wie man lernt, einen Frack anzuziehen.« Sie saßen beim Abendessen im Speisesaal, nicht im Schidreß natürlich, Martin in seinem grauen Anzug, wobei er lebhaft bedauerte, keinen dunklen Anzug zu besitzen. Allein diese Tatsache, wenn sie ihm nur richtig zu Bewußtsein gekommen wäre, bewies, wie sehr er auf dem Wege war, ins Leben zurückzukehren. Vor einigen Wochen noch war es ihm ganz gleichgültig gewesen, was er anhatte.

Lore hatte sich sehr elegant gemacht, fast zu elegant für ein einfaches Abendessen. Sie trug ein rosenholzfarbenes Cocktailkleid aus starrem Taft mit weitschwingendem Rock und gewagtem Dekolleté.

Martin kritisierte bei sich ihre Aufmachung, erstens paßte sie nicht zu seinem grauen Anzug, zweitens stand die Farbe nicht zu ihrem Haar, und drittens wäre es ihm überhaupt lieber gewesen, sie hätte ein glattes Wollkleid getragen, von schlichter Eleganz, so wie er es an anderen Frauen sah. Aber sie war nun mal, wie sie war, man konnte nicht von ihr verlangen, daß sie bescheidener auftrat, wie eine Frau von Welt.

Er sprach seine Gedanken nicht aus. Es wäre undankbar gewesen, sich über sie zu beklagen. Ohne sie säße er nicht hier, ohne sie wäre sein Leben noch genauso unerträglich wie vor vier Wochen. Er lächelte ihr zu und legte kurz seine Hand auf ihre; er tat es – auch dies ganz unbewußt – mit einer alten, eigentlich längst vergessenen Bewegung. Dabei beugte er sich ein wenig vor, mit einem kleinen Lächeln, ganz Kavalier, ganz ein Mann, der es verstand, mit Frauen umzugehen. Nun, da er sich im vertrauten Rahmen bewegte, kamen auch diese einst selbstverständlichen kleinen Gewohnheiten wieder. Nebenbei sah er aber auch die anderen Frauen im Raum, er sah das Kommen und Gehen, und bei alledem beobachtete er noch, wie die Ober arbeiteten. Er war damit groß geworden, und trotz allem, was dazwischenlag, er hatte es nicht vergessen.

Es wirkte auf ihn belebend und ermunternd, er war wie in einem kleinen Rausch. Aber es war kein Rausch, der ihn von der Wirklichkeit entfernte, der ihn träumen machte, es war ein Rausch, der ihn geradewegs in die Wirklichkeit und in die Gegenwart hineinführte. Er vergaß, daß er nichts anderes war als ein Gehilfe in einer Reparaturwerkstatt, der ein Verhältnis mit seiner Chefin hatte. Er vergaß sogar vorübergehend, daß er ein vom Schicksal Geschlagener und Mißhandelter war, ein Gefangener, ein heimatloser, einsamer Heimkehrer. Jetzt auf einmal war er wieder Martin Scholz, der Sohn von Heinrich Scholz, Sohn und Erbe zweier Hotels, ein Mann von Erziehung und Bildung und von der leichten, gewandten Lebensart des reichen Bürgertums.

»Aber sonst ist es ein gutes Haus, nichts einzuwenden. Tadellos geführt«, sagte er. »Es gefällt mir sehr gut hier. Man sollte einmal einen längeren Urlaub hier verbringen, nicht nur zwei Tage. Was hältst du davon?«

Lore sah ihn erstaunt von der Seite an. Sie erkannte ihn kaum wieder. War das der Mann, der noch vor kurzem linkisch im Garagenhof gestanden und sie kaum angesehen hatte, wenn sie zu ihm sprach? Er saß hier, als hätte er sein Leben nur in teuren Hotels verbracht. Und jetzt wollte er sogar einen Urlaub hier verleben. Hier, wo der Tag vierzig Mark kostete! Sie hatte wunder gedacht, was sie ihm bot und wie verblüfft er von dem ganzen Aufwand sein würde. Sie war einmal mit ihrem Mann hier gewesen, und es hatte ihr mächtigen Eindruck gemacht. Er aber nahm alles mit der größten Selbstverständlichkeit hin.

»Einen Urlaub?« fragte sie zurück. »Ein bißchen teuer. Wenn man länger bliebe, müßte man woanders wohnen. Es gibt noch andere nette Hotels hier, die preiswerter sind.«

Er schüttelte entschieden den Kopf. »Nein, gerade hier möchte ich sein. Und was es mehr kostet, ist es wert. Das Service in solch einem Haus ist ein ganz anderes. Ich habe noch Geld von der Heimkehrerhilfe, das können wir dafür nehmen.«

Lore war sprachlos. Dieses Geld, das er für eine Existenz benutzen sollte, wollte er für einen Urlaub ausgeben, für einen Urlaub in einem Luxushotel! Was war das eigentlich für ein Mann, der hier neben ihr saß? Hatte er vielleicht Anlagen zum Hochstapler?

Und dann auf einmal, ganz natürlich, ganz ohne Scheu erzählte er von sich. Das hatte er bisher noch nie getan. Er sprach von seiner Jugend, von zu Hause, von den eigenen Hotels.

Lore hörte mit gemischten Gefühlen zu. Was sie da zu hören bekam, war kaum zu glauben. Und gestern noch hätte sie es auch nicht geglaubt. Aber diesem Mann, der heute neben ihr saß, ihm mußte sie es glauben. Einerseits imponierte es ihr, andererseits ärgerte es sie ein wenig, es machte sie geradezu eifersüchtig. Alles, was er hatte, sollte er von ihr bekommen. Und wenn er glücklich war, sollte er es durch sie sein, nicht durch Erinnerungen. Sie wollte, daß er glücklich und dankbar war dafür, daß er bei ihr sein durfte, bei ihr, auf dem Hof der Tankstelle, daß es für ihn der Höhepunkt aller Möglichkeiten sein sollte, nicht etwas, das man notgedrungen in Kauf nahm, weil man im Augenblick nichts Besseres haben konnte, wie man es gewohnt war. Nun ja, das alles, wovon er sprach, war lange her. Und nicht mehr vorhanden. Aber es imponierte ihr trotzdem.

Später gingen sie in die Bar und tranken eine Flasche Sekt. Auch hier bewegte sich Martin mit der größten Sicherheit. Nur als sie fragte, mehr zum Scherz: »Wollen wir nicht mal tanzen?« zögerte er.

»Ich glaube, das kann ich nicht mehr. Es ist so lange her ...« Früher war er ein guter Tänzer gewesen, fiel ihm gleichzeitig ein.

Die Bar war gut besucht. Es herrschte ein sanftes Halbdunkel, man hatte der Faschingszeit zuliebe die Lampen mit roten und blauen Schleiern verhängt, Luftschlangen dazwischen, auch Masken und Larven.

Lore war durchaus bereit, auf das Tanzen zu verzichten. Da kam Martin von selbst darauf zurück. Das Trio spielte einen Foxtrott, in nicht zu moderner Weise, und er sagte: »Das klingt soweit ganz vernünftig, nicht viel anders als früher. Ich glaube, ich würde es doch ganz gern einmal versuchen.«

Stumm vor Staunen ging Lore mit ihm zur Tanzfläche. Ein wenig unsicher die ersten Schritte, ein verlegenes Lächeln, eine Entschuldigung, und dann auf einmal tanzten sie recht gut zusammen. Er tanzte ruhig, führte sie mit sicherer Hand. Niemand, der sie sah, wäre auf die Idee gekommen, daß der große, breitschultrige Mann mit dem gekerbten hageren und doch interessanten Gesicht seit mehr als fünfzehn Jahren zum erstenmal wieder tanzte.

Es blieb nicht bei dem einen Tanz. Und es blieb nicht bei der einen Flasche Sekt. »Trinken wir noch eine?« fragte Martin ganz beiläufig, und Lore, der es auf der Zunge lag, auf die sicher enormen Preise für Sekt in dieser Bar hinzuweisen, verschluckte die Bemerkungen und nickte. Kein Zweifel, heute abend hatte Martin die Führung an sich gerissen, zum erstenmal seit sie sich kannten. Das ist schnell gegangen, dachte Lore halb verblüfft, halb amüsiert. Aber es gefiel ihr.

»Wie ist es?« fragte er später. »Machen wir vierzehn Tage Urlaub hier?«

»Aber Martin! Das Geschäft. Wir können doch nicht beide so lange weg.«

»Hast du denn in den letzten Jahren nie Urlaub gemacht?«

»Nein. Nie. Immer nur mal so für ein oder zwei Tage.«

Martin war heute abend geneigt, auch dieses Problem zu lösen.

»Max ist doch sehr tüchtig und zuverlässig. Wir werden sehen, daß wir noch einen ordentlichen Mann bekommen.«

Wir, sagte er. Als sei es schon sein Geschäft. Lore zog die Stirn in Falten. »Du hast Ideen«, sagte sie ein wenig scharf.

Er beugte sich zu ihr herüber und fragte leise: »Möchtest du nicht vierzehn Tage mit mir hier sein? Ganz allein, in dieser hübschen Umgebung?« Er lächelte, ganz Charmeur, ganz Liebhaber, ein Mann, der es verstand, mit Frauen zu sprechen.

Lore schmolz wie Butter in der Sonne. Er hatte ja recht. Sie war jung, sie war hübsch, und Geld verdiente sie genug. Sollte sie eigentlich ihr ganzes Leben in dem Glashaus hinter dem Tank versauern? »Lust hätte ich schon.«

»Na also. Wir werden morgen fragen, für wann ein hübsches Zimmer frei ist. Am besten im März, da ist es schon ein bißchen wärmer, die Sonne scheint, die Tage sind länger. Wir werden herrlich braun sein.« Er sprach, als habe er die letzten Jahre den Winter gewöhnlich an bekannten Wintersportplätzen verbracht. Tatsächlich bestellten sie, ehe sie abfuhren, für vierzehn Tage ein Zimmer im Hotel.

Als er zurückkam in seine kärgliche Kammer bei Mosers, erschien es ihm selber unwirklich. Und natürlich verließ ihn der Auftrieb dieses seltsamen und bemerkenswerten Wochenendes schnell wieder. Aber doch nicht ganz.

Daher las er auch Gabys Brief mit anderen Gefühlen, als er es noch vor einiger Zeit getan hätte. Er dachte: warum soll ich nicht einmal mit ihr sprechen? Einmal muß es ja sein. Seine Gefühle waren dabei nicht so bitter wie bisher.

Frau Moser platzte bald vor Neugier. Mit einem Vorwand kam sie herauf.

»Sie waren verreist, Martin?«

»Nur zum Wochenende«, sagte er nonchalant. »Nächsten Monat werde ich etwas länger wegfahren, zum Schilaufen.«

»Aber Ihre Stellung?« Sie war ein einziges Fragezeichen. »Was sagt Frau Roth dazu?«

»Frau Roth?« fragte er, als habe er den Namen noch nie gehört.

So leicht gab sich Frau Moser nicht zufrieden. »Wenn man eben erst angefangen hat, kann man doch nicht gleich Urlaub machen.«

»Eigentlich nicht«, gab er zu. »Das wird sich alles finden. Lange werde ich ja dort nicht arbeiten. Das ist nur etwas für den Übergang.«

Jetzt kannte sie sich überhaupt nicht mehr aus. »Was wollen Sie denn tun?«

»Das weiß ich noch nicht«, sagte er wahrheitsgemäß.

Nein, das wußte er noch nicht. Aber *daß* er etwas anderes tun würde, eines Tages, eines nicht zu fernen Tages, das wußte er bestimmt.

Schon wenige Tage nachdem sie bei Mosers aufgehört hatte, fand Regina eine neue Stellung. Genaugenommen war es wieder eine etwas merkwürdige und ausgefallene Sache, aber das störte sie weiter nicht, im Gegenteil, es kam ihrer Menschenscheu, ihrer Furcht vor dem Lärm dieser Wirtschaftswunderwelt eher gelegen. Die Gegend, in der sie wohnte, oder besser gesagt, wo Frau Zenger wohnte, bei der sie Unterschlupf gefunden hatte, war keine besonders hübsche Gegend. Früher vielleicht, vor fünfzig oder sechzig Jahren, mochte es ein gutes Viertel der Stadt gewesen sein. Nicht direkt Innenstadt, aber gleich daran anschließend, hatten diese Straßen keinen Anteil am Glanz der City. Es war eine verwahrloste, trübselige Gegend. Graue hohe Häuser, alt und häßlich, Häuser mit dunklen Wohnungen, engen Treppenhäusern, in denen der Putz abgebröckelt war. Es war genau jene Gegend, die der Luftkrieg merkwürdigerweise in fast jeder Großstadt verschont hatte, obwohl man gerade sie am ehesten hätte verschmerzen können. Die Straßen waren eng, viel zu schmal für den lebhaften Verkehr, eine Straßenbahn quietschte durch, die Autos, die an den Seiten verboten parkten, waren selten blitzend und neu. In den Häusern roch es dumpf und muffig, und die Frauen, die in diesen Wohnungen Hausfrauen waren, glichen alle ein wenig der Witwe Zenger, oder fast alle.

Unten in den Häusern waren Läden, meist auch alt und schäbig, selten daß einer breite Schaufenster und Neonlicht hatte. Die Seitenstraßen waren ein wenig besser, schon dadurch, daß sie ruhiger waren und so eine gewisse Vornehmheit vortäuschen konnten, obwohl es innen in den Häusern nicht viel anders aussehen mochte.

Das schlimmste für Regina war die Kälte. Es war bitterkalt im Monat Februar, so kalt wie seit vielen Jahren nicht mehr. Als sie es nicht mehr aushielt, erstand sie eine elektrische Heizsonne; denn erstaunlicherweise war in ihrer Besenkammer eine Steckdose. Natürlich mußte sie diesen Erwerb vor Frau Zenger verbergen. Ehe sie fortging, legte sie das Gerät jedesmal in ihren Koffer, den sie abschließen konnte. Tagsüber, wenn man annehmen mußte, daß in der Wohnung kein Licht brannte, lauschte sie immer darauf, ob Frau Zenger aus der Küche kam und durch den Flur ging. Nahe der Eingangstür war der elektrische Zähler. Dann zog sie schnell den Stecker heraus und wartete, bis Frau Zenger die Wohnung verlassen oder sich wieder in ihre Küche zurückgezogen hatte. Regina brauchte kein schlechtes Gewissen zu haben, Frau Zenger zog ihr sowieso jeden Monat fünf Mark für Stromgebühren ab, die sie bisher mit ihrer kleinen Birne nie verbraucht hatte.

Die Sonne war herrlich. Eng zusammengekauert hockte Regina davor, so dicht, daß sie fast anbrannte. Zwar hatte der Einkauf ein Loch in ihre sorgsam eingeteilte Kasse gerissen, aber sie verbrauchte ja sonst so wenig. Wie zuvor gab es kein warmes Essen mehr, nur Brote und eine Tasse Tee dazu.

Frau Zenger betrachtete sie wieder mit mißtrauischen Augen. Untermieter, die nicht arbeiten gingen, waren ihr verhaßt. Aber da sie die Miete bekommen hatte, ließ sich im Moment nicht viel dazu sagen.

An einem Nachmittag besuchte Regina ihre Kusine Anni Plaschek. Sie fühlte sich dazu verpflichtet. Immerhin hatte Anni sie damals aufgenommen, als sie kam.

Sie kaufte ein Viertelpfund Kaffee, ein Päckchen Kuchen und für die Kinder Schokolade. Für Reginas Verhältnisse waren es fürstliche Geschenke. Doch sie wollte Anni eine Freude machen, ein wenig Geltungsdrang mochte mitsprechen. Und nicht zuletzt machte es ihr Spaß, in einen Laden zu gehen und all diese prächtigen, im Grunde nicht lebensnotwendigen Dinge einzukaufen. Anni empfing sie mit wortreicher Freude. Sie tranken Kaffee, und Regina mußte erzählen, wie es ihr seit Weihnachten ergangen war. So, so, eine Stellung hatte sie gehabt. Nur aushilfsweise, das sei aber schade. Wo denn? Oh, in einer Konditorei, sagte Regina, damit es ein bißchen besser aussah.

»Und du konntest da nicht bleiben?«

»Nein, das Fräulein ist jetzt wieder gesund.«

»So ein Pech«, meinte Anni, »in einer Konditorei, das ist doch etwas Feines.«

Regina schwieg irritiert. Vermutlich hätte Anni auch die Bäckerei Moser als durchaus angemessenen und angenehmen Arbeitsplatz betrachtet.

»Und jetzt?«

»Jetzt muß ich schauen, daß ich wieder etwas finde.«

»Das ist doch aber leichtsinnig von dir, soviel Geld auszugeben«, sagte Anni und wies auf die mitgebrachten Geschenke, »du weißt ja gar nicht, wann du wieder was verdienst.«

»Das wird schon werden«, sagte Regina lächelnd und mit nicht ganz echtem Optimismus.

»Du könntest es ja wieder mal bei uns im Kaufhaus versuchen. Der

Ausverkauf ist allerdings vorbei, da hatten wir eine Menge Aushilfen. Aber wenn du schon mal dort gearbeitet hast, wird sich schon wieder was ergeben. Geh zu Herrn Kohl, das ist die rechte Hand vom Personalchef, der ist sehr nett.«

»Jaja«, sagte Regina. Sie mochte nicht ins Kaufhaus.

Jeden Tag ging sie wieder zur Tageszeitung, um den Aushang zu studieren. Der kürzeste Weg in die Innenstadt von ihrer Wohnung aus führte durch eine der stilleren Seitenstraßen. Hier war, nicht weit von der Hauptstraße entfernt, ein kleines Fotogeschäft. In einem schmalen Schaufenster lagen Fotozubehör und sogar zwei Apparate. Ein Schild verkündete, daß hier künstlerische Porträts und Paßbilder in solider Ausführung und zu günstigsten Bedingungen angefertigt wurden. Neben der Eingangstür hing ein Schaukasten, aus dem zwei jugendliche Brautpaare krampfhaft auf den Beschauer herunterlächelten, neben zwei sehr reizenden Kinderaufnahmen und dem verwegenen Bild einer Mittvierzigerin, die sich als Vamp herausstaffiert hatte.

Eines Tages, auf ihrem Weg in die Stadt, entdeckte Regina einen Zettel, der innen an die Ladentür geheftet war, darauf stand zu lesen, daß eine Verkäuferin und Assistentin für Laden und Atelier gesucht werde.

Regina war kein Mensch von impulsiven Entschlüssen. Daher ging sie auch zunächst einmal weiter, ohne jedoch die Offerte aus dem Gedächtnis zu verlieren. Auf dem Rückweg las sie den Zettel noch einmal, ging auch diesmal weiter, doch ehe sie ihr Haus betrat, kehrte sie um und ging zurück. Man konnte ja mal fragen. Sie betrachtete noch einmal ausführlich die Auslage in dem winzigen Schaufenster, bemerkte den Staub in der spärlichen Dekoration, und das gab ihr Mut.

Sie legte die Hand auf die Klinke, gab sich einen Ruck und trat ein. Sie ahnte nicht, daß der Schritt über diese Schwelle ihr ganzes Leben verändern würde.

Ein altmodisches Glöckchen über der Tür bimmelte einen melodischen Dreiklang, dann kam eine Stimme aus dem Hintergrund: »Moment, Moment, ich komme gleich.« Und daraufhin geschah eine ganze Weile lang nichts.

Regina hatte Zeit, sich umzusehen. Hätte sie schon einmal Gelegenheit gehabt, eines der modernen Fotogeschäfte in der Stadt zu betreten, so wäre ihr zweifellos die Erkenntnis gekommen, daß sie hier nicht nur in einen unbekannten Laden, sondern auch in ein anderes Jahrhundert eingetreten war. Sogar ihr konnte es nicht verborgen bleiben, daß von allen zurückgebliebenen und verwahrlosten Läden dieser Gegend dies wohl der altmodischste war. Und dennoch...

Altmodisch wohl, bescheiden, aber nicht unordentlich, nicht lieblos, sondern geradezu von anheimelnder Einfachheit und Ruhe war dieses Geschäft. Ein Stückchen Ladentisch, ein Stuhl davor, einer dahinter, hübsche alte Biedermeierstühle übrigens, ein Regal mit Kameras, Fotoalben, Bilderrahmen und allem möglichen Zubehör. Vor dem Ladentisch ein kleines Tischchen, auf dem ein Album mit Kundenbildern lag. Über dem Tisch hing der Meisterbrief des Herrn Jacob Brunnhuber, und rechts und links davon wieder Brautpaare, nackte Babys, Konfirmanden und das Porträt eines wohlgepolsterten Herrn mit stattlichem Doppelkinn, in dem Regina unschwer den Metzgermeister Neidlinger vom Geschäft vorn an der Ecke erkannte.

Sie hatte Zeit, sich mit Muße umzusehen. An der Wand tickte geräuschvoll eine Uhr mit langem Pendel, und dann kam auch noch ein Kuckuck heraus und verkündete der Welt, daß es zwölf Uhr mittags sei. Darauf wieder Stille.

Die Hemmungen, die es zu überwinden galt, um den Laden zu betreten, schwanden vollends. Ohne Zweifel, hier brauchte man eine Verkäuferin. Wenn einer sich beeilte, konnte er den ganzen Laden ausräumen, ehe jemand kam. Schön warm war es auch. In der hinteren Ecke des Ladens, gleich neben der Tür, oder genauer, neben einem roten Vorhang, der einen Durchgang verhüllte, spuckte und pustete ein kleiner schwarzer Ofen, der eine wunderbare Wärme ausstrahlte. Draußen waren zwanzig Grad Kälte. Regina war von dem Weg zur Zeitung und zurück recht durchfroren. Sie trat einen Schritt näher an den Ofen heran und streckte ihm die Hände entgegen.

Endlich ertönte hinter dem Vorhang das Öffnen und Schließen einer Tür, ein Rücken und Klappern, ein Hüsteln, ein Rascheln. Nun schien jemand zu kommen.

Der Mann, der aus dem Vorhang trat, paßte haargenau in diese Umgebung. Er war klein und fast zierlich – abgesehen von dem kleinen runden Bäuchlein, sein Gesicht war rosig und freundlich, mit einem gepflegten weißen Spitzbart. Ein Paar sehr lebendige, warmherzige Augen. Das war Jacob Brunnhuber, Meister der künstlerischen Fotografie.

Er verbeugte sich gewandt, rieb die Hände aneinander und sagte mit wohltönender, freundlicher Stimme: »Entschuldigen's schon, die Dame. Ich war gerad' in der Dunkelkammer. Was darf's sein, die Dame?«

Regina lächelte schüchtern. »Ich hab'... ich hab' den Zettel gelesen an der Tür. Deswegen komme ich.«

»Ach so, ach so, sehr freundlich, sehr liebenswürdig«, der alte Herr verlor nichts von seiner Höflichkeit. Ob eine Kundin oder ein Mädchen, das sich um eine Stellung bewarb, das machte in seinem Verhalten keinen Unterschied. Dafür stammte er auch aus einer Zeit, in der es zwar noch keine Würde der Arbeit, dafür aber eine Würde des Menschen gegeben hatte.

»Tja, das ist sehr freundlich«, wiederholte er. »Brunnhuber ist mein Name.« Er streckte ihr die Hand entgegen.

Regina legte die ihre vertrauensvoll hinein. Ihr wurde warm ums Herz. Sooft sie sich auch in letzter Zeit beworben hatte, noch niemals hatte einer der Chefs seinen Namen genannt.

»Ich heiße Regina Thorbeck«, sagte sie.

»Sehr angenehm, Fräulein Thorbeck. Bitte nehmen Sie doch Platz.« Er wies auf den hübschen Biedermeierstuhl. Regina setzte sich. Herr Brunnhuber zog sich den Stuhl hinter dem Ladentisch hervor und setzte sich auch. Pause.

»Tja«, sagte dann Herr Brunnhuber.

»Schön warm haben Sie es hier, das tut einem gut«, führte Regina die Unterhaltung weiter, als nichts mehr kam.

»Ja, nicht wahr? Es ist wieder ordentlich kalt draußen. Über zwanzig Grad. Schlimm, schlimm. Man mag gar nicht hinausgehen. Aber hier drinnen heize ich, was der Ofen aushält. Wenn man so alt ist wie ich, mag man nicht mehr frieren.«

»Kälte ist scheußlich«, pflichtete ihm Regina bei. »Ich kann sie auch nicht vertragen.«

»Jaja«, der alte Herr musterte sie freundlich. »Bisserl blutarm, wie?«

Regina lächelte verlegen.

Pause.

»So einen Winter haben wir lange nicht mehr gehabt«, nahm dann Herr Brunnhuber die Konversation wieder auf. »Neunzehnhundertachtundzwanzig auf neunundzwanzig, da war es auch so kalt. Ich erinnere mich noch gut. Damals wurde gerade meine jüngste Tochter geboren. Es war zu kalt, um das Kind zur Taufe in die Kirche zu bringen. Wir mußten eine Haustaufe machen. Ja, so kalt war das. Heute ist sie verheiratet, in Kalifornien. Na, da ist es wenigstens hübsch warm.«

»Oh«, meinte Regina bedauernd, »so weit weg.«

»Ja, sehr weit«, bestätigte Herr Brunnhuber bekümmert. »Auf einmal ist man dann allein, wenn man alt ist. Mein Bub ist gefallen.«

Pause.

Regina blickte nach rechts, nach links, dann auf das Album, das vor ihr auf dem Tischchen lag. »Schöne Bilder haben Sie hier«, meinte sie schließlich.

Herr Brunnhuber machte eine wegwerfende Handbewegung. »Na ja, was einem alten Mann halt noch übrigbleibt. Wer kommt denn schon zu mir. Aber immerhin – man versteht sein Handwerk. Verstehen Sie auch etwas von Fotografie?«

Regina schluckte. »Nein, eigentlich nicht.«

»Aha, aha. Und was haben Sie bisher getan?«

Diese Frage mußte wohl immer sein. Sie berichtete kurz, es klang recht dürftig.

Aber Herrn Brunnhuber schien es nicht weiter zu stören. »Das läßt sich alles lernen«, sagte er tröstend. »Ich brauche hauptsächlich jemanden für den Laden, ich bin doch meist im Atelier und in der Dunkelkammer, und es ist so lästig, wenn man immer herausgerufen wird. Was es hier zu verkaufen gibt, das werden Sie bald wissen. Vielleicht lernen Sie es mit der Zeit auch, mir im Atelier ein wenig an die Hand zu gehen?«

»Sicher«, sagte Regina hoffnungsvoll. Sie blickte ihn voll Vertrauen an. Er war so nett, und hier war es so schön warm und so friedlich. Dieser Ort schien weit weg zu sein von der abscheulichen Welt draußen. Wenn er sie doch nehmen würde!

»Viel zahlen kann ich allerdings nicht«, gab Herr Brunnhuber zu bedenken. »Das Geschäft ist nur klein; aber es geht, es geht schon. Meinen Sie, daß Sie mit zweihundert Mark auskommen?«

»O ja«, rief Regina überzeugt, »damit kann ich gut auskommen. Ich wohne hier ganz in der Nähe, ich brauche kein Fahrgeld. Und auch sonst – ich brauche nicht viel zum Leben.«

»Hm«, machte Herr Brunnhuber und betrachtete sie auf seine freundliche, friedliche Art. »Dann können wir's ja mal miteinander versuchen. Jetzt zeig' ich Ihnen noch das Atelier.«

Er stand auf, schlug den Vorhang zurück und sagte höflich: »Ich gehe mal voran«, und Regina folgte ihm durch den roten Vorhang.

Das Atelier war nichts als ein mäßig großer Raum, in dem es eine weiße Wand gab, eine andere, vor der abermals ein roter Vorhang hing, diesmal sogar mit Troddeln verziert, ein runder glänzender Tisch stand darin und noch mehr solche Stühle wie im Laden. Dann war noch ein alter Diwan da, ein Schaukelpferd, ein großer Teddybär, eine Ente aus Zelluloid. Mitten im Raum stand die Kamera, ein solides, stabiles Instrument, davor ein erhöhter Stuhl auf einem Podest vor einer Wand aus Silberpapier.

Herr Brunnhuber knipste an einigen Schaltern, und eine starke Lampe flammte auf. »Die Beleuchtung ist ganz nach modernen Gesichtspunkten angelegt«, erklärte er stolz.

»O ja, das sieht man«, sagte Regina höflich. Auch hier an den Wänden Bilder, nichts als Bilder, große und kleine, sogar bunte darunter. Und manche waren wirklich kleine Kunstwerke, das entdeckte Reginas kunstverständiges Auge sofort.

Vom Atelier führte eine kleine Tür in die Dunkelkammer. »Da können wir aber jetzt nicht hinein«, meinte Herr Brunnhuber, »ich hab' gerade was in Arbeit.« Auf eine andere Tür deutend, sagte er: »Da drin wohne ich.«

»Sehr hübsch ist es hier«, sagte Regina.

»Bescheiden, bescheiden. Aber was will man machen. Für einen alten Mann ist es schwer, wieder neu anzufangen. Ich muß froh sein, das hier zu haben. Früher hab' ich ein gutes Atelier gehabt, ein richtiges Atelier, wissen Sie, im vierten Stock, mit Glasdach. Und gute Kundschaft, erstklassige Kundschaft. Wenn es Sie interessiert, zeige ich Ihnen mal meine alten Kundenmappen. Die Prinzessin Thönys ließ sich immer bei mir fotografieren und der Graf Bodenstein mit seiner ganzen Familie. Auch viele Künstler, Schauspieler und Sänger. Ja. Aber im Krieg wurde ich dann ausgebombt. Ja, so ist das.«

Ja, so war das. Regina wußte es auch, wie alles sich verändern konnte. »Und – kann ich dann also bei Ihnen arbeiten?« fragte sie noch einmal.

»Es würde mich freuen«, erwiderte Herr Brunnhuber höflich. »Ich denke, wir werden gut miteinander auskommen. Es wäre schön, wenn Sie möglichst bald anfangen könnten.«

»Ich kann schon morgen«, sagte sie eifrig, »ich bin ja frei.«

»Das ist fein, das ist schön. Für morgen habe ich sowieso mehrere Anmeldungen. Faschingsbilder, wissen Sie. Ein paar junge Leute wollen sich in ihren Faschingskostümen aufnehmen lassen. Die Fini aus dem Nebenhaus hat sich ein spanisches Kostüm gemacht, selbst gearbeitet, sie geht gewissermaßen als Carmen, also schon sehr fesch. Schwarze Haar hat's eh, es sieht ganz echt aus. Sie hat es mir schon vorgeführt. Sie bringt ihren Freund mit, den Ferdl, der geht als Torero. Ein paar Freundinnen wollen auch noch mitkommen. Da müssen wir ein paar hübsche Bilder machen. An so was haben die Leute ihr Leben eine Freude. Und Vormittag kommt die Frau Burger mit ihren beiden Buben, die sollen aufgenommen werden für Omas Geburtstag. Ja, so ist das hier, Fräulein Thorbeck. Vielleicht nicht immer das Richtige für ein junges Mädchen.«

»Es wird mir hier bestimmt gefallen«, sagte Regina überzeugt. »Ganz bestimmt.«

Als Gaby nach acht Tagen noch nichts von Martin gehört hatte, wurde sie zornig. Was dachte er sich eigentlich? So wie es war, konnte es doch nicht bleiben. Außerdem hatte sie sich vorgenommen, Paul mit der Entwicklung der Dinge zu überraschen. Zum Beispiel damit, daß Martin sich widerspruchslos scheiden ließ und ihr noch seinen Segen dazugab. Irgend so etwas schwebte ihr vor.

Sie hatte daher Paul nach seiner Rückkehr nicht gesagt, daß sie versucht hatte, mit Martin in Verbindung zu treten.

Eines Tages rief sie kurzentschlossen in der Tankstelle an.

»Ich möchte bitte Herrn Scholz sprechen.«

»Wen?« fragte eine erstaunte Frauenstimme. Bisher hatte noch niemand telefonisch nach Martin verlangt, schon gar nicht eine Frau.

»Herrn Scholz. Martin Scholz. Er arbeitet doch bei Ihnen?«

»Ja. Schon. Wer ist denn dort, bitte?«

Gaby zog unwillig die Augenbrauen hoch. Was fiel dem Frauenzimmer ein? Und ohne weiter zu überlegen, sagte sie kurz: »Frau Scholz.«

Lore am anderen Ende der Leitung blieb die Sprache weg. Sie machte den Mund auf, machte ihn wieder zu, dann sagte sie: »Moment bitte«, und legte den Hörer vorsichtig auf die Schreibtischplatte.

Martin war draußen und sprach gerade mit einem Kunden, mit Herrn Lebert. Herr Lebert fuhr einen Mercedes 220 und bekam daher von Lore trotz ihrer Aufregung ein strahlendes Lächeln, ehe sie Martin beiseite zog.

»Deine Frau ist am Telefon.«

»So«, sagte Martin darauf, ohne allzuviel Erstaunen zu zeigen.

»Willst du sie sprechen?«

»Warum nicht?« Er zeigte die überlegene Sicherheit, die er in letzter Zeit immer mehr entwickelt hatte und die ihn sehr von dem Martin der vergangenen Jahre unterschied. Zunächst führte er sein Gespräch mit Herrn Lebert zu Ende, verabschiedete sich und ging dann ohne Hast ins Glasgehäuse.

Lore folgte ihm. Ehe er den Hörer aufnahm, streifte er sie mit einem kurzen Blick, der ein wenig unwillig war. Er hätte es taktvoller gefunden, sie wäre draußen geblieben. Aber das war wohl zuviel von Lore verlangt. Sie war neugierig. Und schließlich war das ja *ihr* Büro. Das stand jedenfalls in dem Blick zu lesen, den sie zurückgab.

»Bitte«, sagte Martin. »Scholz.«

»Martin!« sagte Gaby überwältigt. Sie hatte in Wahrheit nicht erwartet, daß er an den Apparat kommen würde. Ihr Herz klopfte. Was sollte sie jetzt bloß sagen?

»Du wolltest mich sprechen?« kam Martins Stimme ganz ruhig und friedlich. Seine Stimme war ihr übrigens vertraut, sie jedenfalls hatte sich nicht verändert.

»Ja«, sagte sie atemlos. »Ja, Martin, bitte. Aber nicht telefonisch. Hast du meinen Brief nicht bekommen?«

»Doch.«

»Können wir... können wir uns nicht einmal treffen? Allein?«

»Wenn du willst. Ich hatte den Eindruck, daß du mir lieber aus dem Weg gehen willst.«

»O nein, natürlich nicht. Es ist nur... Ich wußte nicht... Es ist alles so schwierig, weißt du.«

»Nicht so sehr«, sagte Martin. Unwillkürlich lächelte er. Diese aufgeregte, verzagte Stimme, hinter der man ein ängstliches Herz klopfen hörte, sie klang wie die Stimme der jungen Gaby, wenn sie etwas angestellt hatte und Hilfe brauchte. Fast war er ein wenig gerührt.

»Du könntest zu mir kommen. Oder vielleicht«, sie verbesserte sich rasch, es würde möglicherweise aufreizend auf ihn wirken, wenn sie ihn in Pauls ansehnlicher Wohnung empfing, ein neutraler Ort würde besser sein, »wenn es dir lieber ist, können wir uns auch woanders treffen.«

»Ja? Ich erwarte deinen Vorschlag.« So drückte er sich aus, um Lore, die aufmerksam lauschte, den Inhalt der Unterhaltung nicht allzu deutlich zu machen.

»Ich kenne ein kleines Lokal, da ist es nachmittags ganz leer, es ist eigentlich ein Abendlokal, dort wären wir ganz ungestört.«

»Ja, bitte.«

Daß es so einfach ging! Sie nannte verwirrt Tag und Stunde, den Namen des Lokals und die Straße, beschrieb kurz den Weg, wie er hinkommen würde.

»Nicht nötig«, wehrte er ab. »Das geht schon in Ordnung.«

»Also dann, auf Wiedersehen, Martin.«

»Auf Wiedersehen«, es klang ein wenig ironisch.

Aufatmend legte sie den Hörer auf die Gabel. Er würde kommen, er hatte zugesagt. Oder jedenfalls nicht nein gesagt. Und ganz einfach war es gegangen. Warum hatte sie nur so Angst gehabt?

Aber sie hatte noch immer Angst. Viel mehr noch als zuvor. Der Gedanke, ihn wiederzusehen, ihm gegenüberzutreten nach so langer Zeit und nach allem, was geschehen war, schien unerträglich. Eine Panik ergriff sie. Am liebsten wäre sie davongelaufen, auf der Stelle, auf und davon, ganz weit weg, irgendwohin, wo niemand sie kannte, keiner sie fand, Paul nicht, Martin nicht. Und wo die Vergangenheit endgültig ausgelöscht wäre.

Aber sie durfte es nicht, nicht um Michis willen. Michael, ihr kleiner Sohn, er durfte unter den Fehlern und unter der Schuld der Großen nicht leiden. Nicht unter den Nachwirkungen dieser irrsinnigen, furchtbaren Zeit, die sie durchlebt hatten und die sie, Gaby, schuldig gemacht hatte. Unschuldig schuldig. Sie hatte den Krieg nicht gewollt, nicht die Trennung von dem geliebten Mann, nicht den Verlust der Heimat, nicht das Ausgeliefertsein an einen sinnlosen Zufall. Es war nicht ihre Schuld. Und doch stand sie heute da als eine Verdammte, eine Übeltäterin, die treulos den Mann verlassen und betrogen hatte, zu dem sie gehörte. Selbst in Pauls Augen stand sie so da. Das war das Absurdeste von allem.

Bis Michi einmal groß genug sein würde, dies alles zu begreifen, mußte es vergessen sein. Oder wenn auch nicht vergessen, so doch geregelt. Michis Vater mußte der Mann seiner Mutter sein. So hatte es seine Ordnung. Und darum mußte sie mit Martin sprechen.

Aber nicht nur deswegen allein. Sie mußte ihn sehen und sprechen, um ihm verständlich zu machen, warum alles so gekommen war, so und nicht anders, und warum es gar nicht anders sein konnte. Vielleicht verstand er es.

Martin, als er den Hörer zurückgelegt hatte, fand Lores Augen voller Fragen auf sich gerichtet. Er kämpfte einen kleinen Unmut nieder. Verdammt, daß doch mit dem Vorhandensein einer Frau immer jedes bißchen Privatleben aufhörte. Darin hatte sich die Welt offenbar nicht geändert.

Er zündete sich umständlich eine Zigarette an und machte ein finsteres Gesicht. Vielleicht würde sie das abschrecken. Aber das beeindruckte Lore gar nicht.

»Nun?« fragte sie. »Was hat sie gesagt?«

»Das hast du ja gehört«, erwiderte er widerwillig.

»Ich habe nur gehört, was du gesagt hast, und das war wenig genug.«

»Schön, wir werden einen zweiten Hörer anschaffen. Dann kannst du in Zukunft alles mithören.«

»Martin!« Sie sprang empört auf. »Du bist gemein. Habe ich kein Recht darauf, zu erfahren, was sie will?«

»Ein Recht?« fragte er kühl.

Kampferfüllt stand Lore ihm gegenüber. Es lag ihr auf den Lippen, alles aufzuzählen, was er von ihr hatte, was sie für ihn tat. Doch sie beherrschte sich rechtzeitig. Sie war ehrlich genug, sich einzugestehen, daß es da nichts aufzurechnen gab. Er arbeitete, und er arbeitete viel und gut. Dafür wurde er bezahlt. Alles andere war ihr eigener Wille gewesen. Wenn sie die Initiative nicht ergriffen hätte, würde er noch heute mit kurzem Gruß an ihr vorübergehen. Und daß er sich so verändert hatte in den letzten Wochen und daß sie der Ansicht war, dies sei ihr Verdienst, konnte man so etwas überhaupt in Rechnung stellen? So sagte sie nur: »Na ja, ein Recht deswegen, weil du mich liebst.«

Er schwieg und schaute auf den Hof hinaus, wo ein neuer Mann arbeitete, den sie vor einigen Tagen angestellt hatten. Der Bursche stellte sich nicht schlecht an. Er würde sich bald eingearbeitet haben. Denn wenn Martin überhaupt an etwas ernsthaft interessiert war im Augenblick, so war es seine Urlaubsreise im März, so läppisch dies erscheinen mochte. Er freute sich darauf. Es war wohl der tiefinnerste Wunsch, sich endlich wieder einmal in einem Milieu zu bewegen, das ihm vertraut war, oder besser gesagt, einst vertraut gewesen war. Als spürte er unbewußt, daß nur von dort und nur von den vielleicht noch verborgenen Kräften seiner glücklichen Kindheit und Jugend ein neues Leben und endgültige Heilung für ihn kommen werde.

»Sie will nichts Besonderes. Sie will mich nur mal sprechen«, sagte er nebenhin.

»Hast du sie heute zum erstenmal gesprochen?« wollte Lore wissen.

»Ja.«

»Das glaub' ich nicht«, entfuhr es ihr. »Es hörte sich nicht so an.«

Martin musterte sie erstaunt. »Sie hat mir geschrieben.«

»Sie hat dir geschrieben?«

»Ja.«

»Das hast du mir gar nicht erzählt.«

»Nein.«

Lore unterdrückte nur mühsam ihren wieder aufflackernden Zorn.

»Ich denke, sie will nichts von dir wissen?«

»Anscheinend doch.«

»Vielleicht hat sie sich darauf besonnen, daß du noch ihr Mann bist, wie? Ihr Freund ist vielleicht auf und davon, und sie braucht jetzt einen Verdiener, einen Vater für den Jungen.« Es klang gehässig, Lores Stimme war scharf.

Martin vermied es, sie anzusehen. Wie fremd ihm diese Frau hier im Grunde doch war! Hätte er ihr bloß nichts von Gaby erzählt! Aber sie hatte immer und immer wieder gefragt, so hatte er schließlich zwar nicht viel, aber doch in wenigen Sätzen das Wesentliche mitgeteilt.

Lore erschrak vor der Kälte in seinen Augen und biß sich auf die Lippen. Der hier war nicht wie ihr Mann, der nur gelacht hatte zu ihrer scharfen Zunge. Der hier war nicht so, den konnte man damit nur vertreiben. »Man muß halt erst mal abwarten«, schwächte sie ihre Worte ab.

»Das muß man«, sagte Martin unbewegt.

»Wann triffst du sie denn?« Diese Frage konnte sie sich doch nicht verkneifen.

»Demnächst. Sie ruft vorher noch mal an.« Das war eine Lüge, denn er hatte sich mit Gaby für den übernächsten Tag verabredet. Aber Lore war selber daran schuld, daß er sie belog. Wie die meisten Menschen selbst schuld daran sind, wenn sie belogen werden.

Regina war hochzufrieden mit ihrer neuen Stellung. Wenn auch Frau Zenger geringschätzig die Mundwinkel herabgezogen hatte, als sie erfuhr, wo Reginas neuer Arbeitsplatz war.

»Des is fei nix Besonderes«, meinte sie.

Auch der Verdienst von zweihundert Mark erschien Regina ausreichend. Sie war sehr stolz darauf, jetzt soviel Geld zu verdienen. Lieber Himmel, was konnte sie denn schon? Und andererseits, was brauchte sie denn groß? Die Miete war gering. Fahrgeld brauchte sie nicht, und an wenig essen war sie gewöhnt. Nur ab und zu etwas zum Anziehen kaufen, das wollte sie. Und das würde sie.

Nach wenigen Tagen hatte sie sich bereits ganz gut eingearbeitet. Herr Brunnhuber war durchaus mit ihr zufrieden. Vollends begeistert war er, daß sie seiner Arbeit ein verständiges Interesse entgegenbrachte. Sie war nicht so ein »ungebildeter Trampel« wie ihre Vorgängerin. Und überdies konnte man sich auch gut mit ihr unterhalten. Sie war gebildet, und da sie bald jede Scheu vor Herrn Brunnhuber verlor, ja, eigentlich hatte sie vor ihm gar keine gehabt, war sie aufgeschlossen, gesprächig und heiter. Unterhalten aber tat Herr Brunnhuber sich für sein Leben gern. Kein Wunder, der alte Herr lebte ganz allein, sein Herz war jung geblieben, sein Verstand hell, und er besaß die schönheitsdurstige, mitteilsame Seele eines Künstlers.

Regina hörte verständnisvoll zu, wenn er von seiner Glanzzeit erzählte, und betrachtete interessiert die Bilder, die er damals gemacht hatte. Ihr Malerauge vermochte durchaus den Wert einer gelungenen

Fotografie zu erkennen. Und ihr verständiges Urteil freute Herrn Brunnhuber außerordentlich.

So kam es auch, daß ihr schon bald die Bilder von Janos Janady auffielen. Herr Brunnhuber entdeckte sie eines Tages über einem Stapel Bilder, die im Atelier in einem Extrafach lagen.

»Das ist großartig«, sagte Regina anerkennend und hielt eine großformatige Aufnahme ein Stück von sich fort, um sie besser betrachten zu können. Eine Großstadtstraße im Regen, kahle nasse Bäume, regenglänzendes Pflaster, graue verschattete Häuser, ein alter Mann ging gebeugt die Straße entlang. Die ganze Einsamkeit, die ein Mensch in der Großstadt empfinden kann, war darin eingefangen.

»Das sind Bilder von Janos. Janos Janady. Er war mein Schüler«, sagte Herr Brunnhuber stolz. »Ein Künstler. Ein wirklicher Künstler.«

Der Name sagte Regina nichts. »Kennen Sie Janos Janady nicht?« fragte Herr Brunnhuber maßlos verwundert.

Sie schüttelte den Kopf.

»Wie sollten Sie auch«, gab Herr Brunnhuber zu. »Hier, schauen Sie das an!«

Ein Junge, der in einen Apfel biß. Die runde glänzende Frucht, das Kindergesicht, ganz erfüllt von seinem Tun, die begehrlichen Augen, man schmeckte den Apfel förmlich mit.

»Und hier.« Ein Liebespaar, zwei junge Menschen Arm in Arm, wieder in einer Großstadtstraße, zwischen hastenden Menschen, vor hellen Schaufenstern, und doch ganz in sich versunken, abgeschlossen von der Welt ringsum, zwei glückliche, in sich verlorene junge Gesichter.

»Schade um ihn«, seufzte Herr Brunnhuber.

»Wieso?« fragte Regina.

»So was macht er heute nicht mehr. Er ist Modefotograf geworden. Verdient ein Heidengeld. Solche Sachen macht er jetzt.«

Er kramte unter einem Stapel Fachblätter und brachte ein buntglänzendes Heft zum Vorschein. »Die elegante Dame« hieß es. Das Titelbild zeigte ein schlankes Mädchen im jägergrünen Kostüm, rot das Haar, mandelförmig schmale Augen.

»Das ist von ihm. Und hier«, Herr Brunnhuber blätterte das Heft auf, »lauter Bilder von ihm.« Nichts als Frauen, eine schöner als die andere, in Kostümen, in Abendkleidern, in Nachtgewändern, verblüffend in der Pose, gewagt in der Komposition. »All diese Hefte sind voll mit seinen Aufnahmen. Er ist Starfotograf. So nennt man das jetzt. Verdient, was er will.«

»Er war Ihr Schüler?«

»Ja. Er kam vor ungefähr zehn Jahren zu mir. Nein, warten Sie, so lange ist das noch gar nicht her, acht bis neun höchstens, es war noch vor der Währungsreform. Man konnte damals fast nicht arbeiten, keine Filme, kein Papier. Tja. Er war ein junger Bursche, obdachlos, halb verhungert, als er zu mir kam.« – »Ach?« fragte Regina interessiert. »Und heute hat er es so weit gebracht?«

»Er ist Ungar. Ein ganz verrücktes Huhn. Damals war er schwarz über die Grenze gekommen. Eigentlich wollte er weiter nach Amerika. Aber er kam nicht weiter als bis hierher. Machte so ein bißchen Schwarzhandel, aber nicht sehr begabt. Einmal machten sie hier in einer Kneipe in der Nähe eine Razzia, die Polizei, verstehen Sie, das war damals so üblich. Janos lief davon und kam hier in den Laden 'rein. Es war schon spät, aber ich hatte noch nicht zugesperrt, ich glaube, ich hatte es vergessen. Plötzlich stand er vor mir. Ich erschrak im ersten Moment. Ein junger bildhübscher Bursche, mit ganz schwarzen Augen und totenblassem Gesicht. ›Die Polizei‹, keuchte er und drehte den Schlüssel an der Tür herum. Da hörte ich sie draußen schon vorbeilaufen. Erst hatte ich natürlich Angst und wollte um Hilfe rufen. Da lächelte er plötzlich. Und wenn er lächelt, kann ihm keiner widerstehen. ›Entschuldigen Sie bitte‹, sagte er, ›es tut mir leid, wenn ich Sie erschreckt habe.‹ Er sprach übrigens auch damals schon ausgezeichnet Deutsch, mit einem kleinen österreichischen Akzent. Seine Mutter ist Österreicherin. ›Ich habe nichts verbrochen‹, sagte er, ›ich wollte nur ein paar Zigaretten verkaufen.‹ Und er zog eine Stange amerikanischer Zigaretten unter der Jacke hervor. ›Aber ich hab' bei dem Geschäft kein Glück‹, sagte er und lachte dabei, ganz lustig und jung, so daß ich alle Angst verlor. Und schon hatte er eine Schachtel aufgerissen und bot mir an. ›Rauchen wir sie halt selber‹, sagte er. Ja, so begann das mit Janos.«

Herr Brunnhuber verstummte, lächelte vor sich hin und begann die Bilder sorgsam wieder aufzustapeln.

»Und dann?« fragte Regina.

»Er blieb drei Jahre bei mir. In der ersten Nacht schlief er im Atelier. Übrigens nicht nur diese Nacht, noch fast ein halbes Jahr lang. Dann hatte er eine Freundin und schlief bei ihr. Aber er kam jeden Tag. Er war so begabt. Schon am ersten Abend betrachtete er alle meine Bilder, die Polizei, seine Sorgen hatte er schnell vergessen. Ich wollte Abendbrot essen, viel gab es ja damals nicht. Was sollte ich machen, ich lud ihn ein. Er war so hungrig. Und so dankbar. Und das blieb er auch. Meine Arbeit interessierte ihn sehr. Zu Hause, in Ungarn, hatte er zuletzt in einer Fabrik arbeiten müssen, aber dazu paßte er gar nicht mit seinen schlanken sensiblen Fingern. Dann hat er sich bei den Roten unbeliebt gemacht. Er ist nämlich Individualist, wissen Sie, und so was können die nicht brauchen. Dann ist er abgehauen. Ja und hier, da lernte er einfach so nebenbei alles, was es in meinem Beruf zu lernen gibt. Sie haben die Bilder ja gesehen. Ich kam mir neben ihm wie ein Stümper vor. Aber ich war sehr stolz auf ihn. Ich liebte ihn wie einen Sohn.« Herr Brunnhuber schwieg einen Moment und schnupfte gerührt. »Ich hatte keinen mehr, Sie wissen es ja. Er sagte immer: ›Papa Jacob, du hast mir noch einmal das Leben geschenkt, du hast mir einen Beruf gegeben. Von selber wäre ich nie darauf gekommen, wozu ich auf der Welt bin.‹ Er ist sehr impulsiv, wissen Sie, und hat so ein gutes Herz.«

»Und dann?« fragte Regina wieder.

»Ja, dann, als die Zeiten langsam normal wurden, machte er sich immer mehr selbständig. Immer waren es Frauen, die ihm weiterhalfen. Die Frauen sind verrückt nach ihm. Das ist bis heute so. Dabei haben sie nicht viel von ihm, er nimmt sie, er verläßt sie, wie es ihm gerade paßt. Sein Ruf ist nicht der beste in dieser Beziehung. Nun ja, er dankt es ihnen halt auf seine Weise.« Herr Brunnhuber wies auf das bunte Heft. »Er zeigt sie so schön, wie sie in Wirklichkeit niemals sein können. Tja. Eine Zeitlang fotografierte er dann für Zeitungen, mal hier, mal dort. Er hatte nämlich ein Verhältnis mit einer Reporterin, daher kam das. Gute Bilder. Durch irgend jemand geriet er dann in die Werbung. Da hatte er von Anfang an tolle Erfolge. Warten Sie mal, Werbeaufnahmen von ihm müssen auch noch da sein.«

Herr Brunnhuber begann zu suchen und förderte eine Mappe mit Werbebildern zutage. Seife, Parfüm, Backpulver, Margarine, Kognak, Zigaretten, alles war vertreten. Alle Bilder waren plastisch, mit sicherem Blick für die Werbewirkung aufgenommen. Hätte Regina schon länger in Westdeutschland gelebt, sie würde manches Bild wiedererkannt haben aus Illustrierten, von Plakatsäulen, aus Prospekten.

»Er begann Geld zu verdienen, nicht zu knapp. Und dann spezialisierte er sich auf Modefotografie. Heute ist er ein großer Mann. Aber eigentlich ist es schade um ihn, er hätte ein wirklicher Künstler werden können.«

Das alles klang wie ein Märchen. Immer wieder griff Regina nach dem Stapel mit den Bildern dieses Janos' und betrachtete sie. Auch die Hefte und Illustrierten, von denen Herr Brunnhuber mit der Zeit noch mehr hervorsuchte.

Herr Brunnhuber erzählte gern von Janos, von seinen Streichen und

Abenteuern, und Regina hörte immer interessiert zu. Oft saßen sie zusammen, tranken Kaffee, aßen ihre Brote, und Herr Brunnhuber erzählte. Übrigens, wie man einen erstklassigen Kaffe braut, das war das erste gewesen, was Regina von Herrn Brunnhuber gelernt hatte.

Bei der Arbeit im Atelier zeigte sie sich anstellig, geradezu begabt. Sie hatte eine Engelsgeduld mit Kindern und brachte es fertig, daß die wildesten Bengels sich ruhig und brav verhielten, wenn sie fotografiert werden sollten, und doch dabei ganz natürlich blieben. Sie sah Herrn Brunnhuber bei allen Handgriffen zu und erklärte, sie würde sehr gern alles lernen. Ob er ihr nicht vielleicht zunächst einmal beibringen könnte, die Paßbilder aufzunehmen? Das könnte sie dann doch auch tun, wenn er mal nicht da sei.

Herr Brunnhuber war einverstanden. Er war ein geduldiger und gründlicher Lehrmeister und Regina eine verständige und eifrige Schülerin.

Sicherlich war die Erzählung über Janos nicht ganz unschuldig an ihrem Eifer. Wäre das denn kein Beruf für sie, gerade so, wie es für Janos ein Beruf geworden war? Herr Brunnhuber bestätigte, daß sie Geschick und Talent besitze.

Es dauerte gar nicht lange, da lernte sie Janos Janady kennen. Denn Janos hatte seinen Wohltäter nicht vergessen, unregelmäßig und manchmal in großen Abständen kam er zu Besuch, aber er kam.

Das erstemal an einem Nachmittag, sie fotografierten gerade eine junge Dame aus der Nachbarschaft, die ihr Bild, im neuen Abendkleid, dem Verlobten zum Geburtstag schenken wollte. Es war ein langwieriges Unternehmen, mal saßen die Locken nicht, mal kam das Dekolleté nicht richtig zur Geltung. Sie waren alle drei so vertieft, daß sie das Bimmeln der Ladenglocke überhörten.

Wie lange Janos ihnen zugesehen hatte, wußten sie nicht. Jedenfalls stand er plötzlich zwischen ihnen, schön wie ein junger Gott, schwarzhaarig, mit dunklen brennenden Augen, ein schmales, glattes Gesicht, außerordentlich elegant gekleidet.

»Aber nein«, sagte er statt jeder Begrüßung, trat an die junge Schöne heran, rückte ein wenig an ihrem Kopf, zog an einem Bein, schob an einem Arm, bog sie in den Schultern etwas zurück. »Schieb das Gestell ein bisserl vor, Madl«, sagte er. »So. Nun knips, Papa Jacob. Schau nicht so deppert, Madl. Mach den Mund zu.« Die erstaunte und gekränkte Miene des Modells kam später auf dem Foto großartig zur Wirkung, es glich fast haargenau dem Ausdruck, den die Fotomodelle in den Zeitschriften immer zur Schau tragen.

Als die Aufnahme fertig war, umarmte Janos Herrn Brunnhuber und küßte ihn auf beide Wangen. »Ich komm' bloß schnell vorbei, schauen, wie's geht. Alles in Ordnung? Gesund?«

»Danke, Junge, danke. Ja. Gott sei Dank. Und du? Immer viel Arbeit?«

»Es reicht. Weniger wäre besser.«

»Trinkst du einen Kaffee mit mir?«

»Keine Zeit, muß zu so einer dummen Cocktailparty. Aber demnächst komm' ich mal zu einem langen Plausch.«

Regina mußte die Kundin ins Nebenzimmer bringen zum Umziehen und um sie zu beruhigen.

»Komischer Kerl«, knurrte das Mädchen. »Wer is'n das?«

»Janos Janady«, erwiderte Regina im selbstverständlichsten Ton, denn, daß er es war, daran bestand kein Zweifel.

»Oh, der!« sagte das Mädchen hochachtungsvoll. Als sie dann durch das Atelier hinausging, hatte sie ein verführerisches Lächeln aufgesetzt. Herr Brunnhuber geleitete die Kundin mit einer Verbeugung zur Tür. »Auf Wiedersehen, Fräulein Neumeier, hat mich sehr gefreut. Also übermorgen nachmittag sind die Bilder fertig, gell?«

Janos verneigte sich auch und lächelte mit weißen Zähnen. Regina betrachtete ihn neugierig, zum erstenmal sah sie dies charmante jungenhafte Lächeln, das sein schmales Gesicht so merkwürdig erhellte.

»Auf Wiedersehen, gnädiges Fräulein«, sagte Janos. »Ich glaub', die Bilder werden gut.«

»O ja«, stammelte Fräulein Neumeier beglückt, »vielen Dank.« Sie warf ihm einen letzten sehnsüchtigen Blick zu, dann war sie draußen.

Regina schloß hinter ihr die Ladentür und blieb dann zögernd stehen. Sollte sie zurückgehen ins Atelier? Nein. Wozu? Sie blickte auf die Straße hinaus. Draußen stand ein Traum von einem Automobil. Auto konnte man dazu schon nicht mehr sagen. Lang, geschmeidig, mit flachem Dach, wie ein blitzender Pfeil sah es aus. Regina verstand nichts von Autos, aber so eines wie dieses hier hatte sie jedenfalls noch nie gesehen.

Janos ging wirklich schon nach wenigen Minuten. »Ich hab' noch was für dich, Papa Jacob«, rief er, ging hinaus zum Wagen und kam zurück mit einem Arm voller Pakete, die er auf dem Ladentisch aufbaute. »Servus, auf bald.« Sein Blick fiel auf Regina. »Wer ist denn das?«

»Das ist Regina, meine neue Assistentin. Eine große Hilfe für mich. Nicht so ein Trampel wie die letzte.«

»Das ist fein«, sagte Janos, und Regina bekam ein Lächeln von ihm.

Dann war er draußen. Gleich darauf brauste das prächtige Gefährt davon.

»Das war er«, sagte Herr Brunnhuber stolz. »Er hat jetzt immer so wenig Zeit, ist ewig in Hetze. Wie gefällt er Ihnen?«

»Oh... gut«, sagte Regina.

»Ja, er sieht gut aus, nicht? Aber ein verrücktes Huhn.«

Dann packten sie die Päckchen auf. Ein paar Flaschen Wein, eine Flasche Kognak, kostbare Delikatessen, Gänseleberpastete, eine Salami, Hummermayonnaise, eingemachte Früchte, ein gebratenes Huhn.

»Der gute Junge«, sagte Herr Brunnhuber gerührt, »na, dann wollen wir jetzt vespern, Fräulein Regina, was? Kochen wir uns einen Kaffee?« – »Ja, gleich.«

»Oder warten Sie mal, wir könnten ja auch eine Flasche Wein trinken. Heute kommt sowieso niemand mehr.«

Sie saßen im Atelier, tranken Wein, aßen von den Leckereien, und dabei erzählte Herr Brunnhuber von Janos. Immer wieder fielen ihm Geschichten aus ihrer gemeinsamen Zeit ein. Ohne Zweifel war das Dasein mit Janos sehr abwechslungsreich und nicht frei von Aufregungen gewesen. Allein all die Frauen...

»Zum Beispiel die dunkle Wanda«, erinnerte sich Herr Brunnhuber, »hier auf dem Stuhl, wo Sie jetzt sitzen, hat sie gesessen und geweint. Geweint und geweint, drei Stunden lang. Mir fiel absolut nichts mehr ein, wie ich sie trösten sollte. Ins Wasser wollte sie gehen. Ach ja, aber Janos hatte eben schon eine andere, was konnte man da machen. Na, sie ist nicht ins Wasser gegangen, später hat sie geheiratet, und heute hat sie schon zwei Kinder. Manchmal kommt sie noch vorbei. Und wissen Sie, was sie sagt? Sie sagt: ›Herr Brunnhuber, so unglücklich, wie ich damals war, so glücklich bin ich heute, daß ich den Janos gehabt hab'. Sonst hätte ich nie gewußt, was Liebe wirklich ist, wie wunderbar sie sein kann. Aber so reicht es jetzt für ein ganzes Leben.‹ Tja.«

Regina hörte mit großen Augen zu. Liebe! Was war das? Und dieser Janos wußte es so gut?

»Chez Henriette« war ein kleines intimes Nachtlokal im Künstlerviertel der Stadt. Eins von unzähligen in dieser Gegend, fast jeden Monat entstand ein neues, und ebensooft ging eines pleite.

»Chez Henriette« hielt sich gut. Das kam vor allem daher, daß seine Wirtin, eben Henriette, eine ebenso gescheite wie charmante Frau war, die es verstand, dem Lokal einen ganz besonderen Charakter zu geben. Ihre Preise blieben im Rahmen, das Gebotene war erstklassig. So bekam man bei ihr einige ganz hervorragende Spezialgerichte, die sie meist mit eigener Hand zubereitete und um derentwillen mancher Feinschmecker immer wieder das Lokal besuchte. In den Abendstunden oder später, nach dem Theater, nach dem Kino, wenn man noch irgendwo nett und gemütlich sitzen wollte, dann war man bei Henriette gut untergebracht. Die Gäste waren stets von Niveau, es gab ein bestimmtes Stammpublikum, das immer wiederkam.

Henriette, groß, hellblond, gepflegt, eine witzige und geistreiche Frau, die es ausgezeichnet verstand, zuzuhören, kümmerte sich um alles selbst und sorgte für die rechte Atmosphäre. Keinem wäre es eingefallen, sich schlecht zu benehmen, wenn Henriette ihn einmal kurz von der Seite mit ihren kühlen grauen Augen gestreift hatte, auch nicht nach reichlichem Alkoholgenuß. Wenn sie in Stimmung war, sang sie ihren Gästen etwas vor. Sie hatte eine etwas rauhe, kehlige Stimme von ganz eigenem Reiz, ihr Vortrag war hinreißend.

Gaby kannte Henriette aus jener Zeit, da sie mit dem jungen Schauspieler befreundet gewesen war. Henriette war eine Kollegin von ihm gewesen, keine schlechte Schauspielerin, doch nicht mehr jung genug, um nach dem Krieg wieder den rechten Anschluß zu finden. Sie spielte einige Zeit in der Stadt in einem Kabarett, wo sie besonders mit ihren Chansonvorträgen Erfolg hatte. Dann, nach der Währungsreform, als der Nachwuchs aufrückte, als ehemalige Prominente wieder auftauchten, bekam sie lange kein Engagement. Mit einem Freund machte sie das kleine Lokal auf, zwei Räume, nicht sehr groß, doch geschickt aufgeteilt, mit gemütlichen Ecken und Nischen, einer kleinen Bar im Hintergrund und, wie gesagt, mit Atmosphäre, die Henriette mühelos vom ersten Tag an hereinzauberte. Der Freund verlor sich später, Henriette behielt das Lokal und zählte bald bekannte Künstler, wohlsituierte Bürger der Stadt, Ärzte, Studenten und viele schöne Frauen zu ihren Gästen.

Damals, in der schweren Zeit, hatte Gaby an Henriette eine große Stütze gehabt. Sie war wesentlich älter als Gaby und kümmerte sich mütterlich um das heimatlose Mädchen. Gabys damaliger Freund war eine unerfreuliche Erscheinung. Henriette war es, die schließlich dafür sorgte, daß Gaby sich von ihm trennte, was unter sehr dramatischen Begleitumständen vor sich ging.

Die Freundschaft zwischen Gaby und Henriette blieb bestehen. Zwar sahen sie sich seltener, als Paul dann in Gabys Leben trat, doch immerhin so oft, daß Henriette auch über diesen neuen Lebensabschnitt Gabys orientiert war. Paul sah die Freundschaft mit Henriette nicht gern, er war in diesem Punkt etwas kleinbürgerlich, geradezu spießig. Eine ehemalige Schauspielerin, Besitzerin eines Nachtlokals, die mit sinnlicher Stimme gewagte Lieder sang, war in seinen Augen kein Umgang für Gaby. Aber Gaby ließ sich da nichts dreinreden. Mit der Zeit fühlte auch Paul sich in Henriettes kleinem Lokal sehr wohl, sie kamen öfter einmal nach dem Theater zu einem Glas Wein vorbei. Ganz allerdings konnte Paul sein Mißtrauen gegenüber Henriette nie verlieren. Nicht zuletzt war es Eifersucht, Eifersucht auf Gabys vergangenes Leben, von dem Henriette mehr wußte als er. So waren Männer nun einmal, Henriette und Gaby blinzelten sich verständnisinnig zu.

Manchmal ging Gaby nachmittags zu einer kleinen Unterhaltung zu Henriette. Das Lokal öffnete bereits um vier Uhr, obwohl sich das kaum lohnte. Gelegentlich verirrte sich ein Liebespaar herein, das ungestört beieinandersitzen wollte, ein einsamer Junggeselle trank seinen Kaffee, ein Dichter schrieb bei einem Glas Wein stöhnend einen Beitrag für die Tageszeitung, denn von Gedichten allein kann kein Mensch leben.

Hierher hatte Gaby Martin bestellt. In der Eile war ihr nichts anderes eingefallen, wo man wirklich ungestört sitzen konnte und wo nicht jedes Wort belauscht wurde. Henriette war von ihr informiert worden. Und neugierig, wie Frauen nun einmal sind, blieb sie an diesem Nachmittag im Lokal, während sie sonst meist noch einmal in ihre Wohnung ging, nachdem sie aufgesperrt hatte, um ein paar ruhige Stunden zu haben, ehe der Abendbetrieb begann.

Martin blieb an der Tür stehen, als er das Lokal betreten hatte, und sah sich zögernd um. Ein seltsames Lokal, in das ihn Gaby da bestellt hatte! Mehr ein Nachtlokal. Es war auch kein Mensch da. Im Halbdunkel hinter der Bar sah er einen blonden Kopf. Eine dunkle Frauenstimme rief ihm »Grüß Gott!« entgegen.

»Guten Tag«, sagte er ein wenig steif. Ein paar Lampen wurden angeknipst, und eine große blonde Dame kam auf ihn zu.

»Vielleicht die Ecke da drüben«, sagte sie und wies auf eine Nische im Hintergrund, »oder lieber hier vorn?«

»Ich glaube, da hinten ist es ganz nett«, sagte Martin und setzte sich dorthin in Bewegung.

»Kaffee?« wurde er gefragt.

»Bitte.«

»Kognak auch?«

»Ja, bitte.«

Sie nickte ihm lächelnd zu und verschwand. Gleich darauf erschien ein junges Mädchen im blauen Kleid und weißen Schürzchen, rief ebenfalls freundlich »Grüß Gott« und setzte die Espressomaschine in Gang. Wenig später standen vor Martin der dampfende Kaffee, eine Schale mit Kognak und ein Teller mit Gebäck, den er gar nicht bestellt hatte. Dann war er wieder allein.

Er blickte auf die Uhr. Zehn Minuten nach fünf. Er war gespannt, ob Gaby kommen würde. Vielleicht hatte sie Angst bekommen? Nun, ihm konnte es gleich sein, er wollte nichts von ihr, sie wollte was von ihm.

Aber Gaby stand schon nebenan im Hausgang und sprach hastig mit Henriette, die sie hier erwartet hatte.

»Du, er schaut aber gut aus«, sagte Henriette anerkennend. »Ich hab' gedacht, er wär' so ein halbes Wrack. Aber nein, ein großer, stattlicher Mann, bißchen mager, aber ein guter Kopf.«

»So«, sagte Gaby aufgeregt. Sie hatte Herzklopfen und ein leichtes Schwindelgefühl. »Ach, Riette«, sagte sie unglücklich.

»Nun geh schon, Kindchen, wird schon nicht so schlimm werden. Wenn er sich schlecht benimmt, rufst du mich.«

Martin hatte seinen Kaffee halb ausgetrunken, als Gaby hereinkam. Fast hätte er sie nicht erkannt. Er sah ja noch immer das zierliche junge Mädchen vor sich. Was da auf ihn zukam, war eine sehr elegante, sehr reizvolle Dame. Ein regelmäßiges, ein wenig blasses Gesicht, große, dunkle Augen, die ihm ängstlich entgegenblickten. Er stand auf.

Sekundenlang standen sie sich stumm gegenüber. Beide mußten sich Mühe geben, ihre Fassung zu bewahren. Seltsam war Gabys erster Impuls: sie hätte sich am liebsten an seine Brust geworfen und geweint. Ja, am liebsten hätte sie seine Arme um sich gespürt. Seltsam war das, sehr seltsam. Er war gar kein Fremder, wie sie die ganze Zeit gedacht hatte.

»Martin«, sagte sie schließlich. Ihre Lippen bebten, und ihre Augen füllten sich mit Tränen. Sie zwang sich zu einem kleinen hilflosen Lächeln.

»Ich danke dir, daß du gekommen bist.«

Sie streifte den Pelz ab, Martin nahm ihn und hängte ihn auf. Sie rückte an ihrem Hütchen, setzte sich, klappte die Tasche auf, klappte sie wieder zu und sah ihn schließlich an.

Er hatte sich ihr gegenüber gesetzt, und sie mußte an das denken, was Henriette gesagt hatte. Ja, wirklich, er sah gut aus. Gar nicht so, wie Paul ihn beschrieben hatte, so elend und unstet und verloren. Nein, gar nicht. Viel älter natürlich, kaum mehr dem Martin von damals ähnlich, aber trotzdem, er sah gut aus. Bis jetzt hatte er kein Wort gesagt, auch die Hand hatten sie sich nicht gegeben. Es war doch alles sehr schwierig.

Im Hintergrund tauchte das Mädchen im blauen Kleid wieder auf.

»Was darf ich dir bestellen?« fragte Martin höflich. »Auch Kaffee und Kognak?«

»Ja, bitte.«

»Dasselbe noch einmal«, sagte er zu dem Mädchen. Während die Espressomaschine rauschte, schwiegen sie. Gaby nahm mit nervösen Fingern eine Zigarette aus der Tasche, Martin gab ihr Feuer.

»Früher hast du nicht geraucht«, sagte er.

»Nein. Früher nicht.«

»Die Frauen rauchen jetzt überhaupt sehr viel.«

»Ja.«

Wieder eine Pause. Martin trank den Kognak aus und bestellte sich einen zweiten, als das Mädchen Gabys Kaffee brachte.

Gaby rührte eine Weile sinnlos in ihrer Tasse herum, denn sie hatte weder Zucker noch Milch hineingetan. »Es ist so schwierig«, sagte sie, ohne aufzublicken.

»Gewiß«, gab er bereitwillig zu. »Aber so sehr doch auch wieder nicht. Ich denke, wir haben beide Schlimmeres erlebt. Wir werden auch noch diese letzte Auseinandersetzung zustande bringen.«

Sie sah ihn jetzt an. »Oh, Martin, wenn du wüßtest, wie entsetzlich die letzten Monate für mich waren. Ich weiß, es klingt albern, nach allem, was du erlebt hast. – Aber ich hab' manchmal gedacht, ich kann das Leben so nicht weiter ertragen. Ich komme mir so schlecht und gemein dir gegenüber vor, und ich...«

Er hob abwehrend die Hand. »Laß das doch, Gaby! Du bist schließlich nicht hergekommen, um dich anzuklagen. Das ist nicht nötig. Sag mir, was du willst! Sachlich und kurz, und dann geht jeder seiner Wege.«

»Nein«, widersprach sie, »nein, das will ich gerade nicht. Ich will auch gar nichts von dir. Und ich will mich nicht mit dir auseinandersetzen. Ich wollte dich bloß endlich einmal sehen und sprechen. Und ich bereue es so sehr, daß ich es nicht gleich getan habe, als du gekommen bist.« Es war die reine Wahrheit, was sie sagte.

Sie hatte alles vergessen, was sie eigentlich von ihm wollte, klare Verhältnisse, die Trennung, eine ordentliche Scheidung.

»Und warum hast du es nicht gleich getan?«

»Das weißt du doch. Ich hatte ein schlechtes Gewissen, und ich wußte ja gar nicht, was ich zu dir sagen sollte.«

»Und heute weißt du es?«

»Nein. Auch nicht. Aber einmal müssen wir doch ... Damals, das war, das war, damals war es so überraschend, daß du plötzlich heimkamst.«

»Na, so plötzlich wieder auch nicht. Nach dreizehn Jahren wurde es langsam Zeit. Oder findest du nicht?«

»Ach, Martin. Ich meine es ja ganz anders.«

Und dann sprach er aus, was sie so oft heimlich gedacht hatte. »Es wäre für dich leichter gewesen, wenn ich gar nicht gekommen wäre.«

»Bitte, Martin, du darfst so etwas nicht sagen.«

»Warum nicht? Ganz objektiv betrachtet, ist es doch so.«

Und da sagte Gaby etwas Seltsames. Sie blickte ihn groß an, schon wieder hatte sie Tränen in den Augen, und sagte leise: »Aber ich bin ja so glücklich, daß du da bist.«

»Das kommt mir reichlich unwahrscheinlich vor«, sagte Martin reserviert.

»Ich habe es auch eben erst gemerkt«, sagte Gaby ehrlich.

Martin lachte spöttisch und bitter. »Na ja. Ein kleiner Rest von Sympathie, wie?«

Gaby seufzte und schwieg. Sie trank von ihrem Kaffee und zündete sich eine neue Zigarette an. Martin beobachtete sie dabei. Sie war wirklich eine reizende Frau. Von all dem Haß und dem Zorn, den er noch vor kurzem empfunden hatte, war nichts mehr zu spüren. Mein Gott, dreizehn Jahre waren wirklich eine verdammt lange Zeit. Nur ein Narr konnte erwarten, daß eine so hübsche Frau all die Zeit auf einen Mann wartet und ihm treu ist. Auf einen Mann, von dem sie nicht weiß, ob er überhaupt jemals wiederkommt. Es wäre ungerecht, ihr einen Vorwurf zu machen.

»Es geht dir gut, Gaby?« fragte er freundlich.

»Du fragst mich das? Eigentlich müßte ich dich fragen. Wie lebst du denn?«

»Danke. Gegen die vergangenen Jahre geradezu fürstlich. Ich bin frei, weißt du. Das ist mehr wert als eine Million.«

»Ja, das verstehe ich. Aber du arbeitest da so etwas Komisches, in einer Tankstelle.«

»Wieso komisch? So was arbeiten eine Menge Leute. Es ist eine sehr ordentliche und nützliche Tätigkeit. Lange Zeit habe ich gar nichts getan, das war nicht gut für mich.«

»Und sonst? Ich meine, was tust du sonst?«

»Nicht viel. Es braucht alles seine Zeit. Ich muß mich erst wieder an das normale Leben gewöhnen. – Und du? Dir geht es gut?«

»Ja. Einigermaßen. Und vermutlich unverdienterweise.«

»Dein ... dein Freund ist sehr nett. Es war ja eine sehr schwierige und heikle Mission, mit der du ihn beauftragt hattest.«

»Ja.«

»Du liebst ihn?«

»Ich weiß nicht«, sagte Gaby.

»Du weißt nicht?« wiederholte Martin erstaunt.

Ich verrate Paul, um Martin einen Gefallen zu tun, dachte Gaby, ich bin einfach ein Schwächling und werde es immer bleiben. Dabei liebe ich Paul doch wirklich. Und Michi ...

»Ich habe einen Jungen«, sagte sie leise.

»Ja, ich weiß. Ist er wieder gesund?«

»Er ist noch in der Klinik. Aber in den nächsten Tagen kommt er heraus. Er war sehr krank.«

»Wie alt ist er denn?«

»Im April wird er zwei Jahre. Und ich – ich liebe ihn sehr. Für ihn würde ich alles tun.«

»Natürlich«, sagte Martin, »das ist ja klar.« Das war auch ein Punkt, den man nie richtig bedacht hatte. Warum sollte denn eine Frau für immer und ewig auf die Mutterschaft verzichten, nur weil törichte Männer einen Krieg führen mußten? Nur weil ein sinnloses Schicksal sie von ihrem Mann getrennt hatte? Sie hatte ja bloß dieses eine Leben, diese eine Jugend. Wenn er dageblieben wäre, daheim im Riesengebirge, in seinen Hotels, dann hätten sie sicher mehrere Kinder gehabt. Und Gaby wäre glücklich gewesen mit ihm und den Kindern. Weil alles verloren war, die Heimat, der Mann, das Glück, deswegen sollte eine Frau auf ihr Leben verzichten, sollte kein Kind haben? Nein, die Natur war eben klüger als die Menschen. Sie setzte sich darüber hinweg.

Martin fand nichts mehr von der einstigen Bitterkeit. Er war ganz friedlich, ganz Versöhnung und Verständnis. »Schön«, sagte er. »Und eigentlich müßtest du nun deinen Freund heiraten, damit der Junge richtige Eltern hat und alles in Ordnung ist. Vielleicht möchtest du auch noch ein Kind, nicht wahr?«

Und nun weinte Gaby wirklich. Sie stützte die Ellbogen auf den Tisch, legte das Gesicht in die Hände und weinte.

Wie gut er war, wie anständig, obwohl ihm so mitgespielt worden war! Warum, oh, warum hatte sie nicht doch auf ihn gewartet?

Martin saß ihr hilflos gegenüber. Was sollte er sagen, um sie zu trösten? Es war doch wirklich alles sehr schwierig, sie hatte ganz recht.

Gerade in diesem Moment steckte Henriette verstohlen den Kopf durch die Tür hinter der Bar. Sie war nicht neugierig, Gaby würde ihr sowieso nachher alles erzählen. Aber sie wollte in der Nähe sein, wenn Gaby ihre Hilfe brauchte. Und das schien ausgesprochen der Fall zu sein.

Gaby saß am Tisch und weinte. Der Mann saß ihr stumm gegenüber, von ihm sah Henriette nur den Rücken. Was hatte er gesagt und getan, daß Gaby weinte? Henriette war sofort Partei gegen ihn. Was bildeten sich diese Männer eigentlich ein? Sie bauten sich diese Welt nach ihrem Kopf, und jeder konnte sehen, daß sie schlecht gebaut war. Sie machten Fehler über Fehler, in jedem Jahrhundert die gleichen. Sie fielen übereinander her und töteten sich. Und die Frauen mußten es ausbaden, immer wieder. Sie mußten zusehen, wie ihre Söhne umgebracht, wie ihre Heimstätten vernichtet wurden, wie alle Schönheit und alles Glück und aller Frieden aus der Welt verschwanden. Und dabei sollten sie diese Männer noch lieben und ihnen treu sein und stillschweigend alles tragen und erdulden, was die Männer angerichtet hatten und immer wieder anrichteten. Es ging ja schon wieder los, sie konnten es nicht lassen, das Soldatenspielen, obwohl der Dümmste jetzt gelernt haben konnte, daß nichts dabei herauskam als Unglück und Not. Nein. Sie, Henriette, würde mit dieser ihrer Meinung nicht hinter dem Berge halten.

Energisch stieß sie die Tür auf und kam ins Lokal. Martin blickte zu ihr auf, als sie plötzlich neben dem Tisch auftauchte, mit besorgter und gleichzeitig kampflustiger Miene. Es verwunderte ihn nicht, sie zu sehen. Und er hatte auch gar nicht den Eindruck, daß hier jemand kam, den das alles nichts anging. Irgendeinen Grund mußte es ja haben, daß Gaby ihn gerade hierher bestellt hatte.

»Gaby, Kind«, sagte Henriette weich, »was ist denn? Tut er dir was?« Sie setzte sich neben Gaby auf die Polsterbank und legte den Arm um ihre Schulter.

»Ach, Riette«, schluchzte Gaby und legte ihr Gesicht an Henriettes Schulter, »er ist so gut, so anständig. Und ich bin so gemein gewesen.« Sie weinte noch heftiger.

Henriette nahm sie fest in beide Arme und wiegte sie wie ein Kind. Dabei blickte sie Martin an. Er erwiderte ruhig ihren Blick. Sie waren sich gegenseitig sehr sympathisch.

Nein, vor ihm mußte sie Gaby nicht schützen, das erkannte Henriette sofort. Er hatte ihr vorhin gleich gefallen, als er kam. Er würde Gaby nichts Böses tun.

»Na komme, meine Kleine, hör auf zu weinen. Es wird ja alles gut.«

Gaby beruhigte sich nur schwer. Aber die Tränen taten ihr so gut.

Ihr war auf einmal viel leichter ums Herz. Und Martin, Martin war ihr so nahe.

Henriette holte die Kognakflasche und brachte für sich ein Glas mit. Sie tranken, sie rauchten und unterhielten sich ganz normal über dies und das, hauptsächlich Martin und Henriette. Gaby sagte nicht mehr viel dazu. Aber sie sah Martin unverwandt an.

Später fragte er nach zu Hause und nach seinem Vater. Gaby erzählte leise und stockend, wie es damals gewesen war. Würde er ihr einen Vorwurf machen, weil sie seinen Vater allein gelassen hatte?

»Es war besser so für ihn«, sagte Martin. »Ich kann ihn verstehen. Obwohl – ich wäre so glücklich, wenn er noch lebte. Ich wüßte dann, wofür ich arbeiten könnte. Aber wer weiß, wie es ihm in den letzten zehn Jahren gegangen wäre. Es hat zu lange gedauert, bis ich kam.«

Als sie sich trennten, gaben sie sich diesmal die Hand. Ihre Hände lagen fest ineinander, sie sahen sich stumm an. Da begann Gaby wieder zu weinen.

Henriette nickte Martin zu. Es hieß: Lassen wir sie erst mal, sie ist vollkommen aus den Fugen.

Martin ging. Seine Gefühle waren schwer zu erklären. Liebte er denn Gaby noch? Eigentlich nicht. Es war nicht Liebe, es war nicht Haß, es war – ja, es war eine Art Freundschaft und stille Zuneigung, was er für sie empfand. Sein Herz war wie tot.

Ich werde nie mehr lieben können, dachte er. Diese Fähigkeit habe ich verloren.

Von dem, was weiter werden sollte, von einer Scheidung, hatten sie mit keinem Wort gesprochen.

Als Gaby ziemlich spät nach Hause kam, war Paul da. Er war verärgert. In der Diele kam er ihr schon entgegen und sah strafend auf die Uhr.

»Gaby, ich bin schon seit einer halben Stunde mit den Herren hier. Es macht einen großartigen Eindruck, wenn die Hausfrau nicht da ist. Ich stell' doch wirklich keine Ansprüche an dich. Wenn wir schon auswärts essen gehen und bloß vorher hier einen Cocktail nehmen, dann könntest du das wirklich vorbereitet haben.«

»Was für Herren?« fragte Gaby ahnungslos.

»Ich hab's dir doch heute früh gesagt. Möncken von Hamburg mit dem Engländer. Gaby! Wo hast du nur deinen Kopf? Und wie siehst du denn aus? Hast du geweint?«

»Geweint? Nein – nein. Es ist so kalt draußen. Die Kälte beißt mich immer in die Augen. Wir gehen aus?«

»Ja, sag mal, hast du heute früh noch geschlafen? Ich hab' dir doch gesagt, daß wir zum Essen weggehen.«

»Entschuldige, Paul, ich weiß gar nicht – das hab' ich ganz vergessen.«

»Jetzt komm 'rein, und sag guten Abend, und laß dir eine gute Ausrede einfallen. Dann zieh dich schnell um.«

Gaby blickte flüchtig in den Spiegel, und so wie sie war, in Hut und Mantel, ging sie hinein, die Herren zu begrüßen. Sie entschuldigte sich auf so reizende und charmante Weise, gewann den englischen Geschäftsfreund durch ihr fließendes Englisch so schnell, daß keinerlei Mißstimmung aufkam. Paul nahm ihr den Pelz ab, sie trank rasch mit den Herren einen Cocktail, plauderte gewandt ein paar Worte und zog sich dann zurück, um sich umzuziehen.

Paul war ernstlich böse auf sie. Aber er bewunderte doch wieder die gewandte Art, wie sie sich aus der Affäre zog. Was war nur in letzter Zeit mit ihr los? Michi brauchte ihr doch keinen Kummer mehr zu machen. Er mußte einmal ernsthaft mit ihr reden. Sie hatte doch wirklich ein herrliches Leben, keine Verpflichtungen, keine Arbeit; das wenige, was er von ihr verlangte, mußte doch klappen.

Gaby beeilte sich beim Umziehen. Sorgfältig erneuerte sie ihr Make-up. Doch sie war mit ihren Gedanken immer noch bei den vergangenen Stunden. Alles, was Martin gesagt hatte, kam ihr wieder in den Sinn. Und wie er aussah! Ach, Martin! Fremder und doch so seltsam vertrauter Mann!

Sie hatte vorgehabt, Paul gleich brühwarm alles zu erzählen. Aber nun kam sie nicht dazu. Der Abend dehnte sich ziemlich lang aus. Man saß längere Zeit in dem Weinlokal, aß vortrefflich, später besuchte man noch eine Bar. Gaby mußte plaudern, sie hatte drei Männer am Tisch, denen sie ihre Aufmerksamkeit widmen mußte. Und als unsichtbarer vierter saß die ganze Zeit Martin dabei.

Als sie mit Paul nach Hause fuhr, war sie unbeschreiblich abgespannt, die Erregung des Tages wurde spürbar. Dazu begann Paul noch einmal, ihr Vorwürfe zu machen wegen ihres Zuspätkommens. Sie antwortete gereizt.

Und dann, als sie zu Hause waren, hatte sie einfach keine Lust mehr, Paul von ihrer Begegnung mit Martin zu erzählen. Man konnte ja morgen darüber sprechen.

Es war die alte Gaby-Manier, alle Dinge ein wenig hinauszuschieben und zu warten, ob sie sich nicht von selbst erledigten. Aber sie erzählte Paul auch am nächsten Tag nicht, daß sie Martin getroffen hatte. Sie erzählte es ihm überhaupt nicht. Warum, das wußte sie selber nicht.

Martin wurde von Lore erwartet.

»Wo warst du?« fragte sie mißtrauisch.

»Fort«, antwortete Martin lakonisch.

»Das habe ich gemerkt. Und wo?«

»Mein liebes Kind«, sagte Martin ruhig, »hast du nicht den Eindruck, daß dies etwas zu weit geht?«

»Du hast Gaby getroffen«, sagte Lore entschieden.

»Allerdings, ich habe Gaby getroffen. Hast du was dagegen?«

»Ich finde, du hättest es mir vorher sagen können.«

»Und warum, wenn ich fragen darf?«

»Martin!« Lore sprang auf und stampfte mit dem Fuß. »So kannst du mich nicht behandeln.«

Martin musterte sie kühl. »Wie behandele ich dich denn? Bin ich dir über jeden Schritt Rechenschaft schuldig?«

»Sepp hat mir immer alles gesagt.« Sepp war Herr Roth selig.

»Das denkst du«, gab Martin zurück.

»Du bist gemein«, sagte Lore.

»Ich höre diesen Ausspruch schon zum zweitenmal aus deinem Mund. Sollte ich ihn ein drittes Mal hören, so habe ich ihn dann zum letztenmal gehört. Und du hattest auch zum letztenmal Gelegenheit, mit mir zu sprechen. Guten Abend.« Und damit ging er.

Lore zersprang fast vor Wut. War das eine Art, sich zu streiten? Du hattest zum letztenmal Gelegenheit, mit mir zu sprechen, so ein Affe, so ein eingebildeter Pinsel! Was dachte der sich eigentlich, dieser hergelaufene Kerl? Der hatte sich ganz schön herausgemacht in den wenigen Wochen, in denen er hier war.

Sie wollte sich ordentlich streiten und nachher eine ordentliche Versöhnung haben. Zum andernmal dachte sie mit Sehnsucht an den verstorbenen Herrn Roth. Mit ihm waren Streit und Versöhnung immer eine herrliche abgerundete Sache gewesen. Aber mit diesen feinen Leuten wußte man nie, wie man dran war. Sprach ein paar gewählte Sätze und ging!

Natürlich hatte sie recht gehabt; er hatte diese Gaby getroffen. Sie hatte es gefühlt. Und vorgestern am Telefon hatten sie sich bereits verabredet. Er hatte ihr glatt ins Gesicht gelogen, der feine Herr. Na warte! Noch war sie frei. Und es war gar nicht gesagt und in keiner Weise bestimmt, daß er hier einheiraten würde. Sie konnte Männer haben, soviel sie wollte, an jedem Finger zehn.

Doch sie war ja gar nicht sicher, ob er sie eigentlich heiraten wollte. Nein, gar nicht. Ob sein Interesse für sie und für die Tankstelle überhaupt so groß war? Dann liebte er sie also auch nicht? Dann war er doch gemein!

Nun begann auch Lore zu weinen. Sie weinte heftig und wütend, wie ein kleines Kind. Ihre Gefühle wechselten zwischen Haß, Verzweiflung, aufrichtigem Kummer und mündeten schließlich in die Angst, daß Martin überhaupt nicht wiederkommen würde.

Eine Stunde nach seinem plötzlichen Abgang war sie so weit, einfach hinüberzugehen zu dem Bäcker. Aber sie beherrschte sich. Das hörte jetzt auf, er mußte ins Haus ziehen, dann konnte das nicht mehr passieren, daß er einfach davonlief, wenn sie mit ihm zu reden hatte.

Sie holte sich eine Flasche Wein aus dem Keller und trank sie ganz allein aus. Dabei weinte sie noch ein bißchen, weil sie sich so leid tat, und auch, weil sie wütend war.

Am nächsten Morgen war Martin da wie immer. Er tat, als sei nichts geschehen. Er arbeitete den ganzen Tag, besprach in ruhigem, sachlichem Ton alle geschäftlichen Angelegenheiten mit ihr, ohne ihre teils wütenden, teils zärtlichen Blicke in irgendeiner Form zu erwidern.

Martin arbeitete lange. Die anderen waren schon nach Hause gegangen. Lore ging zu ihm hinaus in den Schuppen.

»Martin!« sagte sie. »Sei doch nicht so eklig. Komm jetzt 'rein! Ich hab' das doch nicht so gemeint. Ich bin eben ein bißchen ... ein bißchen eifersüchtig. Das ist doch klar.«

»Das ist doch mehr als töricht«, sagte Martin. »Ich mußte doch Gaby endlich einmal sprechen.«

»Aber du hättest es mir vorher sagen können.«

Er schwieg, ging aber mit ihr hinüber ins Haus.

Beim Abendessen kam sie darauf zurück. »Du hättest es mir vorher sagen können.«

Martin seufzte. »Es ist eines der ewig ungelösten Welträtsel, wie es ein Mann jahrelang mit einer Frau aushalten kann«, sagte er.

»Es ist eine Frage des Vertrauens«, widersprach Lore.

»Ich hätte es dir ja hinterher erzählt«, sagte er um des lieben Friedens willen, obwohl er gar nicht so davon überzeugt war, daß er es wirklich erzählt hätte. »Was sollte ich denn vorher darüber reden? Ich wußte ja noch gar nicht, wie es sein würde.«

»Aber du wußtest, daß du sie treffen würdest«, beharrte Lore. »Und nach dem Telefongespräch neulich hast du mir gesagt, ihr wäret noch nicht für einen bestimmten Tag verabredet.«

»Allerdings«, sagte er.

Lore gab sich wirklich Mühe, ruhig zu bleiben. Der vormalige Herr Roth hätte sich gewundert. So hatte er seine Frau nie erlebt.

Aber fragen mußte sie doch. »Und was habt ihr nun geredet?«

»Eigentlich nichts Besonderes. Dies und das. Es ist eine etwas schwierige Situation, falls es dir gelingt, dich etwas hineinzudenken.«

»Ich bin doch nicht blöd.«

»Um so besser.«

Martin aß schweigend zu Ende. Lore hätte mit Wonne einen Teller auf den Boden geworfen. Bei Herrn Roth hatte sie das einige Male getan. Aber es war nicht vorauszusehen, wie Martin darauf reagieren würde. Vermutlich würde er einfach aufstehen und fortgehen.

»Und das war alles, dies und das?« fragte sie nur noch.

»Ob du das nun glaubst oder nicht, das war wirklich alles. Es ist nicht so einfach, wie du dir das denkst.«

»Wie sieht sie aus?«

»Oh, gut. Sehr gut sogar. Es geht ihr ja auch nicht schlecht.«

Am liebsten hätte Lore gefragt: Ist sie hübscher als ich? Aber so blöd war sie nun wirklich nicht.

Später setzte sie sich neben ihn auf die Couch. »Aber trotz Welträtsel, nicht wahr, ist es auch sehr schwer, das Leben ohne eine Frau auszuhalten?«

»Leider«, erwiderte Martin mit unbewegtem Gesicht, doch seine Augen lächelten.

Lore schmiegte sich an ihn wie ein Kätzchen. »Es ist doch alles nur, weil ich dich liebe, du alter scheußlicher Brummbär. Ich möchte eben einfach, daß du mir alles erzählst.«

In väterlichem Ton sagte Martin: »Man kann nicht immer alles haben, was man möchte. Das wirst du auch noch lernen müssen.«

»Aber nicht heute abend, ja? Ich möchte heut noch viel von dir, du!«

Sie küßte ihn auf die Wange, dann biß sie ihn ins Ohr, ihre Hände waren zärtlich, bis Martin sie in die Arme nahm und küßte. Und Lore küßte ihn wieder, daß ihm Hören und Sehen verging. O ja, das verstand sie. Das verstand sie sehr gut. Und alles, was sonst noch dazugehörte.

Martin vergaß in ihren Armen vorübergehend Gaby und noch vieles, was ihn bedrängte und beschäftigte, so den Gedanken an sein ferneres Leben. Er dachte jetzt manchmal daran, was aus ihm werden sollte, beruflich vor allen Dingen. Er hatte Hoffnungen, Pläne, noch ganz vage und unbestimmt. Auf keinen Fall dachte er daran, in die Tankstelle einzuheiraten. So leicht machte er es sich nicht.

Regina dachte oft an Martin. Das war verständlich, denn sie kannte ja sonst nicht viel Leute, an die sie denken konnte, und der Mann Martin war gewissermaßen ihr erstes »Abenteuer« gewesen. Wenn sie auch nichts von Liebe wissen wollte, romantische Gedanken und Vorstellungen hatte sie wie jedes Mädchen. Es betrübte sie, daß sie nichts mehr von ihm hörte, und verstärkte natürlich noch ihren Komplex in dieser Beziehung. Sie hatte ihm nicht gefallen, das war es. Wem konnte sie schon gefallen?

Die Silvesternacht verklärte sich in ihrer Erinnerung immer mehr. Natürlich, etwas Angst hatte sie auch vor ihm gehabt. Aber sonst war es doch sehr nett gewesen. Es hatte ausgesehen wie ein Anfang. Und plötzlich war alles wieder zu Ende. Dann sah sie die Frau mit den roten Haaren vor sich, die mit dem Auto auf ihn gewartet hatte, um zum Wochenende zu fahren. Es war nicht hübsch, so etwas mitanzusehen.

Nur gut, daß sie gewissermaßen zum Ausgleich die Stellung bei Herrn Brunnhuber hatte! Dort gefiel es ihr immer besser. Die Arbeit machte ihr Spaß, dabei lernte sie eine ganze Menge. Die ersten Paßbilder, die sie selbständig anfertigte, gelangen vortrefflich, und Herr Brunnhuber lobte sie sehr.

Eines Tages tauchte Janos wieder auf. Es war ganz früh am Morgen, sie hatten das Geschäft gerade erst aufgesperrt. Regina war dabei, im Laden ein wenig abzustauben, da sah sie das prächtige Automobil draußen vorfahren.

Herr Brunnhuber kam gerade aus dem Atelier, als Janos den Laden betrat. Nicht so lebhaft wie neulich. Er sah müde aus, bleich, mit Ringen unter den Augen, und torkelte ein wenig.

»Morgen«, sagte er. »Ich bin erledigt, fertig, tot.« Und er sank auf den Stuhl und schloß die Augen.

»Um Gottes willen«, rief Herr Brunnhuber aufgeregt. »Was fehlt dir denn? Bist du krank?«

»Dieser Fasching bringt mich noch um. Ich bin seit drei Nächten nicht ins Bett gekommen. Das ist doch kein Vergnügen mehr.«

»Aber Junge«, sagte Herr Brunnhuber vorwurfsvoll, »das ist doch unvernünftig. So braucht man doch nicht zu übertreiben!«

»Jeden Tag ist etwas anderes los, und immerzu bin ich eingeladen. Es ist furchtbar. Ich bin jede Nacht besoffen.« Mit unglücklichem Gesicht sah er Herrn Brunnhuber an. »Das kann kein Mensch aushalten.«

»Jetzt geh sofort nach Hause, und leg dich schlafen.«

»Das kann ich ja nicht. Bei mir im Atelier sind noch Leute. Und wenn ich die glücklich 'rausgeworfen habe, dann geht die Arbeit los. Ruhe hab' ich dort überhaupt nicht mehr.«

»Ach so«, meinte Herr Brunnhuber. »Ihr habt bei dir gefeiert?«

»Auch. Los ging's mit einem Ball. Dann waren wir wo privat, dann in irgendeinem komischen Lokal und jetzt bei mir. Und dort sitzen sie noch wie angegossen. Ein paar schlafen auch. In meinem Bett liegen zwei Mädchen. Oder vielleicht sind es jetzt auch ein Mädchen und ein Mann. Oder zwei Männer. Das ändert sich immer mal.«

»Und wo kommst du jetzt her?«

»Ich hab' ein Mädchen nach Hause gefahren. Sie wollte partout, daß ich bei ihr blieb. Aber ich kann einfach nicht mehr, und so hübsch war sie auch nicht.«

»Jetzt komm«, sagte Herr Brunnhuber energisch. »Jetzt legst du dich in mein Bett und schläfst erst mal. Da stört dich keiner. Und dann kriegst du ein ordentliches Frühstück.«

Janos schlief bis nachmittags vier Uhr. Währenddessen schlichen Regina und Herr Brunnhuber auf Zehenspitzen und flüsterten nur miteinander. Regina mußte fortgehen und frischen Kaffee einkaufen. »Denn«, so sagte Herr Brunnhuber, »Janos trinkt nur ganz frischen Kaffee.« Außerdem frische Butter, frische Eier und frische Brötchen. Regina war geradezu ein wenig eifersüchtig auf Janos. Wer hatte sie schon mal so verwöhnt?

Nachdem Janos aufgestanden war, vesperten sie zu dritt im Atelier. Das heißt, Regina und Herr Brunnhuber tranken je eine Tasse Kaffee und aßen je ein Brötchen. Janos trank vier Tassen, aß drei Brötchen, zwei Eier und ein Viertelpfund Schinken.

»Ach, das tat gut«, sagte er, als er alles verdrückt hatte. »Kinder, ist es bei euch herrlich! So ruhig! Papa Jacob, ich glaube, ich kehre zu dir zurück.«

»Das wäre dir schnell langweilig«, meinte Herr Brunnhuber. »Weißt du, bei uns ist es immer so ruhig.«

»Beneidenswert.«

Janos sah jetzt wieder großartig aus. Der Schlaf hatte ihm gutgetan. Seine Augen waren lebendig, er lächelte und plauderte, war ganz natürlich und vergnügt. Er erzählte von seinen Faschingserlebnissen, und die waren wirklich so reichhaltig und vielseitig, daß man drei Dutzend Faschingsbesucher hätte damit ausstatten können. Allein die Frauennamen, die alle darin vorkamen! Regina gab es nach einiger Zeit auf, sie auseinanderzuhalten.

Immer wieder sah sie Janos an. Er war aufgestanden, spazierte mit der Zigarette in der Hand im Atelier hin und her, betrachtete die Bilder an den Wänden und redete dabei. Er trug sein Faschingskostüm, eine schwarze, ganz enge Hose und ein weiches, glänzendes Seidenhemd. Um die schmale Taille einen breiten goldenen Gürtel. Man konnte nicht sagen, daß er viel Phantasie an seine Kostümierung verwandt hätte, aber er hätte nichts tragen können, was ihm besser stand. Seine schlanke Figur mit den überschmalen Hüften konnte gar nicht besser zur Geltung kommen. Aus dem offenen Hemdkragen stieg ein schlanker brauner Hals, und darüber das blasse Gesicht mit den dunklen, schwermütigen Augen, das tiefschwarze Haar. Er sah ein wenig aus wie ein Zigeuner und gleichzeitig wie ein Prinz aus einem unwirklichen und wunderbaren Märchen.

Regina mußte ihn immer wieder ansehen. Sie glaubte, noch nie einen so schönen Menschen gesehen zu haben. Dazu sein Lächeln, die katzenhafte Grazie seiner Bewegungen, die dunkle, weiche Stimme. O ja, es war zu verstehen, daß die Frauen ihn so liebten. Er war vollkommen.

Einige Male ertappte er ihren Blick. Dann lächelte er ihr flüchtig zu, und Regina senkte verlegen die Augen. Sie sprach fast nichts, hörte nur zu. Sie kam sich vor wie ein Aschenbrödel, aber keines, dem ein Zauberbaum ein Märchengewand über die Schultern werfen würde. Und keines, an das dieser Prinz je einen Blick verschwenden würde. Aber darin sollte sie sich täuschen.

Auf seiner Wanderung durch das Atelier blieb Janos plötzlich vor ihr stehen und betrachtete sie. »Hast du schon einmal eine Aufnahme von ihr gemacht, Papa Jacob?«

»Von wem? Von Regina?«

»Ja. Von Regina.«

»Nein.«

»Das solltest du aber. Sie wird gut kommen. Sie ist fotogen. Mach mal ein paar Aufnahmen, du wirst sehen.«

Dann ging er weiter. Regina war blutrot geworden, hilflos sah sie Herrn Brunnhuber an. Der lachte gutmütig. »Wenn du meinst, dann können wir es ja mal versuchen.«

»Heute noch. Oder morgen. Ich komme nächste Woche mal vorbei und schau sie mir an.«

Da hatte er den Stapel seiner Bilder entdeckt, zog sie mit einem Jubelruf hervor und breitete sie auf dem Boden aus. Wie ein Bub setzte er sich davor und betrachtete sie mit einem solchen Entzücken, als sähe er sie das erstemal. »Das ist gut. Was? Das ist ausgezeichnet. Und das hier. Das ist noch besser. Ich habe schon was gekonnt, was, Papa Jacob?«

«Das kannst du heute auch noch.«

»Ich weiß nicht. Man wird zu einseitig. Und dann verliert man den Blick für diese Dinge. Jetzt seh' ich nur noch Frauengesichter, Frauenfiguren, Stoffe, Farben. Aber so was hier möcht' ich wieder mal machen.«

»Dann mach's doch. Nur zu. Ich würde mich freuen.

»Ja. Vielleicht später. Später bestimmt. Dann werde ich nur noch so was machen. Und dann werde ich berühmt sein, berühmter noch als heute, auf eine andere Art. Später.«

»Ich würde nicht zu lange warten, Junge.«

»Das Leben ist lang, und ich bin noch jung. Eigentlich macht mir das jetzt auch Spaß. Auf eine andere Art Spaß. Es gibt immer zwei Arten von allem, Papa Jacob. Zwei Arten von Kunst, zwei Arten von Ruhm, zwei Arten von Frauen, zwei Arten von Liebe. Alles gibt es doppelt.«

»Ja. Aber man kann sich nur eine Art heraussuchen.«

»Hintereinander kann man beide Arten haben. Erst die eine, dann die andere.«

»Ich glaub's nicht. Junge. Es verliert sich. Wenn man zu lange mit der anderen Art gelebt hat, findet man die eine nicht mehr.«

»Kann auch sein«, sagte Janos, und seine dunklen Augen sahen traurig über die Bilder hinweg.

Er blieb lange. Anscheinend hatte er gar keine Lust, nach Hause zu gehen. Regina mußte noch einmal Kaffee kochen und eine Flasche Kognak holen. Es war schon neun Uhr, als Janos ging.

»Jetzt geh aber heute mal zeitig zu Bett«, mahnte Herr Brunnhuber.

»Ich bin wunderbar ausgeschlafen. Jetzt geh' ich nach Hause, zieh' mich um, und dann geht's weiter. Heute bin ich bei Linda Gerson eingeladen. Sie gibt eine Faschingsparty, so eine Art Hausball. In ihrer Villa.«

»Die Filmschauspielerin?«

»Eben die. Alte Freundin von mir. Alsdann, Servus.«

Ehe er hinausging, blieb er noch einmal vor Regina stehen, legte einen Finger unter ihr Kinn und drehte ihren Kopf nach beiden Seiten. »Vergiß nicht, Papa Jacob. Ich brauch' ein paar Bilder von ihr. Und iß nicht zuviel, Regina! Diese Löcher in deinen Wangen, die sind Gold wert.«

Herr Brunnhuber schüttelte empört den Kopf hinter ihm her. »Hat man so einen Unsinn schon gehört. Die Löcher in den Wangen sind Gold wert. Und ich sag' dir immer, du sollst mehr essen, damit du ein bißchen zunimmst.« In seiner Empörung duzte er Regina sogar.

»So ein verrücktes Huhn! Diese Welt da draußen, diese Welt, in der er jetzt lebt, die hat ihn vollkommen verdreht gemacht. Glaub mir, Regina, das sind alles Verrückte. Da ist kein einziger mehr normal. Du brauchst ja bloß die Zeitung zu lesen, da steht es deutlich drin. Lauter Verrückte. Entartet sind sie, das ist es. Wir haben eine generelle Entartung, wie im alten Rom etwa. Der Untergang einer Kultur, wenn's überhaupt eine war. Das ist noch sehr die Frage. Löcher in den Wangen! Und das soll schön sein!«

»Ja«, sagte Regina abwesend, die Augen groß und fragend, die Lippen vor Staunen ein wenig geöffnet. Aschenbrödel, über das der Zauberbaum vielleicht doch ein goldenes Kleid herunterschütteln würde.

Es war elf Uhr vorbei, als Janos bei Linda Gersons Party eintraf. Zuerst mußte er Stups beruhigen. Als er nach Hause kam, saß sie im Atelier und heulte Rotz und Wasser. Bei seinem Anblick verkehrte sich ihr Schmerz augenblicks in Wut.

»Gerade wollte ich die Polizei anrufen. Ich dachte, du bist schon dreimal tot.«

»Du mit deinem ewigen Katastrophenhirn, Stups. Ich bin doch schon öfter mal eine Nacht weggeblieben.«

»Eine Nacht, ja. Aber auch noch den ganzen nächsten Tag, da muß man ja denken, daß was passiert ist. Wenigstens hättest du mal anrufen können.« – »Da, wo ich war, gab es kein Telefon.«

Stups rümpfte die Nase. »Was? Nicht mal Telefon hat die Dame? Mit komischen Mädchen verkehrst du neuerdings.«

»Du wirst lachen, ich hab' gar nicht bei einem Mädchen geschlafen, sondern bei einem Mann.«

»Auch das noch. Das hat uns noch gefehlt.«

»Nicht so, wie du schon wieder denkst. Bei Papa Jacob war ich, bei Herrn Brunnhuber.«

»Den ganzen Tag?«

»Ja. Früh bin ich hingekommen, dann hab' ich dort geschlafen und dann gefrühstückt und ein bißchen geplaudert und – Herrgott, Stups, du kontrollierst mich schlimmer als eine Ehefrau.«

Stups streckte ihre winzige Nase kühl in die Luft und sagte beleidigt: »Mir ist es egal, Chef, wo und mit wem du deine Nächte verbringst. Ich wundere mich bloß über deine Nachlässigkeit. Schließlich stand heute eine ganze Menge auf unserem Terminkalender.«

»Lukretia, du hast es wohl nicht nötig, mich zu begrüßen, he?«

Janos ging zu seinem besten roten Veloursssessel, auf dem sich wie gewöhnlich die vierbeinige Diva niedergelassen hatte.

»Lukretia ist beleidigt«, meinte Stups. »Sie fühlt sich vernachlässigt.«

Aber Lukretia war keineswegs beleidigt. Sie dehnte sich wie immer wohlig unter Janos' streichelnder Hand und blinzelte ihm dabei zu, als wollte sie sagen: Streune nur, ich weiß, das macht Spaß.

Janos kauerte sich neben der Katze nieder und kraulte sie am Kinn. Genußvoll begann sie zu schnurren.

»Hast du gehört, was ich gesagt habe?« kam Stups auf das zurück, was ihr am Herzen lag.

»Nein«, erwiderte Janos wahrheitsgemäß.

Stups stieß die Luft geräuschvoll durch die Nase und wiederholte betont: »Es stand heute eine ganze Menge auf unserem Terminkalender.«

»Man wird doch im Fasching mal einen Tag blaumachen können.«

»Wer sagt das? Bummeln kann man immer erst, wenn man mit seiner Arbeit fertig ist.«

„Jawohl, Herr Lehrer. Du mit deiner preußischen Gründlichkeit! Pflichtgefühl. Das ist es, was ich sagen wollte. Preußisches Pflichtgefühl. Furchtbare Eigenschaft! Ich habe keines, überhaupt keines. Aber du bist so eine richtige Wirtschaftswunderpflanze, prädestiniert zur Managerkrankheit. Arbeiten! Arbeiten! Nichts als arbeiten! Ich pfeif' drauf.« Er hob Lukretia vorsichtig in die Höhe, plazierte sich selbst in dem Sessel, die Beine über die Lehne, und legte sich Lukretia auf den Bauch.

»Du mußt dich schon entscheiden«, belehrte ihn Stups, »entweder preußisch oder Wirtschaftswunder, beides zugleich geht nicht. Das sind historisch verschiedene Zeiten. Die Preußen haben nie ein Wirtschaftswunder gehabt, bei ihnen ging es immer solide und seriös zu.«

»Vielleicht erteilst du mir jetzt noch Geschichtsunterricht. Das hat mir gerade noch gefehlt. Gib mir lieber einen Kognak.«

Stups schnupperte in die Luft. »Wie ich merke, hast du heute schon welchen getrunken.«

»Natürlich. Kognak und Kaffee, und Kaffee und Kognak. Was sonst? Irgend etwas braucht jeder Mensch, um munter zu werden.«

»Zeit, daß du etwas Gesundes zu dir nimmst. Ich werde dir drei Orangen auspressen.« Sie verschwand in Richtung Küche.

»Geh zum Teufel«, rief Janos ihr nach. Dann entschuldigte er sich höflich bei Lukretia, stand auf, legte sie wieder in den Sessel und holte sich selbst einen Kognak. Aber komisch, er schmeckte gar nicht. Seit Stups davon gesprochen hatte, verspürte er wirklich Appetit auf

Orangensaft. So etwas Sauberes, Frisches in den Magen zu bekommen, das würde guttun nach dem ganzen Giftzeug.

Er sah flüchtig die Post durch, die auf dem Schreibtisch lag, dann die Notizen, die Stups gemacht hatte. Plötzlich schlug er sich an die Stirn.

»Stups«, rief er und lief ihr nach, »herrje, Stups, heute war ja der Renkow angemeldet mit seiner neuen Kollektion.«

Stups stand mit unbewegter Miene hinter dem Starmix. »Sicher, das meinte ich ja.«

»Na und?«

»Was, na und? Ich habe mit ihm verhandelt. Mit preußischer Gründlichkeit.«

»So. Aha.« Janos schwieg nachdenklich und nagte an seiner Lippe. »Und? Was hat er gesagt?«

»Das Übliche. Wir haben alle Termine für die Aufnahmen schon festgelegt. Er bringt einen Teil der Kollektion in der ›Eleganten Frau‹, einen Teil in ›Chérie‹, ein paar Auslandsaufträge hat er auch und...«

»War er nicht beleidigt, daß ich nicht da war?«

»Ich hab' gesagt, du mußtest eilig nach Paris fliegen. Zu Dior. Das hat ihm eingeleuchtet.«

»So.«

»Ich hatte bloß Angst, du würdest überraschend hereinplatzen. Dodo war draußen an der Tür postiert, um dich abzufangen.«

»So. Dodo war also auch da?«

»Natürlich. Den ganzen Tag. Wie immer.«

»Aha.« Eine kleine Pause, dann aus Herzensgrund: »Verdammte Weiberwirtschaft!«

Stups lachte hohnvoll.

»Wie man sich bettet, so liegt man.«

»Fang bloß nicht wieder mit Kalendersprüchen an! Dann werde ich wild.«

»Kalendersprüche passen meist sehr gut.«

»Und wo ist sie jetzt?«

»Wer?«

»Na, Dodo.«

»Sollte es dich nicht mehr interessieren, was ich mit Herrn Renkow vereinbart habe?«

»Später. Morgen. Du wirst es schon richtig gemacht haben. Solche Sachen machst du ja viel besser als ich.«

Stups nickte überzeugt. »Das sowieso.«

»Wo ist Dodo also?«

»Weggegangen. Vor einer Stunde. Sie hat irgendeinen Knülch angerufen und sich mit ihm verabredet. Ziemlich wütend war sie. Sie meinte, wenn du in der vorigen Nacht mit einem anderen Mädchen geschlafen hast, würde sie in der kommenden mit einem anderen Mann schlafen.«

»Bitte«, sagte Janos verdrießlich. »Meinen Segen hat sie. Außerdem habe ich in der vorigen Nacht überhaupt nicht geschlafen, das weiß sie ganz genau. Als ich früh um acht hier wegging, war die Wohnung noch voll von fremden Leuten.«

»Sie waren noch da, als ich kam. Ich hab' sie erst alle hinausgeworfen. Dodo lag mit einem fremden Mädchen in deinem Bett. Zustände sind das.«

Janos trank genußvoll den Orangensaft. »Ah, das ist herrlich. Das tut gut. Mach mir noch so ein Glas!«

»Und heute gehst du schon wieder aus!« sagte Stups vorwurfsvoll. »Frau Gerson hat vorhin schon wieder angerufen. Du sollst die Party nicht vergessen.«

»Jaja, ich weiß schon.«

»Es kommt alles bloß von diesem dußligen Frauenüberschuß. Und weil du zu nett bist zu den Frauenzimmern, deswegen wollen sie dich überall haben. Wenn du verheiratet wärst und drei Kinder hättest und einen dicken Bauch oder wenn du schwul wärst wie die anderen attraktiven Jungens, würden sie dich schon in Ruhe lassen. Dann könntest du jeden Abend um neun Uhr im Bett liegen.«

»Ich bin ja verheiratet.«

»Das glaubt dir doch sowieso kein Mensch.«

»Hm. Was soll ich denn anziehen?«

»Du bist ja schon kostümiert.«

»Das Zeug werde ich gleich ausziehen. Du weißt, daß ich niemals zwei Tage hintereinander das gleiche anziehe.«

»Na, dann nimmst du eben ein anderes Hemd und eine andere Hose. Ist ja Wurscht. Soll ich dir was zu essen machen?«

»Nee, danke. Gegessen hab' ich reichlich. Und bei Linda wird's ja auch was geben. Ich leg' mich noch 'ne Stunde hin. Weck mich dann. Oder gehst du weg? Hast du heute noch was vor?«

»Ich? Gott soll mich schützen. Ich werde zeitig ins Bett gehen, Milch trinken und einen Kriminalroman lesen.«

»Ich beneide dich wirklich.«

»Das glaub' ich gern.«

»Hat Renkow schöne Sachen in der Kollektion?«

»Zauberhaft. Er wollte wissen, welche Mädchen wir nehmen. Du weißt ja, er hat ein Faible für Karin.«

»Menschenskind, Stups. Ich hab' eine Neue.«

»Schon wieder?«

»Ein süßes Gesicht. Eine hinreißende Wangenlinie. Und ganz helle, fast grüne Augen. Türkis fast. Es wäre genau dieser kühle, spröde Typ, den man heute hat.«

»Wo hast du denn die schon wieder her?«

»Du wirst lachen, sie ist bei Papa Jacob Ladenhilfe.«

»Lieber Himmel!«

»Es ist gar nichts dran an ihr. Absolut nichts. Aber ich glaube, daß viel drinsteckt. Wir werden Probeaufnahmen von ihr machen.«

»Noch ein Frauenzimmer«, meinte Stups verdrießlich. »Noch ein Ärger mehr. Deswegen hast du heute bei Papa Jacob geschlafen. Der Alte sollte sich schämen, das ist Kuppelei.«

»Du bist es, die sich schämen sollte«, sagte Janos streng. »Ich hab' überhaupt nichts mit ihr. Ich sag' dir doch, es ist absolut nichts an ihr dran, nichts, was einen Mann verführen könnte. Es ist nur das Gesicht. Wir brauchen wieder mal ein neues Gesicht.«

»Hat sie außer dem Gesicht gar nichts aufzuweisen? Wie ist die Figur? Die Beine?«

»Hab' ich mir noch gar nicht angesehen.«

»So«, meinte Stups erleichtert, »dann geht es ja. Dann ist dein Interesse an der Dame wirklich nicht ausschließlich persönlicher Art.«

»Sehr schlank ist sie, das bestimmt. Und ganz still, ganz brav. Wenn man sie ansieht, wird sie rot.«

»Na, das ändert sich meist schnell. Jetzt leg dich hin, ich mach' dir dann einen Kaffeecocktail. Und bleib heute nacht nicht wieder so lange auf. Morgen haben wir viel Arbeit.«

Stups war seit drei Jahren bei Janos. Ohne sie wäre er nicht groß geworden, ohne sie wäre sein Betrieb nicht aufrechtzuerhalten. In der Zeit, als er für Zeitungen arbeitete, hatte er sie kennengelernt. Sie war eine junge Bildreporterin, sehr begabt, sehr eigenwillig, mit unbestechlichem Blick sowohl für ihre Arbeit als auch für menschliche Charaktere.

Daher geriet sie auch immer mit ihren Redakteuren und sonstigen Vorgesetzten in Konflikt. Da sie meist sagte, was sie dachte, machte sie sich überall in Windeseile unbeliebt. Außer bei Leuten, die Menschenkenntnis besaßen. Aber darüber verfügen Vorgesetzte meist nicht. Und außer bei den Leuten, die Zeit genug hatten, sie genau kennenzulernen. Die wurden ihre Freunde.

Von Janos war sie begeistert. Das heißt nicht von ihm, sondern von seiner Arbeit. Sie erkannte neidlos seine überlegene künstlerische Begabung an. Er persönlich imponierte ihr keineswegs. Männer imponierten ihr überhaupt nicht. Sie war eine der wenigen Frauen in seiner Umgebung, die sich nicht in ihn verliebten. Aber dafür liebte sie ihn auf eine beständige sorgliche, ja, man konnte schon beinahe sagen, mütterliche Art, die sie allerdings hinter einer gewissen Ruppigkeit verbarg.

Angefangen hatte sie als Assistentin bei ihm, als er noch Werbeaufnahmen machte. Mit der Zeit umfaßte ihr Wirkungsbereich alle nur möglichen Tätigkeiten, sie war Sekretärin, Hausdame, Beichtvater, Finanzverwalter, Steuererklärer und Blitzableiter. Dies alles und noch viel mehr. Sie war der ruhende Pol seines Lebens. Und er war für sie zum Lebensinhalt geworden, obwohl sie das jederzeit entschieden abgestritten hätte. Da es niemals zwischen ihnen intime Beziehungen gegeben hatte, konservierte sich ihr Verhältnis gut.

Seine wechselnden Freundinnen waren oft eifersüchtig und versuchten, einen Keil zwischen die beiden zu treiben. Es gelang nie. Die Mädchen mußten sich mit Stups abfinden, oder sie konnten gleich wieder gehen. Denn gegen Stups regierte keine lange.

Hübsch war sie nicht. Aber auch nicht häßlich. Sehr klein, sehr dünn, beweglich wie ein Wiesel, doch das nicht ohne Anmut, ein dunkler, ewig zerzauster Haarschopf, ein paar dunkle, sehr gescheite, sehr lebhafte Augen, denen nichts, aber auch gar nichts entging. Und dann ihre Nase, diese winzige, geradezu lächerliche Himmelfahrtsnase, der sie ihren Namen verdankte. Das alles war Stups, seine rechte Hand und sein guter Engel.

Um dreiviertel elf, Janos trank die belebende Mokkamixtur, die Stups ihm immer mischte, wenn es spät wurde, klingelte das Telefon.

»Ja, gnädige Frau«, flötete Stups hinein. »Aber natürlich. – Wie? – Ach, was? – Er ist noch nicht da? – Das gibt's doch gar nicht. Er ist schon seit mehr als einer Stunde weg. Bestimmt. – Er wird jeden Moment kommen. – Bitte? – So. Aha. – Guten Abend, gnädige Frau. – Wie? Ich? – Ach nein. Danke, Viel Spaß.« Stups legte den Hörer auf und grinste. »Linda fragt, wo du bleibst. Dem Lärm nach geht es schon hoch her. Sie hat gefragt, ob ich nicht auch kommen will. Sollt' mir einfallen.«

»Ich hab 'auch keine Lust, Stups. Wirklich nicht. Ich möchte so gern ins Bett gehen«, Janos gähnte herzzerreißend. »Wenn dieser blödsinnige Fasching vorüber ist, fangen wir ein neues Leben an, ja?«

»Das kannst du heute schon«, meinte Stups sachlich. »Geh hin, trink zwei Glas Sekt und nicht mehr, mach Linda ein paar Komplimente, und um ein Uhr kannst du schon im Bett liegen.«

»Das ist eine großartige Idee. So werde ich es machen.«

Stups lächelte. »Allein im Bett, meine ich. Dodo ist auch dort.«

»Dodo?«

»Linda sagte es gerade. Wahrscheinlich stand sie daneben, als Linda telefonierte.«

»Ich denke, sie hat sich für heute einen Kavalier angelacht?«

»Vielleicht hat sie den auch dabei.«

»Wird sie mir eine Szene machen?«

»Schon möglich.«

»Das fehlt mir noch.« Er beugte sich zu Lukretia hinab. »Gute Nacht, bellissima. Verzeih mir, daß ich dich schon wieder allein lasse.«

Lukretia erhob sich, machte einen Buckel und schaute ihn vorwurfsvoll an.

»Sie mag es gar nicht, wenn sie so lange allein ist«, sagte Stups. »Ich werde sie mitnehmen. Sie kann heute bei mir schlafen.«

Zusammen verließen sie die Wohnung. Während sie im Lift hinunterfuhren, pfiff Janos unternehmungslustig vor sich hin. Er sah durchaus nicht mehr müde aus.

»Servus, Stups«, sagte er vor dem Haus, bestieg seinen Superschlitten und brauste davon.

Stups sah ihm mit zusammengezogenen Brauen nach. Er fuhr wie immer viel zu schnell. Dies war auch eine ständige Sorge, die sie zu tragen hatte. Eines Tages würde er sich den Schädel einrennen. Sie seufzte. »Da hätt' ich gleich Kinderfrau werden können«, knurrte sie.

Sie ging einige Male mit Lukretia, die sie an einem grünen Band hielt, die Straße auf und ab. Dann kletterten sie zusammen in Sigismund, den alten Opel, Baujahr 1937, und fuhren nach Hause, zu Milch, Kriminalroman und herrlicher Ruhe. Fein, daß Lukretia mitkam. Sie wärmte im Bett so schön die Füße.

Es dauerte nicht sehr lange, da traf Martin ein zweitesmal mit Gaby zusammen. Sie hatte ihm geschrieben, ob er nicht am folgenden Tag abends gegen acht Uhr bei Henriette vorbeikommen wolle. Sie jedenfalls sei dort. Es seien da noch einige Sachen von seinem Vater, Bilder und ein paar Wertstücke, die sie gern übergeben wollte. Es war mehr oder weniger ein Vorwand.

Martin entschied sich ohne große Überlegung hinzugehen. Seine bitteren Gefühle gegen Gaby waren fast ganz geschwunden. Seit er sie gesehen und gesprochen hatte, konnte er einfach nicht mehr im bösen an sie denken. Und er hatte ja gesehen, daß sie im Grunde die gleiche Gaby geblieben war. So wie sie gehandelt hatte, so hätten wohl alle Frauen gehandelt. Oder fast alle. Man durfte nicht nur Opfer von den Menschen verlangen. Man mußte selbst das Opfer bringen, zu verzichten und zu verstehen, da wo das Schicksal nun einmal stärker war als alle Wünsche und Hoffnungen.

So ähnlich dachte Martin. Es war ein ungeheurer Wandel und Fortschritt, der sich in den letzten Wochen in seiner Einstellung zum Leben, zu den Menschen und zu den Dingen vollzogen hatte. Natürlich war Lore daran schuld, die Arbeit, die ihn immerhin tagsüber ablenkte, die Freude auf den kommenden Urlaub, überhaupt die Freude an dem normalen Leben, das ihm langsam wieder dienstbar wurde. Vielleicht aber war es auch, jedenfalls soweit es Gaby betraf, nichts anderes als die einfache Tatsache, daß aus jener kurzen Ehe vor vielen Jahren, die zwei halbe Kinder zusammengeführt hatte, eben doch keine tiefe Bindung geblieben war. Gar nicht bleiben konnte. Seine Bitterkeit war Bitterkeit an sich gewesen, Bitterkeit gegen alles, gegen die ganze Welt und gegen sein eigenes Geschick. Und damit war Gaby und ihre zerstörte Verbindung einbezogen gewesen und natürlich all die zerstörte Hoffnung nach so vielen Jahren des Heimwehs und der Sehnsucht. Heimweh und Sehnsucht mußten ja damals ein Ziel haben, das war Gaby gewesen, die Gaby seiner Träume. Ob er die Gaby der Wirklichkeit dann hätte lieben können, das hätte sich erst erweisen müssen. Und zu dieser Probe war es nicht gekommen. Oder noch nicht? Bemerkenswert war immerhin, daß er sich auf das Zusammentreffen mit Gaby freute. Ob ihr Freund dabeisein würde? Es war schon möglich, da sie ihn für abends acht Uhr gebeten hatte.

Er beschloß, Lore von der Verabredung diesmal nichts zu sagen. Vorher nicht und nachher nicht. Die ewige Fragerei ging ihm auf die Nerven. Er mochte nicht über jeden Schritt Rechenschaft ablegen. Wenn er wollte, würde er erzählen. Und wenn nicht, dann eben nicht. Daß Frauen das nie begreifen konnten!

Es war gar nicht so einfach, einen Abend frei zu haben. Er verbrachte fast jeden Abend bei Lore oben in der Wohnung. Sie aßen zusammen, tranken Bier oder Wein, und oft blieb er die ganze Nacht da. Martin hätte sich gern länger bemüht, den Schein zu wahren. Jedoch Lore war von selbstsicherer Unbekümmertheit.

»Pah«, hatte sie gesagt. »Wozu denn? Erstens weiß es doch jeder längst. Zweitens, wenn wir im März zusammen verreisen, kann es auch dem Dümmsten kein Geheimnis mehr bleiben. Und drittens werden wir ja doch heiraten, da ist es doch nicht so wichtig.«

»Ich dachte nur, dein guter Ruf...«, hatte Martin altmodisch vorsichtig begonnen.

»Guter Ruf! Auch schon was! Ein guter Ruf wird nicht dadurch zerstört, daß man jemanden liebhat. Außerdem bin ich eine verheiratete Frau gewesen, ich bin selbständige Geschäftsfrau, ich bin unabhängig. Kinder, auf die ich Rücksicht nehmen müßte, hab' ich nicht, verstehst du, mich können sie alle gern haben. Über mich haben die Leute hier in der Gegend sowieso immer geredet und haben mir allerlei angedichtet. Ich hab' mich nie darum gekümmert.« Daß die Leute wohl manchmal ein wenig Anlaß hatten, über sie zu reden, und daß auch durchaus nicht alles Dichtung war, was man ihr nachsagte, das verschwieg sie.

So kam es also, daß er abends selten hinüberging zu Mosers. Immerhin, manchmal tat er es, der Form halber, und auch weil er ganz gern mal einen Abend für sich allein hatte.

Das kam ihm jetzt zugute. Er hätte noch eine kleine Reparatur an Herrn Mosers Wagen zu machen, sagte er, und dann wolle er mal zeitig schlafen gehen. Lore nahm es widerspruchslos entgegen und schien auch keinen Verdacht zu haben.

Martin mußte lachen, als er zur Bäckerei hinüberging. Komisch war das Leben! Er mußte schwindeln, um zu einem heimlichen Rendezvous mit seiner Frau zu gelangen. Aber Lore war selber schuld, sie benahm sich manchmal wie eine kleine Furie.

Bis er sich umgezogen hatte, war es fast halb neun. Und als er im Hausflur Herrn Moser traf, tat Martin, was er vor einigen Wochen um die Welt nicht getan hätte. Er fragte Herrn Moser nämlich ganz nonchalant und ungeniert, ob er wohl für diesen Abend einmal den Wagen haben könne. Er müsse noch in die Stadt, und es sei schon recht spät.

Herr Moser sagte freundlich: »Selbstverständlich, natürlich. Hier ist der Schlüssel.« Bei sich wunderte er sich etwas. Denn natürlich waren die Mosers über Martins Freundschaft mit Lore genau informiert und auch darüber, daß ihm meist Lores Wagen zur Verfügung stand.

Frau Moser, die die Geschichte gleich erfuhr, meinte: »Die Mannsbilder sind doch Hallodris. Meinst, er fängt jetzt noch mit einer anderen etwas an? Und es ist nicht lang her, da hat er sich angestellt, als könnt' er nicht bis drei zählen.«

»Vielleicht trifft er die Regina wieder mal«, sagte Herr Moser. Er mochte Regina gern und hatte es immer bedauert, daß diese Geschichte so sang- und klanglos anscheinend zu Ende gegangen war.

Ihm gefiel Regina besser als die hübsche Frau Roth. Obwohl, natürlich – man konnte das eigentlich im Grunde überhaupt nicht miteinander vergleichen, es waren zwei ganz verschiedene Dinge, eine Frau wie Lore Roth und ein Mädchen wie die Regina zu lieben. Jedenfalls war es durchaus denkbar, daß ein Mann im Laufe seines Lebens beides konnte, mal dies und mal eben das. O doch, so viel von der Liebe und von den Frauen verstand der Bäckermeister Moser schon. Doch er hätte sich lieber die Zunge abgebissen, als seiner Frau gegenüber so etwas ausgesprochen. Frauen verstanden das nicht. Und so eine wie die seine schon gar nicht. –

Gaby und Henriette saßen wieder am gleichen Tisch in der hinteren Ecke, der überhaupt, wie Martin noch erfahren sollte, Henriettes Tisch war, an dem sie mit guten Freunden saß. Das Lokal war diesmal gut besucht. Es bot einen anheimelnden Anblick in der vollen warmen Beleuchtung. Das Publikum war gut, es wurde dezent geplaudert, die meisten Leute speisten zu Abend.

Gabys Augen leuchteten auf, als Martin hereinkam. Henriette bemerkte es. Sie lächelte ein wenig. Diese Gaby blieb doch ewig ein Kind. Der heimgekehrte Martin war wie ein neues Spielzeug für sie, an dem sie Gefallen fand. Oder täuschte sie sich? War es doch etwas anderes, war es mehr?

Martin küßte heute sogar beiden Damen zur Begrüßung die Hand, und das erste, was Henriette zu hören bekam, nachdem er sich gesetzt hatte, war ein Kompliment über ihr hübsches Lokal.

Gaby sah die Freundin befriedigt an und nickte mit dem Kopf. Es hieß: Siehst du, ich habe dir gesagt, er ist ein Kavalier. So war er früher auch.

Henriette lachte und sagte: »Danke. Das Lob aus Ihrem Munde bedeutet mir viel. Sie sind aus dem Fach.«

»Sagen wir, ich war es einmal.«

»Es kann ja wieder werden. Schließlich ist es Ihr erlernter Beruf. Haben Sie es noch nie in Erwägung gezogen?«

»Doch«, erwiderte Martin überraschenderweise, »in letzter Zeit manchmal.«

»Ich freue mich, daß du gekommen bist«, sagte Gaby. »Ich freue mich schrecklich. Ich dachte schon, du kommst nicht mehr.«

»Entschuldige, wenn es später geworden ist, ich habe lange gearbeitet.«

»Macht ja nichts, Hauptsache, du bist da. Wir haben mit dem Essen auf dich gewartet.«

»Bist du allein?«

»Ja, ganz allein. Paul ist gestern nach Düsseldorf gefahren. Irgendwelche geschäftlichen Besprechungen. Und Michi – mein Kleiner, weißt du – ist seit zwei Tagen auch wieder weg. Die Krankheit hat ihn sehr mitgenommen, er ist ganz dünn geworden und sehr anfällig. Der Doktor hat ihn in ein Kinderheim im Gebirge gesteckt, so eine Art Kindersanatorium, dort soll er sich erholen. Ich wollte erst nicht. Jetzt habe ich ihn schon so lange nicht gehabt. Aber es ist sicher gut für ihn.«

Gaby sprach rasch und ein wenig zerfahren. Sie war zwar nicht mehr so ängstlich und bedrückt wie bei ihrem ersten Zusammentreffen, aber sie war von einer flackernden Nervosität, die ihre Wangen rötete und ihre Hände unruhig machte. Sie sah Martin immer wieder an, sie studierte jede Linie seines Gesichts. Wenn er den Blick auffing, sah sie weg. Manchmal sahen sie sich aber auch in die Augen, bis Gaby den Kopf wandte, ein wenig befangen und ein wenig glücklich. Seit Jahren hatte sie sich nicht so unsicher gefühlt und doch auf eine seltsame Art jung und voller Erwartung, ganz im unklaren über ihre Gefühle.

Sie hatte sich hübsch gemacht, sie trug ein Kleid aus weicher, blauer Seide, in dem sie sehr mädchenhaft aussah, und keinen Hut.

Jetzt abends bediente noch ein Ober im Lokal. Er servierte ihnen ein vorzügliches, raffiniert zusammengestelltes Abendessen; sie tranken eine Flasche Wein dazu. Martin fühlte sich wohl. Und ganz normal. Als habe er seit Jahren gelegentlich mit zwei reizenden Frauen abends in einem netten Restaurant gespeist. Sie unterhielten sich, als seien sie gute Freunde. Henriette verschwand manchmal vom Tisch, um Bekannte zu begrüßen oder um selbst nach dem Rechten zu sehen. Auch dann kam keine Verlegenheit zwischen Gaby und Martin auf. Gaby erwähnte es sogar. Sie sagte: »Ich möchte nur wissen, warum ich so Angst vor dir hatte.«

»Hast du gedacht, ich könnte so ein Ungeheuer geworden sein?«

»Ich wußte ja nicht...«

»Anfangs war ich es auch, glaub' ich. Langsam normalisiert man sich doch wieder. Es ist erstaunlich, ich hätte es nicht für möglich gehalten. Der Mensch ist ein seltsames Wesen.«

Gaby brachte einige Dinge zum Vorschein, die sie für Martin dabeihatte. Briefe seines Vaters, seiner Mutter, Bilder von der Familie, von den Hotels und schließlich den Schmuck. Martin erschrak fast, als er ihn sah.

»Der existiert noch?«

»Ja. Dein Vater gab ihn mir mit auf die Flucht. Ich habe ihn für dich aufgehoben.«

Martin lachte rauh. »Was soll ich damit? Außerdem gehört er ja dir.«

»Nein«, widersprach Gaby. »Er gehört mir nicht. Ich habe ihn zwar manchmal getragen. Aber weißt du nicht mehr, was dein Vater sagte?«

Martin sah sie fragend an:

»Als wir heirateten, schenkte er mir den Ring.« Sie streckte die Hand vor. »Ich trage ihn noch, siehst du, und habe ihn immer getragen. Damals zeigte dein Vater mir die anderen Stücke, die Kette und die Ohrringe. Und er sagte: ›Die bekommst du bei der Geburt deiner Kinder. So wurde es in unserer Familie immer gehalten. Den Ring zur Eheschließung, die Kette für den ersten Sohn, die Ohrringe für die erste Tochter.‹ Und dabei lächelte er so reizend, wie nur dein Vater lächeln konnte. Du sagtest: ›Und was machen wir, wenn es auch zwei Jungen werden, wie bei dir, Vater?‹«

»Ja«, sagte Martin leise, »ich erinnere mich.«

»›Dann kriegt sie's auch‹, sagte er und lachte. Und dein Bruder sagte: ›Und was bekommt sie für die nächsten fünf Gören?‹ Ich boxte ihn in die Seite und wurde rot. Oh, weißt du es nicht mehr, Martin?«

»Natürlich«, sagte Martin, »ich weiß es noch genau. Ich sagte: ›Dann bekommt sie von uns gar nichts mehr, sondern von ihrem lieben Führer das Mutterkreuz.‹ So war es doch, nicht wahr?«

»Ja«, bestätigte Gaby, »genauso.«

Sie sahen sich einen Moment lang schweigend an und waren sich ganz nah und vertraut, wenn auch eine leise Wehmut ihre Gesichter überschattete.

Henriette hatte ihnen lächelnd zugehört. »Schöne Stücke sind das«, sagte sie und nahm den Schmuck von seinem Samtbett. »Wunderschön.«

Die Kette war ziemlich breit, zwischen den Goldgliedern saßen geheimnisvoll schimmernde Türkise. Wohl war die Fassung veraltet, doch gerade dadurch wirkte der Schmuck kostbar und edel. Die Ohrgehänge bestanden aus zwei schweren Tropfen, ebenfalls in Gold gefaßt.

»Auf einem schwarzen Kleid oder einem schönen Dekolleté müßte es herrlich aussehen«, meinte Henriette.

»Es ist sicher sehr altmodisch«, sagte Martin.

»Keineswegs. Ganz im Gegenteil. Man trägt heute wieder solchen Schmuck. Gerade das gibt ihm die besondere Note. Natürlich muß die Frau dazu passen, die ihn trägt. Für ein ausgesprochenes Sportgirl wäre es nichts. Aber ich habe immer die Beobachtung gemacht, daß sich auch das härteste Sportgirl in eine zarte Schöne verwandelt, wenn es ein Abendkleid und hohe Absätze trägt. Und mit solchem Schmuck trägt man Kopf und Schultern gleich ganz anders.«

Martin betrachtete den Schmuck stumm eine Weile, sein Gesicht war überschattet. Gaby und Henriette sahen sich bedeutungsvoll in die Augen. Für sie war noch eine andere Geschichte mit dem Schmuck verknüpft. Gabys damaliger Freund und Henriettes Kollege, der Schauspieler, hatte Gaby immer gedrängt, den Schmuck doch zu verkaufen. Damals, als sie kaum etwas zu essen hatten und auf dem schwarzen Markt viel Geld für solche Dinge gezahlt wurde. Aber Gaby wollte nicht. Nein, sie war eigensinnig in diesem Punkt. Sie würde diesen Schmuck nie und nie verkaufen, basta! Einige Male gab es Streit zwischen ihr und dem Mann deswegen. Eines Tages war der Schmuck verschwunden, er hatte ihn heimlich genommen und zu einem Schwarzhändler gebracht, um Zigaretten, Kaffee und Lebensmittel dafür einzutauschen. Und Schnaps, vor allem Schnaps. Den brauchte er immer.

Gaby hatte es gleich gemerkt und war weinend zu Henriette gelaufen. Henriette, resolut wie immer, ging mit ihr zu dem Schwarzhändler, den sie kannte, und forderte den Schmuck zurück. Der wollte erst nicht, er hatte bereits als Anzahlung Kognak und eine Stange Zigaretten geliefert. Aber da war er bei Henriette nicht angekommen. Die war nicht umsonst Schauspielerin. Sie hatte eine Szene hingelegt, daß die Wände wackelten, und vom Polizeipräsidenten der Stadt bis zum amerikanischen Oberbefehlshaber kam alles darin vor, was gut und teuer war und angeblich hinter Henriette und Gaby stand. Schließlich rückte der eingeschüchterte Schieber den Schmuck heraus. Anschließend gab es dann zu Hause noch großes Theater.

Daran dachten Henriette und Gaby, als der Schmuck nun vor ihnen auf dem Tisch lag. Ach ja, so manches hatte man erlebt in jenen Jahren, es war vorbei, aber nicht vergessen.

Martin schob den Schmuck mit einer fast heftigen Bewegung zurück. »Was soll ich damit? Ich will ihn gewiß nicht. Er gehört dir, Gaby.«

»Nein«, sagte Gaby. »Ich habe den Sohn und die Tochter nicht bekommen, und darum gehört er mir nicht.«

»Ich will ihn nicht«, beharrte Martin finster.

»Schön«, sagte Gaby und klappte das Etui zu. »Dann werde ich ihn aufheben. Vielleicht heiratest du wieder. Ich liefere ihn dann ordnungsgemäß ab.«

»Ich? Heiraten?« Martin lachte bitter auf. »Nie.« Es klang endgültig.

»Man soll nie ›nie‹ sagen«, meinte Henriette begütigend. »Das Leben ist voller Überraschungen.«

»Und du hast selber vorhin gesagt, Martin«, fügte Gaby hinzu, »der Mensch ist ein seltsames Wesen. Vielleicht wirst du eines Tages auch wieder eine Frau lieben.« Sie lächelte dabei, aber es war ein trauriges Lächeln.

Martin schwieg. Lore erwartete, daß sie heiraten würden, wenn er geschieden war. Sich vorzustellen, daß Lore diesen Schmuck tragen sollte. Nein, zu ihr paßte er nicht.

»Lassen wir's«, meinte er. »Immerhin nett von dir, daß du das Zeug aufgehoben hast. Ich wundere mich, daß du ihn in der schlechten Zeit nicht verkauft hast.« Diesmal blieb Gaby ihm die Antwort schuldig.

Später sprachen sie noch einmal über Martins Zukunftspläne.

»Ich habe einen Bekannten«, sagte Henriette, »Erich Pölsen, der ist Geschäftsführer in einem Hotel hier. Ich könnte einmal mit ihm über Sie sprechen.«

»Erich Pölsen? Ungefähr in meinem Alter?«

»Ja. Kennen Sie ihn?«

»Ich war mit einem Jungen auf der Hotelfachschule, der so hieß. Es wäre ein großer Zufall.«

»Das wird er sicher sein. Um so besser. Sie könnten hier einmal mit ihm zusammentreffen. Der wird Sie sicher gut beraten können.«

»Ach, ich weiß nicht...«, meinte Martin, und die alte Scheu kam in seinen Blick.

»Aber natürlich«, sagte Gaby lebhaft, »das machen wir. Du kannst doch nicht ewig in dieser Tankstelle bleiben. Und was wäre natürlicher, als daß ein alter Freund dir hilft.«

Martin sagte nichts darauf. Erich Pölsen, ein langer blonder Junge. Hatte der Vater nicht ein Hotel an der Ostsee gehabt? Damals waren sie ganz gute Freunde gewesen. Aber es war so lange her.

Gaby und Henriette nickten sich entschlossen zu. Das würden sie einfädeln.

»Trinken wir noch eine Flasche Sekt«, meinte Gaby, »ich hab' gerad' Appetit darauf.«

Es war fast elf Uhr, da betrat ein besonders gut aussehender, dunkelhaariger Mann das Lokal, an seiner Seite eine bildschöne blonde Frau.

»Ist das nicht der attraktive Janos?« fragte Gaby.

»Ja«, erwiderte Henriette. »Janos Janady, der Fotograf der schönen Frauen. Und sie ist Elaine Dorgan, eine junge Schauspielerin.« Sie stand auf und ging den neuen Gästen entgegen.

Janos kam rasch auf sie zu. »Küß die Hand, gnädige Frau«, rief er. »Wir sind total erledigt. Premiere in der Komödie. Es war furchtbar. Und Elaine war so unglücklich, weil sie die Rolle nicht bekommen hatte. Dabei gibt es morgen einen herrlichen Verriß.«

»Vielleicht wäre es besser gewesen, wenn ich gespielt hätte«, meinte Elaine mit schönem Selbstvertrauen.

»Aber ich bitte dich, Kind, das Stück ist doch so schlecht. Das hättest auch du nicht retten können.«

Da kein Tisch im Lokal mehr frei war, ergab es sich von selbst, daß sich das Paar zu ihnen setzte. Janos erzählte sehr amüsant von der Premiere und neckte seine schöne Freundin ein wenig, die die Rolle nicht bekommen, weil sie sich zuvor mit dem Hauptdarsteller verkracht hatte.

»Du hast ihm nicht genügend den Hof gemacht«, sagte Janos, »du weißt, daß er das erwartet. Und außerdem hast du wahrscheinlich darauf bestanden, mit dem Gesicht zum Publikum zu spielen. Dazu bist du zu hübsch. Das Gesicht zum Publikum hat er. Und wenn auf der Bühne einer schön ist, dann er. Das weißt du doch. Und außerdem macht er sich überhaupt nichts aus hübschen Frauen.«

»Das ist es«, bestätigte Elaine. »Frauen sind ihm ein Greuel. Wenn es nach ihm ginge, müßte man noch Shakespeare-Theater spielen. Alle Frauenrollen mit hübschen jungen Knaben besetzen. Dann könntest du mal Liebesszenen von ihm erleben!«

Elaine entdeckte Bekannte. Die Tischrunde vergrößerte sich nochmals. Es wurde lebhaft und viel gesprochen, wieder über die Premiere, dann über andere Stücke, Film, Theater, die neuesten Skandale, Affären, Klatsch und Tratsch der Großstadt.

Für Martin war das alles neu. Er konnte nicht mitsprechen, er hörte zu und amüsierte sich sogar. Ja, er amüsierte sich wirklich, obwohl er sich vorkam wie ein Wesen, das von einem anderen Stern gekommen war. Zu denken, daß diese Leute hier nun seit Jahren so lebten! Schon vor einem Jahr beispielsweise, als er noch ... Schluß. Nicht mehr daran denken. Wenigstens manchmal nicht mehr daran denken.

Gaby lehnte sich ein wenig an ihn und fragte: »Gefällt es dir?«

»O ja«, erwiderte er. »Es freut einen doch, daß die Leute weiter keine Sorgen haben.«

Es hatte wohl ein wenig bitter geklungen. Gaby sagte: »Es kommt dir komisch vor, nicht wahr?«

Henriette hatte es gehört und sagte: »Sie sind wie Kinder, die spielen wollen, unbedingt und um jeden Preis. Es darf Sie nicht täuschen, Martin. Fast alle, die hier sitzen, haben andere Zeiten erlebt. Alle haben sie im Luftschutzkeller gesessen. Die Männer waren draußen. Alle haben sie einmal Angst gehabt. Und Hunger. Und keine Hoffnung mehr auf eine bessere Zukunft. Und jeder hat im Grunde Angst, daß es eines Tages wieder so sein wird. Darum wollen sie vor allem einmal vergessen, auch das, was man eigentlich nicht vergessen kann. Können Sie das nicht verstehen?«

»O doch«, sagte Martin, »ich verstehe es schon. Ich weiß bloß nicht, ob es der richtige Weg ist.« Aber hatte er nicht eben selber gedacht: Nicht mehr daran denken?

Später geriet er mit Janos in ein Gespräch über Budapest, das Martin vom Krieg her kannte. Janos bekam traurige Augen.

»Es ist gar nicht weit«, sagte er. »Für heutige Begriffe ein Katzensprung. Und für mich ist es weiter entfernt als der Mond. Ich würde so gern einmal nach Hause fahren. Oft hab' ich schrecklich Heimweh. Aber ich kann es nicht riskieren.«

»Sie sind damals heimlich fort?« fragte Gaby.

»Ja. Sie hatten mich in die Fabrik gesteckt. Und Militär drohte mir auch. Aber ich wollte weder Soldat werden noch am Schraubstock stehen.« Er lachte. »Was ich wirklich wollte, wußte ich eigentlich gar nicht genau. Zugegeben, ich war als junger Bursch' nicht eben sehr zielstrebig. Ich bummelte am liebsten am Donaukai, schaute den Mädchen nach und liebte das bequeme Leben. Eine Zeitlang bildete ich mir ein, ich könnte Musiker werden – ich spielte Geige, wissen Sie –, dann wieder wollte ich zum Theater, irgend so etwas schwebte mir vor. Aber keinesfalls wollte ich das tierisch ernste Leben mit schrecklich viel Arbeit, wie es auf einmal Mode wurde und das die neuen Machthaber als Evangelium predigten.«

»Das ist ja auch kein Leben«, sagte Gaby überzeugt.

»Ich weiß nicht, ob das hier bei uns viel anders ist«, meinte Henriette. »Den tierischen Ernst und den Kult mit der Arbeit, den haben wir hier auch. Und die Deutschen bilden sich noch eine Menge darauf ein, wie tüchtig und einmalig sie sind.«

»Ja, das ist wahr«, gab Janos zu, »das gibt es hier auch. Bloß – hier muß man nicht. Noch nicht. Vor allen Dingen will ich mir auswählen, was ich tue. Was mir Spaß macht, ist für mich keine Arbeit, sondern ein Vergnügen.«

»Wie das Fotografieren zum Beispiel.«

»Eben.«

»Und wie sind Sie zu dem Beruf gekommen?« wollte Henriette wissen.

»Durch einen Zufall. Durch ein Geschenk des Himmels in einem

Moment, als ich gar nicht mehr weiter wußte. Übrigens habe ich mich immer auf diese Geschenke des Himmels verlassen und bin selten dabei enttäuscht worden. Auf diese Art bin ich auch damals verhältnismäßig leicht über die Grenze gekommen. Ich hatte einen Freund, der war Lokomotivführer eines Güterzuges, da ging alles ganz glatt. Eigentlich wollte ich ja weiter, nach Amerika.«

»Da Sie hiergeblieben sind, hatten Sie also keinen Freund, der Kapitän eines Schiffes war.«

»Nein. Das war es. Aber ich bin froh, daß ich hierblieb. Es gefällt mir. Und ich bin nicht so weit von zu Hause weg.«

»Haben Sie noch Familie drüben?« fragte Martin.

»Jede Menge. Ich hätte meine Eltern gern hierhergeholt. Und die – anderen auch. Aber sie wollen nicht. Mein Vater liebt seine Heimat glühend. Ich glaube, er hat mir nie verziehen, daß ich fortgegangen bin.«

»Haben Sie Ihre Eltern seitdem nicht besucht?«

»Nein. Ich kann nicht hinüber, und sie wollen nicht herkommen. Was soll man da machen? Vielleicht entschließt sich mein alter Herr eines Tages doch. Mit den Kommunisten wird er sich sowieso nie abfinden. Er war Offizier, Habsburger Offizier sogar noch, das sagt wohl alles.«

Es war ziemlich spät, als sie aufbrachen.

»Ich brauche ein Taxi«, sagte Gaby vor der Tür.

»Ich habe einen Wagen da«, meinte Martin, »ich fahre dich nach Hause.«

»Du hast einen Wagen?«

»Vom Bäcker. Da, wo ich wohne.«

»Ach so. Das ist aber nett, daß er dir den Wagen gibt.«

Auf der Heimfahrt sprachen sie nicht mehr viel. Gaby war zufrieden mit dem Verlauf des Abends. Ihr war so leicht ums Herz, daß alles jetzt so einfach ging. Man traf sich, man sprach zusammen, es war keine Feindschaft zwischen ihnen, kein Groll. Im Gegenteil, Freundschaft, sogar Zuneigung. Sie war geradezu stolz auf sich, wie geschickt sie alles angefangen hatte. Paul wollte eine Tragödie daraus machen. Wenn er wiederkam, würde sie ihm alles erzählen. Er würde Augen machen.

Bevor sie ausstieg, sagte sie: »Ich bin so froh, Martin, so von Herzen froh, daß du da bist und daß nun alles gut ist.«

Martin sah sie von der Seite an. »Alles, Gaby?«

»Na ja, fast alles. Ich weiß ja nicht, wie deine Gefühle mir gegenüber sind. Aber ich, ich hab' dich schrecklich gern.«

»So«, sagte er, und weiter nichts. Man konnte nicht wissen, was er dachte.

»Es ist natürlich trotzdem alles ziemlich verworren«, gab sie etwas kleinlaut zu.

»Bist du dir eigentlich darüber klar«, sagte er, »daß wir beide, so wie wir hier sitzen, immer noch Mann und Frau sind?«

»O ja, Martin, natürlich.« Worauf wollte er hinaus?

»Denkst du wirklich noch daran?«

Gaby schwieg, weil sie nicht wußte, was sie sagen sollte.

»Wir sind Mann und Frau vor dem Gesetz«, fuhr Martin fort, »in Wirklichkeit sind wir wie zwei Leute, die sich vor kurzem kennengelernt haben und heute in netter Gesellschaft einen Abend ausgegangen sind. Ist das nicht merkwürdig?«

»Ja«, sagte Gaby mit kleiner Stimme. »Merkwürdig.«

»Einmal waren wir verliebt ineinander, dann haben wir geheiratet, dann habe ich mehr als ein Jahrzehnt in Liebe und Sehnsucht an dich gedacht. Dann habe ich dich ein halbes Jahr lang gehaßt.«

»Und jetzt?« fragte Gaby.

Martin hob die Schultern. »Jetzt? Jetzt sind wir flüchtige Bekannte.«

Sie hätte gern gefragt: Liebst du mich gar nicht mehr? Aber das konnte sie ihn nicht fragen. Koketterie war hier nicht am Platz. Und sie selbst? Wen liebte sie eigentlich? Martin? Oder Paul? Vielleicht alle beide? Gaby seufzte. Das Leben war eine schwierige Angelegenheit. Sie wollte an Michi denken, er war der einzige, von dem sie gewiß wußte, daß sie ihn liebte. Aber im Moment gelang es ihr nicht.

»Du wirst dich scheiden lassen wollen, Gaby«, sagte Martin nach einer Weile. Es klang ganz sachlich.

»Ja«, erwiderte Gaby zögernd und etwas kläglich. »Ich muß wohl, oder nicht?«

Martin lachte. Er wandte sich ihr zu und fragte: »Wirst du eigentlich jemals richtig werden, Gaby?«

Sie war froh, daß er es von der heiteren Seite nahm. »Wir Frauen wollen gar nicht so gern erwachsen werden. Diese ganze blödsinnige Zeit hat uns bloß immerzu dazu gezwungen. Ich für meine Person fände es sehr schön, wenn immer jemand da ist, der mir sagt, was ich tun soll. Jemand, der auf einen aufpaßt und einen behütet. Ich habe mir das immer gewünscht. Deswegen hab' ich jung geheiratet. Und deswegen habe ich mich bei deinem Vater so wohl gefühlt. Und schließlich und endlich habe ich mich deswegen auch mit Paul zusammengetan, als du so lange nicht wiederkamst. Ist das denn so schlimm? Andere Frauen sind vielleicht tüchtiger und selbständiger als ich. Möglicherweise bin ich eben keine richtige moderne Frau.«

»Hm. Vielleicht ist es das.« Seine Stimme klang amüsiert, nicht böse.

»Weißt du, ich glaube, im Grunde fühlen alle Frauen so ähnlich. Vermutlich tun die anderen immer bloß so, als wenn sie so stark wären. Gleichberechtigung! Ich pfeif' auf die ganze Gleichberechtigung, wenn ich nie weiß, wohin ich gehöre. Und jetzt werde ich dir noch etwas sagen, Martin«, ihre Stimme wurde auf einmal ernst und leise. »Wenn ich den Buben nicht hätte, wenn ich Michi nicht hätte, also ich glaube, dann möchte ich mich nicht scheiden lassen.«

Eine Weile blieb es still. Sie sahen sich nicht an. Gaby wartete einen Moment mit angehaltenem Atem. Würde er sie jetzt in die Arme nehmen? Warum tat er es nicht? Sie wünschte es ja. Ja, das war das Unbegreifliche. Sie wünschte es.

Martin rührte sich nicht. Ihre Worte hatten ihn getroffen, natürlich. Aber doch nicht so sehr, wie er erwartet hätte. Es war nicht die Gaby seiner Jugend und die Gaby seiner Träume, die so sprach, es war eine Fremde. Es tat ein wenig wohl, und es tat ein wenig weh. Nicht mehr.

Wahrscheinlich kann ich nicht mehr fühlen, dachte er, nicht mehr wirklich lieben. Ich liebe ja auch Lore im Grunde nicht. Nicht so, wie sie möchte, daß ich sie liebte. Seltsam. Mein Herz ist tot. Tot für immer.

Er sah Gaby an. »Ich danke dir«, sagte er weich. »Es ist lieb von dir, daß du das sagst. Aber dazu ist es nun wohl zu spät. Du bist zu weit auf einem anderen Weg gegangen. Du kannst nicht mehr umkehren.«

Im Halbdunkel sah Gaby sein Gesicht, dieses ernste, hagere Männergesicht mit den tiefen Linien und den traurigen Augen. Die Selbsttäuschung des heiteren Abends war verflogen. Der Konflikt wurde nicht mehr an sie herangetragen, er lag auf einmal in ihr selbst. Warum ist es zu spät? fragte es eigensinnig in ihr. Warum? Ich will nicht, daß es zu spät ist.

Sie erschrak, wie sie immer erschrocken war vor ernsten Dingen, vor jeder Entscheidung. Und wie immer dachte sie: nicht heute, ich werde morgen darüber nachdenken. Oder übermorgen.

Sie neigte sich zu ihm und küßte ihn auf die Wange. Wieder wartete sie darauf, daß er sie festhalten und richtig küssen würde. Aber er tat es nicht.

»Gute Nacht, Martin«, sagte sie. »Wir sehen uns bald wieder, ja?

Ich schreibe dir, oder ich rufe dich an. Oder rufst du mich an? Gute Nacht.«

Sie stieg rasch aus. Denn wenn sie noch eine Minute länger wartete, dann würde sie sich an seine Brust werfen und nichts anderes wünschen, als daß er bei ihr bliebe.

Martin fuhr langsam nach Hause. Obwohl sie viel getrunken hatten, war sein Kopf klar. Er war von einer tiefen Traurigkeit erfüllt. Nicht Bitternis und Groll wie noch vor einigen Monaten, nein, Traurigkeit war es, ein unbestimmter dunkler Schmerz.

Ich kann nicht mehr lieben, dachte er, mein Herz ist tot, und das ist kein Wunder. Ich bin einsam, wie ich all die Jahre einsam war, und ich werde immer einsam bleiben.

Ganz plötzlich mußte er an Regina denken. Er sah das schmale, zarte Gesicht vor sich, die großen hellen Augen. Wie sie in der Silvesternacht ihm gegenübergesessen hatte, so einsam und verlassen wie er! So leicht war sie gewesen, als er sie aufhob und in sein Bett legte. Wie ein Kind hatte er sie im Arm gehabt. Und sie hatte geschlafen neben ihm, vertrauensvoll wie ein Kind.

Vielleicht war dies der einzige Moment seit vielen Jahren, in dem er nicht einsam gewesen war. Die zwei einsamen Herzen hatten nebeneinander geschlagen, miteinander, ganz kurz nur, vorübergehend, aber es war doch Zweisamkeit gewesen.

So hatte er es damals empfunden. Trotzdem hatte er sie wieder allein gelassen. Er war schuld. Was mochte aus ihr geworden sein?

Ich werde sie einfach mal besuchen, dachte er, und ein Lächeln kam in sein Gesicht. Das ist ganz einfach, ich werde sie besuchen. Auf einmal war er gar nicht mehr so traurig wie zuvor.

Als Regina am Monatsersten ihr Gehalt bekommen hatte, zählte sie es stolz und betrachtete es mit Wohlgefallen. Was würde sie sich alles dafür kaufen können! Frau Zenger bekam die Miete und das Stromgeld. Und alles andere gehörte ihr, Regina.

Essen? Ja, ein bißchen was. Sie bemaß sich das Kostgeld sehr knapp. Eine Mark am Tag, das mußte reichen. Aber nachdem sie Strümpfe gekauft hatte, einen Lippenstift und eine Creme für die Nacht, war das Vermögen schon arg zusammengeschmolzen. Wichtig wäre es gewesen, die Schuhe besohlen zu lassen.

Leichtsinnig aber dachte Regina: ich kauf' mir lieber gleich neue. Vernünftig nun hinwiederum wäre es gewesen, feste solide Schuhe zu kaufen, denn es war noch immer kalt und unfreundlich. Aber der Frühling mußte ja jetzt bald kommen. Es konnte doch einfach nicht mehr lange dauern, bis er kam. Und sie wollte so gern einmal hübsche Schuhe haben.

Nachdem sie pflichtgemäß in den Schaufenstern die vernünftigen Schuhe betrachtet hatte, ging sie hin und kaufte ein paar zierliche schwarze Pumps mit hohem Absatz.

Es war herrlich. Solche Schuhe hatte sie noch nie besessen. Die Beine, die Haltung waren gleich ganz anders. Die Verkäuferin sagte anerkennend: »Was Sie für schmale Füße haben, gnädige Frau!«

Auch Herr Brunnhuber bemerkte es und machte eine wohlwollende Bemerkung dazu. Regina war glücklich mit den neuen Schuhen. Sie hatte ja keinen weiten Weg.

Allerdings hatte sie dann auch fast kein Geld mehr. Alle anderen Wünsche mußten verschoben werden.

Die Aufnahmen hatten sie übrigens damals gleich gemacht. Beide hatten sich große Mühe gegeben, Herr Brunnhuber und Regina. Sie hatte die blaue Bluse mit den Röschen angehabt und die Haare sorgfältig gekämmt und gescheitelt, die Lippen und die Augenbrauen nachgezogen.

Herr Brunnhuber machte mehrere Bilder. »Nicht so ernst, Regina«, sagte er. »Lach doch mal. Und dreh den Kopf ein bißchen. So.« Zum Schluß machte er noch eine Profilaufnahme.

»Du hast ein entzückendes Profil, Regina, wirklich«, sagte Herr Brunnhuber anerkennend, »so zart und fein geschnitten wie eine Gemme.«

Regina errötete und freute sich.

Nun lagen die Bilder schon seit fast vier Wochen im Atelier bereit, Bilder, auf denen eine schmale Regina mit ängstlichen Augen und viel zu stark gefärbten Lippen scheu dem Beschauer entgegenlächelte. Aber Janos kam nicht. Er schien es vergessen zu haben.

Herr Brunnhuber hatte das Gefühl, er müsse Regina trösten. »Es war halt eine Laune von ihm. Mach dir nichts draus, Regina! Wenn er wieder mal vorbeikommt, werden wir ihm die Bilder zeigen. Sehr zuverlässig ist er halt nicht, der Janos.«

Regina nickte und lächelte. Nein, sie war nicht enttäuscht und nicht überrascht. Sie wäre viel überraschter gewesen, wenn Janos wirklich gleich gekommen wäre, wie er gesagt hatte.

Aber Janos hatte es keineswegs vergessen. Eines Tages war er plötzlich da und fragte sofort nach den Bildern.

»Hm«, sagte er, als er sie sah. »Na ja.« Als er aufsah, begegnete er Reginas und Herrn Brunnhubers gespannten Blicken. Er lächelte. »Sehr niedlich, sehr hübsch. Die Profilaufnahme ist am besten. Hat sie wirklich so ein schönes Profil?«

Er trat auf Regina zu, nahm sie am Kinn und drehte ihren Kopf. »Ja, wirklich. Ausgezeichnet. Und das andere kriegen wir auch hin. Eigentlich...«, er überlegte eine Weile, »eigentlich könnte sie gleich mal mitkommen. Ich muß bloß noch wo vorbeifahren. Geht es, Papa Jacob?«

»Bitte, bitte, von mir aus. Ich bin ja da.« Herr Brunnhuber war etwas pikiert, daß seine Aufnahmen nicht mehr Anklang gefunden hatten. »Deine neumodische Art zu fotografieren ist eben anders«, meinte er, »die Frauenzimmer sehen ja auch nie wie normale Menschen aus.«

Janos lachte. »Deine Bilder sind herrlich, Papa Jacob. Und jetzt komm, Regina, zieh dich an.«

So kam es, daß Regina auf einmal in dem Riesenauto saß. Sie verschwand fast auf dem breiten Polster. Sie hatte Herzklopfen. Was bedeutete das eigentlich alles? Sie konnte sich bis jetzt nichts darunter vorstellen.

Es ging rasch und gewandt durch den dichten Verkehr. Dann hielt

Janos vor einem großen Gebäude. »Ich bin gleich wieder da«, sagte er. »Und wenn's ein bißchen dauert, macht's ja auch nichts? Oder? Warten Sie, ich stelle das Radio an. Und geheizt ist auch. Hinten liegen Illustrierte. Hier in der Seitentasche sind Zigaretten. So long.«

Regina hatte Zeit genug, sich in diesem Prachtwagen häuslich einzurichten. Es dauerte fast eine Stunde, bis Janos wiederkam. Es war nicht so schlimm. Warm war es wirklich, außerdem sehr bequem. Nach einer halben Studne wagte sie sich dann auch an die Zigaretten heran. Aber dann ärgerte sie sich. Eigentlich war es ja nicht höflich, sie hier sitzenzulassen. Sie zog die Stirn in Falten. Oh, sie würde es noch lernen, auf Janos zu warten!

Als er kam, entschuldigte er sich so reizend, daß sie wohl oder übel lächeln mußte. »Es macht nichts«, sagte sie, »es ist wirklich sehr gemütlich in Ihrem Auto.« Gemütlicher jedenfalls als in der Zengerschen Besenkammer.

»Erzählen Sie mal, Regina, was haben Sie eigentlich bis jetzt alles getrieben? Wie kommen Sie gerade zu Papa Jacob?« sagte Janos, während sie weiterfuhren.

»Oh«, begann Regina. »Ich... ja, ich... ich komme aus der Ostzone.«

»Ach, wirklich?« fragte Janos interessiert. »Also so ähnlich wie ich? Erzählen Sie mal!«

Regina erzählte. Das heißt, sie erzählte nicht, sie gab einige Stichworte. Irgendwie war sie befangen, vielleicht durch all die Geschichten, die Herr Brunnhuber immer über Janos erzählt hatte. Eigentlich war er ja ganz fremd für sie. Wo fuhren sie eigentlich hin? Und was hatte er mit ihr vor? Sie hätte gern gefragt, ganz sachlich und kühl, aber sie traute sich nicht.

Der Wagen stoppte vor einem großen zurückgelegenen Haus, ganz modern, ein Neubau mit breiten Riesenfenstern, mit Balkons, viele Stockwerke hoch. Es war das Künstlerviertel der Stadt, von dem Regina schon gehört, das sie aber noch nie aufgesucht hatte.

Die Eingangshalle des Hauses war nicht groß, aber pompös. In einer Loge aus Glas saß ein Portier, ein Lift sauste pfeilschnell mit ihnen hinauf.

Dann standen sie im Atelier. Das war ein anderes Atelier als das von Herrn Brunnhuber. Man sah weit über die Dächer der Stadt, auf denen der Schnee getaut war, so daß sie feucht in der Sonne glänzten. Eine Front des Zimmers war ganz von einem riesigen Fenster eingenommen, überhaupt hatte alles riesige Dimensionen, die Sessel, die

Couch, Mappen, Bilder, Dekorationen, der Schreibtisch, auch die Schiebetür.

Das Atelier war voller Menschen. So schien es Regina jedenfalls. Eine kleine dunkle Person in schwarzen Hosen schoß heran, ergriff Janos am Arm und rief: »Komm sofort, ich hab' grad Hamburg am Telefon!« Sie klemmte sich das Telefon unter den Arm und verschwand mit Janos im Nebenzimmer. Die Schiebetür rollte zu.

Regina blieb an der Tür stehen. Kein Mensch kümmerte sich um sie. Auf der Couch lag ein Mädchen in einem seidenen Morgenrock, ein bildschönes Mädchen mit kurzen schwarzen Locken, sie lag auf dem Bauch, hatte die Füße in der Luft und spielte mit einer silbergrauen Katze.

Auf der Kante eines Podestes saß ein ebenso schönes hellblondes Mädchen und rauchte, ein anderes, zur Abwechslung mit roten Haaren, blätterte in einer Zeitschrift und rief immerzu: »Er hat ein Verhältnis mit ihr, das ist doch klar. Kein Mensch würde sonst auf die Idee kommen, diese miese Ziege zu fotografieren, siebzehnmal ist sie allein in diesem Heft. Siebzehnmal! Eine Einstellung häßlicher als die andere. Er hat ein Verhältnis mit ihr, das ist doch klar.«

»Er hat überhaupt kein Verhältnis mit ihr«, sagte das Mädchen auf der Couch, das mit der Katze spielte. »Sie ist die Freundin von Külz. Und Külz finanziert das Käseblatt. Und dieser Meyring ist beim Abendanzeiger 'rausgeflogen, weil er 'rumerzählt hat, daß der Chefredakteur ein Verhältnis mit der Modejournalistin hat. Kein Hund hat ein Stück Brot mehr von ihm genommen. Wenn er die Ziege nicht in allen Phasen fotografiert, wird er bei dem Käseblatt auch nicht mehr beschäftigt.«

»Külz? Ist das nicht der Finanzierungsmensch?«

»Genau.«

»Dem hätte ich auch einen besseren Geschmack zugetraut.«

»Du kennst seine Frau nicht«, sagte ein blasser junger Mann, der, angetan mit einem schwarzen Pullover und schwarzen Samthosen, in einem Sessel mehr lag als saß, die Beine auf dem Tisch, eine Zigarette im Mundwinkel, Kognakglas in der Hand. »Ihm muß ein Mädchen wie Bessie schön wie eine Göttin vorkommen.«

»Sie hat einen Hintern wie ein Bräuroß.«

»Manche Leute lieben das.«

»Külz ist pervers«, mischte sich die Blonde ein, die auf der Stufe saß. »Man muß schon sehr knapp bei Kasse sein, wenn man es mit ihm aushält.«

»Ach«, sagte die Schwarze auf der Couch. »Hast du ihn ausprobiert?«

Die Blonde antwortete nicht direkt. »Das weiß doch jeder«, sagte sie.

Die Rothaarige schmiß die Zeitschrift wütend in die Ecke. »Na, von mir aus. Wo ist denn Janos wieder? Wie lange sollen wir hier noch warten? Arbeiten wir heute oder nicht? Ich habe nämlich Hunger.«

»Du kannst jetzt nichts essen«, sagte die auf der Couch. »Bei dir sieht man immer gleich den Bauch, wenn du was gegessen hast. Vielleicht arbeitet Janos doch noch.« Sie streckte dem jungen Mann die Hand hinüber. »Gib mir auch einen Kognak, Conny, und eine Zigarette.« Sie wälzte sich etwas herum und erblickte Regina, die noch immer an der Tür stand.

»Wer is'n das?«

»Die hat Janos mitgebracht«, sagte die Blonde.

Alle vier starrten jetzt Regina an, die errötete. »Guten Tag«, sagte sie.

Die Schwarze auf der Couch balancierte das Kognakglas in der flachen Hand und sagte: »Warten Sie auf Herrn Janady?«

»Ja«, sagte Regina.

»Aha. Na, dann setzen Sie sich doch. Wollen Sie 'n Kognak? Conny, gib ihr auch einen!« Sie angelte mit dem Fuß nach einem schwarzrot-gestreiften Sessel, der in ihrer Nähe stand. »Bitte«, sagte sie dann. Dabei lächelte sie. Es war ein kindlich sanftes Lächeln, das nicht wie dazugehörig in dem aparten, herzförmigen Gesichtchen mit den schräggestellten Augen stand. Der Mund war voll und groß, wenn sie lächelte, verlor er den ein wenig harten Zug.

Doch ehe Regina sich setzen konnte, kam die Kleine, die mit Janos im Nebenzimmer verschwunden war, zurück. »Na, wie ich sehe, geht's euch allen gut«, sagte sie und hatte mit einem Blick die ganze Gesellschaft erfaßt. »Conny, bitte fahren Sie Jinny und Karin zu Renkow. Sie sollen die Kostüme probieren. Wir haben morgen Aufnahme vor dem Türkentor. Bei Renkow wird umgezogen und geschminkt. Kostüme und Komplets. Karin, bitte Ihre Haare nicht wieder wie das letztemal. Die scheitellose Frisur ist besser. Um 10 Uhr. So, das wär's für heute. Tschüs, Kinder.«

Dann lächelte sie Regina zu. »Aha, Sie sind das Mädchen mit den Türkisaugen. Hm, nicht schlecht. Ziehen Sie doch den Mantel aus.«

Alle sahen wieder Regina an. Die Schwarze auf der Couch richtete sich auf. »Was! Ist das etwa eine Neue?«

»Wir machen Probeaufnahmen«, sagte Stups gleichgültig.

»Von der?«

»Ja, von der«, ahmte Stups nach. »Sie benehmen sich, Dodo, daß man sich fürchten könnte.«

»Es geht Sie gar nichts an, wie ich mich benehme«, sagte Dodo. »Was hat sie? Türkisaugen?« Sie schob die Katze beiseite, stand auf und stellte sich dicht vor Regina hin und sah ihr prüfend in die Augen. »Na ja, bißchen grünlich. Grüngrau. Auch nichts Besonderes. Wer is'n das überhaupt?«

»Wenn der Chef der Meinung ist, daß Sie es wissen müßten, wird er es Ihnen schon mitteilen«, sagte Stups förmlich. Und zu den anderen: »Los, Kinder, dalli. Bei Renkow erwarten sie euch.«

Die drei verließen den Raum. Stups, Dodo und Regina waren allein. Dodo umrundete Regina einmal und betrachtete sie von oben bis unten. »Na ja«, sagte sie dann geringschätzig und legte sich wieder auf die Couch.

Man konnte nicht sagen, daß Regina sich in ihrer Haut besonders wohl gefühlt hätte. So etwas Merkwürdiges wie hier hatte sie noch nie erlebt. Und besonders erfreut schien man über ihr Kommen auch nicht zu sein.

»Geben Sie mir Ihren Mantel«, sagte Stups freundlich.

Regina zog den Mantel aus und setzte sich nun doch in den gestreiften Sessel. Nervös strich sie ihr Haar zurück. Sie spürte die musternden Blicke des Mädchens auf der Couch. Und auf einmal war sie voller Widerstand. Was sollte sie denn eigentlich hier? Das waren alles so merkwürdige Menschen, und sie – schließlich war sie nicht irgend jemand, sie war Regina Thorbeck, sie brauchte sich nicht ansehen zu lassen wie eine Kuh, die zum Verkauf stand.

Janos kam zurück. Er lächelte, und die Welt war wieder hell. »Hast du sie weggeschickt, Stups?« fragte er. »Gut.« Er zündete sich eine Zigarette an, ging zur Couch, streichelte die Katze, fuhr auch dem Mädchen flüchtig durchs Haar und sagte dabei: »Warum bist du nicht angezogen?« Dann ging er zu dem kleinen Tisch, schenkte zwei Kognakgläser voll, nahm beide in die Hand, gab eines Regina und sagte: »Zum Wohl, gnädiges Fräulein.« Er blieb vor ihr stehen und betrachtete sie. »Wie findest du sie, Stups?« fragte er.

Stups kam herbei und stellte sich neben ihn. »Schwer zu sagen«, meinte sie. »Im Moment kann man noch nicht viel sehen. Aber es kann natürlich drinstecken.«

»Die Augen, Stups, schmal und lang geschnitten. Schau, wie hübsch die Wimpern sind. Die Nase ist gut, die Stirn. Die hohen Jochbögen. Und die Wangenlinie, so etwas habe ich selten gesehen. Übrigens hat sie ein zauberhaftes Profil. Papa Jacob hat eine Profilaufnahme gemacht, die ist sehenswert. Haben wir sie mitgebracht, Regina?«

Regina schüttelte stumm den Kopf. Sie war rot geworden, als die beiden sie so betrachteten. Noch schlimmer aber waren die Blicke des Mädchens von der Couch, kalte, scharfe Blicke, die fast körperlich zu fühlen waren.

»Papa Jacob?« fragte Dodo. »Kennt sie den auch?«

»Ja«, sagte Janos kurz. »Sie hat sich dort Bilder machen lassen.«

»Aha. Und du hast die Bilder dort gesehen?«

»Ganz recht, mein Täubchen. Und jetzt wäre ich dir dankbar, wenn du mich nicht immerzu stören würdest. Hast du nichts vor?«

»Willst du mich los sein?« fragte Dodo aggressiv.

»Ich möchte ein bißchen arbeiten, mit deiner gütigen Erlaubnis. Warum bist du nicht mitgegangen zu Renkow, die Kostüme probieren?«

»Ich? Mit den anderen zusammen?« fragte Dodo maßlos erstaunt. »Ich war schon bei Renkow. Wir haben schon besprochen, was ich tragen werde.«

»Schnappen Sie bloß nicht über«, sagte Stups. »Was ihr anzieht, hat der Chef bestimmt. Und wenn Sie es so hinstellen, als ob Sie sich Ihre Modelle selber aussuchen, werden Sie sich bei den anderen Mädchen sehr beliebt machen.«

»Das lassen Sie nur meine Sorge sein.«

»Geh hinüber, und schau, ob Frau Scherbauer noch da ist. Sie soll uns ein paar Wiener Würstchen heiß machen oder irgend so was. Ich hab' Hunger.« Janos' Ton klang energisch. Der Blick, mit dem er Dodo ansah, war nicht sehr liebenswürdig.

Dodo erhob sich langsam und verließ ohne ein weiteres Wort das Zimmer. Janos und Stups sahen sich an. »Du hast natürlich recht, Stups«, sagte Janos.

»Wie immer«, kommentierte Stups.

»Schön. Es wird bald erledigt sein. Also zur Sache! Willst du noch einen Schnaps, Regina? Sie heißt übrigens Regina«, sagte er zu Stups. »Und wie noch?«

»Thorbeck«, sagte Regina.

»Dies ist also Fräulein Thorbeck«, sagte Janos förmlich. »Und das ist Stups, meine Assistentin.«

»Johanna Mehringen«, verbesserte ihn Stups mit strafendem Blick.

»Na schön, auch gut. Man kann aber eigentlich nicht Johanna heißen, wenn man so ein Stups ist wie du.«

»Ihr könntet Jo zu mir sagen.«

»Das ist doch kein Name. Außerdem paßt Stups großartig zu dir.«

»Das ist erst recht kein Name.«

»Vielleicht kein Name, aber ein Gütezeichen«, sagte Janos. Es klang herzlich.

Stups lächelte und seufzte zugleich. »Also gut, lassen wir's dabei.«

Janos füllte wieder die Gläser. »Gewöhn sie doch nicht gleich ans Saufen«, sagte Stups tadelnd. »Sie hat so einen hübschen Teint. Das lernen sie sowieso alle früh genug.«

»Nur heute mal, zum Anfang. Sie hat doch Angst vor uns. Das siehst du doch. Nicht wahr, Regina, du hast Angst vor uns?«

Regina schlug einen Moment lang die Augen voll zu ihm auf. Angst, eher noch Verwirrung, Unsicherheit und Scheu standen in ihren Augen. Ihr Blick war hilflos und kindlich. Janos war einen Augenblick lang gerührt. Diese Augen! Wie ein zugefrorener See, dachte er. Es steckt alles drin, aber es kommt nicht heraus.

»Angst!« meinte Stups. »Wovor soll sie denn Angst haben! Sie denkt höchstens, daß sie unter lauter Verrückte geraten ist. Und das stimmt ja auch. Also was machen wir jetzt mit ihr?«

»Wir machen die Routineserie. Und ein paar Ganzfiguren im schwarzen Badeanzug. Ich muß wissen, wie sie am besten kommt. Weißt du, mir schwebt dieser herbe angelsächsische Typ vor. Die Haare ganz streng am Kopf, zurückgebürstet, so«, er griff ohne weiteres in Reginas Haar und raffte es am Hinterkopf zusammen. »Dann schminken wir die Brauen sehr betont und hochgewölbt. Lider auch hoch 'raufschminken, sie sind gut geformt, siehst du. Dann ist der Ausdruck sehr ladylike. Ein kleiner Eisblock, paß mal auf.«

»Ich weiß nicht«, meinte Stups zweifelnd. »Das ist schon sehr streng. Sie ist doch eigentlich ein mädchenhafter Typ, ein wenig verträumt. Und eigentlich ganz modern. Wenn sie die Haare kürzer hätte, und wir machen sie weniger hochgezüchtet, lieber natürlicher, sähe sie auch sehr nett aus.«

»Na ja, können wir später mal probieren. Jetzt habe ich es mir so eingebildet. Fangen wir gleich an? Mach sie zurecht!«

Stups führte Regina in einen kleinen Raum, der neben dem Atelier lag. Hier war ein großer Spiegel, viel Beleuchtung und ein Schminktisch mit allem, was dazugehörte.

»Ziehen Sie sich aus«, sagte Stups.

»Wie?«

»Den Rock und die Bluse. Ich gebe Ihnen einen Schminkmantel.«

Regina beschloß, sich über nichts mehr zu wundern. Aber langsam begann sie den Augenblick herbeizusehnen, wo sie hier wieder verschwinden könnte. Hatte Janos nicht auch etwas von einem Badeanzug gesagt? Wollte man sie vielleicht im Badeanzug fotografieren?

Sie knöpfte die Bluse auf, streifte sie ab und stieg aus dem Rock. Stups übersah großzügig die Coßlitzer Unterwäsche. »Hier«, sagte sie und reichte Regina einen dünnen seidenen Morgenrock.

»Und nun setzen Sie sich.«

Die nächsten Stunden glitten an Regina vorbei wie ein zusammenhangloser, verworrener Traum. Sie ließ alles mit sich geschehen, fast verstört, verwirrt, allein durch die Tatsache, plötzlich im Mittelpunkt zu stehen, nachdem sie so viele Jahre lang ein Schattendasein geführt hatte. Sie war zu wenig Frau, war sich zu wenig ihrer Reize bewußt, um das alles freudiger aufzunehmen. Sie war nie auf die Idee gekommen, daß jemand sie hübsch finden konnte.

Janos und Stups gingen mit ihr um wie mit einer Puppe, schminkten und frisierten sie, einmal auf diese, einmal auf jene Art, zogen ihr verschiedene Gewänder an, hüllten sie in Tücher, in Pelze, und auch der bereits erwähnte schwarze Badeanzug trat in Aktion. Regina sah sich in gleißendes Licht getaucht, drehte sich, wie Janos es befahl, lächelte, machte ein ernstes, ein betrübtes, ein hochmütiges Gesicht oder jedenfalls das, was sie dafür hielt, und während der ganzen Zeit – sie wußte nicht, wieviel Stunden es waren – sprach sie keine zehn Worte.

Das einzige, was sie wirklich sah und hörte, war Janos. Er war überall, vor ihr, hinter ihr, er schrie und kommandierte, er flüsterte, er war nervös und ungeduldig und dann wieder liebevoll und lächelnd. Das schwarze Haar hing ihm in die Stirn, sein Gesicht war blaß, und die dunklen Augen loderten, hingerissen von seiner Arbeit, hingerissen von dem Gesicht einer Frau, von ihrem, Reginas Gesicht! Das war das Unwahrscheinlichste von allem.

Als es zu Ende war, schien es ihr, als müsse dieses Gesicht auseinanderfallen, als bestünde es nur noch aus einzelnen Stücken.

»Kommen Sie, Kind«, sagte Stups sanft und nahm sie an der Hand. »Sie müssen ja todmüde sein. Ich schminke Sie ab, und dann legen Sie sich ein bißchen hin.«

Regina betrachtete das Gesicht im Spiegel, als gehöre es nicht ihr. Ein schmales, unwirkliches Gesicht, die Backenknochen leicht betont, dunkel getönt die Lider, die Augenwinkel mit schwarzen Strichen verlängert, darüber hochmütige kalte Brauen und eine reine, klare Stirn. Das Haar hatten sie ihr streng zurückfrisiert, es schmiegte sich ganz eng an den Kopf und war am Hinterkopf hochgebunden. War sie das wirklich?

Gehorsam schloß Regina die Augen, die schmerzten von dem grellen Licht. Stups verrieb zart die fette Abschminke in ihrem Gesicht, es war wundervoll kühl und wohltuend.

Als Regina die Augen wieder öffnete, war der Spuk verschwunden. Es war ihr eigenes Gesicht, das ihr aus dem Spiegel entgegenblickte. Blaß, alltäglich, ohne besondere Schönheit, die Augen waren ein wenig gerötet, wohl von der Tusche und dem Licht, auch die Lippen waren blaß, die strenge Frisur machte sie älter. Kein schönes Gesicht. Ihr Alltagsgesicht. Oder doch nicht? Irgendwie war das andere Gesicht noch dahinter, die Brauen waren wirklich hoch, die Linie der Wangen war unverändert. Es steckte drin, wie Janos gesagt hatte. Man mußte es bloß sichtbar machen.

Regina wollte nach ihrer Bluse und dem Rock greifen.

»Laß«, sagte Stups. »Ruh dich erst ein bißchen aus! Zieh den Morgenrock an!«

Widerspruchslos schlüpfte Regina in das leichte seidene Ding, das Stups ihr hinhielt. Dann löste Stups ihr das Haar und kämmte es vorsichtig.

»Schönes Haar«, sagte Stups, »ganz seidig und weich, aber schön dicht. Hast du es schon einmal gefärbt?« – »Nein.«

»Hm. Man muß mal sehen, wie es auf den Aufnahmen kommt. Dunkelblond ist immer etwas undankbar. Man sollte es vielleicht ein wenig aufhellen. Nun komm.«

Sie führte Regina wieder an der Hand ins Atelier zurück und vor die Couch im Hintergrund des Raumes. »Leg dich hin, ganz entspannt, und denk an nichts!«

Auf der breiten Couch in der Mitte lag bereits Janos, die Augen geschlossen, nichts an ihm regte sich, er schien kaum zu atmen. Regina legte sich hin und schloß die Augen. Stups breitete eine leichte Decke über sie, dann öffnete sie das Fenster.

Wie spät mochte es wohl sein? Wie lange war sie jetzt hier? Regina vermochte sich nicht klar darüber zu werden. Was würde Herr Brunnhuber sagen, daß sie so lange nicht wiederkam? Am Ende warf er sie hinaus. Ach nein, das würde er nicht tun, aber etwas gekränkt würde er vielleicht sein. Weich und herb zugleich kam die Luft herein durch das geöffnete Fenster, erste Frühlingsluft, das tat gut, es war nicht mehr so kalt draußen. Regina schmeckte auf einmal Seewind: zu Hause am Meer, frische, kräftige Luft, gesättigt von Feuchtigkeit. Hier war kein Meer, sie war weit weg von der Heimat. Sie war ja sogar weit weg von sich selbst. Sie hatten ihr ein anderes Gesicht gegeben. Janos hatte es getan. Er war ein Zauberer, ein Zauberer mit schwarzen

Augen und bleichen, langfingrigen Händen, Hokuspokus sagte er, und die häßliche Regina war auf einmal schön. Janos! »Lächle ein wenig, Regina«, hatte er gesagt, »ganz wenig nur, mit dem Mundwinkel. Und senk die Lider dabei ein bißchen. Und dann schau darunter vor. So. Ja. Nur ein wenig lächeln, Regina. Nur die Andeutung eines Lächelns.«

Und mit dem kleinen Lächeln im Mundwinkel schlief Regina ein. Als sie erwachte, stand Janos vor der Couch und blickte auf sie herab, ganz ernst, ganz gesammelt. Wie schön er war, wie seltsam schön!

Sekundenlang blickten sie sich schweigend an. Dann lächelte er. »Nun? Ausgeruht?«

»Ich habe geschlafen«, sagte Regina verwirrt und richtete sich auf. Der Morgenrock glitt über ihrer Schulter herab, sie zog ihn rasch herauf.

»Ja«, sagte er, »das war gut. Es hat Sie sicher sehr angestrengt. Sie müssen entschuldigen, Regina, wenn ich arbeite, bin ich leicht etwas rücksichtslos. War es sehr schlimm?«

Sie schüttelte stumm den Kopf. Er sagte jetzt wieder Sie zu ihr, zuvor hatte er sie geduzt und herumkommandiert.

»Wie spät ist es denn?« fragte Regina. »Was wird bloß Herr Brunnhuber sagen, wenn ich so lange nicht wiederkomme?«

Janos lachte. »Wir werden ihn schon beruhigen. Und sicher ist er gar nicht böse.«

Stups kam herein. Auf einem Tablett brachte sie Tassen und eine Kanne. »Das ist ein Kaffee«, sagte sie heiter, »der Tote wieder auferweckt. Und was zu essen. Regina muß ja halb verhungert sein. Nicht mal die Würstchen hast du sie vorhin essen lassen.« Die angebissenen Wiener Würsten, die Dodo gebracht hatte, vor Stunden oder vor Jahren, kalt geworden und unansehnlich lagen sie auf den Tellern, die achtlos aufs Fensterbrett gestellt worden waren. Dodo war längst verschwunden. Als sie angefangen hatten mit den Aufnahmen, war sie noch dagewesen, sie lag wieder auf der Couch und machte hin und wieder anzügliche Bemerkungen. »'raus!« hatte Janos schließlich gesagt. Weiter nichts, aber in einem Ton, daß Dodo ohne ein weiteres Wort verschwunden war. Nur die Tür hatte sie laut hinter sich zugeschlagen.

Zu dritt tranken sie Kaffee, aßen die Brote, die Stups zurechtgemacht hatte. Gesprochen wurde nicht mehr viel. Janos war abwesend, er starrte vor sich hin, müde und abgekämpft.

»Soll ich heute noch entwickeln?« fragte Stups.

»Heute nicht mehr, morgen«, erwiderte er. »Ich fahr' Regina jetzt zurück.«

»Bleib nur hier«, sagte Stups, »das mach ich schon. Ruh dich aus! Morgen haben wir viel Arbeit.«

»Servus«, sagte Janos nur zum Abschied. »Sie hören dann bald mal von mir, Fräulein Thorbeck.« Es klang kühl und unpersönlich und verwirrte Regina nur noch mehr.

»Das ist Sigismund«, stellte Stups unten ihren Wagen vor. »Er ist nicht so attraktiv wie der Schlitten von Janos, aber er fährt noch sehr ordentlich. Steigen Sie ein, Regina!«

In dem Moment kam Dodo. »Hallo«, rief sie und kam ganz vergnügt heran. »Na, seid ihr fertig? Noch was übrig von dem armen Opfer?« Sie betrachtete Regina neugierig. »Wie ist sie denn gekommen?«

»Das wissen wir noch nicht«, sagte Stups abweisend.

»Ich war im Kino«, erzählte Dodo. »Prima Film. Ich hab' so gelacht. Ist Janos oben?«

»Lassen Sie ihn in Ruhe. Er ist müde«, sagte Stups streng.

»Dann braucht er erst recht ein bißchen Aufmunterung«, gab Dodo zurück und blickte Stups herausfordernd an. Die zuckte die Achseln und kletterte hinters Steuer. Ohne Dodo noch eines Blickes zu würdigen, fuhr sie ab.

Janos lag wieder auf der Couch, als Dodo hereinkam.

»Stör' ich dich?« fragte sie unschuldig. »Ist das Mädchen schon weg?«

»Komm her«, sagte Janos. Er zog sie zu sich auf die Couch. »Wo warst du?«

»Im Kino. Da du mich ja 'rausgeschmissen hast...«

»Du hast sie nervös gemacht mit deinen Redereien.«

»Pöh! Die! Die ist ja ein Fisch. Meinst du wirklich, daß du aus der was machen kannst?« – »Weiß ich noch nicht.«

»Die ist ja viel zu dünn. Die Schultern sind ganz mager. Und zu wenig Busen hat sie auch.«

Janos gab keine Antwort. Er drückte Dodos Kopf in das Kissen und küßte sie. Dodo strampelte mit den Beinen und wehrte sich. »Laß mich. Ich denke, du bist müde. Und ich hab' noch nicht Kaffee getrunken.«

»Später«, erwiderte Janos und küßte sie wieder.

»Du zerdrückst mein Kleid«, sagte Dodo vorwurfsvoll, als sie wieder Luft bekam.

»Zieh es aus«, sagte Janos ungeduldig.

Dodo stand auf und zog das Kleid über den Kopf. »Noch mehr?« fragte sie kokett.

»Alles«, erwiderte Janos gleichgültig.

Dodo lächelte zufrieden. Im kurzen schwarzen Hemdröckchen, die langen schlanken Beine in hochhackigen Pumps, ging sie hinüber zum Tisch, zündete sich eine Zigarette an und schenkte sich Kognak ein. Dabei begann sie den Inhalt des Films zu erzählen. Janos hörte nicht zu. Er sah Dodo an und dachte dabei: Man müßte ihre Haare etwas aufhellen, Stups hat recht. Die Schultern sind mager, das ist wahr, aber breit und gut geformt. Die Brust ist tadellos, ich hasse diese vollen Büsten. Ich habe immer Frauen mit kleinen Brüsten geliebt. Aber sie ist irgendwie unweiblich. Sie wirkt ganz unerschlossen. Seltsam, so jung ist sie doch auch nicht mehr. Das Faszinierende sind ihre Augen. Sie müßten eigentlich anders blicken, diese Augen. Aber wie sie einen ansieht, scheu und geradezu ängstlich, so – so eingeschüchtert. Irgend etwas stimmt nicht mit ihr. Sie hat Angst. Vor mir? Oder überhaupt? Na, wir werden sehen. Vielleicht bilde ich mir das alles überhaupt nur ein. Man muß abwarten, wie die Bilder werden.

Dodo kam zurück und blieb vor der Couch stehen. Ihre Haut war weiß über der schwarzen Spitze, voll und wohlgeformt ihre Schultern. Sie löste den Büstenhalter und zog ihn unter dem Hemdchen hervor, ohne ihre Erzählung zu unterbrechen.

Die Schultern sind rührend, dachte Janos. Das ganze Mädchen hat etwas Rührendes. Vielleicht paßt die strenge kühle Note gar nicht so zu ihr. Wie hat Stups gesagt? Verträumt? Ja, auch. Aber es steckt in ihr drin, ich spür' das doch. Ich hab' mich noch nie in einer Frau getäuscht. Man müßte – alles Unsinn. Erst mal sehen, wie die Bilder sind. Sie ist ja auch unmöglich angezogen. So ein schwarzes Ding müßte man ihr anziehen, wie es Dodo da anhat. Und dann... Stups muß mit ihr gehen und sie einkleiden. Von Kopf bis Fuß. Wenn ich die Sommerserie für die »Elegante Dame« mache, könnte ich sie mit hineinnehmen. Ein paar Aufnahmen zunächst mal. Wenn sie nur nicht so gehemmt wäre. Aber die Augen...

»Hörst du überhaupt zu?« fragte Dodo beleidigt.

»Jedes Wort«, sagte Janos. »Das könntest du auch, hast du gesagt.«

»Ja, kann ich auch. Du hast mir versprochen, du bringst mich mit Anders zusammen. Dieser blöde Heini, der Thomasin, wollte Probeaufnahmen von mir machen, hat er gesagt. Aber das ist ja alles bloß ein Dreh. Er will, daß ich mit ihm ins Bett gehe. Aber das lohnt sich bei ihm nicht. Er ist bloß ein kleines Würstchen. Anders ist eine Nummer, sein letzter Film war ein großer Erfolg.«

»Schön, dann gehst du besser gleich mit Andreas ins Bett. Aber ich würde es an deiner Stelle nicht für Probeaufnahmen tun, sondern höchstens für eine Rolle.«

»Dir ist das Wurscht, was?«

»Mein liebes Kind, ich habe es mir längst abgewöhnt, Frauen aufzuhalten, die zum Film wollen. Wenn du meinst, daß die gerade dich noch brauchen – bitte sehr.«

»So begabt wie deine Freundin, die Gerson, bin ich schon lange. Und hübscher obendrein. Und schließlich hat sie auch mal als Fotomodell angefangen.«

»Sie hat ein Gesicht.«

»Na und?« fragte Dodo beleidigt. »Ich vielleicht nicht?«

»Du? Du hast ein Frätzchen. So was haben die dutzendweise.«

»Du Scheusal. Du ekelhaftes Scheusal.« Dodo riß ihn zornig an den Haaren. »Ich werd's dir beweisen.«

Janos lachte und hielt sie fest. »Nur zu. Nach deinem ersten Verriß werde ich dich trösten.« An den Armen zog er sie herunter auf die Couch. Als er sie küssen wollte, drehte Dodo den Kopf weg.

»Du liebst mich ja gar nicht«, sagte sie mit kleiner, müder Stimme. Ihr Gesicht war jetzt ganz kindlich und voller Traurigkeit.

»Aber natürlich lieb' ich dich«, sagte Janos und zog sie zärtlich an sich. Er schob den Träger herab und legte seinen Mund auf die weiche, samtzarte Schulter.

Dodo lockerte sich willig in seinem Arm, aber sie flüsterte: »Nein. Du kannst ja gar nicht lieben.« Dann schloß sie die Augen.

Und während Janos sie küßte, dachte er: Doch. Ich kann es. Ich weiß, daß ich es könnte.

Herr Brunnhuber war nicht böse, daß Regina so lange nicht zurückgekommen war. Aber er war außerordentlich neugierig. Er wollte genau wissen, wie sich das alles abgespielt hatte. Reginas Erzählung war nicht sehr ergiebig. Herrn Brunnhubers fachliche Fragen konnte sie schon gar nicht beantworten.

»Du hast doch jetzt schon eine ganze Menge bei mir gelernt«, meinte Herr Brunnhuber vorwurfsvoll, »da hättest du doch mal aufpassen können, wie er das macht.«

Regina sah ihn mitleidig an. Herr Brunnhuber hatte eine Ahnung! »Ich hatte genug mit mir selber zu tun«, sagte sie ein wenig ungeduldig.

Über den schwarzen Badeanzug stolperte er ganz erheblich. »Im Badeanzug?« wiederholte er indigniert. »Na, ich weiß nicht. Ich habe mein Lebtag keine Frauen im Badeanzug fotografiert. Im Atelier, meine ich.« Er betrachtete Regina eine Weile nachdenklich, dann sagte er vorsichtig: »Du weißt ja, Regina, mit Janos mußt du... ich meine, du mußt nicht alles so ernst nehmen, was er sagt. Er verdreht allen Frauen den Kopf. Ich hab' dir ja schon oft genug erzählt davon. Und er ist... na ja, er ist wohl ein bißchen oberflächlich in dieser Beziehung.« Er entsann sich, daß Janos einmal gesagt hatte, um die richtigen Bilder von einer Frau zu machen, müsse er sie als Geliebte gehabt haben. Das war allerdings schon lange her. Der junge Janos hatte das mal selbstherrlich erklärt. Aber immerhin – auf Herrn Brunnhuber hatte es Eindruck gemacht. Er wäre nie auf solch eine Idee gekommen, obwohl er schließlich auch einmal jung und nicht gerade ein übertriebener Heiliger war.

Regina konnte nicht verhindern, daß sie bei Herrn Brunnhubers Worten errötet war. Darüber ärgerte sie sich und sagte ein wenig scharf: »Wie Sie sich das vorstellen! Davon kann gar keine Rede sein. In Wirklichkeit gefalle ich ihm gar nicht besonders. Er hatte immerzu etwas auszusetzen. Und allein waren wir überhaupt nicht. Stups ist immer dabei. Und seine Freundin war auch dabei. Sie scheint dort zu wohnen.«

»So. Wer ist denn das?«

»Ach, so eine Schwarze. Sehr hübsch.«

»Hm. So.« Eine Pause entstand, und Herr Brunnhuber betrachtete Regina schweigend. Im stillen wunderte er sich eigentlich auch, wieso Janos gerade auf sie verfallen war. Sie sah doch wirklich nicht so aus wie die Frauen, die er sonst fotografierte.

Einige Tage hörten sie nichts von Janos. Regina hatte etwas zwiespältige Gefühle. Einerseits fürchtete sie sich vor dieser fremden und seltsamen Welt, in der Janos lebte. Sie war so glücklich gewesen bei Herrn Brunnhuber in diesem friedlichen zurückgezogenen Leben. Man kam kaum mit der Außenwelt in Berührung, und das war ihr gerade recht. Andererseits war auch das Neue ein klein bißchen verlockend: die Atmosphäre von Luxus, die schönen Mädchen und schließlich Janos selbst, seine Hände, sein bezauberndes Lächeln, die Art, wie er sie angesehen hatte. Das Gefühl von weichen Stoffen, schmeichelnden Pelzen war noch an ihrer Haut, das Gefühl, beachteter Mittelpunkt zu sein, noch in ihrem Herzen.

Jedenfalls begann Regina mehr Sorgfalt auf ihr Äußeres zu legen. Sie erstand einen größeren Spiegel und für ihr letztes Geld einige kosmetische Artikel. Morgens und abends kremte sie ihr Gesicht sehr sorgfältig ein, sie zog ihre Brauen in der hochgewölbten schwungvollen Art nach, wie Stups es getan hatte, legte ein wenig Schatten auf die Lider und tuschte die Wimpern. Am meisten ärgerten sie ihre Haare, die so lang und glatt waren. Einmal nahm sie sie am Hinterkopf zusammen, und Herr Brunnhuber sagte, als sie morgens so erschien: »Hm, gar nicht schlecht. Arg streng halt. Kühl bis ans Herz hinan.«

Regina genierte sich vor ihm und trug wieder ihre alte Frisur. Und eines Tages, als sie allein im Geschäft war, begann sie mit der großen Papierschere selbst an ihren Haaren herumzuschnipseln. Die schnitt ringsum ein tüchtiges Stück ab, so gut es ihr gelang. Aber das Ergebnis war sehr mangelhaft. Erschrocken betrachtete sie ihren Kopf, der reichlich zerfranst wirkte. Was würde Janos sagen, wenn er das sähe? Falls er überhaupt noch mal etwas hören ließ.

Doch, das tat er. Einige Tage später kam Stups vorbei.

»Herr Janady ist in Paris«, sagte sie würdevoll. »Morgen abend kommt er zurück, und übermorgen möchte er Sie sehen, Fräulein Thorbeck. Vielleicht so mittags gegen zwei Uhr. Wenn es Ihnen recht ist«, fügte sie höflich, zu Herrn Brunnhuber gewandt, hinzu.

»Bitte, bitte«, sagte Herr Brunnhuber. »Ich will niemandem bei seinem Glück im Wege stehen. Wie sind denn die Aufnahmen geworden?«

»Teilweise ganz ordentlich«, meinte Stups gemessen. »Man muß den richtigen Stil für Regina erst finden.« Mißtrauisch betrachtete sie plötzlich Regina. »Was haben Sie denn mit Ihren Haaren gemacht?«

»Nur ein bißchen abgeschnitten«, sagte Regina unsicher, »weil sie so lang waren.«

»Das sieht ja heiter aus! Herr Janady wird nicht sehr begeistert davon sein.«

Regina war ein wenig aufgeregt, nachdem Stups fort war. Übermorgen also! Sie druckste eine Weile herum, dann fragte sie Herrn Brunnhuber schüchtern, ob sie wohl einen kleinen Vorschuß haben könnte, sie würde doch gern am nächsten Tag zum Friseur gehen.

Der Friseur vorn um die Ecke schüttelte tadelnd den Kopf, als er Reginas Zipfelkopf sah. »Na, wissen's, Freilein, des derfen's net machen. Selbst 'rumschneiden. Dafür san mir ja da. Des is jetzt schwer, aber schon sehr schwer, da was Gescheites draus zu machen.«

Regina schwieg schuldbewußt. Der Meister gab sich alle Mühe und war am Ende sehr zufrieden mit dem Ergebnis. »Na, jetzt schauen's schon ganz anders her«, meinte er. »Jetzt können's Ihnen sehen lassen.«

In der Tat, jetzt schaute sie anders her. Auf dem Kopf trug sie schwungvolle Wellen, über der Stirn kesse Locken, desgleichen seitwärts über den Ohren. Regina gefiel es eigentlich ganz gut. Es war mal was anderes, es machte sie fröhlicher, fast ein wenig keck.

Auch Herrn Brunnhuber gefiel es. »Gar nicht schlecht«, sagte er. »Das ist für ein junges Mädchen schon besser. Es macht dich ein bißchen voller.«

Janos hingegen fiel fast in Ohnmacht, als er Regina erblickte. »Bist du wahnsinnig geworden?« fuhr er sie an. »Wie siehst du denn aus?«

»Ich bin beim Friseur gewesen«, glaubte Regina ihn aufklären zu müssen.

»Das sieht man«, sagte er mit vernichtendem Blick. »Man könnte dich in die Schießbude stellen. Stups, sieh dir das an! Man sollte sie gleich wieder 'rausschmeißen.« Ja, das sagte Janos, und das war nicht sehr freundlich. Regina stieg das Blut in die Stirn, ihre Lippen schoben sich trotzig vor.

»Es ist ja nicht zu glauben«, begann Janos ohne weitere Einleitung zu toben. »Da gibt man sich alle Mühe und versucht, so ein Gesicht zu formen, und das gnädige Fräulein geht hin und läßt sich eigenmächtig den Kopf verschandeln. *Eigenmächtig!*« wiederholte er betont, stellte sich dicht vor sie hin und funkelte sie drohend mit seinen schwarzen Augen an. »Du hast überhaupt nichts selbst mit dir anzustellen, verstehst du! Wie du aussiehst, bestimme ich. Wenn du bei mir arbeiten willst, dann kannst du auch nicht einen Millimeter an dir verändern, ohne mich zu fragen, verstehst du. Dann gehörst du mir mit Haut und Haaren, verstehst du. Und kein Haar auf deinem Kopf legt sich anders ohne meine Einwilligung, verstehst du.« Und jedes »verstehst du« zischte er ihr böse ins Gesicht.

Regina war nicht mehr rot, sie war blaß und sah ihn mit angstvollen Kinderaugen an. Tränen kamen ihr sogar vor lauter Schreck.

Stups versuchte den wütenden Janos zu unterbrechen. »Janos, komm, mach's halbwegs. Wir werden das schon wieder hinkriegen.«

»Das Fräulein interessiert mich nicht mehr«, schrie Janos. »Schau dir das doch an! Hier.« Er nahm Regina bei den Schultern und schob sie vor den Spiegel. »Da schau dich an. Wie eine Schießbudenfigur. Minchen aus der Vorstadt. Das ist doch das letzte. Bei was für einem Vollidioten von Friseur warst du denn da?«

Regina schluckte. »Da bei mir in der Nähe, wo ich wohne«, sagte sie mit zitternden Lippen, und zwei Tränen kullerten ihr über die Wangen.

Stups zog sie von Janos fort und legte tröstend den Arm um ihre Schultern. »Jetzt weint sie auch noch. Geh, Janos, sei nicht so abscheulich! Das hat sie halt nicht gewußt. Und sie hat sich so hübsch gemacht! Sogar die Wimpern hat sie sich getuscht. Schau, jetzt läuft alles 'runter.« Mit vorsichtigem Finger wischte Stups ein schwarzes Bächlein von Reginas Wange. »Komm, wein nicht mehr! Er meint es ja nicht so.«

Aber Janos war noch nicht fertig. »Ich mein' es nicht so? Ich meine es ganz genauso. Ich stelle mich hier einen ganzen Nachmittag hin und mache Probeaufnahmen von dem gnädigen Fräulein, von vorn und von hinten und von oben und von unten. Man gibt sich alle Mühe und versucht was 'rauszuholen. Schließlich habe ich nicht viel Hilfe an ihr gehabt, sie stellt sich ja ziemlich blöd an. Und oft genug hab' ich gesagt, was für einen Typ ich meine und wie sie aussehen soll, und dann kommt sie hier an mit Löckchen auf dem Kopf. So was muß man doch gesehen haben, sonst glaubt man's nicht.« Er zerrte Regina wieder von Stups fort und stellte sie nochmals vor den Spiegel. »Du kannst dir doch unmöglich so gefallen, oder?«

»Ich hab' mir noch nie gefallen«, rief Regina mit bebender Stimme. »Noch nie. Ich weiß, daß ich nicht hübsch bin.«

»Hübsch!« sagte Janos wegwerfend. »Hübsch, was ist denn das schon? Hübsch ist jedes zweite Mädchen, wenn es sich den Hals wäscht und die Nase putzt. Ein Gesicht muß man haben, verstehst du. Ein Gesicht!« Seine zornigen Augen waren nur Zentimeter von ihr entfernt. Ängstlich wich Regina zurück und verlor ihre letzte Fassung. Sie schluchzte jetzt.

»Jetzt ist aber Schluß«, sagte Stups mit Nachdruck und schob Janos energisch beiseite. »Jetzt gib Ruhe!«

Sie führte Regina zur Couch. »Setz dich!« Sie setzte sich neben Regina und streichelte sie. »Hör auf zu weinen, Regina, er meint es nicht so. Man kann die Frisur ja wieder ändern, das ist doch kein Problem.«

»Die Haare sind ja ganz kurz«, grollte Janos. »Abgeschnitten hat sie der Idiot auch. Ich wollte sie doch gerade mit langen Haaren haben, damit man sie am Hinterkopf zusammennehmen kann. Das weißt du doch, Stups.«

»Der Friseur hat sie nicht abgeschnitten, sie hat's selber getan«, sagte Stups. »Ich hab's vorgestern schon gesehen. Es sah sehr komisch aus.«

»Sie hat's selber getan?«

»Ja.«

»Ist das wahr, Regina?«

»Ja«, rief Regina trotzig. »Ich wollte auch mal kurze Haare haben. Immer die langen Zotteln! Mir gefällt es so gut, wenn die Frauen kurze

Haare haben. Alle Mädchen, die neulich hier bei Ihnen waren, hatten kurze Haare.«

»Gerade deswegen wollte ich ja, daß deine lang bleiben«, schrie Janos. »Bist du so dumm, oder kannst du das wirklich nicht begreifen?«

»Es ist ja nicht so schlimm«, begütigte Stups. »Sie wird auch mit kurzen Haaren sehr nett aussehen. Und dann wachsen die Haare ja wieder.«

»Warum hast du sie denn vorgestern nicht gleich zu einem richtigen Friseur geschickt?« fragte Janos. »Wenn du doch gesehen hast, daß sie daran herumgeschnipselt hat.«

»Mein Gott, ich bin ja nicht auf die Idee gekommen, daß sie vorher zum Friseur geht.«

»Ich habe extra Herrn Brunnhuber um Vorschuß gebeten«, sagte Regina, schluchzend wie ein Kind.

Diese Bemerkung vertrieb Janos' Zorn. Er mußte unwillkürlich lachen. Wie sie da saß, verheult und verschmiert, mit diesem komischen Lockenkopf, es war drollig und rührend zugleich. So glich sie wirklich nicht mehr der hoheitsvollen Lady, die er fotografieren wollte.

»Ich wünschte, er hätte dir keinen gegeben«, sagte er ruhiger. »Was hat er denn gesagt, als du vom Friseur kamst?«

»Ihm hat's gefallen«, sagte Regina mit Nachdruck.

»Na ja«, meinte Janos. »Dann kann man nichts machen.«

Janos und Stups lächelten sich an. Und Stups dachte: Irgendwie hat diese Szene auch ihr Gutes. Regina ist mal ein bißchen lebendiger geworden und aus ihrer Reserve herausgegangen.

»Ich glaube, wir könnten einen Kognak vertragen auf den Schreck«, meinte sie sanft. »Was denkst du, Regina?«

Janos brachte ihnen die Gläser. Einen Moment lang sah es aus, als wolle Regina es zurückweisen. Doch dann nahm sie das Glas, ohne Janos anzusehen. Auch die Zigarette, die er ihr anbot.

»Und was für Zeug hast du dir denn da für die Augen gekauft«, Janos konnte noch nicht ganz Ruhe geben. »So ein Dreck, der gleich ausläuft. Man kauft eine Tusche, die hält und die nicht bei jeder Träne gleich verschmiert.«

»Das weiß sie doch nicht, Janos«, sagte Stups vorwurfsvoll. »Und außerdem ist ihr das Markenzeug sicher zu teuer gewesen. Hast du denn schon einmal Wimperntusche benutzt, Regina?«

Regina schüttelte stumm den Kopf, rauchte hastig und kam sich sehr elend vor. Sie war so stolz auf ihre Frisur gewesen. Aber sie hätte jetzt den Kopf am liebsten unter ein Kissen gesteckt, sie mußte schon sehr häßlich aussehen.

Wie um Janos weiter abzulenken, klingelte jetzt das Telefon, und er telefonierte eine erhebliche Weile. Stups reinigte inzwischen Reginas Gesicht, gab ihr noch einen Kognak und begann dann die Lockenpracht kräftig durchzubürsten.

Janos kam zurück, sah ihnen eine Weile zu und sagte dann: »Laß nur, Stups, wir schicken sie zu Alexander. Der soll sich den Kopf zerbrechen.« Dieser Einfall schien Janos zu elektrisieren. »Und zwar gleich«, rief er. »Los, Regina, zieh dich an! Ich fahr' dich gleich hin.«

»Jetzt laß sie ein bißchen zur Ruhe kommen. Sie muß sich doch erst erholen von deinem Ausbruch.«

»Das kann sie dort auch. Da hat sie Zeit genug.«

Regina wagte nichts zu sagen und nichts zu fragen. Kurz darauf saß sie neben Janos im Wagen, und nicht viel später hielten sie in der Stadt vor einem äußerlich ganz bescheidenen Geschäft, über dem weiter nichts stand als in großen Buchstaben: Alexander.

Innen sah es um so luxuriöser aus. Der Hauptbetrieb war im ersten Stock, Männer und Mädchen in weißen Kitteln, Kabinen, Stühle, Trockenhauben, alle Wohlgerüche der modernen Chemie waren hier vereint. Es war der exklusivste Frisier- und Schönheitssalon der Stadt, was Regina natürlich nicht wissen konnte.

Herr Alexander erschien höchstpersönlich, klein, rundlich, eine gelbe Haut unter schwarzen Haaren, die sorgfältig gewellt waren.

»Ein Pfuscher hat sie unter den Händen gehabt«, erklärte Janos. »Sie müssen sehen, was zu retten ist.«

Herr Alexander umkreiste Regina wie ein seltenes Tier im Zoo und schnalzte dabei bedauernd mit der Zunge. Dann drückte er sie sanft auf einen Stuhl und begann ihren Kopf genauer zu untersuchen. Er hob einzelne Strähnen hoch, bürstete und kämmte her und hin und gab dabei allerlei unverständliche Laute von sich.

»Ich möchte, daß Sie vielleicht ein bißchen aufhellen«, meinte Janos. »Wissen Sie, mir schwebt dieses silbrige Aschblond vor, wie Sie es der Möller mal gemacht haben. Den Ton behalten, nur ein wenig ins Kühl-Silberne gehen, keine Spur von Rot und Gold hinein. Sie wissen, was ich meine.«

»Genau«, sagte Herr Alexander und nickte mehrmals mit dem Kopf. »Der Vorschlag ist sehr gut. Die Tönung wird zu dem Typ der gnädigen Frau ausgezeichnet passen. Und dann machen wir ein glattes Köpfchen, ganz einfach in der Linienführung, ein kleines anmutiges Köpfchen auf einem schlanken Hals, ohne jedes Drum und Dran, ohne jede Ablenkung. Die Wangenlinie und das Profil müssen ungestört zur Wirkung kommen.«

»So ist es«, sagte Janos befriedigt. »Ich sehe, wir verstehen uns, wie immer.« Die beiden Herren schüttelten sich anerkennend die Hände. »Machen Sie noch eine Gesichtsbehandlung«, fügte Janos hinzu. »Wir hatten heute einen etwas unruhigen Tag. Und dann bestellen Sie bitte ein Taxi, ich kann nachher nicht mehr vorbeikommen.« Er wandte sich an Regina und sagte formell: »Sie kommen dann bitte gleich ins Atelier, Fräulein Thorbeck. Ich erwarte Sie.«

Regina hatte noch kein Wort gesprochen, seit sie das Zauberreich des Herrn Alexander betreten hatten. Sie war abgekämpft und unglücklich, und es war ihr langsam egal, was mit ihr geschah. Einen Moment lang saß sie allein in der Kabine und schloß die Augen. Ach, was würde ihr bloß noch alles passieren!

Janos kam noch einmal zurück. Er legte zwanzig Mark vor sie hin und sagte: »Für das Taxi und die Trinkgelder. Sonst brauchen Sie hier nichts zu bezahlen. Ich bekomme die Rechnung geschickt. Servus.« Er lächelte ihr zu, und als sie ihn nur großäugig ansah, beugte er sich herab und sagte: »Na, ist ja schon wieder gut. Hab' ich mich sehr schlecht benommen? Arme Kleine!« Er fuhr ihr flüchtig über die Wange und ging.

Gleich darauf kam Herr Alexander und begann sein Werk. Und wenn Regina noch nie gewußt hatte, was eine Haupt- und Staatsaktion war, so erfuhr sie es jetzt. Herr Alexander arbeitete an ihr wie ein Künstler an seinem Meisterwerk. Er trat vor und zurück und tanzte um sie herum, zwei Leute assistierten, die er laut kommandierte. Ihr Haar wurde gewaschen, abermals geschnitten, alle mögliche Flüssigkeiten kamen darauf, blieben eine Weile, wurden wieder abgespült, und nochmals fuchtelte Herr Alexander mit der Schere herum. Beklommen dachte Regina: Jetzt wird es noch kürzer. Aber sie sagte nichts. Sie tat nur noch den Mund auf, um ja oder nein zu sagen. Später kippte man ihren Stuhl nach hinten, sie bekam Kompressen auf die Augen und eine kühle Masse ins Gesicht geschmiert, die eine Weile obenblieb. Ein Mädchen massierte dann ihr Gesicht, eine andere manikürte ihre Nägel, ihre Augenbrauen wurden gezupft und gefärbt, die Wimpern desgleichen.

Regina hatte sich lange gewünscht, einmal zum Friseur zu gehen, nun bekam sie diesen Wunsch gründlich erfüllt. Sie staunte nur im stillen, was es alles gab, um eine Frau zu verschönern. Schließlich kamen die Rollen und Nadeln aus ihrem Haar, das Make-up wurde aufgetragen. Sie glaubte, die Prozedur hätte stundenlang gedauert, aber als Herr Alexander mit einem schwungvollen »Voilà« den Spiegel hinter sich hielt, waren noch nicht einmal zwei Stunden vergangen.

Abermals betrachtete Regina sich mit Verblüffung im Spiegel. Diesmal war die Verwandlung ganz und gar gelungen. Ein Mädchen von hinreißender, aparter Schönheit sah sie an. Groß und glänzend die Augen, perlmutterzart das Gesicht unter hohen Brauen, lockend der Mund, und die Frisur – nun, die Frisur war ein Gedicht. Das Haar hatte eine Farbe von dunklem Silberblond, es lag weich und duftig um den Kopf, ganz glatt, doch mit unnachahmlichem Schwung. Kurz war es freilich, sehr kurz; doch um so lieblicher trat das süße Oval des Gesichts hervor, rührend in seiner reinen Form.

»Nun?« fragte Herr Alexander stolz.

»Oh«, sagte Regina. »Es ist – es ist wundervoll. Ich erkenne mich kaum wieder.«

»Ich glaube, Herr Janady wird zufrieden sein«, meinte Herr Alexander. »So ist die ideale Frisur für Sie, gnädige Frau. Kommen Sie morgen wieder vorbei zum Kämmen. Und immer kräftig bürsten, dann legt es sich von selbst. Das Haar ist sehr dankbar. Wenn wir dann jede Woche nachlegen, ist es immer tadellos. Und dann«, Herr Alexander trat nochmals einen Schritt zurück und kniff prüfend ein Auge zusammen, »ich würde sagen, Boutons in die Ohren, glatte große Boutons. Zum Abendkleid können Sie auch ohne weiteres lange Ohrgehänge tragen, Ihr Gesicht ist schmal genug, und zu dieser Frisur sieht es blendend aus.«

Plötzlich mußte Regina an Frau Zenger denken. An Frau Zenger und die Besenkammer, in der sie wohnte. Wenn sie dort nach Hause käme, im Abendkleid und mit langen Ohrgehängen. Sie mußte lachen. Sie legte den Kopf zurück und lachte aus vollem Herzen. Herr Alexander kannte zwar den Grund ihrer Heiterkeit nicht, aber er stimmte höflich in ihr Gelächter ein. Er nahm an, die Kundin äußere so ihre Zufriedenheit.

Persönlich half er ihr in ihr schäbiges Mäntelchen, und er tat es mit einer Grandezza, als hülle er sie mindestens in einen Nerz. Dann nahm er einem der wartenden Mädchen ein handliches Kästchen ab. »Bitte sehr, gnädige Frau.«

»Was ist das?« fragte Regina erstaunt.

»Ein Beauty-Case natürlich«, meinte Herr Alexander. »Herr Janady bat mich, für Sie eines zusammenzustellen. Ich habe die Präparate von Madame Caré gewählt, es ist das Beste für die Hautpflege, was es gibt. Es ist alles drin, was Sie benötigen, gnädige Frau.« Er klappte den Deckel auf und erklärte eifrig: »Reinigungsmilch, Skinlotion, Nährkreme, Tageskreme, das hier ist für die Augenpartie, das für den Hals. Dies sind Augenkompressen und dies Augentropfen. Hier haben Sie Wimperntusche, Rouge, Lidschatten, flüssiges Make-up. Ich würde Ihnen aber empfehlen, dies nur abends zu nehmen, gnädige Frau, wenn Sie ausgehen, Sie haben ja eine außerordentlich schöne Haut, tagsüber genügt ein wenig Puder auf der Kremeunterlage. Hier sind drei Tönungen Lippenstifte, Augenbrauenstift. Dies ist eine Gesichtsmaske, die Sie selbst machen können, falls Sie mal keine Zeit haben herzukommen. Sie finden eine genaue Gebrauchsanweisung für alle Präparate dabei.«

Regina war überwältigt. Sie wußte aus den Schaufenstern, daß hundert Mark kaum reichen würden, um diese Kostbarkeiten alle zu bezahlen. Einigermaßen verwirrt verabschiedete sie sich von Herrn Alexander, verteilte viel zu große Trinkgelder und saß schließlich aufgeregt und aus der Fassung geraten, das Kästchen fest an sich gepreßt, in einem Taxi.

Das alles war wie ein Märchen. Sie betupfte mit spitzen Fingern ihr Haar, dann ihr Gesicht, als könne es nicht möglich sein, daß dieses schimmernde Haar, dieses schöne Gesicht wirklich ihr gehörten. Sie zog den kleinen Spiegel aus ihrer Handtasche und versuchte, sich darin zu sehen, doch dann genierte sie sich vor dem Chauffeur und steckte ihn wieder ein.

Was würde Janos sagen?

Nun, zunächst sagte er gar nichts, schaute sie nur schweigend an. Ebenso Stups.

Stups war die erste, die das Schweigen brach. »Donnerwetter«, sagte sie.

»Na?« sagte Janos, und seine Stimme war direkt rauh vor Freude. »Na, Stups, was sagst du? Hat der alte Janos wieder mal den richtigen Blick gehabt? Hab' ich dir nicht gesagt, es steckt drin? Hier hast du unser neues Starmodell. Das schönste Mädchen, das ich seit Jahren fotografiert habe. Ein Gesicht zum Träumen.«

Zwar war es Regina noch immer ein bißchen unangenehm, so unverhohlen betrachtet zu werden, aber doch nicht mehr ganz so sehr. Ihre Haltung war eine andere geworden, sie trug das Köpfchen auf eine neue, selbstbewußte Art, sie wußte schon ein wenig, was sie mit ihren Augen und ihren Wimpern anfangen konnte.

»Mädchen«, sagte Janos, umarmte sie und küßte sie zart auf die Wange, »Mädchen, du bist ein Wunder. Weißt du, daß du hinreißend aussiehst?«

Regina blickte zu ihm auf, die Lippen ein wenig geöffnet, und ihr ganzes Herz lag in diesem Blick: Verwirrung, Zweifel, Angst, Glück und eine tiefe Freude. Sekundenlang sahen sie sich so an. Janos' Gesicht wurde ernst, eine Falte erschien an seiner Nasenwurzel, um seinen Mund kam ein gespannter Zug. Ganz sanft legte er seine Hände um ihr Gesicht, ihre Blicke lagen fest ineinander. Reginas Herz klopfte wild, die Welt mußte jetzt gleich untergehen oder die Sonne herabstürzen, oder so etwas Ähnliches, Ungeheuerliches mußte geschehen.

Stups räusperte sich im Hintergrund. Da ließ Janos Regina los und trat einen Schritt zurück.

»Ich ahne Fürchterliches«, sagte Stups trocken.

Janos riß sich los, fuhr mit der Hand durchs Haar, lachte nervös und zündete sich eine Zigarette an. »Gar nichts ahnst du«, sagte er. »Jetzt wird erst mal gearbeitet. Und morgen gehst du mit Regina einkaufen. Zunächst das Drum und Dran, Wäsche und so, Schuhe, Strümpfe, ein oder zwei schicke Pullis. Und nachmittags geh' ich mit ihr zu Cobell und lasse ihre Maße nehmen. Sie braucht zwei gute Kostüme, ein graues und ein schwarzes vielleicht, und ein paar nette Kleidchen. Hm.«

»Aber ich habe ja kein Geld«, warf Regina ein. »Sie haben schon das Kästchen hier für mich bestellt...« Sie hob die Hand, in der sie immer noch das Beauty-Case trug.

»Du wirst bald Geld genug verdienen«, sagte Janos. »Inzwischen bekommst du Vorschuß von mir. Denn du mußt natürlich jetzt anders auftreten. Es wird nicht lange dauern, da werden dir die reichsten Männer zu Füßen liegen, dann brauchst du den alten Janos nicht mehr, um deine Kleider zu bezahlen.«

»Nun bleib nur auf dem Teppich, und mach sie nicht gleich total verrückt!« sagte Stups. »Regina ist nicht das einzige hübsche Mädchen in der Stadt, und reiche Männer wachsen nicht wie Unkraut, wenn sie auch oft welches sind. Das ist alles nicht so erstrebenswert, Regina, wie es im ersten Moment erscheint. Laß dich nicht verrückt machen!«

Aber Janos hatte schon wieder eine neue Idee. »Das Kleid, Stups«, rief er aufgeregt. »Das Kleid von Looschen, das ist es. Darin werden wir sie bringen.«

Stups machte ein bedenkliches Gesicht. »Dodo kratzt dir die Augen aus, wenn sie das erfährt. Du hast ihr das Titelbild in dem Kleid versprochen.«

Janos fegte ihren Einwand mit einer Handbewegung beiseite. »Dodo? Kommt nicht in Frage. Regina und das Kleid sind füreinander geschaffen. Los, zieh dich aus, Regina, wir probieren es gleich.

Das Kleid bestand aus einem neuartigen Chemiestoff, eine schimmernde, metallisch glänzende Seide; die Firma Looschen & Co. hatte bis jetzt die Alleinherstellung und wollte die Stoffe in dieser und besonders in der kommenden Wintersaison groß herausbringen. Dieses Kleid, um das es sich hier drehte, war vor wenigen Tagen an Janos geliefert worden, er hatte bereits einen festen Auftrag für das Titelbild der größten Modezeitschrift. Dodo war außer sich geraten vor Entzücken, als sie das Modell sah, und hatte Janos die Zusage abgerungen, daß sie und keine andere es tragen würde auf dem Bild. Doch daran dachte Janos nicht mehr.

Regina mußte das Kleid anziehen. Eigentlich war es nichts anderes als eine zweite Haut, so eng lag es am Körper. »Und das«, so erklärte ihr Janos, »ist der Witz bei der Sache. Dieser Stoff schmiegt sich vollkommen an, keine unerwünschte Falte, kein Druck entsteht. Du kannst sitzen, laufen, tanzen damit, es kann naß werden oder zusammengeknüllt sein, es behält immer die Form.«

»Es ist schamlos«, sagte Regina und betrachtete sich in dem großen Spiegel.

»Nicht bei einem schönen, schlanken Körper«, widersprach Janos. »Dann ist es höchstens atemberaubend.«

Regina war es, als stünde sie nackt vor ihm. Der lange Rock war so eng, daß sich ihre Schenkel abzeichneten. Vorn war ein Schlitz, sonst hätte man keinen Schritt machen können. Ihre Taille war zerbrechlich dünn darin, und ihre Brüste hoben sich hervor, auffallender, als seien sie unbekleidet. Die Schultern waren frei, nur ein schmales Band lief um den Hals. Sonst war gar nichts dran an dem Kleid, nur der schimmernde Stoff und die seltsame Farbe, ein silbriges Grau, wie Stahl sah es aus.

»Es ist wirklich schamlos, sie hat ganz recht«, meinte Stups. »Niemand könnte so unter Menschen gehen. Aber es ist faszinierend.«

Janos' Blick glitt prüfend an Regina auf und ab. Ihr wurde heiß, ein merkwürdig süßes Gefühl schien ihre Knie zu lähmen. Sie wünschte auf einmal, seine Hände auf ihrem Körper zu fühlen, nicht nur seinen Blick. Unbewußt war dieser Wunsch, nicht zu Ende gedacht der Gedanke; aber es war von all diesen neuen bestürzenden Dingen, die mit ihr geschahen, das Unheimlichste und Erschreckendste.

»Wir machen eine Farbaufnahme«, sagte Janos, »vor einem dunklen Hintergrund. Und eine vor dem Kamingitter, den Arm aufgestützt, mit langer Zigarettenspitze. Bei dem anderen Bild kriegt sie das Weißfuchscape in die Hand, bloß so ganz lässig auf dem Boden schleifend. Es muß irgendwo drüben bei mir im Schrank sein. Dodo hat es neulich umgehabt. Und dann – na, wir werden sehen.«

Während Stups die Requisiten herbeiholte, probte Janos mit Regina die verschiedenen Posen. »Schieb den Bauch ein wenig vor«, sagte er. »Noch mehr. Komm nur, komm, keine Hemmungen.«

»Aber das sieht ja noch schamloser aus«, wandte Regina ein.

»Unsinn. Nicht bei dir. Du hast doch keinen herausfordernden Körper, du hast den Körper einer kleinen Mondgöttin. So, das rechte Bein ein bißchen vor.«

Nun berührte er sie also doch. Er schob und drehte an ihr, doch ganz sachlich, ganz in seine Arbeit vertieft. Nur einmal, als er ihren Oberkörper ein wenig bog und dabei ihre Brust berührte und Regina zusammenzuckte, sah er flüchtig auf und lächelte. »Später«, sagte er. Ganz selbstverständlich, als gäbe es nicht den geringsten Zweifel.

Regina errötete, glücklicherweise kam in diesem Moment Stups zurück, nun war sie es, die Reginas Haltung korrigierte, während Janos mit seiner Kamera hantierte, die Beleuchtung ausprobierte und immer mehr in Eifer geriet, geradezu in eine Art Arbeitsekstase, die Regina ja schon bei ihm kennengelernt hatte.

Mittendrin stürzte Stups noch einmal fort. »Ich werde lieber die Kette vorlegen«, sagte sie. »Wenn Dodo überraschend kommt und das hier sieht, bringt sie Regina oder dich oder euch alle beide um. Zumindest demoliert sie uns das ganze Atelier.«

»Sie kommt heute nicht«, sagte Janos lässig. »Sie macht Probeaufnahmen oder jedenfalls beinahe. Sagen wir mal, die vorausgehenden Gefechte dazu. Das ist ihr momentan das Wichtigste. Und überhaupt«, seine Stimme wurde lauter, »was willst du denn eigentlich? Bin ich mit Dodo verheiratet? Schließlich bin ich mein eigener Herr.«

»Nachdem man nicht gleichzeitig mit zwei Frauen verheiratet sein kann...«, begann Stups, es erschien ihr irgendwie wichtig, das einmal zu erwähnen.

»Jetzt hör auf«, unterbrach Janos sie ungeduldig. »Wir haben hier Wichtigeres zu tun.«

Regina hatte es gehört und auch wieder nicht. Sie war viel zu sehr mit sich selbst beschäftigt und auch auf einmal von einem gewissen Ehrgeiz erfüllt. Wenn sie nun schon diese komische Sache hier machte, dann wollte sie es auch gut machen.

Und sie machte es gut. Sie hatte schnell begriffen, worauf es ankam. Bald brachte sie ihren Körper von selbst in die gewünschte Stellung, die Haltung des Kopfes, ihre Blicke wurden selbständiger, souveräner. Sie lehnte am Kamingitter, lässig und doch gespannt, ein schöner, schlanker Körper in dem schimmernden Kleid, eine kühle Diana mit einer halb unbewußten Verheißung im Blick. Aus schmalen Augen blickte sie rätselvoll auf einen unsichtbaren Zuschauer, die langen Finger hielten mit selbstverständlicher Grazie die lange Zigarettenspitze. Es waren dieselben Hände, mit denen sie noch vor einem Jahr in Coßlitz den Boden der Gastwirtschaft gescheuert hatte. Das war lange her. Es war gar nicht mehr wahr. Vielleicht war es nie gewesen.

Sie arbeiteten wieder lange und intensiv. Zum Schluß machte Janos noch ein Kopfbild von Regina. Nur ihr Gesicht über einem glatten schwarzen Pullover (auch er von Dodo). Es wurde eines der besten Bilder, die Janos gemacht hatte. Nichts als das Gesicht eines Mädchens, schön, rein und klar, ein wenig herb, doch mit allen Geheimnissen, die ein Frauengesicht haben kann. Ein wenig fragend, ein wenig traurig blickten die grünen Augen, und aller Schimmer des Lichts lag auf dem blonden Haar. Janos verkaufte dieses Bild später nach Amerika an eine der größten Wochenzeitschriften, und Regina erhielt daraufhin Angebote aus aller Welt. Aber bis dahin war bereits viel geschehen.

Als sie fertig waren und etwas abgekämpft herumsaßen, kam Dodo. Die umsichtige Stups hatte bereits alle verdächtigen Spuren beseitigt. Das Kleid, das Pelzcape, nichts war mehr da, worüber Dodo sich hätte aufregen können. Sie war schon aufgeregt genug von den Ereignissen des Nachmittags, kaum daß sie Reginas veränderte Erscheinung zur Kenntnis nahm. In ihrer burschikosen und nicht ganz gesellschaftsfähigen Manier sagte sie nur: »Alle Achtung, die hat sich 'rausgemacht, hat man ihr gar nicht angesehen.« Dann begann sie gleich zu erzählen, von einem gewissen Berger, der der Hauptfinanzier einer Produktionsgesellschaft sei oder irgend so etwas Ähnliches. Jedenfalls, wenn man Dodo glauben wollte, hatte der Mann viel zu sagen. Nächste Woche würde Dodo Probeaufnahmen machen, jawohl. Das war fest zugesichert. Und eine Rolle hatte sie auch schon in Aussicht. Keine Hauptrolle, aber auch nicht zu klein.

»War es sehr teuer?« fragte Janos anzüglich.

Dodo blitzte ihn aus ihren schönen Augen zornig an. »Du hast es nötig. Ihr Männer habt es überhaupt nötig. Was man umsonst tut, das ist bei euch moralisch. Und wenn man seinen Nutzen dabei im Auge hat, ist es auf einmal unmoralisch. Dabei ist es genau das gleiche. Hinterher dann, wenn man eine Karriere gemacht hat und ein Star ist, da möchtet ihr euch umbringen. Da ist es auf einmal dann egal, wie sie es geworden ist. Denk nur an deine Linda Gerson! So lange ist die noch nicht oben, daß man nicht mehr wüßte, wie es zugegangen ist.«

Janos lächelte ein wenig traurig. »Was man umsonst tut...«, wiederholte er ihre Worte. »Das klingt nicht gerade hübsch, Dodo. Nicht umsonst, aber aus Liebe.«

Dodo lachte, es klang voll Bitterkeit: »Liebe! Daran habe ich auch mal geglaubt. Kannst du mir sagen, wo ich sie finde, diese Liebe? Diese echte Liebe? Bei dir etwa?«

Stups räusperte sich. »Wenn ihr euch verkrachen wollt, wartet, bis wir weg sind. So interessant ist das nicht für uns.«

»Wer redet denn da von Krach«, sagte Dodo großzügig. »Janos und ich werden auch später noch gute Freunde sein, nicht? Wenn ich erst berühmt bin, wird er zu meinen Partys genauso kommen wie zu denen von Linda Gerson.«

»Die gute Linda scheint ein ewiger Stachel in Klein-Dodos Herzen zu sein«, mokierte sich Stups.

Janos lächelte nur schweigend. Er hätte zu sagen gewußt, warum. Aber als Kavalier verschwieg er es. Denn Linda Gerson, wie auch immer sie Karriere gemacht hatte, war eine Frau von Format. Und eine gute Schauspielerin. Dodo hingegen war und blieb ein kleines Mädchen, sehr reizend, sehr pikant, aber sie würde niemals das werden können, was Linda geworden war. Und so dumm war sie wieder nicht, daß sie es im tiefsten Innern ihres Herzens nicht wußte.

Es war Janos nicht ganz recht, daß Dodo jetzt gekommen war. Er hatte gehofft, den Abend mit Regina zu verbringen. Sie reizte sein Interesse, wenn es nicht schon mehr war. Auch wußte er noch so wenig von ihr. Man hätte irgendwo zusammen essen können und sich ein bißchen unterhalten. Aber vielleicht war es besser so. Diese Regina war nicht wie die anderen Mädchen, sie war auf eine seltsame Art ernst und scheu und gar nicht kokett. Sie wirkte mädchenhaft und kühl, und so reizvoll das auf der einen Seite war, so ließ es doch geraten erscheinen, behutsam mit ihr umzugehen.

Regina und Stups verabschiedeten sich nach einer Weile, und Janos sagte nichts, um sie zurückzuhalten.

»Wir gehen jetzt zusammen essen«, erklärte Stups draußen auf der Treppe. »Ich hab' einen irrsinnigen Hunger. Sie auch?«

Regina nickte.

»Ich weiß ein Lokal hier ganz in der Nähe, da ißt man prima und gar nicht teuer. Kommen Sie, Regina.«

Dodo und Janos waren allein im Atelier zurückgeblieben. Dodo erzählte noch eine Weile von den Ereignissen des Tages, immer noch ganz durchgedreht und voller Optimismus. Doch dann kam sie, setzte sich zu Janos auf den Schoß und schmiegte sich wie ein Kätzchen an ihn.

Janos schob sie ein wenig zurück. »Für ein Filmsternchen bin ich eigentlich nicht das Richtige«, meinte er. »Mehr für ein Mädchen, das Fotomodell werden möchte, oder dann erst wieder für einen großen Filmstar, weißt du. Oder für ein Mädchen, das mich liebt.«

»Aber ich liebe dich doch«, murmelte Dodo.

»Bist du sicher?«

»Ganz sicher. Wenn du mich so lieben würdest wie ich dich, dann könnte ich auf die ganze blöde Filmerei verzichten.«

»Na?« sagte Janos zweifelnd.

»Ehrenwort. Es wäre mir mehr wert.« Sie war ganz ernst jetzt, und Janos war ein bißchen gerührt. Er nahm sie fester in den Arm und küßte sie auf die glatte Wange.

»Nun, das ist ein großes Kompliment«, meinte er. »Aber nichtsdestotrotz hast du mich heute nachmittag betrogen.«

»Nein, o nein«, rief Dodo heftig. »Noch nicht«, fügte sie leiser, aber ehrlich hinzu.

Janos lachte.

»Es ist nicht zum Lachen«, bekannte Dodo. »Und es ist bestimmt kein Vergnügen. Der hat so einen dicken Bauch und so welke Haut und ... und überhaupt ... Ach, ich glaube, ein Mann kann sich gar nicht vorstellen, wie ekelhaft es für eine Frau ist, mit einem Mann zu schlafen, den man nicht mag.« Es war echt Dodo, ehrlich, naiv und ohne Umschweife.

Janos schüttelte sie ein wenig. »Muß es denn sein?«

»Weißt du einen anderen Weg?«

»Wenn es unbedingt der Film sein muß ...«

»Was sonst? Ewig kann ich nicht Fotomodell bleiben. Man wird älter, nicht wahr? Und du willst immer wieder neue Gesichter. Und soll ich vielleicht absteigen und dann für Versandhäuser und Kataloge arbeiten?«

»Du könntest heiraten.«

»Ach, heiraten! Wen denn? Ich bin nicht sehr gebildet, das weißt du ja. Die reichen Männer wollen einen nur als Freundin. Zum Heiraten suchen sie eine Frau mit Geld oder aus guter Familie mindestens. Und irgend so einen kleinen Pimpel heiraten, dem ich dann die Socken stopfen und die Suppe kochen muß, und in einer billigen Zweizimmerwohnung hausen und vielleicht noch mitverdienen, nee, danke. Dafür bin ich jetzt verdorben. Das hätte ich dann vor fünf Jahren tun müssen. Dich würde ich heiraten. Aber dir bin ich ja auch nicht gut genug.«

»Das klingt nicht gerade nett. Du weißt doch, daß ich bereits verheiratet bin.«

»Jaja, ich weiß. Du erzählst es ja oft genug. Dabei glaubt dir sowieso kein Mensch diese unsichtbare Frau drüben in Ungarn. Warum ist sie denn nicht bei dir, wenn du sie liebst und sie dich? Und wenn nicht, warum laßt ihr euch nicht scheiden? Niemand glaubt dir das Märchen von deiner Ehe, daß du es nur weißt. Die Mädels sagen, du erzählst das bloß, damit dich keine festnageln kann.«

Janos lachte erheitert. »Da kann ich nichts dafür. Ich jedenfalls habe in dieser Beziehung noch niemandem etwas vorgemacht.«

»Man weiß auch so, wie man mit dir dran ist. Dich kann man nicht festhalten. Keine könnte es.«

»Und trotzdem...?« fragte er leise.

»Ja. Trotzdem muß man dich lieben«, sie fuhr ihm zärtlich durchs Haar und küßte ihn. »Das ist ja das Vertrackte an dir.« Mit einem kühnen Sprung kehrte sie zu ihren Zukunftsplänen zurück und sagte triumphierend: »Aber wenn ich eine berühmte Schauspielerin bin, dann krieg' ich auch einen Mann wie dich oder überhaupt einen richtigen ernstzunehmenden Mann zum Heiraten. Das wirst du sehen.«

»Na schön. Es soll mich freuen. Ich wünsch' dir's von Herzen. Und im übrigen würde ich dir raten, alle diese kühnen Theorien tunlichst für dich zu behalten. Wenn auch manches daran wahr sein mag, die Leute wollen es nicht hören.«

»Hältst du mich für blöd?« fragte Dodo empört. »Das sag' ich doch nur dir.«

»Um so besser. Und jetzt zieh dich um, wir gehen aus. Ich habe einen Riesenhunger. Und du darfst mitgehen. Vorausgesetzt, daß du mich heute wirklich nicht betrogen hast.«

»Deswegen könntest du mich trotzdem zum Essen einladen. Und nach dem Essen, wenn wir wieder hier sind, werde ich dir schwören, daß nicht...«

»Noch nicht.«

»Noch nicht«, bestätigte Dodo und seufzte.

»Ihre Zeitung, Herr Oldenhoff«, sagte der Portier. »Wünschen Sie auch noch ein Abendblatt?«

»Ja, bitte«, sagte Paul, nahm die Blätter entgegen und überflog gewohnheitsmäßig die Titelseiten. »Ich erwarte einen Anruf. Ich bleibe hier in der Halle.«

Vom Eingang des Hotels her kam ein großer breitschultriger Mann auf ihn zu, noch im Schidreß, Paul sah ihn an, so wie man die Gäste ansieht, mit denen man zusammen in einem Hotel wohnt, doch nie hätte er auf den ersten Blick in dem braungebrannten, gut aussehenden Menschen Martin Scholz erkannt. Der Portier streckte dem Herankommenden bereits unaufgefordert den Zimmerschlüssel entgegen.

»Danke«, sagte Martin, und dann erkannte er zuerst Paul. »Guten Abend, Herr Oldenhoff.« Er sagte es ruhig und selbstverständlich und lächelte Paul ohne Scheu zu.

Paul war stehengeblieben und sah den anderen verwundert an. »Herr Scholz!« sagte er. »Sie sind es wirklich? Ich hätte Sie im Leben nie wiedererkannt.«

Sie schüttelten sich die Hände, und während Martin ganz unbefangen war und wirklich so etwas wie Freude zeigte, Paul wiederzusehen, war Paul ziemlich aus der Fassung geraten. Martin hier? Er wohnte offensichtlich im Hotel. Und er hatte sich sehr verändert seit jenem Tag, als er ihn an der Bahn abgeholt hatte. Lieber Himmel, *wie* hatte er sich verändert!

»Ich hätte Sie kaum wiedererkannt«, sagte Paul noch einmal mit verlegenem Lachen. »Sie haben sich großartig erholt. Man sollte es nicht für möglich halten. Wenn man Sie damals gesehen hat, als Sie kamen...« In seinem Kopf jagten sich die Gedanken. Was sollte er jetzt tun? Gaby war auch hier. Was, um Himmels willen, würde geschehen, wenn die zwei jetzt hier zusammentrafen? So ohne Vorbereitung und ohne Warnung.

»Ja«, sagte Martin und lachte, »man sollte es wirklich nicht für möglich halten, was für ungeahnte Reserven so ein Körper und so eine Seele haben.«

»Sie sind schon länger hier? Zum Schifahren?«

»Seit zehn Tagen«, erwiderte Martin. »Es ist die beste Erholung für mich. Ich war schon immer ein leidenschaftlicher Schiläufer.«

»Wir sind gestern erst angekommen«, sagte Paul und betonte das Wir und hoffte auf ein Wunder. »Ich hatte ganz überraschend ein paar Tage frei, da dachte ich, es würde uns guttun, ein bißchen herauszukommen.«

»Ist Gaby auch hier?« fragte Martin, auch dies ganz unbefangen und, wie es schien, durchaus erfreut, so, als erkundige er sich nach einer guten Bekannten. Erst als er es ausgesprochen hatte, kam ihm das Merkwürdige der Situation zum Bewußtsein, bemerkte er ganz deutlich Unbehagen und Verwirrung in Pauls Gesicht. Augenscheinlich war es diesem weitaus unangenehmer, daß sie hier zusammentrafen, als ihm selbst.

»Ja«, erwiderte Paul gepreßt. »Es ist... was machen wir nun?

Sie hat ja keine Ahnung, und … Lieber Himmel, da kommt sie schon.«

Verwundert fragte sich Martin, warum Paul ihr Zusammentreffen so dramatisierte. Gewiß, rein äußerlich war die Situation noch nicht geklärt, aber das war wohl nur noch eine Formsache. Gaby und er waren über das Schlimmste hinweg. Er konnte ja nicht wissen, daß Paul von seinen Begegnungen mit Gaby keine Ahnung hatte.

Gaby kam die Treppe herunter, langsam, ein wenig schlendernd, sie hatte sich umgezogen, um mit Paul in der Halle Tee zu trinken. Sie trug einen weiten Samtrock und einen grünen Pullover und als Zugeständnis an die kuriose Mode des Après-Ski schwarze Samtpantöffelchen und lange schwarze Hänger mit Kugeln an den Ohren. Sie sah sehr jung und sehr reizend aus, wie sie da kam, und war überdies gut gelaunt und neugierig darauf, was Paul wohl zu ihrem Aufzug sagen würde. Er liebte keine Extravaganzen an ihrer Garderobe. Sie freute sich schon im voraus auf sein indigniertes Gesicht.

Noch auf der Treppe sah sie Martin. Im gleichen Moment drehte Paul sich um und sah sie kommen, und die Bestürzung und die Ratlosigkeit in seinem Gesicht amüsierten sie noch mehr. Aber dann bemächtigte sich ihrer ebenfalls Verwirrung. Verflixt, das war ja eine schöne Geschichte! Und sie hatte Paul nichts davon erzählt, daß sie Martin getroffen hatte. Sie hatte es sich immer noch als besondere Pointe aufgehoben. Außerdem war vielleicht auch noch ein anderer Grund dafür vorhanden, daß sie es ihm verschwiegen hatte, ein Grund, den sie selbst nicht genau hätte erklären können. Im Moment jedenfalls verwünschte sie ihre Geheimniskrämerei. Was würde Paul dazu sagen?

»Verflixt«, sagte sie halblaut zu sich selbst, »das haste jetzt davon.«

Lächelnd und mit scheinbar sicherer Anmut ging sie auf die beiden Männer zu.

»Gaby«, begann Paul, als sie sich näherte, »hör zu, ich …«

Aber er kam nicht weiter. Gaby hatte bereits Martin die Hand hingestreckt und sagte heiter: »Hallo, Martin. Auch hier? Du läufst wieder Schi? Das ist prima.«

Paul war sprachlos, noch mehr, als er sah, daß auch Martin ganz selbstverständlich Gabys Hand ergriffen hatte und sie begrüßte, als hätten sie sich gestern erst gesehen.

Gaby befand sich nach zwei Seiten hin in einer peinlichen Situation. Da war Paul, der nicht wußte, daß sie Martin bereits zweimal getroffen hatte. Und da war Martin, der nicht ahnte, daß Paul nichts davon wußte. Gaby überbrückte den gefährlichen Punkt zunächst mit lebhaftem Geplauder nach beiden Seiten, einem etwas nervösen und sprunghaften Geplauder. Sie erzählte Paul, was für ein großartiger Schiläufer Martin früher gewesen sei, berichtete Martin, daß sie es noch immer zu keiner besonderen Meisterschaft gebracht habe. »Ich rutsche halt so ein bißchen mit, weißt du. Wie früher schon. Ich glaube, ich bin zu feig.« Dann lobte sie wortreich das Hotel. »Wir haben schon öfter hier gewohnt, weißt du, Martin. Man ist wirklich gut untergebracht, findest du nicht auch? Kamst du per Zufall her, oder hat es dir jemand empfohlen? Bist du schon lange hier? Ist aber wirklich nett, daß wir uns getroffen haben. Trinkst du mit uns Tee?«

Hier machte sie endlich eine Pause und hoffte nur, daß Martin nicht etwa ja sagen würde. Erst mußte sie mit Paul allein sprechen.

»Danke«, sagte Martin glücklicherweise. »Ich will mich erst umziehen. Und ich habe schon eine Verabredung zum Tee.«

»Oh la la!« sagte Gaby und lachte ein wenig albern. »Fängst du schon wieder an, den Frauen die Köpfe zu verdrehen?« Und dann verstummte sie, als habe sie jemand abgestellt, und stand mit etwas ratloser Miene zwischen den beiden Männern.

Paul wußte nicht, was er denken sollte. Sicher, sie waren zivilisierte Mitteleuropäer; man war gewohnt, sich zu beherrschen und die gesellschaftliche Fassade zu wahren. Man fiel nicht mitten in einer Hotelhalle in Ohnmacht oder stieß einen Schrei aus, nein, Gott sei Dank nicht. Aber er hätte erwartet, daß Gaby blaß und erschrocken gewesen wäre, und vielleicht auch, daß Martin sich auf dem Absatz herumgedreht hätte und weggegangen wäre. Nichts von dem, sie standen hier und machten Konversation, so ein bißchen leeres dummes Geplauder, wie man es immer machte, wenn man irgendwo Bekannte traf.

Nein, Paul wußte wirklich nicht, was er davon denken sollte. Und er wußte jetzt auch nicht, was er sagen sollte. Am wenigsten beeindruckt schien Martin zu sein. »Ja dann«, sagte er, »ich gehe mal nach oben. Wir sehen uns ja später noch.« Er nickte den beiden zu und wandte sich zur Treppe.

Im gleichen Moment trat ein anderer Gast durch die Eingangstür, eine hübsche kleine Frau in besonders auffallendem Schidreß, sie trug himmelblaue, ganz knapp und prall sitzende Hosen und dazu einen maisgelben Anorak von besonderem Schick. Auf dem Kopf trug sie nichts. Ihre dichte, lange, rotbraune Lockenmähne war aber durchaus bemerkenswert. Auch sie war braungebrannt und außerordentlich hübsch, wenn auch im Typ etwas herausfordernd, um nicht zu sagen vulgär, wie Gaby später abfällig konstatierte.

»Martin«, rief sie dem Davongehenden nach, nicht eben gerade leise. »Warte. Ich hab's bekommen.« Sie schwenkte ein Päckchen in der Hand und beeilte sich, Martin einzuholen. Zu allem Überfluß rief sie noch, gerade als sie bei Gaby und Paul vorbeiging: »Hast du den Schlüssel?«

Martin hatte sich umgesehen und war unhöflicherweise noch einige Schritte weitergegangen, ehe er stehenblieb, um auf sie zu warten. Sein Blick glitt zurück zu Gaby und Paul, die beide etwas verblüffte Gesichter machten. Und Martin, dessen Sinn für Humor sich immer mehr retablierte, dachte amüsiert: Genaugenommen hätte Gaby jetzt einen Scheidungsgrund. Sie entdeckt mich mit einer Frau im Hotel, und die Frage nach dem Schlüssel bekennt, daß wir ein gemeinsames Zimmer haben. Es ist eine Situation wie aus einer französischen Komödie. Ich wohne mit einer anderen Frau hier und meine Frau mit einem anderen Mann, und keiner kann etwas dabei finden. Nur ist es eben nicht komisch. Nein, wirklich nicht. Aber ist es eigentlich noch tragisch? Das ist es auch nicht mehr.

»Du hörst ja gar nicht zu«, sagte Lore vorwurfsvoll, sie gingen zusammen die Treppe hinauf, und sie erzählte ihm irgend etwas.

»Natürlich hör' ich zu«, sagte Martin abwesend. Hm, da gab es eine im ersten Augenblick übersehene Schwierigkeit: Lore! Sie mußte ja nun erfahren, daß Gaby hier war. Man würde sich treffen, im Speisesaal, in der Halle, draußen, immer wieder, und es ließ sich ihr kaum verschweigen, wer Gaby und Paul waren. Mit Mühe unterdrückte er einen lauten Seufzer. Wie, um Gottes willen, würde sich die so wenig zurückhaltende Lore in dieser Situation benehmen? Am besten wäre es, ihr gar nichts zu sagen und einfach abzureisen.

Aber Lore hatte schon etwas mitgekriegt. »Wer waren denn die Dame und der Herr, mit denen du dich eben unterhalten hast?« fragte sie.

»Hast du das gesehen?« fragte Martin einigermaßen erstaunt zurück.

»Na ja, durch die Tür, gerade als ich kam, gingst du weiter. Hast du die kennengelernt? Sind es nette Leute? Wär' ganz nett, wenn wir hier noch ein bißchen Gesellschaft hätten, nicht?«

»Ich kannte sie schon«, sagte Martin. Nun mußte er wohl gleich Farbe bekennen.

»So? Wer ist es denn?«

Sie bogen in den Korridor ein, in dem ihr Zimmer lag. Martin sah Lore von der Seite an. »Es ist Gaby mit ihrem Freund«, sagte er dann in nebensächlichem Ton.

Lore blieb wie angenagelt stehen. »Wie?« fragte sie schrill.

Martin ging weiter, kam an ihre Tür und schloß auf. Lore kam ihm aufgeregt nach. »Gaby? Das ist doch nicht möglich! Deine Frau?«

»Ich würde das noch ein bißchen lauter schreien«, meinte er und schob sie ins Zimmer. »Hier im Hotel bist schließlich du meine Frau. Oder nicht?«

Lores Fähigkeit, sich zu wundern, war wirklich bemerkenswert. Sie überschüttete Martin mit Fragen und platzte fast vor Neugier. »Du hast sie zufällig getroffen? Was hat er denn gesagt? Was hat sie denn gesagt? Wohnen sie denn auch hier?« Und Lore, der kleine Parvenü: »Dann muß er aber gut verdienen. Sie sieht ganz gut aus, nicht? Er aber auch. Gut, daß du sie schon einmal getroffen hast, sonst wäre es wohl ziemlich peinlich gewesen, was?«

»Es ist so schon peinlich genug«, sagte Martin. »Und ich frage mich, wie ich dich dazu bewegen kann, dich nicht allzu auffällig zu benehmen, wenn wir sie wiedersehen.«

»Pöh!« machte Lore wegwerfend. »Gib nur nicht wieder so an! Mir kann's ja Wurscht sein, nicht? Ich bin schließlich keine verheiratete Frau, die mit einem anderen Mann zusammenlebt. Ich nicht. Du brauchst gar nicht so zu tun, als wenn ich nicht fein und vornehm genug für euch wäre.«

Gaby und Paul hatten sich schweigend an einem Tisch in der Halle niedergelassen und Tee bestellt. Dann sagte Paul und fuhr sich durchs Haar und stöhnte dabei ein bißchen: »Großer Gott, das war aber eine aufregende Viertelstunde.«

»Warum?« fragte Gaby unschuldig.

»Warum?« wiederholte er gereizt. »Na, hör mal, du bist gut. Du bist wirklich gut. Du tust, als sei es das Normalste von der Welt, deinen Mann hier zu treffen. Die ganze Zeit gehst du einer Begegnung aus dem Weg und tust, als ginge es dir ans Leben, wenn du ihn mal sprechen sollst, und ich mache mir die größten Sorgen, was passieren wird, wenn du ihn wirklich siehst, und dann kommt die gnädige Frau herbei und sagt ganz quietschvergnügt: Hallo, Martin, auch hier!«

Gaby zündete sich eine Zigarette an, um Zeit zu gewinnen. Paul war nicht eben in glänzender Laune. Der Himmel wußte, was passieren würde, wenn sie ihm jetzt die Wahrheit sagte. Paul war eigentlich in letzter Zeit immer gereizt und ungeduldig. Früher war er doch nicht so.

»Ich wundere mich, daß du ihn überhaupt erkannt hast«, fuhr Paul fort. »Schließlich muß er sich doch irgendwie verändert haben in den ganzen Jahren.«

Das war ihr Stichwort. Gaby holte tief Luft und sagte dann; »Ich habe Martin in den letzten Wochen bereits zweimal getroffen.«

»Wie?« Paul starrte sie an, als sei sie plötzlich übergeschnappt. »Was sagst du?«

Gaby sah ihn fest an und wiederholte: »Ich habe ihn schon zweimal gesehen. Bei Henriette habe ich ihn getroffen.«

»Du hast ihn getroffen? Bei Henriette? Und ich weiß davon gar nichts?«

Der Ober brachte den Tee. »Danke«, sagte Gaby und goß sich und Paul ein. Ihre Hand zitterte ein wenig. »Ich wollte es dir schon immer erzählen. Aber du hast ja so wenig Zeit, und nie kann man mit dir in Ruhe reden. Starr mich nicht so an, als hätte ich etwas verbrochen! Du wolltest die ganze Zeit, daß ich ihn mal treffe, und warst böse auf mich, daß ich es nicht getan habe. Und da hab' ich ihm eben eines Tages geschrieben, und dann... dann habe ich ihn angerufen.«

»Ohne mir ein Wort zu sagen?«

»Ich wollte erst sehen, was daraus wird und wie er sich benimmt. Und wie ich das erstemal nach Hause kam, wollte ich es dir erzählen, aber da warst du ganz ekelhaft zu mir. Irgend etwas war los, ich weiß nicht mehr.«

»Du hast also Geheimnisse vor mir?«

»Geheimnisse!« wiederholte Gaby heftig. »Was sind denn das schon für Geheimnisse, wenn ich meinen eigenen Mann treffe!«

»Deinen eigenen Mann! Auf einmal ist er dein Mann.«

»Na ja, das ist er schließlich doch.«

»Ich versteh' das nicht«, sagte Paul. Er saß ganz zusammengesunken in seinem Sessel. Nein, Paul war ein unkomplizierter, gradliniger Mensch, er konnte die seltsamen Beweggründe Gabys und die merkwürdigen Wege, die eine Frau manchmal eben ging, gewiß nicht verstehen. Gaby tat er leid. Aber sie mußte sich weiter verteidigen.

»Mein Gott, Paul, die ganze Sache ist doch so schwierig. Und ich wußte selber nicht, was alles geschehen sollte und was ich machen könnte. Du weißt doch, wie durcheinander ich war, als er kam. Und dann warst du so komisch zu mir, immer mehr. Und dann war Michi noch krank. Und ich dachte, es sei meine Schuld, daß er krank geworden war, weil ich schlecht an Martin gehandelt hatte. Und da hab' ich eben eines Tages... na, da hab' ich ihn eben angerufen.« – »Erzähl es mir genau«, forderte Paul.

»Da ist nicht viel zu erzählen. Das erstemal war es sehr unangenehm, und ich hab' geweint und all so was. Henriette hat die Situation gerettet. Das zweitemal ging's dann schon besser.«

»Du hast also zu Henriette mehr Vertrauen als zu mir«, stellte Paul düster fest.

»Was für ein Unsinn! Aber Henriette ist eine Frau, sie konnte mir mehr helfen.« In wenigen Worten erzählte sie den Ablauf ihrer Begegnungen mit Martin. Paul hörte schweigend zu.

»Ich weiß gar nicht, warum du so ein Gesicht machst«, schloß Gaby. »Du hast doch die ganze Zeit selber gewollt, daß ich mit ihm spreche.«

»Natürlich. Aber ich verstehe nicht, warum du Heimlichkeiten vor mir hast«, beharrte er.

»Heimlichkeiten! Ich mußte das eben mit mir selber abmachen, Paul. Du konntest mir da nicht helfen.«

Paul war jetzt kleinlich und mißtrauisch. »Ich verstehe dich nicht«, wiederholte er eigensinnig. »Da leben wir nun seit fünf Jahren zusammen, und ich denke, du hast Vertrauen zu mir und du gehörst zu mir, und dann gehst du einfach hin und unternimmst so entscheidende Dinge hinter meinem Rücken.«

»Na schön«, sagte Gaby ungeduldig. »Dann verstehst du's eben nicht. Ich kann es dir auch nicht genau erklären. Ich hab's halt so gemacht. Und ich bin heilfroh, daß ich Martin getroffen und gesprochen habe und daß all die Unsicherheit und Angst aus der Welt geschafft ist. Es hat mich sehr bedrückt, Paul, du weißt vielleicht nicht wie.«

»Nun, ich habe wohl in dieser Angelegenheit mehr Einfühlungsvermögen besessen als du, meine Liebe. Ich habe die ganze Zeit gewünscht, es würde sich eine Möglichkeit bieten, mit Martin ins Gespräch zu kommen und eine Basis zu finden, die jedem gerecht wird, soweit dies möglich ist.«

»Na also«, warf Gaby ein.

Aber Paul konnte sich nicht so leicht zufriedengeben. »Aber daß du über meinen Kopf hinweg gehandelt und mir es nicht einmal hinterher gesagt hast...«

»Ich wollte es dir schon immer sagen.«

Auch seine Eitelkeit war getroffen. »Martin muß mich für einen schönen Idioten halten. Ich stehe da unten mit ihm und zittere vor dem Moment, wo du kommst, und er ist völlig unbefangen. Jetzt verstehe ich erst, warum er so ruhig war.«

»Er hat das gar nicht gemerkt«, sagte sie. »Er weiß ja nicht, daß ich dir nichts erzählt habe.«

Glücklicherweise kam endlich Pauls Ferngespräch, so daß Gaby erlöst wurde. Sie bestellte zwei Whisky und zündete sich eine neue Zigarette an. Whisky trank sie für ihr Leben gern, obwohl Paul fand, es sei kein Getränk für eine Frau. Er war in dieser Beziehung ein bißchen spießig, außerdem fand er ihn auch zu teuer; denn trotz seines guten Einkommens war Paul nicht der Mann, der Geld gar zu leichtsinnig ausgab, was Gaby manchmal ärgerte. Heute schien Gaby der Whisky angebracht. Sie war froh und erleichtert, daß Paul endlich Bescheid wußte und daß Martin gut aussah und sich offensichtlich wohl befand. Daß er ihr lächelnd die Hand gab und sie sich ohne allzu große Depressionen in die Augen sehen konnten.

Irgendwo aber im Grunde ihres Herzens saß dennoch ein kleiner nagender Wurm, der kein rechtes Wohlbefinden aufkommen ließ. Worüber ärgerte sie sich eigentlich noch? Ach ja, die Frau, das war es wohl, sie gestand es sich ehrlich ein.

Und das war auch die erste Frage, mit der sie Paul überfiel, als er vom Telefon zurückkam.

»Wer war eigentlich das Frauenzimmer, das er da dabei hatte?«

Paul sah sie erstaunt an. »Na hör mal, das weiß ich doch nicht. Es war jedenfalls eine bildhübsche Person.«

Gaby verzog das Gesicht. »Das ist Geschmacksache. Ein ziemlich vulgärer Typ, nicht? Diese roten Haare. Und die hellblaue Hose. Und überhaupt, weißt du, ich finde das reichlich merkwürdig. Woher hat er dann das Geld, hier zu wohnen, und noch dazu mit einer Frau? Und anscheinend wohnt sie mit ihm in einem Zimmer, ich finde das schon reichlich merkwürdig.«

Wider Willen mußte Paul lachen. Dann schüttelte er den Kopf. »Lieber Gott, Gaby, du bist doch zu kindisch. Schließlich wohnen wir ja auch hier in einem Zimmer und...«

»Das ist ganz etwas anderes«, fuhr Gaby dazwischen.

»Na schön. Jedenfalls kann mich nichts mehr freuen als gerade die Tatsache, daß Martin eine Freundin hat und eine hübsche noch dazu.«

»So?« fragte Gaby spitz. »Na, mich nicht.«

»Wieso?« fragte Paul, erneut voll Mißtrauen.

»Wenn er so eine hat«, schränkte Gaby ein. »Die ist doch sicher bloß darauf aus, geheiratet zu werden, und überhaupt, sie gefällt mir nicht.«

»Du hast sie doch nur einen kleinen Moment gesehen im Vorbeigehen. Da kannst du dir doch kein Urteil bilden«, sagte Paul unschuldig. Nie würde ein Mann begreifen, *wie* rasch eine Frau zu einem Urteil über eine andere kommt.

»Das genügt mir«, erwiderte Gaby.

»Und was machen wir jetzt?« lenkte Paul ab.

»Wieso? Was sollen wir machen?«

»Na ja, es ist doch eine komische Situation. Wie sollen wir uns verhalten? Am besten wäre es, wir würden abreisen. Aber das geht nicht.«

»Nein, das geht nicht. Er würde denken, wir reisen seinetwegen ab. Ein paar Tage müssen wir schon hierbleiben.«

»Er ist schon seit zehn Tagen hier, sagte er.«

»Sieh mal an. Das kostet aber eine Menge Geld, für zwei Personen.«

»Wenn du ihn gesprochen hast, mußt du doch wissen, was er jetzt macht und ob er soviel verdient.«

»Eben nicht. Er arbeitet in einer Tankstelle oder so was Ähnliches.«

»Hm, vielleicht hat sie Geld?«

»Das würde Martin nie tun«, sagte Gaby bestimmt, »sich von einer Frau etwas bezahlen lassen. Nie.«

Paul streifte sie mit einem kurzen Seitenblick. Auch er fühlte sich unbehaglich. Gaby war ihm ein Rätsel, was fühlte und dachte sie wirklich?

Beim Abendessen sah man sich wieder. Das hübsche, intim und geschmackvoll eingerichtete Restaurant des Hotels war gut besucht, man saß einige Tische auseinander, weit genug, daß zur Begrüßung ein gegenseitiges Nicken genügte, doch nah genug, daß man sich ohne Schwierigkeiten sehen konnte, wovon besonders die Damen, wenn auch in diskretester Form, Gebrauch machten.

Paul hatte Gaby gefragt, ob man sich eventuell zusammensetzen sollte, aber Gaby hielt nichts davon. »Nee, das geht wohl nicht«, sagte sie. »Dazu ist alles doch ein bißchen zu verwickelt. Die Unterhaltung würde doch einige Schwierigkeiten machen, was?«

Gaby hatte sich so gesetzt, daß sie ohne große Kopfverdrehungen zu dem anderen Tisch hinüberblicken konnte. Besonders das »Frauenzimmer« interessierte sie natürlich, aber sie fand beim besten Willen nicht viel an ihr auszusetzen. Sie war wirklich attraktiv, gut zurechtgemacht, und das rote Haar war jetzt etwas dezenter an den Kopf frisiert. Auch angezogen war sie nicht schlecht, ein graues enges Jerseykleid, ganz einfach gearbeitet, geradezu vornehm, höchstens vielleicht, daß es die Figur ein wenig zu sehr betonte. Aber nach dem nachmittäglichen Auftritt hätte Gaby diese betont schlichte Aufmachung nicht erwartet. Sie konnte nicht wissen, daß Martin gerade dieses Kleid und kein anderes für diesen Abend gewünscht hatte. Lore hatte wortlos seinen Rat befolgt, soviel wußte sie jetzt schon, daß er von dem Exterieur einer Dame mehr verstand als sie.

Auch Lore hatte alle Mühe, ihre Blicke nicht zu oft zu dem anderen Tisch hinüberzuschicken. Natürlich registrierte auch sie jede Einzelheit an Gaby, Frisur und Kleidung, ihre Haltung und ihr Benehmen, und ebenso interessierte sie Paul. Er war ein ganz netter Mann, ohne Zweifel, nicht so groß wie Martin und ein wenig zur Fülle neigend. Das würde sich mit der Zeit noch weiter auswachsen. Auch sein Haar war über der Stirn schon gelichtet. Er war trotzdem sehr sympathisch. Aber, so dachte Lore mit aufrichtiger Befriedigung, Martin sieht viel besser aus.

Wie gut er wirklich aussah, kam eigentlich jetzt erst so richtig zum Vorschein, braungebrannt und gesund, wie er nun aussah; und die Falten in seinem Gesicht und die manchmal umschatteten Augen störten gar nicht. Im Gegenteil, es machte ihn erst recht interessant. Gerade hier im Hotel, an dem exklusiven Wintersportplatz, hatte Lore oft genug Gelegenheit, zu beobachten, daß Martin keineswegs in der Menge unterging, daß die Frauen die Köpfe nach ihm drehten und ihm manchmal zulächelten. Sie hatte auch schon gesehen, daß er zurücklächelte, o ja, das tat er schon wieder. Gaby, die vier Tische weiter da drüben saß, hätte sie darüber aufklären können, daß er das früher auch schon getan hatte.

Freilich, Lore war hübsch genug, um es mit Fassung zu ertragen, ihr folgten schließlich die Blicke der Männer, wohin sie auch kam, das war ganz sicher und oft genug erprobt. Und so dachte sie auch jetzt mit Befriedigung: Ich bin hübscher als diese Gaby. Und älter als ich ist sie auch schon.

Einige Male trafen sich die Blicke der Frauen. Nichtssagende, hochmütige Blicke. Aber sie wußten beide, daß sie sich nicht leiden mochten.

Das Essen war gut und reichlich, es dauerte eine Weile, bis sie gespeist hatten. An beiden Tischen wurde Wein getrunken. Martin und Lore standen als erste auf und verließen das Restaurant, sie mußten bei Gaby und Paul vorbei. Man grüßte sich höflich, die Damen lächelten.

»Eine blödsinnige Situation«, sagte Gaby hinterher zu Paul. »Kommt dir das auch so albern vor?«

»Ja«, bestätigte Paul. »Aber wie soll man sich verhalten?«

»Wenn er allein wäre, dann wäre es ganz einfach. Wir könnten ihn bitten, sich zu uns zu setzen.«

»Ich weiß nicht, ob es dann einfacher wäre. Vielleicht fände dann er die Situation besonders blödsinnig.« Um sie abzulenken, fragte er: »Gehen wir noch ein Stück an die Luft?«

Gaby blickte zweifelnd auf ihre Pumps hinunter. »Dann müßte ich mir andere Schuhe anziehen.«

»Na, dann zieh dir eben andere Schuhe an. Das ist ja nicht so schwierig, oder?«

»Nein.« Sie wollte fragen: Gehen wir nachher ein bißchen in die Bar? Denn die Bar in diesem Haus war besonders reizend und gemütlich, sie kannte sie von früheren Besuchen her. Aber sie fragte nicht. Sie wußte, daß Paul heute nicht in die Bar gehen würde, denn man mußte damit rechnen, daß die beiden anderen auch dort landeten. Es genügte ja vielleicht auch für den ersten Tag an Unruhe und Unsicherheit.

Zwei Tage später traf man sich ganz zufällig am Schilift. Es gab Dutzende von Abfahrten und den dazugehörenden Schilift in der Umgebung; aber ausgerechnet hier, an diesem etwas abgelegenen und nicht so befahrenen Berg begegnete man einander. Doch die schöne Natur – hohe weiße Berge, in strahlender Sonne unter einem märchenblauen Himmel liegend – ließ es gar nicht erst zu, daß die Menschen sich albern und unnatürlich benahmen.

Paul und Martin trafen sich an der Auffahrt. Sie schüttelten sich die Hände, sagten ein paar Worte über das Wetter und über den Schnee und warteten dann schweigend, bis sie drankamen.

Kurz ehe Martin auf seinen Sitz kletterte, fragte er: »Gaby traut sich wohl nicht?«

»Nein. Die Abfahrt ist ihr zu steil. Wir haben unten schon eine ganze Weile zugesehen. Die kommen alle mit einem Affenzahn herunter.«

»Ja«, Martin lachte. »Aber es ist eine der besten Abfahrten hier in der Gegend.«

»Haben Sie die schon probiert?«

»Schon ein paarmal.«

»Na, ich versuch's dieses Jahr zum erstenmal.«

Hintereinander schwebten sie dann auf den luftigen Sitzen in die Höhe.

Oben war es herrlich. Die Fernsicht war wunderbar, Gipfelkette reihte sich an Gipfelkette, so erhaben und groß war es, so überirdisch schön, daß man im Moment alle Alltagssorgen vergaß. Gewiß, sie würden wiederkommen, wenn man unten war. Der Alltag war immer stärker als die wenigen Augenblicke, die man auf Höhen verbrachte, seien es nun die Höhen der Berge oder die Höhen eines Glückes. Aber ein wenig behielt man wohl auch davon zurück und nahm es mit hinunter, und der Gedanke daran, die Erinnerung, veränderte oftmals die Perspektive der Alltagssorgen. Man sah dann ein, so wichtig war es wieder auch nicht, was einem Kopfschmerzen bereitete.

Martin und Paul standen schweigend nebeneinander. Worte waren nicht nötig, sie sahen beide, wie schön es hier war, und sie fühlten beide, daß zwischen ihnen weder Haß noch Feindschaft war, trotz aller Komplikationen. Es wäre kein schlechter Augenblick gewesen, ein paar erste, verständige Worte zu sprechen, aber beide scheuten sie davor zurück, angesichts des wunderbaren Bildes von ihren Privatangelegenheiten zu sprechen. Man verstand sich auch ohne Worte.

»Also dann«, sagte Martin schließlich, »ab geht's.«

Sie stellten sich am Start der Abfahrt auf. »Der Schnee ist ziemlich festgefahren«, meinte Martin. »Die Piste ist sehr rasch. Ich würde Ihnen raten, die Kurven gut auszufahren und drüben am Waldrand vielleicht das erstemal abzuschwingen und dann ziemlich waagerecht zum Hang zurück. Sonst kommt man zu weit oben schon in einen scharfen Schuß hinein.«

»Aha«, meinte Paul, dem ein bißchen mulmig zumute war. Er war hier schon mal abgefahren, vor zwei Jahren, aber er hatte den Hang nicht so steil in Erinnerung. Und schließlich war er überhaupt noch nicht trainiert dieses Jahr. Er fixierte den Waldrand und nahm sich vor, möglichst flach hinüberzukommen und die ganze Breite der Piste bis zur anderen Seite dann auszufahren.

»Ich geh' los«, sagte Martin. Er duckte sich ein wenig, stemmte die Stöcke ein, lachte noch einmal über die Schulter zurück und stieß sich ab.

Paul folgte ihm mit den Blicken. Ohne Zweifel, Martin fuhr großartig, da konnte er nicht mit. Er nahm in ziemlich rascher Fahrt die Strecke bis zur Kurve am Waldrand, wandte schon vorher, ohne die Fahrt sonderlich abzubremsen, mit elegantem Schwung. Das Latschenholz rechts und links vom Start verbarg ihn jetzt Pauls Blicken, aber bei der nächsten Kurve tauchte er wieder auf, ging auf die Mitte der Piste und sauste tief geduckt nach unten. Fabelhaft! Paul nickte anerkennend. Erstaunlich, daß der Mann das fertigbrachte, nach allem, was er erlebt hatte.

Jetzt mußte er auch los. Paul stellte die Schier ein wenig schräg, er würde noch eine Wende am Hang extra einlegen. Na ja, irgendwie würde er schon hinkommen.

Auf einmal fiel ihm Gaby ein. Sie stand unten und wartete auf ihn. Sie würde auch Martin gesehen haben, als er unten eintraf. Gaby! Seine Frau, auch wenn sie es vor dem Gesetz noch nicht war. Die Mutter seines Jungen. Eine Welle von Zärtlichkeit überschwemmte sein Herz. Gaby, ich liebe dich, dachte er, ich will dich nicht verlieren. Ich kann dich nicht verlieren.

Er erschrak über diesen Gedanken. Wie kam er denn darauf? Warum sollte er Gaby verlieren? Davon war doch keine Rede. Gaby liebte ihn doch auch. Sie hatten glücklich zusammen gelebt all die Jahre. An wen sollte er sie denn verlieren?

Was für ein unsinniger Gedanke!

Energisch stemmte er die Stöcke ein und stieß sich ab. Nicht so vorsichtig, wie er geplant hatte, begann die Fahrt. Er erkannte gleich, daß er zuviel Schwung bekam, und hatte genug zu tun, die Abfahrt durchzustehen. Das ließ ihn diese seltsame Sorge um Gaby momentan vergessen. Aber sie würde wiederkehren.

Gaby, der so schnell nichts entging, hatte Martin unten schon am Lift gesehen. Sie setzte sich mit dem Rücken an die Holzwand der Hütte, die hier stand, und öffnete ihren Anorak. Es war himmlisch warm in der Sonne. Sie legte den Kopf zurück und schloß die Augen. Trotzdem spürte sie genau die Blicke, die ihr Profil trafen. Denn sie hatte natürlich auch Lore gesehen, die himmelblauen Keilhosen waren auf keinen Fall zu übersehen. Aber sie hatte nicht gezeigt, daß sie sie erkannt hatte. Und sie würde der auch nicht den Gefallen tun, sie anzusehen.

Sie öffnete die Augen und legte die Hand zum Schutz vor der Sonne an die Stirn. Das dauerte aber lange, bis die herunterkamen! Eine plötzliche Sorge überfiel sie. Was machten die beiden da oben auf dem Gipfel? Hoffentlich keinen Unsinn. Gewalttätig waren sie wohl zwar beide nicht. Aber es genügte ja bereits, wenn sie unnötig dummes Zeug redeten. Männer redeten ja zumeist dummes Zeug, wenn man sie in prekären Situationen sich selbst überließ. Dann kam als erster Martin. Man sah natürlich eigentlich nicht, daß der Läufer, der da in bestechendem Stil und in großer Fahrt herabkam, Martin war, aber Gaby vermutete es. So befahren war diese Piste nicht. Und so fahren konnte auch nur einer, der von Kindesbeinen an auf den Schiern stand.

Er kam mit großem Tempo an und stoppte kurz vor der Hütte, daß der Schnee aufstob. Unwillkürlich klatschte Gaby in die Hände. »Bravo«, rief sie, »so gut wie früher, du hast nichts verlernt.«

Martin lachte, erfreut über ihr Kompliment und im Grunde seines Herzens unbeschreiblich glücklich darüber, daß er das noch konnte und daß er jetzt hier war, als freier Mann – daß das Leben ihm wieder Spaß machte.

»Servus, Gaby«, sagte er und rutschte neben sie. »Tja, ist erstaunlich, was die alten Knochen noch so hergeben.«

Er blieb neben ihr stehen und sah lächelnd auf sie hinunter. Sie hatte das Gesicht eingekremt und eine große Sonnenbrille auf, um so besser sah man, welch hübschen Schwung ihr nicht zu kleiner voller Mund hatte, den sie kräftig angestrichen hatte.

»Wo bleibt Paul?« fragte sie. »Ich hoffe, du hast ihn nicht in eine Schlucht gestürzt.«

»Ich hab' ihm geraten, etwas langsamer abzufahren, die Bahn ist sehr glatt. Und er ist noch nicht trainiert dieses Jahr, nicht?«

»Ich hab's eigentlich überhaupt nicht gern, wenn er so steile Abfahrten macht. So jung ist er schließlich auch nicht mehr; jedes Jahr brechen sich so viele Leute die Knochen beim Schifahren.«

Lore, die einige Schritte entfernt stand, beobachtete das Tête-à-tête mit wachsendem Grimm. Was dachten die sich eigentlich? Und was fiel Martin ein, sie hier einfach stehenzulassen? Sie wollte ihn auch loben für die großartige Abfahrt, und er stellte sich einfach zu der hin. Sie näherte sich langsam. Martin, der ihre zornigen Augen nicht sah, da auch sie eine Sonnenbrille trug, lachte ihr unbefangen entgegen. »Na, willst du nicht mal 'raufkommen?«

»Ich kann mich beherrschen«, sagte Lore. Sie war jetzt fast neben ihnen, Gaby wandte noch immer nicht den Kopf. Ich müßte sie eigentlich bekannt machen oder so was, dachte Martin.

Aber zunächst kam erst mal Paul. Er kam lange nicht so schnell, schwang mehrmals ab, und einmal sah es aus, als würde er stürzen. Aber er fing sich wieder und stand die Abfahrt in guter Haltung durch.

Gaby lobte ihn und schimpfte gleichzeitig ein wenig. »Es hätte dich ganz schön hinhauen können«, sagte sie vorwurfsvoll, »das ist eine eklige Abfahrt.«

Martin und Paul gaben einige fachmännische Bemerkungen von sich, und dann entstand eine Pause. Paul sah Lore an.

»Darf ich übrigens bekannt machen«, sagte Martin. Zu Lore: »Herr Oldenhoff.« Zu Paul: »Frau Roth.« Er blickte auf Gaby. Er konnte doch jetzt nicht gut sagen: meine Frau.

Lore lächelte. »Ich weiß«, sagte sie.

Gaby hatte ihr das Gesicht zugewandt, lächelte sehr liebenswürdig, die Augen verborgen hinter dem schwarzen Glas, und sagte: »Oh! Sehr erfreut.« Doch sie reichte Lore nicht die Hand.

Daraufentstand eine kleine Pause. Dann sprach man eine Weile vom Wetter, von der Landschaft und vom Publikum im Ort.

Lore hatte sich neben Gaby auf die Bank gesetzt, die beiden Männer standen vor ihnen.

»Es ist himmlisch in der Sonne«, sagte Gaby. »Wir müssen sehen, daß wir nach dem Essen einen Liegestuhl auftreiben.«

Sie zog ihr Etui heraus, nahm sich eine Zigarette, dann bot sie nach einem kleinen Zögern Lore an.

»Danke«, sagte Lore und nahm eine.

Martin lehnte ab. »Beim Sport wird nicht geraucht«, sagte er. »Schad' um die schöne Luft, die ihr jetzt in den Lungen habt.« Er sah Paul an. »Wie ist es, machen wir's noch einmal?«

»Ich nicht«, sagte Paul. »Nicht heute. Ich muß erst noch ein paar Tage trainieren.«

»Ich möchte gern noch mal. Es geht ja schnell.«

Und ohne weitere Bedenken überließ er die drei sich selbst und wandte sich zum Lift. Dabei dachte er: Zum Teufel mit dem ganzen Theater. Ich komme mir reichlich dämlich vor.

Die vor der Hütte warteten bei mühseligem Geplauder Martins neuerliche Abfahrt ab. Dann ging man in den Ort hinunter, ins Hotel zurück, zum Mittagessen.

Am Abend begegnete man sich zufällig in der Hotelbar. Und nachdem man sich begrüßt hatte, sagte Gaby: »Wollen Sie sich nicht zu uns setzen?« und sie lächelte dabei Lore an, falsch wie eine Katze.

»Oh, sehr gern«, sagte Lore, »wenn Martin Lust hat, ein bißchen hierzubleiben.«

»Wir wollten nur schnell einen Kognak trinken«, meinte Martin zögernd.

»Den kannst du hier bei uns trinken«, sagte Gaby. Paul schaute ein wenig unsicher drein. Ach, diese Gaby, wenn man nur immer wüßte, was sie dachte!

Lore und Martin setzten sich.

»Ihr solltet keinen Kognak trinken«, sagte Gaby, »sondern Whisky, er ist ganz erstklassig hier. Ich trinke furchtbar gern Whisky.« Es klang ein wenig herausfordernd.

Martin schüttelte erstaunt den Kopf. »Was für Gelüste du entwikkelt hast!«

Paul machte ein Schulmeistergesicht. »Laß doch jeden trinken, was er will. Du mit deinem greulichen Whisky! Und teuer ist das Zeug obendrein.«

»Oh, ich habe noch nie Whisky getrunken«, sagte Lore mit der Miene eines Schulmädchens, »ich würde ihn furchtbar gern mal probieren.«

Paul warf Gaby einen vorwurfsvollen Blick zu. Na bitte, das hatte sie jetzt davon. Wußte sie überhaupt, ob Martin sich das leisten konnte? Aber Gaby ignorierte seinen Blick. Sie sah Martin an. Und als er sein Glas bekam, sagte sie: »Auf dein Wohl, Martin.«

Martin war es ein wenig peinlich. Gaby sah ihn so merkwürdig an. Sie würde doch nicht am Ende mit ihm flirten wollen?

Nein, so geschmacklos war Gaby nicht, aber sie dachte auf einmal: Wie wäre es, wenn ich mit Martin den Urlaub hier verbringen würde? Ja, ich möchte es eigentlich.

Sie erschrak über diesen Gedanken. Lieber Gott, war es möglich, daß sie sich aufs neue in Martin verliebt hatte?

Ich bin verrückt, dachte sie. Aber ich gönne ihn der anderen nicht. Ich bin total verrückt. Was soll daraus werden?

Aber ihre Gedanken liefen immer weiter. Martin war ein guter Liebhaber gewesen, zärtlich und leidenschaftlich und – ja, eigentlich war es wunderbar mit ihm gewesen. Plötzlich fielen ihr Einzelheiten aus ihrem kurzen gemeinsamen Leben mit Martin ein, an die sie all die Jahre nicht mehr gedacht hatte. Aber das war nun vorbei. Sie hatte es verspielt. Sie konnte nicht zurück. Oder konnte sie doch? Was für ein Unsinn!

Sie lachte unmotiviert und sagte mit etwas übertriebener Lustigkeit: »Was trinken wir noch? Bleiben wir beim Whisky?«

»Nein«, sagte Paul energisch und zurechtweisend, »wir können noch eine Flasche Wein trinken, wenn du willst. Nur eine. Wir wollen nicht so spät schlafen gehen. Schließlich sind wir zu Erholung hier.«

Gaby benahm sich wirklich seltsam, dachte Paul zornig. Hatte sie denn kein Gefühl dafür, wie komisch das alles war? Aber als der Wein kam, trank sie Martin wieder zu, nur ihm, und dann sagte sie auch noch: »Wollen wir nicht mal tanzen? Du warst früher ein guter Tänzer, Martin.«

»Früher«, sagte Martin. Es klang abweisend. Gaby schwieg eingeschüchtert. Die drei anderen machten ein wenig mühsam Konversation. Aber dann forderte Martin Lore zum Tanzen auf. Gaby sah ihnen aus schmalen Augen nach, als sie zur Tanzfläche gingen.

»Du benimmst dich, Gaby!« sagte Paul. »Ich verstehe dich nicht.«

»Wieso?« fragte Gaby gleichgültig. »Wenn wir jetzt schon mal zusammen hier sind, kann man sich doch normal benehmen. Oder nicht? Schließlich können wir ja hier keine dramatische Szene spielen. Tanzen wir auch?«

»Nein«, erwiderte Paul barsch.

Ich werde morgen wegfahren, dachte Gaby unglücklich, und Michi besuchen. Wenn ich bei ihm bin, wird alles gut sein. Da weiß ich wenigstens, wohin ich gehöre. Ich kann ja schließlich nicht zwei Männer lieben. Und ich kann Paul nicht verlassen. Oder würde es ihm gar nicht soviel ausmachen? Aber weiß ich denn, ob Martin mich noch mag? Sicher nicht. Ach, was ist das Leben doch für eine verwickelte Angelegenheit!

Der übernächste Tanz war ein Tango.

»Ein Tango«, sagte Gaby und sah Martin an.

Er stand auf. »Also probieren wir's mal.«

Eine Weile tanzten sie schweigend. Martin führte sie sicher, und Gaby war leicht zu führen. Es war schön, ihn so nahe bei sich zu fühlen, er war groß und stark. Er soll mich in die Arme nehmen und küssen, dachte Gaby leidenschaftlich, er ist doch mein Mann. Sie sah zu ihm auf. »Du tanzt wunderbar. Genau wie früher.«

»So«, sagte er und wich ihrem Blick aus.

»Treffen wir uns wieder mal? Bei Henriette? Wir zwei allein?«

Jetzt sah Martin sie an. »Wozu soll das gut sein, Gaby? Ist es nicht besser, wenn wir schon getrennt sind, daß wir die Trennung eine vollständige sein lassen?«

Gaby senkte den Blick, aber sie schmiegte sich ein wenig enger in seinen Arm. »Das würde mir sehr schwerfallen, Martin.«

»Du bist mir ein Rätsel, Gaby«, sagte nun auch Martin.

Darauf tanzten sie wieder schweigend. Aber dann fing Gaby noch einmal an. »Ich möchte nur, daß du glücklich bist, Martin.«

»Glücklich?« fragte er zurück. »Ich werde nie mehr glücklich sein.«

»O doch.« Und dann, nach einem kleinen Zögern: »Liebst du diese Frau?«

»Ist diese Frage nicht ein wenig taktlos?«

»Gott, Martin, wirklich, ich...« Gaby verstummte. Was sollte sie denn noch sagen? Er hatte ja recht. Was ging es sie noch an, wen er liebte?

»Übermorgen fahren wir zurück«, sagte Martin.

»Doch nicht unseretwegen?«

»Nein, der Urlaub ist zu Ende.«

»Gehst du wieder in die Tankstelle?«

»Ja.«

»Aber du wolltest doch sehen, daß du in deinem Beruf wieder Fuß faßt. Martin! Das wäre doch wichtig. Henriette hat doch gesagt, sie kennt jemanden, der dir helfen könnte. Das müssen wir jetzt gleich in die Wege leiten.« Das war eine großartige Idee. Dann würde sie ihn wiedersehen.

»Ich werde mich selbst darum bemühen«, sagte Martin zurückhaltend. »Und alles, was uns noch betrifft, werde ich mit Paul besprechen. Die Scheidung und das alles.«

»Du willst dich scheiden lassen?« fragte Gaby kindlich verwundert. Martin blieb vor Überraschung stehen. Er sah sie ratlos an. »Ja, zum Donnerwetter, Gaby, ich versteh' nicht. Was willst *du* denn?«

»Dich«, sagte Gaby schlicht und einfach, und als es heraus war, erschrak sie selbst. Sie errötete und wagte nicht mehr, ihn anzusehen. Was hatte sie jetzt gesagt? Der Raum schien sich um sie zu drehen. Sie hatte gedacht, die Verwirrungen seien zu Ende. Aber sie fingen erst an. Michi, dachte sie verzweifelt, Michi, hilf mir doch!

Ohne noch ein Wort zu sprechen, tanzten sie bis zum Ende. Martin verbeugte sich leicht, als sie an den Tisch zurückgekehrt waren. Sein Gesicht war verschlossen.

Kurz darauf trennten sie sich, und bis er mit Lore abreiste, vermied er ein weiteres Zusammentreffen.

Der Abschied war kurz und förmlich.

»Ich denke, Herr Oldenhoff«, sagte Martin bei dieser Gelegenheit, »daß wir uns in nächster Zeit einmal treffen sollten, um die Formalitäten zu erledigen. Es ist wohl im beiderseitigen Interesse, daß die Geschichte jetzt mal in Ordnung kommt. Rufen Sie mich an, wenn Sie einmal Zeit haben! Gaby hat ja meine Nummer.«

»Ja, natürlich, selbstverständlich«, sagte Paul rasch, erleichtert, daß Martin von selbst davon angefangen hatte. Er warf einen schnellen Blick auf Gaby.

Aber Gaby stand mit gleichgültiger Miene dabei, sie sah weder ihn noch Martin an.

»Das war wirklich anständig von Martin«, sagte Paul, als sie allein waren.

»So? Findest du?« fragte Gaby böse. »Er braucht es nicht so eilig zu haben, mich loszuwerden.«

Fassungslos starrte Paul sie an. »Ich versteh' dich nicht, Gaby. Ich versteh' dich wirklich nicht.«

»Das weiß ich«, sagte Gaby patzig. Sie wandte sich ab, ließ ihn stehen und ging die Treppe hinauf in ihr Zimmer. Paul sah ihr verblüfft nach. Hatte sie wirklich Tränen in den Augen gehabt, oder hatte er sich getäuscht?

APRIL

Reginas erster »Einsatz«, wie es Stups militärisch nannte, erfolgte an einem stürmischen Apriltag. Man fuhr hinaus an einen der nahe liegenden Seen, um eine sommerliche Serie zu machen. Regina verdankte diesem Unternehmen eine böse Erkältung. Denn von Sommer sowieso nicht, nicht einmal entfernt von Frühling war etwas zu spüren. Es war kalt, regnerisch und windig. Jagende Wolken bedeckten den Himmel, und in den wenigen Momenten, in denen die Sonne hervorkam, »schossen« sie die Bilder. Die Mädchen mußten sich in einem Bootshaus umziehen, zwischen den Aufnahmen saßen sie zähneklappernd in ihre Mäntel gehüllt und tranken Kognak, um sich etwas gegen die Kälte zu schützen.

Dodo war dabei, Regina und dann das rothaarige Mädchen, das Regina bei ihrem ersten Besuch schon kennengelernt hatte, eine aparte, schmale kleine Person mit verführerischen Augen, recht temperamentvoll, wie es schien. Sie nannte sich Jinny. Auch der seltsam gekleidete junge Mann mit den lässigen Gebärden und dem blassen Gesicht, den Regina ebenfalls bei jener ersten Gelegenheit gesehen hatte, war mit von der Partie. Conny nannten ihn die Mädchen. Er selbst stellte sich Regina ganz förmlich als Konrad Barkenach vor, mit einer knappen, sehr sicheren und chevaleresken Verbeugung, die gar nicht zu seinem saloppen Äußeren paßte.

Jinny ergänzte die Vorstellung, indem sie sagte: »Wennschon, dennschon, Conny. Sag das Sprüchlein ganz. Man muß doch wissen, wen man vor sich hat.« Und zu Regina gewandt, mit einer Handbewegung auf Conny, erklärte sie feierlich: »Konrad, Graf Barkenach zu und auf Helmrode, einziger Sproß des edlen Stammes. Nachweisbare Vorfahren bis in die Raubritterzeit.«

Jinny und Conny waren ein Paar; daher allein und aus keinem anderen Grunde gehörte der junge Mann in die Gefolgschaft der Firma Janos. Alle waren daran gewöhnt, daß er ständig da auftauchte, wo Jinny erschien. Die beiden schienen unzertrennlich, obwohl keiner irgendwelche besonders tiefgehenden Gefühle merken ließ. Er saß oder stand herum, meist die Beine hochgelagert und irgendein Glas mit trinkbarer Substanz in der Hand, er tat nicht viel, sagte kaum etwas dazu, gehorchte jedoch Jinnys kleinstem Wink. Er hielt ihr den Spiegel, trug den Koffer, hüllte sie in den Morgenrock, bürstete ihr Haar und begutachtete ihr Make-up. Stups allerdings stellte ihn auch zu allen möglichen anderen Arbeiten an, er mußte ihr die Requisiten herbeibringen, das Stativ aufstellen, die Garderobenkoffer schleppen, und schließlich verwendete sie ihn noch als hauseigenen Chauffeur. Denn Conny verfügte über einen großen prächtigen Wagen, der dem von Janos kaum an Länge und Breite nachstand.

Auch an diesem Tag hatte er die Hälfte der Gesellschaft befördert, und schließlich war das Bootshaus, in dem man sich häuslich niederließ, sein Bootshaus und das Segelboot, das ihnen als Requisit diente, sein Segelboot.

Regina hatte ein Bild auf dem Bootssteg, zusammen mit Dodo, die, angetan mit halblangen Hosen und einem dekolletierten Oberteil, auf dem Geländer saß, während sie selbst in einem weiten gestreiften Rock und einem ärmellosen schwarzen Pullover danebenstand. Der Wind blies ihr den Rock lustig um die Beine und ließ ihr kurzes Haar, das Herr Alexander am Vortag wieder kunstvoll bearbeitet hatte, eigenwillig um den Kopf tanzen. Die Aufnahme wurde sehr reizend. Eine ganz andere Regina, nicht das traurige ernste Mädchen oder die kühle Lady, die Janos bisher fotografiert hatte, sondern ein junges, frisches, sehr anmutiges Geschöpf, ganz modern im Typ. Auf einem anderen Bild, das sie allein zeigte, stand sie in einem weißen Leinenkleid, das einen breiten Matrosenkragen hatte, an den Mast des Segelbootes gelehnt, den Blick ein wenig sehnsüchtig in die Ferne gerichtet. Und ganz entzückend wurde schließlich die Aufnahme, als sie in kurzen gepunkteten Pumphöschen und einem winzigen Oberteil zu Jinny in das Boot stieg und dabei geradezu kokett über die Schulter zurücklachte.

Janos war sehr zufrieden mit ihr. Sie machte ihre Sache gut und verstand schnell, was er meinte und wie er sich die Stimmung einer Aufnahme dachte. Er machte darüber eine kurze erstaunte Bemerkung zu Stups, die trocken erwiderte: »Sie ist doch nicht dämlich. Im Gegenteil, sie ist ein ausgesprochen intelligentes Mädchen. Und ein intelligenter Mensch kapiert alles schnell und kann alles, sogar dieses Affentheater hier.«

»Man merkt es im ersten Moment gar nicht, daß sie so aufgeschlossen und gescheit ist«, meinte Janos.

»Ja, das ist wahr«, gab Stups zu, »irgend etwas stimmt nicht mit ihr, sie ist so gehemmt und hat ausgesprochen Angst vor der Umwelt. Ich glaube, sie hat als Kind allerhand erlebt. Die Flucht aus Ostpreußen und die kranke Mutter und so was alles.« Denn einige Dinge hatte Stups inzwischen von Regina schon erfragt, ganz beiläufig und ohne besonders große Neugier.

Da es immer lange dauerte, bis die Sonne wieder einmal mehr als nur einen kurzen Moment herausschaute, brauchten sie fast den ganzen Tag für die Aufnahmen. Die Mädchen froren jämmerlich. Auch der Kognak half nichts mehr.

Regina erwachte am nächsten Tag mit Fieber und Halsschmerzen. Ich bin krank, war ihr erster Gedanke, und ganz unwillkürlich schloß sich daran gleich das Gefühl der Entspannung und Sorglosigkeit. Krank zu sein war ganz hübsch, man durfte den ganzen Tag im Bett bleiben, die Mutter kam, fühlte die Stirn, brachte das Fieberthermometer, man bekam Bücher ins Bett, einen Halswickel und mittags eine gute kräftige Suppe. Alle waren nett und liebevoll, man war umsorgter Mittelpunkt. So war es jedenfalls gewesen, als sie Kind war. Regina riß sich gewaltsam von der Erinnerung los. Das war hundert Jahre her oder noch mehr. Heute würde niemand kommen, um ihre Stirn zu fühlen. Das Matratzenlager war hart, in der Kammer war es kalt, man bekam nicht einmal Frühstück, geschweige denn Suppe zu Mittag.

Außerdem mußte sie sowieso zu Herrn Brunnhuber, nachdem sie am vergangenen Tag schon nicht dagewesen war. Die Stellung bei Herrn Brunnhuber hatte sie beibehalten. Zunächst wußte sie ja nicht, ob und wieviel sie bei dem neuen Job verdienen würde. Und schließlich, was sollte sie auch den ganzen Tag tun? Nach wie vor war ihr Eifer groß, möglichst viel von Herrn Brunnhuber und seiner Kunst zu lernen. Den Kunden gegenüber titulierte Herr Brunnhuber sie als »meine Assistentin«, und Regina ertappte sich dabei, daß sie ein wenig Stups nachahmte in ihren Ausdrücken und in der entschiedenen Art, die Arbeit zu handhaben.

Herr Brunnhuber entdeckte gleich, daß sie nicht auf dem Posten war. Er kochte ihr irgendeinen Kräutertee und brachte dann wirklich ein Fieberthermometer zum Vorschein. Als sich herausstellte, daß Regina 38,9 Fieber hatte, sagte er energisch: »Aber sofort nach Hause und ins Bett.«

»Och«, sagte Regina, wohlig benommen von dem Fieber und ein wenig schwindlig von Kopfschmerzen, »was soll ich denn da?«

Herr Brunnhuber kannte ja die Zengersche Besenkammer nicht, das war ein sehr unzureichendes Krankenzimmer.

»Natürlich mußt du ins Bett. Du hast eine richtige Grippe. Du mußt schwitzen, und wenn es schlimmer wird, holen wir einen Arzt. Sollte es dir nachmittags nicht besser gehen, schickst du mir deine Wirtin her, ja?«

»Ja«, sagte Regina gehorsam, obwohl es natürlich Unsinn war. Frau Zenger würde annehmen, sie sei übergeschnappt, wenn sie sie um einen Botengang bitten würde.

»Deine Wirtin wird sich ja ein bißchen um dich kümmern, nicht?« meinte Herr Brunnhuber.

»Ja, bestimmt«, sagte Regina im Brustton der Überzeugung; denn so vertraut sie mit Herrn Brunnhuber war, ihre Behausung hatte sie ihm noch nicht näher geschildert.

Sie schluckte die zwei Tabletten, die er ihr gab, steckte die übrigen in ihr Handtäschchen und versprach, nachmittags noch mal zwei zu nehmen, dann wankte sie zurück.

»Was'n los?« fragte Frau Zenger mißtrauisch, als sie Regina zurückkommen sah. »Sind Sie 'rausgeflogen?«

»Ich bin krank«, teilte Regina ihr mit, was Frau Zenger veranlaßte, sich ganzleibs in die Küche zurückzuziehen und nur noch die Nasenspitze herauszustecken.

»Was fehlt Ihnen denn?«

»Grippe«, erwiderte Regina kurz.

»Auch das noch«, meinte Frau Zenger vorwurfsvoll. »Stecken Sie mich bloß nicht an!« Sie klappte die Küchentür zu, und damit war der Fall für sie eledigt.

Da ihr Regina natürlich nicht von Janos und den Ereignissen der letzten Zeit erzählt hatte – sie sprachen ja ohnedies kaum zusammen –, wußte Frau Zenger nichts von den Veränderungen, die sich im Leben ihrer Mieterin anbahnten. Auch die Kleidungsstücke, die Regina unter Stups' Assistenz gekauft hatte, einen neuen Rock, eine Bluse und zwei Pullover, noch ein Paar hübsche Schuhe und einige nette Kleinigkeiten, waren nicht so geartet, daß sie Frau Zenger besonders aufgefallen wären. Ein neues Kleid, das sie gekauft hatten, bewahrte sie sowieso im Geschäft bei Herrn Brunnhuber auf. Natürlich war Frau Zenger die äußerliche Verwandlung der Mieterin nicht ganz entgangen, sie entdeckte wohl auch die Töpfchen und Tuben und die vielseitigen Kosmetikartikel, sie sah auch die neue Frisur und sagte dazu einmal kopfschüttelnd: »Sie müssen viel Geld haben. Hätt' ich nie gedacht, daß der alte Depp Ihnen so viel zahlen kann. Oder haben Sie einen Freund?«

Darauf sah Regina sie an und sagte ungerührt: »Warum nicht?«

Frau Zenger war sprachlos. Etwas von der Verderbtheit der heutigen Jugend murmelnd, verschwand sie in ihrer Burg, der Küche.

Nein, Frau Zenger war wohl nicht die geeignete Krankenpflegerin. Sie ließ sich auch den ganzen Tag nicht mehr blicken. Mehrere Male erwog Regina, hinauszugehen und sich einen Tee zu kochen, denn sie war sehr durstig, aber dann gab sie die Idee immer gleich wieder auf. Sie holte sich nur einmal ein Glas Wasser. Hungrig war sie soweit nicht. Das Fieber stieg noch, und am Nachmittag maß sie auf Herrn Brunnhubers mitgegebenem Thermometer 39,4. An sich war es nicht weiter schlimm. Regina wußte von früher, daß Erkältungen bei ihr immer heftig auftraten und daß sie leicht hoch fieberte. Das hörte auch wieder auf. Aber traurig war es doch, so ganz einsam und verlassen hier zu liegen. Dennoch fürchtete sie im geheimen, Herr Brunnhuber würde etwa unangemeldet hier auftauchen.

Aber es kam noch schlimmer. Janos selbst war es, der am nächsten Vormittag überraschend erschien. Er war bei Herrn Brunnhuber vorbeigekommen, um Regina nochmals für einige Aufnahmen zu holen, und hatte erfahren, daß sie krank war. Als er von dem Fieber hörte, war er äußerst bestürzt.

»Sie hat sich erkältet bei den Aufnahmen draußen. Kein Wunder, Dodo hat auch einen Schnupfen. Aber Fieber! Und du hast dich gar nicht darum gekümmert, Papa Jacob? Hat sie denn jemand, der sie pflegt?«

»Ich denke, die Wirtin«, meinte Herr Brunnhuber schuldbewußt, »ich wollte eigentlich gestern abend noch vorbeigehen, aber ich hatte noch so spät Kunden hier, Berufstätige, weißt du, die kommen erst am Abend.«

Kurze Zeit darauf klingelte Janos bei Frau Zenger an der Tür. Drinnen blaffte ein Hund, dann dauerte es eine Weile, dann näherten sich schlurfende Schritte, die Tür wurde gerade so viel aufgemacht, wie es die Sicherheitskette zuließ, ein spitznasiges, mürrisches Frauengesicht erschien in dem Spalt, und eine unfreundliche Stimme fragte: »Ha?«

Janos zog die Brauen hoch. Das Haus war schrecklich, das Treppenhaus, allein die Gerüche darin, und jetzt noch diese alte Schreckschraube! Wo, um Himmels willen, hauste Regina denn da?

»Ich möchte Fräulein Thorbeck besuchen«, sagte Janos kühl.

»Die is' krank«, teilte ihm Frau Zenger mit.

»Das weiß ich. Und eben deswegen bin ich da.«

Durch den Türspalt hatte Frau Zenger inzwischen Gelegenheit gehabt, den Besucher zu betrachten. Nun, Janos war überall und immer eine auffallende und ausnehmend gute Erscheinung. Um so mehr in dieser Umgebung. Was Frau Zenger sah, war ein schlanker, hochgewachsener Mann mit einem überaus regelmäßig geformten Gesicht, das allerdings etwas hochmütig dreinschaute. Auch die Kleidung des Besuchers war bemerkenswert, angefangen von den Wildlederschuhen bis zu den grauen Handschuhen. Nachdem sie ihn also von oben bis unten und von unten bis oben betrachtet hatte, fragte sie: »Sie wollen sie besuchen?«

»Ich sagte es bereits.«

Beeindruckt öffnete Frau Zenger die Tür nun ganz. Sollte dies etwa Reginas Freund sein? Das wäre ja allerhand. Nicht ohne Respekt sagte sie: »Dahinten, die letzte Tür rechts.« Auf die Idee, den Besucher anzumelden, kam sie nicht.

»Ja«, sagte Regina erstaunt, als es an ihre Tür klopfte. Und als Janos eintrat, schloß sie zunächst einmal vor Entsetzen die Augen. Dann riß sie sie wieder auf und stammelte nur ein fassungsloses: »Oh!«

Janos war nicht weniger fassungslos. Entsetzt sah er sich in dem winzigen Kämmerlein um, soweit dies möglich war, und statt einer Begrüßung sagte er: »Ja, um Gottes willen!«

Regina wäre am liebsten unter die Decke gekrochen. Sie schämte sich maßlos ihrer armseligen Behausung. Wie konnte Herr Brunnhuber nur ihre Adresse verraten!

Dann blickte Janos auf Regina herab. Sie sah erbarmenswert aus. Fiebrig glänzten ihre Augen, auf den Wangen hatte sie rote Flecken, von Herrn Alexanders schöner Frisur war nichts mehr übrig, glanzlos und strähnig hing ihr Haar herunter, ihre Lippen waren blaß und gesprungen. Aber Janos, dem unansehnliche Frauen sonst ein Greuel waren, empfand nichts als tiefes Mitleid. Er setzte sich auf die schmale Matratze, legte seine kühle Hand auf ihre Stirn und sagte erschüttert: »Ja, Kind, Regina, wie furchtbar ist das hier. Warum wohnst du denn so entsetzlich? Und Fieber hast du auch. Du bist sehr krank.«

Reginas Wangen wurden noch röter. »Es ist nicht so schlimm«, sagte sie heiser, »nur ein bißchen erkältet.« Und dann schloß sie die Augen, weil sie fürchtete, gleich zu weinen. Sie tat sich selbst sehr leid, und sie genierte sich, und trotzdem war es ein wundervolles Gefühl, Janos' Hand zu spüren.

»Hier kannst du nicht bleiben«, sagte Janos entschieden, »nicht eine Stunde länger. Zieh dich an!«

»Wie?« fragte Regina und riß die Augen erstaunt wieder auf.

»Zieh dich an! hab' ich gesagt. Kannst du allein? Oder soll ich dir helfen?«

»Wo soll ich denn hin?«

»In ein Krankenhaus natürlich.«

»In ein Krankenhaus?« fragte Regina entsetzt. »Aber so krank bin ich doch gar nicht.«

»Du wirst es werden, wenn du länger hier bleibst. Komm, steh auf!«

»Aber warum denn?« fragte Regina verzweifelt. »Und das kostet ja so viel.«

»Los, komm! Ich fahr' dich jetzt ins Krankenhaus, ich kenne ein sehr hübsches, eine Privatklinik, die gehört einem Freund von mir, dort bleibst du, bis du gesund bist, und dann besorg' ich dir eine andere Bleibe.«

»Aber«, begann Regina.

»Los, los, keine Widerrede. In Zukunft werde ich mich mehr um dich kümmern.« Mit kundigem Blick hatte er alles Notwendige erspäht, ihr Hemdchen, das an einem Nagel hing, den Rock, den Pullover, das legte er ihr alles aufs Bett. Als er ihren ratlosen Blick sah, drängte er: »Nun komm schon, ich kann mich ja umdrehen.« Er wandte sich um, mit dem Gesicht zur Tür, und ohne weiteren Einwand krabbelte Regina aus dem Bett, zog das Nachthemd über den Kopf und schlüpfte in ihre Sachen. Janos half ihr, und als sie schließlich schwankend vor ihm stand, totenblaß jetzt über dem schwarzen Pullover, legte er beide Arme um sie und zog sie an sich. »Du dummes kleines Tierchen«, sagte er zärtlich, »was ist eigentlich mit dir los? Warum kannst du es mir nicht sagen?«

Mit geschlossenen Augen lehnte Regina an ihm, verwirrt vom Fieber und von einem seltsamen, nie gekannten Gefühl, das ihr armes, verlassenes Herz töricht klopfen ließ.

»Nun komm«, sagte Janos wieder, er fuhr ihr mit dem Kamm durch das Haar, lächelte ihr tröstend zu, stopfte sie in den Mantel und sah sich dann um. »Was brauchen wir noch?« überlegte er. »Hast du einen Morgenrock?«

Regina schüttelte den Kopf.

»Na, schön, aber Zahnbürste und so was alles doch.« Er entdeckte alles neben der Kiste, auf der die Waschschüssel stand, packte es zusammen, nahm auch noch das Beauty-Case, das seltsam genug in dieser Umgebung wirkte, und öffnete dann die Tür. Frau Zenger erschien sogleich, sie mußte hinter der Küchentür gewartet haben. »Nanu?« sagte sie. »Ich denke, sie ist krank.«

»Fräulein Thorbeck geht ins Krankenhaus«, sagte Janos, ohne sie eines weiteren Blickes zu würdigen. »Die übrigen Sachen lasse ich abholen.«

Vor Staunen verstummte Frau Zenger. Erst als Janos schon die Wohnungstür öffnete, rief sie: »Ins Krankenhaus? Ist es denn so schlimm?« Aber da waren die beiden schon draußen.

Was nun geschah, glitt an Regina nur nebelhaft vorüber. Janos setzte sie in den Wagen, dann fuhr er los, ohne noch ein Wort zu sagen. Vor der nächsten Telefonzelle hielt er und telefonierte. Dann hielt er vor einem Wäschegeschäft, sagte nur: »Moment« und verschwand. Regina schloß die Augen. Sie öffnete sie erst wieder, als ein harter Finger an die Scheibe klopfte. Ein Schutzmann stand draußen und rief: »Hier können Sie aber nicht halten.« Doch da kam Janos schon, beruhigte den Hüter des Gesetzes mit einigen Worten und fuhr weiter. Dann die Klinik, eine weite Auffahrt, eine Schwester mit breiter weißer Haube nahm sie am Arm und führte sie in einen Fahrstuhl, dann war sie in einem hübschen hellen Zimmer, und die Schwester begann sie auszuziehen. Regina war so schwach, daß sie kaum mehr etwas sah und dachte. Nur das Nachthemd bemerkte sie, das die Schwester ihr überstreifte, ein blaues seidenes Ding, das hatte Janos wohl gekauft.

»So«, sagte die Schwester und schob ihr ein Thermometer unter die Achsel, »jetzt haben wir's gleich. Ruhen Sie sich aus! Der Professor kommt dann sofort.«

Das Bett. Kühl, weiß und weich. Wann hatte sie das letztemal in solch einem Bett gelegen? Krank sein ist doch schön, dachte Regina, ich hab's ja gestern schon gewußt.

Nach einer Weile kam Janos ins Zimmer, zusammen mit einem freundlichen dunklen Herrn, der eine Brille trug und sich zu Regina auf den Bettrand setzte. »Na, da haben wir das Kind ja«, sagte er. »Wollen mal sehen, ob noch was zu retten ist.«

Er lächelte ihr zu, und Regina lächelte schüchtern zurück.

»Danke«, sagte sie völlig unmotiviert. »Vielen Dank.«

Der Professor lachte, Janos lachte.

»Servus, Regina«, sagte Janos. »Sei schön brav, und tu, was der Onkel Doktor sagt. Und werd schnell gesund.« Dann ging er.

Der Arzt untersuchte Regina, sie bekam eine Spritze, sie bekam Tabletten. Später brachte ihr die Schwester eine Suppe, gerad' so eine Suppe, wie sie sie sich am Tag zuvor gewünscht hatte. Und dann schlief sie. Sie schlief fest und tief, und als sie erwachte, ging es ihr schon besser.

Das erste Gefühl, als sie erwachte, war ein unbeschreibliches Wohlbehagen. War das Leben schon einmal so schön gewesen? So schön wie hier in dem sauberen weichen Bett, in dem schönen sauberen

Zimmer? Und Regina dachte: Hier möchte ich bleiben. Die Schwester brachte Tee und ein Butterbrötchen, und sie aß mit gutem Appetit. Nicht lange danach kam Stups. Sie schüttelte den Kopf und meinte: »Was machst du für Geschichten!«

Sie brachte einen wunderbaren seidenen Morgenrock, warm gefüttert, ein Paar niedliche kleine Pantöffelchen und einen großen Strauß Tulpen.

»Janos läßt dir sagen, wenn du noch was brauchst, sollst du's sagen. Er kommt morgen wieder vorbei.«

Regina blieb eine Woche in der Klinik, obwohl sie eigentlich nach drei Tagen schon wieder ganz in Ordnung war. Janos besuchte sie einmal kurz, Stups kam, Herr Brunnhuber, sogar Dodo tauchte einmal auf. Es war herrlich. Mit großem Bedauern verließ sie das Krankenhaus und bedankte sich bei allen so nachdrücklich, als habe man ihr dreimal das Leben gerettet.

Nun, ein neues Leben begann für sie wirklich. Die Witwe Zenger sah sie gar nicht mehr wieder. Janos hatte bereits ihren ganzen Besitz abgeholt, viel war es ja ohnedies nicht. Er quartierte sie in einer Pension ein, nicht weit entfernt von seiner Wohnung, eine hübsche, gepflegte, kleine Pension mit einer freundlichen und vergnügten Hausherrin.

»Bis auf weiteres«, meinte Janos. »Bis wir für dich ein nettes Zimmer finden.« Dann gab er ihr eine größere Summe Geld. »Für die Aufnahmen neulich«, sagte er.

»Aber ich habe doch...«, begann Regina, »Sie haben doch für mich schon so viel bezahlt.«

»Das wirst du alles abarbeiten, keine Angst. Morgen bist du bei Herrn Alexander angemeldet. Übermorgen machen wir eine Serie auf der Terrasse im Plaza-Hotel. Teestunde im Frühling heißt das Motto. Stups fährt morgen mit dir, die Kleider zu probieren.«

Nun endgültig begann für Regina ein anderes Leben. In den nächsten Wochen arbeitete sie viel, und Janos war von einem aufs andere Mal mehr zufrieden. Sie gewöhnte sich in den neuen Kreis ein, wirkte nicht mehr so fremd und verloren wie am Anfang, wenn sie sich auch immer noch sehr von den anderen Mädchen unterschied. Und als in der Mainummer der »Eleganten Dame«, die in den letzten Apriltagen herauskam, als Titelbild die Aufnahme erschien, die Janos von ihr in dem bewußten Kleid der Firma Looschen und Co. gemacht hatte, war sie geradezu über Nacht als Starmodell anerkannt. Auf einmal gab es eine Menge Leute, die Mannequins engagierten, andere Fotografen traten mit Angeboten an sie heran, eine Filmfirma wollte Probeaufnahmen von ihr machen, und plötzlich gab es eine ganze Anzahl von Männern, die sie kennenlernen wollten.

Janos, dem sie treuherzig alles zeigte und erzählte, machte schmale Augen und sagte kurz und bündig: »Alles Unsinn. Du gehörst mir.«

Wie immer, wenn Gaby nicht aus noch ein wußte und einen Rat brauchte, rettete sie sich zu Henriette. Sie kam nachmittags zum Kaffee, und zwar in die Wohnung, nicht ins Lokal. Henriette hatte oben im gleichen Haus eine entzückende Zweizimmerwohnung, die sie sehr apart eingerichtet hatte.

Gaby berichtete von dem Zusammentreffen im Gebirge, sie schilderte ihre Gefühle, soweit sie sich überhaupt darüber im klaren war; und das, was sie nicht aussprach, konnte Henriette leicht erraten.

»Hm«, meinte Henriette, als Gabys Erzählung schließlich mit allerlei vagen Bemerkungen, einigen Anklagen und der drängenden Frage: »Kannst du mich denn nicht verstehen?« versickert war. Gaby trank den kalt gewordenen Kaffee aus und zündete eine neue Zigarette an. Dann blickte sie erwartungsvoll zu Henriette hinüber, ein wenig unglücklich, ein wenig neugierig auf die Reaktion der Freundin, aber auch erfüllt von dem kindlichen Vertrauen, das Gaby immer ihrer Umwelt und besonders den Menschen, die klüger und stärker waren als sie selbst, entgegenbrachte. Dem Vertrauen, daß man ihr schon helfen und raten und wenn möglich jede Entscheidung abnehmen würde.

»Das ist ein schöner Palawatsch«, faßte Henriette, die Wienerin, ihre Eindrücke zusammen. »Es ist schrecklich mit dir, Gaby. Menschen, die nicht wissen, was sie wollen, und die nie erwachsen werden, kosten einen schon Nerven.« – »Nun, zuerst kostet es einmal meine Nerven«, sagte Gaby vorwurfsvoll.

»Das ist auch nicht mehr als als recht und billig. Zum Donnerwetter, Gaby, konntest du dir denn nicht vor sechs Jahren darüber klarwerden, daß du deinen eigenen Mann liebst und, Gott behüte, abwarten, bis er kommt?«

Gaby senkte den Kopf und schwieg. Ja, konnte sie das denn nicht? Nein, eben nicht. Und sie wußte auf einmal auch warum, in naiver Aufrichtigkeit sprach sie es aus: »Ich kann nur jemand lieben, der da ist.«

Unwillkürlich mußte Henriette lachen. »Weißt du, was ich möchte? Ich möchte dich nehmen und schütteln, bis dein dummer Kopf endlich mal klar und geordnet wird. Du gehörst überhaupt nicht in diese Zeit, Gaby. Du gehörst ins vorige Jahrhundert, an die Seite eines starken

Mannes, der dir immer und überall sagt, was du tun und denken sollst.«

»Mein Gott«, sagte Gaby und zuckte die Achseln, »warum auch nicht? Ich stelle mir das sehr schön vor, wenn man immer weiß, wo der richtige Weg ist; und wenn man vor allem weiß, wohin man gehört. Ich habe es mir immer gewünscht, verflixt noch mal. Und hab' keinen Mann gehabt all die Jahre und mußte mich so durchboxen. Es ist mir schwer genug gefallen, du weißt es, Henriette.«

»Schön, aber jetzt hast du einen. Und Paul ist genau das Richtige für dich, ein anständiger, lieber Kerl, männlich, energisch, lebenstüchtig, dabei weiter nicht kompliziert, ohne aber ungebildet und primitiv zu sein. Warum kannst du jetzt nicht mit ihm glücklich sein?«

»Ich *war* mit ihm glücklich«, sagte Gaby leise. »All die Jahre war ich glücklich mit ihm. Aber jetzt auf einmal… Ich weiß auch nicht, warum das so ist.«

»Aber ich weiß es«, sagte Henriette. »Ich kann es dir ziemlich genau erklären. Erstens ist es die Erinnerung an eine große Jugendliebe, an eine sorglose, unbeschwerte Zeit, die dich zu Martin zurückführen möchte. Zweitens ist es das Mitleid mit seinem Schicksal und wohl auch das schlechte Gewissen, das dir sagt, du hättest etwas an ihm gutzumachen. Schließlich und endlich ist es immer und immer wieder die weibliche Treulosigkeit und Neugier, die einen veranlaßt, sich einem anderen Mann zu nähern, denn er ist ja heute für dich ein anderer Mann. Das bißchen gemeinsame Vergangenheit macht die Sache höchstens noch interessanter.« Henriette füllte die Kognakschalen wieder, dachte eine Weile nach und fügte dann hinzu: »Ja, und dann ist es noch etwas anderes, was sich nicht so leicht analysieren läßt. Es ist einfach die Persönlichkeit von Martin. Seine ganze Art, wie er geht, wie er steht, wie er schaut, diese Mischung von Weltgewandtheit und Schwermut, die natürlich von seinen ganzen schrecklichen Erlebnissen kommt, früher besaß er sie sicher nicht. Man hat das Gefühl, er stehe über den Dingen und allen Wünschen, und dann wieder, er brauche Hilfe und ein Herz, das für ihn schlägt, um es mal ganz poetisch auszudrücken.«

»Ja«, warf Gaby eilig ein, »ja, genau das ist es.«

»Auch sein Äußeres ist ansprechend, gerade weil es ihm anzusehen ist, was er erlebt hat. Und dann ist es schließlich noch das gewisse Etwas, das ein Mann genauso haben kann wie eine Frau. All das muß ein Mädchen mit deiner lebhaften Phantasie und deinem leicht beeinflußbaren Charakter beeindrucken, eben gerade in dieser besonderen Kombination. Und eigentlich braucht einen die Entwicklung der

Angelegenheit gar nicht zu wundern. Wer dich kennt, der hätte sich das vermutlich denken können.«

»Jetzt weiß ich wenigstens Bescheid«, versuchte Gaby zu scherzen. »Wer dich kennt, spart sich den Psychiater.«

»Und wie stellst du dir das weiter vor?«

»Gar nicht«, sagte Gaby mit einem gewissen Trotz.

»Na ja, echt Gaby«, meinte Henriette ironisch, »der liebe Gott wird's schon machen. Oder die Zeit bringt es. Oder irgendeiner der Mitspieler tut einen entscheidenden Schritt. Martin kommt zum Beispiel mit einem großen Kabriolett, packt die Gaby unter den Arm, setzt sie hinein, sagt: ›Ich kann ohne dich nicht leben‹ und braust mit ihr davon. Oder Paul kommt und sperrt die törichte Gaby in ein dunkles Zimmer legt sie vorher übers Knie, steckt den Schlüssel in die Tasche, und kein anderer als er kommt herein ins Gefängnis.«

»Du stellst mich hin, als wäre ich ein dummes unerzogenes Gör«, sagte Gaby ärgerlich, »als wär' ich ganz unselbständig und hätte überhaupt keinen eigenen Willen. Und überhaupt, was Paul angeht – Paul liebt mich gar nicht mehr.«

»Ach!«

»Nein. Erst war er böse auf mich, daß ich Martin nicht sehen wollte und hat mich die ganze Zeit so komisch behandelt, und jetzt ist er tödlich beleidigt, weil ich Martin getroffen habe, ohne ihm etwas zu sagen.«

»Da hat er recht. Es war nicht korrekt, es ihm zu verschweigen.«

»Schließlich ist es meine Angelegenheit. Ich muß allein damit fertig werden.«

»Nach allem, was geschehen ist, ist es genauso seine Angelegenheit. Und du bist keineswegs allein damit fertig geworden, sondern hast seine Hilfe ganz selbstverständlich beansprucht. Ich kann verstehen, daß er gekränkt ist über deine Heimlichkeiten.«

»Jetzt sagst du das auch noch«, meinte Gaby vorwurfsvoll. »Seit wir vom Gebirge zurück sind, ist es fast noch schlimmer als vorher. Er spricht kaum mit mir, arbeitet Tag und Nacht und ... und ... na, in anderer Beziehung ist er mehr als kühl zu mir, seit wir den Streit hatten.«

»Was für einen Streit?«

»Das war noch im Gebirge, nachdem Martin abgereist war. Paul fand, daß ich mich nicht richtig benommen hätte. Ich sei zu dem Frauenzimmer nicht freundlich genug gewesen und zu Martin zu freundlich. Na ja, und dann haben wir so hin und her gestritten, du weißt ja, wie so was geht. Und schließlich hab' ich gesagt, immerhin sei Martin ja meine große Liebe gewesen, und seitdem hätte ich keinen Mann mehr so lieben können, und es wäre eben etwas davon übrig. Ja. Vielleicht hätte ich das nicht sagen sollen.«

Henriette schüttelte tadelnd den Kopf. »Nein, das hättest du wirklich nicht sagen sollen. Das war sehr häßlich, Gaby. Du hast Paul viel zu verdanken. Du lebst in so guten Verhältnissen, wie es wenigen Frauen beschieden ist. Und viele Jahre hast du ihn doch glauben gemacht, du liebst ihn, nicht? Und er ist der Vater deines Kindes.«

»Ja, ich weiß das alles«, sagte Gaby und senkte den Kopf. »Hinterher tat es mir leid. Und früher habe ich Paul ja auch richtig geliebt, ich habe ihm da nie etwas vorgemacht. Aber jetzt ist es eben auf einmal anders. Ach, Henriette!« Sie blickte auf und sah Henriette verzweifelt mit ihren schönen braunen Augen an. »Warum ist die Liebe nur so kompliziert? Und warum kann man zwei Menschen auf einmal lieben? Oder kann man es nicht?«

»Doch, Gaby, man kann es. Die Liebesfähigkeit eines liebebegabten Herzens ist sehr vielseitig. Sieh mal, von Anfang an kann man mehrere Menschen lieben, einen Vater, eine Mutter, einen Bruder, Schwestern, dann schließlich ein Kind oder mehrere, Freunde, sogar einen ganz fremden Mann, der einem eines Tages begegnet. Man liebt ihn zunächst lange nicht so wie die anderen, die man kennt. Man ist nur verliebt, das ist ein großer Unterschied. Aber je besser man ihn kennenlernt und je mehr er sich bewährt, um so mehr wird aus Verliebtheit richtige Liebe. So jedenfalls sollte es sein. Und diese Folge, Kennenlernen, Verliebtheit, Liebe, die kann man mehrmals in seinem Leben absolvieren. Jeder kann es. Wie gesagt, bei einiger Empfindungsfähigkeit und Vorstellungskraft. Nur stumpfe und primitive Menschen lieben selten oder gar nicht. Und da einem das öfter hintereinander passieren kann, da das menschliche Herz nun mal so eingerichtet ist, kann es eben in gewissen Situationen möglich sein, daß es auch nebeneinander geschieht. Du wärest nicht die erste, der so was passiert. Es ist ein großer Konflikt, wenn man nicht allzu leichtfertig ist. Und für alle Beteiligten meist eine Quälerei.«

Gaby seufzte, von tiefem Mitleid mit sich selbst erfüllt, und griff schon wieder in die Zigarettendose. »Und was macht man da?« fragte sie kläglich.

»Ja, da so was kein Dauerzustand sein kann, muß man zu irgendeiner Entscheidung kommen, sonst reibt man sich dabei auf. Das ist nun mal nicht anders. Man tut sich selber weh dabei, man tut einem andern weh. Aber wenigstens macht man einen Menschen glücklich. Paul würdest du weh tun, das weiß ich.«

»Paul liebt mich nicht mehr«, wiederholte Gaby.

»Doch, er liebt dich. Er kann es vielleicht nicht so in Worten sagen. Aber ich weiß, daß er dich wirklich und ehrlich liebt. Von Martin weißt du es nicht. Du weißt nicht einmal, ob er dich wieder lieben könnte, nach allem, was geschehen ist. Zu alledem hast du mir auch noch erzählt, daß er eine sehr reizvolle Freundin hat und vielleicht gar nicht neugierig auf dich und deine Liebe ist.«

»Ach die«, meinte Gaby wegwerfend. »Das ist doch keine Frau für Martin.«

»Na ja, sei es, wie es sei. Ich kann mir, nebenbei gesagt, ganz gut vorstellen, was für eine Art Frau Martin jetzt zunächst einmal gebraucht hat.«

»Du bist also für Paul?«

»Was heißt, ich bin für Paul? Das ist doch kein Tennisturnier. Wenn du mir heute sagst: Ich mache mir nichts mehr aus Paul, ich liebe nur noch Martin und möchte ohne ihn nicht mehr leben, bitte, dann kann ich nur sagen, tu, was du nicht lassen kannst. Aber du weißt ja selber nicht, was du willst.«

»Nein«, gestand Gaby seufzend, »ich weiß es selber nicht.«

»Da du beide nicht haben kannst, würde ich dir zu Paul raten. Er paßt zu dir, du bist jetzt an ihn gewöhnt, und außerdem ist er der Vater deines Jungen. Das ist ja schließlich auch ein Gesichtspunkt, den man nicht außer acht lassen darf.«

»Ja, Michi«, sagte Gaby zärtlich. »Früher habe ich alles nur zu seinen Gunsten angesehen.« Endlich hatte sie ein Winkelchen gefunden, in dem sie sich verstecken konnte. Elektrisiert setzte sie sich gerade. »Ich werde Michi besuchen. Ich hab' ihn überhaupt viel zu lange nicht gehabt, deswegen komme ich auf so dumme Gedanken. Ich besuche ihn, und vielleicht bringe ich ihn gleich mit zurück. Mit ihm weiß ich wenigstens, wie ich dran bin. Morgen fahre ich. Vielleicht gibt mir Paul den Wagen. Und wenn nicht, fahre ich mit der Bahn.«

Henriette betrachtete sie leicht amüsiert. Wenn sie nur einmal offen mit Paul sprechen könnte, um ihm zu erklären, wie man Gaby behandeln mußte, mit leichter und fester Hand zugleich, scheinbar großzügig, doch im Grunde energisch und sehr entschieden! Ach, Männer waren oft so ungeschickt! Sie wußten meist nicht, wie man Frauen richtig behandelte. Und Paul besaß gewiß nicht sehr viel Einfühlungsvermögen und war kein großer Psychologe.

Paul nahm Gabys Entschluß, Michi zu besuchen, widerspruchslos entgegen.

»Ich halte es ja für Unsinn«, sagte er. »Wenn er dich sieht, möchte er bloß zurück, und er soll doch noch einige Zeit oben bleiben. Aber tu, was du nicht lassen kannst.«

Den Wagen brauchte er selber, so fuhr Gaby mit der Bahn, allerdings erst am übernächsten Tag.

Michi hatte sich wirklich schon prächtig erholt, seine Wangen waren wieder runder, und seine Augen lachten ihr vergnügt entgegen. Seine kleinen Arme schlangen sich fest um ihren Hals, er rief immer wieder: »Mami, Mami« und drückte ihr ungeschickte feuchte kleine Küsse ins Gesicht.

Gaby hielt ihn fest an sich gepreßt und weinte ein bißchen. Das tat ihr gut, und nachher war ihr viel leichter ums Herz. Die ganze Unruhe der letzten Zeit war wie weggeblasen.

Das Sanatorium lag auf einem Hügel in der lieblichen Vorgebirgslandschaft. Auf der einen Seite sah man weit ins Land hinein, und auf der anderen, im Süden, sah man die Berge, deren Spitzen noch schneebedeckt waren. Die Bäume und Wiesen trugen schon einen grünen Schimmer, die Erde roch kräftig und frisch nach neuem Leben. Im Sanatorium war Gaby gleich mit allen gut Freund; der Arzt, die Schwestern, alle mochten sie, und die Kinder liefen ihr entgegen. Die vier Tage, die sie oben blieb, war sie seit langer Zeit zum erstenmal wieder richtig glücklich. Und aus der Tiefe ihres Herzens kam ein stürmischer Wunsch: Ich möchte noch ein Kind haben oder auch zwei.

Sie wunderte sich über sich selbst. So jung war sie doch gar nicht mehr. Aber sie fühlte sich jung, und sie lebte ja jetzt auch erst richtig. Und was waren auch schon diese lumpigen fünfunddreißig Jahre, wenn man so aussah wie sie, mit zarter, glatter Haut und klaren, strahlenden Augen, mit ihrer hübschen festen Figur. Nein, sie würde noch ein Kind haben, mindestens eins, und zwar bald.

Aber natürlich kam sofort hinterher der Gedanke: Von wem denn? Von Martin oder von Paul? Und da war das ganze Problem wieder da.

Michi war ein artiges und gutwilliges Kind. Der Abschied von ihm verlief ohne große Schwierigkeit. Gaby versprach, ihn in vierzehn Tagen abzuholen. Nun, Michi wußte noch nicht, wieviel Zeit vierzehn Tage waren. Er fragte nur: »Ist es bald?« Und Gaby erwiderte: »Ja. Liebling, es ist ganz bald.«

Auf der Rückfahrt war sie wieder fest entschlossen, bei Paul zu bleiben, und wenn es nur Michi zuliebe war. Sie wußte ja auch nicht, ob Martin sie brauchte. Henriette hatte ganz recht: Das wußte man nicht. Gesagt hatte er es noch nie und eigentlich auch nicht gezeigt.

Dann fiel ihr etwas anderes ein. Hatte Henriette nicht mal gesagt, sie kenne einen Mann, der Martin helfen könne bei der Rückkehr in seinen Beruf? Davon hatten sie überhaupt nicht mehr gesprochen. Aber der Gedanke mußte jetzt wieder aufgegriffen werden, und zwar sofort.

Voller Tatendrang tauchte sie gleich am Tage nach ihrer Rückkehr wieder bei Henriette auf und erinnerte sie an dieses Versprechen. Henriette hatte es nicht vergessen. Sie hatte ihren Bekannten bereits einmal anrufen wollen, ihn aber nicht erreicht, da er gerade in Urlaub war. Jetzt gleich, in Gabys Gegenwart, rief sie noch einmal an.

»Herr Pölsen ist Geschäftsführer im Plaza«, sagte Henriette, »ein tüchtiger und netter Mensch. Wir kennen uns noch aus der Schwarzmarktzeit. Damals hab' ich ihm immer Zigaretten besorgt. Komisch, nicht? Wie sich die Beziehungen von damals in manchen Fällen gut gehalten haben, in manchen; um andere macht man einen großen Bogen.«

Als Erich Pölsen am Telefon erschien, bat ihn Henriette um eine Unterredung für den nächsten Tag. Er bat sie, am Vormittag zu kommen.

Wie sich dann herausstellte, war der Vormittag nicht gerade günstig gewählt. Irgendein Fotograf machte an diesem Vormittag mit einigen Mannequins Modeaufnahmen auf der Terrasse des Hotels. Zwar hatte Pölsen nicht direkt damit zu tun; aber da eigentlich nichts im Hotel geschah und schon gar nichts Außergewöhnliches, das er nicht überblickte und in der Hand hielt, so wurde ihre Unterredung einige Male gestört.

Henriette hatte zuerst in der Halle gesessen und die Ankunft der Mannequins beobachtet. Vier bildschöne Mädchen waren es, die sicher und anmutig auf ihren hohen schlanken Beinen über den dicken Teppich der Halle schritten. Geschöpfe, die in diesen Rahmen paßten. Die Eleganz des Plaza, das eines der ersten Hotels der Stadt war, schien kaum noch zu übertreffen. Im Krieg war das Hotel fast ganz zerstört worden, heute hatte man es um so schöner wiederaufgebaut. Und besonders die Arbeit, die der Innenarchitekt bei der Ausgestaltung und Ausstattung der Räume geleistet hatte, war bewundernswert.

»Wenn eure Zimmer auch so schön sind wie die Halle und die Gasträume«, meinte Henriette, »dann möchte ich hier meinen Lebensabend verbringen.«

»Oh, ich fürchte, auf diesen Gast wird das Hotel noch lange warten müssen«, sagte Erich Pölsen galant. »Bei einer Frau von Ihrem

Scharm und von Ihrer Vitalität kann man sich einen Lebensabend gar nicht vorstellen.«

»Sie sind ein Scharmeur, mein Lieber«, sagte Henriette. »Ein Grund mehr dafür, daß sich die Gäste, jedenfalls die weiblichen, hier wohlfühlen.«

Die Fotomodelle wurden heute noch von zwei jungen Herren ergänzt, die bei den Aufnahmen statieren mußten, sie saßen an den Tischen, gaben den Damen Feuer für die Zigarette, hielten ihnen die Schwingtür oder küßten ihnen die Hand.

Henriette, die an allem interessiert war, was sie nicht kannte, sah den Aufnahmen eine Weile zu. Zuvor hatte sie Janos begrüßt, der sie sogleich erkannt hatte, auf sie zukam und ihr mit einigen höflichen Worten die Hand küßte. Trotz der hektischen Atmosphäre nahm er sich die Zeit, ein wenig mit ihr zu plaudern, Kavalier wie stets.

Von den Mädchen gefiel Henriette besonders eines, ein schlankes, schmales Geschöpf, ein wenig scheu und sehr anmutig in ihren Bewegungen. Sie hatte ein schmales, apartes Gesichtchen mit großen, fast grünen Augen, das blonde Haar lag glatt und weich um ihren Kopf, nur ein kecker Zipfel war in die Stirn frisiert und gab ihr einen mondänen Anstrich, der reizvoll mit dem mädchenhaften Ausdruck des Gesichts kontrastierte. Besonders verblüffend wirkte sie in einem Frühlingsensemble in einer seltsam milchig hellroten Farbe, das eigentlich aus nichts weiter bestand als aus einem ganz engen, schmucklosen Kleid mit winzigen Ärmeln, die kaum die Schultern bedeckten, und einer geraden kurzen Jacke. Das Modell war von raffinierter Einfachheit. Sie trug ein kleines weißes Hütchen dazu, weiße Handschuhe und sah so entzückend aus, daß Henriette den Blick kaum von ihr lösen konnte.

Zwei der anderen Mädchen, die, schon zur nächsten Aufnahme umgezogen, in ihrer Nähe standen, sprachen halblaut miteinander.

»Ein tolles Modell, was?« sagte die eine. »Das ist aus der Kollektion von Cobell. Das schickste Ensemble, das ich seit langem gesehen habe.«

»Ja. Und wer trägt es? Regina natürlich! Die schönsten Sachen sucht er immer für sie aus.«

»Sie ist auch so wunderbar schlank«, sagte die andere ehrlich. »Wenn ich denke, was ich immer hungern muß, daß ich einigermaßen die Linie halte.«

»Das wird sie schon noch nachholen. Sie kommt ja aus dem Osten und hat wahrscheinlich jahrelang nichts zu beißen gehabt.«

»Hat er eigentlich was mit ihr?«

»Das Komische ist, anscheinend nicht. Sie sagt immer noch Sie zu ihm und guckt respektvoll zu ihm auf, wie ein Schulkind zu einem Lehrer. Und Stups begönnert sie so. Das tät' die nicht, wenn sie was mit Janos hätte.«

»Aber er hat offenbar ein Faible für sie. Hat sie einen anderen Freund?«

»Auch nicht.«

»Das gibt's ja gar nicht.«

»Ich weiß es genau. Perkinson, der übergeschnappte Amerikaner, du weißt schon, der mit den Millionen, ist ganz verrückt nach ihr. Aber sie tut, als wenn sie nichts sieht und hört und versteht. Und ich hab' noch nie einen Mann gesehen, der sie abholt und sie ausführt oder so was.«

»Komische Pflanze.«

Hier wurden die jungen Damen unterbrochen, sie kamen an die Reihe.

Henriette, die jedes Wort verstanden hatte, betrachtete die zarte Blonde mit neuer Anteilnahme. Ja, irgendwie war sie anders. Etwas Besonderes war um sie, fast – Henriette mußte lächeln –, fast war ein geistiger Ausdruck in ihrem Gesicht neben aller Schönheit und allem Liebreiz. Sie sieht nicht aus, als wenn sie lauter Stroh im Kopf hat, dachte Henriette, wie es ja meist bei überdurchschnittlich hübschen Mädchen der Fall ist.

Henriette konnte das beurteilen, es kamen viele hübsche Frauen und Mädchen zu ihr ins Lokal.

In dem Moment kam Pölsen sie holen, und sie zogen sich in sein Büro zurück. Henriette trug ohne weitere Umschweife ihr Anliegen vor, und es zeigte sich, daß Pölsen sich mühelos an den Jugendfreund erinnerte. Nicht nur das, er hatte auch gleich einen handfesten Vorschlag. Es schien, daß das Schicksal bereit war, einiges an Martin gutzumachen.

»Das trifft sich großartig«, sagte Pölsen. »Im Kurhotel Hallbergen suchen sie händeringend einen stellvertretenden Geschäftsführer. Der jetzige ist krank, irgendeine schlimme Herzgeschichte, er muß einige Zeit aussetzen. Da aber dort jetzt die Saison beginnt, so Anfang Mai, brauchen sie unbedingt jemanden. Ich erfuhr es vor einigen Tagen. Falls der Posten noch nicht besetzt ist, würde ich Scholz raten, sich sofort zu bewerben. Am besten ist, er fährt gleich hin. Oder noch besser, er soll doch zu mir kommen, ich würde ihn gern wiedersehen, dann rufe ich an, ich kenne den Besitzer gut, und dann kann er hinausfahren.«

Befriedigt von dieser guten Auskunft verabschiedete sich Henriette und rief sofort Gaby an, die ihrerseits ohne jede Verzögerung die Gelegenheit ergriff, Martin wiederzusehen. Impulsiv, wie sie nun einmal war, überlegte sie nicht lange, zog sich an – da ausnahmsweise mal die Sonne schien, wählte sie ein Kostüm, in dem sie sehr schlank und jugendlich wirkte, und ein neues Frühjahrshütchen, das sie sich erst kürzlich gekauft hatte; denn trotz aller seelischen Konflikte war sie Frau genug, diese Dinge nicht zu vergessen. Beschwingt verließ sie das Haus, nahm sich ein Taxi und fuhr zur Tankstelle hinaus.

Dort erlebte sie gleich, als sie ausgestiegen war, eine peinliche Überraschung: das erste, was sie sah, war Lore Roth! Blitzartig fiel ihr ein, warum ihr bei der Begegnung im Hotel der rote Schopf so bekannt vorgekommen war. Natürlich, die Tankstelle! Als sie damals hier getankt hatte, war Lore auch auf dem Hof gewesen. Sie war nur zu aufgeregt gewesen, um es zu beachten. Nun wurde manches verständlich. Sie war also Martins Chefin. Und demnach hatte er also eine Existenz, wenn er nur wollte.

Es gefiel Gaby nicht, gar nicht. Sie fand es degoutant, daß er mit seiner Chefin ein Verhältnis hatte. Es war so ... so billig, es paßte nicht zu Martin.

Ihre Miene war etwas hochmütig, als sie Lore begrüßte, die mit übersüßem Lächeln herbeikam und sagte: »Ah, gnädige Frau! Welche Überraschung!« Lore brachte es nicht fertig, die andere mit Frau Scholz anzureden. Außerdem war Max in der Nähe, er brauchte nicht zu wissen, wer die Besucherin war.

Die beiden Frauen tauschten einige oberflächliche Redensarten, dann sagte Gaby: »Ich möchte gern Herrn Scholz sprechen. Ist er da?«

»Ja, sicher«, sagte Lore. »Ist es etwas Wichtiges?«

Kühl erwiderte Gaby: »Doch. Durchaus.«

Lore schickte Max, um Martin zu holen, und sagte dann: »Wollen Sie nicht hereinkommen?«

Sie führte Gaby in ihr gläsernes Büro, setzte sich dort mit größter Selbstverständlichkeit an ihren Schreibtisch, nachdem sie Gaby einen Sessel angeboten hatte. Gaby zog ärgerlich die Brauen zusammen. Sie wollte Martin allein sprechen. So taktlos konnte die doch nicht sein, daß sie einfach dabeiblieb!

Doch Lore konnte. Ihrer Meinung nach sollte Martin keine Geheimnisse vor ihr haben. Sie konnte es nun mal nicht vertragen. Martin kam in seinem blauen Overall, mit schmutzigen Händen. Gaby, die eigentlich vorgehabt hatte, ihn gleich mitzunehmen – sie hatte extra das Taxi warten lassen –, sah ein, daß das nicht ging. Er mußte sich erst umziehen. Und überhaupt mochte sie ihn so nicht sehen. Höchste Zeit, daß er eine andere Beschäftigung fand. Es mußte einfach klappen mit Hallbergen.

Und da Lore anscheinend nicht gesonnen war, sich zurückzuziehen, machte Gaby gar nicht erst den Versuch, ihre Botschaft diplomatisch zu verschleiern. Sie sagte kurz und bündig: »Henriette hat mit Pölsen gesprochen. Und er hat eine prima Sache für dich. Aber es eilt. Du müßtest sofort zu ihm hinkommen, heute noch, jetzt gleich.«

Lore blickte mißtrauisch von einem zum andern. Wovon war hier die Rede? Was war das für eine prima Sache, von der sie nichts wußte? Und was war überhaupt los mit den beiden?

Martin fühlte sich höchst unbehaglich in seiner Haut unter den sprechenden Blicken der beiden Frauen. Was fiel Gaby ein, einfach mit dieser Nachricht hierherzukommen? Das würde einen schönen Tanz mit Lore geben.

Er machte einige unsichere Bemerkungen. »Ach?« und »Wieso denn?« und »Jetzt gleich?« Aber Gaby wich keinen Schritt zurück.

»Du wirst dich ja sicher mal für eine Stunde frei machen können, nicht? Es eilt wirklich. Am besten ist, du fährst gleich mit mir in die Stadt.«

Lore wurde langsam wütend. Was dachte die sich eigentlich? Kam einfach mir nichts dir nichts und wollte Martin mitnehmen! Schließlich war sie hier der Chef, und zunächst mußte ihre Erlaubnis eingeholt werden. O ja, so war es immer noch üblich.

»Worum handelt es sich?« fragte sie scharf.

Gaby verzichtete doch lieber darauf, mit der ganzen Wahrheit herauszurücken. »Ein Jugendfreund von Martin«, sagte sie lässig, »er möchte Martin unbedingt sofort sprechen. Es ist wirklich wichtig, sagt er. Ich weiß auch nicht genau, worum es sich handelt.«

Natürlich glaubte ihr Lore das nicht. Sie wußten beide, Gaby und Martin, worum es ging. Man wollte sie für dumm verkaufen. Nun, die sollten sich in acht nehmen, die beiden.

»Wenn es so wichtig ist«, sagte Lore mit böse glitzernden Augen, »dann kann ich Martin den Nachmittag schon mal frei geben. Obwohl wir viel zu tun haben.«

Nun, das war deutlich. Und Martin stieg die Formulierung »*ich* kann ihm frei geben« auch sofort in die Nase. Er bekam einen roten Kopf. »Hat es nicht bis morgen Zeit?« sagte er zu Gaby gewandt, ohne Lore anzusehen.

»Nein«, erwiderte Gaby entschieden. »Es muß heute sein.«

Martin resignierte. Er war den beiden Frauen nicht gewachsen.

Hilflos sah er an sich herunter und sagte: »Aber so... ich meine, so, wie ich hier bin.«

»Natürlich mußt du dich umziehen, das ist doch klar«, meinte Gaby ungeduldig. »Du wohnst doch sowieso hier in der Nähe. So lang' kann das doch nicht dauern.«

»Du hast ja einen Anzug oben bei mir«, sagte Lore langsam und betont.

Gaby sah sie an, und Lore blickte zurück. Helle Feindschaft stand in ihren Blicken.

Martin zog es jedoch vor, hinüber in sein Zimmer zu gehen. Wenn er hinaufging, würde Lore ihm nachkommen, und dann war zweifellos auch gleich eine Szene fällig, die kam am Abend immer noch früh genug.

»Gut«, sagte Gaby entschieden, »dann geh hinüber. Oder noch besser, komm gleich mit, ich setz dich drüben ab.«

Das war der Höhepunkt. Sie wollte Martin entführen, ehe Lore Gelegenheit hatte, ihn zu fragen. Lore kochte jetzt vor Zorn. Sie stand auf und schob geräuschvoll ihren Stuhl zurück.

»Also bitte«, sagte sie zu Martin, nur noch mühsam beherrscht, »dann geh nur gleich mit. Max kann den Wagen fertigmachen.«

»Er weiß Bescheid«, meinte Martin unsicher, »er hat ja sowieso mit dran gearbeitet.« Feige fügte er hinzu: »Ich erzähl' dir dann nachher alles.«

Lore gab keine Antwort, und Gaby lächelte maliziös. Dann reichte sie Lore die Hand und sagte, immer noch mit dem gleichen Lächeln: »Auf Wiedersehen, Frau... Frau...«, sie lachte mit gespielter Verlegenheit. »Ich weiß nicht einmal Ihren Namen.«

»Roth«, erwiderte Lore kurz. Es klang drohend.

Gaby nahm es mit einem kurzen Nicken zur Kenntnis und wandte sich zur Tür. Martin folgte mit bedripster Miene.

Ohne weiteren Einwand kletterte er neben Gaby in das Taxi und wagte keinen Blick mehr zurück zu Lore. Auf der kurzen Fahrt hinüber zum Bäcker informierte ihn Gaby über das Angebot.

»Es ist natürlich nicht sicher«, meinte sie. »Vielleicht ist der Posten schon besetzt. Pölsen hat gesagt, er würde gleich draußen anrufen, wenn du da bist. Es wäre eine große Chance, Martin. Du kämst mit einem Schlag wieder in deinen Beruf hinein.«

»Ja«, sagte Martin.

Gaby blickte ihn von der Seite an. »Ich nehme an, daß dies dein Wunsch ist.«

»Natürlich.«

»Wenn du allerdings die Absicht hast, in die Tankstelle einzuheiraten, dann ist es etwas anderes, das mußt du nur sagen.«

»Bitte, Gaby, laß das«, sagte Martin, nun auch böse.

»Oder existiert auch ein Herr Roth? Ich habe ja keine Ahnung. Und konnte auch nicht wissen, daß ich die... die Dame treffen würde.«

»Herr Roth existiert nicht mehr«, gab Martin verbissen zur Antwort.

»Ah so. Nun, wie gesagt, es ist deine Angelegenheit. Wir wollen dir nur gern helfen, Henriette und ich.«

»Vielen Dank«, sagte Martin ironisch. »Deine Sorge um mein Wohlergehen ist wirklich rührend. Ich hatte damit nicht mehr gerechnet.«

Sie waren angelangt. Martin wollte ohne Aufenthalt aussteigen, doch Gaby hielt ihn am Arm fest. In anderem Ton sagte sie: »Bitte, Martin, sei nicht trotzig. Ich meine es wirklich gut. Und – es tut mir leid, wenn ich dir durch mein Erscheinen vorhin Ungelegenheiten bereitet habe. Ich wußte wirklich nicht, daß diese Frau deine Chefin ist, sonst hätte ich angerufen. Bitte, vergiß nun diese ganzen Schwierigkeiten mit den dummen Frauen. Konzentrier dich jetzt auf die Sache. Der Krach mit Lore bleibt dir sowieso nicht erspart.«

Martin sah sie an. Sie lächelte bittend, mit großen unschuldigen Augen. »Martin!« sagte sie noch einmal leise.

»Es ist gut«, sagte er. »Ich werde hinfahren und mit Pölsen sprechen, in einer halben Stunde. Ich danke dir jedenfalls.«

»Du brauchst mir nicht zu danken, Martin. Soll ich auf dich warten?«

»Nein«, sagte er eilig, »nein, wirklich nicht. Ich fahre lieber allein.«

Er stieg aus.

»Und du rufst mich an und sagst mir Bescheid, ja?« rief Gaby ihm nach.

Er nickte über die Schulter zurück und ging ins Haus. Gaby sah ihm nach. Trotz der unangenehmen Szene in der Tankstelle war sie zufrieden. Oder vielleicht gerade deswegen. Sie hatte es ja gleich gewußt, dieses rothaarige Frauenzimmer war nichts für ihn. Das würde nicht mehr lange dauern. Und dann... Nun, man wußte nicht, was dann sein würde.

Hinter dem Schaufenster der Bäckerei entdeckte sie zwei Köpfe, die interessiert zu ihr hinausspähten. Das war schon ein komisches Milieu, in dem Martin hier lebte. Da gehörte er nicht hin. Höchste Zeit, daß es anders wurde.

»Zurück in die Stadt«, sagte sie zu dem Schofför und lehnte sich in die Polster zurück. Es mußte einfach klappen mit Hallbergen, es mußte klappen. Und es klappte auch mit Hallbergen. Es ging alles so schnell, daß Martin kaum zur Besinnung kam. Pölsen empfing ihn freundschaftlich und ganz wie seinesgleichen. Er duzte ihn sofort wieder, ließ Kaffee und Kognak bringen und schien ehrlich erfreut, Martin wiederzusehen. Er bat Martin nur um einige Angaben, was er in letzter Zeit gemacht hatte.

»Na ja«, sagte er, »das mit der Tankstelle, das kann man schon ein bißchen frisieren. So lange bist du ja noch nicht zurück, daß man schon irgendeinen Nachweis deiner Tätigkeit verlangen könnte. Das Kurhotel ist eine GmbH, und hauptsächlich verantwortlich ist ein gewisser Baron Nagold. Ich kenne ihn sehr gut, man kommt prima mit ihm aus. Um den Betrieb kümmert er sich wenig. Er wird mir dankbar sein, wenn ich ihm einen zuverlässigen Mann empfehle.«

»Ich bin so lange 'raus«, meinte Martin unsicher, die Menschenscheu der vergangenen Monate wollte zurückkehren.

»Ich bitte dich«, sagte Pölsen. »Der Laden läuft ja von allein. Tadellos geführter Betrieb, sehr exklusiv, nur bestes Publikum. Was eben heute so bestes Publikum ist, nicht? Aber es muß natürlich jemand dasein, der alles überwacht. Das weißt du ja selbst am besten. Und jetzt ruf' ich an.«

Hallbergen, das bekannte Heilbad, lag etwa zwei Eisenbahnstunden entfernt. Es war von der Stadt aus im Selbstwählbetrieb zu erreichen, und wenige Minuten später hatte Pölsen Baron Nagold am Telefon. Das Gespräch war kurz. Pölsen schilderte mit wenigen, aber sehr klug gewählten Worten Martins Persönlichkeit und seine Ausbildung, etwas ausführlicher seine Herkunft, und erwähnte nur flüchtig die letzte Zeit.

»Du sollst morgen hinauskommen«, sagte er, als er den Hörer hingelegt hatte.

»Morgen schon?« fragte Martin zurück, nicht gerade mit Begeisterung.

»Jawohl, morgen, alter Junge. Nur Mut. Wenn es klappt, weißt du, wie es weitergeht. Auch wenn es nur zwei oder drei Monate dauert, du bist wieder einmal drin in der Branche, und dann findet sich auch was anderes. Ich werde es weiter im Auge behalten.«

»Ich weiß gar nicht, wie ich dir danken soll«, sagte Martin unbeholfen. »Daß mir auf einmal jemand hilft... ich bin gar nicht mehr daran gewöhnt.«

»Das ist doch selbstverständlich, Mensch«, sagte Pölsen, gewollt burschikos. »Wir sitzen doch alle im gleichen Topf, nicht? Deine Hotels zu Hause haben die Polen, meins haben die Russen. Ach was! Schwamm drüber! Das Leben geht trotzdem weiter. Damals als junge Schnösel haben wir uns eingebildet, eines Tages Eigentümer und Chefs großer rentabler Häuser zu sein. Heute sind wir Angestellte. Kein Mensch fragt mehr danach, was früher war. Man muß sich abfinden mit dem, was heute ist, und das Beste daraus machen. Und unser Geschäft ist nicht schlecht. Was denkst du, was wir hier für einen Umsatz machen! Bei dem Fremdenverkehr! Vielleicht langt's eines Tages wieder mal zu einem eigenen Haus, vielleicht auch nicht. So wichtig ist das alles nicht. Das haben wir in den schlimmen Jahren gelernt.«

»Ja, wahrhaftig«, sagte Martin, »das haben wir gelernt.«

»Ich kann mich noch gar nicht beklagen. Ich war gerade man sechs Monate in amerikanischer Gefangenschaft. Da muß ich mich geradezu schämen, wenn ich an dich denke. Na, und dann die Nachkriegsjahre! Lieber Himmel, was man da alles getrieben hat! Mir stehen heute noch die Haare zu Berge. Aber es ist auch vorbeigegangen. Und du mußt jetzt den Anschluß wiederfinden. Vergiß die scheußliche Zeit, sie liegt jetzt hinter dir. Fang von vorn an! Du wirst sehen, wenn man die richtige Arbeit hat, die einem liegt, dann macht auch das Leben wieder Spaß. Bist du eigentlich nicht verheiratet?«

»Nicht mehr«, sagte Martin kurz.

»Ach so. Na ja, auch kein Fehler, da bist du dein freier Herr und für niemanden verantwortlich. Hat auch sein Gutes. Ich hab' erst vor zwei Jahren wiedergeheiratet, stell dir vor, eine Deutschamerikanerin. Ich mag sie sehr gern. Meine erste Frau, weißt du«, er senkte die Stimme, und sein Gesicht wurde ernst, »ich hatte im Krieg geheiratet, und... na ja, ich liebte sie sehr. Und dann war ein Kind unterwegs. Als die Russen kamen, mußte sie fliehen, und unterwegs war es dann soweit. Und... ja, sie hat es nicht überlebt. Ja, so war das bei mir. Wir haben alle an dieser Rechnung mitbezahlt. Und manche zahlen heute noch.«

Sie schwiegen eine Weile und sahen vor sich hin. Ja, sie mußte bezahlt werden, diese Rechnung, und sie war heute noch nicht beglichen, wenn es die Menschen auch nicht wahrhaben wollten.

»Also, jedenfalls«, nahm Pölsen das Gespräch wieder auf, »du mußt uns nächstens mal besuchen. Mach dir nichts draus, wenn's nicht klappt in Hallbergen, wir finden schon was anderes. Wenn's klappt, müßtest du allerdings sicher gleich anfangen. Ginge das?«

»Ja«, sagte Martin langsam. »Das ginge schon.« Was würde Lore sagen?

»Jetzt zeig' ich dir noch unser Haus hier. Das Beste vom Besten, jedes Zimmer ein Appartement. Und die technische Einrichtung... na, du wirst ja sehen.«

Nachdem Martin unter Pölsens fachkundiger Führung das Plaza besichtigt hatte, verabschiedete er sich und fuhr wieder hinaus.

Es war inzwischen Abend geworden, die Stadt glich einem Hexenkessel. Alle Straßen waren verstopft, nur zäh bewegte sich der Verkehr vorwärts.

Martin achtete nicht darauf. Er wartete auf seine Straßenbahn, drängte sich dann auf eine überfüllte Plattform. Die Umwelt war für ihn nicht vorhanden. –

Das Plaza hatte ihn beeindruckt. Was für ein Hotel! O ja, der Fortschritt konnte schon etwas Großartiges sein. Herrlich mußte es sein, in so einem Haus zu arbeiten! Überhaupt, wieder in diesem Beruf zu arbeiten. Auf einmal wollte er es, ganz heftig und leidenschaftlich wünschte er es, wie er nie mehr seit seinen Jugendjahren etwas gewünscht hatte. Wenn es in Ordnung ginge mit Hallbergen, würde es der Anfang sein. Schließlich war er noch jung, achtunddreißig Jahre, kein Alter, um zu verzichten und zu resignieren. Ein Alter, in dem man noch einmal anfangen konnte.

Er sah auf seine Hände, sie waren rissig und nie ganz sauber zu kriegen, und unter den Nägeln nistete immer hartnäckiger Schmutz. Das würde dann auch aufhören, dachte er befriedigt.

Hm. Und Lore? Man mußte kein Prophet sein, um vorauszusagen, welches Theater das geben würde. Heute abend noch! Am liebsten wäre er dem aus dem Weg gegangen, gleich zu Mosers in sein Zimmer und morgen nach Hallbergen, und erst dann... Nun, das ging wohl nicht. Er war es ihr schuldig, die Wahrheit zu sagen. Wenn sie nur nicht so verdammt jähzornig und heftig wäre! Und nicht gerade sehr fein, wenn der Zorn sie übermannte. Aber das mußte durchgestanden werden. Und in die Tankstelle wollte er nicht einheiraten, nein, er wollte nicht. Er hatte nichts gegen die Tankstelle und nichts gegen Lore, aber einheiraten wollte er überhaupt nicht, gerade das nicht, nie und nimmer. Wenn sie ihn ein bißchen kennengelernt hatte inzwischen oder ihn gar liebte, wie sie immer behauptete, dann mußte sie das verstehen.

Doch das war zuviel von Lore verlangt, sie verstand absolut nicht. Sie konnte nicht verstehen, und sie wollte es auch gar nicht. Als sie erfuhr, was Gabys Besuch bedeutet hatte und was Martin am nächsten Tag plante, da explodierte sie ohne weitere Versäumnis. Es war nicht schön, was Martin sich alles anhören mußte, es war gar nicht schön. Er sagte nicht viel dazu, er sah Lore nur an und dachte: Wie fremd sie mir doch ist! So viele zärtliche Stunden und – ja – auch Glück, doch, es wäre ungerecht, das zu leugnen. Sie hat mir viel bedeutet in den vergangenen Monaten. Schließlich war sie die erste Frau wieder nach meiner Heimkehr, ich war ihr dankbar, und ich bin ihr dankbar. Es war eine entscheidende Kurve, und sie hat mir geholfen, da herumzukommen. Und trotzdem: wir sind uns ganz fremd geblieben.

Nachdem Lore sich heiser geredet hatte, weinte sie. Martin versuchte, sie zu trösten, doch sie stieß ihn wild zurück, begann wieder zu keifen, und dann schlug sie ihm ins Gesicht.

Er wurde weiß wie eine Wand. Lore erschrak und wich zurück. Würde er sie auch schlagen? Bei Herrn Roth war es immerhin ein- oder zweimal vorgekommen, es hatte ihrem sonst ganz glücklichen Zusammenleben weiter keinen Abbruch getan.

Aber Martin war eben nicht Herr Roth. Und diese Tat entschuldigten auch Lores Zorn, ihre Enttäuschung und ihr Temperament nicht. Sie hätte ihn nicht schlagen dürfen.

Er wandte sich auf dem Fuß um und verließ das Zimmer und das Haus, ohne noch ein Wort zu sagen. Lore wußte, daß sie ihn nicht wiedersehen würde.

In Hallbergen ging alles ganz einfach. Baron Nagold war froh, einen Ersatzmann zu haben, die Empfehlungen vom Geschäftsführer des Plaza genügten ihm, auch machte Martin den besten Eindruck. Außerdem wollte der Baron möglichst wenig mit dem Hotel behelligt werden. Es gab andere Dinge, die ihn mehr interessierten. Die Jagd, der Fischfang und eine neue, sehr anspruchsvolle Freundin. Martin bekam das Engagement mit vierzehntägiger Kündigung in Anbetracht des besonderen Falles, denn immerhin war ja mit der Genesung des bisherigen Geschäftsführers in absehbarer Zeit zu rechnen. Anfangen sollte er sofort.

Er fuhr noch einmal in die Stadt zurück, holte seine wenigen Sachen, verabschiedete sich von Mosers, traf Pölsen, um ihm von dem Erfolg zu berichten, und schließlich rief er Gaby an.

Sie freute sich wie ein Kind. »Wie haben wir das gemacht, Martin?« rief sie. »Ist die Gaby nicht tüchtig?«

Sie fragte, wann er hinausfahren würde, und als Martin am Abend auf den Bahnhof kam, war sie da. Sie hängte sich bei ihm ein und sagte vernünftig: »Ich muß dich doch in den Zug setzen. Ich bin ja so stolz, Martin, du weißt gar nicht wie! Ein bißchen was hab' ich doch jetzt gutgemacht, nicht? Und jetzt kannst du mich auch wieder ein kleines bißchen liebhaben.«

Martin sah lächelnd auf sie hinunter. »Ein kleines bißchen vielleicht«, sagte er.

»Ach du, Martin«, sagte Gaby leise. Ihr Herz ging mit ihr durch. Sie schlang wie ein Kind beide Arme um seinen Hals und küßte ihn. Richtig auf den Mund. Martin hielt überrascht still. Dann bog Gaby den Kopf zurück und sah ihm in die Augen. Ihr Gesicht wurde ganz ernst, ganz dunkel waren ihre Augen geworden, voller Verwunderung. Und ohne sich zu besinnen, küßte sie ihn noch einmal, sanfter jetzt und sehr, sehr zärtlich. Diesmal erwiderte Martin den Kuß.

In der Nähe kicherte jemand, ein paar junge Leute standen da, und einer rief: »Na, so weit fährt der Zug ja gar nicht. Hallbergen liegt nicht in Australien.«

Nicht im mindesten verlegen, drehte Gaby den Kopf zur Seite, wo der Rufer stand, und lachte hinüber. Dann sah sie wieder zu Martin auf. »Danke, Martin«, sagte sie leise. »Ich bin ja so froh.«

»Bitte einsteigen«, rief der Beamte.

»Ich komme dich vielleicht einmal besuchen«, rief Gaby zum Fenster hinauf. »Ja? Soll ich?«

Martin nickte.

Martin hatte gedacht, es würde schwer sein, sich wieder einzuarbeiten, aber es war ganz leicht. Wenn man erst wieder auf vertrautem Gelände stand, fand man ganz von selbst den Weg. Und gerade im Hotelwesen, das so traditionsgebunden war und immer noch die Formen einer geruhsamen und schöneren Welt wahrte, hatte sich kaum etwas geändert. Die Etagen, das Restaurant, sie waren wie in allen großen Hotels der Welt. Und jedes Ressort war von einem erstklassigen Fachmann geführt, bei einem Haus von dem Ruf des Kurhotels Hallbergen ganz selbstverständlich. Es war ein alter Bau, mit all der überladenen Pracht der Jahrhundertwende ausgestattet. Doch die Zimmer waren sehr modern und komfortabel eingerichtet.

Die Gäste, die in der Vorsaison kamen, waren ruhige und beständige Mieter, die wirklich kamen, um die Kur zu gebrauchen. Sie standen früh auf, frühstückten im Zimmer oder auf der Veranda, dann gingen sie bedächtig ins Kurmittelhaus, tranken den Brunnen, nahmen ihre Bäder, gingen dann ein wenig im Kurpark spazieren, kehrten zurück und waren einem reichhaltigen und ausgewählten Menü nicht abgeneigt. Dann machte man ein kleines Schläfchen, bei schönem

Wetter folgte wohl ein Spaziergang oder ein kleiner Ausflug, bei schlechtem Wetter trank man in der Halle Kaffee, es wurde Bridge gespielt, Schach, das Lesezimmer war stets gut besucht, und dann wurde es langsam Zeit zum Abendessen.

Am Abend allerdings wurde es in Hallbergen etwas lebendiger, auch um diese Jahreszeit. Es gab nämlich seit einiger Zeit ein Spielkasino im Ort, und fast jeder war einmal verlockt, dort sein Glück zu probieren. Nun, Geld hatten sie alle, die im Kurhotel Hallbergen wohnten. Die Preise waren beachtlich.

Am Abend kamen aber auch kurzfristige Besucher aus der Stadt mit großen, schnellen Wagen hereingeflitzt, sie speisten vielleicht im Hotel, oft auch nicht mal das, denn ihr Hauptziel war das Kasino. Diese Gesellschaft, die da so plötzlich in den Nachtstunden auftauchte, war etwas gemischt: Spieler aus Passion, aus Neugier, aus Snobismus; solche, die dringend Geld brauchten, und solche, die ein Alibi der Steuer gegenüber brauchten. Denn Geld, das nachzuweisen, aber nicht versteuert worden war, konnte man ja gewonnen haben. Wieso nicht? Die Eintrittskarte vom Kasino in Hallbergen bewies, daß man dort zu Gast gewesen war.

Martin hatte viel zu tun. Denn obwohl der Apparat funktionierte, mußte einer sein, der ihn in Gang hielt und alle Teile der Maschine im Auge hatte. So war es überall, auch hier. Hätte er mehr Zeit gehabt, so wäre er wohl öfter versucht gewesen, darüber nachzudenken, welche Gegensätze in der Welt herrschen. Er brauchte nur sein eigenes Leben zu nehmen und die Zeit jetzt mit der Zeit vor genau einem Jahr zu vergleichen. Doch er schob den Gedanken beiseite, wenn er wirklich einmal kam. Das war vorbei. Es mußte vorbei sein.

Übrigens vermied er es auch, an die jüngste Vergangenheit zu denken. Es war alles ziemlich ungeklärt. Der Gedanke an Lore war ihm unangenehm. Und obwohl sie sich nicht schön benommen hatte zum Schluß, hatte er doch ein schlechtes Gewissen. Er hatte sie enttäuscht, das war die Wahrheit. Und das hatte sie trotz allem nicht verdient.

Der Gedanke an Gaby war verwirrend, und seine Gefühle waren zwiespältig. War noch etwas von der Liebe seiner Jugend übrig? Manchmal schien es ihm so. Was sollte geschehen?

Aber all das bedrängte ihn nicht so, daß es seinen Schlaf gestört hätte. Die Arbeit, die neue Verantwortung, die veränderte Umgebung, alles mochte dazu beitragen, daß er wieder herrlich schlief, tief und fest, wie seit undenklichen Zeiten nicht mehr. Vielleicht war es auch die Luft. Die Luft von Bad Hallbergen war schließlich international berühmt.

»Du hast keinen Paß?« fragte Janos maßlos verwundert.

»Nein«, erwiderte Regina ängstlich. Sie fürchtete einen Ausbruch, denn Janos, der sonst so Höfliche, konnte sehr temperamentvoll reagieren, wenn ihm etwas nicht nach Wunsch ging.

»Ja, zum Donnerwetter, warum denn nicht?« fragte er gereizt. »Ich kann mich doch nicht um alles kümmern. Du bist doch kein kleines Kind mehr. Und daß ein Mensch einen Paß hat, ist doch wohl das mindeste, was man verlangen kann.«

Aber Regina hatte nicht nur keinen Paß, sie hatte, bei Licht betrachtet, nicht einmal eine Aufenthaltsgenehmigung für die Bundesrepublik.

»Ich hatte Angst, sie schicken mich vielleicht wieder zurück«, meinte sie, »denn ich bin doch kein politischer Flüchtling. Und ich hatte keine ordentliche Arbeit, nicht einmal einen Beruf. Man muß da eigentlich in ein Lager, oder wenigstens muß man es irgendwie schriftlich beantragen, ich weiß auch nicht genau.«

»Und da hast du lieber gar nichts unternommen, das ist ja wieder mal typisch«, Janos schüttelte mit der Miene eines bundestreuen Beamten den Kopf. »Du bist doch aber polizeilich gemeldet?«

»Ja, natürlich. Das hat damals Anni gemacht, Anni Plaschek. Sie hat mich als Besuch angemeldet.«

»Wer ist denn das nun wieder?«

»So 'ne Art Kusine, bei der war ich zuerst. Und wie ich dann zu Frau Zenger gezogen bin, hat die mich als Untermieterin angemeldet. Und jetzt wieder in der Pension, nicht? Aber es hat sonst niemand was von mir gewollt.«

»Was sagst du dazu, Stups? Dieses Mädchen ist doch unmöglich.«

Stups fand das alles nicht so gefährlich. »Das werden wir schon hinbiegen. Du hast doch verschiedentlich gearbeitet, Regina? Wie ist es denn da gewesen?«

»Das ist immer ganz reibungslos gegangen, und dazu hab' ich keinen Paß gebraucht. Im Warenhaus damals war ich doch nur als Aushilfe, und in der Bäckerei auch, und bei Herrn Brunnhuber, da hat erst recht niemand was von mir gewollt.«

»Im Warenhaus? Was hast du denn da gemacht?« fragte Janos indigniert.

»Da hab' ich als Packerin gearbeitet«, antwortete Regina in herausforderndem Ton. »Und in der Bäckerei als Verkäuferin. Ganz von der Luft konnte ich ja auch nicht leben, jedenfalls nicht immer.«

Zu ihrer äußeren Erscheinung paßte es wenig, was sie da erzählte. Sehr elegant sah sie aus in einem knappen grauen Kostüm, sehr gepflegt und sehr reizend mit dem gut zurechtgemachten Gesicht und der tadellosen Frisur.

»Hm«, meinte Janos. »Und was machen wir nun?«

»Im Moment können wir gar nichts machen«, sagte Stups. »Wir können sie eben nicht nach Rom mitnehmen, *so* schnell bekommt sie den Paß auf keinen Fall. Ich möchte annehmen, daß es einigermaßen umständlich werden wird.«

»Verdammt, das paßt mir aber gar nicht«, rief Janos und begann im Atelier hin und her zu rasen. »Ich wollte gerade sie in Rom dabeihaben. Wen soll ich denn jetzt noch schnell mitnehmen? Ich brauche eine Blonde.«

»Vielleicht Karin. Du hast sie sowieso lange nicht mehr beschäftigt.«

»Das ist indiskutabel. Karin ist nicht mehr frisch genug, mit ihren ewigen Männergeschichten, sie hat in letzter Zeit zu viel Falten bekommen.«

»Vielleicht läßt Pussy sich noch mal herab?«

»Ausgeschlossen, sie heiratet doch Ende des Monats diesen Kochtopffritzen. Die hat ausgesorgt.«

»Was?« fragte Stups erstaunt. »Er heiratet sie wirklich?«

»Ja. Wirklich und richtig, mit Standesamt und Kirche und allem Drum und Dran. Der Junge ist Millionär, meine Liebe, und dabei gar kein übler Bursche. Angefangen hat er mit Schrott, dann hat er Töpfe fabriziert und all so'n Zeug. Na, und heute hat er eine Fabrik mit weiß ich wieviel Arbeitern.«

»Die dumme kleine Pussy! Sie ist doch immer die dümmste von all unseren Mädchen gewesen. Und so phlegmatisch. Was er an ihr nur findet?«

»Ihm genügt es, daß sie niedlich aussieht, große geistige Ansprüche stellt er sicher auch nicht, allzu schlimm hat sie's nicht getrieben. Sie wird sich sehr wohl fühlen als Ehefrau. Endlich kann sie soviel Kuchen essen, wie sie will. Du weißt, wie schwierig es immer war, sie daran zu hindern.«

»Das walte Gott«, sagte Stups. »Der gute Mann wird sich wundern. Sie hat alle Veranlagung, dick zu werden. In zwei bis drei Jahren wird er sie nicht wiedererkennen.«

»Nicht mehr unser Kummer. Aber jetzt im Ernst, wen könnten wir außer Jinny noch mitnehmen? Das ist doch zu blöd, daß Regina nicht kann! Ob ich mal auf die Polizei fahre? Vielleicht geht's doch?«

»Du kriegst doch keinen Paß in zwei Tagen. Und schon gar nicht in Reginas Fall.«

Janos wollte Aufnahmen in Rom machen, eine Kollektion Hochsommerkleider, zwei hübsche Mädchen auf römischen Treppen und vor römischen Brunnen. Da er es für ganz selbstverständlich hielt, daß Regina mitkam, hatte er sich um die Frage, ob Regina eigentlich einen Paß habe oder nicht, gar nicht gekümmert.

Regina tat es selbst am meisten leid. Sie wäre gern nach Rom gefahren. Bisher kannte sie ja noch gar nichts von der Welt. Und sie war auch sehr unglücklich darüber, daß sie Janos erzürnt hatte. Noch immer war sie leicht einzuschüchtern, auch wenn sie in letzter Zeit sehr an Sicherheit gewonnen hatte. Der Auftritt, den Janos damals wegen ihrer Haare gemacht hatte, war unvergessen, sie fürchtete eine Wiederholung.

Und dann – sie wollte ihn nicht ärgern, gewiß nicht. Sie verdankte ihm so viel. Noch immer erschien ihr alles wie ein Traum, aus dem sie eines Tages erwachen würde, um wieder das armselige kleine Aschenbrödel zu sein.

Ihr Leben war jetzt, gemessen an den vergangenen Jahren, geradezu fürstlich. Sie wohnte noch immer in der Pension, obwohl es eigentlich ein bißchen zu teuer für sie war. Sie bestand nämlich darauf, die Miete selbst zu bezahlen. Das Zimmer war so hell und freundlich, daß sie sich nicht entschließen konnte auszuziehen; sie brauchte sich auch um nichts zu kümmern. Sie hatte hübsche Kleider und eine Tätigkeit, die ihr einigen Spaß bereitete, wenn sie auch etwas seltsam war. Janos hatte sie in letzter Zeit sehr viel beschäftigt, und sie posierte bereits mit größter Sicherheit vor der Kamera. Ihre Bilder wurden immer besser.

Nach wie vor verbrachte sie aber ihre freie Zeit bei Herrn Brunnhuber. Sie wollte fortsetzen, was sie begonnen hatte. Das, was sie jetzt machte, war auf die Dauer kein Beruf, und einen Beruf wollte sie haben.

Herr Brunnhuber war von ihrem Eifer sehr angetan und lobte ihr

Talent. Regina hatte mittlerweile auch Janos genug abgeguckt, um es besonders bei Porträtaufnahmen zu verwenden. Sie fotografierte beispielsweise ganz selbständig eine Kundin von Herrn Brunnhuber, ein etwas unscheinbares, reizloses Mädchen, derart geschickt, daß die Aufnahme für alle Beteiligten eine Sensation wurde. Besonders die Fotografierte konnte sich vor Glück kaum fassen. Sie hatte nicht gewußt, daß sie so hübsch war oder jedenfalls so hübsch sein konnte. Herr Brunnhuber erkannte neidlos an: »Das hätte ich nicht so hingebracht.«

Regina war so stolz und glücklich, daß sie erstmals Janos und Stups von ihren Versuchen erzählte. Janos sagte nämlich rein zufällig am folgenden Tag: »Gehst du eigentlich immer noch zu Papa Jacob? Ich denke, er hat jetzt jemanden für den Laden?«

»Ja, schon, er hat ein junges Mädchen, aber ich gehe ja als seine Schülerin hin.«

»Als was?«

Da erzählte Regina von ihren Plänen. Es wurde eine verhältnismäßig lange Rede, sie bekam direkt rote Wangen vor Eifer. »Ich wollte immer einen richtigen Beruf haben, und die ganzen Jahre war ich so unglücklich darüber, daß ich keinen hatte. Früher wollte ich mal Malerin werden, jetzt werde ich eben Fotografin«, schloß sie. »Herr Brunnhuber meint, ich könnte es.«

Stups und Janos hatten ihr überrascht und amüsiert zugehört. Janos war geradezu gerührt. »Hat man Töne«, sagte er zu Stups. »Da haben wir ja eine schöne Natter am Busen genährt. Wir züchten uns die Konkurrenz im eigenen Haus. Wahrscheinlich guckt sie uns alles ab.« Er legte seinen Arm um Reginas Schultern und zog sie ein wenig an sich heran. »Soso, einen richtigen Beruf willst du haben. Mit dir erlebt man doch immer wieder Überraschungen, was Stups? Am Anfang war sie so ein scheues kleines Rührmichnichtan, das kaum den Mund auftat. Und jetzt will sie eine selbständige berufstätige Frau werden.«

»Und da hat sie weiß Gott recht«, sagte Stups energisch. »Nichts Klügeres kann eine Frau tun, als einen Beruf zu haben, der sie unabhängig macht. Liebe ist ganz schön, und Ehe mag ja in manchen Fällen ganz gut sein, aber was Sicheres ist es nie. Ein Beruf gibt auch einer Frau erst den richtigen Lebensinhalt und einen beständigen festen Boden, auf dem sie stehen kann. Ich finde das sehr vernünftig von Regina. Sie ist ein gescheites Mädchen, wenn sie einsieht, daß dies hier keine Sache von Dauer ist. Und was sollte sie dann machen? Einen Ehemann erjagen und zu allerlei Kompromissen bereit sein, falls sie nicht auch den Ehrgeiz entwickelt, zum Film zu gehen.«

»O nein, das könnte ich nie«, meinte Regina. »Dazu hätte ich kein Talent und auch keine Lust. Immer die vielen fremden Leute, mit denen man dann reden muß.«

Stups und Janos lachten, und Stups meinte sachlich: »Und wennschon, dann mach es richtig. Wir haben hier eine ausgezeichnete Fotofachschule in der Stadt. Da belegst du ein paar Semester und machst einen richtigen Abschluß, und dann stehen dir eine Menge Möglichkeiten offen.«

»Jetzt möchte ich aber die Aufnahme sehen, die du gemacht hast«, sagte Janos.

Die stolze Künstlerin hatte natürlich einen Abzug einstecken, den sie bereitwillig herzeigte.

»Hm, gar nicht schlecht«, sagte Janos.

»Aber Sie müßten das Original erst sehen«, erläuterte Regina eifrig. »Sie sieht nach gar nichts aus. So ähnlich wie ich am Anfang.«

Janos musterte das Bild. »Na ja, man soll die Bescheidenheit auch nicht übertreiben. Immerhin waren bei dir einige Voraussetzungen gegeben, nicht? Tja, dann müssen wir ihr wohl noch einiges beibringen, was Stups?«

Es ging Janos seltsam mit Regina. Sie war noch immer so ganz anders als die anderen Mädchen. Sie war schön und anmutig, aber sie war kein bißchen kokett; und was Flirt war, das wußte sie anscheinend nicht. Sie sah noch immer mit einem gewissen Respekt zu ihm auf und machte niemals von ihren weiblichen Reizen Gebrauch. Und obwohl Janos sie gern mochte, auf eine ganz persönliche, freundschaftliche Art, die sich durchaus von den Gefühlen unterschied, die er sonst den Frauen entgegenbrachte, war er ihr eigentlich noch nicht nähergekommen. Er hatte niemals Skrupel gehabt, eine Frau zu verführen oder zu erobern – meist war ihm ja deutlich genug gezeigt worden, daß man es wünschte –; aber bei Regina wußte er wirklich nicht, wie er dran war. Hatte sie Angst vor ihm? Hatte sie überhaupt Angst vor Männern? Er bemerkte, daß sie immer so zurückhaltend war, daß sie jeder Annäherung, ja jeder Bekanntschaft mit einem Mann geradezu ängstlich aus dem Wege ging. Einmal hatte er mit Stups darüber gesprochen.

»Hat sie eigentlich keinen Freund?« hatte er gefragt.

»Nein«, erwiderte Stups bestimmt.

»Das ist doch kaum möglich.«

»Ganz gewiß nicht«, beharrte Stups. »Neulich wollte Conny ihr mal einen Kuß geben, ganz harmlos, sie ist zurückgewichen, als ob er sie umbringen wollte. Und Perkinson hat sich solche Mühe gegeben, er hat sie immer wieder eingeladen, sie lehnte jedesmal ab.«

»Komisch, nicht? Glaubst du, daß sie noch nie etwas mit einem Mann gehabt hat? Das gibt's doch gar nicht.«

»Warum sollte es das nicht geben? Sie hat es doch offenbar sehr schwer gehabt in den letzten Jahren. Vielleicht hat sie auch mal eine Enttäuschung erlebt. Sie ist der Typ, der so was schwernimmt. Aus diesem Grunde wäre es vielleicht auch besser, Janos, wenn du sie in Ruhe ließest. Sie ist kein Mädchen für ein Abenteuer.«

»Was willst du von mir?« sagte Janos unschuldig. »Ich? Mein liebes Kind, ich bin froh, wenn die Frauen mich in Ruhe lassen. Und mit den Mädchen, mit denen ich arbeite, will ich sowieso keine näheren Beziehungen eingehen.«

»Von den Ausnahmen abgesehen«, sagte Stups trocken.

»Ah, man wird auch älter und vernünftiger«, sagte Janos pathetisch. »Und so eine Frau, wie ich sie möchte, die gibt es sowieso nicht.«

»Und was wäre das für ein Wunderwesen?«

»Gar nichts Besonderes, nur schön müßte sie sein, erstklassige Figur, gescheit, charmant, ein so guter Kamerad wie du, und Herz müßte sie haben, und ...«

»Ein Wunderwesen, ich sagte es ja. Eine Frau, die so schön ist, wie du sie willst, ist zumeist kein guter Kamerad, und besonders gescheit wird sie auch nicht sein. Armer Janos! Älter und vernünftiger nennst du das? Temperamentvoll soll sie wahrscheinlich auch noch sein, leidenschaftlich und begabt in der Liebe, dabei aber treu und zuverlässig.«

»Natürlich«, sagte Janos.

»Da wirst du lange danach suchen müssen. Komisch, daß ihr Männer immer das Unmögliche wollt!«

»Es ist nicht unmöglich«, widersprach er.

»O doch. Aber dazu ist ja die Liebe da, daß man sein Ideal auch dort sieht, wo es eigentlich gar nicht vorhanden ist. Wenn es die große Täuschung der Liebe nicht gäbe, würden wohl kein Mann und keine Frau glauben, den passenden Partner gefunden zu haben.«

»Wie weise«, spottete Janos. »Und wo ist dein passender Partner, Fräulein Naseweis? Du läßt jeden Mann abfahren.«

»Tja«, sagte Stups bedächtig, »für weise Leute ist es eben schwer, sich der großen Täuschung der Liebe hinzugeben. Die Dummen haben es da leichter. Ich bin von Natur aus eben zu gescheit. Und du? Du bist durch zu viele Erfahrungen zu gescheit geworden, um noch wirklich lieben zu können.«

»Vielleicht hast du recht«, sagte Janos. »Linda hat einmal so etwas Ähnliches gesagt. Aber – um auf Regina zurückzukommen – wäre sie nicht für die Liebe geschaffen?«

»Kann ja noch kommen. Vielleicht ist sie auch frigide.«

»O nein«, sagte Janos entschieden, »das bestimmt nicht. Soviel verstehe ich schon von Frauen.«

Den wirklichen Grund von Reginas Zurückhaltung errieten sie nicht. Aber Janos sollte ihn bald erfahren. Das war einige Tage, nachdem er aus Rom zurückgekehrt war. Er war nervös, die Arbeit hatte schlecht geklappt, und das Ergebnis befriedigte ihn nicht. Der Ersatz, den er in letzter Minute für Regina gefunden hatte, war eine Enttäuschung gewesen. Jinny, die wie stets von Conny begleitet wurde, war ebenfalls in schlechter Form. In Rom hatte sie einen Mann kennengelernt, der ihr heftig den Hof machte, was sie sich ganz gern gefallen ließ. Daraufhin fiel Conny, der sonst die Wurstigkeit in Person war, ziemlich aus der Rolle. Als Jinny einmal erst gegen Morgen ins Hotel zurückkehrte, schlug Conny ihr ein blaues Auge. Janos geriet darüber ziemlich außer sich. Er packte seine Mannschaft zusammen und reiste zurück. Jinny und Conny versöhnten sich noch auf der Rückfahrt und trennten sich von den anderen, um noch allein einige Urlaubstage zu verbringen.

Schlecht gelaunt kam Janos zurück. Auch Regina bekam von dieser schlechten Laune einiges zu spüren.

»Kümmere dich jetzt gefälligst um deine Angelegenheiten«, sagte er zu ihr.

»Paß und das alles! Wenn ich nächsten Monat nach Paris fahre, will ich dich dabei haben.«

Die nächste größere Serie, die sie machten, war eine Hochsommerkollektion der Firma Renkow. Sie fuhren dazu auf den Landsitz eines Bekannten von Janos. Und da dieser alles bereitwillig zur Verfügung stellte und nur die eine Bedingung daran knüpfte, daß er dabeisein wollte, fand das Unternehmen über das Wochenende statt.

Berthold Doncker besaß eine Möbelfabrik, das heißt, genaugenommen, mehrere. Angefangen hatte er als Schreiner in der Werkstatt seines Vaters. Da er ein typischer Unternehmer war, sehr tüchtig, sehr vielseitig und nicht übermäßig von Skrupeln geplagt, hatte er im Laufe von zwanzig Jahren einen beachtlichen Betrieb aufgebaut. Während des Krieges hatte er auf Rüstung umgeschaltet und enormes Geld verdient. Jetzt verdiente er an der Konjunktur. Wieviel Menschen hatten nicht im Krieg Wohnung und Besitz verloren und mußten sich neu einrichten. Die Firma Doncker lieferte billige Gebrauchsmöbel, recht nett anzusehen, wenn auch nicht immer sehr solide in der Ausführung. Ein großzügiges Ratensystem verschaffte ihm einen riesigen Kundenkreis. Auch an anderen Firmen war Doncker beteiligt, sein Vermögen war daher beträchtlich.

In der Gesellschaft der Stadt war er wohlbekannt, ein großer, schwerer Mann. Ende der Vierzig, sehr lebenslustig und trinkfest, keinem Genuß abgeneigt. Seine Frauengeschichten waren sprichwörtlich. Zwar war er verheiratet, seine Frau amüsierte sich jedoch auf eigene Faust; es war eine sehr moderne, sehr leere Ehe, die bloß rein äußerlich noch so genannt werden konnte.

Janos kannte ihn daher, daß immer irgendeines seiner Modelle mit Doncker befreundet war, denn Doncker suchte sich seine Freundinnen prinzipiell unter dem hübschesten Nachwuchs, Filmsternchen und Mannequins wurden von ihm bevorzugt. Die Mädchen hatten es nicht schlecht bei ihm, er beschenkte sie großzügig, war aber, wie man sich erzählte, ein etwas brutaler und egoistischer Liebhaber. Wie viele Männer seines Schlages wußte er nichts von Liebe, nichts von dem Zauber des echten Eros, er kannte nur den Sexus, ein plumper Don Juan von grober Sinnlichkeit, vertrauend auf die Macht seines Geldes.

Was geschehen mußte, wenn ein Mann dieser Art sich Regina näherte, war leicht vorauszusehen.

Er hatte in den Zeitschriften Bilder von Regina gesehen, natürlich auch das Titelbild der »Eleganten Dame«, und sagte einmal zu Janos, als sie sich bei irgendeiner Party begegneten: »Das ist aber ein nettes Rehlein, das Sie jetzt da haben. So ein richtiges Schmaltierchen. Ich würde die Kleine gern mal kennenlernen.«

Janos lächelte kühl und sagte: »Bedaure, ich bin kein Mädchenhändler. Außerdem ist die junge Dame sehr uninteressiert an Verehrern.«

»Da wäre sie die erste«, meinte der reiche Mann selbstsicher.

Janos hatte dieses Gespräch vergessen, aber er wurde daran erinnert, als er mit seinem Team auf dem Landsitz Donckers eintraf und sehen mußte, wie Doncker sich von Anfang an ohne große Umschweife an Regina heranmachte. Regina bemerkte in ihrer Unschuld und Ahnungslosigkeit die eindeutigen Absichten des Hausherrn zunächst gar nicht.

Der Landsitz Donckers war ein seltenes Juwel. Wie man Janos erzählt hatte, hatte ihn Doncker noch vor dem Krieg von einem emigrierenden Juden für einen Pappenstiel erworben, und das paßte durchaus zu Doncker. Er hatte eine eigene Jagd hier, ein Forellenwasser, Tennisplätze, ein See war da, in dem man baden konnte, außerdem ein geheiztes Schwimmbassin. Das Schönste war jedoch das Haus, ein anmutiges Barockschlößchen, vollendet in der Landschaft gelegen, innen jedoch mit dem modernsten Komfort ausgestattet. Man erzählte sich in der Stadt allerhand Geschichten von den Festen, die hier oft stattfanden.

Janos war schon einige Male hier zu Gast gewesen, zum Wochenende oder am Abend, er erinnerte sich an ein zauberhaftes Gartenfest, das Doncker einmal gegeben hatte. So gut Janos der Platz gefiel, so wenig paßte ihm im Grunde die Persönlichkeit des Hausherrn, obwohl Doncker großzügig und liebenswürdig war und seine Gäste in jeder Form verwöhnte. Janos hatte immer ein leises Gefühl der Abneigung gegen diesen Mann, er hätte nicht zu sagen gewußt, warum. Vielleicht war der tiefere Grund nur die große Verschiedenheit der beiden Männer. Auch Janos war ein Genießer, auch er liebte die Frauen und die Abwechslung. Aber welch ein Unterschied! Der eine war ein hochbegabter Künstler, der es verstand, auf einem Instrument zu spielen, der andere war ein gieriger Dilettant, der das Instrument mißhandelte. Nun, wie dem auch sei. Das Schlößchen mit seinen Treppen und Aufgängen, der Park mit den alten Bäumchen und den Teichen und den Brücken waren ein ideales Gelände, um Aufnahmen zu machen, um schlanken jungen Frauen in duftigen Sommerkleidern einen wirksamen Hintergrund zu geben.

Als man am Sonnabend ziemlich früh am Vormittag hinauskam, um das schöne Wetter auszunutzen, war Doncker anwesend und empfing seine Gäste mit einem ausgewählten Frühstück, zu dem Sekt gereicht wurde. Janos konstatierte mit Mißbehagen, daß Doncker in dem ganzen Unternehmen eine Art von Belustigung zu sehen schien. Er hatte zwei Freunde eingeladen, Männer seines Schlages, die wohl der Ansicht waren, die Mädchen seien nicht zum Arbeiten, sondern vornehmlich zu ihrer Unterhaltung herausgekommen. So etwas schätzte Janos durchaus nicht. Er kürzte das Frühstück ab, so gut es möglich war, und machte sich dann rasch an die Arbeit. Der Hausherr und seine Gäste folgten ihnen in den Park und behinderten die Arbeit erheblich. Mit seinem Team war Janos gar nicht recht zufrieden, außer Regina konnte es ihm keine recht machen. Annemarie, eine lustige Brünette, die schon seit Jahren von Zeit zu Zeit für ihn arbeitete, war sonst recht verläßlich. Doch heute hatte sie unbedenklich dem Sekt zugesprochen und benahm sich reichlich albern. Sie war mit einem jungen Arzt verheiratet, der noch keine eigene Praxis besaß und ein dementsprechend geringes Einkommen hatte. Überdies hatte Dodo zu erzählen gewußt, daß die Ehe nicht glücklich sei. So war es zu verstehen, daß Annemarie für ein wenig Abwechslung empfänglich war und fest entschlossen schien, das Wochenende in jeder Form zu genießen. Schon während des Frühstücks hatte sie sich mit einem von Donckers Bekannten angefreundet und schien die Absicht zu haben, auch während der Aufnahmen das Geschäker fortzusetzen. Janos mußte sie ziemlich hart anfahren, damit sie sich zusammennahm.

Dann war die blonde Karin dabei, mit der Janos überhaupt nicht mehr gern arbeitete, und schließlich eine Neuerscheinung, und das war die schwierigste von allen.

Der Fratz war erst siebzehn Jahre alt und wirklich sehr niedlich anzusehen, mit einer frechen kleinen Nase, runden braunen Augen und einem süßen, pikanten Gesichtchen, das noch kindlich sanft gerundet war. Aber diese Kindlichkeit war nur äußerlich. In Wirklichkeit war die kleine Gigi ein rechtes Luderchen und schon ziemlich verdorben. Sie nannte sich Gigi, obwohl sie eigentlich schlicht und einfach Gertrud hieß. Aber sie hatte vor einiger Zeit in einer Liebhaberaufführung Colettes »Gigi« gespielt – wie sie bereitwillig erzählte, mit enormem Erfolg – und daraufhin diesen Namen als für sich passend angenommen. Sie wollte natürlich auch zum Film und hatte bereits die erste Rolle zugesichert bekommen. Alles in allem eine nicht sehr erfreuliche Vertreterin eines gewissen Teils der jungen Generation. Aber Janos hatte sie mitnehmen müssen, weil in Renkows Kollektion einige Teenager-Kleider waren.

So gingen die Aufnahmen mit einigen Schwierigkeiten vonstatten. Man hatte zuerst eine Reihe von einfachen sportlichen Sommerkleidern zu bringen, einzeln oder in Gruppen ließ Janos die Mädchen posieren und hatte alle Mühe, sie einigermaßen in Schach zu halten.

Der Hausherr und die beiden anderen Männer hielten sich stets in der Nähe auf, ständig begleitet von Flaschen und Gläsern, und zwischen den Aufnahmen boten sie immer wieder den Arbeitenden Getränke an. Janos mußte mehrmals energisch dazwischenfahren.

»Die glauben anscheinend, wir sind ausschließlich zu ihrem Vergnügen hier!« sagte Stups erbost. »Sind die Kerle nicht widerlich? Verdirbt nun das Geld die Männer, oder waren die immer schon so?«

Janos gab keine Antwort, zuckte nur die Achseln, er war nervös und gereizt und wurde es immer mehr, als er sah, wie Doncker immer wieder versuchte, sich Regina zu nähern. Regina und dieser plumpe, schwere Mann, welch absurde Idee!

Regina schien es zu übersehen. Sie war die einzige, die ganz auf Janos konzentriert war und die zur Zufriedenheit arbeitete. Gegen

Mittag, als die Sonne hoch stand und es einigermaßen warm wurde, fotografierten sie eine Serie Badeanzüge und Strandkleidung, teils am See, teils am Schwimmbassin. Regina posierte in einem weißen zweiteiligen, wirklich sehr knappen Badeanzug am Schwimmbassin, lässig an die Leiter gelehnt, die ins Wasser führte. Sie trug eine hochhackige Riemensandalette, und ihre Beine waren geradezu hinreißend, schlank und hoch, ganz schmal und gestreckt die Oberschenkel. Nach Janos' Anweisung streckte sie den Oberkörper und legte den Kopf zurück und lachte so in die Kamera. Es war ein zauberhaftes Bild, und Janos vergaß vorübergehend seinen Ärger. Doch als er sich zufällig einmal umsah, fiel sein Blick auf Doncker, der nicht weit entfernt an einem Baum lehnte und unverwandt Regina ansah. In seinem Blick lag so eine unverhüllte nackte Gier, es war ein so besitzergreifender schamloser Blick, dem nichts von Freude an dem schönen Bild beigemischt war, daß Janos sich heftig abgestoßen fühlte. Ja, er haßte den Menschen, er wäre am liebsten hingegangen und hätte ihn fortgestoßen. Was fiel dem Kerl ein, Regina so anzusehen? Wie konnte man überhaupt eine schöne Frau *so* ansehen? Wie armselig mußte ein Mann sein, der sie nicht anders sah!

Janos beendete die Aufnahme rasch und sagte zu Regina, fast unfreundlich: »Zieh dich an. Sofort. Du erkältest dich wieder.«

Doncker, der diese Worte gehört hatte, kam näher, einen Bademantel über dem Arm, und meinte mit breitem Grinsen: »Wie schade. Ich dachte, wir schwimmen noch zusammen. Das Bassin ist geheizt.«

Regina, die jetzt auch seinen Blick bemerkte, der an ihr auf und nieder glitt, wollte nach dem Bademantel greifen, doch Doncker hielt ihn auf und legte ihn ihr um. Dabei brachte er es fertig, ihre nackten Schultern und ihren Nacken zu berühren. Regina trat rasch von ihm fort, den Bademantel eng um sich gezogen. Ihr Gesicht war eisig.

Janos hatte es beobachtet, er lächelte zufrieden vor sich hin. O nein, Herr Doncker, dachte er, nicht bei Regina, nicht Sie.

Am Nachmittag kamen die Nachmittags- und Abendkleider dran. Gedichte von Kleidern, eins schöner als das andere. Die drei Beobachter waren mittlerweile ganz schön angeheitert, ihre Reden, ihre Gesten wurden zudringlich.

Nur einmal, als Janos ein Bild von Regina machte, an das schön geschweifte Geländer der Treppe vor dem Schlößchen gelehnt, wurde alles still. Blaßblauer Chiffon, wie eine Wolke schwebte der weite Rock um sie, mädchenhaft zart hoben sich ihre Schultern aus dem duftigen Stoff. Sie sah aus, als könnte ein Hauch sie davontragen.

»Als wenn ein Stück Frühlingshimmel herabgefallen wäre«, sagte einer der Herren in einer unvermutet poetischen Anwandlung und lachte gleich darauf albern über seine eigene Bemerkung.

Janos hätte am liebsten noch weitergearbeitet, um möglichst bald fertig zu sein und zurückfahren zu können. Doch vor seinen Augen drehte sich bereits alles, und auch die Mädchen zeigten deutliche Anzeichen von Ermüdung. Nur Stups sauste noch genauso munter umher wie am Morgen.

»Den Rest morgen vormittag«, sagte Janos zu ihr. »Ich kann nicht mehr.«

»Ich wünschte, es wäre schon morgen«, meinte Stups ahnungsvoll. »Sieh dir die drei Heinis an! Die werden heute abend ganz schön angeben, wenn sie so weitersaufen.«

»Wir werden bald schlafen gehen. Wir sind alle müde.«

Aber es wurde dann doch ziemlich spät. Nachdem sich alle ausgeruht hatten, gab es ein vorzügliches Abendessen, und dann wurde natürlich wieder getrunken. Man saß auf der Terrasse, die von Infrarotstrahlern erwärmt war, und der Blick in den Park hinab unter dem langsam verdämmernden Himmel war zauberhaft schön.

Regina, die neben dem Hausherrn saß, sagte: »Wie wunderschön! Das ist ein herrliches Stück Erde.«

Doncker beugte sich näher zu ihr hin und sagte: »Wenn es Ihnen gefällt, kommen Sie doch öfter heraus. Sie können jedes Wochenende hier sein, wenn Sie wollen. Ihr Zimmer steht für Sie bereit.«

Regina warf ihm einen raschen Blick zu und sagte wohlerzogen: »Oh, vielen Dank. Das ist sehr liebenswürdig von Ihnen.«

Diese Antwort verblüffte Doncker etwas. Es klang so harmlos. »Sie werden kommen?« drängte er.

»Ich weiß nicht...«

»Für Abwechslung ist gesorgt. Wir können schwimmen, Tennis spielen, fischen, auf die Jagd gehen, ganz wie Sie wollen. Wir können allein sein oder Gäste hier haben, ganz nach Ihrem Wunsch. Am nettesten wäre es vielleicht, wenn wir beide allein hier wären, wie?«

So harmlos Regina auch sein mochte, sie konnte nicht mehr vorgeben, nicht zu verstehen, was er meinte. Sie richtete sich ein wenig auf, bog hochmütig das Köpfchen zurück und sagte kühl: »Ich danke für Ihre Einladung. Aber allein würde ich selbstverständlich niemals herkommen.«

Das war deutlich, ehrlich und ohne große Diplomatie ausgedrückt. O nein, nicht im entferntesten dachte Regina daran, auch nur ein wenig mit dem Feuer zu spielen. Aber so schnell war Doncker nicht abzuweisen. Im Gegenteil, die Sache begann ihm Spaß zu machen. So ein kleines Luder, dachte er, die weiß, was sie wert ist, und verkauft sich teuer. Denn auf den Einfall, daß Reginas Worte so gemeint waren, wie sie klangen, auf diesen Einfall kam er nicht.

Er wich Regina für den Rest des Abends kaum von der Seite, füllte immer wieder ihr Glas. Es war nicht wenig, was getrunken wurde. Vor dem Essen hatte es Cocktail gegeben, zum Essen Wein und danach Kognak und Liköre und dann wieder Sekt. Janos beobachtete es mit einiger Besorgnis. Es dauerte nicht lange, da waren alle ganz schön beschickert. Gigi, der kleine Fratz, tanzte Wange an Wange mit einem dicklichen, schwitzenden Herrn, der sie viel zu fest an sich gepreßt hielt. Am Abend waren nämlich noch zwei weitere Freunde des Herrn Doncker eingetroffen, die nicht sympathischer waren als er selbst. Auch Annemarie und Karin konnten sich der Verehrer kaum erwehren, sie tanzten ebenfalls, lachten und kicherten, und dazwischen spazierten sie im Park herum. Sogar Stups wurde mit Aufmerksamkeit bedacht, doch sie reagierte ziemlich ruppig darauf. Sie lehnte mit dem lakonischen Bescheid »ich bin müde« jede Aufforderung zum Tanz ab, saß auf einer Gartenschaukel, die Beine hochgezogen, und hielt sich an den Sekt. Um Stups brauchte Janos sich keine Sorgen zu machenk, sie vertrug viel, das wußte er. Genaugenommen machte er sich auch um die anderen keine Sorgen, dazu kannte er sie zu gut, nur um Regina. Auch Regina trank viel, das sah er wohl. Doncker stieß immer wieder mit ihr an, goß ihr ein und erzählte ihr dabei das Blaue vom Himmel herunter, von seinen Reisen, von allen möglichen berühmten Leuten, die er kannte, ohne Zweifel, er war bemüht, ihr zu imponieren.

Regina hörte höflich zu, gab artig Antwort, doch sie war stets darauf bedacht, den Abstand zwischen ihr und dem Mann genauso regelmäßig wiederherzustellen, wie er näher rückte. Janos mußte lächeln. Nein, um Regina brauchte er keine Angst zu haben! Herrn Donckers Geld und seine gewalttätige Männlichkeit schienen ihr nicht zu imponieren. Es sah eher aus, als ob sie Angst vor ihm hätte.

Als Doncker schließlich auch tanzen wollte, sagte Regina zur allgemeinen Belustigung erschrocken: »Ach nein, ich kann gar nicht tanzen.«

»Na, das paßt ja großartig«, lachte Doncker, »und ich kann's nicht gut.«

»Sie können nicht tanzen?« quietschte Gigi. »Gibt's denn so was auch noch? Wo kommen Sie denn her?«

Regina lächelte ein wenig hilflos. Nur widerstrebend stand sie auf, als Doncker sie an der Hand nahm. Nein, sie hatte nie tanzen gelernt.

Aber warum sollte sie eigentlich nicht tanzen können, anmutig und graziös, wie sie war? Wozu brauchte man das zu lernen? Bloß Doncker war wohl nicht der richtige Partner. Er nahm sie viel zu fest in die Arme, und Regina widerstrebte entsetzt. So wurde nicht viel aus der Tanzerei. Als Doncker gar versuchte, sie zu küssen, riß sich Regina heftig los. »Nein, nein«, rief sie erschrocken. »Lassen wir's lieber. Ich kann wirklich nicht.«

»Auch gut«, meinte Doncker, »ich bin sowieso nicht verrückt auf die Herumhopserei. Setzen wir uns in eine stille Ecke, holen wir uns noch eine Pulle, und Sie erzählen mir etwas Hübsches.«

Aber auch danach schien Regina kein Verlangen zu haben. Sie blickte hilfesuchend zu Stups und zu Janos hin.

»Komm ein bißchen zu mir auf die Schaukel, Kleine«, rief Stups. »Das ist auch eine sehr hübsche stille Ecke.«

Ohne Säumen folgte Regina dem Ruf, doch als sie bei Janos vorbeikam, hielt der sie fest und wies auf den Stuhl neben sich.

»Trinkst du nicht ein bißchen viel, Regina?« fragte er.

Regina errötete. »Oh«, sagte sie. »Finden Sie?« Und kindlich fügte sie hinzu: »Ich trinke so gern Sekt.«

»Aber hier und heute abend würde ich mich trotzdem ein bißchen vorsehen«, sagte Janos langsam. Als er ihre schuldbewußte Miene sah, fügte er hinzu: »Ich war heute sehr zufrieden mit dir. Du warst ausgezeichnet. Die anderen haben mich wahnsinnig gemacht.«

»Ja?« fragte sie glücklich und lächelte wieder.

»Kannst du wirklich nicht tanzen?« fragte er.

»Nein. Ich habe es nie gelernt. Dazu war keine Gelegenheit.«

»Das braucht man doch nicht zu lernen«, sagte Janos. »Das kann man von selbst. Willst du's mal mit mir versuchen?«

Regina lächelte schüchtern. »Wenn Sie wollen«, sagte sie vertrauensvoll.

Die anderen hatten sich jetzt in die inneren Räume zurückgezogen, Doncker besaß dort eine vielseitig eingerichtete Hausbar, dort saßen sie herum und lärmten und tranken weiter.

Janos legte einen Slowfox auf den Plattenspieler, wartete die ersten Töne ab und sagte: »Hörst du? Das ist ganz einfach. Locker und entspannt, und dann überlaß alles andere mir.«

Er legte leicht seinen Arm um sie, und sie begannen zu tanzen, langsam und sehr musikalisch, ganz harmonisch, als hätten sie schon oft zusammen getanzt. Sie sprachen kein Wort. Janos hielt sie sicher, sie war leicht und nachgiebig in seinem Arm. Keine Rede davon, daß sie nicht tanzen konnte.

Die Musik klang weich und zärtlich über die Terrasse, eine leise dunkle Frauenstimme sang: Vergiß doch, was war, und weine nicht mehr / versuche zu lächeln, ist dein Kummer auch schwer. / Denn mit Tränen allein und mit nächtlichen Sorgen / nimmst du ihn immer wieder mit in den neuen Morgen. / Denk nicht mehr dran und hör auf zu weinen / vergiß doch, was war, dann wird die Sonne wieder scheinen.

Es ist zum Heulen kitschig, dachte Stups in ihrer Schaukel und stieß sich mit dem Fuß ab, diese Terrasse mit dem dämmerigen Licht, und da drüben der Park, und wahrhaftig, der Mond scheint auch, und die Schnulze dazu und dann die beiden, wie sie da tanzen! Na ja, das mußte ja so kommen. Ich hab's ja gleich gedacht. Jetzt haben wir die Bescherung.

Als die Musik verklungen war, blieb Janos stehen und hielt Regina noch einen Moment im Arm. »Na? Es geht doch. Es geht doch gut. Ein Mädchen wie du, mit solchen Beinen, sollte nicht tanzen können, das wäre ja gelacht!«

»O ja«, sagte Regina befangen, »es geht sogar. Ich hätte es nicht geglaubt.« Sie sah zu ihm auf, rührend und durchscheinend das Oval ihres Gesichts in dem matten Licht, ein Frösteln lief über ihre Schultern.

»Ist dir kalt?« fragte Janos besorgt und nahm sie ein wenig fester.

»Nein«, sagte Regina.

Janos war versucht, sie zu küssen. Er hatte sie noch nie geküßt. Warum eigentlich nicht? Aber dann ließ er sie los. Nicht hier. Gerade hier nicht.

In dem Moment erschien auch schon Doncker an der Tür. »Wollt ihr nicht 'reinkommen, Kinder? Es wird kühl. Gigi hat einen Teufelstrank gemixt, der haut den stärksten Neger vom Schlitten. Das ist vielleicht eine kleine Hexe. Der ihr Vater möcht' ich nicht sein.«

»Ich bin dafür, daß wir schlafen gehen«, meinte Janos. »Es ist schon spät, und wir wollen morgen noch was arbeiten.«

»Jetzt doch noch nicht«, rief Doncker, »aber lieber Janady, jetzt wird's ja gerade erst gemütlich, was, Regina?«

Und damit ergriff er wieder Besitz von Regina, schob seinen Arm unter den ihren und ging mit ihr hinein.

Stups sprang aus ihrer Schaukel und trat neben Janos. »Das ist mal ein widerlicher Molch«, sagte sie. »Junge, Junge. Und auf Regina hat er's entschieden abgesehen.«

»Ja«, sagte Janos verächtlich, »der Idiot. Als wenn so was für ihn gewachsen wäre!«

»Der weiß schon, wo er hinlangt. Der sucht sich immer die hübschesten Mädchen aus.«

»Zwischen hübschen Mädchen und hübschen Mädchen ist ein Unterschied«, sagte Janos.

»Was Sie nicht sagen, Herr Frauenkenner. Und Regina gehört demnach zu der anderen Sorte?«

»Ich denke schon«, meinte Janos und sah auf Stups herab, die ein wenig schwankte. »Bist du anderer Ansicht?«

»Nein, ausnahmsweise nicht. Und du bist also auf dem besten Wege, dich ernsthaft zu verlieben, hoher Herr?«

»Sei nicht so vorlaut, du Stups. Und außerdem bist du blau.«

»Ja, das scheint mir auch so. Ich glaube, ich werde mich zurückziehen.«

»Du mußt noch hierbleiben. Ich muß die Mädel ins Bett jagen jetzt, und da mußt du mir helfen.«

»Eine schwierige Aufgabe.«

Es dauerte noch eine Stunde, bis die Gesellschaft bereit war, schlafen zu gehen. Sehr müde und mit einem erleichterten Aufatmen gelangte Janos endlich auch in sein Zimmer. Das war ein anstrengender Tag gewesen. Doch er hatte sich kaum ausgezogen und gewaschen und wollte gerade ins Bett gehen, als ein gellender Schrei ihn auffahren ließ. Da schrie ein Mensch in höchster Not, eine Frau. Er griff nach seinem Morgenrock und stürzte hinaus auf den Gang. Aus dem Zimmer nebenan kam Stups herausgeschossen.

Und da war auch schon Regina. Aus ihrem Zimmer am Ende des Ganges kam sie heraus, mit nichts bekleidet als mit dem hellblauen Nachthemd, das Janos ihr geschenkt hatte, als sie ins Krankenhaus ging – barfuß, mit wild aufgerissenen Augen, totenblaß. Ohne Besinnen rannte sie auf Janos zu, keuchend vor Entsetzen. Er fing sie auf, sonst wäre sie gefallen. Zitternd am ganzen Körper lag sie an seiner Brust, und von Schluchzen unterbrochen stieß sie immer wieder hervor: »Er hat mich angefaßt. Er hat mich angefaßt.«

Janos und Stups sahen sich verständnislos an.

»Regina«, sagte Janos, »um Gottes willen, was ist denn passiert? Was ist denn los? Beruhige dich doch! Es tut dir ja keiner was.«

»Er hat mich angefaßt, er hat mich angefaßt«, schluchzte Regina. Sie schien ganz von Sinnen.

In der Tür zu Reginas Zimmer erschien jetzt Herr Doncker. Er war im Morgenrock, darunter sah man die Hosen eines schwarzseidenen Schlafanzuges. Der Ausdruck seines Gesichtes war bestürzt, um nicht zu sagen dumm. So etwas war ihm wohl noch nicht passiert.

Janos straffte sich, seine Augen wurden schmal. Er schob Regina ein bißchen zurück und fragte hart: »Was bedeutet das?«

»Lieber Himmel!« sagte Doncker. »So ein Theater! Ich kam bloß herein und sagte, wir könnten noch ein Gläschen zusammen trinken und uns noch ein bißchen unterhalten. Das ist doch weiter kein Verbrechen. Ich wußte nicht, daß die Dame hysterisch ist.«

»Das ist wohl eine etwas merkwürdige Art und Weise, diese Situation zu klären. Wir sind Gäste in Ihrem Haus, Herr Doncker. Sie wissen wahrscheinlich selbst, wie ich am liebsten auf den Vorfall reagieren würde. Aber ich kann Sie schlecht aus Ihrem eigenen Haus hinauswerfen. Auf jeden Fall sind Sie es, der das Gastrecht verletzt, nicht wir.«

»Langsam, langsam, junger Mann«, sagte Doncker, seine Augen funkelten tückisch, »ich wollte die Kleine doch nicht vergewaltigen, wir sind ja nicht im Urwald. Man probiert's halt mal, nicht? *Sie* müssen das weiß Gott doch verstehen.«

»Ich, Herr Doncker?« fragte Janos kühl. »Ich bin noch nie unaufgefordert oder gar gewaltsam in das Zimmer einer Frau eingedrungen. Man hat mir die Tür freiwillig aufgemacht, sonst bin ich nicht hineingegangen.«

Regina zitterte immer noch in seinem Arm, es schüttelte sie geradezu. Er zog sie wieder fester an sich und streichelte sanft über ihr Haar. »Komm, Regina, so beruhige dich doch! Hat er dir was getan?«

»Getan! Getan!« wiederholte Doncker wütend. »Ich bin doch kein Ungeheuer. Was soll ich ihr denn getan haben? Ich wollte ein bißchen mit ihr plaudern.«

Janos hörte nicht mehr auf ihn. Was war nur mit Regina los? Warum war sie so außer sich? Gewiß, eine peinliche Situation für eine Frau, aber damit konnte man doch leicht fertig werden. Was hatte sie nur?

Sein Herz war von Mitleid erfüllt, und etwas, das er noch nie empfunden hatte, das übermächtige Bedürfnis, eine Frau zu schützen und zu behüten, sie vor allem Bösen zu bewahren, ließ alle anderen Gefühle zurücktreten. Wie sie hier in seinem Arm lag, zitternd und bebend, weinend und ganz außer sich, hatte er nur den einen Wunsch, sie aufzuheben und wegzutragen, dahin, wo keiner ihr etwas antun durfte, wo nur er bei ihr sein würde und niemand sonst. Vor ihm hatte sie keine Angst, zu ihm war sie geflüchtet, ganz selbstverständlich, und an ihn klammerte sie sich jetzt, als könnte nur er sie beschützen.

Doncker beobachtete die beiden aus bösen Augen. »Konnt' ich ja nicht wissen, daß Sie derjenige sind, welcher«, sagte er. »Tut mir leid, ich wildere sonst nicht in fremden Revieren.« Das stimmte zwar nicht, aber irgend etwas mußte er ja sagen. Er ging in Reginas Zimmer zurück, kam gleich darauf zurück, eine Flasche Sekt unterm Arm, zwei Gläser in der Hand, ging mit schiefem Blick an der Gruppe vorbei, brummte noch: »Hätte ich mir ja denken können« und verschwand endgültig.

Auf dem Gang klappten einige Türen. Jemand kicherte. Die Szene hatte noch mehr Zuhörer gehabt.

»Geh jetzt schlafen, Regina«, sagte Janos sanft.

»Nein«, Regina schüttelte heftig den Kopf. »Die Tür hat keinen Schlüssel.«

Stups sah Janos fragend an. Er schüttelte leicht den Kopf.

»Schlaf bei mir«, sagte Stups, »ich habe eine Couch im Zimmer. Warte, ich hole dein Bettzeug.«

Sie bettete Regina wie ein Kind auf die Couch. Dann gab sie ihr noch eine Schlaftablette und sagte: »Nun schlaf, Regina! Denk nicht mehr daran! Hier kommt keiner 'rein. Kleines Schäfchen«, auch Stups war irgendwie gerührt, sie streichelte Regina zärtlich und sagte: »So braucht man sich doch nicht aufzuregen. Man gibt so einem Kerl einen Fußtritt und schmeißt ihn 'raus. So macht man das.«

»Ja«, sagte Regina. Aber die Verzweiflung in ihren Augen war noch nicht erloschen.

Am nächsten Tag kam natürlich keiner auf den nächtlichen Vorfall zurück. Doncker gab sich jovial und überbrückte seine Verlegenheit durch laute Scherze. An Regina sah er unsicher vorbei.

Janos wäre am liebsten gleich abgefahren, doch war noch allerlei zu tun. Er trieb die Mädchen gleich nach dem Frühstück zur Arbeit, aber es wurde heute nichts Gescheites, Janos merkte es selbst. Die Wut, die er in der Nacht empfunden hatte, war eher noch größer geworden, er konnte Doncker kaum mehr ansehen. Als gegen Mittag Wolken aufkamen, nahm es Janos als willkommene Gelegenheit, die Aufnahmen abzubrechen.

»Mit dem Rest der Kollektion machen wir Atelieraufnahmen«, bestimmte er. »Morgen.«

Doncker wollte nichts davon wissen, daß sie gleich abfuhren, sondern bestand darauf, daß sie noch zum Mittagessen blieben. Doch gleich danach drängte Janos zum Aufbruch.

Ehe sie abfuhren, gab es noch einen Zwischenfall mit Gigi. Die kleine Motte hatte sich diesen Vormittag mit Doncker angefreundet, und er, bedacht darauf, die erlittene Niederlage zu vergessen, hatte sich lebhaft um die Kleine bemüht. Als man sich zur Abfahrt sammelte, erklärte Gigi unverfroren: »Ich komme nicht mit. Herr Doncker hat mich eingeladen, noch bis morgen hierzubleiben. Er nimmt mich dann morgen früh mit in die Stadt.«

Stups ergriff Gigi am Arm, zog sie heftig heran und sagte leise und böse: »Du kommst mit, du elender Fratz. Kein Wort mehr, wenn du nicht willst, daß ich dir hier vor allen Leuten rechts und links eine herunterhaue. Von mir aus kannst du morgen wieder herausfahren, das geht mich nichts an. Aber von uns wirst du hier nicht allein zurückgelassen.«

Wortlos, ohne weiteren Widerspruch, kletterte Gigi ins Auto.

Die Rückfahrt verlief schweigsam. Janos saß mit finsterer Miene am Steuer, er fuhr sehr rasch. Noch auf der Fahrt fing es an zu regnen.

Als sie die Stadt erreichten, stoppte Janos und wartete, bis Stups mit ihrem Sigismund nachgekommen war.

»Für heute ist Schluß«, sagte er. »Wenn du Karin und Gigi nach Hause fährst, setze ich Annemarie ab und bringe dann Regina heim. Servus, Stups, ich seh' dich morgen früh.«

Stups warf ihm einen raschen Blick zu. Janos war merkwürdig heute. Die Geschichte in der Nacht schien ihn maßlos geärgert zu haben.

Die Stadt war sonntagsstill, die Straßen waren leer. Es regnete jetzt stetig vor sich hin. Janos brachte Annemarie nach Hause, dann hielt er vor einem Café und kam mit einem Kuchenpaket zurück.

»Du kommst mit zu mir«, sagte er zu Regina, »wir trinken zusammen Kaffee.« Es klang bestimmt und duldete keinen Widerspruch.

Regina sagte nichts. Sie hatte den ganzen Tag kaum gesprochen. Immer noch war sie blaß, und der erschreckte Ausdruck war nicht aus ihren Augen gewichen.

Janos hatte die ganze obere Etage des Hauses gemietet. Auf der einen Seite lagen die Arbeitsräume – das große Atelier, ein Büro, die Dunkelkammer und verschiedene andere –, auf der anderen Seite die Privatwohnung, sehr elegant, mit leicht extravaganter Note eingerichtet.

Regina folgte Janos etwas verschüchtert. Sie hatte bisher nur einmal kurz die Wohnung betreten, und noch nie war sie mit Janos allein hier gewesen. Was wollte er wohl? Er hatte den ganzen Tag ein böses Gesicht gemacht. Vielleicht war er böse auf sie, weil sie die Exkursion verpatzt hatte.

Aber kaum waren sie zu Hause, änderte sich seine Laune. Er nahm ihr höflich den Mantel ab, führte sie in das große Wohnzimmer, sagte: »Setz dich hin, und mach es dir ganz bequem. Ich koche den Kaffee.« Er lächelte ihr aufmunternd zu, und Regina lächelte zurück. Nein, vor ihm hatte sie keine Angst. Instinktiv fühlte sie, daß sie sich vor ihm niemals fürchten müßte.

Geschickt deckte Janos den niedrigen Tisch vor der Couch und vor den Sesseln mit hübschem Porzellan, den Kuchen hatte er sehr appetitlich auf einer Platte garniert.

»So viel Kuchen«, sagte Regina erstaunt, »und auch noch Schlagsahne. Wer soll denn das alles essen? Oder kommt noch jemand?«

»Das verhüte Gott. Wir machen jedenfalls nicht auf, wenn es klingeln sollte. Und du wirst jetzt ordentlich essen, du hast ja heute mittag so gut wie nichts gegessen, und gefrühstückt hast du auch nicht. Die Schlagsahne ist hauptsächlich für Lukretia. Wir müssen sie versöhnen, weil wir sie alleingelassen haben.«

»Wo ist sie denn?«

»Bei der Hausmeisterin. Sie wird dort sehr verwöhnt, aber sie ist immer etwas indigniert über die Ausquartierung. Ich hol' sie schnell, ich bin gleich wieder da.«

Lukretia betrat hoheitsvoll das Zimmer, durchschritt es in seiner ganzen Breite und begrüßte dann Regina. Janos übersah sie, sie schien noch mit ihm zu schmollen. Doch sie beschäftigte sich immerhin ausgiebig mit dem Tellerchen Schlagsahne, das Janos ihr servierte.

Der Kaffee, den Janos gekocht hatte, war ausgezeichnet. »Wie bei Herrn Brunnhuber«, stellte Regina fest.

»Hab' ich auch von ihm gelernt«, sagte Janos.

Regina aß wirklich zwei Stück Kuchen. Sie merkte jetzt erst, daß sie Hunger hatte. Als sie damit fertig war, blickte sie auf und traf auf Janos' Blick, sehr ernst und nachdenklich sah er sie an.

Regina errötete. »Es tut mir leid«, sagte sie stockend, »daß ich... daß ich... ich habe mich wohl sehr dumm benommen? Bestimmt haben Sie sich über mich geärgert. Bitte schimpfen Sie nicht mit mir, ich...«

»Ich habe dich nicht mit hergenommen, um mit dir zu schimpfen«, sagte Janos und bot ihr eine Zigarette an. »Ich will mit dir reden, und zwar allein. Wir sind noch nie allein gewesen, nicht wahr?«

»Nein«, sagte Regina leise.

»Ich möchte endlich wissen, was mit dir los ist. Irgend etwas stimmt mit dir doch nicht. Was ist es? Kannst du es mir nicht sagen?«

Regina schüttelte den Kopf.

»Ich weiß nur, daß du aus der Ostzone hierhergekommen bist«, fuhr Janos fort. »Du hast es anfangs schwer gehabt, und drüben hast du sicher auch keine guten Zeiten erlebt. Aber jetzt geht es dir doch nicht schlecht, du verdienst Geld, wohnst besser und hast sogar ernsthafte Berufspläne. Und in letzter Zeit hast du dich doch wirklich nett gemacht. Aber trotzdem bedrückt dich etwas. Irgend etwas stimmt nicht mit dir.«

»Müssen wir darüber reden?« fragte Regina. »Ich arbeite wirklich gern bei Ihnen. Wirklich. Und ich bin so froh, wenn Sie zufrieden sind, und ich will mir auch alle Mühe geben, und ...«

»Jaja«, unterbrach er sie. »Davon ist jetzt nicht die Rede. Ich spreche von dir ganz persönlich. Du stehst ganz allein, Regina?«

»Ja.«

»Du hast keinen Freund?«

»Nein.«

»Auch nicht da, wo du herkommst? Drüben in der Zone? Hast du da einen?«

»Nein«, sagte Regina lauter.

»Aber du hast einen gehabt? Und du bist enttäuscht worden?«

Gequält sah Regina ihn an, sie hatte Tränen in den Augen.

»Nein«, sagte sie heftig. »Ich hatte nie einen, und ich bin auch nicht enttäuscht worden.«

»Willst du damit sagen, daß du noch nie etwas mit einem Mann gehabt hast?«

Regina gab keine Antwort. Ihre Unterlippe bebte, und gleich würde sie weinen. Warum quälte er sie so?

Aber Janos ließ nicht locker. »Also doch«, sagte er. »Und was ist da passiert, daß es dich so verstört hat?«

Regina setzte sich gerade, ihre Augen waren fast schwarz, und ihr Gesicht war totenblaß. »Nein«, sagte sie, »ich habe nichts mit einem Mann gehabt, nicht so, wie Sie denken. Ich habe nur ...«

Und auf einmal konnte sie es sagen. Sie konnte es aussprechen. Ihm konnte sie es sagen. »Die Russen ... Die Russen haben mich vergewaltigt, als ich fünfzehn Jahre alt war und das ... und seitdem ...« Weiter kam sie nicht, sie legte die Arme auf die Sessellehne und den Kopf darauf und begann bitterlich zu weinen.

Nun wußte er es. Und nun begriff er alles. Er wußte genau, was sie empfunden und gelitten hatte von dem Tag damals bis zu dem Tag heute. Alles war nun verständlich; ihr scheues Wesen, die angstvollen Augen, die Furcht vor den Menschen und besonders vor den Männern. Sie war nicht von der Art, darüber leicht hinwegzukommen. Sie kam vielleicht nie darüber hinweg.

Es war ein Schock für sie, dachte Janos, sie hätte eine Nervenbehandlung gebraucht oder zumindest einen Psychiater. Oder vielleicht – Liebe. Einen Mann, der ihr das andere Gesicht der Liebe zeigt.

Ich werde es ihr zeigen, dachte er. Ich werde sie lehren, wie wunderschön die Liebe ist, wie wunderschön sie sein kann. Dann wird sie das vergessen. Es wird ausgelöscht sein.

Sein Herz war erfüllt von Erbarmen und von einer geradezu schmerzhaften Zärtlichkeit. Da lebte dieses unglückliche Kind nun Jahre und Jahre mit dieser furchtbaren Last, und keiner hatte ihr geholfen. Nun war natürlich auch ihre Reaktion in der vergangenen Nacht zu begreifen.

Er stand auf und ging zu ihr, setzte sich auf die Sessellehne und nahm ihr tränennasses Gesicht an seine Brust. »Hör auf zu weinen«, sagte er. »Du hast heute das letztemal darüber geweint, hörst du, Regina? Es ist gewiß schlimm. Aber es ist nicht so schlimm, daß man ein ganzes Leben lang daran tragen muß. Man kann es vergessen. Aber man kann es nur auf eine Weise vergessen: wenn man einen Mann liebt und von ihm geliebt wird. Hast du das nie versucht?« – Sie schüttelte den Kopf, ohne aufzublicken.

»Und willst du es nicht versuchen?«

Sie schüttelte wieder den Kopf.

»Ist irgend etwas passiert damals? Hast du ein Kind gehabt? Bist du krank geworden?«

Zum drittenmal schüttelte sie den Kopf, diesmal heftiger.

»Du mußt damit fertig werden, Regina! Es ist schade um dein Leben. Du bist eine schöne junge Frau, eine Frau mit einem wundervollen Körper und eine Frau mit einem weichen, empfindsamen Herzen. Du kannst nicht auf die Dauer ohne Liebe leben. Darüber mußt du dir klarwerden. Ein Leben ohne Liebe ist das Traurigste, was es gibt. Denn die Liebe ist etwas Wunderschönes. Sie ist das herrlichste Geschenk, das die Natur den Menschen gemacht hat, auch die körperliche Liebe zwischen Mann und Frau. Man muß sie nur verstehen, man muß nur begreifen, was Liebe wirklich ist und was man damit anfängt. Siehst du, das damals, das hatte natürlich mit Liebe nichts zu tun, das ist eine furchtbare Abart gewesen, eine entstellte Fratze der Begegnung zwischen Mann und Frau. Und auch das, was Doncker gestern von dir wollte, war nicht viel mehr wert. Eine Frau mit Gewalt besitzen wollen, das ist das größte Verbrechen, das ein Mann begehen kann, ein Verbrechen an dem Wunder der Liebe. Die Liebe ist ein Geschenk des Himmels und gleichzeitig ein Geschenk, das man einander macht. Nur dann ist sie schön und so, wie sie sein soll. Was hat Doncker gestern getan? Sag mir das auch noch!«

»Ach, eigentlich weiter gar nichts. Ich hab' es sicher zu schwer genommen. Er kam herein und brachte die Flasche und stellte die Gläser auf den Tisch und sagte: ›So, jetzt trinken wir noch ein Glas, wir zwei ganz allein.‹ Ich saß gerade auf dem Bettrand und war furchtbar erschrocken und sagte: ›Was fällt Ihnen ein? Machen Sie, daß Sie hinauskommen!‹ oder irgend so was. Und er redete noch irgendwelchen Unsinn. Und dann kam er und setzte sich neben mich auf das Bett und wollte mich küssen, und dann faßte er mich an, und dann ... dann habe ich geschrien und habe ihn weggestoßen und bin 'rausgelaufen.«

»Ja, jetzt versteh' ich das alles sehr gut«, sagte Janos. »Das mußte dich ja vollkommen aus der Fassung bringen, wenn sich dir ein Mann auf solche Art nähert. Dieser Schuft! Ich hätte ihm ins Gesicht schlagen sollen.«

Er hob ihren Kopf sanft empor. »Willst du mir jetzt vertrauen, Regina? Du wirst alles vergessen, das damals und das heute nacht. Du wirst von mir jetzt lernen, wie schön die Liebe ist. Willst du dich mir anvertrauen?«

Regina schluckte. Eine Blutwelle stieg ihr in die Stirn, sie drehte den Kopf zur Seite und blickte gehetzt zur Tür.

»Ich weiß nicht«, flüsterte sie.

»Man muß ja sagen zur Liebe, Regina«, sagte Janos weich. »Nur dann kommt sie bereitwillig zu dir. Willst du nicht ja sagen, Regina?«

Sie blickte ihn nicht an. Aber ein leises »Ja« kam über ihre Lippen. Es war nur ein Hauch.

Janos überstürzte nichts. In diesem Falle wäre das mehr als falsch gewesen. Er küßte sie zart auf die Stirn und sagte: »Ganz rote Augen hast du vom Weinen. Jetzt legst du dich sofort auf die Couch, und ich mache dir Kompressen, ja? Stups muß irgendwo so ein Augenkräuterzeug haben. Kleinen Moment, ich find's schon.«

Nach einer Weile kam er mit einer Flasche zurück und einem Paket Watte. Gehorsam legte sich Regina auf die Couch, sie war wirklich abgekämpft und kaum mehr fähig, klar zu denken. Janos tränkte zwei Wattebäusche mit der Flüssigkeit und legte sie ihr auf die Augen. »So. Das wird dir guttun. Bei Herrn Alexander machen sie es doch auch so, nicht wahr?«

»Ja.«

»Na, siehst du. Jetzt bleibst du eine Weile ganz ruhig hier liegen, und dann wird dir schon viel besser sein.«

Er zog ihr die Schuhe von den Füßen und setzte sich neben sie auf die Couch. Mit zärtlichen und geschickten Händen begann er ihre Füße zu streicheln und zu massieren. Dabei redete er: »Was du für hübsche Füße hast, so schmal und gestreckt, mit einem hohen Rist. Ich liebe es, wenn eine Frau schöne Füße hat. Eine mit häßlichen

Füßen könnte ich nicht um mich haben. Denn, weißt du, da fängt es an. Wenn ich den Körper einer Frau lieben soll, muß ich auch ihre Füße lieben können. Und eine Frau, die ihren Körper liebt, muß auch ihre Füße lieben. Daß eine Frau ihren Körper lieben soll, das weißt du doch, nicht wahr? Geh mir weg mit den Puritanerinnen, die ihren Körper übersehen und die ihn nicht herzeigen und die sich im Dunkeln lieben wollen. Eine Frau muß es genießen, wenn ein Mann ihren nackten Körper betrachtet, es muß ihr Freude machen. Und ein Mann muß eine Frau erst ansehen, ehe er sie umarmt, nicht lüstern und nicht gierig, nein, nur entzückt und glücklich über ihre Schönheit. Wenn das nicht wäre, die Freude und das Entzücken aneinander, dann gäbe es gar keine richtige Liebe. Dann könnten sich die Menschen höchstens paaren, wie sich die Tiere paaren, aber was Liebe wäre, wüßten sie nicht. Verstehst du das, Regina?«

Regina nickte. Sie lag ganz locker und entspannt, und da Janos von ihrem Körper sprach, fühlte sie ihn. Er hatte gesagt, daß sie einen schönen Körper hatte, und auf einmal fühlte sie sich glücklich, daß es so war. Von seinen Händen, die noch immer ihre Füße streichelten, ging ein warmer lebendiger Strom aus, der sie ganz erfüllte.

»Deine Füße sind wirklich sehr hübsch«, fuhr er fort, »die Zehen schlank und gerade, ganz regelmäßig liegt eine neben der anderen, unverbogen und ohne dicke Stellen. Wenn jemand solche kleinen Knubbelzehen hat, das finde ich genauso schrecklich wie Wurstfinger. Was? Du auch?«

Unwillkürlich lächelte Regina. »Ja«, sagte sie. Es war ein angenehmes Gefühl, für seine Zehen gelobt zu werden.

»Du mußt dafür sorgen, daß sie so bleiben«, plauderte Janos weiter. »Natürlich mußt du schicke Schuhe tragen, wenn du elegant angezogen bist und bei der Arbeit ja sowieso. Aber sonst solltest du ruhig bequeme Schuhe tragen. Nicht immer die spitzen und hochhackigen Dinger, damit verdirbt man sich die Füße mit der Zeit. Zu Hause und tagsüber sind vielleicht am besten Sandaletten, die den Füßen Raum und Luft geben. Und dann solltest du öfter barfuß gehen, da bleiben die Füße gesund. Das rate ich den Frauen immer.« Hier unterbrach sich Janos und biß sich auf die Lippen. Das war nicht sehr geschickt gewesen. Aber Regina schien es nicht so aufgefaßt zu haben, wie er befürchtete. Die weiche entspannte Linie ihres Mundes blieb, wie sie war. Fast ein leichtes Lächeln lag in den Mundwinkeln.

»Sehr schmale Fersen hast du«, ging es weiter. Oh, Janos war ein Künstler, was Frauen betraf. Er wußte viel über die Füße einer Frau zu sagen, wenn sie ihm gefielen. »Hast du nie Schwierigkeiten, wenn du Pumps trägst?«

»O doch«, sagte Regina angeregt und recht lebendig. »Sie rutschen mir hinten immer leicht 'raus. Ich darf sie nicht zu reichlich nehmen.«

»Siehst du, das hab' ich mir gedacht. Wir werden nächstens einmal zusammen Schuhe für dich kaufen gehen. Zu Jossen, er hat die hübschesten Schuhe in der ganzen Stadt. Ich weiß jetzt schon genau, welche zu dir passen würden. Weißt du, man muß immer tragen, was zu einem paßt, nicht, was gerade Mode ist. Auch mit den Kleidern ist es so. Man kann sich der Mode entsprechend kleiden und trotzdem stets seinen eigenen Stil haben. Das ist wirkliche Eleganz. Leider verstehen die wenigsten Frauen das richtig.«

So ging es noch eine Weile weiter. Janos nannte dies, »das Körperbewußtsein einer Frau zu wecken«. Und bei Regina erschien es ihm notwendig.

Dann rückte er ein Stück herauf und sagte: »Jetzt wollen wir deine Augen mal betrachten.« Er nahm vorsichtig die Wattebäusche herunter. Regina blickte zu ihm auf.

»Wunderbar«, lobte er. »Ganz klar. Das Zeug ist hervorragend. Fühlst du dich besser?«

»O ja«, sagte Regina. »Viel besser.«

»Fein. Auch ums Herz?« – Regina nickte.

Ganz sanft und zärtlich legte er seine Hand um ihre linke Brust.

»Ja, ich merk's«, sagte er ernsthaft. »Es klopft wieder ganz vernünftig. Und es klopft so, als wenn es den alten Janos ein bißchen gern hat. Täusch' ich mich?«

»Nein«, sagte Regina leise. Ihre Stimme flatterte ein wenig, ihre Augen waren voll Verwirrung und Angst. Aber nicht die wilde Angst, das Entsetzen, das er darin gesehen hatte. Es war eine süße, erwartungsvolle Angst.

Janos beugte sich herab, verhielt eine Weile dicht über ihrem Gesicht, und als er sah, daß sich ihr Ausdruck nicht veränderte, küßte er sie. Auch dies ganz sanft und zärtlich, doch als er spürte, daß ihre Lippen nachgaben, wurde sein Kuß fester und drängender.

Sie hatte die Augen geschlossen, als er sie wieder ansah, ihre Lippen waren wie staunend ein wenig geöffnet, und ihr Herz klopfte heftiger in seiner Hand. Er küßte sie wieder, in den Winkel des Mundes, dann beide Augen und dann wieder ihren Mund. Dann glitten seine Lippen herab in die Beuge ihres Halses und verweilten dort. Bis sie die Hände hob und sie um seine Arme legte, noch nicht, um ihn festzuhalten, aber auch nicht, um ihn fortzustoßen. Um ihn zu berühren, um ihn auch mit ihren Händen zu spüren.

Er richtete sich auf und wartete, bis sie die Augen öffnete.

»Janos«, sagte Regina leise, »Janos, ich... ich...«

»Du brauchst es jetzt nicht zu sagen, Regina«, sagte er leise. »Ich weiß es auch so. Du wirst es mir später sagen.«

Sie richtete sich auf und strich sich verwirrt das Haar zurück und sagte ganz zusammenhanglos: »Wie spät ist es eigentlich?«

Er lachte. »Das ist ja egal, nicht? Für dich und mich jedenfalls ist es die richtige Stunde. Oder hast du Hunger?«

»Aber nein«, rief sie, »gar nicht.«

»Möchtest du was trinken?«

»Nein.«

»Wir haben ja eigentlich gestern und heute auch genug getrunken. Aber weißt du was? Wir könnten das Allheilmittel von Stups anwenden und ein Glas Orangensaft trinken. Das wäre doch gut. Was meinst du?«

»O ja«, sagte sie.

»Vorausgesetzt, daß wir mit diesem Mixapparat zurechtkommen.«

»Doch«, sagte Regina, froh um die Ablenkung, »ich habe schon gesehen, wie Stups es macht.«

»Also gehen wir in die Küche.«

Er reichte ihr die Hand, und Regina stand auf. Sie fühlte sich seltsam und leicht und glücklich, und doch so benommen, gar nicht richtig auf der Erde. Sie fuhr sich wieder durchs Haar. »Ich muß mich ein bißchen kämmen«, sagte sie, »ich glaube, ich bin ganz zerstrubbelt.«

»Hm«, sagte er, »das auch. Aber es sieht ganz nett aus. Herrn Alexanders Meisterfrisuren vertragen sogar das.«

Sie nahm ihr Täschchen, und Janos begleitete sie ins Badezimmer.

»Hier ist ein großer Spiegel«, sagte er, »da kannst du dich hübsch machen. Aber nicht die Lippen schminken, nein?«

»Nein«, erwiderte sie leise.

Janos ging voran in die Küche, und Regina folgte nach einer Weile. Es zeigte sich, daß sie wirklich mit dem Mixapparat umgehen konnte.

»Na, das ist ja ganz einfach«, sagte Janos, der ihr zusah. Er stand hinter ihr und während sie den Saft in die Gläser füllte, küßte er sie in den Nacken.

»Ich werde alles verschütten«, sagte Regina und bog den Kopf zur Seite, aber nur ganz wenig.

Er hielt ihr die Tür auf, als sie mit dem Tablett hineinging, doch kaum hatte sie es abgestellt, zog er sie wieder in die Arme. Er hielt sie fest und sagte: »Leg deine Arme um meinen Hals.«

Regina gehorchte. Er küßte sie wieder, lang und leidenschaftlich jetzt. Sie stöhnte ein wenig unter seinem Kuß, er spürte, wie ihr Körper nachgab, wie er sich leicht und willig in seine Arme schmiegte.

Er ließ sie los, hielt sie ein wenig von sich ab und sagte: »Du hast vorhin gefragt, wie spät es ist. Nun, es ist schon ziemlich spät. Es ist fast dunkel, siehst du. Und es regnet. Ein verregneter Sonntagabend im Mai. Ich wüßte, was man damit anfängt. Du mußt nun entscheiden, Regina. Soll ich dich nach Hause bringen? Oder willst du hierbleiben?«

Regina schaute zum Fenster, dann zu ihm, dann wieder zum Fenster.

»Ja«, sagte sie leise, »ganz dunkel ist es schon.« Und dann: »Muß ich entscheiden?«

»Ja. Du ganz allein. Ich frage dich noch einmal. Und du brauchst dann bloß ja zu sagen. Einmal hast du heute schon ja gesagt, das weißt du doch?« Er zog sie wieder an sich und fragte leise: »Willst du hierbleiben, Regina?«

Regina schloß die Augen, neigte den Kopf und legte ihre Stirn an seine Wange. Vor ihr war ein dunkles Tor, sie wußte nicht, ob der Himmel dahinter sein würde oder die Hölle. Aber sie würde hindurchgehen. Sie mußte hindurchgehen. Denn jetzt wünschte sie nur das eine: daß er sie fest in seinen Armen hielt und wieder küßte. Dann war alles gut.

»Willst du bei mir bleiben, Regina?« fragte er noch einmal.

»Ja«, sagte sie.

Regina erwachte mitten in der Nacht. Sie erwachte nicht plötzlich, nicht schreckhaft wie sonst manchmal. Wie auf einer Traumwolke kehrte ihr Bewußtsein zurück, schwebend und nur langsam sich festigend. Noch ehe sie richtig wach war, spürte sie Janos neben sich. Sie lag in seinem Arm, den Kopf an seiner Schulter. Das Gefühl war so süß, so beseligend, mit nichts zu vergleichen, was je geschehen war und empfunden wurde.

Sie rührte sich nicht, nur die große Zehe bewegte sich leicht, dort war Lukretias weiches Fell, und die Katze begann sogleich zu schnurren, dehnte sich ein wenig und legte ihre samtweiche Pfote an Reginas Knöchel.

Janos atmete lautlos. Regina neigte ihren Kopf ein wenig und spürte seine Haut unter ihren Lippen. Alles war wieder da. War es wirklich geschehen? War es kein Traum? Nein, kein Traum konnte so süß sein wie die Wirklichkeit.

Seine behutsamen Hände, seine zärtlichen Lippen, der schöne liebende Mund, der sich über sie neigte und leise Worte flüsterte, von denen jedes eine Liebkosung war. Sie hatte die Augen ganz fest zugemacht, als er sie entkleidete, zusammengepreßt die Lider, sie lag steif, ohne sich zu rühren, und ein Schrei saß in ihrer Kehle. Aber es wurde nur ein Seufzen daraus, als er sie berührte, und sie gab nach, als er sie küßte, ihre Glieder lockerten sich, er schob sein Knie zwischen ihre Beine und sagte: »Sieh mich an, meine schöne Geliebte. Sieh mich an.«

Sein Gesicht war dicht über ihr, als sie die Augen öffnete. Es war so schön, sein Gesicht, ohne Gier, nur voller Verlangen, ganz dunkel die Augen, ganz tief, man konnte darin ertrinken.

»Du hast keine Angst, nicht wahr?« sagte er. »Du hast keine Angst vor mir?«

»Nein«, sagte sie, fast schluchzend. Aber sie zitterte, und sie hatte doch Angst. Angst vor dem einen schrecklichen Moment und Angst vor ihrem eigenen Körper, der ihr zaghaftes Herz besiegte und die furchtbare Erinnerung und sich bereitwillig hingab. Und während ihr Kopf noch die Bilder der Vergangenheit zusammensetzen wollte, war alles schon ausgelöscht. Ihr Körper war klüger, er mischte sein eigenes Verlangen mit der Sehnsucht des Mannes, und während sie noch dachte: es kann ja nicht sein, nein, es kann nicht sein, war die süße Seligkeit schon da, hüllte sie ein und ließ keinen Raum mehr für ein anderes Gefühl.

Ganz fest hielt er sie nachher im Arm. Sie schluchzte einmal kurz auf, und eine Träne löste sich aus ihren geschlossenen Augen und rollte langsam über ihre Wange. Janos küßte sie behutsam fort und sagte: »Die erste Träne der Liebe, sie gehört mir. Nie mehr sollst du andere Tränen weinen.«

»Ich danke dir«, flüsterte Reginas Herz jetzt mitten in der Nacht seinem schlafenden Herzen zu, »oh, ich danke dir.« Sie küßte zärtlich seine Schulter und wollte wieder einschlafen.

Aber sein Herz hatte die stumme Botschaft gehört. Auch er erwachte, und noch im Erwachen zog er sie fester an sich.

»Warum schläfst du nicht?« fragte er.

»Ich habe geschlafen«, erwiderte Regina. »Aber vorhin bin ich aufgewacht und habe ein wenig nachgedacht.«

Er lachte leise. »Nachgedacht? Mitten in der Nacht? Worüber denn?«

»Ach!« seufzte sie leise. »Ich weiß auch nicht. Über das alles.«

Er war jetzt ganz munter, richtete sich ein wenig auf, seine Hand begann sie zärtlich zu streicheln, und er sagte: »Nachzudenken brauchst du jetzt nicht darüber. Das kannst du viel später tun, in vielen, vielen Jahren einmal. Wenn die Liebe nur noch Erinnerung ist. Jetzt sollst du sie erleben. Schon damit du später etwas zum Nachdenken hast.«

»Ja«, sagte Regina. »Jetzt will ich sie erleben.« Wie verändert alles war, sie hatte Verlangen nach seinen Händen, nach seinem Mund, nach seiner Umarmung. »Du bist ein Zauberer«, flüsterte sie.

»Ja«, sagte er, ganz dicht bei ihr. »Und du bist meine kleine verwunschene Prinzessin, die ich erlösen muß.«

Jetzt hielten ihn ihre Hände schon fest, ganz fest, und sie flüsterte: »Sie ist ja schon erlöst, die Prinzessin.«

»Und ist sie glücklich?«

»Ja. So glücklich.«

»Und sie weiß nun, daß das ganze Leben nichts wert ist ohne Liebe?«

Sie zog ihn an sich und sagte. »Ja. Ja. Sie weiß es.«

»Und sie wird es nie mehr vergessen?«

»Nie mehr.«

JUNI

Die kleine Faust fuhr blitzschnell vor, ein übermütiger Juchzer ertönte dazu, und der kunstvolle Turm brach krachend zusammen, die Bauklötze polterten über den Tisch und auf den Boden.

Gaby hatte versucht, Michis Hand festzuhalten, aber er hatte sie wieder überlistet.

»Turm taputt«, verkündete er triumphierend.

»Aber Michi! Wie sollen wir denn einen richtigen hohen Turm bauen, wenn du ihn immer wieder einreißt? Sieh mal, bis auf die Grundmauern. Nein, jetzt mag ich nicht mehr.«

»Noch mal, noch mal«, krähte er vergnügt und grapschte nach den Klötzen.

Gaby schüttelte lachend den Kopf und sagte: »Von wem er bloß die Zerstörungswut hat?«

Paul, der am Fenster im Sessel saß und las, sagte ohne aufzublicken: »Von dir.«

»Von mir bestimmt nicht«, widersprach Gaby. »Ich fange immerzu wieder von vorn an zu bauen. Jetzt will ich den verflixten Turm endlich mal oben haben.«

»Lixter Turm«, echote Michi und pochte fordernd mit den Klötzen auf den Tisch.

»Na warte, du Bengel«, rief Gaby, »jetzt hab' ich's. Der Vati wird dich festhalten, bis die Mutti fertig gebaut hat.«

Sie hob den zappelnden Buben vom Stuhl und setzte ihn Paul auf den Schoß. »Aber nicht loslassen, bis ich fertig bin«, sie drohte ihren beiden Männern nachdrücklich mit dem Finger und kehrte zum Tisch zurück und begann ganz eifrig und in Windeseile den Turm erneut aufzubauen.

Michi quietschte in den höchsten Tönen und wollte sich losreißen.

»Pscht«, machte Paul. Seine geheimnisvolle Miene und seine bedeutsamen Gesten erregten schließlich Michis Aufmerksamkeit. Paul legte den Finger auf den Mund, und Michi begriff sofort. Sie duckten sich beide und schlichen hinter Gabys Rücken zum Tisch, und gerade als Gaby befriedigt »So!« ausrief und den letzten Stein hinlegen wollte, waren diesmal zwei rasche Hände da, und das Bauwerk stürzte.

»Och!« Empört drehte Gaby sich um. »Das ist eine Gemeinheit.«

»Ja, Frau Baumeisterin, uns hat der Entwurf nicht gefallen. Sie müssen noch mal von vorn beginnen«, sagte Paul mit wichtiger Miene.

»Ihr könnt mich gern haben«, rief Gaby, »zwei solche Lausbuben auf einem Fleck. Nein, jetzt baut ihr eure Türme allein.«

Und dann lachten sie alle drei.

Und dann lachte auf einmal nur noch Michi. Gaby und Paul hatten zu gleicher Zeit aufgehört. In dem Moment, als ihre Blicke sich trafen. Da dachten sie nämlich daran, wie lange sie nicht mehr so unbeschwert zusammen gelacht hatten.

»Noch mal, noch mal«, drängte Michi.

»Nein«, sagte Gaby, »Mutti ist müde vom vielen Bauen. Jetzt probierst du's mal allein.«

»Wir werden der Mutti jetzt mal zeigen, wie man so was macht«, sagte Paul. »Wir beide.« Mit großer Hingabe begannen sie zu bauen. Je höher der Turm wuchs, desto gespannter wurden ihre Mienen. »Laß mal lieber«, sagte Paul und schob Michis Hände zurück. »Laß mich mal allein.«

Und Michi verzichtete diesmal auf sein Zerstörungswerk. In männlicher Solidarität wartete er ab, bis sein Vater zu Ende gebaut hatte. Dann wandten sich beide zu Gaby um.

»Zur Besichtigung freigegeben«, sagte Paul.

Gaby kam rachsüchtig näher und hob die Hand, aber Paul fing sie auf. »So bauen wir Männer«, sagte er.

»Na ja, ihr haltet eben immer zusammen«, meinte Gaby. »Mit euch spiel' ich nicht mehr, ich koch' jetzt Kaffee.«

»Das ist eine gute Idee«, sagte Paul. Und nachdem er Michi vorgeschlagen hatte, es nun mal allein zu versuchen, zog er sich wieder zu seiner Zeitung zurück.

Es war ein Sonntagnachmittag. Da das Wetter schlecht war, hatten sie davon abgesehen wegzufahren. Paul fuhr überhaupt nicht gern am Sonntag weg. Er war froh, wenn er mal zu Hause sein konnte, außerdem waren die Ausflüge am Wochenende kein Vergnügen, alle Straßen voller Autos, die Orte im Gebirge oder an den Seen ungemütlich und überfüllt.

Früher war es ja auch immer sehr nett gewesen zu Hause, mit Gaby wurde einem die Zeit nie lang. Aber jetzt war sie verändert, nervös und ungeduldig und oft schlechter Laune. Nur wenn sie sich mit Michi beschäftigte, ähnelte sie noch der Gaby von früher.

Paul war nicht der Mensch, darüber leicht hinwegzusehen. Er war bei aller äußeren Ruhe und Gleichmut ein sehr empfindsamer und feinfühliger Mensch. Er arbeitete, er war fleißig und rührig, aber er wollte wissen wofür. Er hatte für Gaby gearbeitet, aber Gaby war ihm entglitten. Sie lebten zusammen, sie sprachen über all die Kleinigkeiten, die der Alltag so mit sich brachte, aber sie gingen einem wirklichen Gespräch aus dem Weg. Sie waren nicht aufrichtig zueinander, sie beobachteten sich gegenseitig und grübelten darüber nach, was der andere dachte und wollte.

Gabys schlechte Laune hatte ihre Gründe. Jetzt, da Michi wieder da war, hatte sie gar keine Bewegungsfreiheit mehr. Sie war ans Haus gefesselt. Und sosehr Michis Gegenwart sie manchmal über das ganze Dilemma hinwegtrösten konnte, so sehr litt sie doch auch unter ihrer Untätigkeit. Seit sie sich von Martin auf dem Bahnhof verabschiedet hatte, war keine Möglichkeit gewesen, ihn wiederzusehen. Sie hatte ihm einmal geschrieben, er hatte kurz geantwortet, das war alles. Wie gern wäre sie einmal nach Hallbergen gefahren! Aber sie konnte schließlich nicht mit dem Kind dort ankommen. Sie wollte ihn aber wiedersehen, sie dachte Tag und Nacht daran, wie es sein würde, wenn sie ihn wiedersah.

»Ich fahre diese Woche nach Frankfurt«, sagte Paul nebenbei am Abend dieses Tages.

Gaby horchte auf. »Mit dem Wagen?«

»Ja. Warum?«

»Ach, nur so.« Ich kann mir auch einen Wagen mieten, dachte sie.

»Brauchst du den Wagen?«

»Nein. Ach wo.«

Sie stand auf, drehte das Radio an, dann holte sie sich eine Illustrierte, aber nachdem sie ein wenig darin geblättert hatte, legte sie sie wieder beiseite, sagte »blödes Programm«, stellte den Rundfunk ab und legte eine Platte auf. Aber sie ließ sie nicht einmal zu Ende spielen. Sie holte die Kognakflasche, fragte über die Schulter: »Willst du auch einen?«

»Ja«, erwiderte Paul.

Als sie ihm das Glas brachte, hielt er sie fest. »Du bist so nervös, Gaby. Was ist denn?«

Sie zog unwillig ihre Hand zurück. »Ich? Nervös? Keine Spur.«

Sein prüfender Blick reizte sie. »Du brauchst mich gar nicht so kritisch zu betrachten. Und wenn ich dir auf die Nerven falle, kann ich ja in mein Zimmer gehen.«

»Gaby! Warum bist du so ungerecht?«

»Ich? Ich bin nicht ungerecht. Man muß ja nicht den ganzen Abend zusammensitzen, nicht? Ich bin sowieso müde. Ich geh' ins Bett und lese noch ein bißchen. Gute Nacht.«

Solch kleine Gespräche gab es jetzt manchmal zwischen ihnen. Sie begannen und hörten wieder auf, aber sie taugten zu gar nichts, sie waren weniger wert als ein richtiger Streit.

Paul hielt es noch eine halbe Stunde in seinem Sessel aus. Er las zerstreut, rauchte noch zwei Zigaretten, trank noch einen Kognak. Dann ging auch er in sein Zimmer, zog sich aus, ging ins Bad, aber dann nicht ins Bett. Er saß im Schlafanzug auf dem Bettrand, rauchte noch eine Zigarette – verdammte Raucherei! – und grübelte vor sich hin. Woran lag es bloß, daß alles so schwierig geworden war? Und warum, zum Donnerwetter, konnte die ganze Geschichte nicht endlich in Ordnung kommen? Anscheinend war Martin doch mit einer Scheidung einverstanden. Worauf also warteten sie noch? Aber er drückte sich ja selbst davor, das war es. Er sprach nicht einmal mit Gaby darüber, geschweige denn hatte er einen Schritt unternommen, mit Martin zusammenzutreffen. Er scheute davor zurück, seit damals, seit sie im Gebirge zusammen waren und Gaby sich so merkwürdig benommen hatte, und dann endlich, als sie ihm gesagt hatte, was er nicht vergessen konnte, auf echte Gabyart, impulsiv herausgesprudelt: »Schließlich war Martin meine große Liebe. Ich habe seither keinen Mann so geliebt. So etwas vergißt man nicht. Und da bleibt immer etwas übrig.«

Ja, sie hatte recht. Davon blieb etwas übrig. Wenn man so etwas gesagt bekam, von einer Frau, die seit vielen Jahren die einzig und wirklich geliebte war, das vergaß man nicht wieder. Diese Worte hatten sich wie mit spitzen kleinen Haken in ihm festgesetzt und zogen und zerrten und waren einfach nicht wegzubringen.

Seit dieser Stunde lebten sie so nebeneinander hin. Gaby hatte nichts getan, um diese Kluft zu überbrücken. Es war eigentlich nur das Kind, das sie verband. Seit Michi wieder da war, gab es natürlich Gesprächsstoff und auch manches Mal eine kleine Heiterkeit, aber sonst war alles anders geworden.

So konnte es nicht bleiben. Entschlossen stand Paul auf, zog seinen Schlafrock an und ging hinüber in Gabys Zimmer.

Gaby lag im Bett und las. Sie blickte erstaunt auf, als er hereinkam. Es war lange her, seit Paul das letztemal in ihr Zimmer gekommen war.

Paul, der nur gekommen war, um mit ihr zu sprechen, wurde einen Moment lang von seiner Absicht abgelenkt, als er sie vor sich liegen sah. Wie immer sehr gepflegt und reizend anzusehen, in einem Nachthemd aus cremefarbenem Chiffon, das freigebig ihre hübschen glatten Schultern sehen ließ.

Gaby bemerkte seinen Blick und – nun ja, auch sie hatte manches vermißt in den letzten Wochen und Monaten. Paul war ein sehr leidenschaftlicher Liebhaber gewesen, und sie war auf jeden Fall eine Frau mit Temperament. Aber sie kam nicht dazu, sich über seinen Besuch zu freuen.

Paul löste den Blick von ihrem Ausschnitt und sagte: »Ich möchte mit dir reden, Gaby.«

»Reden?« fragte sie gedehnt. »Jetzt? Worüber denn?«

Ja, worüber eigentlich? Das wußte Paul auch nicht so genau. Worüber redeten zwei Leute, die nicht genau wußten, ob sie sich noch liebten, ob sie zusammenbleiben oder auseinandergehen würden. Worüber redete man mit einer Frau, die einem kühl erklärt hatte, daß sie einen nie so besonders geliebt habe?

Gaby legte sich bequem zurecht. Auf jeden Fall hatte sie jetzt hier die stärkere Position. Sie brauchte nur die Hand auszustrecken, nur eine kleine Bewegung zu machen – und sie war nahe daran, es zu tun, da sagte Paul ohne weitere Umschweife: »Hast du Martin in letzter Zeit getroffen?«

»Martin? Nein.«

»Nein?« fragte er ungläubig.

»Nur einmal. Oder eigentlich zweimal, seit wir aus dem Gebirge zurückgekommen sind, damals gleich. Es handelt sich da um seine neue Position. Aber jetzt ist er ja nicht mehr hier.«

»Er ist nicht mehr hier? Und was ist das für eine Position? Du hast mir kein Wort davon gesagt.«

»Nein. Henriette hat das damals eingefädelt. Ich wollte nicht, daß er weiter in dieser dummen Tankstelle ist. Und Henriette kennt da jemanden...«, sie berichtete kurz von Pölsen und der Entwicklung der Angelegenheit. Sie tat es nicht ohne einen gewissen Stolz. Paul sollte nur sehen, daß sie sich zu helfen wußte.

»So, in Hallbergen also«, sagte Paul langsam. »Und du hast ihn seither nicht gesehen.«

»Nein.« Ich hätte nicht sagen sollen, daß er in Hallbergen ist, dachte Gaby. Wenn ich vielleicht doch mal hinfahren will...

»Und warum hast du mir nichts davon erzählt?«

»Ich wußte nicht, ob es dich interessiert.«

Pauls Stirn rötete sich. Sie wußte nicht, ob es ihn interessierte! Das sagte sie ihm so glatt ins Gesicht, nachdem sie ihn damals auf den Bahnhof geschickt hatte, weil sie selbst zu feige war, dahin zu gehen.

»Auf jeden Fall hast du es also fertiggebracht, ihn von seiner Freundin zu trennen?« sagte er.

»Das war ja auch nichts für ihn«, sagte Gaby. »Das war keine Frau für Martin. Und die Tätigkeit dort hat ihn nicht befriedigt.«

»Und da hat er dich gebraucht, um etwas anderes zu finden?«

»Ach, laß doch diese dummen Redereien«, sagte sie gereizt. »Es war ein Zufall, daß Henriette gerade jemanden kannte, und da lag es doch nahe, daß ich ein bißchen nachhalf. Das war ich ihm ja mindestens schuldig.«

Paul setzte sich auf das Sesselchen vor dem Toilettentisch und sah zu ihr hinüber. Ja gut, einige Tatsachen wußte er nun. Und was weiter?

»Und wie soll es eigentlich weitergehen?« fragte er.

»Weitergehen?« fragte Gaby zurück.

»Stell dich nicht dumm«, sagte er, jetzt ziemlich wütend. »Du weißt genau, was ich meine. Du wirst dich schließlich entscheiden müssen, ob du dich scheiden lassen willst oder ob du zu Martin zurückgehen willst.«

Gaby schloß die Augen halb. Wie er das sagte, kalt und fast geschäftlich, so... so gleichgültig! Ja, es war ihm gleichgültig, wenn sie zurückgehen würde. Vielleicht war er ganz froh, sie los zu sein, und wartete nur darauf, daß sie endlich ging.

»Bis jetzt weiß ich noch nicht, ob Martin mich zurückhaben will«, sagte sie kalt.

Paul sprang auf. Er hatte jetzt einen roten Kopf, und er sah aus, als habe er einen Schlag erhalten. Er trat vor das Bett und sah auf sie hinunter. »Also kommt es nur darauf an, ob er will oder nicht?«

Gaby blickte schräg vor sich hin. Sie wollte es eigentlich nicht sagen, und sie sagte doch: »Ja.«

Paul blieb noch einen Augenblick regungslos stehen, und sie wagte nicht, ihn anzusehen. Dann drehte er sich um und ging hinaus.

Gaby tat es gleich leid, daß sie das gesagt hatte. Das hatte Paul nicht um sie verdient. Und so einfach war ja auch alles gar nicht auseinanderzuhalten. Sie liebte doch Paul auch noch, natürlich. Es gab so viel, was sie verband. Nicht nur Michi, die gemeinsamen Jahre, der Aufbau, das Vorwärtskommen, schließlich auch Zukunftspläne. Und dann auch Liebe. Wirkliche, ehrliche Liebe, auf beiden Seiten empfunden und zum Ausdruck gebracht und immer wieder bewiesen. Sie wollte ihm gewiß nicht weh tun. Aber wenn sie ehrlich war, mußte sie ihm weh tun. Denn sie liebte auch Martin, auf andere Art.

Warum war das Leben nur so kompliziert? Mit einem wütenden Ruck strampelte sie die Daunendecke weg und richtete sich auf. Es war gemein, daß sie das eben zu Paul gesagt hatte. Sie durfte ihn mit diesen Worten jetzt nicht allein lassen.

Sie stand auf, starrte eine Weile unentschlossen vor sich hin. Er war auch schuld. Warum war er so komisch gewesen, damals, nachdem Martin gekommen war? Herzlos hatte er sie genannt. Und nun, da sie ihr Herz sprechen ließ, war es auch wieder nicht recht. Was sollte sie denn nun eigentlich tun?

Und dann, ohne weiter zu überlegen, ging sie hinüber zu Paul.

Er saß auf dem Bettrand und rauchte schon wieder. Dabei starrte er gramvoll vor sich hin. Sein Anblick griff Gaby ans Herz, alt sah er aus vor lauter Kummer, mit tiefen Falten im Gesicht. Und was war er immer für ein frischer und ausgeglichener Mann gewesen.

Er hatte den Kopf gehoben bei ihrem Eintritt, sie kurz angesehen und dann den Blick wieder abgewandt.

»Paul«, sagte Gaby bittend.

Sie ging hin, kniete sich neben ihn auf den Bettrand und umfaßte seinen Kopf. »Paul, bitte, sei nicht böse. Ich habe es nicht so gemeint. Und es ist auch nicht wahr. Es ist alles so kompliziert, ich weiß ja auch nicht mehr aus noch ein. Bitte, Paul, ich wollte dir nicht weh tun, ich... bitte.« Sie küßte ihn auf die Wange, mehrmals, und dann schmiegte sie ihr Gesicht an seines und seufzte verzweifelt.

Paul hatte sich nicht gerührt. Doch jetzt sagte er ganz schwer und traurig: »Aber du liebst mich nicht mehr.«

»Doch, Paul, ich liebe dich bestimmt noch.«

»Und Martin?«

»Ich liebe euch eben alle beide, das ist ja das Unglück«, rief Gaby und begann zu weinen. »Da kann ich doch auch nichts dafür.«

Paul wandte sich ihr heftig zu und ergriff sie an beiden Armen. »Man kann nicht zwei Männer lieben«, sagte er.

»Doch«, rief Gaby. »Man kann. Und so wie die ganze Lage hier ist, kann man erst recht. Henriette hat es mir genau erklärt.«

»Du mit deiner Henriette! Zu ihr hast du mehr Vertrauen als zu mir. Ihr erzählst du alles, was? Und sie meint also, es sei ein ganz normaler Zustand, zwei Männer zu lieben?«

»Nein, das hat sie nicht gesagt. Sie hat nur gesagt, daß es vorkommen kann. Und sie hat auch gesagt, ich soll bei dir bleiben, du paßt viel besser zu mir und... und überhaupt.«

»So«, sagte Paul sarkastisch, »da bin ich aber deiner Henriette schon sehr dankbar für die Beratung. Da können wir ja jede Entscheidung getrost ihr überlassen.«

»Ach Paul! Hab doch ein bißchen Verständnis für mich! Es ist doch wirklich alles so schwer. Ich hab' erst ein schlechtes Gewissen gehabt, und dann hab' ich Mitleid gehabt mit Martin, das weißt du doch selbst, und dann ...«

»Und dann hast du dich wieder in ihn verliebt. Oder wie war das? Hast entdeckt, daß er deine einzige und große Liebe war.«

»Nein, so ist es auch nicht. Aber unwillkürlich denkt man eben an früher. Und er ist doch sehr nett, das mußt du zugeben. Und ich ... ich hätte verrückt werden können, als ich ihn dort mit dem Frauenzimmer gesehen habe.«

Paul schwieg. Was sollte er auch dazu sagen? Gaby breitete offenherzig das ganze Durcheinander ihrer Gefühle vor ihm aus, und vielleicht war es wirklich zu verstehen und lag es durchaus im Bereich des Möglichen, daß eine solche Verwirrung entstehen konnte. Wenn er es von anderen Leuten gehört hätte, wäre es ihm vielleicht ganz verständlich vorgekommen. Aber hier, wo er selbst beteiligt war! Wenn die Frau, die er liebte und die er als seine Frau betrachtet hatte und immer noch betrachtete, obwohl sie es vor dem Gesetz nicht einmal war, wenn diese Frau ihm sagte, daß sie außer ihm noch einen anderen Mann liebe und dieser Mann war noch der richtige Mann dieser Frau ... Es war zum Verrücktwerden.

Er hob hilflos die Hände. »Ja, dann weiß ich auch nicht. Tut mir leid, Gaby, ich kann dir da nicht helfen. So oder so wirst du wohl zu einem Entschluß kommen müssen.«

Nach so vielen Jahren kannte er Gaby immer noch so schlecht. Henriette hatte sie da besser beurteilt. Gaby wollte zu keinem Entschluß kommen. Ein anderer sollte ihr die Entscheidung abnehmen. Und das konnte nach Lage der Dinge nur Paul sein oder Martin. Begriff Paul das nicht?

Gaby griff in Pauls Pyjamatasche nach dem Taschentuch und wischte sich die Tränen ab. Sie wartete auf ein liebes Wort. Oder eigentlich wartete sie darauf, daß er sie in die Arme nahm. Aber Paul saß immer noch in der gleichen Haltung auf dem Bettrand. Und die ganze Aussprache war schon wieder versickert, was sollte man denn noch dazu sagen?

»Du bist mir nicht böse?« fragte sie leise.

»Böse?« fragte er zurück. »Böse ist wohl nicht der richtige Ausdruck. Aber ich will dir etwas sagen. Lange halte ich diesen Zustand nicht mehr aus. Ewig diese unklaren Verhältnisse! Ich kann das nicht ertragen. All die Jahre war die ganze Geschichte zwischen uns nur äußerlich nicht in Ordnung. Und jetzt ist es statt besser nur schlimmer geworden. Jetzt ist alles in Unordnung, äußerlich und innerlich. So kann es nicht weitergehen. Ich ertrag's nicht.«

»Nein«, bestätigte Gaby, »so kann es nicht weitergehen. Du hast recht.« Und nach einer Weile fügte sie leise hinzu: »Und um diesen Zustand zu beenden, wäre es dir lieber, wenn ich fortginge?«

»Nein«, sagte Paul rauh. Er stand auf. »Wenn ich dich verliere, Gaby ...« Aber er sprach den Satz nicht zu Ende, sagte nur noch müde: »Geh jetzt schlafen. Es ist schon spät.«

»Laß mich bei dir bleiben«, bat Gaby. »Laß mich nicht immer so allein.«

Paul drehte sich abrupt um und sah sie an. Sie saß in seinem Bett und blickte mit bittenden Augen zu ihm auf. Nein, wollte er sagen, ich will dich nicht hier haben, wenn du doch einen anderen liebst. Ich ertrag' es dann nicht, daß du bei mir bist.

Aber er sagte es nicht. Er kam näher und fragte: »Willst du das wirklich?«

»Aber ja doch«, rief Gaby und griff nach seiner Hand. »Das weißt du doch.«

Er folgte dem Druck ihrer Hand und setzte sich wieder auf den Bettrand, und da war sie schon, umschlang ihn mit beiden Armen, schmiegte sich eng an ihn und küßte ihn.

Paul nahm sie in die Arme. Da war Gaby, warm, lebendig und so vertraut. Gaby, die er liebte. Er wußte jetzt erst, wie sehr er sie liebte. Das Leben war nichts mehr wert, wenn sie ihn verließ.

Seine Arme, die sie hielten, zitterten ein wenig. Er spürte einen engen Druck in seiner Kehle und wie es ihm heiß in die Augen stieg. Er griff nach der Nachttischlampe und löschte das Licht. Dann legte er Gaby sanft in die Kissen zurück und küßte sie. Und Gaby küßte ihn wieder, wie sie ihn immer geküßt hatte. Sie schmiegte sich in seine Arme, wie früher auch. Und sie vergaß endlich wieder einmal die Bedrängnis ihres Herzens.

Es war erstaunlich, wie Regina sich in kurzer Zeit verwandelte. Sie wurde viel schöner, ein wenig fraulicher die Figur, leuchtend die Augen, das ganze zarte Gesicht wie von einem inneren Glanz erhellt. Auch ihre Haltung veränderte sich, ihr Gang, ihre Art, den Kopf zu tragen, und schließlich ihr Wesen. Sie wurde heiterer, gesprächig und entwickelte einen ganz neuen und sehr bezaubernden Scharm. Freilich, noch immer war sie auf den ersten Blick eine etwas kühle und spröde Schöne, um so reizvoller war es, wenn sie sich belebte, wenn sie lächelte und, sich ihrer Wirkung langsam bewußt werdend, ihre natürlichen Reize zur Geltung brachte.

Janos erlebte diese Entwicklung sehr bewußt mit. Er hatte eine ständig wachsende Freude daran. Aber er sah es nicht nur mit den Augen des Beobachters, er sah es mit den Augen des Liebenden.

Einmal kam Dodo zu Besuch. Sie hatte wirklich ihre erste kleine Filmrolle bekommen, war natürlich sehr erfüllt davon und erzählte lebhaft und nicht ohne Witz von der neuen Umwelt.

»Das sind vielleicht alles Verrückte«, sagte sie, »Kinder, da waren wir hier ein friedliches Mädchenpensionat dagegen. Und alle wollen sie dich abschießen, wenn du so als Neuling dazukommst. Aber nicht mich. Ich wehr' mich meiner Haut. Ich beiß' mich durch, und wenn ich noch so viele Federn lasse.« Sie sagte es sehr entschieden, ein fast harter Zug kam dabei in ihr junges, auf den ersten Blick fast kindliches Gesicht. Sie wirkte überhaupt ratlos und nervös.

»Na und sonst?« fragte Janos.

»Sonst?« Sie warf ihm einen langen Blick zu, und unversehens wurde ihre Miene betrübt. »Ach, Janni, frag mich nicht! Frag mich bloß nicht, sonst fang' ich an zu heulen. Das Leben ist sehr schwer, und am schwersten ist es für eine Frau. Wir müssen alles so hoch bezahlen. Und so glücklich, wie ich war«, sie streifte hierbei Regina mit einem schrägen Blick, »wie ich noch vor kurzem war, so glücklich werde ich nie wieder sein. Nie wieder.«

»Nun, das kann man nicht wissen«, meinte Janos tröstend, »es kommt schon wieder mal was Besseres nach, nicht? Wenn du erst berühmt bist, hast du dann die Auswahl.«

»Was Besseres? Ja, vielleicht. Es wäre traurig, wenn nicht... Aber das Beste, das habe ich schon hinter mir. Leider.«

»Es war dein eigener Wunsch, nicht wahr?« sagte Janos.

»Du hast mich jedenfalls nicht daran gehindert«, sagte sie, und es klang vorwurfsvoll, »nicht einmal den Versuch hast du gemacht. Und wenn auch. Es wäre ja jetzt auch nicht anders.«

Darauf schwieg Janos. Regina, der solche Gespräche immer etwas peinlich waren, blickte mit unsicherer Miene zur Seite. An die selbstverständliche Art, mit der in diesem Kreis frühere, derzeitige und zukünftige Liebesverhältnisse erörtert wurden, konnte sie sich nicht gewöhnen. Und außerdem genierte sie sich überhaupt immer ein bißchen, daß anscheinend jeder darüber informiert schien, wie die Situation sich zwischen ihr und Janos entwickelt hatte. Es war ihr schleierhaft, woher es alle zu wissen schienen, denn nach außen und bei der Arbeit gab Janos sich ganz korrekt. Daß man nur sie ansehen mußte, um alles zu wissen, auf die Idee kam sie nicht.

Stups, die ebenfalls anwesend war, sagte spöttisch: »Arme Dodo, es greift einem wirklich ans Herz, wie teuer du deine Karriere bezahlen mußt. Überhaupt, wo du noch nicht einmal weißt, ob es eine wird. Aber wenn, so hast du wenigstens eine attraktive Bereicherung deiner Memoiren, falls du sie einmal schreiben wirst. Nur peinlich, daß sich in diesem Punkt die Memoiren so mancher zeitgenössischer Stars gleichen werden.«

»Nun aber Schluß«, rief Janos halb lachend, halb ärgerlich. »Ich fürchte, meine Kapazität wird weit überschätzt. Ihr schiebt mir einiges in die Schuhe, woran ich ganz unschuldig bin.« Ein wenig amüsiert musterte er Regina. Ihre Stirn hatte sich gerötet, und sie nagte nervös an ihrer Unterlippe. Als ihre Augen sich in diesem Moment trafen, bekam er einen zornigen Blick. Sie schien eifersüchtig zu sein, und das machte ihm Spaß.

Als Dodo ging, umarmte sie Janos und küßte ihn ziemlich ausführlich. Sie hatte zuvor Regina einen kurzen Blick zugeworfen und spitz gefragt: »Sie gestatten wohl?«

Janos legte den Arm um Dodo und nahm den Kuß, ohne ihn abzukürzen, in Empfang. Regina drehte sich heftig um und verließ das Zimmer.

Dodo machte eine spitzbübische Grimasse. »Jetzt ist sie böse, und nachher wird sie dir eine Szene machen. Viel Spaß. Sie hat's in sich, was? Gar nicht so ein Lämmchen, wie man denkt. Na, du weißt ja, Janni, falls du mal Lust auf Abwechslung hast, ich bin für dich immer zu Hause.«

»Danke für das Angebot«, sagte Janos, »aber mit deinem Herrn Berger teile ich bestimmt nicht.«

»Erinnere mich nicht daran«, seufzte Dodo. »Vielleicht später mal«, setzte sie hoffnungsvoll hinzu.

»Vielleicht«, lachte Janos und gab ihr einen Klaps. »Jetzt sieh erst mal zu, daß was aus dir wird, damit wenigstens nicht der ganze Einsatz vergebens war.«

Als Dodo weg war, ging er hinüber in die Wohnung. Regina wollte gerade gehen. »Nanu, wohin?« fragte er unschuldig. »Ich denke, wir gehen zusammen essen?«

»Nein«, sagte sie ziemlich kurz, »ich geh' nach Hause. Ich... ich hab' keinen Hunger.«

»Wirklich nicht? Dann leiste mir wenigstens Gesellschaft.«

»Nein«, wiederholte sie eigensinnig.

Er wollte sie an sich ziehen, aber sie riß sich ziemlich heftig los.

»Ach, laß mich.«

»Wenn du schon gehst, dann gib mir wenigstens einen Kuß zum Abschied.«

»Einen Kuß!« rief Regina empört. »Ich denke nicht daran. Eben hast du eine andere geküßt.«

»Nicht ich sie, sie hat mich geküßt. Ein Kuß unter Freunden, das kommt doch mal vor. Sei nicht so kleinlich, Regina!«

Die offensichtliche Amüsiertheit in seiner Stimme reizte Regina nur noch mehr. Mit ganz grünen Augen blitzte sie ihn zornig an.

»Kleinlich? Ja, ich fürchte, daß ich kleinlich bin. Ich werde mich nicht daran gewöhnen, dich immer mit einem Dutzend Frauen zu teilen.«

»Na, ein Dutzend auf einmal, das ist mir bestimmt zuviel. Wir könnten uns ja auf ein paar weniger einigen.«

»Janos!« rief Regina wütend, sie stand jetzt dicht vor ihm, und, ja wirklich, sie stampfte mit dem Fuß auf. Sie entwickelte ein ungeahntes Temperament, und Janos vergaß, daß er eigentlich hatte zum Abendbrot gehen wollen. Er griff mit beiden Händen nach ihr. Regina wollte sich wieder losreißen, aber diesmal hielt er sie fest, ganz fest und zog sie an sich.

»Du bist ja eifersüchtig, Prinzessin«, sagte er lächelnd in ihre zornigen Augen hinein.

»Eifersüchtig? Püh! Da hätt' ich viel zu tun. Ich will bloß nicht... Laß mich los!«

»Nein. Küß mich erst!« – »Um keinen Preis der Welt.«

Er lachte und küßte sie dann selbst. Aber Regina wehrte sich noch immer und biß ihn heftig in die Lippen. »Ich will dich nicht küssen, wenn du eben eine andere geküßt hast«, rief sie und hatte jetzt sogar Tränen der Wut in den Augen.

Janos hob sie einfach hoch, trug sie zur Couch, legte sie nieder, und ehe sie sich wieder aufrichten konnte, war er schon über sie gebeugt und küßte sie so lange, bis ihr Widerstand zerbrach und sie mit einem Stöhnen nachgab.

Er richtete sich auf und blickte kopfschüttelnd auf sie herab.

»Da hab' ich mir ja was Schönes angelacht«, sagte er mit gespieltem Ernst. »Ich dachte, es wäre eine sanfte kleine Mondgöttin, und auf einmal ist es eine wilde, eifersüchtige, kratzende und beißende Furie. Armer Janos.«

»Du bist abscheulich«, sagte Regina vorwurfsvoll, doch schon besiegt.

»Wirklich?« fragte er leise und legte sich neben sie. »Richtiggehend abscheulich?«

»Ja«, sagte sie und streifte seine Hand weg, die begann, ihre Bluse aufzuknöpfen. »Richtiggehend abscheulich. Nun sei doch vernünftig. Ich denke, du willst essen gehen.«

»Später«, sagte er. »Es eilt ja nicht so. Du hast ja noch gar keinen Hunger, hast du gesagt. Und umziehen mußt du dich sowieso.«

»Ja«, gab sie zu, »umziehen muß ich mich sowieso. Aber ...«

»Was aber?«

»Nichts«, sagte sie und legte die Arme um seinen Hals.

Ein anderer Besuch in dieser Zeit war Pussy, die glückliche Braut, die kam, um sich zu verabschieden. Regina hatte sie nicht mehr kennengelernt, sie hatte nur aus den Erzählungen der anderen von ihr gehört. Nun, Pussy machte eine gute Partie, und da sie keineswegs ehrgeizig nach Ruhm oder Filmlaufbahn strebte und außerdem in ihren zukünftigen Mann wirklich verliebt war, war sie sehr zufrieden.

Sie hatte lange Zeit für Janos gearbeitet und, wie Regina gehort hatte, gut gearbeitet, zuverlässig, pünktlich und außerordentlich geduldig. Eigentlich war sie nicht ganz der Typ, den Janos bevorzugte, sehr blond, ein wenig üppig fast, das runde Gesichtchen mit den koketten Grübchen ein wenig puppenhaft. Aber eine Haut wie ein Pfirsich, ohne das geringste Fältchen, und riesengroße tiefblaue Augen, die sie erstaunt und kindlich aufreißen konnte. Sie sah wirklich sehr niedlich aus.

Ausführlich und bis ins letzte Detail beschrieb sie die Hochzeitsvorbereitungen, das Brautkleid, die Verwandtschaft, die Villa, in der sie wohnen würde, und dann sogar den Bräutigam mit allen seinen Tugenden.

Janos winkte ab. »So genau wollen wir's gar nicht wissen. Wir sind schon aufgeklärt, Pussy, wirklich. Hauptsache, du bist zufrieden und er mit dir.«

»O ja«, sagte Pussy überzeugt, »sehr sogar.« Und naiv fügte sie hinzu: »Er ist nicht sehr verwöhnt mit Frauen, weißt du. Ich glaube, er hat immer etwas Hemmungen gehabt und hat sich an bessere Sachen nicht so richtig 'rangetraut.«

»Dann würde ich an deiner Stelle dafür sorgen, daß es möglichst so bleibt«, sagte Janos etwas boshaft. »Für die Ehe ist es immer besser, wenn ein Mann eher zuwenig weiß als zuviel. Kluge Frauen heiraten daher lieber harmlose Männer und suchen sich für die Freizeitgestaltung einen Könner.«

»Das ist die richtige Eheberatung für eine glückliche Braut«, meinte Stups kopfschüttelnd. »Sie soll Gott danken, daß sie ihren Scheich hat, und keine Dummheiten machen. Kommt ja doch nichts bei 'raus.«

»Sag' ich auch«, meinte Pussy, »ich hab' die Brüder kennengelernt. Es ist immer das gleiche. Und überhaupt«, fügte sie strahlend hinzu, »wo ich einen eigenen Wagen zur Hochzeit bekomme.«

»Das ist ein Argument, das sich hören läßt«, sagte Janos. »Dafür kann man schon eine Weile treu sein. – Übrigens, Pussy, da fällt mir gerade etwas ein. Was ist denn mit deiner Wohnung hier?«

»Hach, das hab' ich auch verdusselt. Ich hab' ganz vergessen, mir einen neuen Mieter zu suchen. Jetzt hab' ich gestern erst eine Annonce drin gehabt. Das muß halt dann der Hausverwalter machen.«

»Ich nehme die Wohnung«, sagte Janos.

»Du? Aber du hast doch eine Wohnung.«

»Ich will sie für Regina.«

»Für mich?« rief Regina erstaunt.

»Du kannst doch nicht ewig in der Pension wohnen. Die Wohnung von Pussy ist sehr niedlich. Klein, aber sehr hübsch eingerichtet. Die Möbel übernehm' ich auch gleich. Du brauchst sie ja nicht mehr, Pussy.«

»Ja schon, aber ...«

»Was gibt's da noch für ein Aber?«

»Aber der Zuschuß, Janos! Ich habe schließlich eine Menge Zuschuß damals bezahlt. Tausend müßte ich schon 'rauskriegen.«

»Nun mach aber halblang, du geldgierige kleine Person. Heiratest einen reichen Mann, brauchst in Zukunft keinen Finger mehr zu rühren und willst noch von einem alten Freund tausend Eier kassieren. Schämst du dich nicht? Wem hast du es denn zu verdanken, daß du deinen Heinrich kennengelernt hast? Wem denn? Mir doch. Oder nicht? Wenn ich dich nicht 'rausgebracht hätte, säßest du heute noch in deinem Strumpfladen hinter dem Ladentisch.«

»Ja, das ist eigentlich wahr«, gab Pussy zu.

»Ich trete sofort in den Mietvertrag ein. Da ist allen geholfen, dir doch auch.«

Ganz gab sich Pussy aber noch nicht zufrieden. »Aber wenigstens die Möbel«, meinte sie, »die waren doch damals alle neu gekauft. Da müßte ich doch eine kleine Abfindung haben.«

»Damals waren sie vielleicht neu. Jetzt sind sie's auch nicht mehr.«

»Noch nicht mal zwei Jahre alt.«

Janos betrachtete sie kopfschüttelnd. »Du enttäuschst mich schwer. Dein armer Mann, der kann mir leid tun.«

Regina und Stups hörten amüsiert dem Handel zu. Regina war aufgeregt. Eine eigene Wohnung! Konnte es möglich sein?

»Ich mach' dir einen Vorschlag«, sagte Janos. »Die Möbel können ja dein Eigentum bleiben. Und ein Anrecht auf Rückgabe der Wohnung hast du auch. Kann ja immerhin sein, daß nicht alles so klappt mit der Ehe. So was soll ja mal vorkommen. Dann weißt du immer, wohin du dich zurückziehen kannst.«

Das leuchtete Pussy ein. »Ja, da hast du eigentlich recht. So können wir es machen. Da kann ich immerhin mal mit auftrumpfen, wenn's nötig sein sollte.«

»Siehst du. Man muß sich rechtzeitig auch seelisch auf das Eheleben einstellen.«

Auf diese Weise bekam Regina also eine Wohnung, eine süße kleine eigene Wohnung. Sie war halb verrückt vor Freude. Und Janos sagte vorwurfsvoll am Tag des Einzugs, als er sie beobachtete: »Ihr Frauen seid doch alle gleich. Du hast dich nicht halb so gefreut, mich zu bekommen, wie du dich freust, daß du die dumme Wohnung kriegst.«

»Ach du«, rief Regina glücklich und umarmte ihn. »Du!«

Es war ein großes Zimmer mit einem breiten Fenster, sehr gemütlich und hübsch eingerichtet, mit einer breiten großen Couch, einigen Sesseln, einem niederen Tisch und noch einigen Stücken, was eben so alles in ein Wohnzimmer gehörte. Sogar ein Radio war da, und Pussy hatte großzügig erklärt: »Den Apparat können Sie ruhig behalten. Wir haben ja dann mehrere.«

Von diesem großen Zimmer führte ein schmaler Durchgang in einen kleinen Raum, in dem das Bett und der Kleiderschrank und ein Toilettentisch standen. Dann war noch eine winzige Küche da und ein vollkommenes Badezimmer. Es war eine richtige moderne Appartementswohnung, wie man sie sich hübscher nicht wünschen konnte. Regina war selig. Sie gab eine Einzugsparty, zu der auch Herr Brunnhuber eingeladen wurde. Ja, einen Augenblick spielte sie sogar mit dem Gedanken, ob sie nicht versuchen sollte, Martin zu erreichen. Sie dachte manchmal an ihn. Ihn hatte sie damals kennengelernt, als sie so ganz tiefunglücklich und verlassen war. Und ihr Herz hatte sich ihm schüchtern zugewandt. Aber er hatte es nicht bemerkt und nicht gewollt. Aber dennoch, ein wenig hatte er ihr doch geholfen. Er hatte ihr geholfen, die Silvesternacht zu überstehen und die schwersten Wochen, die dann kamen, die Stellung in der Bäckerei... Er hatte es zweifellos gut gemeint. Was mochte wohl aus ihm geworden sein?

Sie konnte nicht ahnen, wie sehr sie eines Tages Martins Hilfe brauchen, auch nicht, wie bald sie ihn wiedersehen würde.

Von Martins Einladung nahm sie Abstand. Ach nein, das ging wohl nicht. Sie hätte auch nicht recht gewußt, wie sie Janos das alles erklären sollte, es war zu umständlich.

Die Party wurde ein großer Erfolg. Außer Stups, Janos und Herrn Brunnhuber waren noch Jinny und Conny da. Regina hatte mit großem Eifer in ihrer Küche gewirkt, es gab verschiedene kalte Platten, Salate, russische Eier, und zu trinken gab es anfangs Cocktails, dann Wein und später sogar Sekt. Ganz wie bei erwachsenen Leuten. Regina war sehr stolz, daß alles gut gelungen war und daß ihre Gäste sich offensichtlich gut unterhielten.

Besonders Herr Brunnhuber erwies sich als eine außerordentliche Bereicherung der Gesellschaft. Er war sehr unterhaltend und machte den Damen galante Komplimente, die so reizend waren, daß Jinny seufzend erklärte: »Mein Gott, was waren die Frauen früher zu beneiden! Wenn ich denke, wie die Männer sich heute benehmen. Kein Wunder, daß die Frauen früher tugendhafter waren. Wenn man so nett behandelt wird, kann man sehr leicht glücklich sein.«

»Waren sie wirklich tugendhafter?« fragte Herr Brunnhuber verschmitzt. »Vielleicht waren sie bloß verschwiegener und ein wenig diskreter. Sie dürfen nicht vergessen, gnädige Frau, daß sie ja von allen Männern nett behandelt wurden, nicht nur von einem.«

»Na, bitte«, meinte Janos. »Da habt ihr's. Nicht ihr seid durch uns, wir sind durch euch verdorben worden.«

»So begann's ja schon im Paradies bei Adam und Eva«, sagte Herr Brunnhuber.

»Ihr armen verführten Unschuldsengel!« rief Stups. »Da ist ja nun wohl endgültig geklärt, wer das schwache Geschlecht ist.«

Die Entwicklung der Dinge zwischen Regina und Janos hatte Herr Brunnhuber ohne große Verwunderung zur Kenntnis genommen. Es hätte ihn wohl mehr erstaunt, wenn es anders gewesen wäre. Schließlich kannte er Janos lange genug.

»Du bist aber hübsch geworden, Regina«, sagte er zu ihr.

»Ja?« fragte Regina mit strahlenden Augen.

»So glücklich?« fragte er leise.

Sie nickte.

»Jaja«, meinte Herr Brunnhuber und nickte mit dem Kopf, »die Liebe ist halt immer noch die schönste Erfindung von unserem Herrgott.« Er betrachtete sie ein ganz klein wenig sorgenvoll. »Ich wünsch' dir, daß du möglichst lange glücklich bleiben wirst. Immer, Regina, immer kann man es wohl nicht sein. Das weißt du ja. Das Leben ist nun mal so. Alles wandelt sich. Und besonders die menschlichen Herzen wandeln sich schnell, und so eines wie das von Janos ganz besonders schnell. Da mußt du immer ein bißchen daran denken.«

Janos, der hinzugetreten war, hatte die letzten Worte gehört.

»Du warnst sie vor mir, Papa Jacob?«

»Ja. Aber es wird nichts nützen. Ich hab' sie ganz am Anfang schon gewarnt. Weißt du noch, Regina?«

»Ja.« Regina nickte.

»Wirklich?« fragte Janos gekränkt. »Und womit hab' ich diese schlechte Meinung verdient?«

»Ich hab' keine schlechte Meinung von dir. Aber du bist halt, wie du bist. Und in dem Punkt sehr wandelbar.«

»Vielleicht, Papa Jacob. Vielleicht aber auch nicht mehr. Ein Herz wandelt seine Ansichten nur, solange es sucht. Und wenn es gefunden hat und glücklich ist, bleibt es vielleicht doch standhaft.«

Herr Brunnhuber machte zwar eine etwas zweifelnde Miene, aber er sagte: »Ich würde es dir wünschen, Janos. Ich würde es euch beiden wünschen.«

Sie sah Martin wieder, als sie im Juni bei einer Modenschau in Bad Hallbergen mitwirkte.

Regina hatte bisher wenig als Mannequin gearbeitet, und sie hatte auch keine Lust dazu. Ihrem Wesen widerstrebte es, sich vor so vielen Leuten zu zeigen. Einmal hatte sie in einer kleinen Schau im Modellhaus Cobell mitgemacht, mit großem Erfolg sogar, obwohl sie fast etwas schüchtern wirkte. Doch das war wohl ein besonderer Reiz.

»Ich mag so was nicht«, sagte sie hinterher zu Janos. »Alle starren einen so an.«

»Das ist ja der Zweck der Übung«, sagte Janos. »Aber du brauchst ja nicht, wenn du nicht willst.«

Renkow, der Chef der Firma Renkow & Co., hatte ein besonderes Faible für Regina und hatte ihr einen festen Vertrag geboten. Sie sollte bei ihm als Hausmannequin arbeiten. Doch Regina hatte abgelehnt. Die Firma Renkow machte einen guten Genre mittlerer und Modellkonfektion, das größte Unternehmen dieser Art in der Stadt, und Janos hatte mit ihnen einen Exklusivvertrag. Er war nicht dafür, daß sie dort arbeitete.

»Es genügt«, sagte er, »wenn du für ihn als Fotomodell tätig bist und gelegentlich mal zur Saisoneröffnung vorführst.« Denn nachgerade zeigte auch Janos jetzt manchmal Anwandlungen von Eifersucht. Er wollte Regina möglichst ganz für sich haben.

Jetzt, in den ersten Sommermonaten, schickte Renkow eine Schau in die Kurorte im Gebirge. Die dort ansässigen Geschäfte führten zumeist auch seine Ware, so war eine doppelte Werbemöglichkeit gegeben. Zweimal war Regina bereits mitgefahren, das drittemal sollte es nach Hallbergen gehen. Das Wetter war nicht besonders gut, die Saison begann erst, man mußte den Kurgästen etwas bieten, die großen Hotels stellten bereitwillig ihre Räume zur Verfügung.

Janos hatte eigentlich zugesagt, diesmal mitzukommen. »Ich muß doch mal sehen, wie du dich anstellst«, meinte er Aber dann kam in letzter Minute etwas dazwischen, und Regina fuhr allein mit vier anderen Mädchen.

Die erste Schau war nachmittags zum Fünfuhrtee, die zweite abends nach dem Abendessen. Ein Conférencier war dabei und eine Chansonsängerin, um die Zuschauer zusätzlich zu unterhalten.

In der Halle des Kurhotels begegnete Regina, gleich als sie angekommen war, Martin. Überrascht sahen sie sich an, beide mit staunendem Gesicht.

»Regina!« sagte Martin. »Bist du es wirklich? Ich hätte dich kaum wiedererkannt.«

Aber ihr ging es genauso. Der Martin, der vor ihr stand, groß, breitschultrig, braungebrannt, in einem gutgeschnittenen Anzug, sehr sicher und weltmännisch wirkend, hatte kaum mehr Ähnlichkeit mit dem Martin der Silvesternacht.

»Oh!« sagte sie erstaunt. »Martin! Was machst du hier?«

»Ich arbeite hier«, sagte er, »nur aushilfsweise allerdings. Aber du siehst großartig aus, Regina. Bist du unter die Mannequins gegangen?«

»Auch nur aushilfsweise«, sagte Regina. »Und das Kompliment kann ich nur zurückgeben.«

Sie lächelten sich an, er nahm ihren Arm. »Du hast doch noch ein bißchen Zeit, bis es losgeht. Trink einen Kognak mit mir an der Bar, und erzähl mir!«

»Ja, eine Viertelstunde«, sagte Regina.

Die anderen Mädchen sahen dem gutaussehenden Paar anerkennend nach.

»Ein netter Mann«, sagte Gigi. »Ob das der Besitzer des Hotels ist?«

»Wie nett, dich wieder mal zu sehen«, sagte Martin. »Ich hatte immer vor, dich mal zu treffen.«

»So?« fragte Regina ein wenig spitz.

»Warum hast du nie mehr etwas hören lassen?«

»Ich?«

»Du hast ja recht«, gab Martin zu. »Es ist meine Schuld. Aber du weißt ja, wie es damals war. Es war alles nicht so einfach.«

»Ja, ich weiß. Die Tankstelle hat dich sehr beschäftigt.«

Martin lachte ein wenig verlegen. »Ja, das auch. Aber das ist nun vorbei. Ich arbeite jetzt wieder in meinem Beruf.«

»In deinem Beruf?«

Er informierte sie mit einigen Worten, und Regina nickte anerkennend. »Ich freue mich für dich«, sagte sie. »Und offensichtlich bekommt es dir gut.«

»Und wie kommt es, daß du so hübsch geworden bist?« fragte er.

Regina verzog den Mund. »Du bist nicht sehr galant. Ich habe früher auch nicht anders ausgesehen. Nur das Drum und Dran hat sich verbessert.«

»Ich weiß noch genau, wie du ausgesehen hast«, sagte er und beugte sich ein wenig näher zu ihr. »In der Silvesternacht zum Beispiel. Ich denke oft daran, Regina.«

»Das glaube ich dir nicht«, sagte sie ein wenig kokett.

»Doch. Ganz im Ernst. Es war eine ganz besondere Stimmung damals, und du warst sehr süß, wie du...«

»Oh, nicht«, wehrte Regina rasch ab.

»Ich war ein ziemlicher Trottel«, meinte Martin mit ehrlichem Bedauern. »Heute würde ich mich anders verhalten.«

Ich auch, dachte Regina. Aber sie sprach es natürlich nicht aus.

Die Schau fand auf der großen Terrasse statt, und Martin hielt sich fast die ganze Zeit an der Tür auf. Doch sein Interesse galt nicht den Kleidern der Firma Renkow, obwohl sie wirklich sehr hübsch waren.

Regina führte heute mit viel Schwung vor. Sie hatte sich besonders sorgfältig zurechtgemacht und ging lebhafter als sonst und mit freigebigem Lächeln über den Laufsteg. Jedesmal, wenn sie herauskam, warf sie einen Blick zu der Tür im Hintergrund. Dort stand Martin. Es war schon sehr wohltuend, daß er sie jetzt so sah. Ich war ein ziemlicher Trottel hatte er gesagt. Nun, vielleicht. Aber trotzdem, er konnte ja nicht wissen, daß es viel mehr ihre Schuld gewesen war als seine. Wenn auch, den Sonnabendnachmittag, als er zu der rothaarigen Frau ins Auto stieg, hatte Regina nicht vergessen.

Nach der Schau belegte er sie sofort wieder mit Beschlag. Soweit ihm seine Pflichten Zeit ließen, war er bei ihr. So kam es, daß Janos Regina nicht antraf, als er überraschend am Abend eintraf. Die Mädchen hatten eine Kleinigkeit gegessen und saßen bei einer Zigarette in der Halle. Regina war nicht unter ihnen.

»Regina hat sich einen Verehrer angelacht«, rief ihm Gigi vorlaut entgegen. »Sie speist mit ihm allein.«

»So«, sagte er, »und wo?«

»Wissen wir nicht. Vielleicht im Chambre séparée«, kicherte der kleine Fratz.

Die anderen lachten, doch Jinny stand auf, schob ihren Arm unter den von Janos und ging mit ihm durch die Halle. »Nur mit der Ruhe«, sagte sie. »Sie sind da hinten in einem kleinen Extrazimmer.«

»Und was ist das für ein Kerl?« fragte Janos. Er war ganz blaß geworden.

»Netter Mann. Er ist wohl der Geschäftsführer hier oder irgend so jemand.«

»Und Regina hat sich einfach so... so abgesondert?« Es erschien Janos mehr als unwahrscheinlich.

»Sie schien ihn schon zu kennen. Nun mach bloß kein Theater!«

»Ich? Gott behüte. Ich bin ja nicht dein Conny.«

»Es würde auch gerade dir schlecht stehen, mein Lieber«, sagte Jinny anzüglich. »Spendierst du mir einen Kognak?«

Die Tagesbar war am Ende der Halle, und als Janos eine Weile mit Jinny dort saß, sah er Regina kommen. Neben ihr ein großer, gutaussehender Mann. Sie sprachen lebhaft miteinander, und Regina schien überaus angeregt. Sie lachte und plauderte und hatte blitzende Augen.

Sieh an, dachte Janos. Das ist schnell gegangen. Den Mann kenne ich doch überhaupt.

Er stand auf und ging langsam auf die beiden zu. Regina sah ihn kommen, und ihre Augen leuchteten auf.

»Oh, Janos«, rief sie, »du bist doch gekommen?«

»Hm«, sagte er. Er küßte ihre Hand und sah dann Martin an. »Kennen wir uns nicht?« sagte er.

»Doch«, sagte Martin. »Wir sind uns einmal in einem Lokal begegnet.«

»Ach ja, chez Henriette. Ich erinnere mich.« Sie gaben sich die Hand und musterten sich etwas kühl.

»Das ist Martin Scholz«, sagte Regina, »ein alter Bekannter von mir.«

»So?« meinte Janos.

»Sie entschuldigen mich jetzt«, sagte Martin. »Wir sehen uns ja später noch.« Er verbeugte sich leicht und ging. Ein kleines wehes

Gefühl im Herzen. Er hatte den Blick wohl gesehen, mit dem Regina dem Mann entgegengesehen hatte. Nun ja, ihn ging es nichts an.

»O Martin«, rief Regina ihm nach, »ich habe meine Tasche vergessen.«

Martin wandte sich um. »Ich lasse sie dir gleich bringen.«

Regina und Janos gingen langsam zur Bar, verfolgt von den Blicken der Mädchen.

»Was darf ich dir bestellen?« fragte Janos.

»Oh, ich weiß nicht... Ich habe schon Wein getrunken zum Essen, ich möchte lieber nicht...«

»Ein Glas Sekt vielleicht?«

»Ja, das wäre ganz gut.«

Janos wendete sich auf dem Hocker und schaute in die Halle hinein. »Hübsches Hotel«, sagte er.

»Ja«, erwiderte Regina.

»Warst du schon einmal hier?«

»Nein.«

»Nun?« fragte Jinny vom übernächsten Platz. »Hast du gut gegessen, Regina?«

»Ja, danke.«

»Ein netter Mann. Wer ist es denn?«

»Oh«, sagte Regina verwirrt. »Ich weiß nicht.«

Das war ja nun wirklich eine dumme Antwort. Aber was sollte sie sagen? Sie hatte nichts Böses getan, aber irgendwie kam sie sich vor, als müßte sie ein schlechtes Gewissen haben. Jinny lächelte süffisant, sie genoß zweifellos die Situation. Und Janos hatte ein seltsam angespanntes Profil, er sah sie nicht an.

Er ist eifersüchtig, wußte Regina auf einmal. Und das veränderte alles. Ah, endlich war auch er einmal eifersüchtig! Das geschah ihm recht! Er war es gewohnt, daß sie Tag und Nacht für ihn da war, nur für ihn. Sie war daran gewöhnt, daß er auch manchmal etwas anderes vorhatte.

Regina legte den Kopf auf die Seite, ein kleines befriedigtes Lächeln erschien in ihrem Mundwinkel. Sie griff nach dem Sektglas, nahm einen Schluck und fragte dann: »Hast du eine Zigarette für mich?«

Janos bot ihr die Schachtel an, gab ihr Feuer, alles ohne sie dabei anzusehen. Dann fragte er, mehr zu Jinny gewandt: »Nun, wie ist es gegangen heute nachmittag?«

»Prima«, meinte Jinny. »Es hat geregnet, und die Leute waren froh, daß es was zu sehen gab. Es war bumsvoll, und wir hatten viel Beifall. Nicht, Regina?«

»Ja, sehr viel Beifall«, bestätigte Regina.

»Und wann geht's weiter?« wollte Janos wissen.

»In einer Stunde ungefähr. Jetzt sind sie alle im Speisesaal. Krieg' ich noch einen Kognak?«

»Von mir aus«, sagte Janos. »Du mußt wissen, vom wievielten an du vom Laufsteg fällst.«

»Es ist ja erst der zweite, alter Brummbär.«

»Wo ist denn dein Conny heute?«

»Der hat Familiensitzung. Wahrscheinlich wollen ihn die von Bardenach und auf und zu und was weiß ich wieder mal verstoßen.«

Janos blickte sie kopfschüttelnd an. »Und das alles wegen dir. Die Leute haben Sorgen.«

»Nicht nur wegen mir«, meinte Jinny. »Conny will sich jetzt überhaupt etwas von der Familie unabhängig machen. Er will einen Beruf ergreifen.«

»Nicht möglich. Welche Branche will er denn beglücken?«

»Er will Journalist werden.«

»Ausgerechnet. Da wird er sich wundern.«

»Warum denn?« fragte Jinny beleidigt. »Er ist doch nicht dumm. Er weiß eine ganze Menge. Und außerdem hat er gute Verbindungen zu Zeitungen und so was alles.«

»Na ja, von mir aus«, sagte Janos uninteressiert. Er rutschte vom Sitz und sagte zu Regina: »Es regnet nicht mehr. Wir können ein paar Schritte an die Luft gehen.«

»Gern«, sagte Regina. Sie lächelte zu Jinny hinüber, Jinny lächelte zurück und kniff ein Auge zu.

»Vergeßt nicht die Vorführung«, sagte sie. »Und falls du sie verhauen willst, Janos, dann verschieb es lieber auf später.«

Janos schoß ihr einen bösen Blick zu, gab aber keine Antwort. Zusammen mit Regina verließ er die Halle. Jinny ging zu den anderen zurück. »Er ist eifersüchtig, Kinder, was sagt ihr dazu? Wer hätte so was je von Janos gedacht! Es hat ihn erwischt diesmal.«

»Er wird ihr eine herrliche Szene machen«, seufzte Gigi. »Ich beneide sie.«

Schweigend gingen Regina und Janos ein Stück in den Hotelpark hinein. Die Wege waren noch naß vom Regen, es war kühl. Regina setzte vorsichtig die Füße voreinander in den hochhackigen Pumps, aber sie sagte nichts.

»Nun?« fragte Janos nach einer Weile.

»Was nun?« fragte sie unschuldig.

Janos blieb mit einem Ruck stehen. »Spielst du mir neuerdings

Theater vor?« sagte er mit kaum unterdrücktem Zorn. »Du weißt genau, was ich wissen will.«

»Was willst du denn wissen?« fragte Regina keck.

»Ob du es dir jetzt angewöhnt hast, so rasch Freundschaft mit fremden Männern zu schließen, daß du sie nach einem gemeinsamen Abendessen schon duzt?«

»Aber Martin ist doch ein alter Freund von mir!« rief Regina aufrichtig entrüstet. »Wir duzen uns schon immer.«

»Was heißt das, ihr duzt euch schon immer? Du hast vorhin selber gesagt, du bist noch nie hiergewesen.«

»War ich auch nicht. Ich hab' ihn am letzten Silvester kennengelernt.«

»Am letzten Silvester?« fragte Janos erstaunt. »Wieso und wo und unter welchen Umständen?«

Regina bog den Kopf zurück und lachte. »Janos«, sagte sie zärtlich und legte beide Arme um seinen Hals, »Janos, du bist ja eifersüchtig!«

Janos nahm ihre Arme herunter und forderte: »Erzähl mir die ganze Geschichte!«

Regina küßte ihn zart auf die Wange, und dann erzählte sie in wenigen Worten von ihrer Begegnung mit Martin und von ihrem Silvesterabend. Nur daß sie den Rest der Nacht in Martins Bett verbracht hatte, das verschwieg sie. Man mußte nicht alles erzählen. Und es klang auch zu unwahrscheinlich.

Janos fand es auch so höchst tadelnswert. »Du gehst einfach mit einem wildfremden Mann nachts in seine Wohnung?« fragte er fassungslos. »Ausgerechnet du! Ja, was hast du dir denn dabei gedacht?«

»Ich weiß auch nicht recht. Ich war so verzweifelt und so allein. Und er hatte ja versprochen, daß er mir nichts tut.«

»Versprochen! Was bedeutet schon so ein Versprechen! Du willst doch nicht behaupten, daß wirklich nichts passiert ist?«

»Aber nein. Bestimmt nicht. Das weißt du doch. Ich wäre ja davongelaufen.«

»Es ist unglaublich, daß du so etwas getan hast. Er hat dich doch sicher geküßt?«

»Nicht an dem Abend«, sagte Regina. »Später mal.«

»Und was war später?«

»Mein Gott, Janos«, sagte Regina mit einem Seufzer, »du benimmst dich wie ein Ankläger. Ich habe doch nichts verbrochen.« Sie zog fröstelnd die Schultern zusammen. »Und überhaupt ist mir kalt.«

Aber auch das war kein Grund für ihn, sie in die Arme zu schließen. Er zog nur sein Jackett aus und hängte es ihr um. Dann kam er auf das Thema zurück. »Also los, was war später?«

Regina seufzte noch einmal hörbar und berichtete von ihren anderen Begegnungen mit Martin. »Er hat sich gar nichts aus mir gemacht«, schloß sie.

»Aber du aus ihm?«

»Ein bißchen, ja«, sagte sie trotzig.

Janos umgriff schmerzhaft fest ihre Arme und zog sie dicht an sich heran. »Ich werde dir mal was sagen. Du gehörst mir. Ganz und gar, von Anfang bis Ende. Ich gebe nicht das kleinste Stückchen von dir her, nicht mal ein Stückchen Erinnerung. Verstehst du mich?«

»Aber ja«, sagte Regina und lächelte. »Ich will dir ja auch gehören, ganz und gar und von Anfang bis Ende. Und ich erinnere mich auch nicht mehr an andere Küsse, seit du mich geküßt hast. Du wolltest, daß ich davon spreche, ich habe gar nicht mehr daran gedacht. Aber du kannst nicht verlangen, daß ich niemals zu jemand guten Tag sagen soll, den ich kenne.«

»Natürlich nicht«, sagte Janos. »Aber ich verlange, daß du nicht mit einem anderen Mann zu Abend ißt.«

»O Janos. Neulich hast du gesagt, ich bin kleinlich. Wer ist hier eigentlich kleinlich, du oder ich? Aber wenn du es nicht willst, werde ich es nie mehr tun.« Sie sagte es ganz sanft und weich und nachgiebig.

Janos zog sie in seine Arme. Er legte den Mund an ihre Schläfe und flüsterte: »O Regina, es ist etwas Furchtbares geschehen. Ich glaube, ich liebe dich.«

»Ist es denn so furchtbar?« sagte Regina zärtlich. »Du hast doch selbst zu mir gesagt: ein Leben ohne Liebe ist nichts wert.«

»Ja. Aber an so eine Liebe habe ich nicht dabei gedacht.«

»An so eine Liebe, die bis ins Herz geht?«

»Ja. Die bis ins Herz geht.«

»Aber gerade dort braucht man sie doch«, flüsterte Regina. »Ein einsames Herz friert so leicht, und es fürchtet sich.«

»Meinst du?« fragte Janos und sah sie an. »Das habe ich bisher nicht gewußt.« Er küßte sie, dann sagte er leise an ihrem Mund: »Ich wollte, daß du von mir die Liebe lernst. Und jetzt habe ich sie von dir gelernt.«

Eines Tages kam überraschend Pauls Schwester zu Besuch. Thea war eine resolute und warmherzige Frau, außerordentlich tüchtig und vielseitig, verheiratet mit einem Arzt, der im Vorgebirge, etwa achtzig Kilometer entfernt von der Stadt, eine umfangreiche Landarztpraxis besaß. Sie hatten ein kleines Haus da auf dem Land, einen großen Garten, sie hatten Hühner und Kaninchen und Hunde und Katzen, manchmal fütterten sie auch ein Schwein. Zwei Kinder hatten sie auch, und Thea war von früh bis spät vollauf beschäftigt. Sie half ihrem Mann noch in der Praxis, sie war selber bald ein halber Arzt. Früher war sie Krankenschwester gewesen, die langjährige Erfahrung kam hinzu. Die Leute kamen vertrauensvoll auch zu ihr, falls der Doktor selber über Land war.

Gaby verstand sich gut mit ihr. Jedesmal, wenn Thea in die Stadt kam, um Einkäufe zu machen oder mal ins Theater zu gehen – es kam ohnehin im Jahr höchstens zweimal vor –, nahm sich Gaby ihrer an und versuchte, ihr die wenigen Tage in der Stadt so angenehm und abwechslungsreich wie möglich zu machen.

Diesmal allerdings hatte Thea etwas Besonderes auf dem Herzen.

»Es ist eine Zumutung«, begann sie, »ich weiß. Ihr könnt auch ruhig nein sagen. Aber irgendwie lockt es einen eben mal. Und Helmut würde es so guttun. Er hat seit undenklichen Zeiten keinen Urlaub mehr gehabt. Und er ist immer so nervös jetzt. Und schließlich, man wird älter, nicht wahr? Ich bin noch nie wo hingekommen. Erst war Krieg, und dann hat man es so schwer gehabt. Ich wollte immer mal nach Italien. Sogar die Leute bei uns auf dem Dorf fahren hin.«

Tatsache war, daß Thea im Lotto gewonnen hatte. Sie spielte seit Jahren treu und brav und mit steter Hoffnung auf einen Gewinn. Und jetzt hatte es wirklich einmal geklappt. Es war nicht viel, ein paar tausend Mark, sie hatten die letzten Raten vom Kurzwellenapparat damit bezahlt, Helmut hatte sich einige Instrumente gekauft, die er behauptete, unbedingt noch zu brauchen, am Haus war einiges gerichtet worden. Und von dem Rest wollte Thea so gern eine Reise machen. Eine richtige Urlaubsreise, und Italien sollte es sein.

»Es wird ja doch das einzige Mal sein, daß ich hinkomme«, sagte sie. »Ich hab' mir's immer gewünscht. Helmut wollte erst nicht, aber jetzt hab' ich ihn 'rumgekriegt. Es wird ihm bestimmt guttun, mal auszuspannen und was anderes zu sehen. Einen neuen Wagen hätten wir ja auch gebraucht. Aber der alte tut's noch, und für da draußen ist er lange recht. Unsere Bauern sind da komisch. Wenn sie sehen, daß der Doktor mit einem neuen Wagen kommt, dann bezahlen sie überhaupt keine Rechnungen mehr.«

Das große Problem war nun: Was geschah zu Hause, solange sie verreist waren? Einen Vertreter würde man bekommen, einen jungen Arzt, der ihnen als zuverlässig empfohlen worden war. Aber sonst? Wer sorgte für Ordnung, wer beaufsichtigte das Haus und die Kinder und Kathi, das junge Hausmädchen, das unbedingt am meisten Aufsicht brauchte?

»Sie ist ja willig«, sagte Thea, »aber so ein Dummchen. Sie reißt mit dem Hintern wieder ein, was sie eben mit den Händen aufgestellt hat.« – Ja, und dann mußte man auch ein Auge auf die Praxis haben, und der Vertreter mußte was zu essen kriegen, und...

Thea bekam bei der Aufzählung selber einige Zweifel. »Es ist natürlich eine ganze Menge zu tun«, sagte sie kleinlaut. »Man kann es eigentlich wirklich niemandem zumuten.«

Sie hatte nämlich daran gedacht, daß Gaby vielleicht die drei Wochen hinauskommen könnte. Michi würde die Landluft sehr bekömmlich sein und Gaby ja schließlich auch, und... ja.

»Du kannst ruhig nein sagen«, schloß Thea ihre lange Ansprache. »Es ist genaugenommen eine Unverschämtheit von mir, ich hab' mir das gar nicht so richtig überlegt.«

Gaby lachte. Sie sah Paul an, und Paul lachte auch. Es war schade, sich zu trennen, jetzt, da man sich gerade wieder etwas besser verstand. Aber es war selbstverständlich, daß man Thea und ihren Helmut nicht im Stich ließ.

»Es ist weder eine Zumutung noch eine Unverschämtheit«, sagte Gaby herzlich. »Ich tue es gern für euch, wirklich gern. Wann soll die Reise denn losgehn?«

»So in vierzehn Tagen vielleicht. Oder in zehn. Aber paßt es auch mit eurem Urlaub? Wann wollt ihr denn verreisen?«

»Wir haben dieses Jahr noch gar keine Pläne gemacht«, meinte Paul. »Wir werden wohl erst im September reisen. Vielleicht mal nach Mallorca, da soll es ja sehr hübsch sein. Wenn Gaby will«, fügte er hinzu.

Gaby lächelte ihm unbefangen zu. »O ja«, sagte sie, »Mallorca wäre fein.«

»Und du willst wirklich 'rauskommen, Gaby?« fragte Thea. »Ich weiß gar nicht, wie ich dir das je danken soll. Und was wird Paul allein machen?«

»Och«, meinte Gaby, »ein Junggesellenleben führen. Das schadet gar nichts. Da sieht er wenigstens mal, was er an mir hat. Und zum Wochenende kann er ja 'rauskommen, wenn er Zeit hat.«

»Fahrt ihr mit dem Wagen?« fragte Paul.

»Nee«, erwiderte Thea, »den braucht ja der kleine Doktor, der uns vertritt. Und ich fahr' gern mal mit der Bahn. Für Helmut ist es auch eine viel bessere Erholung, wenn er nicht fahren muß. Er sitzt sowieso bei jedem Wetter am Steuer.«

»Und wohin soll die Reise gehen?«

Ja, das wußten sie noch nicht. Gaby besuchte am nächsten Tag mit

Thea mehrere Reisebüros, und mit einem Berg von Prospekten begann nun eine umständliche Beratung. Daneben waren noch viele Einkäufe zu machen. Denn wennschon, dennschon. Thea wollte ein neues Kostüm und ein paar Kleider haben. Ihre Garderobe war sehr bescheiden. Was brauchte sie schon auf dem Land? Da trug sie meist ein Dirndl. Aber wenn sie nun schon verreiste, da wollte sie auch einmal elegant sein. O ja, das gehörte dazu.

Der Aufenthalt im Doktorhaus machte Gaby sogar Spaß. Mit der Arbeit war es nicht so schlimm. Kathi, die sie vom ersten Moment an stürmisch bewunderte, gab sich große Mühe, alles richtig zu machen. Und wenn Gaby am Morgen durch das Wartezimmer ging und sah, daß der Schmutz vom Vortag schlecht aufgeputzt war, und dann sagte: »Ach, na so was, da waren wohl heute schon Patienten da? Hab' ich gar nicht gehört. Und was sie bloß immer für schmutzige Schuhe haben!«, dann bekam Kathi einen roten Kopf, begann ihr Säuberungswerk gleich noch einmal und verwandte in Zukunft mehr Sorgfalt darauf.

Margret gar, die zwölfjährige Tochter der Doktorsleute, war mehr als eine große Hilfe. Sie war ganz wie ihre Mutter, praktisch, tüchtig und umsichtig. Sie wußte ziemlich gut mit allem Bescheid, hatte ihren kleinen Bruder, den siebenjährigen Klaus, fest am Bändchen, er parierte ihr aufs Wort, soweit das bei so einem Bengel möglich war. Mit großer Begeisterung wandte sich Margret dem kleinen Michi zu, und wenn sie da war, hatte Gaby kaum Arbeit mit dem Buben. Die schöne Tante wurde von Margret sehr bewundert und geliebt, wenn sie es auch nicht so deutlich zeigte wie Kathi. Aber Gaby entdeckte oft die hellen blauen Augen der Zwölfjährigen liebevoll auf sich gerichtet. Und Gaby mit ihrem offenen herzlichen Wesen, mit ihrer netten Art, mit Kindern umzugehen, gewann auch hier wie stets die Herzen aller großen und kleinen Menschen um sich her.

Freilich, Margret war leider den größten Teil des Tages außer Haus. Noch waren ja keine Ferien. Da sie die höhere Schule besuchte, mußte sie jeden Morgen schon um halb sechs aufstehen, mit dem Rad zur Station fahren, um den Zug zu erreichen, der sie in die nächste Kreisstadt brachte, wo die Schule war. Bis sie wiederkam, war es immer schon hoher Nachmittag. Gaby fand, es sei ein anstrengendes Leben für ein Kind.

Schwierig zu behandeln war allein der junge Doktor, der als Vertreter gekommen war. Er war ein sehr ernster, sehr korrekter junger Mann, und es fiel ihm sichtlich schwer, sich auf Gabys freundschaftlich-heiteren Ton einzustellen. Ja, Gaby erschien es sogar, als betrachte er sie mit einigem Mißtrauen.

Schon am zweiten Tag hatte sie sein Mißfallen erregt. Sie kam am Nachmittag aus dem Garten herein, es war ein wundervoller warmer und sonniger Tag, und da sie im Liegestuhl gelegen hatte, trug sie nur Shorts und ein kleines Tüchlein um die Brust. Im Hausflur begegnete sie dem jungen Doktor. Er musterte nur ganz kurz ihre Erscheinung, warf ihr einen strafenden Blick zu, guckte dann schnell weg und bekam zu allem Überfluß auch noch rote Ohren. Mit Mühe verbiß Gaby ein Lachen. Für einen Arzt schien ihr das reichlich prüde.

Er war außerordentlich höflich zu ihr, geradezu förmlich, redete sie stets mit gnädige Frau an, und wenn er einen Wunsch hatte, brachte er ihn sehr umständlich, mit gewählten Worten zum Ausdruck. Es dauerte ziemlich lange, bis Gaby ihn so weit hatte, daß sie mal ein kurzes Gespräch mit ihm führen konnte. Auch bei den gemeinsamen Mahlzeiten verhielt er sich sehr schweigsam. Gaby kochte selbst, immer sehr gut und reichlich. Er sah aus, als wenn er gutes Essen brauchen könnte, schmal, blaß und hohlwangig. Wer weiß, wie der Arme sich durchs Studium gehungert hat, dachte sie mitleidig, und was so ein junger Arzt verdiente, das war wenig genug, man hörte es immer wieder.

Es schmeckte ihm auch, doch, das war deutlich zu sehen; aber gesprächiger machte es ihn nicht.

Margret, mit dem wachen Sinn heranwachsender Mädchen, sagte einmal zu Gaby: »Ich glaube, er hat Angst vor dir. Du bist ihm zu hübsch und zu schick und zu lustig.« Und damit hatte sie wohl die Wahrheit getroffen.

Natürlich war er sehr auf seine Würde bedacht und darauf, ernst genommen zu werden. Wie alle jungen Männer. Aber die ländlichen Patienten machten es ihm nicht leicht. Sie ließen ihn deutlich merken, daß sie ihn nicht für voll nahmen.

Als Gaby einmal die Treppe herunterkam, hörte sie, wie eine Bauersfrau, die gerade das Sprechzimmer verließ, wegwerfend zu ihm sagte: »Na, wissens, des verstehens no net so. Da sans no zu jung. Da komm ich lieber wieder, wenn der richtige Doktor wieder da is.«

Und er stand unter der Tür, in seinem sauberen weißen Mantel, voll heiligen Eifers, und bekam natürlich einen roten Kopf.

Gaby war in den Schatten zurückgewichen. Er sollte nicht merken, daß sie es gehört hatte.

Während des ersten Wochenendes kam Paul heraus, und sie verlebten zwei schöne, glückliche Tage. Gaby sah gut aus, braungebrannt und sichtlich ausgeruht, obwohl sie hier mehr Arbeit hatte als zu Hause.

»Das Landleben hat seine Reize, weißt du«, sagte sie zu Paul. »Man lebt doch viel friedlicher und ausgeglichener.«

Paul machte eine zweifelnde Miene. »Ich möchte dich sehen, wenn du immer hier leben solltest.« – »Ach, warum nicht?« meinte Gaby unbesonnen. »Ich hab' mich doch damals im Riesengebirge bei uns zu Hause immer sehr wohl gefühlt.«

Dann erschrak sie über diese Bemerkung. Bei uns zu Hause, hatte sie gesagt. Empfand sie noch immer so? Und überhaupt – das Thema Martin war zwischen ihnen wieder tabu. Sie sprachen nicht davon.

»Das war ja wohl ein etwas anderes Milieu«, sagte Paul.

»Ja, gewiß«, gab Gaby zu, und dann wechselte sie das Thema.

Obwohl nun alles wieder etwas arrangiert war, dachte sie Tag und Nacht darüber nach, wie sie es anstellen sollte, Martin zu treffen. Nach Hallbergen war es nicht gar so weit. Sie hatte sich die Karte angesehen, es gab eine kleine Straße, die quer vor dem Gebirge hinüberführte. Ungefähr zwei Stunden Fahrt würden es sein.

Am Tage zu fahren war unmöglich. Erstens hatten sie zuviel zu tun, und dann konnte sie auch den Wagen nicht so lange beanspruchen. Wie stets bei einer Landpraxis war er ein wichtiges Requisit. Aber vielleicht einmal abends?

Sie überlegte sich das einige Tage, dann fragte sie den jungen Doktor: »Erwarten wir eigentlich demnächst eine Geburt oder sonst irgend etwas Aufregendes?«

»Nicht daß ich wüßte«, sagte er. »Warum?«

»Ich hätte gern mal den Wagen für einen Abend. Ich möchte einen Bekannten in der Nähe besuchen. In Hallbergen. Ob das wohl geht?«

»Wenn Sie es wünschen, gnädige Frau«, sagte er höflich.

»Es dürfte eben nicht gerade etwas passieren.«

»Das kann man nie wissen«, sagte er in schulmeisterlichem Ton.

Nein, das konnte man natürlich nicht wissen. Aber sie fuhr doch. Sie unterrichtete sich genau, ob irgendwo ein Schwerkranker läge, und als er es verneinte, startete sie eines Abends gegen sieben Uhr, nachdem er von seinen Besuchen zurück war.

Die Fahrt war unbequem, die Straße schlecht und staubig. Sie wäre schneller vorwärts gekommen, wenn sie den Umweg zur Hauptstraße gemacht hätte. Außerdem war sie unruhig und hatte ein schlechtes Gewissen, weil sie den Wagen hatte, und natürlich auch wegen Paul. Aber sie freute sich schrecklich darauf, Martin wiederzusehen.

Martin war sehr überrascht, und offensichtlich freute er sich auch, sie zu sehen. Sie saßen lange beieinander und redeten über dies und das. Gaby berichtete sehr drollig von ihrem derzeitigen Aufenthalt, Martin sprach von seiner Arbeit, die ihn sehr befriedigte. Es war nur eine Bestätigung, denn man erkannte es schon, wenn man ihn nur ansah. Gaby mußte immer wieder staunen, wie gut er jetzt wieder aussah. Es kam ihr vor, als hätte ihr noch nie ein Mann so gut gefallen.

»Lange dauert es nicht mehr«, sagte Martin. »Am 1. August kommt Herr Köhler zurück, es geht ihm schon wieder ausgezeichnet, er macht jetzt noch eine Kur. Dann ist meine Tätigkeit hier beendet.«

»Und was machst du dann?« wollte Gaby wissen.

»Ich weiß noch nicht. Zunächst habe ich mal in den Fachzeitungen inseriert. Und Pölsen hat mir auch versprochen, sich dafür zu interessieren. Er kennt immerhin eine Menge Leute. Er meint, daß sich bestimmt eine Möglichkeit ergeben wird.«

»Das meine ich auch«, sagte Gaby. »Jeder kann froh sein, der dich kriegt. So viel nette und tüchtige Männer gibt es gar nicht. Schade, daß du kein eigenes Haus bekommen kannst.«

»Dazu wird es nie mehr reichen. Das ist vorbei.«

»Kann man nie wissen«, meinte Gaby. »Vielleicht heiratest du mal wo ein.«

»Das ist natürlich eine Möglichkeit«, sagte Martin mit ernster Miene. Und dann lachten sie beide darüber.

Er wollte ihr Essen servieren lassen, aber Gaby hatte keinen Hunger. »Trinken wir lieber was auf unser Wiedersehen«, sagte sie. »Wie wär's mit einer Flasche Sekt?«

»Das ist eine gute Idee.«

»Und vorher krieg' ich einen Whisky, ja?«

»Aber daß du dann auch noch fahren kannst«, gab er zu bedenken. »Oder mußt du heute nicht mehr zurück?«

»Doch. Ich muß. Leider. Der kleine Doktor schläft bestimmt nicht, bis ich wiederkomme. Er wird die ganze Zeit Angst haben, es bekommt gerade jemand Drillinge.«

»Gut«, sagte Martin, »du bekommst deinen Whisky und auch den Sekt, aber nur, wenn du jetzt etwas ißt. Sonst bekommst du einen Schwips.«

Es war sehr nett, sie waren beide vergnügt und ganz unbefangen und sehr vertraut. Es zeigte sich jetzt erst, wieviel sie sich doch eigentlich zu erzählen hatten.

Neugierig wollte Gaby wissen, wie es denn nun mit Lore ausgegangen sei.

»Tja«, sagte Martin, »das ist so eine Sache. Sie hat mir natürlich nicht verziehen. Ich hab' ihr mal geschrieben und versucht, alles zu erklären. Aber sie hat nicht geantwortet.«

»Das versteht sie eben nicht«, sagte Gaby entschieden. »Und weißt du, Martin, sie war bestimmt nicht die richtige Frau für dich. Du wärst mit ihr nicht glücklich geworden.«

»Das kann schon sein. Für mich gibt es wahrscheinlich überhaupt keine richtige Frau mehr.«

»Och, warum denn nicht?« Sie druckste eine Weile herum, und dann fragte sie doch: »Und ich? Wenn nun alles nicht so wäre, wie es ist? Wäre ich dann die richtige Frau für dich gewesen?«

»Das kann man nicht wissen«, sagte Martin. »Das hätte sich erst zeigen müssen.«

»Möchtest du ...«, begann Gaby zögernd. »Ich meine, möchtest du denn, daß zwischen uns wieder alles in Ordnung käme?«

»Was sollen diese Fragen, Gaby?« wich er aus. »Es ist doch nun mal nicht.«

»Nein.« Sie schwieg eine Weile, dann sagte sie: »Es ist für mich alles verdammt kompliziert.«

»Warum denn?« fragte er in leichtem Ton.

»Paul liebt mich, nicht wahr? Und Michi ist ja auch da. Und ich ... ja, ich liebe sie bestimmt beide sehr. Aber ...«

»Aber?«

»Aber dich auch. Und dich vielleicht am meisten.«

Martin lachte kurz auf und füllte die Gläser wieder. »Arme Gaby«, sagte er ein wenig spöttisch. »Du hast es wirklich nicht leicht.«

»Du brauchst gar nicht zu lachen«, sagte sie gekränkt. »Aber wenn es dir ganz Wurscht ist, um so besser.«

»Es ist mir bestimmt nicht ganz Wurscht. Das ist es nie gewesen. Aber was soll ich machen? So wie die Dinge nun einmal liegen, mußt du entscheiden.«

»Das sagt Paul auch.«

»Du hast mit ihm darüber gesprochen?«

»Ja. Er hat gemerkt, wie ich zu dir stehe. Immer noch. Oder wieder. Und natürlich ist er unglücklich deswegen.«

»Hm.«

»Aber wenn du sagst, ich soll entscheiden, dann mußt du mir ja erst einmal mitteilen, ob du mich überhaupt wiederhaben willst.«

»Mein Gott, Gaby, was soll ich tun? Dir einen Heiratsantrag machen?«

»Nein«, sagte Gaby. »Aber mir sagen, ob du mich noch liebst.«

Sie sahen sich eine Weile stumm an. Dann sagte Martin langsam: »Seit ich zurück bin, habe ich nichts anderes getan, als mir jede Liebe zu dir auszureden.«

»Das kann man mit einer richtigen Liebe nicht«, sagte Gaby rasch.

»Nein? Kann man das nicht? Vielleicht. Aber ich glaube, daß es für dich so bequemer war.«

»Könntest du dir vorstellen, daß wir wieder zusammenleben?« fragte sie atemlos. Und in diesem Moment liebte sie ihn sehr und war bereit, alles andere um seinetwillen zu verlassen.

Martin sah es ihr an. »Gaby!« sagte er. Unwillkürlich streckte er die Hände nach ihr aus, und Gaby ging zu ihm. Sie legte den Kopf an seine Schulter, und er zog sie an sich. Minutenlang standen sie so, unbeweglich, und waren einander ganz nahe. Dann küßten sie sich.

Gaby ließ ihn auch dann nicht los. Sie schmiegte ihre Wange an seine und sagte: »Es ist schlimm, Martin. Was soll ich bloß tun?«

»Frag dein Herz«, sagte er.

»Mein Herz? Ich glaube, es gehört dir.«

»Solange du es nicht bestimmt weißt, Gaby...«

»Ach, es ist alles so verworren.«

Es war schon ziemlich spät, als sie abfuhr, schon elf Uhr. Martin brachte sie ans Auto. Sie küßten sich zum Abschied wieder.

»Ich komme noch einmal her, wenn es irgend geht«, sagte sie.

Martin sah dem Wagen nach. Frag dein Herz, hatte er zu Gaby gesagt. Und was war mit seinem Herzen los? Er wußte es genausowenig wie Gaby. Liebte er sie denn noch? War das Liebe, was er fühlte? Im Moment war er geneigt, die Frage zu bejahen. Aber warum war er dann nicht glücklicher?

Die Rückfahrt war unangenehm. Um nicht wieder die schlechte Straße zu haben, hatte sich Gaby zu dem Umweg über die Autobahn und die Hauptstraße entschlossen. Aber es war doch viel weiter. Zudem begann es zu regnen, die Sicht war schlecht, und der alte, reichlich klapprige Wagen ihres Schwagers lief nicht so leicht und von selbst wie Pauls großes neues Auto. Überdies war Gaby zerstreut und noch erregt von den letzten Stunden. Immer wieder schweiften ihre Gedanken zu Martin zurück, zu dem, was er gesagt und was sie gesagt, und besonders zu den Momenten, da er sie im Arm gehabt hatte. Wie sollte das bloß weitergehen? Sie verstrickte sich immer tiefer in diesen Konflikt.

Ja, sie liebte Martin. Und wenn er nur ein Wort gesagt hätte, wäre sie dageblieben. Schließlich war er doch ihr Mann. Aber Paul war es auch.

Gaby war sonst eine gute und sichere Autofahrerin, aber heute fuhr sie schlecht. Sie schob es auf den Wagen. Er beschleunigte so langsam. Daher kam es auch, daß sie beim Überholen eines Lastwagens nur knapp vorbeiwischte, sie hatte zu spät bemerkt, daß ein anderer Wagen ihr in großem Tempo entgegenkam.

Ein Stück weiter hielt sie an. Sie war sehr erschrocken. Mit zitternden Händen zündete sie eine Zigarette an. Lieber Gott, das hätte schiefgehen können. Na, wennschon, dann war die ganze Tragödie gleich zu Ende. Es fehlte nicht viel, und sie hätte angefangen zu weinen vor lauter Ratlosigkeit, aus Mitleid über sich selbst.

Der Lastwagen hielt hinter ihr an, und gleich darauf tauchte das breite, gutmütige Gesicht des Fahrers an ihrem Fenster auf.

»Ist irgend was nicht in Ordnung, junge Frau?« fragte er besorgt.

»Nein, danke«, sagte Gaby. »Alles O.K. Ich hab' nur einen Schreck gekriegt.«

»Das war man auch sehr knapp«, meinte er vorwurfsvoll.

»Ja, ich weiß. Ich bin etwas nervös heute.«

»Dann sollten Sie man lieber langsamer fahren. Müssen Sie noch weit?«

»Nein, ich bin bald da. Vielen Dank.« Sie bot ihm eine Zigarette an.

»Na, denn gute Fahrt«, sagte er und tippte an seine Mütze. »Und wie gesagt, fahren Sie langsamer.«

Es war fast zwei Uhr, bis sie im Doktorhaus ankam. Und wie sie ganz richtig vermutet hatte, war der junge Doktor noch auf. Er hatte auf sie gewartet.

»Warum schlafen Sie denn nicht?« fragte Gaby gereizt. »Sie müssen doch morgen wieder arbeiten.«

»Ich habe mir Sorgen gemacht«, sagte er ruhig.

»War etwas los?«

»Nein, hier nicht. Aber ich hatte Sorgen um Sie.«

Gaby zwang sich zu einem Lächeln. »Danke«, sagte sie. »Aber das war wirklich nicht nötig.«

Sein prüfender Blick machte sie nervös. Doch auf der Treppe kehrte sie noch einmal um. »Haben Sie eine Schlaftablette für mich?« fragte sie.

Er holte sie ihr und ein Glas Wasser dazu. Schweigend sah er zu, wie sie die Tablette schluckte. Auf einmal tat es ihr wohl, daß sich jemand um sie kümmerte. »Das Leben ist schwer«, sagte sie mit einem Seufzer.

»Ja«, gab er bereitwillig zu. »Das ist es.« Und nach einem kleinen Zögern fügte er hinzu: »Obwohl ich nicht ganz verstehe, warum es gerade für Sie schwer sein soll.«

Einen Moment lang war sie versucht, ihm das alles zu erzählen, sich alles von der Seele zu sprechen, das mußte guttun. Aber was sollte das für einen Zweck haben? So sagte sie nur mit einem kleinen Lächeln: »Das sieht man mir nicht an, nicht wahr?«

Aber der junge Doktor war gar nicht so dumm. Instinktiv erriet er, was sie belastete. »Sie haben einen sehr netten Mann«, sagte er vorsichtig.

»Ja«, erwiderte Gaby. »Ich habe sogar zwei sehr nette Männer. Was sagen Sie nun?«

»Daß viele Frauen gerade finden, das Leben sei schwer, weil sie gar keinen haben.«

»Hm«, meinte Gaby. »Das ist natürlich auch nichts. Also gute Nacht.« Sie lächelte ihm zu und ging in ihr Zimmer.

Als Regina ihren Paß hatte, begleitete sie Janos einige Male auf seinen Reisen. Sie waren einige Tage in Paris, einmal in Berlin und einmal in Mailand. Und dann hatte Janos Urlaubspläne.

Früher war er stets alleine verreist. »Denn«, so pflegte er zu sagen, »es wäre schön dumm, eine Frau in den Urlaub mitzunehmen, wo ich überall so viele schöne Frauen treffe.« Und er fuhr jeweils an irgendeinen unterhaltenden mondänen Platz, und wirklich, für ihn fanden sich überall schöne Frauen, die Zeit für ihn hatten.

Aber jetzt war alles anders geworden. Er wollte mit Regina verreisen. Ihr Beisammensein währte erst so kurze Zeit, und noch immer war Regina ein wenig scheu und fremd in dieser neuen Welt, die er ihr erschlossen hatte. Es kam vor, daß sie sich ängstlich zurückzog, wenn er einmal nervös oder ungeduldig war, sie begegnete seinen Temperamentsausbrüchen nicht mit dem gleichen Schwung, sondern wich zurück, mit großen erschrockenen Augen, und ging ihm aus dem Weg. Wenn er sie warten ließ oder allein wegging, was immerhin häufig genug vorkam, denn seine geschäftlichen und gesellschaftlichen Verpflichtungen waren groß, dann machte sie ihm keine Vorwürfe und keine Szenen, sie verlangte auch nie, daß er sie mitnehmen solle, sie stellte überhaupt keine Ansprüche, sie wartete stumm und geduldig, mit einer gewissen Ergebenheit, die ihn gelegentlich fast reizte. Er wußte ja inzwischen, daß sie anders sein konnte, lebendig und fröhlich und von großer Zärtlichkeit, dann nämlich, wenn sie allein waren, wenn er ganz für sie da war, wenn seine große Meisterschaft in allen Dingen der Liebe es fertigbrachte, sie die Welt um sich vergessen zu lassen, wenn Vergangenheit, Gegenwart und Zukunft unwichtig wurden und es weiter keine Wirklichkeit gab als das zärtliche Spiel ihrer Liebe.

Er hatte längst entdeckt, welche große Liebesfähigkeit in ihr wohnte, welche Lust an der Hingabe und welche Bereitschaft, nicht nur den Körper, sondern auch das Herz hinzugeben. Alles das, was so viele Jahre verschüttet gewesen war, gewaltsam erstickt von rohen Händen, das wollte nun ans Licht, wollte leben und sich verströmen.

Es entzückte Janos, es rührte ihn, und es ängstigte ihn fast manchmal ein wenig, mit welcher gläubigen Ahnungslosigkeit gerade ihm das geboten wurde. Verdiente er das überhaupt, so wie er in all den vergangenen Jahren die Frauen gesehen, genommen und wieder verlassen hatte? Verdiente er dieses Vertrauen, diese vorbehaltlose Liebe?

Freilich, es gab Stunden, da schien Regina alles wieder wegnehmen zu wollen, was sie geschenkt hatte, wenn er zornig war, unzuverlässig, wenn sie glauben mußte, daß auch sie nichts anderes für ihn sei als eine von vielen, ein Mädchen, das zu Hause saß und wartete. Kam er aber dann und schloß sie in die Arme, dann vergaßen sie beide alles andere um sich her.

So kam Janos zu dem Entschluß: Ich muß sie einmal ganz für mich allein haben, ohne all die Ablenkungen und Komplikationen, die das tägliche Leben und mein Beruf hier zwangsläufig mit sich bringen. Ich will sie einmal ganz haben, und sie soll nichts auf der Welt hören oder sehen außer mir. Gerade bei ihr will ich es. Sie ist anders als die anderen. Und es soll nichts an ihr geben, keine Stelle ihres Körpers und keinen Schlag ihres Herzens, der nicht mir gehört.

Es war ein egoistischer Wunsch. Er hatte ihn nie so stark bei einer Frau empfunden. Vielleicht war es gerade Reginas Sanftmut, ihre Wehrlosigkeit, die diesen Wunsch in ihm weckte. Doch daneben keimte ein anderer Wunsch, der neu für ihn war: Ich will sie behalten.

Daher also diesmal im Urlaub kein großes Hotel, kein abwechslungsreicher Betrieb, keine fremden Leute, nur sie beide und ihre Liebe.

»Es sei denn«, sagte er zu Regina, »du fährst lieber dahin, wo was los ist. Dann mußt du's sagen.«

»Ich will dahin, wo du bist«, sagte Regina.

»Und wirst glücklich sein, da, wo ich bin?«

»Und werde glücklich sein, da, wo du bist«, bestätigte sie ernsthaft.

Und da sich alles im Leben Janos' Wünschen zu fügen schien, kam auch diesmal im rechten Moment das rechte Angebot.

»Wir fahren an den Wörther See«, verkündete er Regina eines Tages. »Nächste Woche.«

»Nächste Woche schon?«

»Ja, wir müssen rechtzeitig zurück sein, ehe die Herbstsaison losgeht. Dann gibt es viel Arbeit. Wir haben zwar schon viel im Kasten, aber in letzter Minute kommt dann noch immer viel dazu. Übrigens müssen wir vorher noch zwei Tage nach Zürich.«

Sie hatten in den letzten Wochen schon überall Aufnahmen für die neue Herbstmode gemacht, es war viel Arbeit gewesen, viele ermüdende Tage und Nächte lang. Sie hatten sich den Urlaub verdient.

»Und wohin fahren wir also?« wollte Regina wissen.

»Es ist ein kleines Sommerhäuschen am Südufer des Wörther Sees«, erklärte Janos. »Es gehört einem Freund von mir, einem Landsmann, weißt du. Ich hab' ihn aber erst hier kennengelernt. Er ist Journalist, und ich bin damals mit ihm zusammengetroffen, als ich bei der Zeitung arbeitete. Jetzt arbeitet er als freier Schriftsteller, nicht sehr erfolgreich, wie ich fürchte.«

»Oh«, meinte Regina mit bereitwilligem Bedauern.

»Ja, er ist ein sehr stiller und zurückhaltender Mann, ein bißchen labil vielleicht. Und er schreibt so poetische und lyrische Sachen. So was wollen die Leute heute nicht, weißt du. Ich verstehe ja nicht viel davon. Aber ich habe mir sagen lassen, das Lesepublikum sei sehr oberflächlich geworden, wolle nur aufregende und spannende Sachen lesen, so von Mord und Totschlag und Skandal und was weiß ich. So wie diese Tatsachenberichte in den Illustrierten immer sind. Und das liegt ihm nicht. Gar nicht. Da hat er eben wenig Erfolg, mein armer Bela. Dazu kommt noch, daß er kreuzunglücklich ist, weil seine Frau ihn verlassen hat.«

»Warum denn?«

»Weiß ich das? Wahrscheinlich war ihr das Leben mit ihm zu langweilig, und sie ist auf und davon. Ich hab' sie mal kennengelernt, eine sehr betriebsame und charmante kleine Frau, ein kleines Biest, glaube ich. Ich hatte jedenfalls den Eindruck. Damals waren sie sehr glücklich. Sie ist Wienerin, sie haben eine Wohnung in Wien und eben das Häuschen am See. Er sagt, er könne es nicht ertragen, diesen Sommer allein dort zu sein. Ich habe ihm geraten, er solle sich eine nette Freundin mitnehmen. Aber das will er nicht. So ist er nun mal.«

»So leicht ist es eben nicht, sich in einem solchen Fall zu trösten«, sagte Regina. »Wenn man nichts weiter brauchte als eine neue Liebe, dann gäbe es weniger unglückliche Herzen.«

»Man tröstet sich nur mit einer neuen Liebe, wenn man ein unglückliches Herz hat, du Schäfchen.«

»Ich danke für den guten Rat. Ich soll ihn mir wohl merken?«

»Warum?«

»Damit ich weiß, was ich tun soll, wenn du mich eines Tages vergessen hast.«

Janos schloß sie zärtlich in die Arme. »Hast du Angst, daß das geschehen könnte?«

»Ja«, sagte Regina einfach.

»Vielleicht hast auch du eines Tages genug von mir?«

»O nein«, sagte Regina. »Ich werde bei dir bleiben, solange du mich haben willst.« Und mit einem kleinen Seufzer fügte sie hinzu: »Aber wahrscheinlich sollte man das einem Mann wie dir gar nicht sagen.«

Janos lachte. »Das ist wahr. Aber gerade du, gerade du kannst es mir sagen und sollst es mir sagen. Bei dir ist das etwas ganz anderes.«

In Zürich arbeitete Janos intensiv zwei Tage lang. Regina war dabei, obwohl sie nichts zu tun hatte. Das Modellhaus, dessen Herbstkollektion Janos für einige deutsche und amerikanische Zeitschriften aufnahm, hatte seine eigenen Mannequins.

»Sieh dir Zürich an«, hatte Janos gesagt. »Eine schöne Stadt.« Gehorsam spazierte Regina also durch die Straßen und Gassen der Stadt, sie ging den Limmatkai hinauf und hinunter, betrachtete die Kirchen und die alten Häuser, und schließlich ging sie ein großes Stück am Zürichsee entlang. Eine schöne Stadt, wirklich. Lebendig und betriebsam und doch von einer gewissen bürgerlichen Ruhe und Gemessenheit, der Verkehr war nicht so hektisch und gewalttätig wie in den deutschen Städten. Das erkannte Regina wohl.

Ein wenig war sie auch traurig in diesen zwei Tagen, sie kam sich so allein und verlassen vor in der fremden Stadt, unter all den fremden Menschen, deren Dialekt sie kaum verstehen konnte. Sie dachte: Mein ganzes Leben ist jetzt Janos. Wenn er nicht bei mir ist, bin ich so verloren und einsam wie früher. Angenommen, ich wäre allein hier und müßte selbst für mich sorgen, was sollte daraus werden? Warum kann ich nicht so selbständig und mutig sein wie andere Frauen? Was würde es zum Beispiel Jinny oder Dodo oder Stups ausmachen, allein hier herumzulaufen? Sie würden sich die Schaufenster ansehen, und sie würden sich in ein Café oder in ein Restaurant setzen, und Jinny hätte bestimmt schon eine Bekanntschaft gemacht.

Aber Regina senkte immer noch den Blick oder wandte den Kopf zur Seite, wenn ein fremder Mann sie ansah.

Schließlich kehrte sie ins Hotel zurück und setzte sich in ihr Zimmer.

Janos kam am Spätnachmittag.

»Du bist hier«, sagte er. »Das ist fein. Ich dachte schon, ich muß jetzt einen Streifzug durch die Cafés antreten, um dich zu suchen.«

»Es fing an zu regnen«, sagte Regina, froh, daß sie diese Ausrede hatte. »Da bin ich zurückgekommen.«

»Hast du schon Kaffee getrunken?«

»Nein.«

»Warst du schon mal in einem der berühmten Cafés in der Bahnhofstraße?«

»Nein. Muß man das?«

»Ja, das muß man, wenn man in Zürich ist. Dort trifft sich nachmittags die elegante Welt. Und du mußt unbedingt die Schweizer Patisserie kosten, das gehört dazu. Komm, gehen wir zu Huguenin.«

Regina staunte. So große geräumige Cafés hatte sie noch nie gesehen. Und jeder Stuhl war besetzt. Doch sie hatten Glück, ein Ecktisch wurde gerade frei, als sie vorüberkamen.

»Das ist ein großer Glücksfall«, belehrte Janos sie. »Im allgemeinen sitzen sie alle hier wie festgenagelt, wenn sie mal einen Platz erwischt haben, es kommt höchstens noch jemand dazu, der Papa, wenn er mit den Bürostunden fertig ist, oder die kleine Schwester, die vom Tennisspielen kommt. Und dann sitzt man, bis es Zeit ist, zum Abendessen nach Hause zu gehen.«

Der Kaffee war ausgezeichnet und die winzig kleinen bunten Kuchenstückchen auch, dazu gab es französischen Kognak.

»Der ist hier auch nicht teurer als der unsere«, sagte Janos. »Und besser ist er eben doch. Findest du nicht?«

Regina sagte bereitwillig »ja«, obwohl sie keinen Unterschied feststellen konnte. Sie hatte sich zwar mittlerweile ans Kognaktrinken gewöhnt, aber eigentlich fand sie nicht, daß er so besonders gut schmeckte, dieser nicht und jener nicht. Sie trank ihn, weil ihn alle tranken und weil er offenbar zu ihrem neuen Leben dazugehörte. Kognak, viel Zigaretten, Orangensaft, öfter eine Flasche Sekt, elegante Kleider, Puder auf den Wangen und Tusche auf den Wimpern, der regelmäßige Besuch beim Friseur und bei der Kosmetikerin, das grelle Licht der Scheinwerfer und das eigene fremde Gesicht, ein seltsames traumhaftes Dasein, das nicht ganz wirklich erschien, man vergaß, woher man kam, und man wußte nicht, wohin der Weg führte.

Der einzige Orientierungspunkt war Janos, er war der Zauberer, der dieses ganze unwirkliche Spiel in Gang hielt, über allem waren seine dunklen Augen, sein Lächeln, seine schmalen Hände. Er sagte: Der französische Kognak ist gut, und Regina fand ihn gut. Er lächelte ihr zu, und sie lächelte zurück, sie sehnte sich nach seinen Küssen, nach seiner Umarmung, sie dachte nicht über ihn hinaus. Sie hatte noch immer keinen festen Boden unter den Füßen, wenn sie auch jetzt elegant gekleidet in einem Café der Züricher Bahnhofstraße saß. Sie saß nur hier, weil Janos hier saß. Und wenn er fortging, wenn er aufstand und dort zur Tür hinausging, dann war Regina wieder so allein und verloren in der Welt wie noch vor wenigen Monaten. Sie stand auf der schmalen wie schwebenden Stufe einer Treppe, und wer sie ansah, konnte nicht mehr erkennen, woher die Treppe kam, und sie selber wußte nicht, wo sie mündete, nicht einmal, wohin die nächste Stufe führte. Aber wer wußte es schon? Wußte Janos es? Wußte es einer dieser Menschen, die hier um sie herum in den bequemen Sesseln saßen und Kaffee tranken?

O ja, Regina blickte sich verstohlen um. Viele sahen aus, als wüßten sie es. Hier in Zürich sahen viele so aus, als wüßten sie es. Und die beiden Damen, die jetzt an der Tür standen, die in diesen Raum führte, und suchend über die Menge blickten, sahen auch so aus. Elegant beide, die eine jung und hochbeinig in einem taubengrauen Kleid mit kurzem Jäckchen, ohne Hut, das blonde Haar metallisch glänzend, die andere nicht mehr ganz so jung, im dunklen Kostüm, knapp geschnitten, ein winziges schwarzes Hütchen auf dem hellblonden Haar. Janos sah sie, als sie vorübergingen, und er erkannte die jüngere.

Das Mädchen erkannte ihn auch. Es stockte für einen Moment, und Janos grüßte. Ruth Bornemann nickte kurz und hochmütig. Ihre Mutter, die hinter ihr ging, betrachtete interessiert den gut aussehenden Mann. Ruth, die schon weitergehen wollte, blieb plötzlich stehen. Sie streifte Regina mit kurzem Blick, dann sah sie Janos, der aufgestanden war, lächelnd an.

»Herr Janady«, sagte sie, »ich habe Sie heute schon bei der Arbeit beobachtet.«

»Wirklich?« fragte Janos. »Und ich habe Sie nicht gesehen? Das werde ich mir nie verzeihen.«

»Sie waren sehr vertieft. Das ist Janos Janady, Mama, der Fotograf.« Sie sagte schlicht und einfach »der Fotograf«, es klang ein wenig wegwerfend.

Frau Bornemann war jedoch sehr angetan. Sie reichte Janos die Hand, was die schöne Tochter unterlassen hatte. »Oh, wirklich? Ich habe schon viel von Ihnen gehört. Ihre Bilder sind wunderbar.« Sie sah Regina an. »Und das ist Ihr neues Modell, nicht wahr? Wir haben schon viele Aufnahmen von ihr gesehen.«

Ruth blickte hochmütig auf Regina hinunter. »Ja«, sagte sie lässig, »die berühmte Neuentdeckung. Herr Doncker erzählte uns unlängst davon.«

Regina errötete. An Herrn Doncker mochte sie nicht erinnert werden. Und was erzählte er von ihr? Sie hatte keine Ahnung, doch sie war auf jeden Fall wehrlos dagegen. Sicher würde er nicht die Wahrheit erzählen.

»Conny von Bardenach hat uns auch schon viel von Ihnen erzählt«, berichtete Frau Bornemann eifrig. »Er ist ja viel bei Ihnen, nicht?«

»Ja«, sagte Janos, »recht oft.«

»Warum sehe ich Sie nie bei uns, Herr Janady? Ruth, warum war Herr Janady nicht bei unserer letzten Party, wenn du ihn doch kennst? Es gibt so wenig attraktive Männer heutzutage«, sie sagte es in einem kindlich schmollenden Ton, der ein wenig peinlich war.

Ruth verzog unwillig das Gesicht. »Wahrscheinlich, weil du ihn nicht eingeladen hattest, Mama.«

»Du hättest mich darauf aufmerksam machen sollen. In vierzehn Tagen geben wir eine Gartenparty. Sie werden kommen, Herr Janady?« Und zu Regina, sehr liebenswürdig: »Und Sie auch?«

Janos lächelte verbindlich. »Vielen Dank, gnädige Frau. Aber in vierzehn Tagen geht es nicht, wir fahren jetzt in Urlaub.«

Er sagte »wir«, und es tat Regina wohl, daß er es sagte.

»Dann später einmal, ja? Bestimmt.« Mit einem Blick auf die Tochter: »Ruth, wir können uns eigentlich hierhersetzen, es ist ja doch nirgends sonst was frei.« Sie wies auf die beiden leeren Stühle am Tisch.

Ruth antwortete nicht gleich, sie blickte über die Tische hinweg, suchend, die Augen ein wenig zusammengekniffen. »Leider, Mama«, sagte sie. »Da drüben sitzen Gwen und John, sie haben uns schon gesehen.«

»Schade«, meinte Frau Bornemann. »Dann müssen wir gehen. Amerikanische Freunde meiner Tochter, da verstehe ich sowieso wieder kein Wort von dem, was sie reden.« Sie reichte Janos noch einmal die Hand, dann, nach einem winzigen Zögern, auch Regina. »Ich sehe Sie bestimmt einmal demnächst bei uns, ja?«

Janos neigte lächelnd den Kopf. »Gern, gnädige Frau.«

Ruth gab ihm auch diesmal nicht die Hand, sie lächelte auch nicht, nur ein kleines Nicken, dann ging sie weiter.

Janos sah den beiden Damen leicht amüsiert nach. »Die deutschen Wirtschaftswunderdamen auf Reisen«, sagte er. »Die Mama sieht aus, als habe sie früher die Socken vom Herrn Gemahl selbst gestopft.«

»Das ist ja keine Schande«, sagte Regina.

»Aber nein, gewiß nicht. Jedenfalls wird die Kleine mal große Klasse.«

»Sie ist sehr hübsch«, bestätigte Regina.

»Sie ist sogar schön. Man sieht's bloß noch nicht, weil sie sich bis jetzt darin gefällt, den Eisblock zu spielen.«

»Wer sind sie denn?«

»Ich weiß nicht genau, reiche Leute jedenfalls. Linda hat mir's mal erzählt. Der Alte hat irgendwas mit Maschinen zu tun, glaub' ich.«

»Gefällt dir das Mädchen?«

Janos wandte sich ihr zu, legte seine Hand auf die ihre und lächelte. »Ja, Prinzessin, sie gefällt mir. Aber sie interessiert mich nicht. Sie reizt mich nur ein bißchen.«

»Aha«, sagte Regina. »Das ist ziemlich schwer zu verstehen, nicht?«

»Nein, gar nicht, das sind so Nuancen, weißt du.«

»Aha«, sagte Regina wieder. Und welche Nuance trifft nun auf mich zu, hätte sie fragen wollen. Aber sie schämte sich, es war eine dumme Frage. Zwischen ihnen war es etwas anderes. Es war Liebe, er hatte es ja gesagt.

JULI

Das Haus war nicht groß, zwei kleine Zimmer, eine drollige hineingequetschte Küche; aber wunderschön war der Garten ringsherum. Garten konnte man es kaum nennen, ein Stück Landschaft, Wiese, Büsche, ein paar Bäume. Und dann kam gleich der See, blau und schimmernd, das Wasser legte sich wie schmeichelnde Seide um den Schwimmer.

Sie schwammen jeden Tag mehrere Male, sie hatten ein Boot, den Himmel und den Blick auf ferne Hügel. Sie lebten ganz für sich allein. Unter Menschen gingen sie nur, um gelegentlich einzukaufen, manchmal gingen sie auch auswärts essen. Sonst kochte Regina für sie beide. Manchmal vergaßen sie auch, zu essen. Man konnte wirklich von der Liebe leben. Es wurde ihnen nie langweilig, sich miteinander zu beschäftigen. Janos war schon immer ein großer Künstler der Liebe gewesen, wieviel mehr erst jetzt, da er so aufrichtig empfand wie nie zuvor. Und Regina hatte alles vergessen, was früher gewesen war, die Vergangenheit war ausgelöscht; und was an unerlöster Hingabe, an Sehnsucht und Liebesfähigkeit in ihr verborgen gelebt hatte, ihr selbst nicht bewußt, das war nun auf einmal da und wurde unter seinen zärtlichen Händen beglückende Wirklichkeit.

Und schön war sie geworden, gesund, braungebrannt, mit hellen glücklichen Augen, mit ihrem schlanken biegsamen Körper und mit einer strahlenden Freude am Leben, die sie früher nicht gekannt hatte, nie gekannt hatte. Wenn Janos ihr zusah, wie sie auf ihren hohen schlanken Beinen, die nur in ganz kurzen Shorts steckten, hin und her ging, dann erfaßte ihn immer wieder neues Begehren. Er folgte ihr ins Haus, wo sie eifrig damit beschäftigt war, für sie beide zu kochen. Dann umfaßte er sie von hinten, und Regina rief: »Nein, laß mich, das Essen wird wieder anbrennen, und dann sagst du, ich bin eine schlechte Köchin.«

Er sagte lachend: »Dann fahren wir nachher ins Parkhotel zum Essen. Aber jetzt muß ich dich unbedingt küssen.«

Und sie hatte den Kochlöffel schon losgelassen und lag in seinen Armen, er trug sie hinein in das verdunkelte Zimmer aufs Bett oder hinaus in den Garten und legte sie in das hohe Gras, zwischen lauter Blumen; denn hier wuchs alles, wie es wollte, und wenn sie hier lagen, deckten die langen grünen Halme sie fast zu.

Später gingen sie dann ins Parkhotel zum Essen. Nachmittags segelten sie auf dem See mit dem kleinen windschiefen Boot, das genauso verwahrlost war wie der Garten, und dann schwammen sie noch einmal im See, und dann küßten sie sich wieder. Abends lag Regina mit ganz blaßgeküßten Lippen und todesmatt in seinem Arm und sagte: »Du bringst mich noch um. Aber es müßte herrlich sein, so zu sterben.«

»Aber ist es auch herrlich, so zu leben?« fragte er.

»Ja«, sagte sie leidenschaftlich. »Ja. Es ist herrlich. Ich bin so glücklich.« Und dann küßte sie ihn, und sie schliefen Arm in Arm wie zwei glückliche, sorglose Kinder, für die die Welt nicht weiter war, als gerade so weit, wie sie einander sehen und hören und fühlen konnten.

So war es an den meisten Tagen. Der Sommer umschloß sie mit seinen warmen, sonnengefüllten Händen und behütete sie und hielt ihnen jede Störung und jeden Kummer und jeden traurigen Gedanken fern, so als wüßte er, daß es nicht lange dauern konnte, dieses Glück. Eines Tages würde es fortgehen, und dann würden der Herbst und der Winter kommen, dann wären sie schutzlos und allein und müßten frieren. Gern hätte er ihnen gesagt, daß er eines Tages wiederkäme, aber er wußte es besser. Es würde ein anderer Sommer sein, und so einer wie dieser, so einer würde nie mehr wiederkehren.

Nur einmal konnte man so glücklich sein, das wußte der Sommer. Aber er sagte es ihnen nicht.

Nun endlich erfuhr Regina die genaue Geschichte von Janos' Ehe. Sie hatte ihn nie gefragt. Sie wußte nicht mehr, als was sie aus den Gesprächen der anderen Mädchen und aus den Andeutungen von Stups gehört hatte.

»Ich war sehr jung damals«, erzählte Janos, »erst dreiundzwanzig Jahre. Natürlich hatte ich schon viele Mädchen gekannt. Aber dann verliebte ich mich das erstemal richtig. Ilonka war ein schönes Mädchen, groß und schlank, mit einer herrlichen Figur, ganz dunklen Augen und ganz dunklem Haar. Ihr Gesicht war vollendet schön. Sie war sehr ernst und sehr schwer zu erobern. Ich mußte mir große Mühe mit ihr geben. Wochen- und monatelang hatte ich nur den einen Gedanken und den einen Wunsch: sie zu besitzen. Ich wollte sie haben, verstehst du, ganz einfach haben, weil sie so schön und so stolz und so unnahbar war. Ich wollte sie so haben, wie ich andere gehabt hatte, und merkte gar nicht, daß es eigentlich viel mehr war. Ich kam nicht dazu, darüber nachzudenken, ob dies nun Liebe sei, was ich empfand. Aber als sie dann mein war, da wußte ich es. Da liebte ich sie. Damals bildete ich mir ein, es sei die einzige große Liebe, die einem nur einmal begegnet.«

»Und heute?« fragte Regina leise.

»Heute? Man vergißt so leicht, was man einmal gefühlt hat, besonders wenn man noch jung ist. Aber ich habe sie wirklich geliebt. Heute kann ich sagen, daß ich vor dir keine Frau so sehr geliebt habe.«

Regina war versucht zu fragen: Hast du sie mehr geliebt als mich? Aber sie fragte es nicht. Es war eine zu dumme Frage. Konnte man denn Liebe mit Liebe vergleichen?

Als habe Janos ihre Gedanken erraten, sagte er: »Man kann wohl ein Abenteuer an einem anderen messen und eine Verliebtheit mit einer anderen Verliebtheit vergleichen, aber nicht eine wirkliche große Liebe. Eine richtige Liebe ist immer einmalig. Heute scheint es mir, als habe ich immer nur dich geliebt und könnte immer nur dich lieben.«

»Hast du damals auch so gefühlt?«

»Ich weiß nicht mehr. Ich war noch so jung. Und wenn man so jung ist, liebt man wohl hauptsächlich sich selbst und die Liebe an sich. Wenn das ganze Herz erfüllt ist von dem Ereignis der Liebe, hat man darin noch gar keinen Raum für einen anderen Menschen.«

Ob es nicht noch heute so ist bei dir, dachte Regina, du liebst die Liebe so sehr, sie füllt dich ganz aus und bestimmt dein Leben und läßt dich immer wieder neue Liebe suchen. Wirst du jemals in einer Frau, die deine Geliebte ist, auch den Menschen sehen? Einen Menschen, der hilflos und schwach im Leben steht, der älter wird und krank werden kann, der vielleicht einmal dich, den Menschen Janos, brauchen wird und nicht den Liebhaber?

Aber sie sprach nicht aus, was sie dachte. Sie fragte nur: »Und dann habt ihr also geheiratet?«

»Ich wollte eigentlich nicht. Trotz aller Liebe dachte ich nicht an Heirat. Ich war einfach zu jung. Außerdem wollte ich fortgehen von zu Hause. Mir gefiel dieses Leben nicht, dieses Leben hinter dem sogenannten Eisernen Vorhang. Ich brauche es dir nicht zu erklären, du kennst es selbst. Wenn man so veranlagt ist wie ich, kann man in dieser Luft nicht leben. Ich wollte frei sein, ich wollte Geld verdienen, ich sehnte mich nach Luxus und nach den angenehmen Seiten des

Lebens. Ich wollte ein wenig leichtsinnig leben und Spaß am Dasein haben. Es sollte nicht alles so ernst und freudlos sein, verstehst du. Ich wollte alles das haben, was die drüben auslöschen und verneinen und was ihre große Dummheit ist. Es ist ihr größter Fehler, nicht zu erkennen, daß es gewiß viele notwendige Dinge gibt, die ein Mensch zum Leben braucht, daß aber das Notwendigste Schönheit ist, Freude, ein bißchen Glück und ab und zu die Gelegenheit, Dinge zu tun und zu erleben, die absolut nutzlos sind, in deren Augen jedenfalls, Dinge, die nur dazu da sind, uns Vergnügen und Freude zu bereiten. Dinge, die dem Leben ein bißchen Glanz geben. Verstehst du, was ich meine?«

Regina nickte ernsthaft. »Ja. Ich versteh' dich gut.«

»Sag mir, wozu soll es gut sein, so tierisch ernst und bitterböse dahinzuleben – wobei man den Tieren eigentlich unrecht tut, wenn man das sagt, denn sie spielen ja auch –, wozu soll es gut sein, nur die Arbeit als einzigen Lebensinhalt anzuerkennen und vielleicht noch ein paar vage hehre Ziele, die die meisten doch nicht richtig verstehen können? Wer soll an solch einem Leben Freude haben, das so grau und so langweilig und eintönig ist? Ich kann nicht einsehen, warum es nicht möglich sein soll, die sozialen Zustände auf der Welt zu verbessern – und verbesserungsbedürftig sind sie gewiß – und dennoch ein wenig Glanz und Flitter, ein wenig Leichtigkeit und viel Sonnenschein in dieser Welt zu lassen. Die Menschen wollen es einfach so. Sie müssen das auch haben. Wenn man sie gewaltsam in das trübe Dasein zwingt, sind sie unglücklich und unzufrieden und versuchen auszubrechen. Siehst du, das ist auch der Grund, warum die Jugend in all diesen Ländern nicht glücklich ist, obwohl sie eigentlich doch nichts anderes kennt und obwohl viel für sie getan wird und sie zufrieden sein könnte. Sie ist es aber nicht, wenn der ganze bunte Lack ab ist und wenn sie nur hinter nackten grauen Mauern wohnen soll. Man soll den Menschen die Möglichkeit geben, zu lachen und sich zu freuen und glücklich zu sein, und zwar so, wie sie es selbst wollen, nicht so, wie es ihnen vorgeschrieben wird. Hast du viel gelacht, als du noch drüben warst?«

»Nein, ich gewiß nicht.«

»Und jetzt, seit du hier bist?«

»Jetzt viel mehr. Aber in meinem Fall ist das ja was anderes.«

»Nein, es ist nichts anderes, es ist symptomatisch.«

»Oh, ich glaube, es gibt auch hier genug Menschen, die wenig Grund haben, zu lachen und glücklich zu sein.«

»Sicher«, gab Janos zu. »Die großen Schmerzen der Menschheit bleiben auf jeden Fall bestehen, hüben wie drüben, Krankheit, Einsamkeit, Not und Armut, Ungerechtigkeit und schließlich der Tod. Und gerade darum muß man doch alles tun, sie lachen zu machen, wann immer es geht. Und all die Dinge sollen sie haben, die ihnen Freude machen, und wenn sie noch so nutzlos und überflüssig sind und in keinem Parteiprogramm untergebracht werden können.«

»Und auch so ein Ding wie die Liebe, Herr Volksredner?« fragte Regina, legte sich auf den Bauch und schob sich ein Stückchen näher zu ihm hin.

Janos legte den Arm um ihre sonnenwarme Schulter, zog sie noch näher heran und fragte: »Ist die Liebe etwa nutzlos und überflüssig für dich?«

»Nein. O nein«, rief Regina überzeugt. »Sie ist das allernützlichste und allerwichtigste Ding im ganzen Leben.«

Janos lachte. »Und seit wann weißt du das?«

»Seit du es mir gesagt hast.« – »Nur gesagt?«

»Nicht nur gesagt, auch bewiesen.«

»Gut«, sagte Janos und küßte sie. »Und ich werde es dir noch oft beweisen.«

Regina schob ihn ein wenig zurück. »Erzähl erst weiter!«

»Was soll ich denn erzählen?«

»Na, von deiner Ehe, von Ilonka.«

»Ach so. Ja, viel ist da nicht mehr zu erzählen. Wie gesagt, an eine Ehe dachte ich gar nicht. Und dann passierte es also, und Ilonka bekam ein Kind. Ich schlug vor, sie sollte etwas dagegen unternehmen. Aber das kam für sie nicht in Frage. Ich sah sie das erstemal richtig zornig, und es war ein gewaltiger Zorn. Sie hat ein tolles Temperament, nicht nur in der Liebe. Sie nahm mir meine Anregung gewaltig übel. Und ich fühlte mich sehr unbehaglich in meiner Haut. Ich liebte sie, gewiß. Aber das Leben fing doch erst an für mich. Ich hatte so viel vor und sollte auf einmal Ehemann und sogar noch Vater werden. Aber es nützte mir nichts. Meine Eltern schalteten sich ein, mein Vater vor allem, er ist ein großer Ehrenmann, weißt du, früher war er Offizier, und er hat sehr strenge und gradlinige Ansicht vom Leben. Außerdem mochten meine Eltern Ilonka sehr gern. Sie fanden, ich könnte gar keine bessere Frau finden. Sie war aus guter Familie, sie war schön und klug und gesund. Ja.« Janos seufzte. »Und da heirateten wir eben.«

Regina wartete eine Weile auf die Fortsetzung, dann fragte sie leise: »Und dann kam das Kind?«

»Ja, dann kam das Kind. Ein hübscher, dunkelhaariger Bub. Mein Sohn. Er soll mir sehr ähnlich sehen.«

»Hast du dich nicht darüber gefreut?«

»Na ja, doch. Eine Zeitlang war ich direkt stolz. Und Ilonka liebte ich immer noch sehr. Aber das Leben, das ich führen mußte, gefiel mir trotzdem nicht. Man erwartete natürlich von mir, daß ich die Familie auch ernähre. Ich begann auch Verschiedenes, aber ich fürchte, ich taugte nirgends viel. Am Ende ging ich sogar mal in die Fabrik. Und dann wollte ich nicht mehr. Ich wollte einfach nicht mehr. Und da ging ich auf und davon.«

Eine Weile blieb es still. Dann fragte Regina: »Wie alt war der Junge damals?«

»Ein Jahr«, sagte Janos. »Etwas über ein Jahr.«

»Eigentlich«, sagte Regina, »eigentlich war es nicht sehr schön von dir, daß du sie beide im Stich gelassen hast.«

»Nein, es war gewiß nicht schön. Das weiß ich. Ich hab' mir ja auch gedacht, sie würden nachkommen. Als es mir dann besser ging, habe ich es Ilonka geschrieben. Aber sie wollte nicht. Vielleicht wenn ich einmal hinübergefahren wäre, um sie zu holen, um sie zu versöhnen. Sie ist böse auf mich, sie hat mir nicht verziehen, daß ich einfach weggegangen bin. Aber ich wagte es nicht, hinüberzufahren. Vielleicht bin ich feige, kann sein. Ich habe einfach Angst, sie könnten mich festhalten, wenn ich hinüberkomme. Kannst du das nicht verstehen?«

»O doch«, sagte Regina, »gerade das kann ich gut verstehen.«

»Später dann«, fuhr Janos fort, »war es mir nicht mehr so wichtig, daß Ilonka kam. Ich hatte sie vergessen. Nein, vergessen ist nicht der richtige Ausdruck. Aber sie war in den Hintergrund gerückt. Manchmal erscheint es mir ganz unwahrscheinlich, daß ich überhaupt eine Frau habe.«

»Du bist schlimm«, sagte Regina kummervoll. »Sehr schlimm. Weißt du, was die Mädchen sagen? Sie sagen, es ist dir ganz recht, daß du drüben eine Frau hast, so brauchst du hier keine zu heiraten und bist immer wieder frei für eine neue Liebe.«

»Oft haben sie mir auch gar nicht geglaubt, daß ich verheiratet bin. Sie dachten, ich sage es nur, um mich vor einer Ehe zu schützen.«

»Und dein kleiner Sohn? Hast du kein Verlangen, ihn zu sehen?«

Darauf schwieg Janos eine Weile, dann sagte er: »Ich kenne ihn ja kaum.«

»Du hast kein Herz«, sagte Regina traurig.

»Doch, jetzt hab' ich eines. Seit ich dich habe, habe ich auch ein Herz. Merkst du das nicht?«

Regina überlegte. »Ich weiß nicht«, sagte sie zögernd.

»Jedenfalls habe ich jetzt manchmal darüber nachgedacht. Irgendwie müßte die Geschichte mal in Ordnung kommen. Ich möchte mich scheiden lassen.«

»Du willst dich scheiden lassen?«

»Es könnte ja sein, daß du mich eines Tages heiraten willst.«

»Ich?« rief Regina geradezu entsetzt. »Doch nicht meinetwegen?«

»Doch, Prinzessin, deinetwegen. Wie soll ich dir sonst beweisen, daß ich dich wirklich liebe?«

»Ach, Janos!«

»Ilonka wird mich auch vergessen haben. Wir sind jetzt so lange auseinander, viele Jahre lang. Sie wird begreifen, daß wir einmal klare Verhältnisse schaffen müssen. Ich will ihr vorschlagen, hierherzukommen mit dem Buben und möglichst auch mit meinen Eltern. Ich kann jetzt für sie alle sorgen. Sie sollen alles haben, was ich ihnen geben kann.«

»Janos, du kannst sie nicht hierherkommen lassen, um dich scheiden zu lassen. Und sie käme ja auch nicht.«

»Und ob eine Scheidung möglich ist, wenn sie drüben bleibt? Ich muß doch mal meinen Anwalt fragen.«

»Ach, Janos«, sagte Regina wieder und legte das Gesicht in die Arme. »Nicht wegen mir.«

»Ich liebe dich«, sagte er. »Und ich will dich behalten.«

»Ich bleibe auch so bei dir.«

»Du wirst eines Tages heiraten wollen. Alle Frauen wollen eines Tages heiraten. Und dann wirst du mich verlassen und zu einem anderen gehen.«

Regina schüttelte den Kopf. Sie blickte nicht auf. An ihren Lippen lag das weiche kühle Gras, die Erde duftete voll und süß. Ein wenig Glück für die Menschen, hatte er vorhin gesagt. Ach, wie schwer war es zu bekommen, dieses bißchen Glück! Und wenn man es nur bekommen konnte, wenn man einen anderen unglücklich machte, war es dann überhaupt noch ein Glück?

»Ich will nicht heiraten«, sagte sie, »mir liegt überhaupt nichts daran... und dir im Grunde auch nicht.«

Er strich mit leichten Fingern über ihren nackten Rücken. »Ich kann natürlich leicht darauf verzichten. Bei einem Mann ist das anders. Wenn du bei mir bleibst, auch so...«

»Ich bleibe bei dir. Ich wüßte gar nicht, wo ich sonst hin sollte.«

»Laß es mich wenigstens mal versuchen. Und ich werde ihr auf jeden Fall wieder mal den Vorschlag machen, herüberzukommen. Sie hätte es doch hier viel besser, und der Junge auch... ganz andere Möglichkeiten. Und meine Eltern würde ich so gern einmal wiedersehen.

Ihnen gegenüber habe ich auch ein schlechtes Gewissen. Ich habe meine Mutter sehr geliebt, sie mich auch. Ich weiß, daß sie nicht mehr froh ist, seit ich fort bin. Obwohl sie mich wahrscheinlich am besten verstanden hat, denn sie kannte mich.«

Janos sprach nicht weiter. Eine lange Weile lagen sie schweigend nebeneinander, bis Janos sie in die Arme nahm und leise fragte: »Willst du mich jetzt küssen, obwohl ich so ein schlechter Kerl bin?«

Regina legte beide Arme um seinen Hals. »Du bist kein schlechter Kerl«, sagte sie. »Du bist, wie du bist. Jeder Mensch hat Fehler. Und es ist mir egal. Ich liebe dich, so wie du bist. Und wenn du tausendmal schlimmer wärest.«

Und dann küßten sie sich und vergaßen die ferne Frau in Budapest und den kleinen einsamen Jungen, den sein Vater verlassen hatte.

Das heißt, ganz vergaß Regina es nicht. Sie dachte oft daran. Der Bub würde schon groß sein, in die Schule gehen, und wenn er Janos ähnlicher war, so würde er ein hübscher Junge sein. Und Ilonka? Wie hatte sie gelebt in all den Jahren? Und vor allen Dingen, wovon lebte sie? Machte sich Janos darüber denn nie Gedanken? Er sprach davon, als ginge es ihn kaum etwas an. Berührte es ihn denn nicht, daß die Frau, von der er sagte, er habe sie einmal sehr geliebt, nun einsam und unglücklich lebte, wartend, daß Janos zurückkehre? Vielleicht hatte sie inzwischen einen anderen Mann? Oder waren ihre Lippen sehnsüchtig und ungeküßt, während sie, Regina, seinen Mund hier hatte und ihn küssen konnte, soviel sie wollte? Ach, daß er so war, wie er war, das war das ganze Glück und das ganze Unglück! Sein Mund, seine Hände, der ganze Janos, es war alles die Liebe selbst, man kam gar nicht dazu zu fragen, ob sie noch anderswo wohnen konnte. In seinem Herzen vielleicht? O ja, da wohnte sie jetzt auch. Und das machte alles noch unvergleichlich schöner.

Oder bildete sie sich das alles nur ein? Immer hatte Regina die geheime Angst, daß er sie eines Tages doch verlassen würde. Alle Frauen hatte er verlassen, sogar Ilonka, warum gerade sie nicht? Eines Tages würde ihn doch wieder etwas Neues reizen, es konnte gar nicht anders sein.

Und wie soll ich dann das Leben ertragen, dachte Regina verzweifelt, wie soll ich leben ohne ihn? Es würde viel schwerer sein, als es früher war. Solange man die Liebe nicht kannte, war es leicht, ohne sie auszukommen. Aber wenn man geliebt hatte, wenn es Janos war, den man geliebt hatte, konnte man sich ein Leben ohne Liebe gar nicht mehr vorstellen.

Übrigens machte Janos während der Ferien eine Reihe von Aktaufnahmen von Regina. Sie hatte sich zunächst dagegen gesträubt.

»Aber warum denn nicht?« fragte er überrascht.

»Ach, ich weiß nicht«, sagte Regina, »sie könnten mal in falsche Hände kommen.«

»Was heißt hier falsche Hände. Du bist so schön, was wäre da schon dabei, wenn jemand diese Bilder sähe? Aber du kannst sie ja behalten, die Bilder und die Negative, wenn du willst. Aber machen muß ich sie, es läßt mir keine Ruhe.«

»Schön«, sagte Regina mit einem kleinen unwilligen Lachen, »du bist ein ekliger Quälgeist. Aber ich will sie wirklich haben.«

»Du traust mir nicht? Schämst du dich nicht?«

»Ich traue dir ja. Aber man weiß doch nie. Alle haben mir immer erzählt, *wie* treulos du bist.«

»Ja ... und? Denkst du, daß ich die Aufnahmen deiner Nachfolgerin zeige?«

Regina wurde ganz blaß. »Sprich nicht von meiner Nachfolgerin, oder ich springe in den See.«

Er lachte und hob sie hoch. »Ich kann dich selbst hineinwerfen. Du bist eine viel zu gute Schwimmerin, als daß du mir damit drohen könntest.«

Die Bilder wurden wirklich ausgezeichnet, sie waren kleine Kunstwerke. Janos arbeitete wieder wie in seiner besten Zeit. Auf mehreren war Regina zusammen mit Lukretia zu sehen. Lukretia, die Schöne, als wisse sie, worum es ging, posierte wie ein routiniertes Fotomodell, sie bog und dehnte sich, hob anmutig den Kopf und schmiegte ihr weiches, seidiges Fell an den schönen nackten Frauenkörper.

Regina mußte manchmal über Janos' Begeisterung lächeln. »Ob du mich auch lieben würdest, wenn ich häßlich wäre?« fragte sie. Er blickte sie erstaunt an. »Natürlich nicht.«

»Also liebst du nur das, was du meine Schönheit nennst. Du sollst aber mich lieben.«

»Aber deine Schönheit bist doch du.«

»Das ist nur ein Teil von mir«, sagte Regina.

»Nun, ich liebe noch vieles andere an dir. Die Art, wie du dich in meine Arme legst, wie du den Kopf zurückbiegst, wenn ich dich küsse, wie dein Körper sich streckt in meinem Arm.«

»Nein, nein, das meine ich alles nicht. Das ist nicht das Wichtigste. Weißt du, woran du mich erinnerst? Du bist wie Pygmalion. Du liebst das an mir, was du geschaffen hast. Mein Gesicht, meinen Körper, meine Art zu lieben und mich lieben zu lassen. Aber das andere, mein eigentliches Selbst, das, was ich vorher schon hatte und vorher schon war, das liebst du nicht.«

»Ich liebe alles an dir«, sagte Janos entschieden. »Und wer ist Pygmalion? Ist das nicht ein Theaterstück? Du weißt, ich bin schrecklich ungebildet.«

»Das war ein griechischer Bildhauer, der die Statue einer Frau geschaffen hatte, die so schön war, daß er sich in sie verliebte.«

»Ach ja, ich erinnere mich. Und dann kam irgendeine Göttin und machte die Statue lebendig, und dann war sie ein rechtes Luder.«

Regina lachte. »So ähnlich. Und an diesen Pygmalion erinnerst du mich. Ich glaube, du liebst mich vor allem deswegen, weil alles an mir, was dir gefällt, von dir geschaffen und gestaltet wurde.«

»Na und?« meinte Janos. »Das ist doch eine hübsche Vorstellung. Du bist mein Werk von oben bis unten und von hinten und vorn, und alles ist so, wie es mir gefällt, und deswegen muß ich dich ganz einfach lieben.«

»Ganz stimmt es nicht«, sagte Regina leise. »Einige Teile sind noch da, die sind ganz von selber geworden – ohne dich.«

»Die krieg' ich auch noch«, sagte er selbstsicher. »Dafür habe ich auch keine Göttin gebraucht, die dich lebendig gemacht hat, das hab' ich selber besorgt. Und wie lebendig, da könnte der olle Pygmalion noch was von lernen!« Und lachend küßte er sie, und Regina küßte ihn wieder und vergaß ihre ernsten Gedanken. –

Ja, Lukretia war auch mit ihnen gereist. Janos hatte es nicht übers Herz gebracht, sie so lang allein zu lassen. Sie hatten sie regelrecht über die Grenze geschmuggelt; denn sicher durfte so eine Katzendame ohne Paß und alle Vorbereitungen nicht so ohne weiteres in ein anderes Land reisen. Besser, man fragte erst gar nicht. Regina trug auf der Reise ein Kostüm mit einer losen Jacke, und unter dieser Jacke saß Lukretia, als sie an der Grenze halten mußten, mucksmäuschenstill, so als hätte sie begriffen, worum es ging. Die Grenzer warfen bewundernde Blicke teils auf Regina, die ihnen freundlich zulächelte, teils auf Janos' Straßenkreuzer; und dann war man drüben, auch Lukretia. Es gefiel ihr sichtlich gut am Wörther See, nur ins Wasser mochte sie nicht gehen, mit was für zärtlichen Tönen Regina sie auch lockte. Sie blieb mit indignierter Miene am Ufer sitzen und sah diesen komischen Menschen zu, die da in dem nassen Zeug herumpatschten. Viel fehlte nicht, und sie hätte den Kopf geschüttelt. Wenn Regina sie bespritzte, zog sie fauchend die Oberlippe hoch, schlug mit der Pfote nach dem glitzernden Tropfen und zog sich weiter ins Binnenland zurück.

Natürlich hätte es da noch vieles andere zu sehen und zu erleben gegeben, nicht nur das warme weiche Wasser und den verwilderten Garten, nicht nur den Steg am See und das kleine Boot, nicht nur den blauen Himmel und die süße Lust des Sommers und der Liebe; aber alles andere glitt an Regina schemenhaft vorüber. Die Tage und Nächte waren erfüllt von Janos, von seiner Nähe und dem Zauber ihrer Liebe.

Stups, die den Wörther See und seine Umgebung gut kannte, fragte Regina nach verschiedenen Dingen, als sie später zurück waren. Sie nannte viele Namen, Orte, Kirchen und Berge und Seen und wollte wissen, wie es Regina gefallen habe. Regina blickte ziemlich hilflos drein und schaute zu Janos hinüber.

»Na ja«, sagte Stups trocken, »möchte wissen, warum ihr dann so weit gefahren seid. Da hättet ihr ja gleich hierbleiben können.«

Martin stand bei Faber, dem Chefportier, und beriet, wie man einige Neuanmeldungen noch unterbringen könne; denn das Hotel war voll besetzt. Man mußte einiges umgruppieren und leider auch einige Absagen herausgehen lassen. Es war am frühen Nachmittag in der ruhigsten Zeit, in der Halle saßen nur wenige Gäste. Die meisten hielten um diese Stunde ihren Mittagsschlaf. Als die Schwingtür zur Straße aufging, blickte Faber gewohnheitsmäßig hoch und schmunzelte plötzlich. »Ah, der Herr Krause mit seinem Bimbo! Da müssen wir gleich den Herrn Baron verständigen.«

Martin, der gerade die Zimmerliste studierte, drehte sich nicht um. Er fragte nur: »Freund des Hauses?«

»Da kommt der Herr Baron gerade«, sagte Faber. »Ja, ein guter Freund und überdies ein Kollege.«

Nicht sonderlich interessiert drehte Martin sich um, als er die Begrüßungsworte des Barons hörte. Aber schon als die vergnügte laute Stimme des Besuchers antwortete, fuhr er wie elektrisiert zusammen. Ungläubig, als träume er, starrte er auf die große breite Gestalt, raumfüllend und nicht zu übersehen, auf das runde lachende Gesicht unter dem schlohweißen Haar. Das war ja Onkel Fritz! Martin sah ihn an wie ein Wunder, wie eine Erscheinung aus einer anderen Welt.

Er stand reglos, unfähig, ein Wort hervorzubringen. Dann machte er zwei Schritte auf die beiden Männer zu und blieb wieder stehen. Er hatte auf einmal weiche Knie.

Baron Nagold hatte Martin gesehen und sagte zu seinem Besucher: »Das ist Herr Scholz, der Köhler zur Zeit vertritt. Köhler hatte doch den Herzkollaps, ich hatte es Ihnen ja erzählt.«

Fritz Krause blickte auf Martin, stutzte, seine hellen Augen zogen sich zusammen, und dann rief er, nein, schrie er: »Mensch! Junge! Martin!«

Die beiden Männer gingen aufeinander zu, blieben noch einmal stehen, als könnten sie nicht glauben, was sie doch vor sich sahen, und dann umfaßte Fritz Krause mit beiden Armen Martin und preßte ihn an sich, daß der dachte, alle Rippen würden ihm zerbrechen.

Dann schob er Martin ein Stück zurück, betrachtete ihn nochmals genau und sagte dann leiser: »Martin! Junge! Du lebst!« Er umarmte ihn wieder, und wirklich, zwei Tränen rollten ihm über sein gutes altes Gesicht.

Auch Martin war gerührt und schluckte. Sie klopften sich gegenseitig auf den Rücken und machten viele laute und unnötige Worte, um ihre Erschütterung zu überwinden. Baron Nagold, das Personal und einige Gäste, die in der Halle saßen, betrachteten teils gerührt, teils amüsiert dies Wiedersehen. Es hatte eine Zeit gegeben, wo solche Szenen sich öfter abspielten. Jetzt war der Krieg schon zu lange aus, es kam nur noch selten vor, daß man jemanden wiederfand, den man verloren glaubte.

»Nagold, Menschenskind«, sagte der alte Krause und schlug dem Baron auf die Schulter, »wissen Sie, wer das ist? Das ist der Sohn von meinem besten Freund. Und wir haben gedacht, daß er tot ist. Ja, Junge«, er wandte sich wieder zu Martin, »was machst du denn hier?«

Doch das war alles nicht so schnell erzählt. Eine Weile saßen sie zusammen im Bierstüberl, am Abend begleitete Martin Onkel Fritz nach Hause. Er hatte sich für diesen Abend freigenommen. Und bis in die späte Nacht saßen sie bei einer Flasche Wein und dann bei einer Flasche Sekt und feierten dies Wiederfinden.

Bimbo, der schöne braune Boxer, saß bei ihnen, und seine klugen dunklen Augen spiegelten die Freude der beiden Menschen wider. Denn weil sein Herr glücklich war, war es Bimbo auch.

Fritz Krause war der Freund von Martins Vater gewesen, genaugenommen sein Konkurrent; denn er besaß im Riesengebirge in einem Nachbarort ebenfalls einige Hotels, genauso schöne und große Häuser, wie die Familie Scholz sie besaß. Sie machten sich scharfe Konkurrenz, gewiß, aber sie waren trotzdem die allerbesten Freunde. Martin hatte sogar einmal als junger Volontär ein halbes Jahr bei Krause gearbeitet, genau wie dessen Sohn bei seinem Vater tätig gewesen war. Der war einige Jahre älter als Martin und sein Bruder, doch die jungen Leute waren genauso gut befreundet gewesen wie die Väter.

Natürlich sprachen sie von Martins Vater.

»Daß er nicht mit 'rausgekommen ist damals, Martin«, sagte Onkel Fritz, »das war die größte Dummheit. Aber er war ja immer so ein Dickkopf.«

»Er hat seine Heimat zu sehr geliebt«, sagte Martin.

»Haben wir alle. Aber was nun mal nicht zu ändern ist, ist nicht zu ändern. Und ich hab's vorausgesehen, weißt du noch?«

»Ja, ich weiß.«

»Ich habe nach und nach abgebaut. Ich hatte ein paar Beteiligungen in Süddeutschland mit der Zeit, zu Hause hatte ich dann nur noch den ›Bergfrieden‹. Na ja, der war dann perdu. Und deinem Vater hab' ich immer geraten, er soll's genauso machen. Er wollte nicht hören. Wär' er doch bloß 'rausgekommen! Was ich hatte, hätte für uns beide gereicht. Aber ich war ja damals schon nicht mehr dort, als es losging, sonst hätte ich ihn mitgenommen, und wenn ich ihn mit einem Holzhammer betäubt hätte.«

»Du warst schon hier, Onkel Fritz?«

»Ja, ich war schon seit Mitte vierundvierzig hier unten. Aber ich hab' mehrere Telegramme geschickt und hab' meinem Verwalter, dem alten Mühlmann – du kennst ihn ja noch, er ist übrigens vor zwei Jahren gestorben –, ja, dem hab' ich den strikten Befehl gegeben, Scholz mitzubringen. Doch es war ja alles schon zu spät. Es ging dann auf einmal so schnell. Ich hab's hier im Radio gehört, wie weit die Russen schon waren, über verbotene Auslandssender, weißt du. Aber zu Hause haben sie es anscheinend nicht gewußt oder nicht glauben wollen. Mühlmann hat mir dann alles erzählt. Dein Vater wollte nicht mitkommen. Er wollte einfach nicht. Als Mühlmann das letztemal kam, war er gar nicht mehr da. Er war in die Wälder gegangen und kam nicht zurück. Ja, da waren die Russen schon ganz nah, sagte Mühlmann, und da ist er eben auch gegangen. Tja, so war das. Er war ein Dickkopf, dein Vater.«

»Wenn er gewußt hätte, daß ich noch lebe ...«, sagte Martin.

»Wenn er das gewußt hätte, wäre er gekommen«, sagte Onkel Fritz. »Aber es hat ihm allen Lebensmut genommen, daß ihr beide tot sein solltet. Kann man ja verstehen. Mein Sohn ist ja auch nicht wiedergekommen. Ach Martin, der Wahnsinn! Das unsinnige Verbrechen, das an der Menschheit begangen wird, immer wieder und immer wieder! Und nichts kommt dabei heraus, nur Elend und Leid und Tränen.«

»Sie sind ja auch jetzt noch nicht klüger geworden«, sagte Martin, »trotz allem, was geschehen ist. Es fängt ja schon wieder an. Es sieht aus, als würden sie niemals klüger werden.«

»Weiß Gott, es sieht so aus. Aber diesmal haben sie wenigstens die Möglichkeit, sich endgültig auszurotten. Und dann wird endlich Frieden sein. Vielleicht fängt Gott dann noch mal von vorn an und schafft eine bessere und klügere Menschheit.«

»Oder er hat endgültig die Lust an uns verloren.«

»Das könnte ich ihm nachfühlen.«

Aber die trübe Stimmung hielt nicht lange an. Onkel Fritz war noch immer ein Mann von ungebrochener Vitalität. Er hatte das Leben stets genossen, und er genoß es heute noch. Es ging ihm auch gar nicht schlecht. Er saß schon wieder auf eigenem Grund und Boden, er hatte zwar kein Hotel mehr, aber eine gutgehende erstklassige Pension in Garain, einem kleinen Kurort, ein wenig über Hallbergen gelegen und in bequemem Spaziergang in einer knappen halben Stunde zu erreichen. Hier wohnten Gäste, die zwar auch die Kur gebrauchen wollten, denen aber der Betrieb in dem großen Bad zu lebhaft und zu laut war.

Martin hatte gleich das ganze Haus besichtigen müssen.

»Alles erste Klasse«, berichtete Onkel Fritz stolz, »nach guter alter schlesischer Tradition und mit guter schlesischer Küche. Das wissen die Leute zu schätzen, was Pfläumchen?« Und er gab Pfläumchen, seiner alten Köchin, einen Schubs. Aber Pfläumchen schluchzte nur noch lauter. Sie konnte sich über Martins Wiederauftauchen lange nicht beruhigen. Schließlich hatte sie Martin gekannt, als er noch ein kleiner Junge war, sie hatte um ihn genauso getrauert wie um den Sohn des Hauses. Und nun war er plötzlich wieder da. Es war zuviel für sie.

»Alte Tränensuse«, sagte Onkel Fritz energisch, »das ist doch kein Grund zum Heulen. Bring uns lieber noch eine Pulle, und heul mir nicht in die Suppe, sonst schimpfen die Gäste nachher, daß sie versalzen ist.«

Pfläumchen brachte die Flasche, und dann verschwand sie, immer noch in Tränen, in der Küche, um das Abendbrot zu bereiten.

»Das gute alte Stück«, sagte Onkel Fritz, »alles hat sie mitgemacht, den ganzen Aufbau. Und jetzt schmeißt sie hier den ganzen Laden, ich brauche mich kaum darum zu kümmern.«

Die Pension war ein Schmuckkästchen. »Ich hab' das Haus damals günstig bekommen«, erzählte Onkel Fritz. »Und nach der Währungsreform haben wir dann umgebaut und alles auf Hochglanz gebracht: zweiunddreißig Betten, zwölf Doppelzimmer und acht Einzelzimmer. Gar nicht schlecht, sag' ich dir. Jedes Zimmer individuell eingerichtet... und immer ausverkauft. Ich hab' zum großen Teil Stammgäste. Und dann die Kaffeegäste. Mein Kuchen ist der beste in der ganzen

Gegend, da kommen die Leute von Hallbergen ’rauf zum Kaffeetrinken, echten schlesischen Streuselkuchen, wo kriegen sie den sonst? Und das Weinstüberl geht auch. Ich hab’ auch heute keine schlechten Marken.«

Nein, die hatte Onkel Fritz nie gehabt. Dazu trank er selbst viel zu gern einen guten Tropfen.

»Und jetzt bin ich doppelt froh, daß ich den Laden hier habe, Martin«, sagte Onkel Fritz. »Jetzt weiß ich wenigstens, für wen ich das alles aufgebaut habe. Wir zwei sind übriggeblieben. Du hast keinen Vater mehr, ich keinen Sohn. Und wenn man gar niemanden hat, für den man leben kann, dann ist das schon recht traurig.« Ja, Onkel Fritz war sich oft recht überflüssig vorgekommen in den letzten Jahren, trotz des gutgehenden Geschäfts; für Menschen seiner Art ist es schwer, allein zu leben. »Aber jetzt tun wir uns zusammen, Martin. Von jetzt an bist du mein Sohn. Alles, was ich habe, soll später einmal dir gehören. Jawohl.«

Nach all den furchtbaren Jahren, nach dem schweren Anfang der letzten Monate, kam Martin dies alles ganz unwahrscheinlich vor. Es schien, als hätte sich das Schicksal auf einmal besonnen und wollte nun gutmachen, was es ihm alles Böses angetan hatte. Die verlorenen Jahre, die verlorene Jugend, sie waren nicht zu ersetzen, durch keine Macht und durch kein Glück der Welt. Und die Spuren des Erlebten würden bleiben. Aber nun sah Martin auf einmal etwas vor sich, woran er nicht mehr geglaubt hatte – eine Zukunft.

Onkel Fritz erkundigte sich nach Gaby, die er natürlich auch gut gekannt hatte. Martin berichtete in wenigen Worten.

»Hm, na ja«, sagte Onkel Fritz, »ist schon schlimm, aber wohl zu verstehen. So eine kleine Frau, was soll sie denn machen? Und die Gaby war immer so ein fröhliches und liebebedürftiges kleines Ding. Ist sie noch so hübsch?«

»Ja«, sagte Martin, »ich finde schon.«

»Es ist wohl leicht, eine Frau kurz und bündig zu verurteilen«, meinte Onkel Fritz. »Aber man sollte sich das gut überlegen. Ein Dutzend Jahre sind im Leben einer Frau eine lange Zeit, manchmal ist es für sie schon das ganze Leben. Ich meine, Martin, du solltest ihr verzeihen.«

»Darum geht es nicht«, sagte Martin. »Ich habe ihr verziehen, und ich verstehe sie auch. Ich habe erst auch nicht geglaubt, daß mir das so leichtfallen würde. Aber es ist wohl immer so im Leben: Wenn man mal mittendrin steckt in einer Geschichte und selber sieht und hört, was los ist, dann kann man gar keinen starren und einseitigen Standpunkt einnehmen. Es sei denn, man ist dumm oder böswillig. Ich habe in meinem Leben immer den Vorteil gehabt – oder den Nachteil, wie man will –, daß ich die Menschen und Dinge objektiv betrachten konnte. Freilich, es gibt Situationen, da ist man selbst so sehr Objekt, daß man nur noch subjektiv empfinden kann. Aber diese Zeit ist gottlob für mich vorüber. Und darum kann ich auch Gaby heute verstehen, um so mehr, als ich sie ja kenne und weiß, was sie für ein Mensch ist. Sie ist vor allem eine Frau, eine richtige weiche und zärtliche Frau. Und warum soll man die Frauen gerade um der Eigenschaften willen verurteilen, die man eigentlich an ihnen liebt? Sie sind sowieso immer die Leidtragenden bei all dem Unsinn, den die Männer anrichten.«

»Bravo«, sagte Onkel Fritz, »bravo, Martin, das ist ein vernünftiger und männlicher Standpunkt, der dir alle Ehre macht. Dann kommt das also auch in Ordnung. Warum ist sie nicht bei dir?«

»Es geht hier nicht allein um mich. Da ist noch der andere Mann.«

»Das könnte ja nun wohl zu Ende sein, meine ich. Das wird er wohl einsehen.«

»Einsehen? Er liebt sie.«

»Und sie?«

»Sie?« Martin lachte. »Sie liebt uns beide, scheint es. Aber immerhin hat sie von ihm ein Kind.«

Onkel Fritz schüttelte unwillig den Kopf. Solche seelischen Verwicklungen schätzte er gar nicht. »Na ja, dann hat sie eben ein Kind. Du wirst ihm schon ein guter Vater sein.«

»Das Kind hat aber einen Vater. Und er ist ein sympathischer Mann, ein anständiger Kerl.«

Onkel Fritz war entschlossen, den Fall zu klären. »Ich werde mir das mal ansehen und mit ihr reden. Und wenn es eben nicht geht, wirst du dich scheiden lassen und eine andere Frau heiraten und eigene Kinder haben, das findet sich.«

Nein, Onkel Fritz war durchaus nicht geneigt, die Dinge unnötig zu komplizieren. »Hauptsache, du bist da, und du bist gesund. Um dein weiteres Leben brauchst du dir keine Sorgen zu machen. Ich hab' genug gute Verbindungen. Wir finden jederzeit für dich eine Stellung, wie du sie brauchst. Und der Laden hier reicht für uns beide. Und vielleicht...« Die lebhaften, immer noch jungen Augen des alten Herrn bekamen einen hellen Glanz. Er hatte neue Pläne. Martins Auftauchen erweckte in ihm eine neue Aktivität.

Schon einige Tage später – sie sahen sich jetzt häufig – rückte er damit heraus. Da war oben in Garain das Berghotel, früher mal ein gutes Geschäft. Dann nach dem Krieg hatte es die Besatzungsmacht beschlagnahmt, später war ein Vertriebenenlager darin gewesen.

»Das Haus sah dann entsprechend aus. Keine Fensterscheibe mehr ganz, kein Wasserhahn in Ordnung, die Möbel in Trümmer. Vor ein paar Jahren hat es der einstige Besitzer wieder übernommen. Aber er hat es nicht auf die Beine gebracht. Es fehlt ihm an Mitteln und wohl auch am rechten Schwung. Er ist schon alt, Mitte sechzig, weißt du.« Daß er selbst schon im nächsten Jahr seinen siebzigsten Geburtstag feiern würde, schien Onkel Fritz vergessen zu haben. Und wirklich, er *war* auch noch nicht alt. »Der Laden geht schlecht, kein Komfort, die Leute fühlen sich dort nicht wohl. Ich weiß, daß der Besitzer gern verkaufen würde. Bis jetzt hat es mich nicht gekümmert. Aber nun ist es was anderes. Was meinst du, Martin? Würde es dir Spaß machen, das Hotel neu aufzubauen?«

Martin war sprachlos. »Aber Onkel Fritz! Wie stellst du dir das vor? Wo sollte das Geld herkommen?«

»Ich stell' mir das schon richtig vor, keine Bange. Fritz Krause war immer ein guter Geschäftsmann. Den Preis würden wir schon richtig 'runterhandeln. Der Alte kann meinetwegen beteiligt bleiben, oder er kriegt eine Leibrente. Irgend so was schwebt mir vor. Du kriegst sicher eine ganz anständige Summe aus dem Lastenausgleich, ich hab' da so meine Verbindungen. Na, und meiner Bank bin ich auch noch eine ganz schöne Summe gut. Da krieg' ich einen ordentlichen Kredit, du wirst sehen. Und dann machen wir da ein picobello Hotel, mit allen Schikanen. Ha, Junge, dann würde mir das Leben noch mal Spaß machen.«

Martin wußte nicht, was er sagen sollte. Ein eigenes Hotel! Konnte das möglich sein? Gab es das? Er, der arme halbverhungerte, geschundene Plenni als Hotelbesitzer?

Aber der Lebensmut von Onkel Fritz steckte an. Martin begann, sich an den Planungen und Ideen zu beteiligen.

»Es ist nicht zu fassen«, sagte er.

Onkel Fritz erwärmte sich an seiner eigenen Begeisterung. »Bis nächsten Sommer könnte die Sache stehen oder bis übernächsten, das wird sich finden. Wir renovieren von oben bis unten. Und dann wird auf das modernste eingerichtet... jedes Zimmer ein Gedicht. Kein Mensch wird mehr nach Hallbergen wollen, alle kommen zu uns.«

Martin brauchte einige Zeit, bis er sich an den ungeheuren Gedanken gewöhnte. Es kam ihm vor wie ein Traum, aus dem er eines Morgens erwachen würde. Aber Onkel Fritz verließ sich auf Realitäten. Ohne weiteres Versäumnis begann er mit dem Besitzer des Berghotels zu verhandeln, und Onkel Fritz begann mit Zahlen zu operieren, zu kalkulieren und zu rechnen, so gerissen und gewandt, daß keiner ihm seine siebzig Jahre geglaubt hätte.

»Pah!« sagte er. »Was sind schon siebzig Jahre? Schau dir unsere Leithammel an, die haben noch mehr auf dem Buckel und schaffen's auch, nicht immer sehr gut, aber immerhin. So viel bringe ich leicht noch fertig. Und ein gutgehendes Hotel auf die Beine zu stellen, in dem jeder sich wohl fühlt, das ist mir eine lohnendere Aufgabe, als einen wackligen Staat zu regieren, in dem sich jeder vor dem nächsten Tag fürchtet.«

Und ohne daß er recht wußte wie, verschwand und versank hinter Martin die grauenvolle Zeit, die er erlebt hatte. Er lebte wieder in der Gegenwart. Und nicht nur das, auf einmal gab es auch eine Zukunft für ihn.

Doktor Helmut Blank und Frau Thea kamen schon nach vierzehn Tagen aus Italien zurück, obwohl sie eigentlich vier Wochen hatten bleiben wollen.

»Nee, wißt ihr«, sagte Thea, »also mir reicht's. Möchte bloß wissen, was die Leute daran finden. Es ist alles so anders, nicht mal einen ordentlichen Kaffee bekommt man. Nachmittags das Fingerhütchen mit dem ollen schwarzen Espresso. Und früh erst, was die da so Frühstück nennen – also alles, was recht ist, aber das ist ja eine Strafe. Und dann das Essen, immerzu diese dußligen Spaghetti, mir sind sie schon im Traum gekommen. Der Wein, ja, der ist noch das Beste von allem. Aber bloß von Wein kann man ja auch nicht leben. Und dann den Lärm, den die machen. Kinder, sind die Leute laut. Immer reden sie alle auf einmal. Man versteht's ja sowieso nicht, und das ist noch ein Glück. Bis spät in die Nacht hinein machen sie Krach. Überall haben sie solche riesigen Musikautomaten auf den Straßen stehen, und das dröhnt und lärmt, daß man denkt, der Kopf muß einem platzen. Und wenn ein paar zusammenstehen, da denkt man, jetzt erschlagen sie sich gleich, so fürchterlich streiten sie. Aber sie streiten gar nicht, i wo, sie unterhalten sich bloß. Und das Schlimmste, wißt ihr, was das Schlimmste war?«

»Na was denn?« fragte Gaby lachend.

»Die Betten. Die haben ja nicht mal richtige Kopfkissen, bloß so kleine harte Dinger. Ich wußte nie, wie ich darauf liegen soll. Keine Nacht konnte ich richtig schlafen. Und früh tat mir immer der Kopf weh. Gott, bin ich froh, daß ich wieder da bin.«

Gaby duldete aber nicht, daß die Doktorsleute gleich wieder mit der Arbeit begannen. Sie verfrachtete sie in die Nähe in einen hübschen kleinen Gasthof im Gebirge.

»Hier könnt ihr euch erst mal von eurem Urlaub erholen«, meinte sie.

Nach sechs Tagen waren sie aber schon wieder da. Helmut würde sich noch ein paar Tage ausruhen, endlich mal in Ruhe ein paar Fachbücher lesen, der junge Doktor noch eine Woche lang die Praxis weiterführen. Thea aber stürzte sich geradezu mit Begeisterung in ihr Hauswesen.

Eigentlich hätte Gaby nun nach Hause fahren können. Aber nachdem sie einen Tag lang herumgedruckst hatte, fragte sie Thea: »Würde es dir etwas ausmachen, Michi noch ein paar Tage zu behalten? Ich möchte gern einen Besuch machen.«

»Aber gar nichts macht es mir aus«, sagte Thea. »Er ist ja so brav. Und Margret hat Ferien, sie weiß sich nichts Lieberes, als den Buben um sich zu haben.«

Und so fuhr Gaby ein zweitesmal nach Hallbergen, diesmal mit der Bahn. Paul hatte sie nicht davon benachrichtigt.

In Hallbergen traf sie Onkel Fritz und erfuhr von den neuen Plänen. Sie war Feuer und Flamme. Sie umarmte Onkel Fritz stürmisch und rief: »Du bist ein Engel. Ich freu' mich so für Martin. Nun wird alles gut.«

»Tja«, meinte Onkel Fritz bedächtig, »alles ja wohl noch nicht. Wie steht's denn nun mit dir, mein Täubchen?«

Gaby zog ein betrübtes Gesicht. »Wenn ich das nur wüßte«, sagte sie unsicher. »Was soll ich denn tun?«

»Kind, das mußt du selber wissen. Da kann dir niemand helfen. Ich möchte natürlich, daß Martin wieder ganz glücklich wird, und dazu hätte ich gern deine Hilfe. Schließlich bist du seine Frau.«

»Ja«, sagte Gaby, »schließlich bin ich seine Frau.«

An Paul dachte sie kaum, überhaupt nicht, wenn Martin in der Nähe war. Zwar konnte er sich ihr nicht viel widmen, das Hotel war voll belegt, und er hatte viel zu tun, aber wenn sie zusammen waren, dann war er liebevoll und freundschaftlich, allerdings nicht mehr. Ein Alleinsein mit ihr schien er zu vermeiden. Als Gaby einmal abends in seinem Zimmer war und merken ließ, daß sie bleiben würde, wenn er es wünschte, sagte er freundlich, aber entschieden: »Ich will dir etwas sagen, Gaby, so geht es nicht. Wir brauchen eine saubere Entscheidung. Du mußt ja oder nein sagen, und das muß dann endgültig sein. Ich freue mich, wenn du wieder zu mir kommst, auch mit dem

Jungen. Aber halbe Sachen machen wir jetzt nicht mehr. Es geht schließlich nicht an, daß du erst mich mit Paul betrogen hast und nun Paul mit mir betrügst. So geht es nicht.«

»Ja«, sagte Gaby kleinlaut. Sie war enttäuscht und ein wenig gekränkt. Aber vermutlich hatte Martin recht.

Im übrigen amüsierte sie sich sehr gut. Sie wohnte im Hotel, und fast täglich traf sie Onkel Fritz, der sich gern in der Gesellschaft einer jungen hübschen Frau befand. Sie machten einige nette Ausflüge, spazierten im Kurpark, und abends saßen sie bei einer Flasche Wein auf der Terrasse im Kurhotel oder oben in Garain bei Onkel Fritz. Manchmal war es wie früher. Onkel Fritz war stets gut aufgelegt, er wußte Scherze und Witze ohne Ende, und wie früher schon machte er Gaby auf ganz reizende Weise den Hof. Fast fühlte sich Gaby schon wieder zugehörig. Es würde nett sein, wieder mit Martin zusammenzuleben und ein Hotel zu haben, und der gute Onkel Fritz würde schützend beide Hände über ihr Leben halten.

Und Paul? Gaby schob den Gedanken rasch beiseite. Man würde sehen, man würde ja sehen, wie es weiterging. Morgen oder spätestens übermorgen konnte man einmal ausführlich darüber nachdenken. Zur Zeit war Paul sowieso weit weg. Er hatte sie noch bei Thea angerufen und gesagt, daß er in den nächsten Tagen nach Stockholm fliegen müsse. Ungefähr eine Woche lang würde er dort zu tun haben.

Paul erhielt den Anruf von seiner Zentrale aus Köln, einen Tag bevor er nach Stockholm abfliegen wollte. Sein Chef war selbst am Telefon. Die Herren aus Stockholm hätten um einen kleinen Aufschub gebeten. Die Urlaubszeit, nicht wahr? Vielleicht dann Ende August.

Als Paul den Hörer hingelegt hatte, sann er eine Weile vor sich hin. Viel war derzeit nicht zu tun. Die Urlaubszeit machte sich auch hier bemerkbar. Und er hatte Gaby seit zehn Tagen nicht gesehen. Er wußte zwar, daß seine Schwester und sein Schwager zurück waren, aber sie hielten sich noch irgendwo zu einem kleinen Nachurlaub auf. Gaby hatte es ihm am Telefon erzählt.

Wie, wenn er sich einfach in den Wagen setzte und hinausfuhr? Es war zwar erst Donnerstag, aber ein verlängertes Wochenende würde ihm mal ganz guttun. Wenn die Verhandlungen in Stockholm erst Ende August waren, dann kam er doch nicht vor Ende September dazu, in Urlaub zu gehen.

Entschlossen stand er auf und ging ins Nebenzimmer zu Fräulein Bender, seiner Sekretärin.

»Was glauben Sie, Fräulein Bender, wenn ich heute abhaue und erst Montag wiederkomme, werden Sie allein fertig?«

»Aber klar doch«, sagte Fräulein Bender. »Ist doch nichts Besonderes im Anmarsch. Fahren Sie ruhig! Wollen Sie Ihre Frau besuchen?«

»Ja«, sagte Paul. Die Vorfreude erhellte sein Gesicht.

Er kam am frühen Nachmittag im Doktorhaus an, unangemeldet. Es überraschte ihn, seine Schwester und seinen Schwager bereits anzutreffen.

»Zu Hause ist es am schönsten«, sagte Thea, »man muß nur mal wegfahren, um das zu wissen.«

»Und wo ist Gaby?« wollte Paul wissen.

Als er hörte, daß sie gar nicht da war, wurden seine Augen dunkel vor Enttäuschung. »Wo ist sie denn?« fragte er.

»Ja, das weiß ich auch nicht«, meinte Thea. »Sie hat es nicht gesagt. Sie wollte einen Bekannten besuchen, hier irgendwo im Gebirge. Ich dachte, du wüßtest das.«

»Nein«, sagte Paul langsam, »ich weiß es nicht.« Er war ganz blaß geworden, auf einmal hatte er Falten im Gesicht und sah um Jahre älter aus.

»Ist irgend etwas nicht in Ordnung?« fragte Thea besorgt.

Paul gab keine Antwort. »Ich fahre wieder«, sagte er.

»Jetzt gleich?« wunderte sich Thea. »Trink doch erst mit uns Kaffee. Und bleib lieber hier, vielleicht ruft sie mal an.«

Aber Paul wollte nicht bleiben. Kurz darauf saß er wieder am Steuer und fuhr los. Er wußte wohin. Hallbergen, hämmerte es in seinem Kopf. Hallbergen. Dort war Martin.

Am späten Nachmittag kam er in Hallbergen an. Er parkte in der Nähe des Kurhotels, doch dann stieg er nicht aus. Er blieb hinter dem Steuer sitzen, ganz zusammengesunken. Er hatte Angst. Wenn sie wirklich hier war – und sie war hier, wo sollte sie sonst sein –, dann bedeutete das, daß er sie endgültig verloren hatte. Sie hatte ihn verlassen.

Schließlich stieg er aus und ging langsam auf das Hotel zu. Vor der Tür blieb er noch einmal stehen und zündete sich eine Zigarette an. Seine Hände zitterten. Dann trat er ein.

In der Halle war viel Betrieb. Aber Gaby sah er nicht, auch nicht Martin.

Er ging zum Pult des Portiers, sprach ihn aber nicht an, sondern wartete geduldig, bis der Mann, der sehr beschäftigt war, sich schließlich von selbst an ihn wandte.

»Bitte sehr, der Herr?« fragte der Portier eilig und höflich.

»Ich wollte nur fragen, wohnt bei Ihnen Frau Scholz?« sagte Paul langsam.

»Frau Scholz?« Der Portier sann nach. »Frau Scholz? Nein, nicht daß ich wüßte.« Doch dann fiel es ihm ein. »Ach, Frau Scholz! Meinen Sie die Gattin vom Chef?« – »Ja«, sagte Paul mit trockenem Mund. »Ich meine die Gattin vom Chef.«

»Ja, gewiß, die gnädige Frau wohnt hier. Sie ist aber ausgegangen, wie ich vorhin gesehen habe. Irgendeine Besorgung, glaube ich. Kann ich etwas ausrichten? Oder wollen Sie warten?«

»Danke«, sagte Paul. »Danke sehr. Ich... ich warte. Ich komme später noch mal vorbei.«

Und langsam, wie ein alter Mann, verließ er das Hotel. Vor der Tür blieb er stehen, warf die angerauchte Zigarette weg und zündete eine neue an.

Die Gattin vom Chef? Das war seine Gaby. Die Gattin vom Chef. Die Frau des Herrn Scholz. So wohnte sie hier, als die Frau des Herrn Scholz. Ganz selbstverständlich. Sie war hierhergefahren, und sie war hiergeblieben, schon seit Tagen. Und ihm hatte sie es nicht einmal gesagt.

Warum sollte sie es ihm auch sagen? Wer war er denn schon? Der Freund. Morgen bloß noch ein flüchtiger Bekannter. Sie hatte ihn verlassen, weil sie Martin liebte. Sie hatte das ja damals gleich gesagt. Ihn liebte sie nicht, sie hatte nur ein paar Jahre mit ihm gelebt. Sie hatten zwar einen Sohn zusammen, aber sie liebte ihn trotzdem nicht. In Wirklichkeit war sie die Gattin vom Chef. Die Frau von Martin, den sie liebte.

Ohne sich noch einmal umzusehen, ging Paul zu seinem Wagen zurück, stieg ein und fuhr ab. Er dachte nicht mehr an seine Schwester, er fuhr geradenwegs in die Stadt zurück. Er fuhr sehr schnell, den Blick starr auf die Straße gerichtet. Er wich aus, überholte, fuhr schneller, ganz mechanisch, er wußte gar nicht, daß er fuhr. In seinem Kopf waren immerzu die gleichen Gedanken.

Sie hat mich verlassen. Sie liebt Martin. Sie ist bei ihm. Und sie bleibt bei ihm. Die Gattin vom Chef. Ach, Frau Scholz! Sie meinen die Gattin vom Chef? Selbstverständlich, die gnädige Frau wohnt hier. Kann ich etwas ausrichten? Oder wollen Sie warten? Sie können ruhig warten. Sprechen wird sie vielleicht noch einmal mit Ihnen. Sie wird etwas verlegen lächeln und wird sagen: Ach, Paul, es tut mir leid, aber es geht nicht anders. Ich liebe Martin. Er war schließlich meine große Liebe. So etwas vergißt man nicht. Es hing ja nur von ihm ab, weißt du, ob er mich zurückhaben will oder nicht. Er will. Und jetzt bin ich bei ihm. Leb wohl, Paul. Es war sehr nett, aber jetzt ist es eben aus.

Aus. Jetzt war es eben aus. Gaby hatte ihn verlassen. Und dann gingen die Gedanken wieder von vorn los. Die Tachometernadel zitterte auf 140, er trat den Gashebel noch weiter durch. Und dann auf einmal kam in den monotonen Gedankenkreis ein neuer Gedanke. Da vorn kommt jetzt die scharfe Kurve. Ich muß vom Gas 'runtergehen. Ich muß abbremsen. Die Kurve.

Aber der Fuß auf dem Gashebel hob sich nicht, im Gegenteil, er verstärkte noch seinen Druck. Na schön, dann kam die Kurve eben. War ja doch gleich. War ja ganz gleich.

Doch dann, in letzter Minute, regte sich sein Selbsterhaltungstrieb. Er nahm den Fuß vom Gas und trat auf die Bremse. Aber da war es schon zu spät. Der schwere Wagen schleuderte über die ganze Straßenbreite, dann schoß er über die Böschung hinaus ins Leere, überschlug sich dreimal und blieb liegen.

Fräulein Bender war die erste, die von dem Unfall erfuhr. Natürlich war sie nicht mehr im Büro, als die Polizei am Abend kam, aber der Hausmeister wußte ihre Adresse. Sie rief sofort im Doktorhaus an. Mitten in der Nacht kamen Thea und ihr Mann im Krankenhaus der Kreisstadt an.

Helmut sprach mit einem jungen Arzt, der sie empfing. Der zuckte die Achseln. »Professor Wegner operiert gerade«, sagte er. »Ehrlich gestanden, viel Hoffnung haben wir nicht, Herr Kollege. Doppelter Schädelbruch, Rippenquetschungen und anscheinend schwere innere Verletzung. Wir haben schon eine Transfusion gemacht. Es ist ein Wunder, daß er überhaupt noch lebt.«

Sie warteten, bis der Professor aus dem Operationssaal kam. An ihnen vorbei wurde das leblose, unkenntliche Bündel, das einmal Paul war, in ein kleines Extrazimmer gerollt, in das Zimmer für hoffnungslose Fälle. Thea preßte beide Hände an den Mund. Sie war Arztfrau, gewiß. Aber Paul war ihr einziger Bruder.

»Wie konnte das nur geschehen«, schluchzte sie, »wie konnte das nur geschehen? Er ist doch so ein sicherer Fahrer.«

»Auf freier Strecke, sagt die Polizei«, meinte Helmut. »Nichts kam ihm entgegen. Er ist wie ein Irrer in die Kurve gerast. Es sieht aus ...« Aber er sprach nicht aus, was er dachte.

Stumm sah Thea ihren Mann an. Sie begriff.

»Wo kam er denn her?« flüsterte sie. »Wo kam er denn bloß her?«

»Er muß da hergekommen sein, wo Gaby jetzt ist«, sagte Helmut langsam. »Und wo, zum Teufel, ist sie denn?«

Ja, wo war Gaby?

Der einzige, der eine Vermutung hatte, war der junge Doktor.

»Sie ist einmal abends nach Hallbergen gefahren«, sagte er, »nach Bad Hallbergen. Da kam sie allerdings in der Nacht noch zurück. Aber sie war ziemlich nervös.«

»Ob sie jetzt wieder da ist?« fragte Helmut.

Der junge Doktor hob die Schultern. »Hat sie Ihnen denn nicht gesagt, wohin sie fährt?«

»Nein. Und mein Schwager wußte es auch nicht. Aber er schien etwas zu ahnen. Und auf der Strecke von Hallbergen in die Stadt ist es passiert.«

Mit einem geliehenen Wagen fuhr der junge Doktor am Morgen nach Hallbergen. Ratlos stand er dort vor dem Kurpark. Was nun? War Gaby hier? Es bestand wohl kaum ein Zweifel, daß sie damals hier einen Mann getroffen hatte. Sie hatte ja auch so eine Bemerkung gemacht. Ich habe sogar zwei nette Männer, hatte sie gesagt. Nun, jetzt würde sie wohl bald nur noch einen haben.

Der junge Doktor kniff den Mund zusammen. Er hatte sowieso keine besonders gute Meinung von den Frauen. Gaby hätte ihn allerdings beinahe eines Besseren belehrt, sie war so nett, so natürlich, so fröhlich und anmutig. Und nun dies alles.

Es konnte natürlich ein Zufall sein, daß sie damals in Hallbergen war.

Diesmal konnte sie diesen Mann ganz woanders getroffen haben. Am besten, man fragte auf der Polizei.

Auf der Fremdenpolizei war kein Meldezettel einer Frau Oldenhoff abgegeben worden. Nicht einmal das wußte ja der kleine Doktor, daß Frau Oldenhoff eigentlich Frau Scholz hieß. Keiner hatte in der Aufregung daran gedacht, es ihm zu sagen.

Er stand vor der Polizeistelle und fragte sich abermals: Was nun? Sicher, es war zu erwarten gewesen, daß er hier nichts erfuhr. Wenn sie irgendwo mit einem Mann wohnte, würde sie dort unter dessen Namen abgestiegen sein, so war es wohl üblich. Sie konnte ebensogut privat irgendwo wohnen, vielleicht hatte dieser Mann hier ein Haus, dann war sie wohl gar nicht gemeldet. Und schließlich brauchte sie auch gar nicht in Hallbergen zu sein.

Er lief einige Male durch alle Straßen, durch den Kurpark, durch das Kurmittelhaus. Gaby sah er nirgends.

Als er zum fünftenmal am Kurhotel vorbeikam, war er bereit aufzugeben. Einmal würde sie wohl wieder auftauchen. Er konnte hier nichts ausrichten. Und wahrscheinlich war Paul Oldenhoff sowieso schon tot.

In dem Moment sah er sie. In einem hübschen lichtblauen Kleid, eine weiße Tasche am Arm, weiße Sandaletten an den Füßen, sehr jung und sehr reizend anzusehen, trat sie durch die Schwingtür des Kurhotels. Ihr folgte ein großer, breitschultriger Mann, sehr gut gekleidet. An der Tür blieben sie stehen und sprachen miteinander. Gaby lachte, sie legte dabei auf kokette Art den Kopf etwas zurück und sah ihrem Begleiter in die Augen. Der lachte auch, und mit einer vertrauten, fast zärtlichen Geste legte Gaby ihre Hand auf seinen Arm.

Der junge Doktor haßte sie in diesem Augenblick.

Er war nicht geneigt, sie zu schonen. Rasch trat er auf das Paar zu.

Als Gaby ihn sah, riß sie erstaunt die Augen auf, aber sie schien nicht im mindesten verlegen. Keineswegs wie eine ertappte Sünderin sah sie aus.

»Nanu, Doktor«, rief sie, »was tun Sie denn hier? Hat mein Schwager die Praxis schon wieder übernommen, und wollen Sie zur Erholung ein bißchen kuren?«

Dann sah sie den Ausdruck seines Gesichts, und das Wort blieb ihr im Mund stecken. Sie wußte sofort, daß etwas passiert war. Michi, war ihr erster Gedanke. Michi!

Wie abwehrend hob sie die Hand. »Was ist denn?« fragte sie erschrocken.

Hinter ihr trat Onkel Fritz durch die Tür, einen Strohhut unternehmungslustig schief auf den Kopf gesetzt, ein Stöckchen in der Hand.

»Ihr Mann ist verunglückt, Frau Oldenhoff«, sagte der junge Doktor hart.

»Paul? Verunglückt? Mit dem Flugzeug?«

Ihre Frage verwirrte den Doktor. »Mit dem Flugzeug? Nein, mit dem Auto. Gestern abend.«

»Aber wieso ... Und ist er ... ist er ... was ist denn? So reden Sie doch!« schrie Gaby den Doktor an.

Der gab in kurzen präzisen Worten seinen Bericht, einen Bericht, der nichts verschleierte.

»Schädelbruch«, wiederholte Gaby entsetzt. »Aber das ist ... das kann doch nicht ..., das kann doch nicht wahr sein!« Hilflos blickte sie Martin an. »Martin! Das kann doch nicht wahr sein!«

Martin legte den Arm um ihre Schulter. »Besteht noch Hoffnung?« fragte er den jungen Doktor.

Der maß ihn mit einem feindlichen Blick. »Kaum«, sagte er kurz. »Es ist nicht damit zu rechnen, daß er das Bewußtsein wiedererlangt.«

»Nein«, schrie Gaby wild, »nein, das darf nicht sein. Das darf nicht sein. Wo ist es denn überhaupt passiert? Und wieso denn?«

»Es passierte auf der Fahrt von Hallbergen in die Stadt«, sagte der junge Doktor langsam.

»Von Hallbergen?« fragte Gaby verständnislos. »Wieso denn von Hallbergen?«

»Ich nehme an, daß Ihr Mann Sie hier gesucht hat. Er kam gestern nachmittag zu uns heraus, und obwohl niemand wußte, wo Sie waren, schien er Sie hier zu vermuten. Er ist dann wohl direkt hierhergefahren.«

»Aber ich habe ihn ja gar nicht gesehen.«

»Vielleicht hat er *Sie* gesehen.«

»Moment«, sagte Martin, drehte sich um und ging in die Halle zurück. Die Auskunft des Portiers, der sich an den Besucher erinnerte, machte alles klar.

»Faber hat ihm gesagt, daß du hier im Hotel wohnst«, sagte Martin, als er zurückkam. »Und da ist er anscheinend wieder weggefahren.«

»Es ist also meine Schuld«, sagte Gaby mit geisterblassem Gesicht, »meine Schuld, ich hab' ihn umgebracht!« Sie sah den jungen Doktor an. Und in seinen Augen las sie dasselbe, was sie eben ausgesprochen hatte. Sie nickte. »Ja, ich hab' ihn umgebracht. Als wenn ich ihn mit eigenen Händen getötet hätte. Es war immer alles meine Schuld. Alles hab' ich falsch gemacht. Erst mit Martin und jetzt mit Paul. Alles hab' ich falsch gemacht.«

Der junge Doktor verstand natürlich nicht, was sie meinte. Aber er sah ihr verzweifeltes, trostloses Gesicht, ihre erloschenen Augen, und auf einmal tat sie ihm leid. Nein, so gradlinig, wie er dachte, so gradlinig verlief das Leben wohl nicht immer.

Gaby konnte seinen Blick nicht mehr ertragen. Sie blickte zur Seite. Doch die Straße begann sich vor ihren Augen zu drehen. Schwankend drehte sie sich um.

Onkel Fritz umfing sie mit beiden Armen und zog sie an seine breite Brust. »Komm, Täubchen«, sagte er. »Komm, sei nicht so verzweifelt! Warte erst mal ab. Noch lebt er ja. Ich fahre dich gleich hin. Er lebt ja noch.«

AUGUST

Stups war nach Berlin geflogen, um ihre Eltern zu besuchen. Sie würde von dort gleich nach Paris kommen, und da würde man sich dann treffen.

Aber sie fehlte Janos an allen Enden. Nachgerade war sie es, die seinen Betrieb führte, in ihren Händen liefen alle Fäden zusammen, und sie balancierte vor allen Dingen die oft recht unausgeglichenen Finanzen an den schlimmsten Schwierigkeiten vorbei. Zwei Tage ehe sie nach Paris fahren wollten, wühlte Janos ungeduldig in seinem Schreibtisch und kehrte das Unterste zuoberst. Regina sah ihm zu.

»Irgendwo muß der Fetzen doch sein. Ende des Monats ist ein Wechsel fällig. Oder war es erst Ende September?« Er blickte fragend zu Regina auf.

Regina hob ratlos die Schultern. »Ein Wechsel?« fragte sie ängstlich.

»Ja, ein Wechsel, du Schäfchen. Das ist ein durchaus gängiges Zahlungsmittel und bald mehr im Umlauf als Geld. Weißt du das nicht, Prinzessin?«

»Nein«, Regina schüttelte den Kopf.

»Zeit, daß man dich ein bißchen auf die Erde stellt«, sagte er und kramte weiter. »Stups hätte wirklich daran denken können. Einfach wegzufahren, das ist doch keine Art.«

»Du hast viel Schulden, nicht?« fragte Regina.

»Das kann man wohl sagen.«

»Stups meint, du gibst zuviel Geld aus.«

»So. Meint sie das? Dann soll sie sich halt besser darum kümmern.«

Plötzlich neigte sich Regina vor und zeigte mit spitzem Finger über seine Schulter. »Was ist denn das?« fragte sie erschrocken.

»Das ist ein Revolver, Prinzessin.«

»Du hast einen Revolver im Schreibtisch? Warum denn?«

»Warum wohl? Weiß ich auch nicht. Jeder Mann hat schließlich einen Revolver im Schreibtisch. Oder nicht?«

»Darf man denn das?«

»Ich habe niemanden um Erlaubnis gefragt. Ich hab' ihn schon ewig.«

»Ist er geladen?«

»Ach wo. Schon längst nicht mehr.«

In dem Moment klingelte es. »Wer kommt denn nun schon wieder?« rief Janos gereizt.

»Ich habe absolut keine Zeit.«

»Ich seh' mal nach«, sagte Regina.

Vor der Tür stand eine schlanke, blonde Frau in einem tabakbraunen, eleganten Sommerkleid. »Ist Herr Janady da?« fragte sie.

Regina zögerte mit der Antwort. Die Besucherin nahm die große Sonnenbrille ab, und nun erkannte Regina sie. Es war Linda Gerson. Sie hatte sie schon im Film gesehen.

Sie trat zurück und sagte: »Ja. Bitte, kommen Sie herein, gnädige Frau.«

»Danke«, sagte Linda. Sie lächelte Regina zu und betrachtete sie dabei genau.

»Besuch für dich«, sagte Regina, als sie mit Linda ins Zimmer kam.

Janos saß noch immer vor der geöffneten Schublade. Einige Papiere lagen auf dem Boden, es sah ein wenig unordentlich aus.

Er blickte auf, doch als er Linda erkannte, verschwand sofort der nervöse und unruhige Ausdruck aus seinem Gesicht. Er stand auf und lächelte. »Linda! Welche Überraschung!« Er küßte ihr die Hand und sah sich dann suchend nach seinem Jackett um.

»Bleib nur so«, sagte Linda. »Du gefällst mir so besser. Ein richtiger ernsthafter Anzug paßt gar nicht zu dir. Ich kam zufällig hier vorbei, und plötzlich hatte ich den Einfall, dich zu besuchen. Ich habe dich schon ewig nicht mehr gesehen.«

»Das ist ein netter Einfall. Setz dich, und erzähl mir, wie's dir geht. Kennst du Regina schon?«

Linda schüttelte den Kopf. Sie sah Regina an. »Nein, aber ich habe von ihr gehört. Und natürlich habe ich auch eine Menge Bilder von ihr gesehen. Sie ist reizend.«

Regina errötete leicht. »Darf ich Ihnen etwas anbieten, gnädige Frau? Eine Tasse Kaffee? Oder irgendeinen Drink?«

»Nein danke, wirklich nicht«, sagte Linda. Aber Janos rief: »Doch, mach uns was zu trinken, Regina! Etwas Kaltes. Einen Ginfizz oder irgend so etwas. Es ist so heiß heute.«

Darauf verschwand Regina aus dem Zimmer, Linda und Janos waren allein.

»Ich bin böse mit dir, Janos«, sagte Linda. »Du hast mich ganz vergessen.«

»Ich war verreist«, sagte er.

»Auch ehe du verreist warst, habe ich nichts von dir gesehen und gehört.«

»Nun, soviel ich weiß, warst du lange zu Außenaufnahmen fort. In Spanien, glaub' ich, nicht?«

»Ja, auch.«

»Ich konnte ja auch nicht annehmen, daß eine so berühmte Frau überhaupt noch Zeit für mich hat.«

»Du weißt genau, daß ich für dich immer Zeit habe. Wenn ich dich so lange nicht sehe, das ist... also das ist furchtbar für mich. Weißt du, wann wir das letztemal allein waren?« Und als er nicht gleich antwortete, sagte sie traurig: »Siehst du, du weißt es nicht einmal mehr.«

»Natürlich weiß ich es. Es war nach der Faschingsparty, die du bei dir gegeben hast.«

»Ich hoffte damals, du würdest nun vielleicht wieder öfters kommen.«

»Du hast mir selbst am Telefon am nächsten Tag gesagt, daß Anders dir eine Szene gemacht hat.«

»Ja. Und ich sagte auch gleich dazu, daß es mir egal sei.«

Janos gab keine Antwort. Linda lächelte. »Ja, ich weiß. Du brauchst es nicht zu sagen. Ganz oder gar nicht. Aber damals bist du doch geblieben.«

»Du siehst wundervoll aus«, sagte Janos ablenkend. »Aber warum trägst du Braun?«

»Gefällt dir das Kleid nicht?« fragte sie erschrocken. »Es ist ein Pariser Modell.«

»Kann sein. Es ist sehr schick. Aber es ist keine Farbe für dich. – Eine Zigarette?«

»Ja, gern.«

Linda rauchte zwei nervöse Züge, dann sagte sie leichthin: »Man erzählt sich, du seist derzeit sehr ernsthaft engagiert.«

»So«, sagte Janos. »Erzählt man sich das?«

»Ist es wahr?«

»Ja«, erwiderte er einfach.

Linda blickte vor sich hin. »Sie ist ein schönes Mädchen«, sagte sie dann. »Sehr apart. Ein wenig ist sie mein Typ, nicht?«

»Ja«, sagte er gefällig, »ungefähr.«

Regina kam wieder herein, sie trug ein Tablett mit zwei Gläsern. Linda sah ihr aufmerksam zu, als sie die Gläser und die Strohhalme vor sie auf das Tischchen stellte. Was für schöne schlanke Hände sie hatte! Kluge Hände mußten es sein, wenn sie es so gut verstanden, Janos festzuhalten.

»Wo ist dein Glas?« fragte Janos.

»Oh«, sagte Regina. »Ich hol' es gleich.«

Sie ging wieder hinaus.

Linda rührte gedankenverloren mit dem Strohhalm in dem Getränk herum. Sie sah Janos nicht an. Sie blickte erst auf, als Regina wieder hereinkam. Was mochte es sein, das ihn so an das Mädchen fesselte? Was hatte die Kleine Besonderes, das sie, die berühmte Linda Gerson, nicht hatte? Sehr mädchenhaft wirkte sie, diese Regina, braungebrannt, frisch und natürlich. Sie war auch nicht geschminkt, nur die Lippen hatte sie leicht nachgezogen. Sie trug ein ganz einfaches sandfarbenes Sommerkleid und an den nackten Beinen flache offene Sandaletten. Sie hatte kaum Ähnlichkeit mit der eleganten kühl-schönen Frau, als die Janos sie so oft fotografiert hatte. Und sie wirkte sehr zurückhaltend, fast ein wenig scheu. Es ist auch bloß wieder der Reiz der Abwechslung bei ihm, dachte Linda, sie ist ganz anders als die Frauen, die sonst um ihn waren. Und das gefällt ihm. Wer weiß, wie lange.

Sie begann ein wenig zerfahren von ihrem letzten Film zu erzählen. Er war gerade fertig geworden.

»In vier Wochen beginnt der neue.«

»Warum so eilig«, sagte Janos. »Du machst dich kaputt dabei, das hast du doch jetzt nicht mehr nötig.«

»Ich bin nun mal dran«, sagte sie. »Man muß es ausnützen.«

»Ich halte es nicht für richtig«, sagte Janos. »Du kannst es dir jetzt leisten, dich etwas rarer zu machen. Ein wenig Zeit zum Leben sollte noch übrigbleiben.«

»Zeit zum Leben?« Linda lachte verächtlich. »Ich habe kein Leben mehr außer dem Film. Ich wüßte auch gar nicht, wo ich es suchen sollte. Und ich bin froh, wenn ich viel Arbeit habe. Wenn ich nichts zu tun habe, bin ich unglücklich.«

Janos betrachtete sie aufmerksam. Ja, sie sah müde aus. Ein paar Falten waren in das schöne glatte Gesicht gekommen, und der Ausdruck der großen Augen war gehetzt und friedlos. »Ich weiß nicht, ob das richtig für dich ist«, sagte er vorsichtig.

Linda hob die Schultern. »Richtig? Nein, richtig bestimmt nicht. Aber wir sind ja sowieso alle nicht ganz richtig, nicht normal, weißt du. So was steckt an. Weißt du übrigens, wer meine Partnerin sein wird in dem neuen Film?«

»Nun?«

»Diese kleine Freundin von dir, wie heißt sie doch? Dodo. Falls du dich noch an sie erinnerst.«

»Natürlich«, sagte Janos. »Hat sie es also doch geschafft? Das freut mich für sie.«

»Das ist ein gerissenes kleines Luder. Von der kann man was lernen. Die nimmt jede Hürde und kennt keine Skrupel. Und Herz hat sie bestimmt keines.«

»Nun, ich will nicht sagen, daß sie keins hat«, sagte Janos – er sprach niemals etwas Schlechtes über eine Frau, die er geliebt hatte –, »aber sie hat es fest in der Hand. Und sie weiß, was sie will.«

»Das kann man wohl sagen. Und sie versteht es, die Männer zu nehmen.«

Janos lachte. »Ja, das stimmt. Das versteht sie.«

»Sie versucht mit allen Mitteln, mir Anders auszuspannen. Stell dir vor.«

»Sieh mal an, so ein kleiner Fratz! Aber ich denke, du wirst leicht mit ihr fertig.«

»Sie kann ihn haben«, sagte Linda lässig. »Mir liegt nichts daran.« Sie blickte Regina an. »Und Sie wollen nicht zum Film? Mit Ihrem Gesicht? Und Ihren Augen?«

»Nein«, sagte Regina, »ich habe kein Talent.«

»Sie will lieber bei mir bleiben«, sagte Janos.

»Sie ist ein kluges Mädchen«, meinte Linda.

»Und außerdem besucht sie ab nächstem Monat die Staatliche Fotofachschule. Sie wird meine Kollegin, verstehst du? Eine ganze Menge kann sie schon, und das andere lernt sie noch dazu. Später machen wir dann eine gemeinsame Firma.«

»Sie muß sogar ein sehr kluges Mädchen sein«, sagte Linda. »Meines Wissens ist es das erstemal, daß du mit einer Frau gemeinsame Zukunftspläne hast.«

»Du hast recht«, sagte Janos, selbst überrascht.

Linda senkte die Lider. Sie lächelte ein wenig hochmütig. Dann blickte sie Regina an und sagte: »Es wird nicht immer ganz leicht für sie sein, denn so grundlegend kann sich ein Janos nicht ändern. Aber sie wird trotzdem nie mit einer anderen Frau tauschen wollen, denke ich.«

Regina blickte verlegen vor sich hin. Sie haßte solche Gespräche. Und sie mochte es gar nicht, wenn Frauen kamen, die noch von Janos' Küssen und von seinen Umarmungen träumten. Auch nicht, wenn es so eine berühmte Frau war wie Linda Gerson.

Linda stand auf. »Ich muß gehen«, sagte sie, nun ganz gelassen und überlegen. »Nett, daß ich dich wieder mal gesehen habe, Janos. Du mußt mich nächstens besuchen.« Sie lächelte Regina an und sagte: »Ich würde mich freuen, wenn Sie mitkämen.«

»Danke«, sagte Regina artig.

Janos brachte Linda an die Tür und kam dann ins Zimmer zurück. Regina hatte begonnen, die zerwühlte Schublade zu ordnen. Er sah ihr eine Weile zu. »Nun, Prinzessin?« sagte er dann.

»Frauen, nichts als Frauen«, sagte Regina mit einem kleinen ärgerlichen Auflachen. »Eigentlich ist es schrecklich mit dir. Nachgerade können sie ganze Filme mit deinen abgelegten Freundinnen besetzen.«

»Abgelegte Freundin ist ein sehr häßlicher Ausdruck«, tadelte Janos.

»Eines Tages werde ich auch dazugehören.«

»So? Meinst du? Linda schien anderer Ansicht zu sein.«

»Sie hat mir immerhin prophezeit, daß ich noch allerhand Kummer mit dir haben werde.«

Janos setzte sich auf den Schreibtischsessel und zog Regina auf seinen Schoß. »Ja, das hat sie. Und die kleine Freude solltest du ihr gönnen.«

»Sicher hatte sie gehofft, dich allein hier zu treffen.«

»Schon möglich.«

»Ich hätte euch ja auch allein gelassen. Aber du hast gesagt, ich soll mir ein Glas holen.«

»Und du wärst wirklich gegangen und hättest mich mit ihr allein gelassen?«

»Ja«, sagte Regina, aber es klang nicht ganz glaubwürdig.

»Was für ein großzügiges Mädchen du bist«, sagte Janos lachend und küßte sie.

»Wenn du mich verlassen würdest«, sagte Regina nachdenklich, »also, ich weiß nicht, was ich täte.«

»Aber ich«, sagte Janos. »Ich weiß es. Du würdest einfach einen anderen Mann lieben.«

»Nein«, widersprach sie.

»Doch. Ganz bestimmt sogar. Du weißt jetzt so viel von der Liebe. Du könntest nicht mehr ohne Liebe leben. Auch wenn du es wolltest.« Er neigte den Kopf und küßte zärtlich die Spitze ihrer Brust. »Dein Körper, jedes Stück an deinem Körper würde sich nach Liebe sehnen. Du könntest es nicht lange ertragen, allein zu sein.«

»Wer könnte mich so lieben wie du«, sagte Regina und legte ihre Wange an seine, »kein anderer Mann.«

»So ist es ja nun wieder auch nicht. Es gibt eine Menge netter Männer, die etwas von der Liebe verstehen. Und wenn nicht, könntest du es jetzt leicht einem beibringen. Du hast genug bei mir gelernt, Prinzessin.«

»Keiner ist so ein Zauberer wie du.«

»Du brauchst ja auch keinen Zauberer mehr. Der Eisberg, in dem die Prinzessin gefangen saß, ist geschmolzen. Es wird nie mehr geschehen, daß er wieder zufriert. Und wenn sie auch denkt, um sie herum sei lauter Eis, dann wird es nichts anderes sein als eine ganz dünne Glashülle, durch die sie sehnsüchtig hinausschaut. Und diesen Glassturz, den kann leicht einer hochheben. Und die Prinzession wird sehr froh darüber sein.«

»Ach, was du alles redest«, sagte Regina. »Die Prinzessin wird nur froh sein, wenn du es bist, der den Glassturz wegnimmt.«

Es klingelte wieder. »Wer kommt denn jetzt, zum Donnerwetter?« fragte Janos unwillig.

»Vielleicht zur Abwechslung diesmal Dodo?« sagte Regina ein wenig boshaft.

Aber es war ein Telegramm. Stups telegraphierte. »Wechsel am 20. August fällig. Unterlagen im Regal im Atelier in der grünen Mappe.«

»Ist sie nicht mein bestes Stück?« sagte Janos stolz.

»Ja«, gab Regina bereitwillig zu. »Das ist sie wirklich. Und ich das zweitbeste?«

»Und du das zweitbeste. Euch werde ich alle beide behalten.«

Martin fuhr den Wagen langsam aus der Garage, ließ ihn über den Hof rollen und lenkte ihn dann hinaus auf die Straße. Neben dem Portal des »Plaza« stellte er ihn ab. Er stieg aus und schaute nach rechts und links. Ein wunderschöner Tag. Ein richtiger Sommertag. Das war selten in diesem Jahr. Meist hatte es geregnet.

Er wollte gerade ins Hotel zurückgehen, um Onkel Fritz zu holen, da sah er in dem Strom der Passanten ein Mädchen die Straße entlangkommen. Der hübsche beschwingte Gang war ihm wohl aufgefallen, die Art, wie sie gerade und schmal die Füße setzte, aus alter Gewohnheit schaute er genauer hin. Dann sah er, es war Regina.

Sie trug ein glattes, knappes Kleid, dunkelblau mit ein wenig Weiß daran, weiße Pumps und korrekte weiße Handschuhe, sehr schick sah es aus und ein wenig schulmädchenhaft. Martin lächelte, als er ihr entgegensah. Er freute sich, sie zu sehen. Er wunderte sich selbst darüber, *wie* sehr er sich freute.

Als sie herangekommen war, sagte er: »Guten Morgen, Regina.«

Sie schaute überrascht auf. »Oh, Martin!«

Sie gaben sich die Hand und musterten sich mit offensichtlichem Interesse.

»Nanu«, sagte Regina, »du bist doch nicht etwa jetzt Chef im Plaza?«

»Ich wohne hier«, sagte er. »Ich bin erst seit vorgestern in der Stadt. Wo gehst du hin? Hast du ein bißchen Zeit für mich?«

»Besorgungen machen«, sagte Regina mit ein klein wenig Wichtigkeit. »Wir fahren morgen nach Paris.«

»Oh, Respekt. Du bist eine weitgereiste junge Dame geworden.«

»Die neue Herbstmode. Das ist ein weltbewegendes Ereignis.«

»Hoffentlich ist ihnen was Neues eingefallen.«

»Kaum. Das wird von Jahr zu Jahr schwerer.«

»Trinkst du einen Aperitif mit mir?«

»Gern«, sagte sie ohne Zögern.

Mit größter Selbstverständlichkeit betraten sie die feudale Halle des Plaza, nichts erinnerte mehr an die schüchterne, halbverhungerte Regina und an den menschenscheuen, verbitterten Martin, die sie einmal gewesen waren, dabei war es noch gar nicht so lange her.

Interessiert erhob sich Onkel Fritz aus dem tiefen Sessel, als er Martin mit einem hübschen Mädchen kommen sah. Dafür war er immer zu haben.

»Das ist Onkel Fritz«, sagte Martin.

»Oh!« lächelte Regina. »Onkel Fritz. Du hast inzwischen einen Onkel bekommen?«

»Wiederbekommen sagen wir mal. Oder besser, er hat mich wiederbekommen. Das ist Regina, Onkel Fritz.«

»Ich kann nicht sagen, wie entzückt ich bin«, meinte Onkel Fritz und brachte einen formvollendeten Handkuß an. »Solch reizende Begegnung schon am frühen Vormittag, das kann nur ein hervorragender Tag werden.«

»Ja, das denke ich auch«, sagte Martin. »Ich bin dem Zufall sehr dankbar, der mir eben Regina in den Weg führte.«

»Du bist sehr ungeschickt, Martin«, sagte Onkel Fritz. »Solch eine Begegnung sollte man nie dem Zufall überlassen.«

»Was gibt's Neues?« fragte Regina, nachdem sie sich gesetzt hatten. »Bist du nicht mehr in Hallbergen?«

»Nein. Ich habe vor acht Tagen aufgehört.«

»Und was machst du jetzt?«

»Eine neue Stellung suchen. Oder vielleicht auch etwas anderes. Onkel Fritz hat weitreichende Pläne.«

In kurzen Worten schilderte er, was sich ereignet hatte und was sie planten.

»Ich freu' mich für dich, Martin«, sagte Regina herzlich. »Ist es nicht unwahrscheinlich, wie das Leben sich plötzlich verändern kann? Wenn ich denke...«

»Ja«, sagte Martin. »Wenn wir daran denken, wie es war.«

»Das Leben hat immer alle Überraschungen in der Tasche«, meinte Onkel Fritz. »Man muß sie nur herausholen.«

»Wenn die Taschen nicht gar zu fest zugeknöpft sind«, sagte Regina.

»Und wenn man Mut und Vertrauen nicht zu rasch verliert.«

»Und da wohnst du also jetzt in Garain?« fragte Regina.

»Ja«, sagte Onkel Fritz. »Da soll er sich jetzt mal ein bißchen um meinen Laden kümmern. Die nächsten zwei Monate sind wir noch ausverkauft. Der Herbst ist schön bei uns im Gebirge. Hätten Sie nicht Lust, bei uns droben ein bißchen Urlaub zu machen, Fräulein Regina? Sie bekommen auch mein schönstes Zimmer.«

»Ich hab' meinen Urlaub dieses Jahr schon gehabt«, sagte Regina. »Und jetzt habe ich sowieso keine Zeit mehr. Ab nächsten Monat gehe ich wieder in die Schule.«

»In die Schule?«

»Ja, in eine Fachschule für Fotografie. Ich werde eine richtige, ernstzunehmende Fotografin.«

»Sieh an. Wolltest du nicht eigentlich malen?«

»Das hast du behalten?«

»Natürlich. Ich habe alles behalten. Nichts ist vergessen.«

Wie er sie ansah dabei!

Regina errötete unter diesem Blick.

»Die Ausbildung dauert zwei Jahre«, plauderte sie ein wenig verwirrt. »Eine ganze Menge kann ich ja schon, vielleicht geht es auch schneller.«

»Und deine jetzige Tätigkeit behältst du bei?«

»Ich muß ja Geld verdienen. Nächsten Monat, wenn die Herbstmodenschauen beginnen, führe ich hier im Plaza vor.«

»Dann komme ich bestimmt«, versprach Martin. »Modenschauen interessieren mich sehr.«

Sie lachten alle drei.

Als Regina sich verabschiedete, hielt Martin ihre Hand eine Weile fest. »Seh' ich dich einmal wieder?«

Regina senkte einen Moment die Wimpern, doch dann sagte sie: »Warum nicht? Willst du dir meine Telefonnummer aufschreiben?«

»Wo wohnst du denn jetzt?«

»Ich habe eine eigene Wohnung«, sagte sie stolz.

»Alle Achtung, da könntest du mich eigentlich mal zum Kaffee einladen.« Er zog sein Notizbuch heraus und sagte: »Also, wie ist die Nummer? Und die Adresse sagst du mir am besten auch gleich.«

Regina lachte, dann sagte sie ihm beides. Sie hatte eine kleine Spur von schlechtem Gewissen dabei. Janos wäre es gewiß nicht recht. Aber gerade das gab dem Ganzen einen besonders prickelnden Reiz.

»Und ich?« fragte Onkel Fritz. »Werde ich nicht zum Kaffee eingeladen?«

»Doch«, sagte Regina, »natürlich.«

»Och«, meinte Martin, »immer und überall muß man ja nicht seinen Onkel mitbringen.«

»Ich würde mich auch mit einer Wochenendeinladung nach Garain revanchieren«, lockte Onkel Fritz.

»Das kann ich auch«, sagte Martin.

»Schön, mein Sohn, dann schreibe unsere Adresse auch noch auf, und steck sie dort in das Handtäschchen« – er wies auf Reginas kleine weiße Tasche.

»Kommst du mal zum Wochenende?« fragte Martin.

Und Regina sagte erstaunlicherweise: »Ja.« Als es heraus war, wunderte sie sich über sich selbst. Wenn Janos das gehört hätte!

»Das ist ein entzückendes Mädchen«, sagte Onkel Fritz neugierig, als Regina gegangen war. »Woher kennst du sie?«

»Das ist eine merkwürdige Geschichte. Es hat sehr nett begonnen. Aber ich war damals leider noch ein ziemlicher Idiot. Und dann ist mir ein anderer zuvorgekommen.«

»Pech, alter Junge.« Und aus einem Leben voller Erfahrungen fügte Onkel Fritz hinzu: »Das sollte man bei hübschen Mädchen nie riskieren. Da darf man sich nicht zuviel Zeit lassen.«

»Ich werd' mir's merken«, sagte Martin.

Als Paul das erstemal wieder mit klarem Bewußtsein die Umwelt wahrnahm, sah er vor sich Gabys Gesicht. Er war schon manchmal kurz aufgetaucht aus dem tiefen Dämmerzustand, der ihn lange umfangen hielt. Aber er hatte nichts aufgenommen. Das weiße Klinikzimmer, die große Haube der Schwester, das aufmerksame Gesicht des Arztes, nur vage und verschwommen glitt es vorüber, nicht gesehen und nicht erfaßt. Auch Gaby hatte er lange nicht erkannt.

Aber heute sah er sie. Und Gaby merkte sofort, daß sein Blick klar war, daß seine Augen an ihr haftenblieben, daß Leben in ihnen war.

»Gaby«, sagte er mühsam.

Sie nahm seine Hand, die kraftlos auf der Decke lag, und hob sie sanft an ihr Gesicht. »Paul«, flüsterte sie. »Sprich nicht. Sag nichts. Ich bin ja da. Ich bin bei dir.« Sie küßte seine müde, mager gewordene Hand und hatte Mühe, ihre Tränen zurückzudrängen.

»Bin ich krank?« fragte er.

»Ja, Lieber. Du warst sehr krank. Aber jetzt geht es dir schon besser. Bald wirst du wieder ganz gesund sein. Und dann ist alles gut.«

Er schob gequält die Augenbrauen zusammen. »Was war denn los?« fragte er stockend. »Was hab' ich denn ...?« Und plötzlich war die Erinnerung da. Sie sah, wie seine Augen sich weiteten, wie ein wilder Schreck in sein Gesicht kam.

»Nicht, Paul«, sagte sie hastig. »Nicht. Es ist vorbei. Es ist alles gut.«

»Ich bin mit dem Wagen ... Die Kurve. Ich bin über die Böschung gefahren.«

»Ja«, sagte sie und umklammerte mit beiden Händen seine Hand und hielt sie ganz fest. »Ja. Aber denk jetzt nicht darüber nach.«

Keine Aufregung, hatte der Arzt gesagt. Kein Erschrecken. Vielleicht erinnert er sich gar nicht mehr.

O doch, Paul erinnerte sich. Der arme geschundene Kopf brachte die Bilder zurück, eins nach dem anderen. »Ich bin über die Böschung gefahren«, wiederholte er. »Ich fuhr zu schnell.«

Gaby beobachtete ihn angstvoll. Ob sie der Schwester läutete? Paul sah sie wieder an. »Wieso lebe ich eigentlich noch?«

Eine Träne rollte über Gabys Wange. Sie biß sich auf die Lippen und versuchte, sich zu beherrschen. Ach, was hatte sie durchgemacht in den letzten Wochen! Die Hölle war nichts dagegen. Sie hatte nicht geschlafen, nicht gegessen. Sie saß an seinem Bett und sah ihn an und versuchte, ihn mit ihren Blicken, mit ihren beschwörenden Gedanken, mit aller Kraft ihres Herzens am Leben zu erhalten. Du darfst nicht sterben, Paul! Du darfst nicht sterben. Hörst du! Paul! Hör mich! Immer wieder gedacht, immer wieder gefleht. Die furchtbaren Stunden, wenn er lag, ohne ein Zeichen, daß noch Leben in ihm war. Die entsetzlichen Minuten, wenn sein Gesicht wächsern wurde und die geschlossenen Augen tief in ihre Höhlen zu sinken schienen. Wenn sie kamen mit Spritzen und Sauerstoffapparat und mit Transfusionen, und sie stand im Hintergrund an die Wand gelehnt, kein Mensch mehr, nur noch eine einzige flehende Bitte, ein Gebet, ein stummer Aufschrei: Du darfst nicht sterben, Paul! Lebe! Um alles in der Welt, lebe!

Mit Gewalt mußten die Ärzte und Schwestern sie von seinem Bett entfernen. Man gab auch ihr eine Spritze, damit sie schlief. Man fütterte sie wie ein kleines Kind. Und dann hatte der Professor sie im Arm, ein weinendes, zuckendes, verzweifeltes Geschöpf. »Er darf nicht sterben! Er darf nicht sterben! Retten Sie ihn!«

Fast hatten sie mit Gaby soviel Arbeit gehabt wie mit Paul. Und dann hatte der Professor eines Tages gesagt: »Ich kann noch nichts versprechen. Aber es sieht so aus... es sieht so aus, als ob er's durchbeißt. Nur Ruhe jetzt, Frau Gaby, nur Ruhe und Mut, ja?«

Nun war er das erstemal zurückgekehrt, sein Körper und seine Seele und sein Geist hatten wieder zusammengefunden. Aber er durfte sich nicht aufregen.

»Sei ganz ruhig, Paul«, bat Gaby. »Ja, du bist über die Böschung gefahren. Sie ist dort sehr hoch. Und es sah schlimm aus. Aber jetzt ist es schon wieder gut. Du wirst gesund, ganz gesund.«

Paul schloß die Augen. Gaby betrachtete ihn ängstlich. Sie tastete nach der Klingel, die neben dem Bett hing, und drückte auf den Knopf. War er wieder bewußtlos? Nein. Sein Kopf verfolgte die Spur weiter zurück. Und dann hatte er sie auf einmal gefunden.

»Ich kam aus Hallbergen«, sagte er. Er öffnete die Augen wieder und sah sie an.

»Ja«, sagte Gaby mit klopfendem Herzen.

»Du warst dort.«

»Ja.« Fester umfaßte Gaby seine Hand. »Und du hast nicht auf mich gewartet. Du bist einfach weggefahren.«

»Du warst bei Martin.«

»Ja«, sagte Gaby verzweifelt. Warum kam denn die Schwester nicht? »Ich war bei Martin, um alles wegen der Scheidung zu besprechen. Ich wollte dich damit überraschen, und dann machst du solche Sachen.«

»Du wolltest mich damit überraschen...«, wiederholte er langsam. Er hatte jetzt die Augen wieder geschlossen. Und dann fragte er mühsam: »Da hätte ich auf dich warten sollen?«

»Aber ja. Natürlich. Du hättest auf mich warten sollen.«

Sein Kopf sank auf die Seite. Gaby drückte wie eine Rasende auf die Klingel. Die Schwester kam, und gleich mit ihr der diensthabende Arzt.

»Er war bei Bewußtsein«, schluchzte Gaby. »Ganz klar. Wir haben zusammen gesprochen. Und jetzt... Sie müssen ihm eine Spritze geben. Oder – ich weiß nicht.«

Sie taumelte vom Bett zurück und lehnte sich an die Wand. Das Zimmer drehte sich vor ihren Augen, ihre Knie zitterten. Blind vor Tränen tastete sie sich zum nächsten Stuhl. Lieber Gott, es war mehr, als ein Mensch ertragen konnte.

Die Entscheidung, die Gaby immer hinausgeschoben hatte, sie war nun wirklich von außen an sie herangetragen worden. Und sie war so furchtbar gewesen, daß sie fast daran zugrunde ging. In den Tagen und Wochen, in denen es so aussah, als würde Paul es nicht überstehen, hatte der entsetzliche Gedanke sie nicht eine Minute lang verlassen: Wenn er stirbt, dann habe ich ihn umgebracht, es ist, als wenn ich ihn mit meinen eigenen Händen getötet hätte. Ich habe gespielt mit Menschenherzen, es hat mir im Grunde Spaß gemacht, daß zwei Männer um mich herum waren, und ich habe nicht gesehen und nicht gemerkt, daß es blutiger Ernst war. Ich bin schuld, ich ganz allein. Ich habe Martin verraten, ich habe Paul verraten.

Jetzt erst merkte sie, wie tief sie Paul verbunden war. Sechs gemeinsame Jahre, Jahre, in denen sie glücklich war, das ließ sich nicht auslöschen. Niemals. Auf einmal erschien es ihr ganz unwahrscheinlich, ja unglaublich, daß sie je mit dem Gedanken gespielt hatte, Paul zu verlassen. Martin war ein Fremder gegen ihn, ein Stück Vergangenheit, ein Stück glücklicher Jugend. Aber Paul war ihr Mann geworden, der Mann, zu dem sie gehörte.

Martin selbst war es, der es zuerst aussprach.

»Wir haben unverantwortlich gehandelt«, sagte er. »Du gehörst zu ihm, und du mußt bei ihm bleiben.«

»Wir?« sagte Gaby. »Was hast du damit zu tun? Ich! Ich habe unverantwortlich gehandelt. Ich wollte das alles so mit leichter Hand erledigen. Aber ich kannte Paul doch. Ich mußte doch wissen, wie er wirklich ist. Wenn man ihm vielleicht auch nicht so anmerkt, was er fühlt und denkt. Oh, Martin, wenn er stirbt, kann ich nicht weiterleben.«

Martin und Onkel Fritz hatten sich viel um sie gekümmert und sie in ihren Verzweiflungsausbrüchen getröstet. Auch Henriette war gekommen, und ihr gelang es am besten, Gaby zu beruhigen und einigermaßen zur Vernunft zu bringen.

»Du mußt dich jetzt endlich wie ein erwachsener Mensch benehmen«, hatte sie gesagt. »Wenn Paul es überlebt, braucht er dich. Er wird dich lange brauchen, und zwar als eine erwachsene Frau.«

Auch Thea und Helmut hatten nun die näheren Zusammenhänge erfahren, und es veränderte Theas anfänglich feindliche Haltung Gaby gegenüber.

»Da seht ihr es«, sagte Helmut. »Es ist immer noch der Krieg und nur der Krieg. Da seht ihr, wie weit sein tödlicher Griff reicht. Er ist der Vater allen Verderbens und allen Elends, das über die Menschen kommt. Auf Jahre und Jahrzehnte hinaus wirkt sein giftiger Atem. Und immer noch will er töten. Er ist so gierig und so hungrig nach dem bißchen armseligen Leben der Menschen. Und es gibt nichts, nichts auf der Welt, keine Not, kein Unrecht und keine Scham, die uns veranlassen dürfte, ihn auch nur eine Stunde aus den festesten Fesseln zu lösen. Denn er löscht kein Unrecht aus, er lindert keine Not, im Gegenteil, er läßt sie nur ins Riesengroße wachsen und verschlingt alles, was Menschengeist und Menschenliebe je an Gutem und Edlem gedacht und geschaffen haben. Und man kann ihn so schwer wieder einfangen, wenn er einmal losgelassen ist.«

Ja, Gaby veränderte sich in diesen Wochen, äußerlich und vor allem innerlich. Schmal und blaß war sie geworden, mit großen kummervollen Augen. Aber auch ihr Herz, ihr flatterhaftes kleines Herz, war auf einmal groß und weit geworden, erfüllt von Liebe, erfüllt von dem einzigen Wunsch, zu helfen, zu lieben, gut zu sein.

SEPTEMBER

Regina besuchte die Fachschule mit großer Begeisterung. Es war etwas ganz Neues für sie, unter jungen Menschen zu sein, die gemeinsame Interessen hatten, dem gleichen Ziel zustrebten und dabei noch das unbeschwerte, hoffnungsfrohe Dasein der Lernenden führten, die durch den Rahmen der Schule vor dem harten Ernst des Lebenskampfes geschützt wurden. Man arbeitete fleißig, man war voller Pläne und großer Ideen, und man hatte endlos Gesprächsstoff.

So etwas hatte sie nie kennengelernt. Sie hatte keine Freunde und Freundinnen gehabt, keine Kameraden, sie war immer allein gewesen. Hier kamen ihr alle freundlich und erwartungsvoll entgegen. Die ersten Tage war man noch etwas fremd und verloren, aber es waren ja genug, die gleichzeitig mit ihr anfingen, und mit diesen schloß man sich zuerst näher zusammen. Es war ein ganz anderer Kreis, als sie ihn durch Janos kennengelernt hatte. Die Mädchen waren alle sehr modern und aufgeschlossen, nett anzusehen und meist vergnügt, aber sie standen mit beiden Beinen auf der Erde. Manche waren noch sehr jung, kamen eben erst von der Schule, andere hatten schon eine Berufsausbildung hinter sich. Sie hatten andere Interessen als beispielsweise Jinny oder Dodo. Es war ihnen nicht so wichtig, einen reichen Freund zu ergattern oder elegante Lokale zu besuchen, sie wollten einen Beruf erlernen und nahmen es ernst damit. Sie träumten nicht von einer Filmkarriere und nicht von teuren Kleidern, sie hatten im Grunde genommen viel vernünftigere Ansichten vom Leben. Aber sie waren trotzdem schick und verstanden es, sich nett anzuziehen, ohne diese Dinge in den Mittelpunkt ihres Lebens zu stellen.

Die jungen Männer waren nicht viel anders, kameradschaftlich, wenn auch einem kleinen Flirt nicht abgeneigt, aber die Arbeit, der Beruf, das war die Hauptsache. Das führte die jungen Leute leicht und rasch zusammen. Regina erlebte es zunächst mit Staunen und fühlte sich mit wachsender Freude dem neuen Kreis zugehörig. Man hatte bald heraus, wer sie war, natürlich kannte man Bilder von ihr, und ihre bisherige Tätigkeit machte sie unter den jungen Leuten interessant. Aber man fand es gerade anerkennenswert, daß sie nun diesen Beruf von der anderen Seite kennenlernen wollte.

Ihr gutes Aussehen brachte ihr rasch einige Verehrer ein. Doch da sie es natürlich nahm und in keiner Weise übermäßigen Gebrauch davon machte, war sie auch bei den Mädchen beliebt.

Wenn sie zu Janos und Stups kam, erzählte sie ausführlich, was sie erlebt und gelernt hatte. Sie war so gesprächig und munter wie nie zuvor. Ein neues Leben hatte für sie begonnen, und sie war hoch befriedigt davon. Deutlicher als je zuvor wurde ihr bewußt, daß das, was sie in den letzten Monaten getan und erlebt hatte, zwar ganz amüsant war, doch niemals die Grundlage für ein ernst zu nehmendes und befriedigendes Leben bieten konnte.

Janos war fast ein wenig eifersüchtig auf die Schule und den Raum, den sie in Reginas Leben einzunehmen begann. Einmal beobachtete er vom Auto aus, wie sie mit einem jungen Mann, der sie nach Hause gebracht hatte, eifrig diskutierend vor der Haustür stand. Sie war so vertieft, daß sie ihn gar nicht bemerkte.

Eine Weile sah er sich das amüsiert an, dann stieg er aus und ging auf die beiden zu. »Hallo«, sagte er, »wird hier eine Revolution im Fotowesen vorbereitet?«

Regina blickte überrascht auf. Ihre Augen blitzten geradezu von Leben und angeregtem Interesse. »O Janos«, sagte sie. Einen Moment lang war sie verlegen, dann stellte sie ihm den Mitschüler vor.

Der junge Mann bekam rote Ohren. Janos Janady, das war natürlich jemand. Der hatte es geschafft. Aber er zeigte weiter keine Befangenheit und war sofort geneigt, den berühmten Kollegen in die Diskussion einzubeziehen. In seiner netten, liebenswürdigen Art ging Janos darauf ein, nach einer Weile verabschiedete er sich sehr freundlich und sagte: »Besuchen Sie mich doch einmal in meinem Atelier! Vielleicht interessiert es Sie.«

»O ja, gern«, rief der junge Mann begeistert. »Es interessiert mich sehr. Ich komme gern.«

Als sie allein waren, sagte Janos: »Das fängt ja gut an. Du hast kaum mehr Zeit für mich, und jetzt verdrehst du auch deinen armen Mitschülern die Köpfe.«

Regina lachte vergnügt. »Es macht mir Spaß, großer Zauberer.«

»Was? Den jungen Männern die Köpfe zu verdrehen?«

Sie lächelte spitzbübisch. »Auch.«

»Prinzessin, ich glaube, ich muß dich wieder unter den Glassturz stellen und mir ein Schloß dazu machen lassen. Damit ich dich einsperren kann.«

»Wenn du oft genug aufsperrst«, sagte sie. »Dann macht es nichts.«

Trotz aller neu gewonnenen Sicherheit war Regina aber immer noch sehr empfindlich und neigte manchmal zu Depressionen, wofür Janos seinem Wesen entsprechend wenig Verständnis hatte. Irgendeine Kleinigkeit, eine unbedachte Äußerung von ihm konnte sie verstimmen und ihr Herz mit Zweifeln erfüllen. Einmal am späten Nachmittag, als sie ins Atelier kam, waren gerade Probeaufnahmen im Gange. Richtig, Janos hatte ja eine Neue. Das hatte sie ganz vergessen. Er war mitten in der Arbeit und wie immer ganz vertieft. Er blickte nur flüchtig hoch und fragte: »Schon fertig mit der Schule?« Und dabei kam sie eine Stunde später als ausgemacht.

Die Neue musterte Regina von oben bis unten. Es war ein schönes, hochbeiniges Mädchen mit sehr schlanken Hüften und voller Brust. Das Gesicht war hübsch, aber die Augen blickten kalt, um den Mund hatte sie einen frechen Zug. Sie hatte eine lange goldblonde Mähne, und Regina dachte: Da hat er ja jetzt seine langen Haare.

»Bitte, Fräulein Kempf, konzentrieren Sie sich auf mich. Hier ist die Kamera«, rief Janos nervös.

Das Mädchen wendete langsam den Kopf zurück und lächelte zu Janos hinüber. »Ich weiß«, sagte es träge.

Stups machte ein mißgelauntes Gesicht. Die neue Attraktion schien nicht ihren Beifall zu finden.

»Bitte gehen Sie in Schrittstellung«, kommandierte Janos, »und drehen Sie den Kopf mehr zu mir. Noch etwas mehr. Stups, das Licht mehr von oben. So.« Janos prüfte die Einstellung. Aber er war nicht recht zufrieden. »Wir ziehen doch lieber das Jäckchen aus.«

Fräulein Kempf zog sich langsam das Jäckchen von den Schultern. Sie tat es mit lässigen, trägen Bewegungen. Das flaschengrüne Cocktailkleid war schulterfrei und so tief dekolletiert, daß man den Ansatz der vollen Brüste sah.

Janos probierte die Ansicht von mehreren Seiten. »Die Schultern etwas tiefer«, sagte er, »den Hals stolzer.« Er ging hin und korrigierte ihre Haltung selbst.

Regina sah, wie das Modell seine nackte Schulter näher schob und sich ein wenig an ihn lehnte, ihre Brust berührte Janos' Brust. Und dabei blickte sie aus nächster Nähe Janos an. Sie sah auf seinen Mund.

Gestern hätte Regina darüber gelächelt, aber heute in ihrem deprimierten Zustand machte es sie ganz elend, das zu sehen. Warum schob er sie nicht zurück? Er mußte es doch merken. Natürlich merkte er es. So etwas entging ihm nie. Jetzt lächelte er sogar. Er sagte: »Dieser Schlafzimmerblick ist ganz gut, den können Sie beibehalten.«

Fräulein Kempf war nicht im mindesten beleidigt. Sie schien es als Kompliment aufzufassen. »Schließlich bin ich keine Anfängerin«, sagte sie in ihrem schleppenden Tonfall.

»Um so besser«, erwiderte Janos und kehrte zur Kamera zurück.

Als er mit der Kamera fertig war, sagte er: »Und jetzt im Badeanzug, bitte. Die Haare etwas hochfrisieren, damit wir die Nackenlinie bekommen. Stups, wenn du so gut wärst.«

»Ich kann schon allein«, sagte Fräulein Kempf. Auf dem Weg zur Garderobe ging sie dicht an Janos vorbei, und wieder sah sie ihn an. Aber Janos schien nicht darauf zu achten, er fuhr sich durchs Haar, das ihm sowieso verwirrt in die Stirn hing, und dann zündete er sich eine Zigarette an. Er war offensichtlich nervös. Aber das war er meist bei Probeaufnahmen.

»Das ist vielleicht ein Miststück«, sagte Stups, als die Neue draußen war.

»Bitte, Stups«, sagte Janos gereizt, »das steht hier nicht zur Debatte. Jedenfalls macht sie sich nicht schlecht. Und so einen Typ können wir noch brauchen.«

Wie wird sie sich jetzt erst im Badeanzug vor ihn hinstellen, dachte Regina. Ich kann das nicht mit ansehen.

»Ich gehe hinüber«, sagte sie. Nicht mal die Hand hatte er ihr gegeben.

Janos schien es nicht gehört zu haben. Erst als sie schon die Tür öffnete, rief er: »Gehst du schon nach Hause?«

Regina erstarrte. Sie hatte gesagt: Ich gehe hinüber, und damit seine Wohnung gemeint. Und er fragte, ob sie nach Hause ginge? War das Absicht? Wollte er sie weghaben? Weil er nachher mit diesem Mädchen allein sein wollte?

»Ja«, sagte Regina, »nach Hause.«

Stups kam ihr zu Hilfe. »Aber du bist doch eben erst gekommen.«

»Ich habe noch Arbeit, ich wollte bloß sehen, wie's euch geht. Aber ihr habt ja jetzt zu tun.«

»Ja«, sagte Janos. »Im Moment haben wir noch zu tun. Servus, Regina.«

Regina fühlte sich von Gott und der Welt verlassen, als sie langsam die fünf Treppen hinunterstieg. Nicht mal den Fahrstuhl hatte sie sich heraufkommen lassen, so unglücklich war sie.

Sie war doch schon oft in die Wohnung gegangen und hatte auf ihn gewartet, während er im Atelier arbeitete. Warum hatte er heute angenommen, daß sie nach Hause gehen wollte? Kein Zweifel, er hatte es absichtlich gesagt. Weil er ... aber nein, das konnte doch nicht sein. Die da konnte ihm doch unmöglich gefallen.

Aber wußte man denn, was in so einem Mann vorging? Und schon gar in einem Mann wie Janos? Wer sagte ihr, daß er sie nicht satt hatte und eine andere Frau wollte? Und die war anders, die war um eine Welt anders als sie. Er hatte gelächelt, als er so nahe bei ihr stand und sie ihn berührte, gelächelt auf diese wissende, unwiderstehliche Janos-Art.

Wenn Stups dann ging, konnte er mit der allein bleiben. Und dann ... Reginas Phantasie machte sich selbständig. Sie legte die Hand vor die Augen. Nein, an so etwas durfte man gar nicht denken.

Sie blieb vor der Haustür stehen und starrte abwesend vor sich hin. Und nun? Sollte sie wirklich nach Hause gehen?

Und Janos? – Wenn sie Janos verlor, was sollte dann werden? Wie sollte sie weiterleben ohne ihn? Ihr ganzes Leben war auf ihn eingestellt. Und ohne ihn war sie hilflos, verlassen und todunglücklich. So wie früher.

Langsam, ohne nach rechts und links zu blicken, ging sie die Straße entlang. Ganz versunken in ihrem Kummer, kam sie bis an die große breite Straße, die in gerader Linie von der Innenstadt her in diesen Stadtteil führte. Sie blieb stehen. Dies war nicht der Weg nach Hause. Aber sie wollte gar nicht nach Hause.

Die Straße war belebt um diese frühe Abendstunde. Auf der Fahrbahn glitt ein Wagen nach dem anderen vorbei, dazwischen sausten die Straßenbahnen. Das Trottoir war voller Fußgänger, die Geschäfte hatten die Schaufenster schon erleuchtet, obwohl es noch hell war. Die Sonne war untergegangen.

Die Sonne war untergegangen, dachte Regina, alles diente jetzt dazu, ihre Betrübnis zu vertiefen – und der Sommer ist endgültig vorbei. Bald ist Oktober. Dann wird Winter sein, und ich werde allein sein und frieren.

So deprimiert war sie seit vielen Monaten nicht gewesen. Müde und unlustig ging sie ziellos weiter, mitten im dichten Strom der Fußgänger, eine schmale, verlorene Gestalt, nicht die elegante, beschwingte junge Dame, ein einsames trauriges Mädchen nur, noch so gekleidet, wie sie aus der Schule gekommen war, in Rock und Bluse, ein Jäckchen um die Schultern gehängt.

Vielleicht ist es die Schule, dachte sie weiter. Ich hab' jetzt so wenig Zeit für ihn. Aber erst hat es doch ausgesehen, als wenn es ihn freut, daß ich etwas Richtiges lerne. Was hatte Linda Gerson gesagt?

Gemeinsame Zukunftspläne! Und dann hatte sie noch gesagt: sie wird noch allerhand Kummer mit ihm haben. Ja, sie wußte Bescheid, diese kluge Linda, diese schöne Linda, die so berückend lächeln konnte auf all die Menschen hinunter, die da im Kino saßen und bewundernd zu ihr hochsahen. Aber weinen konnte sie auch. Wunderschön weinen. In ihrem letzten Film war eine Szene, da rollten ihr große Tränen über die glatten Wangen. Regina hatte vor lauter Anteilnahme auch feuchte Augen bekommen. Doch Janos, der neben ihr saß, hatte ihr zugeflüstert: »Richtiger Kintopp. Langsam verkitscht sie auch, die Gute.«

Ach Janos, du weißt vielleicht nicht, daß man manchmal weinen möchte. Jetzt zum Beispiel möchte Regina ganz gern ein bißchen weinen. Aber es war niemand hier, der sie trösten würde.

Vor den Cafés saßen die Leute noch im Freien. Es war ein milder Abend, und jeder war bemüht, den Sommer so lang wie möglich auszudehnen. Der Winter war lang genug.

Vor einer Eisdiele blieb Regina stehen. Sie hatte gar keinen Appetit auf Eis. Aber sie wollte nicht nach Hause gehen.

Gerade vor ihr wurde ein Tisch frei. Sie setzte sich.

»Bittschön?« fragte ein eiliges Mädchen im koketten weißen Schürzchen.

»Ein gemischtes Eis«, sagte Regina. Es klang so traurig, als bestelle sie ihre Henkersmahlzeit.

»Mit Sahne?«

»Bitte? Ja, mit Sahne.«

Als das Eis vor ihr stand, begann sie unlustig daran zu löffeln. Doch als sie es aufgegessen hatte, blieb sie sitzen. Sie konnte sich immer noch nicht entschließen, nach Hause zu gehen. Sie zündete eine Zigarette an und blickte gleichgültig auf die Leute, die vorübergingen. Es war dämmrig nun, der Himmel hatte eine blasse blaue Farbe, ein wenig ins Violett gehend. Und ein wenig schmutzig, so wie er immer über der großen Stadt aussah.

Ich möchte wieder einmal draußen sein, dachte Regina. Da, wo der Himmel sauber und blank ist, so wie er bei uns zu Hause war. Und weit soll er sein. Dann kann einem das Herz auch weit werden, dann sieht man wieder, wie groß die Welt ist und wie unwichtig all die kleinen eigenen Sorgen. Hier über der Stadt war der Himmel eng, eng und beschmutzt von all den gierigen Wünschen, von all den Lügen und Enttäuschungen, die zu ihm aufstiegen. Konnte man in der Stadt überhaupt glücklich sein? Heutzutage, in diesen Städten, in diesen lauten, bösen, hungrigen Städten?

Sie war ungerecht. War sie nicht schon glücklich gewesen in dieser Stadt, glücklich mit ihrer Arbeit und glücklich vor allem mit Janos? Ja. Aber am schönsten war es in ihrem Urlaub am See, da waren sie wirklich glücklich gewesen. Da hatte er ihr ganz gehört und sie ihm, und nichts stand zwischen ihnen. Aber das war der Sommer gewesen, Ferienzeit, das war nun vorbei. Es würde wieder einmal Sommer werden, man würde wieder Ferien haben.

Aber ganz versteckt in ihrem Herzen wußte Regina, daß sie nie wieder so glücklich sein würden, sie beide, wie in dem Sommer, der hinter ihnen lag.

»Noch ein Eis«, sagte sie, als das Mädchen wieder vorüberkam.

Eigentlich wollte sie ja kein Eis mehr. Aber irgend etwas mußte sie tun, warum also nicht noch ein Eis essen?

Als sie vor ihrem Haus ankam, sah sie Janos' Wagen. Er stieg aus, als er sie kommen sah, und knallte ziemlich heftig die Tür hinter sich zu.

»Ja, sag mal, wo treibst du dich denn herum?« fuhr er sie an. »Ich hab' mindestens sechsmal angerufen, und jetzt bin ich herübergefahren und warte schon eine ganze Weile.«

»Ach?« sagte Regina. »Ich wußte nicht, daß du mich heute noch mit deiner Aufmerksamkeit bedenken würdest.«

Das war ein schöner Satz. Janos schaute sie verblüfft an.

»Was soll denn das bedeuten?« fragte er.

»Nun, nachdem du mich gewissermaßen hinausgeworfen hast...«

»Ich? Ich habe dich hinausgeworfen? Bist du verrückt? Du bist einfach auf und davon gegangen, nachdem du kaum ein paar Minuten da warst.«

»Ich habe gesagt, ich gehe hinüber. Und da hast du mich gefragt, ob ich nach Hause gehe«, wiederholte Regina die Worte vom Nachmittag und betonte das, worauf es ankam. »Und da dachte ich, du willst mich los sein – wegen dieses komischen Vamps mit dem Schlafzimmerblick, den du da hattest.«

Janos legte den Kopf zurück und lachte aus vollem Hals. Ungeachtet dessen, daß sie auf offener Straße standen, umarmte er sie dann und küßte sie auf die Nasenspitze. »Prinzessin, du bist ein kleines Schaf. Komm, steig schnell ein!«

Er öffnete den Wagenschlag und schob sie hinein. Dann lief er, noch immer lachend, um den Wagen herum, stieg ebenfalls ein und legte den Arm um sie und zog ihren Kopf dicht heran. »Bist du ein kleines Schaf, Prinzessin? Gibst du's zu?«

»Ich weiß nicht«, sagte Regina und schämte sich im Moment ihrer törichten Gedanken. Wie hatte sie nur so dumm sein können? Und wie konnte sie an ihm zweifeln? Ihr Herz war auf einmal leicht, und sie war so froh. Warum hatte sie sich nur so dumme Gedanken gemacht?

Janos sprach dicht vor ihrem Gesicht: »Weißt du nicht, du dummes, dummes Ding, daß ich dich liebe? Dich ganz allein? Und daß ich mir ein Leben ohne dich gar nicht mehr vorstellen könnte? Und daß mir so eine Figur wie die vorhin niemals auch nur fünf Minuten lang gefährlich werden könnte? Übrigens auch früher nicht, ehe ich dich kannte. Soviel Geschmack mußt du mir schon zutrauen.«

»Ach Janos«, sagte Regina. Sie drehte ihr Gesicht, bis es ganz in seiner Hand lag. Sie schämte sich wirklich. »Ich dachte, du liebst mich nicht mehr«, sprach sie in seine Hand hinein.

»Zur Strafe sollte ich dich jetzt hier hinaussetzen«, sagte er, »und dich ganz einsam und allein in deine jungfräuliche Kemenate hinaufgehen lassen. Soll ich?«

Regina schüttelte den Kopf. »Nein.«

»Und was soll man sonst mit einem Mädchen machen, das so dumm ist?«

»Liebhaben.«

»So ein dummes Mädchen?«

»Ja, trotzdem.«

»Und wo warst du die ganze Zeit jetzt?«

»Eis essen.«

»Was?«

»Eis essen. In der italienischen Eisdiele da vorn. Mir war's ums Herz sowieso kalt, da dachte ich, da kann's der Magen auch werden.«

Janos lachte wieder. Er nahm sie fest in die Arme, und Regina lag mit geschlossenen Augen an seiner Brust. Alles, alles war gut. Der Himmel war blau und weit und schön, auch in der Stadt, die Sonne war wieder aufgegangen, und die Welt war voller Glück.

»Du weißt doch, daß ich immer geistesabwesend bin und nervös, wenn ich arbeite. Weißt du das nicht? Kennst du mich erst seit gestern? Und so eine Type wie die da macht mich erst recht nervös. Und Stups hat die ganze Zeit ein Gesicht gemacht, als wenn wir ein Meerungeheuer fotografierten. Sie wird auch immer schrulliger, demnächst muß ich sie vorher um Erlaubnis fragen, wenn ich ein neues Modell bringe. Und du setzt allem die Krone auf und bildest dir ein, ich lasse mich von so einer Pflanze vernaschen, bloß weil sie ein bißchen mit dem Busen wackelt. Schämst du dich jetzt wenigstens?«

»Ja. Ich schäme mich.«

»Dann ist es gut. Und merk dir's bitte. Ist dir ums Herz noch kalt?«

»Nein, gar nicht. Fühl es.«

»Ja. Es geht. Lauwarm würde ich sagen. Meinst du, daß es sich im Laufe des Abends noch erwärmen wird?«

»Bestimmt. Wenn du bei mir bist...«

»Und der Magen? Der ist aber noch kalt?«

»Ja. Sehr.«

»Dann sorgen wir erst mal für den und gehen was Warmes essen. Und anschließend kümmern wir uns um das Herz. Ja?«

»Ja. Ach Janos.« Und alles Glück der Welt lag in ihrer Stimme: »Ach Janos!«

Im Laufe dieses Monats besserte sich Pauls Zustand ganz erheblich. Gefahr für sein Leben bestand nicht mehr. Aber es würde noch eine Weile dauern, bis er wieder gesund wäre. So jedenfalls lautete die vorsichtige Prognose des Arztes.

Doch Pauls Genesung machte erstaunlich rasche Fortschritte. Er selbst war es, der sie förderte; denn er wollte leben, er wollte gesund sein. Seit er dem Leben und seiner Umwelt wieder mit klarem Bewußtsein gegenüberstand, kamen auch der Wille und die Kraft zum Gesundwerden. Gaby hatte es bei der Lüge gelassen, daß sie nach Hallbergen gefahren war, erstens um Onkel Fritz zu treffen und zweitens um die Scheidung mit Martin zu besprechen.

Paul ging es schon wieder ganz gut, als sie einmal eine große Aussprache darüber hatten. So konnte Gaby schmollend den Mund verziehen und vorwurfsvoll erklären: »Nicht mal überraschen kann man dich. Du hast alles verpatzt.«

Paul lächelte sogar schon wieder. »Es tut mir leid«, sagte er.

»Und ob dir das leid tun kann«, sagte Gaby. »Da schau her, graue Haare habe ich bekommen vor lauter Sorgen um dich.«

»Ich sehe nichts«, erwiderte Paul.

»Du wirst es schon sehen, wenn du meine hohen Friseurrechnungen bezahlen mußt.«

Gar zu ernst durfte Gaby nicht sein. Paul half es am besten, wenn sie war wie früher, heiter und sehr weiblich, ein wenig verspielt und kapriziös.

»Als ich im Hotel war und hörte, daß du da wohnst«, sagte Paul langsam, »da hat es bei mir ausgesetzt. Die Gattin vom Chef, so nannte dich der Portier.« Auch das hatte sein Kopf behalten, über die ganze dunkle Strecke hinweg.

»Schließlich kann ich nicht jedem Hotelportier meine Lebensgeschichte auf die Nase binden«, sagte Gaby. »Du konntest doch wenigstens auf mich warten.«

»Ja«, sagte Paul, »ja, das hätte ich tun sollen.«

Als Paul einigermaßen transportfähig war, kam er in die Stadt hinunter in eine Privatklinik. Gaby aber fand sich auf einmal vor einer ganz neuen Situation. Sie mußte arbeiten.

Der Chef von Pauls Firma war gekommen, um Paul zu besuchen. Dann hatte er eine lange Aussprache mit Gaby.

»Es ist immerhin unsere Generalvertretung«, sagte er, »wir können die Position nicht so lange unbesetzt lassen.«

»Natürlich nicht«, erwiderte Gaby ruhig.

»Ich weiß bloß nicht, wen ich herschicken soll. Es gibt so wenig tüchtige Leute. Und die ich habe, brauche ich alle woanders. Der junge Förster, der bei Ihrem Mann gearbeitet hat, ist noch nicht so weit, er hat bereits ein paar Böcke geschossen in den letzten Wochen.«

»Das ist doch ganz einfach«, sagte Gaby mit der größten Selbstverständlichkeit. »Das mache ich.«

»Sie? Aber liebe gnädige Frau!«

»Ich bin ganz auf dem laufenden«, erklärte sie überzeugend. »Paul hat immer alles mit mir besprochen. Ich kenne die meisten unserer Kunden. Ich war oft auf Reisen und bei Besuchen dabei. Und Sie wissen ja, daß ich früher in einer ähnlichen Branche gearbeitet habe.«

»Ja, gewiß, gewiß. Aber es ist trotzdem kein Posten für eine Frau, glauben Sie mir.«

»Denken Sie an die Gleichberechtigung«, sagte Gaby und lächelte auf ihre charmante Weise. »Wir Frauen können im allgemeinen viel mehr, als ihr Männer vermutet. Und es ist ja nicht für immer. Aber die paar Wochen oder Monate wird's schon gehen. Fräulein Bender ist auch sehr tüchtig. Wir machen es zusammen. Brauchen Sie einen Beweis? Schicken Sie mich diesen Monat nach Stockholm. Sie werden sehen, daß ich mit einem prima Auftrag zurückkomme.«

Der Chef war ihrem Scharm nicht gewachsen. »Gut«, sagte er schließlich, »versuchen wir's halt! Aber nach Stockholm fahre ich natürlich selber.«

So verbrachte Gaby nun ihre Zeit in Pauls Büro. Sie hatte sich schnell wieder in das Leben einer berufstätigen Frau gefunden. So schwer war es ja auch wirklich nicht. Die Firma war gut und anerkannt, sie hatte eine beträchtliche Anzahl sicherer und zufriedener Kunden. Und da sie alle wußten, was geschehen war, hatte fast jeder den Wunsch, Gaby zu helfen. Man gab ihr eher einen größeren Auftrag als gar keinen. Die Erfolgszahlen, die Gaby an die Zentrale melden konnte, waren recht ansehnlich. Auch die Mitarbeiter machten es ihr leicht. Es war wie immer und überall, jeder mochte Gaby leiden. Mit Fräulein Bender verstand sie sich ausgezeichnet, der junge Herr Förster betete sie an, und die Außenvertreter setzten allen Ehrgeiz ein, ihr mit hohen Abschlüssen zu imponieren. Gaby konnte dann so reizend die Augenbrauen hochziehen und mit ganz erstaunten Augen sagen: »Nein, Herr Müller, das ist ja wohl nicht möglich. Wie haben Sie das bloß wieder gemacht? Sie sind ein Genie.«

Sicher, auf die Dauer ließen sich damit wohl keine Geschäfte tätigen. Aber vorübergehend, bei gutem Willen aller Beteiligten, ging es wohl mal eine Zeitlang.

Paul amüsierte es sehr, wenn sie an seinem Bett saß und mit wichtiger Miene ihre Berichte gab und dabei nur so mit Zahlen und Berechnungen um sich warf. Dann sah sie ihn strahlend an und fragte: »Na, wie hab' ich das wieder gemacht?«

Und er sagte: »Großartig, viel besser, als ich es je gekonnt hätte.«

Die Heiterkeit, die Gaby zeigte, war nicht ganz echt. Die Erschütterung der vergangenen Wochen hatte ihre Spuren zurückgelassen. Die ungewohnte Arbeit strengte sie an. Sie mußte sich oft sehr zusammennehmen, um ihre Nerven einigermaßen in der Hand zu behalten. Auch vermißte sie Michi sehr. Doch für ihn hatte sie keine Zeit. Er war im Doktorhaus geblieben.

Henriette und auch Martin waren die einzigen, denen gegenüber sie zeigen konnte, wie ihr wirklich ums Herz war. Sie sah Martin jedesmal, wenn er in die Stadt kam, meist war Onkel Fritz dabei. Der Ton zwischen ihnen war nun freundschaftlich und vertraut, persönliche Themen vermieden sie beide. Gaby hatte manchmal ein leises wehes Gefühl im Herzen, wenn sie Martin ansah, das war geblieben. Nun, auch das würde vergehen. Wenn Paul wieder bei ihr war, wenn sie wieder mit ihm zusammenlebte, dann würde alles auch wieder seine Ordnung haben. Die Scheidung war eingereicht, und da sie sich einig waren, würde es reibungslos und ohne Schwierigkeiten mit einem Termin erledigt sein. Gaby brauchte nicht einmal hinzugehen.

Einmal sagte sie zu Martin: »Es ist schon toll, was ein Mensch so alles aushalten kann. Und daß man trotzdem immer noch weiterleben mag.«

»Ja«, erwiderte Martin. »Darüber habe ich mich jetzt fast fünfzehn Jahre lang gewundert. Das menschliche Herz ist das zäheste und dauerhafteste und gleichzeitig rätselhafteste Ding der Welt. Wer sich so was nur ausgedacht hat?«

»Ja«, sagte Gaby, »das muß schon ein raffinierter Kopf gewesen sein.«

»Falls er gewußt hat, was er da zusammenbastelt.«

»Aber das Schlimmste, Martin, weißt du, was das Schlimmste für so ein Herz ist?«

»Was denn?«

»Wenn es nicht weiß, wohin es gehört. Es kann alles ertragen, wenn es irgendwo ein Zuhause hat und wenn Liebe in ihm wohnt.«

Darauf blieb Martin ihr die Antwort schuldig. Ein finsterer, gramvoller Zug war auf einmal in seinem Gesicht.

Gaby erschrak. Hätte sie das nicht sagen sollen? Nein, das hätte sie wirklich nicht sagen dürfen. Martins Herz hatte kein Zuhause.

Zum Ausklang der Saison fand auf dem Rennplatz vor der Stadt eine große Veranstaltung statt. Die Rennen waren sportlich gut besetzt, dazu war ein glänzender gesellschaftlicher Rahmen geschaffen worden. Zwischen den Rennen würden Mannequins die neuesten Modelle der Herbst- und Wintermode vorführen. Auch Regina war dabei beschäftigt.

Das dritte Rennen war als besondere Attraktion gedacht, ein Amazonenjagdrennen, von Amateurinnen ausgeführt. So etwas gefiel den Zuschauern. Die Quoten waren nicht hoch; denn die Favoritin siegte, die aparte Ruth Bornemann auf ihrem Fuchswallach »Jaromir«.

Janos hatte den Ritt und die Rückkehr der Siegerin von der Bahn mit Interesse verfolgt. Das Mädchen sah hinreißend aus, als es schlank und gerade auf ihrem Pferd, dessen Fell fast die gleiche Farbe wie ihr Haar hatte, zwischen dem herandrängenden Publikum durchschritt. Der blasierte Zug, den sie sonst in ihrem jungen Gesicht trug, war endlich einmal verschwunden, sie lachte, und das machte sie viel hübscher.

Etwas zerstreut verfolgte Janos das nächste Rennen. Und auch als Regina in der Pause in einem schicken Jerseyensemble in seiner Nähe vorbeikam, erwiderte er ihren Blick nicht. Er war ein wenig abgelenkt.

Er schenkte sich das folgende Rennen und schlenderte hinüber zum Sattelplatz und dann zu den Stallungen. Er brauchte nicht lange zu suchen. Ruth saß auf einem Pfosten, die schlanken Beine in den engen Hosen hochgestellt, sie rauchte und beteiligte sich augenscheinlich nur spärlich an dem Gespräch um sie herum. Mehrere junge Männer umstanden sie, alle hatten sie das Gehabe sorgloser Söhne erfolgreicher Väter, selbstsicher, von der Vollkommenheit der Welt überzeugt, in der sie lebten. In einem schlanken Blonden, der dicht neben Ruth lehnte, konnte Janos unschwer ihren Bruder erkennen. Er sah dem Mädchen sehr ähnlich.

Ruth sah Janos kommen. Ihre Augen verengten sich ein wenig, und der hochmütige Zug kehrte in ihr Gesicht zurück.

Janos' Sicherheit und Souveränität in jeder Situation war nicht geringer als die der anderen, nur kam bei ihm sein verbindliches Wesen hinzu und sein ganz persönlicher Scharm. Er lächelte zu Ruth hinauf und sagte: »Ich komme, um Ihnen zu gratulieren.«

»Danke«, sagte sie. »Das ist sehr liebenswürdig.« Sie lächelte auch, machte die Herren nur flüchtig miteinander bekannt, sprang von ihrem Platz herab und sagte zu Janos: »Wollen Sie Jaromir auch gratulieren?«

»Gern«, sagte Janos. Er folgte ihr, die hochbeinig vor ihm herschritt, zu dem Pferd, das hinter den Ställen stand, abgesattelt und trockengerieben. Es wandte seinen schönen Kopf Ruth entgegen.

»Mein Liebling«, sagte Ruth zärtlich zu dem Tier, und ein weicher, liebevoller Ausdruck trat in ihre Augen. Sie fuhr Jaromir über den Hals, dann holte sie ein Stück Zucker aus der Tasche, das Jaromir vorsichtig von ihrer Hand nahm.

»Mein bester Freund«, sagte sie zu Janos gewandt.

»Der beste?« fragte er.

»Und der einzige.«

Janos lächelte.

»Das klingt verheißungsvoll für einen Mann.«

»Wieso?« fragte sie. Es klang ein wenig aggressiv.

»Man könnte annehmen, es sei noch ein Platz in Ihrem Herzen zu vergeben.«

»Das hat schon mancher gedacht«, sagte sie spöttisch.

»Und immer erfolglos?«

»Ich mache mir nichts aus Männern.« Sie sah sehr jung aus, als sie es sagte. »Ich kenne sie zu gut.« Es klang altklug und kindlich zugleich.

»Oh, dann allerdings«, sagte Janos mit gespieltem Ernst. »Das ist natürlich ein Nachteil. Für Sie, meine ich. Was mich betrifft, so kann ich nur sagen, daß ich die Frauen zwar sehr gut kenne, aber noch lange nicht zu gut. Das macht das Leben natürlich interessanter!« Während er mit ihr sprach, überlegte Janos, wie sie eigentlich hieß. Linda hatte ihm einmal ihren Namen gesagt, aber er hatte ihn wieder vergessen. Er wußte nur noch, daß er sie eine junge Diana genannt hatte, und dieser Ausdruck erschien ihm immer noch treffend. Er strich nun auch dem Pferd mit leichter Hand über den glatten Hals und sagte so nebenhin: »Die Liebe ist das einzige Studium, bei dem man nie zu einem definitiven Abschluß kommt. Das ist das Reizvolle dabei. Und je besser der Schüler ist, um so ferner bleibt ihm das Examen. Er entdeckt immer wieder neue Gebiete, die erschlossen werden müssen. Es scheint, Diana, Sie haben dies noch nicht erkannt.«

Ruth blickte irritiert auf. »Diana? Ich heiße Ruth«, sagte sie etwas gekränkt.

»Ich weiß«, erwiderte Janos. »Aber ich nenne Sie Diana, weil der Name so gut zu Ihnen paßt. Eine schöne kühle Diana, die allein durch das Leben zieht und alle ihre Pfeile noch im Köcher hat. Nur Jaromir wird von ihr geliebt.«

Er hatte die Genugtuung, zu sehen, daß ihre Miene ein wenig unsicher wurde, sie vermied seinen Blick. Doch der Name schien ihr zu gefallen. »Diana«, wiederholte sie leise. Dann gab sie Jaromir nochmals ein Stück Zucker und sah dann schließlich Janos an. Als sie seinen lächelnden Augen begegnete, rettete sie sich in Spott. »Sie haben eine poetische Ader, scheint es.« Und dann leichthin: »Gehen wir?« – »Wohin«?« fragte Janos.

Diese Frage irritierte Ruth noch mehr. Ratlos sah sie ihn an. Janos lächelte jetzt nicht mehr. Er war ganz auf das Mädchen konzentriert, er blickte es stumm an mit seinen dunklen Augen. Ruth erging es nicht anders mit Janos als allen Frauen. Ihr Herz klopfte auf einmal, und sie hatte das Gefühl, das kleine Stück Luft zwischen ihnen, dieser eine Schritt Entfernung, sei der einzige Teil dieser Welt, der noch zählte. Und sie mußte diesen Schritt gehen, um ganz nahe bei ihm zu sein.

Gewaltsam zerriß sie diesen Bann und warf den Kopf zurück. »Wohin?« wiederholte sie. »Das weiß ich doch nicht! Wollen Sie denn die letzten Rennen nicht mehr sehen?«

»Ach ja, die letzten Rennen«, sagte Janos. »Die habe ich ganz vergessen.«

Ruth strich zum Abschied zärtlich über Jaromirs weiche Nüstern, dann gingen sie langsam zu den anderen zurück.

»Haben Sie schon gesetzt heute?« fragte Ruth, die das Schweigen nervös machte. – »Ja, natürlich. Aber immer verloren.«

»Ich kann Ihnen einen Tip geben«, sagte sie eifrig. »Einen Geheimtip. Setzen Sie im vorletzten Rennen auf ›Vestalin‹! Sie macht es sicher. Und kein Mensch wird auf sie wetten, weil keiner sie kennt. Es wird hohe Quoten geben.«

»Und woher wissen Sie, daß ›Vestalin‹ gewinnt?«

»Ich habe sie bei der Arbeit gesehen. Und ich kenne den Trainer. Er hat es mir verraten.«

»Aha«, sagte Janos und lächelte über ihren Eifer. Sie schien froh zu sein, ein unverfängliches Thema gefunden zu haben. »Also werde ich alles Geld, das ich habe, auf ›Vestalin‹ setzen.«

»Oh, auch nicht zuviel«, sagte Ruth ein wenig unsicher. »So sicher ist es auch nicht, daß sie gewinnt.«

»Ich denke?« – »Sicher ist es im Sport nie.«

Sie waren zum Sattelplatz gekommen, und Ruth zeigte ihm Vestalin, eine kleine zierliche schwarzbraune Stute, die nervös den Kopf aufwarf.

»Sie scheint etwas unruhig«, sagte Janos.

»Sie hat viel Temperament«, meinte Ruth. »Aber Sie werden sehen, sie geht los wie ein Teufel.«

»Also gut, ich werde Ihnen folgen und auf sie setzen. Und wenn ich verliere?«

»Sie werden es verschmerzen«, meinte Ruth kühl.

»Ich würde sagen, Sie trinken nächster Tage zum Trost mit mir eine Flasche Sekt. Das wäre doch dann kein unbilliges Verlangen.«

Jetzt lächelte Ruth, sie hatte ihre Sicherheit wiedergewonnen. Er wollte sie einladen, genau wie alle anderen auch. »Bedaure«, sagte sie. »Ich fahre morgen fort.«

»So. Das ist schade.«

»Ich besuche meine Mama, sie macht zur Zeit eine Kur in Gastein.«

»Das soll sehr gesund sein«, sagte Janos gemessen. »Und wie lange werden Sie bleiben?«

»Nicht lange, acht Tage vielleicht. Aber dann fahre ich nach Hamburg.«

»Sie sind ein reiselustiges Mädchen, Diana. Was machen Sie in Hamburg?«

»Ich bringe meine Freundin ans Schiff. Wir waren zusammen auf dem College drüben in Amerika. Und sie war jetzt einige Monate hier und fährt jetzt wieder nach Hause. Sie heiratet nächsten Monat.«

»Oh, herzlichen Glückwunsch.«

»Ja, und sie will partout mit dem Schiff reisen. Sie hat es sich eingebildet. Und ich hab' ihr versprochen, sie noch einmal in Hamburg zu treffen.«

»Nun«, sagte Janos, »dann weiß ich schon, wie wir es machen. Das Schiff fährt ja einmal ab, nicht? Und dann wird es Ihnen in Hamburg ein bißchen einsam sein. Wir könnten also dort auf ›Vestalin‹ trinken.«

»Sie wissen ja noch gar nicht, wie das Rennen ausgeht, ob Sie gewinnen oder verlieren«, sagte Ruth verwirrt, mehr, um überhaupt etwas zu sagen. »Und wenn Sie nicht gleich gehen, dann ist es überhaupt zu spät. Sehen Sie, man bringt die Pferde schon zum Aufgalopp.«

»Ich gehe schon. Und ob ich gewinne oder verliere, spielt keine Rolle. Wir trinken auf jeden Fall auf das Wohl von ›Vestalin‹. Sie gefällt mir gut.« Janos neigte leicht den Kopf. »Auf Wiedersehen, Diana. Auf Wiedersehen in Hamburg.«

Ruth gab keine Antwort, sie reichte ihm auch nicht die Hand. Sie blieb stehen und sah ihm nach. Doch Janos kehrte nach wenigen Schritten noch einmal um. Er kam zurück und fragte: »Und wo wohnen Sie in Hamburg, Diana?«

Zu ihrem eigenen Erstaunen antwortete Ruth: »In den Vier Jahreszeiten.«

Regina hatte Stups bei der Arbeit geholfen, es war recht spät geworden, und Stups sagte schließlich aufatmend: »Schluß jetzt! Mir langt es für heute. Ich möchte wissen, was Janos einfällt, so plötzlich wegzufahren, wo wir gerade so viel zu tun haben. Jetzt gehen wir essen, ich hab' einen Riesenhunger. Kommst du mit?«

Regina nickte: »Gern. Wir können auch zu mir gehen, ich hab' was da.«

»Nein, ich will heute fein und ausführlich essen, mindestens drei Gänge. Ich habe seit Tagen nicht mehr warm gegessen. Komm nur, das tut dir auch ganz gut.«

Später, beim Abendessen, sagte Regina: »Was tut Janos eigentlich in Hamburg?«

»Weiß ich auch nicht. Er kam plötzlich an mit dieser Reise. Vorgestern hab' ich noch nichts davon gewußt. Besprechungen mit irgendeiner Redaktion, ich glaube bei ›Chérie‹, aber wieso und warum auf einmal weiß ich nicht. Ist auch gar keine Korrespondenz darüber da.«

»Hm«, sagte Regina. Sie aß schweigend eine Weile weiter, dann fragte sie plötzlich: »Glaubst du eigentlich, daß Janos mich betrügt?«

»Andere Sorgen hast du nicht, was? Wenn er's tut, kannst du auch nichts machen. Aber ich möchte fast annehmen, er tut's nicht. Er hat sich sehr verändert, Regina, seit er dich kennt. Du weißt gar nicht, wie sehr. Zu seinem Vorteil, finde ich.«

»Ja? Linda Gerson hat gesagt, ein Janos verändert sich nicht.«

»Linda?«

»Sie war doch mal da, als du in Berlin warst.«

»Ach ja, richtig, du hast mir's ja erzählt. Ja, vielleicht verändert er sich auch nicht. Er ist nun mal, wie er ist. Und ich hab' immer gefunden, er ist ein prima Kerl. Nur eins darf man nicht, sich in ihn verlieben. Das ist das Dümmste, was eine Frau tun kann, für den Fall, daß sie es ernst nimmt – wenn sie bloß ein Abenteuer will, dann bitte.«

»Warst du nie in ihn verliebt?«

»Ich? Gott bewahre. Ich kenne ihn zu gut.«

»Aber am Anfang, da hast du ihn doch nicht so gut gekannt.«

»Da wollte ich mit ihm arbeiten, das war mir wichtiger. Und dann wußte ich ja auch, wie er es treibt. Er kann nun mal nicht anders. Es gibt Männer, die sind so. Das ist ganz amüsant mit anzusehen, aber selber drinstecken möchte ich nicht.«

»Ja«, sagte Regina leise.

»Ich mag's nun mal lieber, wenn ein Mann solider ist, von mir aus kann er ruhig ein bißchen schwerfällig sein und eben nicht so ein guter Liebhaber. Aber ich muß mich auf ihn verlassen können. Sonst brauch' ich keinen.«

»Ja«, sagte Regina wieder, »das müßte schön sein. Und du meinst, auf Janos kann man sich nicht verlassen?«

»Nein, mein Kind, darüber mußt du dir klarsein. Auf Janos kannst du dich nicht verlassen. Er kann dich lieben, vielleicht für lange Zeit, und es kann sehr schön sein, aber du wirst nie das Gefühl haben, auf festem Boden zu stehen. Es gibt Frauen, die lieben das. Für mich wäre es nichts.«

»Für mich eigentlich auch nicht. Ich habe immer gedacht... Nein, ich habe eigentlich gar nichts gedacht. Ich habe früher nie eine Vorstellung gehabt, wie ich mir einen Mann wünsche. Ich habe mir gar keinen gewünscht.«

Stups lachte. »Da bist du wirklich eine Ausnahmeerscheinung. Alle Mädchen wünschen sich doch einen und haben meist eine ziemlich genaue Vorstellung.«

»Ich nicht«, sagte Regina. Es klang abschließend.

»Hm«, machte Stups, sie war ein wenig neugierig. »Und jetzt?«

»Jetzt? Jetzt kann ich nicht über Janos hinausdenken.«

»Also, offen gestanden«, sagte Stups energisch, »ich finde das nicht ganz richtig, Regina. Du bist doch kein Kind mehr, du willst doch einmal eine selbständige Frau werden. Irgendwie solltest du doch versuchen, dich ein wenig unabhängiger von ihm zu machen. Wenigstens innerlich. Was sollte denn werden, wenn er eines Tages wirklich... also, wenn er wirklich...«

»Ich weiß nicht«, sagte Regina, »ich weiß es nicht, Stups. Ich kann mir ein Leben ohne ihn nicht vorstellen.«

»Das ist dummes Geschwätz«, meinte Stups ärgerlich. »Und es paßt auch gar nicht mehr zu dir. Du bist doch in letzter Zeit viel wacher und selbständiger geworden. Ich sage dir das eine, zuerst und unbedingt muß eine Frau ihr eigenes Leben haben. Sie muß einen Beruf haben, sie muß eigene Interessen haben, sie muß einfach imstande sein, ihr Leben aus eigener Kraft und mit eigenen Mitteln auszufüllen. Ob und wieweit sie dann einen Mann hineinnimmt in dieses Leben und welche Rolle die Liebe für sie spielt, das ist eine zweite Frage. Aber sie muß jederzeit imstande sein, auch ohne diesen Mann so weiterzuleben wie zuvor.«

»O Stups«, sagte Regina, »glaubst du wirklich, daß es so sein könnte? Daß man so leicht zur Tagesordnung übergehen kann, wenn man wirklich geliebt hat?«

»Leicht?« fragte Stups zurück, sie blickte jetzt sehr ernst drein. »Nein, leicht ist es vielleicht nicht immer. Aber man muß es auf jeden Fall anstreben, sich ein eigenes Leben zu zimmern. Jede Frau sollte es tun. Dann stirbt man nicht mehr an gebrochenem Herzen. Die Liebe als einziger Lebensinhalt taugt nicht. Nicht einmal, wenn eine Ehe daraus wird. Wenn die Frauen das einmal erkannt haben, wird es nicht mehr soviel unglückliche Frauen geben.«

Regina seufzte. »Du hast leicht reden, Stups. Du bist so vernünftig und hast so einen klaren Kopf, und du weißt immer, was du willst. Ich kann mir denken, du bist immer sehr gut mit der Liebe fertig geworden.«

Stups schwieg eine Weile, ihr Gesicht war auf einmal von einem tiefen Leid überschattet, dieses muntere kecke kleine Gesicht mit den gescheiten Augen. Dann sagte sie leise: »Es hat einen Fall gegeben, da bin ich gar nicht gut damit fertig geworden. Ich habe noch nie darüber gesprochen. Aber du hast dich vielleicht manchmal gewundert, warum ich so allein lebe und warum ich so bin, wie ich bin. Es ist eine ganz alltägliche Geschichte, Regina, die tausendfach passiert ist. Ich teile das Schicksal vieler Frauen in dieser Zeit. Ich habe auch einen Mann geliebt, über alles in der Welt. Ich war sehr jung damals und konnte mir ein Leben ohne ihn nicht vorstellen. Es war im Krieg, und wir haben sehr schnell geheiratet und waren sehr glücklich. Er war wie der Sonnenschein, fröhlich und strahlend und so gut. Nicht so einer wie Janos, nein, ein Mann, auf den man bauen konnte. Das wußte ich, so jung ich war. Er war Kommandant auf so einem elenden Ding, auf so einem U-Boot. Und dann kam er eines Tages nicht zurück. Sein Boot war untergegangen. Weißt du, wie das für mich war? Wenn ich nachts im Bett lag und mir vorstellte, wie er gestorben ist? Elend ersoffen, hilflos und ausgeliefert. Ich konnte nichts anderes denken als immer wieder das. Tag und Nacht malte ich mir das in den schrecklichsten Farben aus. Ich wollte auch nicht mehr weiterleben ohne ihn. Aber dann passierte noch soviel Schreckliches. Wir wurden ausgebombt, meine Mutter dabei verletzt und lag monatelang im Krankenhaus. Mein Vater war nervenkrank. Auf einmal mußte ich für alles sorgen. Ich mußte sehen, daß wir eine neue Bleibe bekamen, ich mußte Geld verdienen. Dann war der Krieg aus, und die Russen kamen, und alles war so unvorstellbar schwierig. Mein Vater war Beamter gewesen, aber lange Zeit bekam er gar nichts. Er war auch gar nicht fähig, sich darum zu kümmern. Ich mußte für sie sorgen. Heute geht es ihnen ganz gut, er bekommt seine Pension, und Mutti ist wieder gesund. Aber viele Jahre lang lag alles allein auf mir. Es war nicht leicht, Regina. Aber ich habe es geschafft. Ich habe es vor allen Dingen geschafft, wieder ein einigermaßen ausgeglichener Mensch zu werden, das war das Schwerste.«

Regina blieb hierauf eine Weile still. Das hatte sie alles nicht gewußt. Stups hatte nie von früher gesprochen. Man hatte auch nie danach gefragt. Man nahm sie so, wie sie war, tüchtig, energisch und jeder Lage gewachsen.

»Das ist schlimm«, sagte Regina leise. »Und du hast niemals wieder...«

»Nein. Ich habe niemals wieder geliebt. Richtig geliebt, meine ich. Natürlich habe ich Männer gekannt. Aber sie haben mir nie viel bedeutet. Keiner war so wie er. Meine Arbeit befriedigt mich, sie ist mir Lebensinhalt geworden. Na und sonst«, sie schlug einen leichteren Ton an, »das Leben mit Janos ist ja wirklich amüsant genug. Und was die Liebe betrifft, so habe ich da ja den besten Anschauungsunterricht. Nämlich, daß man sie nicht so ernst nehmen soll.«

»Da glaubst du also auch, daß Janos nicht richtig lieben kann?« fragte Regina. Nun waren sie wieder bei ihm angelangt.

»Auch? Wieso auch? Wer glaubt das noch?«

»Ich. Ich denke es manchmal.«

»Bist du schon soweit?« fragte Stups. »Und was denkst du weiter?«

»Auch wenn du mich auslachst, Stups, ich möchte gern richtig geliebt werden.«

Stups lachte gutmütig. »Du bist noch sehr junge, Regina. Jünger als deine Jahre. Und vielleicht liebt er dich auch richtig. Ich sage dir ja, er hat sich sehr verändert.«

»Ja«, sagte Regina, »vielleicht. Mehr als vielleicht wird man bei Janos nie wissen.«

»Mehr als vielleicht weiß man nie«, sagte Stups, »bei keiner Liebe und bei keinem Mann, auch bei keiner Frau. Damit mußt du dich abfinden, Regina. Die ganze Liebe ist ein einziges großes Vielleicht.«

OKTOBER

In diesem Monat hatte Regina Geburtstag. Sie bekam einen Pelzmantel von Janos, einen grauen Persianer. Sie hatte nichts geahnt und war sprachlos.

»Freust du dich?« fragte er.

»Ja, o ja, so sehr. Er ist himmlisch. Aber so viel Geld! Stups wird schimpfen.«

»Sie hat schon geschimpft. Sie meinte, ein Lammantel hätte es auch getan; aber das geht nicht. Ein Persianer ist das mindeste. Eigentlich müßte ich meine kleine Prinzessin in einen Nerz hüllen. Das kommt auch noch, später.«

Zur Feier des Tages speisten sie abends im Plaza. Stups war dabei, und Herrn Brunnhuber hatten sie auch eingeladen. Regina hatte ihm gegenüber sowieso ein schlechtes Gewissen, seit sie vom Urlaub zurück war, hatte sie ihn nicht einmal besucht.

Doch er nahm es ihr nicht übel. Er sagte: »Ich weiß schon. Wenn man jung und glücklich ist, dann braucht man alte Leute nicht. Wenn ihr mal Sorgen habt, werdet ihr schon wieder zu mir kommen.«

Er hielt eine richtige kleine Rede auf Regina. »Es sind lauter Stufen, Regina«, sagte er am Schluß, »auf und ab gehen sie, mal breit und bequem, willig unter unserem Fuß, und dann wieder hoch und mühsam zu ersteigen. Aus den Stufen der Tage setzen sich die Wochen und Monate zusammen, aus den Stufen der Monate wird ein Jahr. Und jedes Jahr ist eine große Stufe in unserem Leben. Manchmal kann man nicht gleich beurteilen, ob sie aufwärts oder abwärts führte. Das merkt man erst später. Und vielleicht – was wissen wir – ist unser ganzes Leben nichts anderes als die Stufe einer großen Treppe, die wir beschreiten und von der wir nicht wissen, wo sie begann und wo sie endet.«

Regina hatte mit andächtiger Miene zugehört. Nun stieß sie mit allen an. Sie war froh und glücklich. Alle dunklen Gedanken waren verschwunden. Janos war da, er liebte sie, es stand in seinen Augen, er hatte es ihr heute wieder gesagt. Und Stups war eine gute Freundin, ein Kamerad, und zu alledem gab es noch Papa Jacob, den väterlichen Freund. Oh, sie konnte zufrieden sein mit diesem Jahr. Alles war gut gewesen, viel besser, als man es je erwarten konnte.

»Du hast uns beiden Glück gebracht, Papa Jacob«, sagte Janos, »weißt du das? Daß wir einmal durch deine Tür gegangen sind und bei dir eintraten, das hat unser Leben verändert. Es war bei mir so, und es war bei Regina so. Und nicht nur das, wir haben uns auch noch gegenseitig gefunden. Was können wir bloß tun, um es dir zu danken?«

Der alte Herr war gerührt. »Kinder, wofür wollt ihr mir danken? Was habe ich dabei getan?« Und leiser fügte er hinzu: »Wenn ihr glücklich seid, dann bin ich bedankt genug.«

»Was du dabei getan hast?« sagte Janos. »Nun, ich glaube, man wird nicht so ohne weiteres zum Glücksbringer. Man muß schon selber einige Voraussetzungen dazu mitbringen. Dein Verständnis, Papa Jacob, dein offenes herzliches Wesen und dein gütiges, hilfsbereites Herz, damit fing es an. Stimmt's, Regina?«

»Ja«, Regina nickte überzeugt. »Als ich bei Papa Jacob war, fühlte ich mich zum erstenmal wohl, seit ich im Westen bin. Zum erstenmal hatte ich so etwas wie eine Heimat gefunden und einen Menschen, der gut zu mir war und mit dem ich reden konnte. Und da hat Janos ganz recht, das wirkte sich auf mich selbst aus und machte mich freier und fröhlicher.«

»Da hörst du's, Papa Jacob. Es ist kein Zufall, daß alles so kam, wie es gekommen ist. Du hast eine ganze Menge dazu beigetragen. Und deswegen werden wir beide, Regina und ich, dir dankbar sein und dich liebhaben, solange wir alle drei leben.«

Janos war direkt ein bißchen feierlich geworden. Und Herr Brunnhuber hatte feuchte Augen bekommen, so gerührt war er über »die Kinder«, wie er sie bei sich immer nannte.

Stups rief: »Jetzt hör aber auf! Gleich fange ich an zu heulen.«

»Nachdem wir also das erste Glas auf das Geburtstagskind getrunken haben«, sagte Janos, »trinken wir das zweite auf Papa Jacob.«

Sie hatten vortrefflich gespeist und sich dabei gut unterhalten, so wie sich eben nur Leute unterhalten, die sich gut kennen, sich verstehen und sich leiden mögen. Eine Kombination, die trotz der großen Anzahl von Menschen auf der Welt und der damit verbundenen Möglichkeiten doch immer sehr selten zu erreichen ist.

Regina sah reizend aus. Sie trug ein schmales schwarzes Kleid, ganz einfach gearbeitet, doch aus kostbarem Material, ihre schönen Schultern waren nackt, und ihr apartes Köpfchen hob sich anmutig auf schlankem Hals.

Ihre besten Jahre kommen erst, dachte Janos, als er sie ansah. Langsam beginnt sie, eine Dame zu werden, aber sie wird diese reizvolle Mischung aus Mädchen und Frau noch lange an sich behalten. Und dann dachte er: Der Teufel soll mich holen, aber ich liebe sie. Ich hätte nicht nach Hamburg fahren sollen; aber sie braucht es ja nie zu erfahren.

Noch ein anderer sah Regina häufig an. Martin. Er saß mit Onkel Fritz ebenfalls im Restaurant des Plaza. Man hatte sich aus der Ferne begrüßt, das war alles. Es schmerzte ihn. Und noch mehr schmerzte es ihn, diesen Mann an Reginas Seite zu sehen. Selbst überrascht davon, entdeckte er in seinem Herzen den heftigen Wunsch, sie möge bei ihm sitzen, hier an seinem Tisch.

»Ist das nicht das nette Mädchen, mit dem wir mal einen Aperitif getrunken haben?« fragte Onkel Fritz, dem nichts so leicht entging. »Wie hieß sie doch gleich?«

»Regina.«

»Ach ja, Regina. Hübscher Name, hübsches Mädchen. Hast du sie eigentlich mal besucht?«

»Besucht? Nein.«

»Aber du hattest doch damals ihre Telefonnummer aufgeschrieben.«

»Ja, allerdings. Aber du siehst doch, daß sie weder Zeit noch Interesse für mich hat.«

»Hm. Ist das ihr Freund, der Schwarze?«

»Ja.«

»Gut aussehender Bursche. Aber so ein bißchen, na ja, ich weiß nicht. Zu gut aussehend, finde ich. Wird sie ihn heiraten?«

»Das weiß ich doch nicht«, entgegnete Martin leicht gereizt. »Ich kann sie doch nicht danach fragen. Außerdem habe ich sie seit damals nicht mehr gesehen.«

»Versteh' ich nicht. Du bist doch ein junger Mann und solltest nicht gar zu zurückhaltend sein, mein Lieber. Als ich in deinem Alter war, hätte ich mich um so ein Mädchen ein bißchen bemüht.«

»Du hättest dich um ein Mädchen bemüht, von dem du weißt, daß es einen anderen liebt?«

»Na, so genau weißt du es ja nicht. Oder? Hat sie dir's gesagt?«

»Sieh sie doch an! Dann weißt du alles.«

»Vielleicht feiern sie Verlobung«, vermutete Onkel Fritz, »sie sind alle festlich gekleidet, sie haben Blumen auf dem Tisch und trinken Sekt.«

Als Pölsen einmal vorbeikam, um ein paar Worte mit Martin zu sprechen, konnte sich Onkel Fritz, neugierig wie er nun mal war, die Frage nicht verkneifen: »Was wird denn da drüben gefeiert? Verlobung?«

Pölsen lachte. »Verlobung! Sie kennen Janos Janady nicht. Wenn der sich jedesmal verloben wollte... Nein, Fräulein Thorbeck hat Geburtstag.«

Als sie wieder allein waren, sagte Onkel Fritz mißbilligend: »Also das finde ich nun gar nicht gut und richtig, daß so ein nettes Mädchen mit einem Mann befreundet ist, der als Casanova bekannt ist. So was ist doch eine undankbare Sache. Das hättest du nicht zulassen sollen, Martin.«

»Ich?« fragte Martin verblüfft.

»Natürlich du. Ich denke, du hast sie schon früher gekannt? Um ein junges Mädchen kümmert man sich, das überläßt man nicht seinem Schicksal!«

Ja, er hatte sie früher gekannt. Ganz am Anfang. Am Anfang dieses Jahres und am Anfang ihrer Zeit in der veränderten Welt. Wie verloren und herumgestoßen waren sie gewesen, alle beide! Martin sah sie wieder vor sich sitzen, damals in der kleinen Kammer bei Mosers, blaß und schmal, mit den hellen Augen und dem glatten langen Haar. Trotzig und bitter war vieles gewesen, was sie gesprochen hatten. Jeder war viel zu sehr mit seinem eigenen Unglück beschäftigt gewesen, als daß sie hätten einander richtig sehen und hören können. Aber es war für ihn so tröstlich gewesen, daß sie da war. Und dann war sie eingeschlafen, er hatte sie hochgehoben und in sein Bett gelegt, und dann schlief sie neben ihm. Das konnte er nicht vergessen. Noch immer spürte er sie neben sich, hörte ihren leisen Atem, sah die weiche Linie ihrer Wange. Warum war er so ein Narr gewesen und hatte sie nicht festgehalten? Warum nur? Er begriff es heute nicht mehr. Damals in der Silvesternacht, in der kleinen Kneipe, als sie weggegangen war, da hatte er schon gewußt, daß er sie hätte festhalten müssen. Und dann war sie wiedergekommen, doch er hatte sie trotzdem nicht festgehalten. Dann war er selbst fortgegangen. Und nun saß sie dort bei dem anderen Mann, und Martin wußte auf einmal, daß er nichts so sehr wünschte, als daß sie bei ihm wäre.

Es war wie immer sehr unterhaltsam im Plaza. Man sah bekannte Leute, Prominente und solche, die es werden wollten.

Plötzlich tauchte Dodo auf. Sie kam mit einem recht sympathischen

Mann in mittleren Jahren, nicht der dicke Herr Berger, ihr Freund und Gönner.

Janos sagte schmunzelnd: »Aha, sie hat sich schon verbessert.«

Dodo war inzwischen wirklich ein kleines Filmsternchen geworden, ein Starlet, wie es die Presse nannte. Ihre erste Rolle hatte sie abgedreht, der Film würde in Kürze herauskommen. Sie sah sehr attraktiv aus, obwohl sie ein wenig extravagant angezogen war. Doch es paßte ganz gut zu ihr. Ihre Manieren waren immer noch unbekümmert. Sie ließ ihren Begleiter nach einer Weile allein und kam zu ihnen an den Tisch.

»Hallo, ihr Süßen«, sagte sie. »Wird hier gefeiert? Ihr seht alle so vornehm aus.«

»Regina hat Geburtstag«, sagte Janos.

»Oh, herzlichen Glückwunsch. Der wievielte ist es denn?«

»Benimm dich nicht so unmöglich! Du weißt, daß man so etwas nicht fragt.«

Dodo zog eine Grimasse. »Na, so alt kann sie ja noch nicht sein. Und wie geht's euch sonst?« Sie setzte sich einfach zu ihnen an den Tisch, auf die Kante des Sofas, auf dem Stups saß.

»Das wird deinem Kavalier kaum recht sein, wenn du dich hier niederläßt«, meinte Janos.

»Der wartet schon. Ich komme ja gleich zurück. Aber alte Freunde muß man doch begrüßen. Wie gefällt er dir übrigens?«

»Dein neuer Mann? Ist er das?«

»Wie man's nimmt. So ungefähr.«

»Er sieht recht gut aus.«

»Ja, nicht wahr? Er ist Drehbuchautor, weißt du. Und er schreibt eine prima Rolle für mich.«

»Aha. Dann würde ich ihn aber nicht verärgern.«

»I wo. Er liebt mich doch.« Sie sagte es mit dem drolligen Ernst eines Kindes, zutiefst überzeugt von ihrer eigenen Wirkung.

»Und wie geht die Filmerei?« fragte Stups.

»Es macht sich. Vergeßt ja nicht, euch meinen Film anzusehen. Ist ja nur eine kleine Rolle, aber alle sagen, daß ich gut sei.«

Offensichtlich hatte Dodo noch etwas Bestimmtes auf dem Herzen. Sie druckste eine Weile herum, und dann fragte sie Janos: »Wie war's übrigens in Hamburg? Hast du dich gut amüsiert?«

Überrascht blickte Janos sie an. »In Hamburg?«

»Ja, ich habe dich gesehen. Ich war zu Filmbesprechungen dort. Und in den Vier Jahreszeiten hab' ich dich gesehen. Aber du warst so beschäftigt, daß du mich gar nicht bemerkt hast.«

Es klang triumphierend, ihre Augen funkelten geradezu vor Entzücken.

Janos' Miene veränderte sich nicht. Aber in seinen Augen stand eine Warnung, die Dodo nicht übersehen konnte. Und obwohl sie eigentlich vorgehabt hatte, mehr zu sagen – deswegen war sie ja eigentlich nur herüber zu ihnen an den Tisch gegangen –, entschloß sie sich nun doch zur Diskretion. Sie wollte es nicht mit Janos verderben.

So lächelte sie nur ein bißchen spöttisch, streifte Regina mit einem kurzen Blick und verabschiedete sich dann.

Stups blickte ihr nach, dann sah sie Regina an, dann Janos. Regina lächelte unbeschwert, sie hatte sich nichts bei Dodos Worten gedacht. Sie ist immer noch ein Kind, dachte Stups. Janos erwiderte ihren Blick, er hob ein bißchen die Augenbrauen dabei und schien etwas verlegen.

»Na ja«, sagte Stups laut. Es klang resigniert. »So ist es nun mal.«

Aber Dodos bemerkenswerte Zurückhaltung rettete Reginas Geburtstag auch nicht. So fröhlich er begonnen hatte, er endete mit einem Mißklang.

Es war bereits gegen elf Uhr, da betrat Ruth Bornemann das Restaurant. Sie war allein. Sie blieb an der Tür stehen, kniff die Augen ein wenig kurzsichtig zusammen und überblickte suchend den Raum. Als sie Janos gesehen hatte, kam sie geradewegs auf ihren Tisch zu. Janos sah sie nicht, er saß mit dem Rücken zu ihr. Aber Regina sah sie kommen. Sie erkannte sofort das Mädchen aus Zürich und blickte ihm neugierig entgegen. Ruth war sehr elegant, in einem engen, schmalen Cocktailkleid aus Silberlamé. Sie sah herrlich aus, schlank und kühl und bildschön. Ihre Miene war unbewegt, ein wenig hochmütig wie immer, aber in ihren Augen flackerte Unruhe.

Janos sah sie erst, als sie neben ihm stehenblieb. Überrascht blickte er auf, Stups sah deutlich, daß er erschrak. Er stand auf und versuchte, die Situation zu überspielen: »Oh, welche Überraschung! Fräulein Bornemann, Sie sind...«

Weiter kam er nicht. Ruth war sehr jung. Sie war stets gewohnt, zu tun, was ihr paßte, und auf nichts und niemanden Rücksicht zu nehmen. Und sie war verliebt, zum erstenmal.

»Ich hatte dich heute abend eingeladen«, sagte sie. »Und ich hatte meinen Eltern gesagt, daß du kommst.« Es klang ein wenig drohend, ihre blauen Augen sahen Janos gerade an, sonst hatte sie niemanden am Tisch angesehen oder begrüßt.

Janos war blaß geworden. Wollte sie ihm hier etwa einen Skandal machen? Zuzutrauen war es ihr. »Ruth, ich bitte dich«, sagte er. »Ich habe gestern angerufen und dir gesagt, daß ich nicht komme.«

»Ja, du hast gesagt, daß ihr hier den Geburtstag deiner Freundin feiern wollt.« Jetzt blickte sie auf Regina hinunter, die erschreckt zu ihr aufsah. »Ich hätte nicht für möglich gehalten, daß es dein Ernst ist. Ich bin hergekommen, um mich selbst davon zu überzeugen.«

Von den anderen Tischen blickten die Leute herüber. Dodo fiel fast vom Stuhl vor Begeisterung.

»Ruth«, sagte Janos energisch, »du erregst Aufsehen, merkst du das nicht? Bitte, sei vernünftig!«

»Vernünftig?« fragte Ruth zurück. Ihre Stimme bebte, sie geriet immer mehr außer sich. »In Hamburg warst du dagegen, daß ich vernünftig bin. Und jetzt auf einmal wieder? Du änderst deine Ansichten schnell. Und erwartest von mir, daß ich das mitmache? Nein, mein Lieber, nicht mit mir. Ich lasse mich von dir nicht an der Nase herumführen, ich nicht. Ich bin nicht eines von deinen Mannequins, und ich...«

Die Situation war peinlich, alles blickte jetzt herüber. Janos nahm Ruth am Arm und sagte scharf: »Komm mit hinüber in die Bar! Siehst du nicht, daß du dich unmöglich machst?«

Es sah aus, als wolle Ruth ihn fortstoßen, aber dann ging sie doch mit ihm, steif und hölzern, ohne nach rechts und links zu blicken. Die drei am Tisch blieben still. Regina war totenblaß, sie blickte vor sich hin. Stups sah besorgt zu ihr hinüber. Sie würde doch nicht anfangen zu weinen oder irgend so etwas?! Nun hatten sie den Salat. Dieser verflixte Janos. Und das kleine Biest mußte ausgerechnet hierherkommen! Und ausgerechnet an Reginas Geburtstag! Die Reise nach Hamburg! Das war also die Erklärung! Sie hatte sich gleich gedacht, daß etwas dahintersteckte. Aber diesmal schien Janos an die Falsche geraten zu sein. Was hatte sie gesagt? Ich habe meinen Eltern gesagt, daß du kommst. Geschah ihm ganz recht. Stups hätte eine reine Schadenfreude empfunden, wenn Regina nicht gewesen wäre. Um ihretwillen war die Geschichte recht schlimm.

Herr Brunnhuber blickte etwas verständnislos drein. »Eine temperamentvolle junge Dame«, sagte er verlegen.

»Wir sollten hier nicht sitzen wie die begossenen Pudel«, sagte Stups. »Regina, was meinst du? Willst du den Leuten ringsherum und Dodo die Freude machen, daß du hier mit Trauermiene sitzt? Das Mädchen hat sich unmöglich benommen, und Janos hat mal was auf den Deckel gekriegt, was ihm gar nicht schadet. Aber wir könnten ja hier mit guter Haltung die Situation meistern.«

Regina hob den Kopf und blickte sie dankbar an. Sie war blaß, aber ganz beherrscht. Jetzt lächelte sie sogar, es war ein kleines hilfloses Lächeln, es schnitt Stups ins Herz.

»Du hast recht«, sagte Regina ruhig. »Das sind wohl so Zwischenfälle, die bei Janos vorkommen. Und du meinst, ich soll hier sitzen bleiben und nicht einfach aufstehen und weggehen?«

»Ja, ich meine, du sollst hier sitzen bleiben. Es macht sich besser. Ist in unserer Flasche noch was drin?«

»Nein«, meinte Herr Brunnhuber. »Sie ist leer.«

»Gut«, sagte Stups, »dann bestellen wir noch eine. Nun gerade.« Sie wandte sich nach dem Ober um, und als er gekommen war, bestellte sie wirklich noch eine Flasche.

Regina zündete sich eine Zigarette an, dann sagte sie: »Ich bin ganz ruhig, Stups, siehst du. Das mußte ja einmal kommen, nicht wahr? Ich habe es gewußt, ich habe es immer gewußt.«

»Mal langsam«, sagte Stups beruhigend, »man weiß ja noch nicht, was los ist. Vielleicht ist die Kleine nur hysterisch. Sie scheint ja noch ganz jung zu sein. Und es hat sie offensichtlich gekränkt, daß Janos zu ihrer Party nicht gekommen ist. Ein verwöhnter Balg scheint sie obendrein zu sein. Kennst du sie?«

»Wir haben sie mal in Zürich getroffen, sie und ihre Mutter. Sie machte einen recht eingebildeten Eindruck, und Janos sagte ..., warte mal, was sagte er doch gleich? ›Sie interessiert mich nicht, aber sie reizt mich.‹ So was Ähnliches.«

Regina wunderte sich über sich selbst. Wie ruhig sie hier saß und redete, als wenn nichts geschehen wäre. Und dabei war eben eine Welt für sie untergegangen. Aber sie haßte nichts so sehr wie Aufsehen, und sie wollte nicht, daß irgendeiner hier im Raum sie ansah und sie bemitleidete und erkannte, was geschehen war. Und Ruths Worte waren es auch, die wie ein Pfeil in ihr Herz gefahren waren. Den Geburtstag deiner Freundin, hatte sie gesagt, deine Freundin, das war sie, Regina. Wie verächtlich es geklungen hatte! Und dann: Ich bin nicht eins von deinen Mannequins ... So sah das also von außen aus!

Es war schwer zu ertragen für Reginas Stolz. Fast genauso schwer wie Janos' Verrat. Und darum saß sie jetzt hier und redete mit Stups und Herrn Brunnhuber, als wenn nichts geschehen wäre, sie trank den beiden zu und rauchte und lächelte. Ihr Herz mußte jetzt schweigen.

»Na ja«, sagte Stups jetzt, »typisch Janos. Er wird wohl nie gescheit.«

»Er war mit ihr in Hamburg«, sagte Regina.

»Es sieht so aus.«

Jetzt verstand Regina nachträglich auch, was Dodo gemeint hatte. »Und davon sprach Dodo vorhin.«

»Genau das«, bestätigte Stups. »Und wenn du sie gesehen hättest, als das Mädchen hier bei uns am Tisch stand, du hättest lachen müssen. Sie hat sich fast den Hals verrenkt. Und jetzt hat sie auch pausenlos die Augen hier.«

»So? Hat sie?« sagte Regina. »Das macht ihr Spaß, wie? Nun, dann wollen wir lachen und fröhlich sein. Prost.« Sie hob ihr Glas und trank und lachte wirklich. Es tat den beiden anderen weh, dieses Lachen.

»Regina«, begann Herr Brunnhuber vorsichtig, »du solltest es nicht zu schwernehmen. Ich habe dir ja immer gesagt, weißt du noch, daß es eben ...«

»Ja, natürlich«, unterbrach ihn Regina. »Du hast es mir immer gesagt, Papa Jacob. Ich nehm' es ja auch nicht schwer. Gar nicht. Ist ja auch nicht so wichtig.«

»Nur ausgerechnet an deinem Geburtstag«, bedauerte Herr Brunnhuber.

»Das ist schon sehr schade.«

»Oh, das paßt ganz gut. Am Geburtstag kann man ruhig mal ein bißchen zu sich kommen. Und das neue Lebensjahr beginnt eben dann gleich ohne Janos. Ich werde mich dran gewöhnen.«

Stups gefiel dieser Ton nicht an Regina. Er paßte nicht zu ihr. Und sie hörte doch die Verzweiflung durch, die dahintersteckte. Aber Regina hatte sich fest in der Hand. Sie begann ohne weiteren Übergang von der Schule zu erzählen, von ihren Mitschülern, von den Lehrern, von kleinen Erlebnissen ihres Alltags. Sie sprach rasch und sprunghaft, aber sie sprach, und die beiden anderen antworteten ihr bereitwillig, froh darüber, daß Regina so gut die Haltung bewahrte.

Stups dachte anerkennend: Sie ist eben aus gutem Stall, das beweist sich immer in schwierigen Situationen. Und wenn der Zwischenfall ihr dazu verhilft, sich etwas von Janos zu lösen, freier zu werden, selbständiger, so ist das kein Fehler. Sie hat ihr Leben viel zu sehr auf ihn eingestellt.

Nach einer Weile kam Janos zurück. Allein. Er machte eine zugeknöpfte Miene, um dahinter seine Verlegenheit zu verbergen. Auch wohl, um die anderen zu verhindern, ihn etwa mit Fragen oder Vorwürfen zu empfangen. Aber daran dachte niemand. Im Gegenteil, Regina lächelte ihm zu und sagte leichthin: »Wir haben noch eine Flasche bestellt, ich hoffe, es ist dir recht.«

»Natürlich«, sagte er erleichtert. Er warf ihr einen prüfenden Blick zu, aber Regina erschien ganz unbefangen. Ein paar nichtssagende

Sätze wurden ausgetauscht, dann fing Janos selbst von Ruth an zu sprechen.

»Es tut mir leid«, sagte er, »eine peinliche Geschichte.«

»Das kann man wohl sagen«, erwiderte Stups trocken.

»Und gerade an deinem Geburtstag«, fügte er hinzu, zu Regina gewandt.

Regina sah ihn jetzt an, ihr Blick war kühl und wies ihn zurück. »Nun, mein Geburtstag ist wohl nicht so wichtig dabei. Es wäre an jedem anderen Tag genauso peinlich gewesen.«

Janos lachte unsicher. »Sie ist ein verwöhnter Balg und kann es nicht ertragen, wenn es nicht nach ihrem Kopf geht. Sie hatte mich eingeladen. Sie haben heute bei sich zu Hause eine große Party, die Eltern feiern die silberne Hochzeit. Na ja, so was ist mir sowieso ein Greuel. Da hatte ich abgesagt.« Darauf schwiegen die drei anderen, was ihn nervös machte. »Es geht sonst immer nach ihrem Kopf, wißt ihr. Ihr alter Herr scheint sie sehr zu verwöhnen. Sie wurde erzogen wie eine Prinzessin, Pensionat in der Schweiz und so was alles.«

»Anscheinend hat die gute Erziehung aber nicht viel genützt«, sagte Stups boshaft.

Man blieb noch eine halbe Stunde sitzen, ohne daß der Vorfall wieder erwähnt wurde. Dann brachen sie auf.

Janos fuhr zuerst Herrn Brunnhuber nach Hause. Regina stieg mit aus, als sie angelangt waren. »Gute Nacht, Papa Jacob«, sagte sie weich. »Schlaf gut. Ich komme dich nächster Tage mal besuchen.«

»Das ist schön, mein Kind«, erwiderte Herr Brunnhuber. »Und schlaf du auch gut. Gräm dich nicht, ja? Du bist doch ein kluges, tüchtiges Mädchen.«

»Ja«, sagte Regina, sie schluckte. Sie legte beide Arme um seinen Hals und küßte ihn zärtlich. »Lieber Papa Jacob«, sagte sie.

Schweigend saß sie dann neben Janos, als sie durch die Stadt zurückfuhren.

»Regina«, begann er nach einer Weile, »es tut mir so leid, wirklich. Du bist mir doch nicht böse?«

»Böse?« fragte Regina kühl zurück. »Das ist wohl nicht der richtige Ausdruck. Und wenn auch, was macht es dir aus? Du bist es schließlich gewohnt, daß dir jede Frau eines Tages *böse* ist, wenn du ein neues Abenteuer anfängst. Du hast es bis jetzt immer sehr gut überstanden.«

»Sprich nicht so mit mir, Regina! In diesem Fall ist es etwas anderes. Du bist nicht irgendeine Frau für mich, das weißt du genau. Und ich will dich nicht enttäuschen, gerade dich nicht.«

»Das hättest du dir vorher überlegen sollen.«

»Sieh mal, die Sache war so...«

»Hör auf«, unterbrach ihn Regina heftig. »Ich will es nicht hören. Es interessiert mich nicht. Du hast mich betrogen, und das genügt mir. Es wundert mich nicht, und es überrascht mich nicht, alle haben es mir immer prophezeit. Ich will nichts davon wissen, von gar nichts. Es ist so... so billig.«

Janos schwieg darauf. Sie hatte recht. Sie hatte so recht. Er verstand sich selbst nicht mehr. Er liebte Regina doch. Und das Zusammensein mit Ruth in Hamburg hatte ihm im Grunde nichts bedeutet. Er hatte es schon bereut, als er dort war, und hatte gehofft, es wäre abgetan und erledigt.

Daß Regina es nun erfahren hatte, ärgerte ihn maßlos. Und er war sich wirklich im unklaren darüber, wie sie darauf reagieren würde. Doch er vertraute auf seine Geschicklichkeit, er würde sie schon wieder versöhnen.

»Wir fahren jetzt zu mir«, sagte er nach einer Weile, »und trinken noch in Ruhe ein Glas zusammen, ja?«

»Nein«, sagte Regina entschieden, »ich will nach Hause.«

»Regina, bitte, sei nicht eigensinnig.«

»Eigensinnig?« fragte sie zurück, und es klang, als würde sie gleich weinen. »Ich bin nicht eigensinnig. Aber ich möchte jetzt allein sein. Und ich will von dir nichts mehr sehen und hören. Kannst du das nicht begreifen?«

»Regina, gerade heute an deinem Geburtstag...«

»Ach zum Teufel mit meinem Geburtstag! Hör endlich damit auf! Das hat doch damit nichts zu tun. Außerdem ist er sowieso schon vorbei, es ist zwölf durch.« Und bitter fügte sie hinzu: »Ein schöner Geburtstag.«

Er fuhr trotzdem in Richtung seiner Wohnung. Regina sagte kalt, als sie es merkte: »Du wirst mich kaum gewaltsam zu dir hinaufschleppen wollen. Und ich komme bestimmt nicht mit.«

Er wendete wortlos und fuhr zu ihr. Doch als sie angelangt waren, stieg er mit aus, und als sie die Haustür aufgeschlossen hatte, folgte er ihr ins Haus.

»Bitte, Janos«, sagte Regina gereizt, »ich will dich auch hier nicht mehr sprechen.«

»Aber ich«, sagte er, nun auch heftig, »ich lasse dich jetzt nicht allein.« Er schob sie ins Haus, nahm sie fest am Arm und ging mit ihr hinauf.

Regina widerstrebte nicht mehr. Ach, im Grunde wollte sie ja auch nicht allein sein! Wenn sie allein war, würde sie weinen und so verzweifelt sein. Aber es hatte auch keinen Zweck, daß er bei ihr blieb. Sie würden reden und vielleicht sich streiten, und er würde Gründe und Erklärungen finden und Ausflüchte, aber es änderte nichts daran, daß alles nun verdorben war. Sie hatte ihm vertraut, trotz allem was die anderen gesagt hatten und was sie selbst wußte, sie hatte ihm vertraut. Und nun war es damit vorbei, für immer.

Als sie in der Wohnung waren, setzte sich Janos, zündete sich eine Zigarette an und sagte, es klang ein wenig ungeduldig, gereizt, so wie Männer immer reagieren, wenn sie sich schuldig fühlen: »Also nun sag, was du auf dem Herzen hast! Damit wir es hinter uns haben.«

Regina preßte die Lippen zusammen. Das war alles, was er im Moment zu sagen hatte? Er war wohl nicht das erstemal in solch einer Situation. Er war es gewohnt, daß eine eifersüchtige Frau ihm eine Szene machte. Und nun waren sie auch soweit – nein, sie würde keine Szene machen. Ihr Schmerz überwog allen Zorn. Doch gerade das würde sie ihm nicht sagen und nicht zeigen.

»Du wolltest mit heraufkommen, nicht wahr?« sagte sie ruhig. »Was mich betrifft, so wollte ich einem Gespräch über diese ... diese peinliche Geschichte gern ausweichen. Ich will es auch jetzt noch. Wenn du von mir weggehen willst, weil du dieses Mädchen liebst, dann sag es bitte. Sag es gleich, und dann geh. Wenn ...«

»Was für ein Unsinn!« unterbrach er sie. »Von Liebe kann keine Rede sein, ich ...«

Regina hob abwehrend die Hand. »Laß mich ausreden! Wenn es aber nicht so ist, dann wollen wir nicht mehr davon reden. Es ist mir lieber. Ich will mich nicht mit dir streiten. Daß es mir weh getan hat, weißt du, aber ich ...«

Sie kam nicht weiter. Er war aufgesprungen und hatte sie an sich gerissen, mit einer Heftigkeit, die sonst gar nicht in seiner Art lag. »Regina! Du weißt, daß ich dich liebe. Nur dich. Ich bin ein verdammter Idiot, ich gebe es zu. Willst du mir verzeihen? Und wirst du es wirklich fertigbringen, nicht mehr davon zu sprechen? Und nicht mehr daran zu denken?«

»Ich will es versuchen«, sagte Regina. »Nur dieses eine Mal, das weißt du. Wir wollen jetzt noch in Ruhe ein Glas zusammen trinken, wie du es vorgeschlagen hast, und dann wirst du nach Hause gehen. Und damit wäre das erledigt.«

Er wollte widersprechen. Aber als er ihr ernstes Gesicht sah, nickte er. »Gut. Und morgen ist alles wieder gut?«

Sie lächelte ein wenig. Sie kam sich alt und erfahren vor. Blieb so ein Mann eigentlich immer ein Kind? Konnte er wirklich glauben, daß sie es vergaß? »Ja«, sagte sie, »morgen ist alles wieder gut.«

Er küßte ihre Hand und lächelte wieder ganz unbeschwert. »Du bist eine ganz gescheite und großzügige Prinzessin. Und ich schäme mich ganz schrecklich.«

Übrigens verabschiedete er sich wirklich nach einer Viertelstunde ganz korrekt. Regina lächelte, zufrieden mit sich selbst, als er gegangen war. War es die richtige Art gewesen, ihn so zu behandeln? Vielleicht, vielleicht auch nicht. Aber es war auf jeden Fall ihre Art gewesen. Sie mochte keinen Streit. Und daß eine kleine Trauer in ihrem Herzen zurückblieb, eine Enttäuschung, die nicht so schnell vergehen würde, das war ihre eigene Angelegenheit. Man mußte das wohl in Kauf nehmen, wenn man Janos liebte.

Sie sprachen übrigens wirklich nicht mehr über den Zwischenfall im Plaza. Regina scheute sich, wieder davon anzufangen. Und Janos war es recht so. Er war froh, daß die Geschichte so gut vorübergegangen war. Wenigstens soweit es Regina betraf. Ruth traf er am nächsten Tag, sie war kühl und abwehrend, und dann auf einmal küßte sie ihn wieder.

Sie hatte sich in Janos verliebt, mit all der Heftigkeit und Unduldsamkeit ihrer Jahre. Und nun wollte sie ihn auch ganz haben. Sie hatte immer bekommen, was sie wollte. Trotz aller scheinbaren Blasiertheit war sie unerfahren in allen Dingen der Liebe. Verehrer hatte sie stets genug gehabt, meist waren es junge Leute ihrer Kreise. Daraus machte sie sich nichts. Sie hatte sich darin gefallen, die kühle spröde Schöne zu spielen. Doch die Tage in Hamburg hatten ihr gezeigt, daß es anderes gab und daß es ihr viel bedeutete. Ihr Stolz wollte nicht zugeben, daß sie ein Abenteuer für ihn sein konnte. Sie hatte bereits mit dem Gedanken gespielt, Janos zu heiraten. Warum nicht? Alle Freundinnen würden sie um diesen Mann beneiden. Es würde interessant sein, zu beweisen, daß sie es war, die ihn festhalten konnte. Ja, so jung und unreif war sie im Grunde noch, daß dieser Gedanke außerordentlich reizvoll für sie war.

Janos fühlte sich unbehaglich in seiner Haut. Er wußte jetzt selbst nicht mehr, warum er nach Hamburg gefahren war. Es war wohl bloß die Freude an dem alten, vertrauten Spiel gewesen, sonst nichts. Und er hatte nicht die geringste Lust, dieses Abenteuer fortzusetzen. Aber das konnte er ihr nicht sagen. Es war nicht seine Art, eine Frau zu enttäuschen oder zu beschämen. Einen Augenblick lang war er versucht, ihr zu sagen, daß er in zwei Tagen nach Berlin fliegen würde.

Er hatte einen Auftrag eines Berliner Modellhauses, es handelte sich um einige Serien für die Zeitschriften, die im Januar und Februar erscheinen würden. Einige Tage würde er in Berlin zu tun haben.

Aber er sagte nichts. Ruth würde mitkommen, das wußte er. Und dann erfuhr es Regina am Ende wieder, das wollte er nicht. Nein, er wollte Regina nicht verlieren, das wußte er jetzt ganz genau.

So sagte er nur: »Wir sehen uns nächste Woche, ja? Und zu deiner nächsten Party komme ich bestimmt.«

»Du kannst es bleibenlassen«, sagte Ruth. »Es liegt mir nichts daran. Und ob ich dich nächste Woche sehen kann, ist noch sehr zweifelhaft. Ich werde kaum Zeit haben.« Sie ging hochaufgerichtet von ihm weg, den Nacken steif.

Sie tat Janos ein wenig leid. Sie war so jung, ein dummes Kind, eingebildet und leer im Grunde. So konnte sie einem Mann nichts bedeuten, noch nicht. Sie würde noch viel dazulernen müssen, ehe es soweit kam. Und sie mußte von selbst darauf kommen. Oder auch nicht. Dann würde sie eine mehr sein von diesen Frauen ihrer Klasse, schön und kostbar, von sich eingenommen, in einem Luxusrahmen lebend, aber ohne Herz, ohne Inhalt, ohne Seele, nichts von dem, was man wirklich lieben konnte.

Es kam ihm nicht zum Bewußtsein, wie neu diese Gedanken für ihn waren. Früher hatte es ihn nicht gestört, auch unter diesen Frauen seine Freundinnen zu suchen. Aber jetzt empfand er anders. Das, was ihn mit Regina verband, war mehr. Es war um vieles schöner. Und das wollte er behalten.

Am Tag nach Reginas Geburtstag brachte ein Bote einen Strauß Rosen und einen Brief. Beides kam von Martin. Er schrieb dazu, daß er am Abend zuvor erfahren hätte, daß sie Geburtstag habe, und da wolle er ihr doch auch gern von Herzen Glück wünschen. Er habe angerufen und gehofft, sie würden sich vielleicht einmal treffen können, aber leider habe er sie nicht erreicht. Ob er anrufen dürfe, wenn er wieder in der Stadt sei?

Regina freute sich. Es wurde ihr geradezu warm ums Herz. Und es tat ihr leid, daß Martin sie nicht erreicht hatte. Aber hatte sie nicht auch seine Adresse und sein Telefon? Sie konnte ihn anrufen und sich für die Blumen bedanken.

Sie traf Martin nicht an. Onkel Fritz war am Telefon. Und kurzentschlossen lud er sie ein, das nächste Wochenende zu ihnen hinauszukommen.

»Es ist jetzt wunderschön hier oben bei uns«, sagte er. »Fremde sind nicht mehr viel da, es ist schön ruhig. Und wir haben einen prächtigen Herbst. Möchten Sie nicht mal kommen?«

Regina zögerte. »O ja«, sagte sie. »Ich möchte schon.«

»Martin würde sich bestimmt sehr freuen. Es würde eine große Überraschung für ihn sein, wenn ich ihm nachher sage, daß Sie kommen. Er kann Sie abholen mit dem Wagen. Also wie ist es?«

Und ohne weiter zu überlegen, sagte Regina: »Gut, ich komme.«

Warum sollte sie nicht einmal selbständig etwas unternehmen? Immer und immer ging sie nur dahin, wo Janos hinging. Und wenn er allein fort war, wartete sie auf ihn. Er würde sowieso nicht da sein, er flog nach Berlin. Nach allem, was geschehen war in letzter Zeit, würde es gut sein, einmal etwas Neues zu sehen. Und außerdem freute es sie, Martin wiederzusehen.

Noch ein anderer Geburtstag wurde in diesem Monat gefeiert: Paul hatte im Oktober Geburtstag. Und wie Gaby es sich im stillen gewünscht hatte, so geschah es, er war an diesem Tag bereits zu Hause. Drei Tage vorher hatte man ihn aus der Klinik entlassen. Natürlich war er noch schwach und schonungsbedürftig, dünn war er geworden und ein wenig älter.

»Aber«, so sagte Gaby heiter, »es steht dir nicht schlecht. Du hattest ein bißchen zugenommen in letzter Zeit.«

»Eine etwas gewaltsame Abmagerungskur. Das nächstemal würde ich Diät vorziehen.«

Es ging ihm den Umständen entsprechend gut. Sogar sehr gut. Der Arzt war zufrieden. Zufrieden mit dem Patienten, zufrieden mit sich selbst.

»Das war ein Stück Arbeit, mein Lieber«, sagte er zum Abschied. »Aber Sie haben mir tüchtig dabei geholfen. Und Frau Gaby auch. Jetzt hoffe ich nur, ihr werdet beide etwas Gescheites anfangen mit dem neugeschenkten Leben.«

»Das werden wir«, sagte Gaby. »Sie können sich darauf verlassen. Und wenn er noch einmal schneller fährt als höchstens achtzig, dann kann er was erleben.«

Paul war sogar schon wieder voller Tatendrang. Doch Gaby sagte: »Daraus wird nichts, mein Freund. Jetzt bin ich der Chef. Und ich will es noch eine Weile bleiben. Du darfst mich höchstens ein bißchen beraten. Höchstens! Und wenn du dich etwas erholt hast, fährst du weg zu einer Kur, mindestens vier Wochen. Dann sehen wir weiter. Vor dem nächsten Jahr will ich dich im Büro nicht sehen. Das könnte dir so passen, daß du den Jahresabschluß machst, und ich hab' die

Arbeit gehabt. Die Weihnachtsgratifikation bekomme ich dieses Jahr ganz allein. Vielleicht springt ein neuer Pelzmantel dabei heraus, hm? Der Alte könnte sich ruhig ein bißchen anstrengen – mir zuliebe.«

Den Geburtstag hatte Gaby liebevoll vorbereitet. Sie beschenkte Paul reichlich. »Als wenn ich eine Frau wäre«, meinte er kopfschüttelnd.

»Oder ein Kind«, sagte Gaby. »Und das bist du ja jetzt auch. Mein Kind.« Sie umfaßte ihn zärtlich und küßte ihn.

»Ich bin dein Mann«, sagte er und hielt sie fest.

»Noch nicht. Aber wenn du willst, kannst du es werden.« Sie machte ein geheimnisvolles Gesicht. »Ich habe nämlich noch eine Überraschung für dich. Ich hoffe, du wirst ein Geschenk darin sehen.«

»Was denn noch?«

»Ja. Die Sache ist die ...«, sie machte eine wirkungsvolle Pause und fuhr dann fort: »Ich wäre nämlich jetzt zu haben.«

»Gaby!«

»Ich bin seit acht Tagen geschieden. Und wenn du willst, also *nur* wenn du willst, dann könntest du jetzt feierlich um meine Hand anhalten.«

»Du hast also wieder Geheimnisse vor mir gehabt.«

»Allerdings. Ich hatte es mir nun mal in den Kopf gesetzt, dich damit zu überraschen. Und das wäre doch gelacht, wenn ich das nicht fertiggebracht hätte.«

»Du bist geschieden?« wiederholte Paul erstaunt.

»Jetzt kriegst du einen Schreck, wie? Ja, tut mir leid, aber mit dem ungebundenen Leben wird es jetzt wohl vorbei sein. Warum soll es dir auch besser gehen als anderen Männern? Schließlich müßt ihr doch wissen, wozu ihr auf der Welt seid.«

»Wie ist denn das so schnell gegangen?«

»Martin hat einen guten Anwalt. Das heißt, eigentlich ist es der Anwalt von Onkel Fritz. Der hat es bestens erledigt und sehr schnell einen Termin bekommen. Na, und da war's gleich passiert.«

»Und?« – »Was und?«

»Na ja, ich meine, das ist alles ganz glatt gegangen?«

»Ganz glatt!« – »Und Martin?«

»Martin?« Gabys Miene wurde ernst. »Ja, Martin hat eben jetzt keine Frau mehr. Und die hat er schließlich auch vorher nicht gehabt. Aber ich hoffe von Herzen, daß er noch einmal glücklich werden wird. Er ist doch so ein netter Mann. Irgendwann wird ihm schon die richtige Frau begegnen.«

»War er ... war er sehr unglücklich?«

»Ich glaube nicht. Jedenfalls hat er sich nichts dergleichen anmerken lassen. Es ist ja so lange her.«

Ja, es war lange her, und doch war alles so nahe. So leichtherzig, wie Gaby sich gab, war ihr nicht zumute gewesen.

Martin hatte sie angerufen nach dem Termin, und sie hatten sich im Plaza getroffen. Zu einem Abschiedsfrühstück, wie Martin sagte.

Gaby hatte bei der Gelegenheit ein paar Tränen vergossen. Und Martin – sie wurde selber nicht klug daraus, was er eigentlich dachte und fühlte. Er machte es ihr leicht, tat, als sei das Ganze eine reine Formsache. Aber sie sah wohl die Betrübnis in seinen Augen.

»Meinst du«, hatte sie schüchtern gefragt, »meinst du, daß wir trotzdem Freunde bleiben können?«

»Natürlich«, hatte er gesagt. »Und ich wünsche von Herzen, daß du glücklich wirst, Gaby.«

»Und du, Martin?«

»Ich?« Er schob ihre Frage mit einer Handbewegung beiseite. »Mach dir um mich keine Gedanken? Ich habe meine Arbeit. Mein Leben ist ausgefüllt.«

Aber dein Herz, hätte sie sagen wollen. Doch sie sagte es nicht. Das war nicht die Stunde, um darüber zu sprechen.

Onkel Fritz ließ es nicht zu, daß die Stimmung zu trübselig wurde. Er hatte ein ausgewähltes Menü zusammengestellt und ließ sogar Sekt servieren.

»Wennschon, dennschon«, sagte er. »Man heiratet nicht alle Tage, und man läßt sich auch nicht alle Tage scheiden. Machen wir das Beste daraus! Jedenfalls weiß jetzt jeder, wo er hingehört. Damit meine ich vor allem dich, mein Täubchen«, sagte er zu Gaby gewandt. »Bei euch Frauenzimmern ist das manchmal gar nicht so leicht, bis ihr euch darüber klarwerdet.«

»Ach ja«, seufzte Gaby zustimmend.

»Nun, Kopf hoch! Du hast deinen Paul behalten, und sei froh, daß sie ihn dir wieder zusammengeflickt haben. Es wäre eine böse Belastung für dich gewesen. Nun mach ihn wenigstens glücklich.«

»Ja«, sagte Gaby.

»Und was Martin betrifft«, fuhr Onkel Fritz munter fort und machte sich genußvoll über sein knuspriges Hühnchen her, »so bin ich ganz froh, daß er jetzt mal den Kopf frei hat von allen Weibergeschichten. Er soll jetzt mal was leisten. Wenn es klappt, was momentan angekündigt ist, dann hat er viel zu tun. Na, und die Idee mit dem Berghotel hab' ich auch noch nicht aufgegeben. Wenn das alles in Ordnung ist und er hat eine richtige Position oder wir haben einen eigenen Laden, dann können wir ihn auf Brautschau schicken. Er kommt ja jetzt langsam erst in die besten Jahre. Ab vierzig macht die Liebe erst richtig Spaß. Das könnt ihr mir glauben, ich hab's ausprobiert. Vorher ist man noch zu dumm.«

Martin lächelte zu seinen Worten, aber er sagte: »Ich werd's wohl ganz bleiben lassen.«

Onkel Fritz wußte es besser. »Ein Mann wie du, das wäre ja gelacht. Ein Mann, nach dem jede Frau den Kopf dreht. Denk nicht, daß ich das nicht merke. Wir werden uns schon was Nettes aussuchen.«

»Du weißt ja, Martin«, sagte Gaby, »daß ich den Schmuck noch habe. Ich hebe ihn für deine Frau auf.«

»Du kannst ihn behalten«, sagte Martin. Doch überraschenderweise fügte er hinzu: »Eine gäbe es, der würde ich ihn gern umlegen.«

»So!« sagte Gaby höchst erstaunt und mit einem kleinen Eifersuchtsstich im Herzen. »Wer ist denn das?«

»Das ist vorbei«, sagte Martin. Hatten Reginas Augen nicht fast die gleiche Farbe wie die Steine? Zu dem schwarzen Kleid, das sie neulich trug, würden die Türkise gut aussehen. Was für müßige Überlegungen!

Onkel Fritz hatte Martin einen kurzen Seitenblick zugeworfen. Er wußte, von wem Martin sprach.

»Na, der Schmuck ist schließlich nicht die Hauptsache«, sagte er. »Wir können ja keine Frau suchen, die zu dem Schmuck paßt. Schlimmstenfalls müssen wir dann eben einen neuen Schmuck kaufen, wenn es unbedingt sein muß.«

Sie lachten darüber und versuchten, mit der etwas elegischen Stimmung fertig zu werden.

Als Gaby ging, lagen ihre und Martins Hände fest ineinander. Sie wiederholte noch einmal bittend: »Wir bleiben Freunde, Martin?«

»Wir bleiben Freunde, Gaby. Und wenn Paul auch mein Freund sein will, werde ich sehr froh darüber sein.«

Das erzählte sie jetzt Paul.

»Er ist so ein anständiger Kerl«, sagte Paul. »Daß das Schicksal ihm so übel mitgespielt hat, gerade ihm! Und wir wollen wirklich wünschen, Gaby, daß er eine Frau findet, mit der er glücklich wird.«

»Natürlich«, sagte Gaby.

»Vielleicht hättest du ihn nicht mit dieser Frau von der Tankstelle auseinanderbringen sollen.«

Aber in diesem Punkt hatte Gaby ihre Ansicht nicht geändert. Sie schüttelte energisch den Kopf. »Das war nicht die Richtige. Bestimmt nicht, Paul. Da kenne ich Martin besser. Und dann – schließlich war es sein Glück, daß er dort weg ist. Oder nicht? Wenn er nicht in Hallbergen gewesen wäre, hätte er Onkel Fritz nicht getroffen. Und das war das Beste, was ihm passieren konnte.« Das mußte auch Paul zugeben.

»Und jetzt«, rief Gaby, um das Thema zu beenden, »jetzt müssen wir angestrengt überlegen, wohin du zur Erholung fährst. Der Professor hat mir da ein Sanatorium empfohlen, das soll ausgezeichnet sein. Und Henriette kennt auch was. Und...«

»Sanatorium!« sagte Paul mäßig begeistert. »Jetzt war ich so lange im Krankenhaus. Und nun schon wieder Sanatorium. Soll ich denn wirklich wegfahren? Jetzt, wo ich gerade heimgekommen bin?«

»Du mußt, Liebling. Schau, du mußt doch wieder richtig in Form kommen. Ewig will ich ja nicht so weiterschuften. Überhaupt wo ich eigentlich ganz andere Pläne habe.«

»Um Himmels willen«, sagte Paul beunruhigt. »Was hast du denn schon wieder für Pläne?«

»Na, erstens müssen wir heiraten, nicht?«

»Wenn du partout willst...«

»Du Schuft«, rief Gaby. »Das könnte dir so passen, mich jetzt sitzenzulassen.«

Er lachte, faßte sie um die Hüfte und zog sie zu sich auf die Sessellehne. »Dann muß ich eben in den sauren Apfel beißen. Da hab' ich mir was Schönes eingebrockt. So einen Kindskopf soll ich heiraten, so einen kleinen Satan.«

»Werde bloß nicht persönlich«, meinte Gaby. »Und außerdem bitte ich mir mehr Respekt aus. Ich bin eine durchaus ernst zu nehmende berufstätige Frau. Eine außerordentlich tüchtige Frau. Das hat dein Chef mir bei seinem letzten Besuch ausdrücklich versichert.«

»Der hat eine Ahnung. Und was ist zweitens?«

»Zweitens? Wieso zweitens?«

»Du hast gesagt: Erstens müssen wir heiraten. Und zweitens?«

»Ach so. Ja. Zweitens ist auch was. Da wäre noch ein Punkt. Ich weiß zwar nicht, wie du darüber denkst.«

»Na, schieß los.«

»Es ist nämlich so, Paul weißt du, ich... Ja, ich dachte eigentlich... Also, wenn du möchtest, ich möchte ganz gern noch ein Baby haben.«

Sprachlos blickte Paul zu ihr auf. »Ist das dein Ernst?«

»Ja«, sagte Gaby und schob ein wenig trotzig die Unterlippe vor. »Durchaus. So alt bin ich noch nicht. Es ist auch nicht nur meinetwegen. Aber Michi. Es ist so traurig, wenn er allein bleiben muß, findest du nicht? Ich habe mir immer einen Bruder oder eine Schwester gewünscht und habe nie so was bekommen. Michi würde es großen Spaß machen.«

»Ja, dann allerdings«, sagte Paul und lachte. »Gib mir einen Kuß.« Und als Gaby sich wieder aufgerichtet hatte: »Also, wenn es Michi großen Spaß machen würde, dann können wir die Sache ja mal im Auge behalten. Es liegt mir schon allerhand daran, daß mein Sohn mit mir zufrieden ist. Und du auch. Muß es gleich sein?«

»Aber Paul, sei nicht so albern«, rief Gaby empört. »Nimm es gefälligst ein bißchen ernster. Und erst mußt du wieder ganz gesund sein. Und kräftig. Es soll ja schließlich auch ein gesundes, kräftiges Kind werden, nicht? Und vor allen Dingen müssen wir erst verheiratet sein. Wie denkst du dir das eigentlich? Mir liegt sehr viel an einem richtigen, ordentlichen Lebenswandel.«

»Wirklich?« fragte Paul überrascht.

»Ja. Wirklich. Ich bin nicht so leichtsinnig wie du.«

»Aha. Ja, da kann ich mich natürlich diesem ernsten Appell an mein leichtsinniges Gewissen nicht länger verschließen. Da bleibt mir nichts anderes übrig, als möglichst schnell gesund zu werden und dich zu heiraten.«

»Davon rede ich ja die ganze Zeit«, rief Gaby.

»Gut. Dann sind wir uns einig. Und dann?«

»Dann?« sagte Gaby und zog seinen Kopf an ihre Brust. »Dann wollen wir beide glücklich sein, ja?« Sie sagte es ganz ernsthaft und voller Vertrauen, ihre Augen waren feucht geworden, aber ihr Mund lächelte.

Martin kam am Vormittag. Er strahlte über das ganze Gesicht, als er Regina begrüßte. Und Regina freute sich auch, als sie seine Freude sah. Sie hatte Bedenken gehabt, daß sie die Einladung nach Garain angenommen hatte. Aber als sie dann neben Martin im Auto saß, wußte sie selbst nicht mehr, warum. Sie fuhr zu einem Wochenende ins Gebirge, das taten viele Leute. Seit dem Urlaub war sie nicht mehr aus der Stadt herausgekommen. Und es machte ihr Spaß, einmal etwas selbständig zu unternehmen. Sie hatte Janos nichts davon gesagt. Erstens, weil sie bis zuletzt nicht wußte, ob sie wirklich fahren sollte, und zweitens, weil kein Zweifel daran war, daß er dagegen gewesen wäre. Aber sie würde es ihm nachher erzählen. Er würde sehr verwundert sein, denn er war gewohnt, daß sie keinen Schritt ohne ihn tat. Warum eigentlich, dachte Regina jetzt mit ein wenig Trotz. Soll ich immer nur ein Anhängsel von ihm sein? Er geht und kommt ja auch, wie er will. Es macht Spaß, mal etwas allein zu unternehmen. Ich werde auch mal allein verreisen, jawohl, das werde ich.

Stups hatte sie es erzählt, und die fand es ganz in Ordnung. Sie hatte befriedigt mit dem Kopf genickt und gesagt: »Das ist recht, mein Kind. Fahr nur! Es wird dir ganz guttun, mal zu entdecken, daß es noch andere Menschen auf der Welt gibt außer ihm.«

»Glaubst du«, Regina druckste ein wenig herum, »glaubst du, daß dieses Mädchen mit ihm nach Berlin gefahren ist?«

Stups lächelte spöttisch. »Ich weiß es nicht. Aber wenn dich das beunruhigt, dann ruf doch mal bei ihr zu Hause an, wenn du weißt, wie sie heißt. Da wirst du gleich sehen, ob sie da ist. So machen das eifersüchtige Frauen gewöhnlich.«

Regina hatte einen roten Kopf bekommen und nichts mehr gesagt. Und angerufen hatte sie natürlich nicht. Das war entwürdigend. Aber entwürdigend war es auch, daß sie diesen Verdacht überhaupt hatte. Es erfüllte sie mit einem geheimen Zorn auf Janos.

Während der Fahrt unterhielten sie sich angeregt. Eine anfängliche Befangenheit war schnell überwunden. Martin schilderte amüsant sein Leben bei Onkel Fritz, die Gäste, die sie hatten, und was alles so geschah während des Sommers.

»Aber weißt du«, sagte er, »auf die Dauer ist das nichts für mich. Viel zu tun habe ich nicht, ich komme mir ein bißchen überflüssig vor. Onkel Fritz schafft das gut allein, und Pfläumchen ist ja überhaupt die Tüchtigkeit in Person. Ich lebe dort ein faules Leben, das ist nichts für mich. Ich möchte wieder etwas Richtiges zu tun haben.«

Ja, so war das jetzt mit Martin. Er war voller Tatendrang, alle Apathie und Menschenscheu waren von ihm gewichen.

»Das kann ich verstehen«, gab Regina zu. »Du bist ja noch jung, und ein Mann muß schon eine richtige Aufgabe haben und etwas anstreben.«

»Jawohl«, sagte Martin. Er war jung, und er wollte eine richtige Aufgabe haben. Es war ein herrliches Gefühl. Er trat kräftiger aufs Gas, und der Wagen schoß pfeilgeschwind über die Autobahn. Es tat gut, daß Regina das sagte. Das Leben lag noch vor ihm, Schritt für Schritt hatte er sich die Hoffnung darauf zurückerobert. Und daß Regina jetzt neben ihm saß, erweckte ein neues Stück Hoffnung in seinem Herzen.

»Es ist auch schon etwas im Gange«, erzählte er. »Du kennst doch Pölsen vom Plaza?«

»Ja.«

»Nun, er ist mit einer Amerikanerin verheiratet. Und deren Eltern möchten gern, daß die beiden 'rüberkommen. Sie haben ziemlich viel Geld, glaub' ich. Sie wollen ein Hotel in Florida kaufen, so ein Autohotel, weißt du, und das soll Pölsen übernehmen.«

»Ach? Und will er denn das?«

»Er ist sich noch nicht so ganz klar. Aber es wird ihm wohl nichts anderes übrigbleiben. Wenn seine Frau will – Männer müssen ja meist tun, was die Frauen wollen.«

»Das finde ich auch ganz richtig«, meinte Regina überzeugt.

Martin lachte zu ihr herüber. »Das hättest du früher nicht gesagt.«

Regina lachte auch. »Das kann sein. Aber man lernt ja mit der Zeit einiges dazu. Und was wäre also, wenn Pölsen nach Amerika ginge?«

»Dann will er mich als seinen Nachfolger empfehlen. Was hältst du davon?«

»Daß das eine prima Sache wäre. Möchtest du nicht?«

»O ja«, sagte Martin aus Herzensgrund. »Das möchte ich verdammt gern. Ich kann mich noch genau erinnern, wie ich das erstemal ins Plaza kam, es hat mir mächtig imponiert. Dort zu arbeiten, das würde mir Spaß machen.« – »Und wann wäre das?«

»Nicht so weit entfernt, in den ersten Monaten des nächsten Jahres, denke ich. Vorausgesetzt, Pölsen geht wirklich 'rüber und die Inhaber vom Plaza akzeptieren mich, dann würde ich vermutlich im Februar oder März dort anfangen.«

»Ich denke, Onkel Fritz will ein eigenes Hotel aufmachen?«

»So schnell geht das nicht, die Finanzierung muß erst auf die Beine gestellt werden, und dann muß umgebaut werden. Zunächst könnte er das auch sehr gut allein machen, du machst dir ja keine Vorstellung von seiner Vitalität und seinem Unternehmungsgeist, der steckt ein Dutzend Jüngere heute noch in die Tasche. Von mir gar nicht zu reden. Ich kann mich später immer noch dorthin zurückziehen, vielleicht wenn man den Betrieb dann vergrößert oder so.«

Regina hörte sich das an und lächelte. Ob Martin gar nicht merkte, wie sehr er schon von Onkel Fritz' Vitalität und Unternehmungsgeist angesteckt war?

Onkel Fritz stand mit Bimbo am Zaun, als die beiden kamen. Er begrüßte Regina herzlich, sah befriedigt, daß die beiden vergnügt und heiter aussahen, und dachte: Na also, das läßt sich ja alles prächtig an.

Regina bekam ein bildschönes Zimmer im ersten Stock, ein Zimmer mit Balkon, es war gemütlich eingerichtet, sogar ein Blumenstrauß stand auf dem Tisch.

»Machen wir immer so mit lieben Gästen«, sagte Onkel Fritz.

Dann wurde zu Mittag gegessen, gut und reichlich, von Pfläumchen gekocht, dazu tranken sie eine Flasche Wein. Sie saßen ziemlich lange bei Tisch und unterhielten sich auf das beste. Regina war sehr gesprächig, ganz gegen ihre sonstige Art, aber das Gefühl vom Morgen, nun endlich einmal etwas allein unternommen zu haben, eigene Freunde zu besitzen, nicht nur solche, die mit Janos zusammenhingen, hatte vorgehalten und beschwingte sie.

»Was machen wir jetzt?« fragte Martin, als sie schließlich aufgestanden waren.

»Ich leg' mich ein bißchen hin«, verkündete Onkel Fritz.

»Willst du auch schlafen?« fragte Martin.

Regina schüttelte den Kopf. »O nein, ich bin ganz munter. Und die Sonne scheint so schön. Es wäre schade, zu schlafen.«

»In eurem Alter ist das auch noch nicht nötig«, meinte Onkel Fritz. »Geht lieber ein bißchen spazieren.«

So gingen Regina und Martin also ein Stück ins Gelände. Sie durchquerten den Ort, stiegen über einen Hügel und kamen dann in den Wald. Die Sonne schien durch das Laub, das bereits goldgefärbt war, es war ganz windstill, die Luft war mild und fast südlich warm, als habe der Sommer noch nicht Abschied genommen.

»Der süße Betrug des Herbstes«, sagte Martin. »Keine Jahreszeit versteht es so gut wie er, zu täuschen und etwas vorzuspiegeln, was nicht mehr da ist. Das war bei uns zu Hause genauso. Auch dort hat er uns immer genarrt bis zuletzt, bis auf einmal der Sturm und der Regen und die Kälte und sogar der Schnee da waren.«

»Aber es ist kein Betrug«, widersprach Regina. »Es ist ja warm, und der Himmel ist ganz blau, und die Sonne geht einem noch durch und durch.«

»Aber die Nächte sind schon kalt und lang, und am Morgen und am Abend liegt der Nebel auf den Wiesen.«

»Um so mehr freut man sich an diesen Tagen.«

Der Weg stieg leicht, aber stetig an, bis er auf einmal den Wald verließ und hinaus auf eine Lichtung lief. Hier war das Gras noch tiefgrün, und kleine gelbe Blumen blühten dazwischen. Weit öffnete sich der Blick ins Tal. Unten sah man Hallbergen liegen, umgeben von dem Kranz der Berge, alle Hänge ringsherum flammten in leuchtenden Farben.

»Ist das schön!« sagte Regina hingerissen.

Martin sah sie an, und eine fast schmerzhafte Zärtlichkeit für sie erfüllte sein Herz. Auf einmal wußte er: Ich liebe sie. Ich liebe sie ja. So, wie sie ist, wie sie hier neben mir steht, jung und anmutig, ohne all die Tünche und den Glanz, der jetzt immer um sie ist. Nicht mehr die elegante, mondäne kleine Dame, die man aus ihr gemacht hatte, nicht das verbitterte, traurige Mädchen von damals, nein, eine junge hübsche Frau, ganz natürlich, liebenswert und fröhlich, mit diesen hellen strahlenden Augen, die so beglückt das herrliche Bild ringsum aufnahmen.

Diese neue Erkenntnis raubte ihm allen Gleichmut. Er liebte sie. Und die ganze Zeit hatte er geglaubt, er könne nicht mehr lieben, er habe kein Herz mehr. Warum nur, o warum hatte er es nicht früher erkannt? Damals, gleich am Anfang?

Er legte behutsam einen Arm um ihre Schulter. Regina rührte sich nicht, sie wandte auch nicht den Kopf. Aber sie ließ seinen Arm, wo er war. Als sie zurückkamen, wartete Onkel Fritz schon.

»Das war aber ein langer Spaziergang«, meinte er ein wenig vorwurfsvoll. »Ich habe mit dem Kaffee auf euch gewartet.«

Zum Kaffee gab es ganz frischen, von Pfläumchen gebackenen Kuchen, der so gut schmeckte, daß man kaum aufhören konnte zu essen. Regina stöhnte schließlich und sagte: »So viel habe ich in meinem Leben noch nicht gegessen. Wenn ich öfter hier wäre, müßte ich meine jetzige Arbeit aufgeben, fürchte ich. Dann wäre es aus mit der Dior-Linie.«

»Es würde Ihnen gar nicht schlecht stehen, wenn Sie ein paar Pfund mehr hätten«, meinte Onkel Fritz. »Ich hab's ganz gern, wenn an einer Frau ein bißchen was dran ist.«

Regina errötete und lachte dabei. »Aber die Mode!« sagte sie. »Sie verlangt es nun einmal.«

»Ach was!« sagte Onkel Fritz. »Die wenigsten Frauen haben eine Figur, wie es die Mode verlangt. Zunächst sollt ihr doch mal uns gefallen. Und uns Männern ist immer noch das, was drin steckt, wichtiger als das schönste Kleid. So war's jedenfalls zu meiner Zeit. Hat sich da was geändert, Martin?«

Martin schmunzelte und gab offen zu, daß sich da wohl kaum etwas geändert habe.

»Aber trotzdem sind die Männer immer stolz auf eine Begleiterin, die schick angezogen ist«, sagte Regina. »Das konnte ich während meiner jetzigen Tätigkeit gut beobachten. Wenn sie auch manchmal stöhnen, daß sie es bezahlen müssen.«

»Trotz der Schule machst du diese Modegeschichte noch weiter?« fragte Martin.

»Ja, wohl noch einige Zeit. Ich muß ja Geld verdienen. Sobald ich genug gelernt habe, um richtig als Fotografin zu arbeiten, ist es nicht mehr nötig.« – »Und was wirst du dann machen?«

»Oh«, meinte Regina, und es war deutlich zu sehen, daß das Thema sie sehr interessierte, »ich weiß noch nicht, worauf ich mich spezialisieren werde. Eventuell auch Modefotografie, da habe ich ja jetzt viel gelernt. Aber es gibt noch viele Spezialgebiete, Architektur, überhaupt Kunst, Werkfotografie, technische Sachen, dann Zeitungen, Reportagen oder Film und Theater. Es hat alles seine Reize, und mit der Zeit merkt man dann schon, wofür man eine besondere Begabung hat.«

Am Abend saßen sie ziemlich lange mit einigen Hausgästen zusammen, Stammgäste, wie Regina erfuhr, die jedes Jahr um diese Zeit kamen, wenn der Saisonrummel abgeflaut war. Es war lustig und unterhaltend, Regina merkte gar nicht, wie schnell die Stunden vergingen.

Ehe sie schlafen gingen, traten sie noch einmal vor die Tür. Martin hatte recht gehabt, es war sehr kalt, und der Nebel zog in hellen Schleiern über die Wiesen. Ein blasser, fast weißer Mond stand über dem Wald. Es war so still, daß man die Erde atmen hörte. Und wie leise atmete sie in solch einer Nacht!

Regina fühlte sich auf einmal frei und glücklich. Es war schön, hier zu stehen und das zu sehen, den Mond, den Nebel auf den Wiesen, den schweigenden Wald, die Berge darüber und den hohen, stillen Himmel. Die Luft war feucht und würzig, ganz anders als in der Stadt. Hier konnte man atmen und vieles vergessen, was einen quälte.

Sie wandte den Kopf und blickte Martin an, der neben ihr stand. Auch er sah sie an, sein Gesicht war ernst, ein wenig traurig, wie ihr schien. Aber es war in dem ungewissen Mondlicht nicht zu erkennen.

Ein Frösteln lief über ihre Schultern. »Ist dir kalt?« fragte Martin.

»Nein«, sagte Regina. Kleine weiße Wölkchen standen vor ihren Lippen, wenn sie sprachen. Es würde doch bald Winter werden. Wie schon am Nachmittag legte Martin seinen Arm um ihre Schultern und zog sie ein wenig an sich. Regina gab seiner Hand nach und lehnte sich leicht an ihn, ganz wenig nur, aber es bedeutete viel im Moment. Seine Hand auf ihrer Schulter war warm und fest, hielt sie, schützte sie. Es war ein seltsames, neues Gefühl. Neu? War es wirklich neu? War es nicht das, wovon sie schon so oft geträumt hatte?

»Gute Nacht, Regina«, sagte Martin, als sie wieder im Haus waren. »Schlaf gut!« Er küßte ihre Hand. Einen Augenblick lang sah es aus, als wolle er sie in die Arme nehmen. Aber er tat es nicht. Er ließ sie die Treppe hinaufgehen und sah ihr nach. Morgen würde sie noch den ganzen Tag lang hier sein.

Auch der Sonntag verlief still und friedlich. Im Ort allerdings war es belebter. Viele Sonntagsausflügler waren aus der Stadt herausgekommen, man mußte jeden schönen Tag jetzt ausnutzen.

Am Nachmittag lagen Regina und Martin nebeneinander in Liegestühlen auf der Wiese hinter dem Haus. Er hatte ihr sorglich eine Decke über die Beine gebreitet. Und Regina ließ es geschehen. Ihr war nicht kalt, aber es war schön, daß er es tat und wie er es tat, mit behutsamen und sorglichen Händen.

Bimbo lag bei ihnen und schlief, ein paar Hühner liefen im Gras umher, und aus der Küche hörte man ab und zu die Stimme Pfläumchens, die dem neuen Stubenmädchen, einem jungen Mädchen aus der Gegend, noch recht unerfahren und etwas ungeschickt, einen Vortrag darüber hielt, wie man sich in einem feinen Hotel benehmen mußte. – »Es ist so schön hier«, sagte Regina. »Am liebsten würde ich hierbleiben.«

Martin richtete sich vor Freude auf. »Dann bleib doch«, sagte er rasch. – Regina lachte ein wenig. »Das geht doch nicht. Morgen muß ich wieder arbeiten.«

Martin zögerte ein wenig, und dann sagte er – er wollte es eigentlich nicht sagen, aber er sagte es doch: »Deinem Janos würde es vermutlich auch nicht passen.«

Wie er das sagte, *deinem* Janos, es klang ein wenig bitter.

»Nein«, gab Regina zu, »sicher nicht. Obwohl ...«, aber sie sprach nicht weiter. Sie überlegte nur: Was würde Janos wohl wirklich dazu sagen? Wenn sie einfach auf acht Tage verschwand? In zwei oder drei Tagen würde er aus Berlin zurückkommen, was wäre, wenn sie nicht da wäre? Eigentlich geschähe es ihm ganz recht. Es wäre eine kleine, wohltuende Revanche. Sind wir schon soweit? dachte sie erschreckt.

Wieder schwiegen sie eine Weile, dann fragte Martin plötzlich: »Willst du ihn eigentlich heiraten?«

»Er ist ja schon verheiratet«, sagte Regina offen.

»So.« Und nach einer Weile: »Und wo ist seine Frau?«

»In Ungarn.«

»Und du, Regina? Stört dich das nicht? Willst du immer nur ... willst du immer nur so wie jetzt weiter mit ihm leben?«

»Nein«, sagte Regina, »es stört mich nicht. Nicht so, daß ich mich von ihm trennen könnte.«

Darauf blieb es eine lange Zeit still, dann sagte Martin leise: »So sehr liebst du ihn? Man hat mir erzählt, daß die Frauen ihn alle so lieben. Aber gerade du, Regina. Zu dir paßt das gar nicht. Und er ist doch auch gar nicht… ich meine, er soll ja nicht sehr zuverlässig sein.«

Martin war ja auch Zeuge jener Szene im Plaza gewesen, fiel es Regina ein. »Ich weiß«, sagte sie. »Sicher wird er mich auch eines Tages verlassen. Wie er alle verlassen hat.«

»Und trotzdem?«

»Trotzdem.«

Martin schwieg hierauf. Er nahm sich eine Zigarette und zündete sie zerstreut an.

»Gib mir auch eine«, bat Regina und richtete sich auf.

»Oh, entschuldige.«

»Martin«, sagte Regina leise, »du kannst das nicht wissen. Aber es ist… Du hast mich doch damals gekannt. Und du weißt doch, wie ich war. Wie unglücklich und verloren ich war. Und dann ist noch etwas, was du nicht weißt. Janos hat mich gesund gemacht. Ich war krank. Krank an der Seele und im Herzen und… und überhaupt. Ich kann es dir nicht so erzählen. Janos hat mir ein ganz neues Leben geschenkt. Alles, was ich jetzt bin, verdanke ich ihm. Natürlich wäre es mir lieber, wenn er nicht verheiratet wäre. Nicht, daß mir so viel am Heiraten liegt. Aber es wäre vieles leichter dadurch. Ich kann nichts dafür, daß es so ist. Er hat sie schließlich nicht meinetwegen verlassen. Es waren viele Frauen vor mir. Und sicher werden auch welche nach mir sein. Es ist nun mal so. Man muß ihn einfach lieben. Es geht jeder Frau so.«

»Aha«, sagte Martin. Es klang bitter.

»Und du«, fuhr Regina fort, und jetzt war deutlich ein Vorwurf in ihrer Stimme zu hören, »du müßtest es am besten verstehen. Du hast mich ja vorher gekannt. Ich war damals ganz allein. Und du bist von mir weggegangen, wegen… na ja, du weißt schon. Man kann jedenfalls nicht sagen, daß du dir besonders viel Mühe gegeben hast, daß wir beide zusammenkommen. Ach, das ist dumm, das wollte ich gar nicht sagen. Aber damals hat es mich… ich meine, es hat mich ein bißchen traurig gemacht. Wie ich gesehen habe…«, Regina biß sich auf die Lippen und schwieg.

Martin sagte langsam: »Ich weiß. Und es gibt nichts in meinem Leben, Regina, nichts, was ich mehr bedauere.« Er sah sie an.

Regina erwiderte seinen Blick, aber sie sagte nichts.

»Du weißt aber auch nicht«, sagte er, »wie es damals bei mir war.

Ich war gar kein richtiger Mensch. Kein Mann. Und das, was dann kam – das war ganz anders. Ich weiß nicht, wie ich es dir erklären soll.«

»Du brauchst mir nichts zu erklären. Ich verstehe es durchaus. Heute verstehe ich es. Aber nun ...«

»Nun ist es zu spät«, vollendete er. »Das willst du doch sagen, nicht wahr? Ich habe dich verloren, ohne daß du je bei mir warst. Aber ich ...«, er hatte sagen wollen: Ich liebe dich. Doch er sprach es nicht aus. Man konnte so etwas nicht einfach aussprechen. Und wozu auch? Es war zu spät. Sie hatte es ihm eben deutlich zu verstehen gegeben.

Die ein wenig traurige Stimmung hielt an, Martin fand nicht mehr heraus. Und auch Regina war nachdenklich geworden. Stimmte es wirklich alles, was sie gesagt hatte? Sie wußte es selbst nicht genau.

»Kommen Sie bald einmal wieder, Regina«, sagte Onkel Fritz zum Abschied. »Wir freuen uns alle, wenn Sie kommen. Nicht wahr, Martin?«

»Natürlich«, sagte Martin.

Aber als er sich von ihr verabschiedete, sagte er nicht, daß sie wiederkommen solle. Sie würde ja doch nicht kommen. Es waren nur diese beiden Tage gewesen, die betrügerischen sonnenwarmen Herbsttage, die den Anschein erweckten, als sei es Frühling, als stände der Sommer vor der Tür, als käme die Zeit der Reife und Erfüllung. Es war eine schöne Täuschung. Der Winter lag in der Luft, und die Nächte würden kalt und still und einsam sein.

Regina kam gar nicht dazu, Janos ihren Wochenendausflug zu beichten. Als er aus Berlin zurückkam, gab es andere Dinge, die ihn beschäftigten.

Regina erfuhr davon, als sie morgens vor der Schule rasch ins Atelier kam, um etwas zu holen.

Stups war ganz aufgeregt. »Was sagst du dazu?«

»Wozu?« fragte Regina.

»Liest du keine Zeitung? Die Sache mit Ungarn meine ich. Sie machen einen Aufstand da, eine Art Revolution.«

»In Ungarn?«

»Ja, da lies!«

Regina griff nach der Zeitung. »Aufstand in Budapest« stand da. »Arbeiter und Studenten kämpfen gegen das Regime. Das Militär auf ihrer Seite. Verwundete, Tote ...«

»Janos wird sich Sorgen machen«, meinte Stups. »Ist es nicht schrecklich? Immer wieder dasselbe, Blut und Tränen, Elend ohne Ende.«

Janos war bereits am Abend da, und wie Stups ganz richtig vermutet hatte, regten ihn die Ereignisse sehr auf.

»Was soll ich tun?« fragte er. Und gab sich selbst gleich darauf die Antwort: »Ich kann nichts tun. Gar nichts. Ich hoffe, sie werden zu Hause bleiben und die Tür fest zuschließen. Aber wie ich meinen Vater kenne... Es wird ein entsetzliches Blutbad geben. Wenn sie doch bloß herübergekommen wären! Ich habe es ihnen immer geschrieben.«

Es wurde sehr spät heute, bis Regina und Janos allein waren, man hatte noch lange über die Ereignisse diskutiert. Janos nahm Regina fest in die Arme und bat: »Bleib heute nacht hier.«

»Ach, Janos, was wird bloß werden?«

»Was soll werden? Es wird schon nicht so schlimm sein. Warten wir mal ab, mehr können wir ja zunächst doch nicht tun.«

NOVEMBER

Die Tage vergingen, sie glichen äußerlich den anderen Tagen ihres Lebens. Aber die Unruhe, die Angst, die alle Menschen jetzt erfaßt hatte, die Angst vor größerem Unheil, vor einem neuen Krieg, steckte sie an.

Als Regina in diesen Tagen einmal Aufnahmen hatte – sie posierte vor der Kamera in Abendkleidern für die kommende Ballsaison –, sagte sie auf einmal zornig: »Es ist lächerlich. Es ist einfach lächerlich, was wir hier treiben. Als wenn das noch wichtig wäre. Bald werden wir wieder in Lumpen auf der Landstraße stehen und jetzt hier das...«, sie blickte an sich hinunter, das paillettenbestickte Duchessekleid glitzerte im Licht der Scheinwerfer. Die hochmütige Maske kalter Schönheit, die ihr Gesicht eben noch getragen hatte, zerfiel, angstvoll und nackt war ihr Gesicht, das wirkliche Gesicht der Menschen in diesem Jahrhundert. »Es ist lächerlich«, wiederholte sie leiser, »ich will das nicht mehr tun. Wozu machen wir diese Bilder? Sie werden nie erscheinen.«

Janos strich sich das Haar aus der Stirn. Auch er war nervös und arbeitete unkonzentriert. »Regina, bitte – komm, nimm eine Zigarette. Beruhige dich. Du bist überarbeitet.«

Regina schämte sich ihres Ausbruchs. »Ich habe so Angst vor einem Krieg«, sagte sie verzagt. »Ich möchte nicht noch einmal einen Krieg erleben.«

»Keiner von uns möchte es.«

»Wir werden bloß nicht dran vorbeikommen, ob wir wollen oder nicht. Wenn nicht jetzt, dann später«, meinte Stups pessimistisch. Sie knipste die Scheinwerfer aus und zündete sich auch eine Zigarette an.

»Ach, nun macht mal halblang«, sagte Jinny. »Wer redet denn von Krieg? Dazu hat jeder viel zuviel Angst vorm anderen. Das ist das Gute dabei. Angst kann sehr nützlich sein.« Sie lehnte, bereits fertig angekleidet für die nächste Aufnahme, an der Tür. Setzen durfte sie sich nicht, das zartgelbe Tüllkleid, dessen Rock wie eine weite Wolke um sie schwebte, hätte es übelgenommen.

»Wir leben alle viel zu gern jetzt«, sagte sie. »Es ist ein Glück, daß es uns so gut geht. So was gibt man nicht gern her. Und deswegen sind wir alle sehr friedliebend.«

»Da ist was dran«, bestätigte Stups. »Wenn's uns nicht so gut ginge, wären wir wahrscheinlich schon in Ungarn einmarschiert. Oh, der Kapitalismus, wenn er blüht und gedeiht, hat sein Gutes, er macht die Menschen satt, geduldig und friedlich. Man kann dann zufriedener mit ansehen, wie es anderen dreckig geht.«

»Redet nicht so frivol«, sagte Regina, »ich kann das nicht hören.«

Sie betrachtete sich in dem großen Spiegel. Hier so zu stehen, in dem starren, schimmernden Kleid, Schminke im Gesicht, ein fremdes Lächeln um den Mund – nein, sie mochte das nicht mehr. Es war ein leeres, sinnloses Leben. Es war immer noch eine Traumwelt, sie erkannte es plötzlich. Sie hatte immer noch keinen festen Boden unter den Füßen, diese Arbeit, die sie hier tat, verhalf ihr nicht dazu, Janos half nicht, die Liebe nicht. Und all diese törichten Sorgen, die man sich machte in dieser Scheinwelt – ob man das Haar anders tönen ließ, welche Pose man einnahm vor der Kamera, die Intrigen und Eifersüchteleien, ja selbst der quälende Gedanke, ob Janos einen betrog oder nicht –, es war alles so unwichtig und so unwirklich. Was sie aber wollte auf einmal, *war* das wirkliche Leben, ein ernst zu nehmendes Leben, ein fester Platz, auf dem man stand, eine Aufgabe, die man hatte. Und selbst handeln können, selbst bestimmen, wohin man ging, und dann wissen, warum man es tat. Selbst etwas wollen, und nicht nur alles mit sich geschehen lassen. Jetzt in dieser Zeit, da man erkannte, wie dünn das Eis war, auf dem sie alle tanzten, da begriff man auch, daß keine Hilfe von den anderen kam, daß man nur selbst, nur aus eigener Kraft den festen Boden erreichen konnte. Und Regina war es, als müßte sie nur noch einen Schritt tun, um wirklich sich selbst zu finden. Als sei sie sich selbst, ihrem wirklichen Ich nun ganz nahe.

»Können wir wieder?« fragte Janos.

Regina wandte sich um. Ihr Gesicht war ruhig, sie lächelte.

»Ja«, sagte sie, »entschuldigt, bitte.«

Und dann kam eines Tages ein Brief, ein Brief von Ilonka. Sie teilte in knappen Worten mit, daß Janos' Vater bei den Kämpfen in Budapest ums Leben gekommen sei und daß sie sich mit seiner Mutter und dem Buben in einem Lager in der Nähe von Wien aufhielte.

Janos saß vor den wenigen Zeilen wie vom Donner gerührt. Er hatte zwar immer davon gesprochen, daß er wünschte, seine Familie möge herüberkommen, aber daß sie nun wirklich kamen, erfüllte ihn eher mit Schrecken als mit Freude. Er war ziemlich ratlos und wußte nicht, was er sagen und tun sollte.

»Das war ja zu erwarten«, sagte Stups, »ich hab' die ganze Zeit so was vermutet.«

Regina sah die beiden mit ängstlichen Augen an. Was geschah nun? Aber sie fragte nicht. Sie konnte sich die Antwort selbst geben. Nun war für sie alles zu Ende.

»Mein Vater ist tot«, sagte Janos schließlich. »Natürlich hat er mitgekämpft, ich kenne ich doch. Und was machen wir nun? Wir müssen das morgen mal gründlich überlegen.« Er war bestrebt, zunächst die ganze Angelegenheit auf die lange Bank zu schieben.

Aber Stups ließ das nicht zu. »Da gibt es nichts zu überlegen«, sagte sie. »Morgen wirst du fahren und sie alle drei holen, das ist doch klar. Ich komme dann morgen rechtzeitig herüber, damit wir alles Nötige vorbereiten, jetzt möchte ich erst einmal nach Hause.«

Regina wollte auch gehen, aber Janos bat: »Laß mich bloß jetzt nicht allein. Bleib hier.« Als sie allein waren, schloß Janos sie in die Arme. »Regina«, sagte er. Es klang verzweifelt.

Regina schloß die Augen und hielt ganz still. Nun war dies also zu Ende. Dies war die letzte Nacht. Und dann? Was kam dann? Wie sollte das Leben weitergehen?

Aber Janos faßte sich schnell. Als sie im Bett lagen, begann er schon zu planen. »Laß mich nur machen. Das findet sich alles. Ich gebe dich nicht her. Ich werde Ilonka eine nette Wohnung mieten, der Junge wird in die Schule gehen. Er soll alles haben, was es gibt. Später werde ich mich scheiden lassen. Bestimmt. Es wird vielleicht nicht von heute auf morgen gehen, aber mit der Zeit. Wenn sie sieht, wie hier alles ist.«

Regina schwieg. Die Frau zu holen und ihr dann zu sagen: Ich will mich scheiden lassen, ich habe eine andere! Begriff er nicht, daß es unmöglich war? Und daß sie das niemals mitmachen würde?

Ach, Janos! Wie leichtsinnig bist du doch! Wie spielst du mit Menschenherzen! Du, dem alle Herzen gehören, hast du denn kein Herz? Das dachte Regina, während er sie im Arm hielt, aber sie sagte es nicht. Sie war so tiefunglücklich und so durcheinander, daß sie kaum einen klaren Gedanken fassen konnte. Sie hatte das Gefühl, daß sie ins Bodenlose sank, daß überhaupt kein fester Grund mehr unter ihren Füßen war, nichts mehr, woran sie sich festhalten konnte.

Und er, seine Küsse, seine Umarmungen, die heute so wild waren, gar nicht zärtlich und behutsam wie sonst, er gehörte ihr ja schon nicht mehr. In seinem Leben war kein Platz mehr für sie. Ilonka war seine Frau. Was war sie dagegen, Regina? Ein Nichts, ein Niemand. Und Ilonka würde überdies denken, daß sie es war, die ihr Janos weggenommen hatte. Sie konnte ja nicht wissen, wie viele Frauen Janos in all den Jahren geliebt hatte und wie wenig ihm die Frau bedeutete, die doch seine Frau war.

»Was hast du, Regina?« fragte Janos. »Du bist gar nicht richtig bei mir.«

»Nein«, antwortete Regina. »Ich bin auch nicht mehr bei dir. Ich habe dich verloren.«

»Mach es mir doch nicht so schwer«, sagte er. »Du wirst sehen, es wird alles gut. Ich bin froh, daß sie jetzt hier sind. Ich hatte immer ein schlechtes Gewissen, das mußt du doch verstehen. Und mit uns beiden kommt alles in Ordnung. Du mußt nur ein bißchen Geduld haben.«

»Geduld!« rief Regina mit Tränen in den Augen. »Geduld! Ich soll abwarten, bis du einer anderen Frau das Herz gebrochen hast. Deiner Frau! Da soll ich geduldig irgendwo sitzen und das abwarten? Janos! Denk doch darüber nach!«

Er setzte sich nervös im Bett auf und nahm sich eine Zigarette vom Nachttisch. »Regina! Mach es nicht unnötig kompliziert. Was heißt meine Frau? Ich habe sie über neun Jahre nicht gesehen. Sie wird auch nicht allein gelebt haben in all den Jahren. Und von mir weiß sie bestimmt, daß ich es nicht getan habe. Wir werden uns wie zwei vernünftige, erwachsene Menschen einigen. Wenn sie erst hier ist und sieht, wie man hier leben kann. Es wird ihr Spaß machen, sie ist ja noch jung.«

»Spaß machen!« wiederholte Regina bitter. »Wie du redest! Es wird ihr vielleicht Spaß machen, hier als deine Frau zu leben. Und das ist ihr gutes Recht. Sie hat es schwer genug gehabt in all den Jahren.«

»Wir werden sie hier für alles entschädigen«, sagte Janos leichtherzig. »Paß mal auf, in einigen Wochen oder Monaten sieht es anders aus. Jetzt im Moment ist es nur ein wenig unübersichtlich.«

Unübersichtlich! Das war die Formel, auf die er es schließlich brachte. Regina hätte lachen mögen. Ach, Janos! Er würde sich wohl nie ändern.

Er küßte sie, und Regina küßte ihn wieder. Sie hielt ihn fest mit beiden Armen. Es war trotz allem ihre letzte Nacht. Denn sie würde nun fortgehen aus seinem Leben. Für sie gab es keine andere Entscheidung. Und Janos hatte ganz recht, in einigen Wochen und

Monaten würde alles anders aussehen. Dann würde er sie vergessen haben. Dann würde er Ilonka wieder lieben. Oder eine andere Frau. Es war ja egal. Für mich ist es ganz egal, dachte Regina. Ich bin wieder allein.

Sie lag noch lange wach, nachdem Janos eingeschlafen war. Wie ein Schatten lag die Zeit vor ihr, die kommen würde, das Leben ohne Janos, einsam und verlassen, wie früher. Und die glückliche Zeit mit ihm zusammen, die lag nun hinter ihr, war mit einem Schlag Vergangenheit geworden, auch wenn er jetzt noch lebendig und atmend neben ihr lag. Wie würde sie das ertragen?

Man ertrug viel, wenn es sein mußte. Das wußte sie jetzt schon. Sie hatte schon oft Abschied nehmen müssen in ihrem jungen Leben von Menschen und Dingen, die sie liebte. Und daß man vom Glück Abschied nehmen mußte eines Tages, das war nicht zu verwundern, das erschien ihr ganz selbstverständlich, im Grunde ihres Herzens hatte sie es immer gewußt und immer darauf gewartet. Sie hatte nie dran geglaubt, daß es bei ihr bleiben würde, das Glück. Und auch die Liebe nicht. Und Janos? Auch daß er nicht bleiben würde, hatte sie gewußt.

Im Dunkel sah sie zwei grüne Lichter auf sich gerichtet. Lukretia schlief auch nicht. Das Tier schien ihre Unruhe zu spüren. Regina streckte ihr die Hand entgegen, und Lukretia bemerkte es. Sie kam auf leisen Pfoten an ihrer Seite entlang und schmiegte sich an Reginas Schulter. Sie schnurrte leise und legte wie tröstend ihre weiche Pfote um Reginas Hals.

»Du darfst ja bleiben, Lukretia«, flüsterte Regina. »Du darfst hierbleiben.«

Ein paar Tränen liefen über ihre Wangen und tropften in Lukretias seidiges Fell.

In den folgenden Wochen machte Regina die Erfahrung, die schon viele Menschen vor ihr gemacht hatten: daß es immer mal eine Kurve im Leben gab, von der man glaubte, dahinter führe kein Weg mehr weiter, ein Punkt, an dem alles zu enden schien. Aber der Weg ging immer weiter. Und gerade an solchem Punkt klärt sich das Wesen des Menschen, findet er oft überraschend schnell zu seinem wirklichen Selbst.

Das Leben ging weiter. Es kam stets ein neuer Morgen, der Tag stellte seine Anforderungen, die erfüllt werden mußten. Naturgemäß konzentrierte sie sich jetzt intensiv auf ihre Arbeit, die doch bisher in starkem Grade von Janos' Vorhandensein, von der Rolle, die er in ihrem Leben spielte, überschattet gewesen war. Die Arbeit war für sie jetzt ein Trost. Und trotz allen Kummers entdeckte sie eine steigende Freude daran. Sie machte gute Fortschritte in der Schule und gehörte bald zu den Eifrigsten und Hoffnungsvollsten; obwohl sie erst kurze Zeit da war, schätzten ihre Lehrer sie außerordentlich.

Einer der Professoren sagte ihr einmal unumwunden: »Ich habe einige Bedenken bei Ihnen gehabt, Fräulein Thorbeck. Ich habe befürchtet, Ihre bisherige Tätigkeit würde Sie zu sehr ablenken und überhaupt Ihre Interessen zu stark in andere Bahnen lenken. Sie verstehen, was ich meine? Frauen, die zu sehr mit sich selbst, mit ihrem ... nun ja, sagen wir es offen, mit ihrem Äußeren beschäftigt sind, eignen sich meist schlecht als Lernende. Die Arbeit wird zur Nebenbeschäftigung. Die eigene Person ist der Mittelpunkt. Aber ich habe mich getäuscht. Ich bekenne es gern. Wenn Sie so weitermachen, kann etwas aus Ihnen werden.«

Auch das war neu für Regina. Daß man sie lobte, für etwas, was sie tat, etwas, was sie leistete. Es gab ihr einen ungeheuren Auftrieb, ja, es machte sie richtig glücklich. Und sie hatte gedacht, sie würde nie mehr glücklich sein.

Die Trennung von Janos war trotz allem schwer zu ertragen. Dazu war sie zu eng mit ihm verbunden gewesen, ihr ganzes Dasein hatte sich in den letzten Monaten nur nach ihm gerichtet, mehr, als es vielleicht bei einer anderen Frau in dieser Lage der Fall gewesen wäre. Sie war zu unerfahren gewesen, alles, was sie durch ihn kennengelernt hatte, war so neu und so wunderbar, und ihrem weichen und nachgiebigen Wesen entsprach es durchaus, daß sie sich vorbehaltlos auf ihn eingestellt und ihm angepaßt hatte. Da war nun ein Vakuum, eine schmerzende Leere, die sie quälte und rastlos machte. In ihrer freien Zeit war sie viel allein. Zwar hatte sie durch Janos eine Menge Leute kennengelernt, aber all diese mehr oder weniger flüchtigen Bekanntschaften waren mit ihm verbunden. Eigene Freundschaften hatte sie nicht gepflegt, schon gar keine Bindung an andere Männer gesucht. Sie tat es auch jetzt nicht. Fast sah es aus, als würde sie wieder in die frühere Isolierung hineingleiten.

Aber durch die Kollegen an der Schule war sie doch viel mit jungen Menschen zusammen, sie arbeitete auch gelegentlich für die Modehäuser, und dann waren vor allen Dingen Herr Brunnhuber und Stups.

Sie ging jetzt wieder häufig zu Herrn Brunnhuber, war oft auch abends bei ihm, arbeitete in seinem Atelier und in seiner Dunkelkammer, teils für ihn, teils für sich, und Papa Jacob zeigte so viel ehrliche Freude über ihre Anwesenheit und nahm so regen Anteil an ihrer Arbeit, daß sie auch dadurch Trost und Anregung gewann. Er hatte ein wenig Angst gehabt, wie Regina die neue Situation ertragen würde, hatte Verzweiflungsausbrüche und Tränen befürchtet. Nichts davon; Regina war äußerlich ruhig und schien ganz ausgeglichen. Ein bißchen ernst halt, fand er. Aber er hoffte, das würde sich wieder geben. Wie früher saßen sie beisammen, tranken Kaffee und hatten immer Gesprächsstoff. Und beruflich hatte Regina manchen Vorteil davon, aus seiner reichen Berufserfahrung heraus konnte ihr Papa Jacob manch guten Rat geben.

Und dann natürlich Stups. Jetzt zeigte sich, daß eine echte Freundschaft die beiden jungen Frauen verband. Stups kam häufig, und durch sie erfuhr Regina, was sich bei Janos abspielte. Denn sie selbst hatte sich standhaft geweigert, wieder seine Wohnung oder das Atelier zu betreten. Janos nahm ihr das übel. In seiner gewohnt leichtsinnigen Art hatte er es für selbstverständlich genommen, daß weitgehend alles beim alten blieb, daß man zunächst einmal so weiterlebte, als habe sich nichts Wesentliches verändert. Doch das lehnte Regina entschieden ab. Sie war seine Freundin gewesen. Gut. Sie hatten sich beide ehrlich geliebt. Aber sie würde nicht mehr seine Freundin sein, jetzt, da er wieder mit seiner Frau zusammenlebte.

»Es ist doch nur vorübergehend, begreif das doch«, sagte er ungeduldig, als er sie einmal besuchte. »Liebst du mich denn nicht mehr?«

Regina blickte ihn nur stumm an.

»Du kannst doch nicht einfach von heute auf morgen von mir weggehen. Regina! Wie kannst du das ertragen?«

»Man kann vieles ertragen, wenn man muß«, sagte Regina. »Und du solltest dich jetzt auch ein bißchen anders einstellen, finde ich. Du solltest wenigstens ehrlich versuchen, ob du wieder mit ihr leben kannst, und nicht von vornherein Lüge und Betrug in euer Zusammensein mischen. Das hat sie nicht verdient.«

»Wie du redest«, sagte Janos vorwurfsvoll, »wie eine weise alte Großmutter. Mir hast du immer vorgeworfen, ich hätte kein Herz. Aber du bist es, die keines hat.«

Regina schwieg zu diesem Vorwurf. Was wußte Janos von ihrem Herzen? Was wußte er von den einsamen Nächten, von den leeren Stunden, von der Sehnsucht, die sie quälte. Sie zeigte es nicht. Niemand wußte es.

Übrigens hatte er sowieso nicht viel Zeit für sie. Sie sah ihn selten, noch seltener rief er einmal an. Die Familie nahm ihn stark in Anspruch, seine Mutter war krank angekommen, sie lag in der Klinik; als sie wieder nach Hause kam, brauchte sie Pflege. Viel Arbeit hatte er auch. »Und«, so berichtete Stups, »die finanziellen Verhältnisse sind verworrener denn je. Er wird sich da wohl jetzt mal umstellen müssen, so wie bisher geht es nicht mehr weiter bei den ganzen neuen Verpflichtungen, die er jetzt hat. Schulden, wohin du schaust. Also, wenn du mich fragst, mir ist das ein Greuel. Und dabei kaufte er ein wie ein Irrer. Ilonka und der Junge sind von Kopf bis Fuß neu eingekleidet. Schön, das mußte sein. Aber er hat dreimal soviel gekauft, als nötig gewesen wäre. Und die Wohnung hat er auch umgeräumt und lauter neue Sachen gekauft. Fast jeden Abend gehen sie aus. Anscheinend erträgt er es nicht, allein im Familienkreis zu Hause zu sitzen, das macht ihn nervös. Überhaupt – Janos als Familienvater! Es ist eine Katastrophe.«

Stups kam oft am Abend vorbei. Und das, was sie erzählte, besonders wie sie es erzählte, wäre höchst amüsant gewesen, wenn nur Regina nicht so persönlich engagiert gewesen wäre.

»Du kannst mir glauben, er fühlt sich sehr unbehaglich in seiner Haut. Mutter, Frau und Kind wimmern täglich um ihn herum, er tut sein Bestes, um freundlich und liebenswürdig zu sein, aber ich merke ihm an, daß er am liebsten manchmal auf und davon ginge. Dazu plagen ihn alle Leute mit Neugier und geheucheltem Interesse, gemixt mit Schadenfreude. Die Mädels mokieren sich ganz offen über ihn. Dafür verwöhnen sie den Jungen geradezu schandbar. Er hat den reinsten Spielwarenladen beieinander und ißt mehr Süßigkeiten, als für ihn gut sein kann. Und dann hat er durchaus seinen Kopf für sich. Manchmal geht er mir auf die Nerven, immer ist er da, man kann überhaupt nicht mehr in Ruhe arbeiten. Und wenn du ihm was verbieten willst, dann versteht er auf einmal kein Wort Deutsch. Es wird Zeit, daß er in die Schule kommt.«

Das Zusammenleben zwischen Ilonka und Janos schien auch problematisch zu sein. »Aber ich werde dir was sagen«, berichtete Stups, auch sie war nicht frei von Schadenfreude, »sie ist ihm gewachsen. Wenn er denkt, er macht mit ihr, was er will, dann täuscht er sich. Sie hat Haare auf den Zähnen. Sie ist ein bildhübsches Frauenzimmer und sehr intelligent und außerordentlich energisch. Aber schon sehr energisch. Sie hat ein Temperament, da könntest du drei Frauen mit ausstatten, aber gut und gern. Sie blitzt ihn an mit ihren schwarzen Augen und wirft den Kopf zurück, da bleibt ihm das Wort im Munde stecken. Das ist was Neues für ihn. Bisher mußten die Frauen nach seiner Pfeife tanzen. Jetzt geht es mal anders 'rum. Schadet ihm gar nichts. Oder findest du nicht? Du machst so ein bedripstes Gesicht.«

Unwillkürlich mußte Regina lachen. »Ich hab' mir das bloß vorgestellt. Vielleicht hast du recht. Armer Janos!«

»Ach was, armer Janos! Er hat genug Spaß in seinem Leben gehabt, hat den Frauen genug Kopfzerbrechen bereitet. Jetzt muß er sich mal nach einer Frau richten. Ich finde das nur gerecht. Und die Alte ist natürlich ein Herz und eine Seele mit Ilonka. Und vernarrt in den Jungen. Die wird auch nicht dulden, daß er aus der Reihe tanzt. Vor seiner Mutter hat er übrigens höllischen Respekt. Vieles versteh' ich ja nicht, wenn sie so reden, meist sprechen sie Ungarisch. Das ist vielleicht eine Sprache. Da tut dir die Zunge weh bloß vom Zuhören.«

»Und sonst, meinst du, daß ...«, Regina druckste herum, sie wußte nicht, wie sie anbringen sollte, was sie noch interessierte, »meinst du, daß sie überhaupt ... ich meine ...«

Stups wußte genau, was Regina beschäftigte. »Du meinst, ob sie so was wie ein richtiges Eheleben führen?« fragte sie geradezu. »Da kannst du Gift drauf nehmen. Ilonka ist keine Frau, an der man vorübersieht. Sie ist Rasse, ohne Zweifel. Sie hat eine Figur wie unsere besten Modelle. Bißchen üppig vielleicht. Das liebt er ja nicht so. Aber sie kann sehr charmant sein, wenn sie will. Na ja, man muß abwarten, wie lange es geht. Aber ich glaube, sie wird ihn ziemlich fest an der Kandare halten. Jetzt ist sie mal da, und das wird er merken.«

»So«, sagte Regina.

»Nun mach bloß nicht wieder so ein Gesicht, Regina! Du mußt damit fertig werden, was anderes kann ich dir nicht raten. Ich würde dir jedenfalls nicht empfehlen, daß du so nebenbei mit ihm ...«

Regina bog den Kopf zurück. »Das kommt nicht in Frage«, sagte sie entschieden. »Und ich werde damit fertig.«

Stups nickte befriedigt. »Das habe ich auch nicht anders erwartet. Und wenn du mir auch die Augen auskratzt, ich bin der Meinung, für dich ist diese Lösung gar nicht so schlecht. Eines Tages wärst du doch enttäuscht worden. Und jetzt bist du mit guter Haltung aus der Sache herausgekommen. Janos war nicht günstig für deine Entwicklung, wenn du es auch heute noch nicht einsiehst. Du standest immer zu sehr in seinem Schatten. Und das war schade. Es steckt mehr in dir drin.«

»Meinst du?« fragte Regina. Es klang nicht sehr überzeugt.

»Jawohl, das meine ich«, bestätigte Stups. »Was du jetzt zu tun hast, ist arbeiten. Fleißig arbeiten, daß du so bald wie möglich fertig wirst und etwas kannst. Und dann habe ich dir einen Vorschlag zu machen.«

»Ja?«

»Ja. Hast du dir schon mal überlegt, wie es wäre, wenn wir zwei uns zusammentäten?«

»Wir zwei?«

»Ja. Ich glaube nicht, daß ich noch alt werde bei Janos. Für Familienbetrieb habe ich noch nie viel übrig gehabt. Und ehrlich gestanden, ich habe was gegen Ehemänner und Familienväter. Außerdem will ich ja nicht ewig Angestellte bleiben. Wir könnten unseren eigenen Betrieb aufmachen, du und ich. Vielleicht ein Porträtatelier. Und eine Bühne könnte ich auch kriegen, ich habe da meine Verbindungen, weißt du. Es muß nicht unbedingt Mode sein. Früher habe ich viel Industrieaufnahmen gemacht, das ist ein interessantes Arbeitsgebiet. Überleg dir das mal. Wenn du soweit bist, dann suchen wir uns einen Geldgeber. Oder sehen, daß wir einen Kredit bekommen, und dann machen wir uns selbständig. Was hältst du davon?«

»O Stups«, sagte Regina fassungslos, »das wäre ... das wäre einfach toll.«

Stups strahlte. »Siehst du, so stell' ich mir das vor. Ja, man muß vorwärtsstreben. Und zwar allein. Ohne Mann. Dann macht das Leben erst richtig Spaß.«

Diese Pläne beschäftigten Regina nun sehr. Sie begann durchaus in dieser Richtung zu denken und zu hoffen, und das verstärkte noch ihren Arbeitseifer. Selbständig zu sein, einen Beruf zu haben, mit beiden Beinen im Leben zu stehen, hatte sie das nicht immer gewünscht? Es lag an ihr, an ihr ganz allein, dahin zu gelangen. Diese Gedanken gaben ihr ein ganz neues Lebensgefühl und verhinderten, daß sie zu sehr in ihren Kummer versank.

Ende des Monats führte sie einmal bei Cobell mit vor. Es war nur eine kleine Schau im engsten Rahmen, für seine Kundinnen, als kleine Vorschau auf die kommende Ballsaison gedacht, hauptsächlich Cocktail- und Abendkleider. In dem intimen Vorführraum saßen Cobells wohlhabende Kundinnen auf zierlichen kleinen Stühlchen, die Mannequins kamen durch einen Vorhang, schritten anmutig drei Stufen hinab und gingen auf dem schmalen, freigelassenen Raum zwischen den Damen hindurch, während eine würdige Direktrice diskret Namen und Stoffart der gezeigten Modelle nannte. Ohne den Preis zu erwähnen, das war bei Cobells Kundinnen nicht nötig.

Gleich als Regina das erstemal herauskam, in einem schwalbengrauen Theaterkleid aus Velourschiffon, sah sie bekannte Gesichter. Und sie fühlte fast körperlich, wie besonders zwei Frauen in diesem Raum sie ansahen, mit Neugier, vielleicht auch mit Anteilnahme.

Da war Linda Gerson, die schön und mit verschlossener Miene ein wenig abseits saß neben einem außerordentlich gut aussehenden Mann mit grauen Schläfen, der, wie Jinny während des Umziehens

Regina zuflüsterte, »steinreich ist, Millionär soll er sein. Aus Schweden. Sieht toll aus, was? Man sagt, Linda wird ihn heiraten. Man sieht die beiden ständig zusammen.«

Linda hatte den Kopf gehoben, als Regina kam, und ihr dann mit einem Lächeln zugenickt. In ihrem Blick stand freundschaftliche Zuneigung, und Regina dachte ein wenig amüsiert: Ich habe jetzt alle ihre Sympathien, weil ich nicht mehr bei Janos bin.

Und dann war Ruth Bornemann da mit ihrer Mutter. Ruth veränderte keine Miene, sie zeigte nicht, daß sie Regina erkannt hatte. Doch sie ließ Regina nicht aus den Augen. Ihre Mutter dagegen beugte sich zu ihr und flüsterte etwas mit deutlichem Blick auf Regina, worauf Ruth abwehrend den Kopf schüttelte.

Regina dachte fast zornig: Weiß denn jeder Mensch in dieser Stadt, daß ich mit Janos befreundet war? Bin ich jetzt auch eine seiner zahlreichen verflossenen Freundinnen? Ich will mit dem allem nichts mehr zu tun haben. Ich will auch nicht mehr vorführen. Ich will ein neues Leben haben, ein Leben für mich allein. Ich wäre froh, wenn ich die alle hier nicht mehr sehen müßte.

Aber als sie nach der Schau auf die Straße trat, nachdem sie sich abgeschminkt und umgezogen hatte, stieg aus dem Kabriolett, das am Straßenrand parkte, jemand aus und trat ihr in den Weg. Es war Ruth.

»Ach bitte«, sagte sie. Es klang fast schüchtern. Sie sah gar nicht mehr hochnäsig aus, jung und ein wenig hilflos wirkte sie, Regina schien es sogar, als sei sie errötet.

Regina legte den Kopf zurück. »Ja?« sagte sie. Es klang sehr kühl.

»Bitte«, sagte Ruth noch einmal, »ich hätte Sie gern einen Augenblick gesprochen.«

»Warum?« fragte Regina erstaunt.

Ruth fand anscheinend nicht gleich eine Antwort. Einen Moment lang standen sie stumm voreinander. Es war schon dunkel, es war kalt und regnete, ein eisiger Wind blies ihnen ins Gesicht. Ein kalter, unfreundlicher Spätherbsttag.

»Nicht hier«, bat Ruth, »gehen wir einen Augenblick da hinein.« Sie wies auf ein kleines Café, das einige Schritte entfernt war.

»Aber warum«, begann Regina, »ich wüßte nicht…«

»Bitte«, sagte Ruth.

Schweigend gingen sie auf das Café zu, traten ein und setzten sich an einen kleinen Tisch.

Aber dann wußte Ruth anscheinend nicht recht, wie sie beginnen sollte. Sie machte ein paar Bemerkungen über die Kleider, die eben vorgeführt worden waren, und schwieg dann wieder.

Als der Kaffee, den sie bestellt hatten, vor ihnen auf dem Tisch stand, fragte Regina: »Sie wollten mich sprechen?«

»Ja«, sagte Ruth. Sie blickte vor sich auf den Tisch. »Ich hatte schon immer den Wunsch, Ihnen einmal zu begegnen. Ich habe das Gefühl, ich muß mich bei Ihnen entschuldigen. Damals – Sie wissen schon, an dem Abend ... ich habe mich unmöglich benommen. Und ich habe Ihnen Ihren Geburtstag verdorben.« – Regina hob die Schultern. »Aber, ich bitte Sie ... das ist lang vorbei. Ich habe es vergessen. Es spielt auch jetzt keine Rolle mehr.«

Aber Ruth war noch nicht zu Ende. »Ich weiß nicht, was mit mir los war. Aber ich war so wütend. Und ich habe mich so geärgert, daß ich auch ... daß ich auch ... genau wie alle. Ich wollte eigentlich gar nicht.« Jetzt sah sie auf und Regina gerade in die Augen. »Ich hasse diesen Janos.«

Regina mußte unwillkürlich lächeln. »Das sollten Sie nicht tun«, sagte sie. »Haß ist kein schönes Gefühl. Und Sie sind zu jung, um sich damit zu belasten.« Es klang sehr weise und abgeklärt. Regina hörte sich selbst sprechen und wunderte sich darüber. Sie empfand auch keine Abneigung gegen das junge Mädchen. War das alles schon so lange her?

»Ich war wie von Sinnen damals«, bekannte Ruth weiter. »Ich hätte ihn umbringen können. Und Ihnen wollte ich weh tun. Aber eigentlich hatte ich nur Grund, mich über mich selbst zu ärgern. Ich hatte genug über ihn gehört, um zu wissen, wie ich mit ihm dran war.«

»Er ist nicht so schlecht wie sein Ruf«, sagte Regina sanft. »Die Leute übertreiben.«

»Das sagen Sie? Jetzt?« wunderte sich Ruth. »Nach allem, was geschehen ist?«

Reginas Gesicht verschloß sich. »Was ist denn groß geschehen?« fragte sie ein wenig gereizt. »Man trifft sich, und man trennt sich wieder. So ist es doch üblich. Kein Grund, eine Tragödie daraus zu machen.«

»Ich dachte, Sie wären sehr unglücklich«, meinte Ruth eingeschüchtert. »Man hat mir erzählt ...«

»Wer ist man?« fragte Regina scharf.

»Oh, Conny. Conny von Barkenach. Er verkehrt doch bei uns. Er hat mir das alles erzählt. Daß seine Frau jetzt da ist. Und ein Kind hat er auch. Und er soll sehr unglücklich sein.«

»So?« fragte Regina kühl. »Was Conny alles weiß! Warum sollte Janos unglücklich sein? Er hat jetzt seine Familie bei sich, und das ist doch ein Grund, durchaus zufrieden zu sein.«

»Nein. Er liebt Sie ja. Conny hat es mir gesagt. Und... und Janos hat es mir damals am Ende auch gesagt.«

Regina lächelte flüchtig. »So. Hat er Ihnen das auch gesagt? Am Ende, nachdem er mich erst mit Ihnen betrogen hatte.«

»Es war eine Gemeinheit«, sagte Ruth, und ihre schönen großen Augen blitzten zornig. »Eine Gemeinheit gegen Sie und gegen mich.«

»Na ja«, sagte Regina, »was heißt Gemeinheit? Es war nicht ganz fair, sagen wir mal. Aber Janos hat sich wohl immer seine eigenen Spielregeln gemacht. Und die Frauen sind schuld, sie haben mitgespielt. Sie ja auch. Und Sie wußten doch von mir. Oder nicht?«

»Doch«, sagte Ruth.

»Na also! Lassen wir es! Jetzt ist es längst vorbei.«

»Und Sie tragen mir das nicht nach? Das im Plaza?«

»Nein«, sagte Regina. »Es war nicht so wichtig.« Sie besann sich eine Weile und fügte dann hinzu: »Es war vielleicht sogar ganz gut. Es hat mir das erleichtert, was nachher kam.«

Ruth machte zunächst ein erstauntes Gesicht, doch dann begriff sie. »O ja, ich verstehe, was Sie meinen.«

Als sie wieder herauskamen, sagte Ruth: »Darf ich Sie wohin fahren? Es ist so scheußliches Wetter.«

»Danke«, wehrte Regina ab, »es ist nicht nötig. Ich gehe sowieso gleich nach Hause.«

»Bitte, steigen Sie ein. Ich fahre Sie nach Hause.«

Sie kamen nur langsam vorwärts, jetzt am Abend war der Verkehr sehr dicht. Ruth fuhr sicher und geschickt.

»Es ist leider nicht mein Wagen«, erzählte sie. »Er gehört Mutti. Ich habe sie vorhin in ein Taxi gesetzt und ihr den Wagen abgeknöpft. Ich wollte doch auf Sie warten. Mein Vater meint, ich brauchte keinen eigenen Wagen, ehe ich einundzwanzig bin.« Es klang kindlich vorwurfsvoll.

Regina mußte lächeln. »Na, da hat er ja nicht ganz unrecht«, sagte sie. »Auf irgend etwas muß man sich doch freuen können. Wenn man alles gieich hat, was man sich wünscht, dann macht das Leben gar keinen Spaß mehr.« Ich rede heute wirklich wie eine alte weise Großmutter, dachte sie, Janos hat recht. Das kommt davon.

Aber sie wußte nicht genau, wovon das eigentlich kam.

»Nächsten Monat ist ja Weihnachten«, sagte Rüth hoffnungsvoll. »Vielleicht klappt es da. Ich hab' mir jedenfalls einen Wagen gewünscht. Mein Bruder hat schließlich auch einen.«

»Und wie alt ist Ihr Bruder?«

»Och, der ist schon vierundzwanzig. Er hat auch nur einen Volkswagen, einen gebrauchten vom Betrieb. Aber immerhin. Wenn ich keinen habe, braucht er auch keinen.«

Sie ist noch sehr jung, dachte Regina. Ein Kind noch, trotz aller Allüren und der Angabe, mit der sie auftritt. Ihr Vater sollte ihr keinen Wagen schenken, sondern ihr mal den Kopf zurechtsetzen, dann könnte noch was Vernünftiges aus ihr werden. Aber wahrscheinlich hat er keine Zeit dazu.

»Conny hat mir übrigens auch erzählt, daß Sie eine Fachschule besuchen und Fotografin werden«, plauderte Ruth weiter. »Ich finde das fabelhaft. Ich möchte furchtbar gern auch einen Beruf haben.«

»Was hindert Sie daran?« sagte Regina. »Lassen Sie sich von Ihrem Vater statt eines Wagens lieber eine gute Ausbildung schenken. Da haben Sie vermutlich mehr davon.«

Sie waren angelangt. Ruth stoppte, blickte dann etwas eingeschüchtert zu Regina hinüber. »Ja, da haben Sie vielleicht recht! Aber ich komme nicht dazu.«

Ehe Regina ausstieg, fragte Ruth noch einmal: »Also Sie sind mir bestimmt nicht mehr böse?«

»Nein«, erwiderte Regina, »bestimmt nicht.«

»Können wir uns... können wir uns nicht einmal wiedersehen?«

Regina zögerte. Was sollte das?

Aber dann sagte sie freundlich: »Warum nicht? Rufen Sie mich gelegentlich mal an.«

»Ja«, sagte Ruth erfreut, »Sie müssen mal zu uns kommen. Mama würde sich auch sehr freuen.« Und nach einer kleinen Pause. »Sie heißen Regina, nicht wahr?«

»Ja.«

»Ich heiße Ruth.«

»Ich weiß«, sagte Regina. »Also dann, auf Wiedersehen, Ruth.«

»Auf Wiedersehen, Regina.« Sie schüttelten sich ganz freundschaftlich die Hand. Ruth winkte noch einmal, als Regina ausgestiegen war, durch die Scheibe. Dann brauste sie davon mit Mamas Wagen.

Regina lächelte, als sie die Treppe hinaufstieg. Das muß ich Stups erzählen, dachte sie. Es wird sie amüsieren.

Auch Martin rief in dieser Zeit mal an. Er wollte Regina treffen, aber sie lehnte ab. Sie habe keine Zeit, sagte sie, und es klang sehr entschieden. Hinterher tat es ihr leid. Seine Stimme hatte sehr enttäuscht geklungen, als er sich verabschiedete.

Aber vermutlich wußte er auch, wie sich ihr Leben verändert hatte. Anscheinend wußte es eine Menge Leute in dieser sogenannten Großstadt. Und sie hatte einfach keine Lust mehr, darüber zu sprechen. Gerade mit Martin nicht. Sie brauchte kein Mitleid. Sie wurde sehr gut allein fertig.

Vielleicht hätte zwar Martin gar nichts davon gesagt. Und eigentlich wäre es ganz nett gewesen, ihn einmal zu sprechen. Nun, sie wußte ja seine Adresse, sie konnte ihm einmal schreiben. Aber sie ließ es dann bleiben. Vielleicht später einmal...

DEZEMBER

Am schlimmsten waren immer noch die Begegnungen mit Janos. Regina sehnte sie zwar herbei, aber sie hatte auch Angst davor, denn das waren die Momente, wo die jeden Tag mühsam neu errungene Fassung sie verließ, wo sie nur noch unglücklich und verzweifelt war und nichts wünschte, als seine Arme um sich zu spüren und ihn zu küssen. Sie hatte zu lang und zu eng mit ihm gelebt, seine Küsse und seine Liebe waren unvergessen, und sie entbehrte sie an den langen Tagen, in den einsamen Nächten. Sie war eine Frau geworden, er hatte sie die Liebe gelehrt, und nun hatte sie auch Verlangen danach.

Eines Abends rief er überraschend an. Und sie bekam sofort Herzklopfen, als sie seine Stimme hörte.

»Was machst du?« fragte er.

»Ich? Oh, nichts weiter.«

»Bist du allein?«

»Ja.«

»Willst du mir einen Gefallen tun?«

»O ja, natürlich.«

»Ich bin hier bei Henriette. Du weißt schon, das kleine Lokal. Ich habe einen Amerikaner hier, von einer großen Zeitschriftenagentur. Er hat verschiedene Bilder von mir übernommen, die meisten sind von dir. Er möchte dich gern kennenlernen.«

»Ach so«, sagte Regina enttäuscht.

»Und ich muß dich unbedingt mal wiedersehen, Prinzessin. Du fehlst mir so. Willst du nicht herkommen?«

»Dorthin?« fragte sie zögernd.

»Ja. Renkow ist auch da. Wir wollen eine Serie machen, über deutsche Mode, weißt du. Da muß ich dich sowieso dabeihaben. Bitte, Regina, komm her.«

»Ja«, sagte sie. »Ich komme.«

»Nimm dir ein Taxi. Ich kann jetzt hier nicht weg.«

Eine Weile stand Regina bewegungslos, den Hörer in der Hand.

Sie hatte ihn lange nicht mehr gesehen. War es nicht besser, ihn überhaupt nicht mehr zu sehen? Es war ja doch nur eine Quälerei. Und fremde Leute waren dabei, man würde sinnloses Zeug reden müssen. Aber das war ja auch wieder gut.

Sie zog sich aus und öffnete dann ihren Kleiderschrank. Was sollte sie anziehen? War ja egal. Nein. War nicht egal. Der Mann aus Amerika – Janos wollte sicher, daß sie gut aussah. Sie mußte sogar sehr gut aussehen. Renkow war auch dabei und würde sie neugierig betrachten. Keiner sollte aber auf die Idee kommen, daß sie unglücklich und verlassen sei, daß sie trübsinnig zu Hause saß und sich grämte. Keiner sollte es denken, auch Janos nicht.

Was hatte er gesagt? Eine Serie für Amerika? Und sie sollte dabeisein? Sie sollte wieder mit ihm arbeiten? Nein, das wollte sie nicht, und das konnte sie nicht. Es würde eine Qual sein.

Sie verrieb geistesabwesend die Creme im Gesicht, tupfte sie dann vorsichtig mit einem Tuch wieder ab. Zu Herrn Alexander müßte ich auch wieder mal gehen, dachte sie, meine Haare liegen nicht mehr sehr gut. Tüchtig durchbürsten, das half am besten. Sie beugte den Kopf nach vorn und bürstete energisch das Haar gegen den Strich. Mittendrin hielt sie ein. Du fehlst mir so, hatte er gesagt. Es konnte wahr sein. Es konnte aber auch nur eine kleine Höflichkeit sein.

Ein wenig Rouge heute vielleicht und Lidschatten. Besser ein wenig zuviel als zuwenig. Amerikaner störte das nicht. Und Janos brauchte nicht zu sehen, daß sie blaß und betrübt aussah. –

Janos blickte ihr prüfend entgegen, als sie kam. Dann zog er ein wenig erstaunt die Augenbrauen hoch. Sie wußte es sofort, sie war over-dressed, das konnte er für den Tod nicht leiden.

Ich hätte ein Wollkleid nehmen sollen, dachte sie. Statt dessen trug sie das himbeerrote Ottomankleid mit dem gewagten Ausschnitt. Sie hatte gedacht, es würde sie etwas beleben. Und zu stark geschminkt war sie auch. Zu allem Überfluß hatte sie noch lange silberne Ohrgehängte angelegt. Nur daß keiner auf den Einfall käme, sie zu bedauern.

Der Amerikaner war von ihr entzückt und machte ihr ein reizendes Kompliment. Janos hatte nicht viel gesagt. Nur ihre Hand geküßt und ihr in die Augen gesehen. Regina lächelte ein wenig krampfhaft.

Der Abend dehnte sich ziemlich lange aus. Regina war sprunghaft und nervös, mal redete sie allerlei krauses Zeug, mal blickte sie verloren vor sich hin und sprach kein Wort. Und gegen ihre sonstige Gewohnheit trank sie rasch und viel.

Janos saß dicht neben ihr. Sie spürte sein Knie an ihrem Knie. Es war nicht zu ertragen. Ich kann ihn nicht mehr wiedersehen, dachte Regina. Es ist heut das letztemal.

Eine Weile setzte sich Henriette zu ihnen an den Tisch. Andere Bekannte kamen hinzu. Das Gespräch war lebhaft und angeregt, man lachte, und der Amerikaner rief begeistert: »That's the German Gemutlichkeit, isn't it?« Er zerkaute das Wort drollig zwischen den Zähnen und bestellte noch eine Runde Whisky. Nebenher tranken sie Sekt, und Regina leerte immer wieder ihr Glas. Einmal nahm Janos es ihr weg.

»Du trinkst soviel«, sagte er leise.

»Ach, laß doch«, sagte sie.

Später sang Henriette ein Chanson, als man sie darum bat. Und der Amerikaner fragte: »You know that? Forget all your trouble and don't cry again...«

Henriette kannte es. Und sie sang mit ihrer rauhen, tiefen Stimme:

Vergiß doch, was war,
und weine nicht mehr,
versuche zu lächeln,
ist dein Kummer auch schwer.
Denn mit Tränen allein
und mit nächtlichen Sorgen
nimmst du ihn immer wieder mit
in den neuen Morgen.
Denk nicht mehr dran,
und hör auf zu weinen.
Vergiß doch, was war,
dann wird die Sonne wieder scheinen.

Regina bemerkte, daß Janos sie ansah. Ach ja, das Lied! Danach hatte sie getanzt, damals bei Doncker auf der Terrasse. Da hatte er sie das erstemal im Arm gehabt. Und dann hatte alles begonnen. Und nun war alles zu Ende.

Sie lächelte ihm zu. Es war ein herzzerreißendes Lächeln. Janos sah die Verzweiflung in ihren Augen. Er hätte sie in die Arme nehmen mögen und weit wegtragen.

»Regina«, sagte er leise.

»Nein«, sagte sie, »sag nichts. Sag nichts, Janos. Du willst doch nicht, daß ich hier anfange zu weinen.«

Als sie aufbrachen, hatte Regina einen Schwips. Aber das war gut so. Das war sehr gut. Und sie hatten den Amerikaner im Wagen, das war auch gut.

Janos brachte sie an die Haustür. »Ich bringe den Amerikaner in sein Hotel, dann komme ich zurück«, sagte er.

»Nein«, sagte Regina heftig, »nein, Janos, das darfst du nicht. Bitte, tu's nicht. Wenn du mich noch ein kleines bißchen liebhast, tu's nicht.«

»Regina ...«

»Bitte, Janos.«

»Gute Nacht, Prinzessin. Wir sehen uns bald wieder, ja?«

Regina schloß die Tür auf, aber dann blieb sie stehen, bis der Wagen weggefahren war.

»Nein«, flüsterte sie, »nein. Wir sehen uns nicht wieder. Ich will es nicht. Ich kann es nicht.«

Als sie oben in der Wohnung war, übermannte sie die Verzweiflung. Sie lag auf der Couch und weinte. Ihr war, als könne sie nie wieder aufhören zu weinen, als käme nach dieser Nacht kein Tag mehr. Sie hatte all die Wochen nicht geweint. Aber nun – nun weinte sie doch. Tränen der Liebe, hatte er einmal gesagt. Du sollst nie mehr andere Tränen weinen. Es waren Tränen der Liebe. Damals war es Glück gewesen. Und heute war es der Abschied. Auch das gehört zur Liebe.

Die tiefe Depression, die Regina befallen hatte, hielt einige Tage an. Sie ging zwar in die Schule, erfüllte ihre täglichen Pflichten, aber sie war schweigsam und gedrückt, ging dem Zusammensein mit den Mitschülern aus dem Weg und verbrachte die Abende allein zu Hause. Nicht einmal zu Papa Jacob mochte sie gehen. Er würde ihr bestimmt ansehen, wie betrübt sie war, und das würde auch ihn traurig stimmen. Er hatte sich sowieso nicht ganz wohl gefühlt, war wohl ein wenig erkältet und klagte über Rücken- und Kreuzschmerzen.

Da erschien eines Nachmittags überraschend Vroni, das junge Mädchen, das bei Herrn Brunnhuber im Laden half, in der Schule. Als Regina aus der Dunkelkammer kam, saß sie etwas verschüchtert im Vorraum auf einer Bank. Regina hatte sie im ersten Augenblick gar nicht gesehen, sie sprach noch mit einer Kollegin.

Ein junger Mann, der eilig vorbeikam, sagte: »Regina, da wartet jemand auf dich. Die Kleine ist schon seit einer halben Stunde da, aber wir konnten ja nicht zu euch hinein.«

Regina bekam einen Schreck, als sie Vroni erblickte.

»Um Gottes willen«, rief sie, »ist etwas passiert?«

Vroni nickte mit so tragischer Miene, daß Regina schon das Schlimmste befürchtete. Aber ganz so schlimm war es wieder nicht, wenn auch Anlaß genug bestand, sich Sorgen um Papa Jacob zu machen. Nachdem sich sein Gesundheitszustand in den letzten zwei

Tagen ständig verschlechtert hatte, war er an diesem Morgen zu schwach gewesen, um aufzustehen, von Schmerzen und Fieber geplagt. Vroni mußte den Arzt anrufen, und der hatte sofort die Überweisung in eine Klinik veranlaßt. Herr Brunnhuber hatte eine schwere Nierenentzündung, wohl als Folge einer Erkältung, die er sich bei der naßkalten Witterung zugezogen hatte.

Regina vergaß augenblicks all ihren Kummer. Papa Jacob war krank! Sehr krank! Und sie hatte sich tagelang nicht um ihn gekümmert.

Sie faßte Vroni fest am Arm. »Ist es schlimm? Was sagt der Arzt? Und in welcher Klinik ist er?«

Vroni nickte mit wichtiger Miene. »Es ist sehr schlimm. Der Doktor sagt, es wäre sehr leichtsinnig, daß er nicht schon vorher zu ihm gekommen ist, und so was könnt' bös' ausgehn. Damit dürft' man nicht spaßen. Und der Jüngste ist er doch auch nicht mehr.«

Wenn Papa Jacob sterben würde! Es wäre nicht auszudenken! Der beste, einzige Freund, den sie besaß. War er nicht fast so etwas wie ein Vater für sie geworden? Die Bezeichnung »Papa Jacob«, halb scherzhaft von Janos übernommen, sie hatte längst eine tiefe Bedeutung gewonnen.

»Wir gehen gleich in die Klinik«, sagte Regina, »ich muß hören, was los ist.«

Sie packte eilig ihre Sachen zusammen, entschuldigte sich für den noch folgenden Unterricht und verließ mit Vroni die Schule.

Während Vroni neben ihr hertrabte, erklärte sie vorwurfsvoll: »Sie können jetzt nicht in die Klinik, Sie müssen ins Geschäft kommen, Fräulein Thorbeck. Ich hab' nur schnell zugesperrt, aber für nachher sind Kunden angemeldet und abends auch noch. Soll ich die denn einfach wegschicken?«

»Ach so«, Regina stoppte ihren eiligen Lauf. Das Geschäft! Jetzt vor Weihnachten war verhältnismäßig viel zu tun. Es kamen eine Menge Leute, die von sich oder ihren Kindern Bilder machen lassen wollten, um irgendwelche Anverwandte oder einen staunenden Bräutigam unter dem Weihnachtsbaum damit zu beglücken. Herrn Brunnhuber war im Moment wohl mehr damit gedient, wenn sie sich um das Geschäft kümmerte.

So rief sie nur von der nächsten Telefonzelle aus im Krankenhaus an, erfuhr, daß der Zustand des Patienten zwar ernst, aber nicht lebensgefährlich sei, und ging dann mit Vroni in den Laden, wo sie gerade noch zurechtkamen, um eine enttäuschte Dame, die mit ihren beiden Kindern eben wieder verschwinden wollte, zu treffen.

Regina nahm sie mit ins Atelier und machte die bestellten Aufnahmen von den Kindern. Kaum war sie damit fertig, kam schon der nächste Kunde, ein junger Mann, der Paßbilder brauchte, da er, wie er bereitwillig erzählte, zwischen Weihnachten und Neujahr zum Schilaufen in die Dolomiten fahren wollte. Andere Kunden folgten, Vroni hatte recht gehabt, es gab wirklich viel zu tun im Moment. Erst am Abend kam Regina dazu, in die Klinik zu fahren, wo sie zwar Herrn Brunnhuber nicht mehr besuchen durfte, aber wenigstens mit dem Stationsarzt sprechen konnte.

Sie brauche sich keine allzu großen Sorgen zu machen, hörte sie, der Zustand des Kranken habe sich nicht verschlimmert.

»Ist es gefährlich?« fragte Regina angstvoll.

Der Arzt hob die Schultern. »In diesem Alter ist jede ernsthafte Erkrankung gefährlich. Aber der alte Herr hat, wie es scheint, eine gesunde Konstitution und vor allem ein kräftiges Herz. Wir werden ihn schon wieder gesund machen.« Er lächelte ihr tröstend zu, und Regina sagte aus tiefstem Herzen: »Ach ja, bitte.«

In den nächsten Tagen verbrachte Regina die meiste Zeit im Geschäft, nur die wichtigsten Unterrichtsstunden versäumte sie nicht – es war ein weiter Weg, denn die Schule lag in einem anderen Stadtteil –, und natürlich besuchte sie, wann immer es möglich war, Herrn Brunnhuber, dem es wirklich nicht sehr gut ging. Es dauerte fast eine Woche, bis er die schlimmste Krise durchgestanden hatte, dann war er sehr schwach und elend, es konnte keine Rede davon sein, daß er die Klinik schon verlassen durfte.

»Kind, es ist so lieb von dir, daß du dich um den Laden kümmerst«, sagte er und hielt Reginas Hand fest in seiner mager gewordenen kraftlosen Hand, »ich wüßte nicht, was ich ohne dich täte. Gerade jetzt vor Weihnachten.«

Nun, Regina arbeitete fleißig im Geschäft und im Atelier, denn auch Herrn Brunnhubers kleiner Betrieb verspürte etwas von den Weihnachtsumsätzen. Vroni, die seit Reginas Weggang bei Papa Jacob gearbeitet hatte, verstand vom Fotografieren nichts. Sie war eigentlich nur dazu da, um im Laden zu sein, wenn Kunden kamen, gelegentlich verkaufte sie einen Film oder nahm Aufträge entgegen, wenn Filme zum Entwickeln oder Kopieren gebracht wurden. Und am liebsten machte sie den Laden und das Atelier sauber, das tat sie mit großer Akkuratesse und Hingabe, das ging ihr am besten von der Hand. Sie war auch nicht ganztägig da, nur immer einige Stunden. Eigentlich hatte sie eine Lehre als Verkäuferin begonnen, aber dann wurde ihre Mutter krank und war bettlägerig, und da noch drei kleine

Geschwister da waren, die versorgt werden mußten, konnte das Mädchen nicht mehr den ganzen Tag außer Haus sein. Aber etwas verdienen mußte sie unbedingt. Und da sie im Nebenhaus wohnte, hatte es sich ergeben, daß sie nun bei Herrn Brunnhuber arbeitete.

Regina hatte in den drei Wochen bis Weihnachten alle Hände voll zu tun, sie teilte ihre Zeit zwischen Geschäft und Schule, schlief sogar oft im Atelier, um den Weg nach Hause zu sparen, denn es wurde meistens spät, bis sie am Abend noch alle Auftragsarbeiten ausgeführt hatte; auch mußten die Bilder, die sie aufnahm, möglichst rasch fertig werden, jeder Kunde drängte auf baldige Lieferung. Einige Male kam auch Stups, um ihr zu helfen.

Die selbständige Arbeit machte ihr Spaß, sie werkte umsichtig und mit großem Eifer, und Stups sagte einmal: »Alle Achtung! Aus dir wird noch mal eine tadellose Geschäftsfrau. Und gelernt hast du wirklich schon eine Menge. An deinen Arbeiten ist nichts auszusetzen. Wenn ich denke, was du mal für eine weltferne Mondscheinprinzessin warst! Und heute bist du eine durchaus tüchtige, ernst zu nehmende Frau. Meine Hochachtung!«

Regina lachte erfreut und errötete ein wenig über das Lob. Es machte sie sehr froh, daß Stups das sagte. Und sie fühlte selbst, wieviel Befriedigung ihr die Arbeit brachte, wie sie davon ausgefüllt war – so sehr, daß sie stundenweise ihren Kummer und sogar Janos vergessen konnte.

Janos hatte von Stups erfahren, daß Herr Brunnhuber krank war, und besuchte ihn einmal in der Klinik. Wie Regina bei ihrem nächsten Besuch sah, hatte er eine Menge Zeug mitgebracht, alles Sachen, die Papa Jacob jetzt doch nicht essen und trinken durfte.

»Nimm es mit, Kind«, sagte Papa Jacob. »Wenn ich das immerzu vor Augen habe, dann schmeckt mir meine lätscherte Diät erst recht nicht mehr.«

Von Stups erfuhr Regina auch, daß Janos gleich nach Weihnachten verreisen würde, er wollte bis zum Januar bleiben.

»Mit der ganzen Familie in die Schweiz«, sagte Stups böse, »es kann ja nicht genug kosten. Dabei haben wir jetzt wieder drei Wechsel prolongieren lassen müssen. Ich möchte bloß mal wissen, was in dem seinem Kopf vorgeht. Du wirst sehen, eines Tages gibt es einen Knall, und wir haben die schönste Sauerei beieinander. Aber rechnen konnte er ja noch nie.«

»Er will ihnen halt was von der Welt zeigen«, meinte Regina sanftmütig und kam sich sehr edel dabei vor, daß sie es so duldsam aufnahm. Würde er jetzt mit Ilonka bei Huguenin Kaffee trinken und sagen: Ist der französische Kognak nicht viel besser?

»Die haben hier noch genug zu sehen«, sagte Stups ungerührt, »für sie ist es hier bei uns immer noch großartig genug, und alles ist neu und herrlich für sie. Es muß nicht gerade die Schweiz sein, wo alles so viel teurer ist. Aber ich werde dir etwas sagen, er fährt vor allem deswegen, weil er es nicht erträgt, Weihnachten und Silvester im Familienkreis zu Hause zu sitzen. Es macht ihn nervös. Er ist überhaupt so rastlos zur Zeit. In Zukunft wird er mehr auf Reisen sein als hier, du wirst es sehen. Und zwar wird er allein reisen, ohne Ilonka. Für Februar plant er eine Reise nach Amerika, und er freut sich schon heute darauf.«

»So«, sagte Regina. »Nach Amerika.«

»Ja, man hat ihn da eingeladen, und er hat begeistert angenommen. Es ist schade um ihn, Regina, er war gerade auf dem Wege, etwas ruhiger und vernünftiger zu werden. Aber jetzt ist nicht mehr viel mit ihm anzufangen.«

Stups wollte über Weihnachten und Neujahr zu ihren Eltern nach Berlin fliegen. Und Regina dachte verzagt: Was wird aus mir? Ich werde Weihnachten ganz allein sein. Genau wie im vergangenen Jahr.

Und davor hatte sie Angst. Es würde trostlos sein. Es war schwer, an solchen Tagen allein zu sein.

Daß Papa Jakob schon nach Hause kommen durfte, war leider ausgeschlossen, nachdem er noch einmal einen kleinen Rückschlag erlitt und sein Zustand sich für einige Tage wieder verschlimmerte.

Und wieder, wie im vergangenen Jahr, war in der großen Stadt kein Mensch, kein einziger Mensch, der zu Regina gehörte. Niemand, der bei ihr sein würde, zu der Stunde, wenn die anderen Leute ihren Lichterbaum anzündeten.

Es ist genau wie vor einem Jahr, dachte Regina. Es ist ganz genau das gleiche.

Aber dann straffte sie sich in den Schultern und hob den Kopf, um ihre Lippen kam ein entschlossener Zug. Aber ich bin nicht mehr die gleiche, dachte sie, es hat sich so viel verändert in mir und an mir, daß ich es wohl ertragen kann, allein zu sein.

Doch dann kam eine Einladung für den Heiligen Abend von einer Seite, von der sie es nie erwartet hätte, an die sie gar nicht mehr gedacht hatte.

Eines Tages hatte sie sich schnell für eine Stunde freigenommen und war in die Stadt gegangen, um für Stups und für Herrn Brunnhuber ein kleines Weihnachtsgeschenk zu besorgen. In einem Laden begegnete ihr Ruth Bornemann, die dort in Begleitung ihrer Mutter ebenfalls Einkäufe machte.

Regina wollte mit einem Gruß vorübergehen, aber Ruth kam auf sie zu und rief: »O Regina, das ist nett, daß ich Sie treffe! Ich habe neulich immerzu bei Ihnen angerufen, aber ich konnte Sie nicht erreichen.«

»Ich bin jetzt meistens nicht zu Hause«, erwiderte Regina. Und nicht ohne Stolz berichtete sie von ihrer derzeitigen Tätigkeit.

Ruth sagte impulsiv: »Das ist eine Idee. Eigentlich könnten Sie ein Bild von mir machen. Das schenke ich meinem alten Herrn. So was freut ihn immer sehr.«

Wirklich kam Ruth am nächsten Tag in Herrn Brunnhubers Atelier, und Regina machte mit viel Begeisterung einige Aufnahmen von ihr. Offenherzig sagte sie am Ende: »Das hat mir Spaß gemacht. So ein hübsches Mädchen habe ich noch nie fotografiert.«

Ruth lachte. »Sie sind wirklich großzügig. Das Urteil der Frauen ist sonst gegen ihresgleichen nicht immer sehr liebenswürdig.«

»Schließlich ist es mein Beruf«, sagte Regina und gebrauchte dieses Wort mit echter Freude.

Ruth blieb ziemlich lange. Sie besichtigte ausführlich Herrn Brunnhubers bescheidenes Geschäft und meinte dann: »Wirklich, Regina, ich beneide Sie. Sie wissen wenigstens, wozu Sie auf der Welt sind. Und ich finde es goldig hier.«

Sie sprachen von dem bevorstehenden Weihnachtsfest, und Ruth wollte wissen, wie und wo Regina Weihnachten verbringen werde.

Regina zuckte die Achseln. »Oh, bei mir findet nichts Besonderes statt, ich bin allein und werde vermutlich zeitig schlafen gehen.«

»Allein?« fragte Ruth. »Ist das nicht... nicht ein bißchen trübselig?«

»Es macht mir nichts aus«, sagte Regina gleichmütig. Aber ihr Gleichmut war nicht ganz echt.

»Kommen Sie doch zu uns«, sagte Ruth.

»O nein«, sagte Regina. »Weihnachten ist ein Familienfest, da haben Fremde nichts dabei verloren.«

»Och, bei uns sind sowieso eine Menge Leute da, wir bekommen Besuch von auswärts, Verwandte und Bekannte, dann kommen sowieso Freunde von mir und von meinem Bruder. Dann ist eine Freundin von mir aus Amerika da, mit der ich zusammen im College war.« Sie lachte. »Irgendeine davon kommt immer mal herüber. Und Madge möchte gern ein richtiges deutsches Weihnachtsfest erleben. Wirklich, Regina, ich würde mich schrecklich freuen, wenn Sie kämen.«

»Nein«, sagte Regina wieder, »das geht doch nicht, Ruth. Was würden Ihre Eltern sagen?«

»Mutti kennt Sie ja und findet Sie reizend. Und mein Vater freut sich immer über hübsche Mädchen. Bitte, Regina, kommen Sie doch! Dann weiß ich bestimmt, daß Sie mir nicht mehr böse sind.«

Regina war es nicht recht. Was sollte sie bei den fremden Leuten? Gerade Weihnachten! Lieber wollte sie allein sein. Aber schon am nächsten Tag bekam sie eine schriftliche Einladung, die Ruths Mutter persönlich geschrieben hatte. Bis zuletzt wußte Regina nicht, ob sie gehen sollte oder nicht. War es nicht absurd? Was wohl Janos sagen würde, wenn er es wüßte?

Am Heiligabend selbst rief Ruth noch einmal am Nachmittag bei ihr an. »Sie kommen auch bestimmt, Regina?«

Regina sagte schließlich: »Ja.«

Dann erst überlegte sie: Mußte man Geschenke mitnehmen in einem solchen Fall? Wohl kaum. Auch war es jetzt zu spät, etwas zu besorgen. Blumen für die Dame des Hauses, das würde wohl genügen. Und die bekam sie wohl noch um diese Zeit.

Sie ging noch einmal fort, um in der Nähe Blumen zu besorgen. Wieder zu Hause, überlegte sie dann, was sie eigentlich anziehen sollte. Sie hätte Ruth fragen sollen. Nun, ein festliches Nachmittagskleid war wohl das Richtige in diesem Fall. Ihr war ein bißchen unbehaglich zumute. Weihnachten bei fremden Leuten! Es war doch sehr ungewöhnlich. Aber sie hatte nun mal ja gesagt.

Herr Bornemann saß abseits in einer Ecke in einem tiefen Sessel und betrachtete mit ein wenig düsteren Blicken den lebhaften Betrieb, der sich um ihn abspielte. Er rauchte eine schwere Zigarre, neben ihm auf dem Tischchen stand das Sektglas, an dem er kaum genippt hatte. Das war also nun der Heilige Abend! Ein schönes Fest, ein gelungenes Fest. Oder etwa nicht? Seine Frau war zufrieden damit. Kein Grund, daß er es nicht auch sein konnte. Aber er fühlte sich dennoch nicht wohl.

Gar nicht zu verstehen warum. Es war alles da, was ein Mensch sich wünschen konnte: gut zu essen, gut zu trinken, ein schönes Haus, eine charmante Frau, zwei wohlgeratene Kinder – und noch ein Haufen netter Gäste. Durch die offene Tür, die ins Nebenzimmer führte, sah er den Weihnachtsbaum. Ein prächtiger Baum! Eine herrlich gewachsene Tanne, die vom Fußboden bis zur Decke reichte. Als die

Kerzen vorhin brannten, war es wirklich ein zauberhafter Anblick. Die kleine Amerikanerin hatte ganz andächtige Augen gemacht und staunend geflüstert: »Oh, it's wonderful. It's really wonderful.«

Von einer Langspielplatte hörten sie dazu die ganze Serie gängiger Weihnachtslieder, vollendet dargeboten. Herr Bornemann hatte einmal den Versuch gemacht, ein bißchen mitzubrummen, aber er hatte es schnell wieder aufgegeben. So gut konnte er doch nicht singen wie die auf der Platte. Besser, man ließ es sein.

Jetzt waren die Kerzen erloschen. Der Baum stand still und duftend in seiner Ecke, ein Fremdling in dieser Umgebung. Und Bornemann dachte: Er fühlt sich nicht wohl bei uns.

Vom Plattenspieler ertönte jetzt Jazzmusik. Die Kinder ließen die neuen Platten laufen, die sie sich gegenseitig geschenkt hatten. Sie schwärmten für Jazz. Manchmal drang ein Fachausdruck zu Bornemann herüber, den er nicht verstand. Es interessierte ihn auch nicht. Und er dachte weiter, nicht ohne einen geheimen Grimm im Herzen: Fehlt bloß noch, daß sie anfangen zu tanzen.

Es war nicht recht zu verstehen, warum ihm sein Weihnachtsfest nicht gefiel. Warum er sich so ungemütlich fühlte, hier, in seinem eigenen Haus. War denn nicht wirklich alles ganz großartig, so wie es war? Man brauchte nur an früher zu denken, da sah man, *wie* großartig es war.

Es war noch gar nicht lange her, noch nicht einmal ein Dutzend Jahre, da stand er mit leeren Händen vor seinem kleinen zerstörten Betrieb. Nichts war ihm damals geblieben. Und heute besaß er eine große florierende Fabrik, die munter auf der Wirtschaftswunderflut dahinschwamm. All das hatte er selber fertiggebracht, mit unermüdlichem Fleiß, mit gerissener Schlauheit und mit einer gewissen Portion Rücksichtslosigkeit. Sicher, die Zeit war ihm zu Hilfe gekommen, die Tatsache, daß er die richtige Branche hatte. Aber vor allem war es seine ganz persönliche Tüchtigkeit.

Und nun hatten sie diese große prächtige Villa hier am Stadtrand. So modern und komfortabel eingerichtet, wie es nur eben möglich war. Letzten Sommer hatte er sogar auf Drängen seiner Kinder ein Schwimmbassin im Garten anlegen lassen. Hatte eine Stange Geld gekostet. Er hatte einen großen Wagen, seine Frau ein Kabriolett, der Junge fuhr jetzt auch einen eigenen Wagen. Bloß die Kleine noch nicht, obwohl sie ihn immerzu deswegen drängelte. Und sie hatten zwei ganz teure Rassehunde. Und – nun, alles eben, was ein Mensch sich nur wünschen konnte. Eine typische Wirtschaftswunderfamilie ersten Ranges.

Originell an dieser Familie war eigentlich nur Bornemann selbst. Aber auf diese Idee kam er nicht. Es war ihm nicht bewußt, daß er etwas besaß, was Leute seines Schlages gemeinhin nicht besitzen. Er hatte Herz und Phantasie. Und er konnte denken, auch über seine Geschäftswelt hinaus.

An einem Abend wie diesem beispielsweise war er besonders nachdenklich. Er dachte an früher. An die Zeit vor zehn, vor fünfzehn, vor zwanzig Jahren. Er hatte diese Zeit nicht vergessen. Über seine Leistung und seine Tüchtigkeit war er sich klar, aber auch darüber, daß er Glück gehabt hatte und daß die Zeit ihm günstig war. Er wußte genau, daß er in seiner Familie der einzige war, der gelegentlich darüber nachdachte. Seine Frau war vollauf mit sich selbst beschäftigt, vor allem damit, immer jünger zu werden, ihr Lebenslauf spielte sich jetzt hauptsächlich in Kosmetik- und Frisiersalons ab, in teuren Modeateliers, bei Modenschauen und bei Cocktailpartys.

Und Bornemann dachte: Sie hat nicht soviel Hirn wie ein Huhn.

Es war kein schöner Gedanke. Früher hätte er so etwas nie von ihr gedacht. Aber früher war sie anders gewesen, ein nettes junges Mädchen, heiter, liebenswert, wohl nicht übermäßig gescheit, aber für ihn hatte es immer ausgereicht. Und im Krieg war sie eine tapfere, tüchtige Frau, die ihren guten Anteil daran hatte, daß sie die schwere Zeit erträglich überstanden. Aber seit es ihnen besser ging, glich sie in nichts mehr der Frau, die er einmal geliebt hatte, wenn sie auch heute viel hübscher war als früher – doch, das gab er unumwunden zu: sie hatte jetzt wunderschöne hellblonde Haare und ein glattes, gepflegtes Gesicht, und immer war sie sehr elegant gekleidet, auch die Figur hatte sie einigermaßen bewahrt.

Na ja, und die Kinder? Konnte er damit nicht erst recht zufrieden sein? Waren es nicht zwei sehr erfreuliche Kinder? Die Tochter, bildhübsch, ganz der Typ des modernen jungen Mädchens, sehr gebildet, viel gebildeter als ihr Vater. Gewandt, weit in der Welt herumgekommen. Wie sie heute wieder aussah in diesem zartfarbigen schimmernden Kleid, das sie da anhatte! Bornemann mußte sie immer wieder ansehen. Seiner Meinung nach war sie die hübscheste von allen Mädchen, die heute hier waren. Nur manchmal fragte er sich, was sie eigentlich drin hatte in ihrem hübschen Kopf und in ihrem Herzen.

Dann der Junge, sein Stolz und seine große Hoffnung. Auch er schlank und gerade gewachsen, mit einem gescheiten Kopf. Er hatte spielend das Abitur bestanden. Jetzt studierte er Jura, daneben noch Volkswirtschaft, das alles war für ihn eine Kleinigkeit. Über seine eigentlichen Berufsziele allerdings war er sich noch nicht im klaren.

Aber bestimmt würde er das wählen, was ihm am aussichtsreichsten, das heißt also am einbringlichsten erschien. Er kannte keine ernsthafte Neigung, keine Leidenschaft, keine Hingabe, er war eiskalt, berechnend, immer voll Überlegung. Weit davon entfernt, das zu haben, was sein alter Herr hatte, Herz und Phantasie.

Bornemann hatte sich nie viel Gedanken über das alles gemacht. Er hatte ja auch keine Zeit dazu. Und die Mängel und Fehler seiner nächsten Umgebung übersah man leicht, weil man daran gewöhnt war. Aber bei gewissen Gelegenheiten fiel es ihm auf. Und dann störte es ihn. Störte ihn so, daß er darüber todunglücklich werden konnte und sich seiner Familie sternenfremd vorkam. So eine Gelegenheit war Weihnachten.

Ein wenig war er nämlich sentimental, doch, auch das. Es paßte eigentlich nicht zu ihm. Aber ab und zu kam es zum Vorschein. Wenn seine Frau ein klein wenig Verständnis für ihn hätte, würde sie dem Rechnung tragen. Gerade an einem Tag wie Weihnachten. Aber so weit reichte es bei ihr nicht.

Jedes Jahr zu Weihnachten hatte sich Bornemann mehr geärgert. Immer hatte er alle reichlich beschenkt, was nicht schwer war, denn sie hatten stets eine Menge Wünsche, die sie ungeniert äußerten. Ihm hatte es Spaß gemacht, sie zu beschenken. Vergangenes Jahr zum Beispiel hatte seine Frau den Wagen bekommen. Dieses Jahr hatte sich Ruth einen gewünscht. Er fand das unnötig. Sie war noch zu jung mit ihren knapp zwanzig Jahren. Sie konnte sich Mutters Wagen gelegentlich leihen. Und sie hatte schließlich eine Menge Verehrer, die alle motorisiert waren.

Und seine Frau hatte sich diesmal einen Nerzmantel gewünscht. Auch das fand er überflüssig, sie besaß bereits drei Pelze. Herrgott, mehr als einen konnte sie doch nicht anziehen! Und der Junge wollte partout eine Reise nach Indien haben. Ausgerechnet Indien! Er sollte erstmal mit seinem Studium fertig werden. Er selbst, Bornemann, war vor drei Jahren zum erstenmal in seinem Leben nach Italien gekommen. Und die Schweiz hatte er auch erst nach dem Krieg kennengelernt. Den Jungen hingegen interessierte das alles schon nicht mehr. Indien mußte es sein.

Die maßlosen Wünsche seiner Familie hatten Bornemann verärgert. Es ärgerte ihn vor allem deshalb, weil das ganze Weihnachtsfest für sie nur noch unter diesem Zeichen stand. Für ihn war Weihnachten etwas anderes. Für ihn war es ganz altmodisch das Fest der Liebe, das Fest des Friedens. Er dachte sich was dabei.

Aber man kam kaum dazu. Man kam nicht zur Besinnung. Erst

die glanzvolle Bescherung, dann ein mehrgängiges üppiges Festmahl. Von Anfang an waren Gäste da, später kamen noch mehr, Freunde der Kinder vor allem, auch Bekannte seiner Frau. Sie führten einander ihre Geschenke vor, es war ein ständiges Kommen und Gehen, ein Trubel und eine Bewegung. Nichts von Besinnung, nichts von einem Familienfest.

Das gefiel Bornemann nicht. Er wäre viel lieber mit seiner Familie allein gewesen. Es wäre ihm lieber gewesen, wenn es wenige, aber mit dem Herzen ausgesuchte Geschenke gegeben hätte, wohl etwas Gutes zu essen, aber nicht so viel. Und statt Sekt hätte er lieber einen kräftigen Punsch getrunken, so wie sie es zu Hause in seiner Jugend auch gemacht hatten. Er machte sich nichts aus dem labbrigen Zeug. Er hatte zwar vorhin ein paar Steinhäger getrunken, aber die hatten ihm heute auch nicht geschmeckt.

Übrigens hatte es in diesem Jahr von seiner Seite aus keine Geschenke gegeben. Er hatte ihnen nur kurz mitgeteilt, daß er einen großen Scheck an die Ungarnhilfe geschickt habe. Er nehme an, daß er in ihrem Sinne gehandelt habe, hatte er dazu gesagt. Sie hätten ja schließlich alles, was sie brauchten.

Sie hatten dumme Gesichter gemacht, es hatte ein verlegenes Schweigen gegeben. Er hatte das Gefühl, sie nahmen ihm das übel. Nun, sollten sie.

Während er hier so saß, kam ihm ein anderes Weihnachtsfest in den Sinn. Weihnachtsabend 1944. Die letzte Kriegsweihnacht. Er war auf Urlaub von der Front dagewesen. Schon das Jahr zuvor waren sie ausgebombt worden, und damals saßen sie in der kleinen dürftigen Wohnung, die man ihnen zugewiesen hatte und die sie mit anderen teilten. Doch sie hatten ordentlich eingeheizt in dem kleinen Zimmer, seine Frau hatte mit gesparten Marken ein gutes Essen gerichtet, er hatte zwei Flaschen Rotwein aufgetrieben und für die Kinder von seinen Rationen Schokolade gespart. So saßen sie alle vier um den Tisch. Seine Frau hatte gesagt: »Hoffentlich kommt kein Alarm«, als sie das Essen auftrug. Und daß dann wirklich keiner kam, war ihnen als ein wunderbares Geschenk erschienen. Der Junge war ein blasser, hochaufgeschossener Dreizehnjähriger mit ernsten Augen. Er hatte sich närrisch über die antiquarische Schiller-Ausgabe gefreut, die der Vater ihm geschenkt hatte. Die Kleine war ein schmales, großäugiges Kind, dem die Mutter ein Kleid genäht hatte aus billigem, hartem Stoff, in dem das Kind sich unsagbar schön fand. Einen richtigen Weihnachtsbaum hatten sie nicht bekommen. So hatte man ein paar Zweige zusammengesteckt und drei Kerzen darauf befestigt. Und

Bornemann schien es heute, als sei dieser Weihnachtsbaum viel schöner gewesen als die prächtige Tanne, die sie heute hatten. Sie saßen alle vier davor, vor den kümmerlichen Zweigen, und liebten einander und waren trotz der Schwere der Zeit, so seltsam das heute scheinen mochte, glücklich. Ja, Bornemann erinnerte sich gut daran, er war damals glücklich gewesen. Obwohl man ja nicht wußte, was kommen würde und was weiter geschah. Er erinnerte sich auch daran, daß er gesagt hatte: Gott gebe, daß dies die letzte Kriegsweihnacht ist, daß nun endlich Frieden auf Erden wird.

Im Jahr darauf war dann wirklich Frieden gewesen. Und sie saßen wieder und diesmal in Sicherheit alle vier beisammen. Sie hatten noch weniger zu essen, jedoch hatte er, Bornemann, damals bereits wieder ein Herz voller Hoffnung und einen Kopf voller Pläne.

Und nun waren viele Jahre vergangen. Alles war viel besser geworden, als man jemals zu hoffen wagte. Nur mit ihnen selber war es schlechter geworden. Das fand er jedenfalls. Das Herz war leer und tot, das war es. Ihr Gedächtnis reichte nicht mehr von heute zu gestern. Und daher, dachte Bornemann in seinem Sessel vor sich hin, daher wird auch der Verstand nicht von heute auf morgen reichen. Vor einigen Wochen noch, während der Ungarn- und Ägyptengeschichte, da hatte es ausgesehen, als besinne man sich. Da hatten sie auf einmal alle Angst gehabt. Aber das war schnell wieder vergangen. Das war das Unglück. Letzten Endes das Unglück der ganzen Menschheit. Er wollte sie dazu bringen, daß sie daran dachten. Deswegen gab es keinen Nerz, keinen Wagen und keine teure Reise. Aber sie hatten nicht verstanden, was er damit sagen wollte. Beim Essen hatte er mal den Versuch gemacht, von früher zu reden, wie es damals gewesen war. Sie hatten ihn alle verständnislos angeblickt, seine Familie und die Gäste. Seine Frau hatte ein unwilliges Gesicht gemacht, sie schämte sich jener dürftigen Zeit. Und Ruth hatte gesagt: »Aber Paps, wer denkt denn noch daran?«

Ja, das war es. Wer denkt denn noch daran? Und es wäre so wichtig, daran zu denken! Sie haben es doch erlebt am eigenen Leib, an der eigenen Furcht, an der eigenen Verzweiflung. Sie haben es nicht in einem Buch gelesen, nicht in einem Film gesehen. Sie haben es selbst erlebt. Aber sie dachten nicht mehr daran. Sie waren ihm nur böse, daß er ihnen keine kostbaren Geschenke gemacht hatte, und ließen ihn nun zur Strafe allein hinter seinem Glas sitzen, während sie sich amüsierten.

Darum saß er nun hier und sah ihnen mit traurigen Augen zu. Er war nahe daran, sich zu fragen, ob er sie eigentlich noch liebte, so wie früher. Ob sie dieser Liebe noch wert waren. Aber er wollte nicht so genau in seinem Herzen nachforschen, besser nicht.

Und dann fiel ihm das Mädchen auf. Es saß nicht weit von ihm entfernt, auch allein. Es saß ganz still, mit ernsten, nachdenklichen Augen; es trug ein einfaches dunkelblaues Kleid, sein Gesicht war zart und schön, das Haar, blond und glatt, schimmerte im Licht einer Lampe. Irgendwie kam ihm dieses Gesicht bekannt vor, er mußte es schon einmal gesehen haben. Vielleicht war sie schon einmal da, sicher eine Freundin seiner Tochter. Er wußte ihren Namen nicht. Aber er fühlte sich auf eine seltsame Art zu ihr hingezogen. So verloren sah sie aus, so einsam, wie sie da saß! Sie war nicht glücklich, das war ihr anzusehen. Von den anderen kümmerte sich keiner um sie. Das war nicht sehr höflich. Eigentlich müßte er als Hausherr...

Als Regina einmal aufblickte, sah sie die Augen des Gastgebers auf sich gerichtet. Sie lächelte ein wenig verlegen. Sicher überlegt er sich, wer ich eigentlich bin, dachte sie. Ich hätte nicht hergehen sollen. Was tue ich eigentlich hier?

Bornemann erhob sich schwerfällig aus seinem Sessel und ging zu Regina hinüber.

»Sie haben ja gar nichts zu trinken«, sagte er in seiner immer noch ungelenken Art. »Darf ich Ihnen ein Glas Sekt holen? Oder möchten Sie lieber etwas anderes?«

»O nein, danke«, sagte Regina. »Ich habe schon sehr viel getrunken. Ich möchte nichts mehr, wirklich.«

»Hm«, er überlegte eine Weile, dann entschloß er sich zur Höflichkeit, zog sich einen Stuhl herbei, der in der Nähe stand, und setzte sich neben sie. Dann fiel ihm aber nichts ein, was er zu ihr sagen konnte. – »Ein schönes Weihnachtsfest«, sagte Regina nach einer Weile höflich. »Der Baum war wundervoll. Ich habe noch nie einen so schönen Christbaum gesehen.«

»Ja«, sagte Bornemann. »Ein schöner Baum. Doch.«

Darauf schwiegen sie wieder. Im Nebenzimmer hatten sie wirklich jetzt angefangen zu tanzen. Bornemanns Miene wurde wieder grimmig.

»Als wenn Fasching wäre«, sagte er böse. Und dann plötzlich fragte er: »Finden Sie, daß dies die richtige Art ist, Weihnachten zu feiern?«

»Oh«, sagte Regina verlegen. »Ich... ich weiß nicht.«

»Sagen Sie ruhig, was Sie denken! Ich bin nämlich der Meinung, daß es eine verdammt verkehrte Art ist. In meiner Jugend...« Er verstummte.

Regina hätte sagen mögen. Sie sind hier der Hausherr. Sie könnten bestimmen, *wie* Weihnachten gefeiert wird. Aber sie sagte es nicht. Es würde ihn vielleicht ärgern. Und er gefiel ihr. Sie hatte sich Ruths Vater ganz anders vorgestellt.

»Ihnen gefällt es jedenfalls auch nicht«, sagte er. »Das sehe ich.«

»Mir gefällt es sehr gut bei Ihnen«, sagte Regina. »Es war sehr nett von Ruth, daß sie mich eingeladen hat.«

»Sie sind eine Freundin meiner Tochter?«

Regina zögerte. »Eine Bekannte«, sagte sie dann.

»Sie sind heute das erstemal bei uns?« Dann fiel ihm ein, daß diese Frage nicht eben sehr geschickt war. »Entschuldigen Sie, ich erinnere mich nur nicht ganz...«

»Ja«, Regina lächelte ihm zutraulich zu. »Ja, ich bin heute das erstemal hier.«

Er hätte noch fragen mögen: Wer sind Sie? Und was tun Sie sonst? Aber so etwas gehörte sich nicht. Solche Fragen konnte man sich im Geschäftsleben erlauben, wenn man so erfolgreich war wie er, aber nicht privat seinen Gästen gegenüber.

Aber das Mädchen gefiel ihm. Sie gefiel ihm gut. Sie sah klug aus, verständig, sie sah aus, als seien ihr Kopf und ihr Herz nicht leer, wie er das bei den anderen immer vermutete.

Regina sagte: »Zu Hause haben wir immer sehr schön Weihnachten gefeiert. Mein Vater nahm es sehr ernst damit. Wir gingen in die Kirche, und auch zu Hause war es dann immer sehr feierlich.« Dann fiel ihr ein, daß das nicht sehr höflich klang, es klang, als kritisiere sie dieses Weihnachtsfest heute. »Das ist allerdings schon lange her«, fügte sie hinzu. »Vor dem Krieg. Wir lebten in Königsberg.«

»Ach so«, sagte Bornemann und fragte dann: »Und wo sind Ihre Eltern heute?«

»Sie sind tot.«

»Ach so«, sagte Bornemann wieder. Nach einer Weile fragte er: »Und Sie leben ganz allein hier?«

»Ja.«

Darauf entstand wieder ein längeres Schweigen, aber es war kein verlegenes Schweigen zwischen ihnen. Die junge Frau und der soviel ältere Mann waren sich sehr nahe in dieser Stunde. Und sie waren sich gegenseitig sehr sympathisch.

»Als ich Kind war«, erzählte Bornemann nach einer Weile, »gingen wir auch immer in die Kirche. Nachts um zwölf, in die Christmette. Das war immer sehr schön. Das ist auch lange her. Ich weiß gar nicht, wann ich das letztemal in der Kirche war. Hm. Das ist auch so was. Auf die Idee kommt man gar nicht mehr. Dabei wäre es Weihnachten doch ganz angebracht.« Und plötzlich hatte er einen Einfall. Er blickte auf seine Uhr und sagte: »Es ist noch nicht zwölf, Viertel vor zwölf, wir könnten noch gehen, Sie und ich. Was halten Sie davon?«

Regina blickte ihn erstaunt an. »In die Kirche?«

»Ja. Möchten Sie nicht?« Er war etwas verlegen. »Sie dürfen nicht denken, daß ich fromm bin. Wie gesagt, ich bin seit undenklichen Zeiten nicht mehr in einer Kirche gewesen. Aber heute abend ist mir so...« Ja, heute abend war ihm so. Hier gefiel es ihm nicht, irgend etwas fehlte, etwas ganz Wichtiges. Und er hatte das Gefühl, er müßte es suchen, wenn nicht hier, dann woanders. Irgendwo mußte es doch zu finden sein, das, was ihm an diesem Weihnachtsfest fehlte, die Wärme, die Liebe, das selige Versinken, das Gefühl, daß es nicht nur Menschenhände waren, die dieses Weihnachten geschaffen hatten. Irgendwo mußten doch Kerzen brennen, die nicht nur Geschenke beschienen, ihre Eitelkeit und ihre törichten Wünsche, sondern Kerzen, die etwas anderes sagen wollten mit ihrem Licht. Irgendwo.

»Möchten Sie nicht?« fragte er noch einmal.

»Doch«, sagte Regina. »Gern. Aber wie...«

»Wir schleichen uns heimlich hinaus«, sagte er eifrig. »Hier hinten gleich durch die Tür. Das merkt niemand.«

»Aber Ihre Frau...«

»Die merkt das nicht. Kommen Sie!«

Es bemerkte wirklich niemand ihr Gehen. Auch vom Personal war niemand zu sehen. Bornemann half ihr im Vorraum in ihren Pelz, dann standen sie auf der Straße, und da hörten sie auch schon die Glocken läuten.

»Es ist nicht weit«, sagte er, »zehn Minuten, da vorn ist eine kleine Kirche.« Dann blickte er herab auf ihre dünnen Pumps. »Wir können auch fahren, ich hole schnell den Wagen.«

»Nein, o nein«, sagte Regina. »Ich gehe gern. Und der Schnee ist ja ganz fest und trocken.«

Ein wenig ungeschickt bot er ihr den Arm. »Hängen Sie sich lieber ein, damit Sie nicht rutschen.«

Es war ziemlich kalt, und in den letzten Tagen war Schnee gefallen, der hier draußen liegengeblieben war, gefroren zwar, aber weiß und rein. Der Himmel war klar, voller Sterne, und schon wenn man ihn betrachtete, war man dem wirklichen Weihnachten näher.

Sie kamen spät. Die kleine Kirche war gesteckt voll, nicht daran zu denken, daß sie einen Platz bekamen. Sie standen ziemlich weit hinten zwischen vielen Menschen. Auch hier war ein großer Christbaum, noch größer als der andere, seine Kerzen schienen heller und leuchtender zu brennen. Ihr Schein spiegelte sich in den Augen der Menschen, die hierhergekommen waren, drang bis in ihre Herzen. Und hier klangen die alten Lieder anders, süß und mächtig, hier konnte man sie mitsingen. Und hier endlich erklangen auch die Worte, die die alte wunderbare Botschaft verkündeten, um derentwillen dieses Fest gefeiert wurde: Ehre sei Gott in der Höhe und Friede auf Erden und den Menschen ein Wohlgefallen.

Hier endlich war wirklich Weihnachten.

ZWISCHEN ENDE UND ANFANG

Der Ausklang des Weihnachtsabends machte es, daß Regina ein gutes Gefühl im Herzen zurückbehielt, wenn sie an diesen Abend dachte. Sie war nicht mehr in die Bornemannsche Villa zurückgekehrt. Herr Bornemann hatte seinen Wagen geholt und sie nach Hause gefahren. Sie hatte ihn gebeten, sie bei seiner Frau zu entschuldigen.

»Natürlich, mach' ich«, hatte er gesagt. »Ich werde sagen, es war Ihnen nicht gut.«

Ohne viel Worte hatten sie sich verabschiedet. »Ich danke Ihnen«, sagte Herr Bornemann. »Sie haben mir geholfen, daß ich...«, er sprach nicht weiter. Er konnte doch nicht gut zu der Fremden sagen: Sie haben mir geholfen, Weihnachten zu feiern, meine Familie ist dazu nicht imstande. Er sagte nur noch: »Besuchen Sie uns bald wieder mal, ja? Am besten, wenn nicht soviel Betrieb ist.«

Als er nach Hause fuhr, fiel ihm ein, daß er nicht einmal ihren Namen kannte, daß er nichts von ihr wußte – außer daß sie aus Königsberg stammte, keine Eltern mehr hatte und allein in dieser Stadt lebte. Und daß ihr Vater immer sehr feierlich das Weihnachtsfest begangen hatte und daß sie ein Mädchen war, das ihm verdammt gut gefiel. So hätte er sich seine Tochter gewünscht. Ich muß Ruth einmal fragen, wer sie eigentlich ist, überlegte er.

In den Tagen zwischen Weihnachten und Silvester hatte Regina nicht viel zu tun. Im Geschäft war es ruhig, nur einige Leute brachten die Bilder zum Entwickeln, die sie unter dem Weihnachtsbaum aufgenommen hatten. Sie besuchte einige Male Herrn Brunnhuber, dem es jetzt wirklich besser ging.

»Es scheint, ich pack' es noch einmal«, sagte er. »Ich hab' schon geglaubt, es wär' aus. Wär' eigentlich schad' gewesen, Regina, was meinst du? Ich tät' ganz gern noch ein bissel leben.«

»Das mußt du auch, Papa Jacob«, sagte Regina ernsthaft. »Ich wüßte nicht, was ich ohne dich täte.«

Sie hatte viel Zeit zum Nachdenken in diesen Tagen, und das war nicht gut. Und Silvester stand ihr auch noch bevor. Das war auch so ein Tag, an dem man nachdenken mußte, an dem man rückwärts dachte und vorwärts denken sollte. Aber Regina hätte am liebsten gar nicht mehr gedacht.

Zwei Tage vor Silvester kam Jinny vorbei. Ob Regina nicht den Silvesterabend bei ihr verbringen wolle? »Wir wollen nicht ausgehen dieses Jahr«, sagte Jinny. »Ich hab' ein paar nette Leute eingeladen, wir essen irgendwas Gutes, und dann trinken wir was. Kommst du?« – »Nein«, erwiderte Regina. »Vielen Dank. Aber ich möchte lieber nicht.«

»Lieber Himmel, Regina«, meinte Jinny. »Du kannst dich doch nicht für alle Zeiten vergraben und jedem Menschen aus dem Weg gehen. Sei doch vernünftig! Ein bißchen Ablenkung wird dir guttun.«

»Ich hab' Ablenkung genug«, sagte Regina. »Viel Arbeit, ich kann nicht, Jinny, wirklich nicht. Sei mir nicht böse! Ihr wollt doch vergnügt sein, und ich bin jetzt nicht in der richtigen Stimmung dazu.«

»Vergnügt? Wir sind überhaupt nicht mehr vergnügt! Conny wird auf einmal seriös. Seit er arbeitet, hat er sich mächtig verändert. Und diese Ungarngeschichte beschäftigt ihn immer noch. Er hat kaum mehr Zeit für mich und entwickelt sich zum Streber. Ehrgeiz hat er auf einmal auch. Er ist der Meinung, aus ihm könnte etwas werden. Er ist stolz auf jeden neuen Auftrag, den die Zeitung ihm gibt.«

»Also ich finde das höchst erfreulich«, meinte Regina.

»Ich hab' mir immer gewünscht, daß Conny ein bißchen seriöser wird. Wirklich. Schließlich will man ja mal einen erwachsenen Mann haben. Aber gleich so! Was er neuerdings für Pläne hat! Am liebsten würde er die ganze Welt umkrempeln. Weißt du, was ich fürchte? Er wird in die Politik gehen. Er ist der Meinung, daß alles besser gemacht werden könnte. Und er bildet sich ein, ausgerechnet er wäre dazu imstande.«

»Warum nicht? Er ist gescheit. Man hat es früher bloß nicht gemerkt, er war noch zu unreif. Und mutig ist er auch, wie sich gezeigt hat.« – »Mutig! Kann man wohl sagen. Hast du den letzten Kommentar von ihm gelesen? Wenn er so weiterschreibt, werden sie ihn eines Tages 'rauswerfen.«

»Laß ihn nur! Solche Männer können wir ganz gut brauchen.«

»Auf solche Weise macht man keine Karriere«, sagte Jinny mißmutig.

»Oder gerade«, widersprach Regina. »Du hast mir doch erzählt, daß sie in der Zeitung viel von ihm halten. Mir jedenfalls wäre eine

Karriere, auf diesem Weg gemacht, weitaus sympathischer, als sie die meisten machen. So wachsweich sich von hinten heranschleichen und immer das sagen und schreiben, was die Oberen gerade hören wollen, ob man nun dieser Überzeugung ist oder nicht. Mir wäre die andere Karriere lieber, wenn er mein Mann wäre.«

In diesen Tagen hatte sich Regina bei Herrn Alexander angemeldet. Sie kam ohnedies jetzt sehr selten.

Herr Alexander benahm sich sehr taktvoll. Natürlich war er bestens informiert. Er war immer über alles informiert. Doch er legte sein Gesicht in würdige Falten, vermied jedes heikle Thema und unterhielt sie halblaut mit den neuesten Klatschgeschichten aus der Gesellschaft. Regina hörte höflich zu, sagte gelegentlich: »Ach!« und »Na so was!«, obwohl sie das alles gar nicht interessierte.

Nach der Gesichtsbehandlung sagte die Kosmetikerin: »Wir sollten vielleicht etwas Rouge auflegen, gnädige Frau. Sie sind sehr blaß.« – »Wie Sie meinen«, antwortete Regina gleichgültig.

Rouge, wozu denn? Sie würde sowieso dann gleich nach Hause gehen. Niemand würde sie sehen, ob sie nun mehr oder weniger blaß aussah.

Als sie fertig war, betrachtete sie sich prüfend im Spiegel. Sie sah sehr gut aus, unverändert. Janos wäre zufrieden. Nicht einmal Falten hatte sie bekommen, und trotz der vielen Tränen waren ihre Augen klar und leuchtend. Nur unglücklich blickten sie drein. Aber das merkte man nur, wenn man genauer hinschaute. Seltsam, daß soviel Kummer einen nicht mehr veränderte!

Sie hatte in der Stadt noch ein paar Besorgungen zu machen. Und sie bemerkte, daß die Männer ihr nachsahen. Der Geschäftsführer eines großen Ladens kam selbst, um sich nach ihren Wünschen zu erkundigen. Es hatte eine Zeit gegeben, da freute sie sich über solche Kleinigkeiten. Jetzt war es ihr gleichgültig.

Schön und kühl sah sie aus, unbeteiligt. War der Eisberg wieder zugefroren, die Prinzessin aufs neue vom Leben, von der Liebe verbannt? Er wird nie mehr zufrieren, hatte Janos gesagt. Nur ein dünner Glassturz würde es sein.

Ach nein, es hatte sich ja auch sonst zuviel verändert. Sie war eine andere Frau geworden, ein anderer Mensch, sie kannte ihren Weg, sie war nicht mehr hilflos und verloren, wenn es auch manchmal so scheinen mochte. Es war eine Zukunft da, das kommende Jahr lag nicht in einem ungewissen Nebel vor ihr. Sie lebte bewußt jetzt, ein Schritt noch, und sie würde die schwebenden Stufen verlassen haben und auf festem Boden stehen, auch ohne Janos.

Aber der Silvesterabend mußte überstanden werden, das war nicht ganz leicht. Zu Jinny würde sie nicht gehen, dort konnte man ihr auch nicht helfen.

Am Nachmittag besuchte sie Herrn Brunnhuber in der Klinik, und dann ging sie noch einmal ins Geschäft, obwohl das wirklich nicht nötig gewesen wäre. Aber sie redete sich selbst ein, daß genug Arbeit da sei, die unbedingt getan werden müsse. Sie zog ihren weißen Mantel an und begab sich in die Dunkelkammer.

Als beim besten Willen nichts mehr zu tun war, räumte sie sorgfältig auf und stand dann etwas verloren im Atelier. Wie still es war! Wenn doch wenigstens Herr Brunnhuber dagewesen wäre! Und nun?

Sie begann ein wenig in den alten Aufnahmen herumzustöbern, geriet an Janos' Bilder und legte sie eilig beiseite, als habe sie sich verbrannt. Es war doch besser, jetzt nach Hause zu gehen.

Als sie auf der Straße stand, blickte sie unschlüssig nach rechts und links. Hier, gleich um die Ecke, hatte sie noch vor einem Jahr gewohnt, bei Frau Zenger. Das war vorbei. War das vielleicht ein Grund, sich zu beklagen?

Ob sie doch zu Jinny ging? Sicher würden viele Leute dort sein, sie würden lachen und vergnügt sein, um zwölf Uhr würden sich alle Glück wünschen. Was sollte sie dabei? Wenn Conny dann Jinny küßte und die anderen Männer, die da waren, ihre Mädchen küßten, war sie ganz allein. Sicher, Conny würde ihr einen Kuß geben und Jinny auch, aber das war es ja nicht. Wo Janos wohl Silvester feierte? Sicher da, wo etwas los war. Ob er mal an sie dachte?

Nun war sie glücklich wieder da angelangt, wo sie immer landete. Gab es denn nichts anderes, woran man denken konnte?

Langsam, die Hände in die Taschen des Mantels vergraben, machte sie sich auf den Heimweg. Es war ziemlich weit zu ihrer Wohnung, aber sie ging zu Fuß. Sie hatte ja Zeit.

Auf den Straßen war es ziemlich ruhig. Nur hier und da mal knallte eine Autotür, und man hörte lachende Stimmen. Hinter den meisten Fenstern war Licht, manchmal drang Musik heraus.

Regina dachte an das vergangene Jahr. So war sie auch am Silvesterabend einsam und allein durch die Straßen gegangen, ausgestoßen von aller menschlichen Gesellschaft. Hatte sich eigentlich wirklich was geändert, wie sie vorhin noch gedacht hatte?

O ja, viel, so viel hatte sich geändert. Was hatte sie alles erlebt in diesem Jahr! Den Himmel und die Hölle. Glück und Verzweiflung. Nur ein Jahr, ein einziges Jahr mit seinen kurzen zwölf Monaten, und so viel war geschehen. Und trotzdem ging sie heute wieder allein durch die Straßen, einsam und verlassen, wie damals. Daß sie jetzt einen Pelzmantel trug und daß ihr Kopf von Herrn Alexander frisiert war, das half ihr nichts, gar nichts. Damals hatte sie noch gedacht, das würde viel helfen, das würde fast alles ausmachen. Aber das war ein Irrtum gewesen.

Aller Lebensmut, der sie noch vor kurzem beflügelt hatte, wollte sie verlassen. Nein, wenn man es genau besah, war es noch schlimmer als vor einem Jahr. Man ertrug die Einsamkeit schwerer, wenn man die Zweisamkeit kannte. Man unterhielt sich nicht mehr so gut mit sich selber, wenn man daran gewöhnt war, daß einem jemand gegenübersaß, der zuhörte. Und ein Mund, den einer so zärtlich geküßt hatte, war sehnsüchtig. Und ein Körper, den einer so leidenschaftlich geliebt hatte, war voll Verlangen und voller Unruhe. Und ein Herz, das so erfüllt und glücklich gewesen war, das schlug so unglücklich und verlassen und verzweifelt. Viel schlimmer noch als früher.

Als Regina ihre Wohnung betreten hatte, blieb sie wie verloren eine Weile mitten im Zimmer stehen. Was nun? Ob sie doch noch zu Jinny ging? Wie spät war es eigentlich? Erst zehn Uhr. Das war noch lange hin bis zum neuen Jahr. Sie konnte gut noch zu Jinny gehen. Aber dann mußte sie sich umziehen. Doch erst würde sie etwas trinken, irgend etwas würde schon noch dasein.

Eine Flasche Wein, gut. Sie entkorkte die Flasche, stellte sie auf den Tisch, ein Glas daneben. Ach ja, und das Radio konnte man auch aufmachen, dann war es nicht so still.

Sie setzte sich in den Sessel, schlug die Beine übereinander, trank von dem Wein und zündete eine Zigarette an. Der Wein war gut, ausgezeichnet, aber es war immer noch so still. Man mußte das Radio lauter drehen, heute durfte man das schon mal.

Und jetzt würde sie sich umziehen und schön machen und dann zu Jinny gehen. Natürlich. Es war dumm von ihr, wenn sie nicht ging. Welches Kleid? Das blaue? Oder das schwarze mit den nackten Schultern? Warum nicht? Silvester war es ganz angebracht. Oh, es war nicht mehr wie früher, daß man nichts anzuziehen hatte! Sie hatte jetzt die Auswahl.

Sie machte sich sorgfältig zurecht, kämmte lange ihr Haar. Doch dann wandte sie sich rasch vom Spiegel ab, wenn sie noch lange in die unglücklichen Augen dieses Mädchens sah, begann sie bestimmt zu weinen. – Noch ein Glas Wein. Wie spät war es eigentlich? Noch nicht elf. Jetzt wurde es aber Zeit, daß sie ging.

Aber sie setzte sich wieder, füllte noch einmal das Glas, nahm eine neue Zigarette und blieb verloren sitzen.

Elf Uhr. Noch eine Stunde. Das war noch sehr lange. Seltsam, wie langsam das Leben auf einmal wieder ging! Als ob es nie ein Ende nehmen würde.

Hatte sie das nicht schon einmal gedacht? Oder gesagt? Ach ja, vor genau einem Jahr, zu Martin. In der kleinen Kneipe. »Es dauert alles so lang, jeder Tag, jede Nacht, das ganze Leben, als ob es nie ein Ende nehmen würde.« Sie wußte es noch genau.

Martin! Er hatte sie nun auch vergessen. Sonst hätte er wenigstens heute etwas hören lassen. Sicher feierte er irgendwo Silvester. Er würde nicht allein sein. Er hatte diesen netten Onkel. Und vielleicht war auch eine Frau dabei. Sicher, warum auch nicht, so, wie Martin jetzt geworden war.

Was hatte er damals gesagt? »Ich hoffe, den nächsten Silvesterabend werden wir in hübscherer Umgebung verbringen.« Wir, hatte er gesagt.

Aber man durfte nicht ungerecht sein. Die Umgebung war wirklich viel hübscher. Das war doch eine nette Wohnung hier. Viele Leute würden sehr froh sein, so eine Wohnung zu haben. Und sie saß hier, gepflegt und gut aufgemacht, in einem Modellkleid von Cobell. War das vielleicht nichts? Und sie trank einen erstklassigen Wein, einen guten, schweren Wein. Worüber beklagte sie sich eigentlich? Man durfte nicht so undankbar sein. Es war doch wirklich alles viel besser. Sie war eine Frau geworden inzwischen, eine Frau, nach der sich die Männer umdrehten. Kein armseliges Mädchen mehr im Kopftuch, das mit hungrigen Augen vor den Schaufenstern stand. Sie hatte die Liebe kennengelernt. Und einen Beruf hatte sie auch. Und sie wußte, was sie wollte. O ja, das wußte sie, trotz aller Traurigkeit, die sie im Moment erfüllte.

Und daß sie jetzt hier allein saß, war ihre eigene Schuld. Jinny würde sich freuen, wenn sie kam. Es war noch nicht zu spät, halb zwölf erst, sie konnte jederzeit gehen.

Aber erst mußte man wohl diese Flasche hier austrinken, ein ausgezeichneter Wein, nicht zu verstehen, warum er ihr nicht schmeckte. Viele Leute tranken gelegentlich eine Flasche ganz allein. Sie seien erst die richtigen Genießer, sagte man.

Sie konnte auch ins Bett gehen und ein bißchen lesen oder mal einen anderen Sender versuchen, vielleicht gab es dort ein interessanteres Programm.

Aber sie saß und rührte sich nicht.

Sie saß noch genauso da, als es Mitternacht war. Im Radio hatte erst einer geredet, dann läuteten Glocken.

Voriges Jahr hatten auch Glocken geläutet. »Alles, was Sie sich wünschen, soll in Erfüllung gehen«, hatte Martin gesagt.

Was wünschte sie sich eigentlich?

Sie stand auf und öffnete das Fenster. Der Himmel über der Stadt war erfüllt von Glockenklang. Und jetzt wurde es auch auf den Straßen wieder laut. Genau wie voriges Jahr. Auf dem Pflaster knallte und blitzte es. Eine bunte Rakete stieg zischend in die Luft. »Verdammte Knallerei! Daß sie davon nicht genug haben!« Das hatte Martin auch gesagt. – Schade, daß man die Glocken kaum mehr hörte, so laut war es jetzt draußen.

Ein Strom kalter Luft kam durch das Fenster. Sie fröstelte mit ihren bloßen Schultern, aber sie blieb reglos am Fenster stehen.

Es war genau zehn Minuten nach zwölf, als das Telefon läutete.

Regina wandte sich überrascht um. Wer rief jetzt noch an? Ach, sicher Jinny, die ihr ein gutes neues Jahr wünschen wollte. Sollte sie überhaupt an den Apparat gehen?

Aber dann ging sie doch und nahm den Hörer ab. –

Wie Regina ganz richtig vermutet hatte, feierte Martin nicht allein Silvester. Er feierte sogar in sehr elegantem Rahmen, im Plaza, ein schönes Fest. Zauberhafte Frauen in teuren Kleidern, wohlhabende Männer, eine erstklassige Kapelle, in der Bar noch ein Trio extra.

Sie hatten einen sehr günstigen Tisch, ein wenig abseits vom wildesten Trubel, doch so, daß man alles gut sehen konnte. Onkel Fritz bevorzugte diesen Tisch. Gut gelaunt schaute er um sich. Die letzten Jahre war er Silvester immer oben gewesen in Garain. Aber diesmal hatte er Lust gehabt, groß auszugehen. Warum nicht, wenn man Gesellschaft hatte? Und es gefiel ihm großartig. Keine hübsche Frau ging vorüber, ohne daß er sie genau betrachtet hätte.

Gaby und Paul waren bei ihnen am Tisch. Paul war noch etwas blaß und hager, aber sonst wieder ganz hergestellt. Gaby sah blendend aus, sie trug ein neues Abendkleid aus Seidenbrokat, sehr tief dekolletiert. Paul hatte wie stets in solchen Fällen indigniert gefragt: »Willst du wirklich so gehen?«

»Aber natürlich«, hatte sie gesagt. »Gefall' ich dir denn nicht?«

»Du gefällst mir sehr. Aber ich weiß nicht, ob man so herumlaufen kann.«

Gaby hatte ihn ausgelacht. Hier sah er ja nun, daß die anderen Frauen nicht weniger geizig waren mit ihren Reizen.

Gaby gefiel es ausnehmend gut, mit drei Männern am Tisch zu sitzen. Sie tanzte mit Martin, sie tanzte mit Onkel Fritz, mit ihm sogar am meisten, und auch Paul hatte es zweimal wieder versucht.

Das Menü war ausgezeichnet gewesen. Onkel Fritz allerdings sagte: »Na ja, es geht. Ich hab' schon mal besser gegessen. Wartet nur, bis wir wieder ein Hotel haben. Ich hab' da ein paar Rezepte, also Kinder, ich sage euch...«, er schloß genießerisch die Augen. Um zwölf stießen sie an, die Männer schüttelten sich die Hände. Gaby bekam von jedem einen Kuß. Zuletzt küßte sie Martin. Ihre Augen wurden etwas dunkler dabei. »Alles Glück für dich, Martin«, sagte sie leise. Ganz verborgen in ihrem Herzen war ein kleiner weher Schmerz, ein winziges Stück Sehnsucht, aber es verging gleich wieder.

Kurz darauf entschuldigte sich Martin für einen Moment bei seiner Tischrunde. Die beiden Telefonzellen in der Halle waren besetzt, er mußte warten.

Pölsen kam vorbei und sagte: »Geh in mein Büro. Dort kannst du in Ruhe telefonieren.«

Es läutete dreimal im Apparat, und nichts rührte sich.

Sie ist nicht da, dachte er. Aber dann...

»Ja?« sagte Reginas Stimme.

Martin faßte den Hörer fester. »Regina«, sagte er. »Du bist zu Hause? Ich wollte dich nur anrufen, gerade heute, und dir alles Gute wünschen.«

»Danke«, sagte Regina. »Danke, Martin. Und dir auch ein gutes, glückliches neues Jahr.«

»Danke.« – Darauf entstand eine kleine Pause.

»Was machst du?« fragte er. »Hast du Besuch?« – »Nein.«

»Du bist ganz allein?«

»Ja, sicher«, es klang ein wenig trotzig. »Ich bin allein. Warum auch nicht? Ich war eingeladen, aber ich mochte nicht hingehen.«

Täuschte er sich oder klang ihre Stimme unglücklich?

»Hättest du nicht Lust, noch ein bißchen fortzugehen?« fragte er vorsichtig. »Wir sind hier im Plaza, es ist sehr nett. Möchtest du nicht herkommen? Eine Stunde wenigstens? Ich hole dich ab.«

»Nein, danke Martin. Wirklich nicht. Ich... ich habe keine Lust.«

»Ich mußte heute den ganzen Abend an das letzte Silvester denken. Du auch, Regina?« – »Ja, ich habe auch daran gedacht.«

»Möchtest du wirklich nicht kommen? Du würdest mir eine große Freude machen.«

»Martin, nein, bitte, ich möchte nicht.«

»Oder möchtest du woanders hingehen? Ich hole dich ab, und wir gehen irgendwohin, wo es ruhiger ist, und trinken eine Flasche Sekt. Ja?«

Eine kleine zögernde Pause. Dann sagte Regina: »Nein, ich glaube, ich möchte nicht.«

»Mir zuliebe, Regina. Ich möchte dich so gern heute abend noch sehen.«

»Aber du hast doch sicher Gesellschaft, du kannst doch da gar nicht weg.«

»Doch, ich kann weg. Wir sind drei Herren und eine Dame, da kann ich ruhig verschwinden. Bitte, Regina.«

»Ach...«

»Sag ja! Denk doch an voriges Jahr! Du kannst mich doch heute nicht allein lassen!«

»Aber du bist doch nicht allein!«

»Doch, ich bin allein, Regina!«

»Ja dann«, sagte Regina unentschlossen, »wenn du meinst... dann komm halt zu mir! Wir müssen ja nicht fortgehen.«

»Nein, wir müssen nicht fortgehen. Ich komme sehr gern zu dir. Ich bin in einer Viertelstunde da.«

Als Martin zu seiner Gesellschaft zurückkam, war sein Gesicht hell. Er lächelte. »Würdet ihr es mir sehr übelnehmen, wenn ich mich jetzt verabschiede?« fragte er.

»Och«, sagte Gaby. »Jetzt schon?«

Onkel Fritz betrachtete ihn prüfend. »Hm«, meinte er dann, »vermutlich würdest du dich auch nicht aufhalten lassen, wenn wir sagen, daß wir es übelnehmen.«

»Hast du noch ein Rendezvous?« fragte Gaby neugierig. »So spät?« – »Wieso spät? Das Jahr hat gerade erst begonnen.«

Er küßte Gaby die Hand, verabschiedete sich von Onkel Fritz und von Paul. »Weiterhin viel Spaß«, sagte er.

»Gleichfalls«, sagte Onkel Fritz. Er sah Martin nach, als er ging. Er hatte es eilig, sah nicht rechts und links, seine Schultern waren gestrafft. Übrigens sah er sehr gut aus in dem Smoking.

»Viel Glück, mein Junge«, murmelte Onkel Fritz und trank sein Glas aus.

Als Regina den Hörer hingelegt hatte, blieb sie überlegend stehen und legte, wie immer wenn sie nachdachte, ihre Hand seitlich an den Hals und neigte den Kopf darüber. In ihrem Herzen war eine kleine Freude. Er hatte sie also nicht vergessen! Er hatte daran gedacht!

Sie lief zum Spiegel und betrachtete sich. Dann kämmte sie ihr Haar, puderte ihre Nase und zog die Lippen nach. Noch ein Tropfen Parfüm.

Und was hatte sie noch zu trinken? Eine Flasche Wein war noch da, mehr nicht.

Sie betrachtete sich von Kopf bis Fuß. Dieses Kleid stand ihr eigentlich gut. Ohrringe könnte sie noch anlegen. Die langen? Oder lieber Boutons?

Sie probierte beides aus und konnte sich nicht so schnell entscheiden.

Mein Gott, war es denn möglich? Sie freute sich über den Besuch. Aber das kam daher, weil sie so allein gewesen war, nur daher.

Doch lieber die Boutons. Und das Haar saß nicht ganz richtig, Herr Alexander hatte sie schon mal besser frisiert.

Es war nicht einmal eine Viertelstunde vergangen, da klingelte es. Martin hatte zwei Sektflaschen im Arm. Er stellte sie auf den Boden, dann nahm er Reginas Hand und küßte sie. »Alles Gute im neuen Jahr, Regina«, sagte er. – »Danke. Dir auch.«

Sie waren ein wenig befangen alle beide. Er zog den Mantel aus, und Regina sagte: »Oh, ein Smoking! Steht dir aber gut.«

Er lachte, nahm die Flaschen wieder auf, sie gingen ins Zimmer.

»Gleich zwei«, meinte Regina. »Ich habe schon Wein getrunken. Ich werde einen Schwips bekommen.«

»Das macht ja nichts. Oder?« – »Nein, es macht nichts.«

Sie holte die Gläser, er öffnete die erste Flasche.

»Also dann«, sagte er und hob sein Glas, »auf das neue Jahr, Regina! Es beginnt nun mal. Man sollte versuchen, das Beste daraus zu machen.«

»Ja«, sagte sie. Sie stand vor ihm, ganz ernst jetzt, und sah ihn an.

Als sie getrunken hatten, stellte er sein Glas auf den Tisch, nahm auch das ihre und stellte es daneben. »Bekomme ich einen Kuß?« fragte er. »Einen Silvesterkuß?«

Regina senkte den Blick. Sie sagte leise: »Ja, wenn du willst.«

Er legte behutsam die Hände um ihre Arme, zog sie zu sich heran. Einen Moment lang sahen sie sich schweigend in die Augen, dann küßte er sie.

Doch dann trat sie schnell zurück. »Setz dich doch«, sagte sie. »War viel los im Plaza?«

»O ja, das kann man sagen, ein Riesenbetrieb.«

»War Onkel Fritz auch da?«

»Natürlich, er ist noch da.«

»Und du hast ihn einfach allein gelassen? Warum hast du ihn nicht mitgebracht?«

»Ach nein, weißt du«, er lachte, »das wollte ich ja nun gerade nicht. Er amüsiert sich schon. Außerdem waren wir nicht allein.«

»Ja, du hast so etwas gesagt. Bekannte?«

Sie hatten sich jetzt gesetzt, Regina nahm ein wenig nervös eine Zigarette, Martin gab ihr Feuer.

»Gaby, meine Frau. Beziehungsweise meine frühere Frau, mit ihrem Freund. Aber lange ist er nicht mehr ihr Freund, sie heiraten in vierzehn Tagen.«

»Oh, wirklich? Bist du jetzt geschieden?«

»Ja.«

»War es... schlimm?«

»Für mich? Nein. Das hat sich alles in größter Ruhe und Freundschaft abgewickelt.«

»Ach? Das ist gut, nicht? Da ist es dir gar nicht schwergefallen?«

»Nein. Ich hätte es früher nicht gedacht. Aber die Zeit, weißt du, die Zeit verändert vieles.«

»Ja«, sagte Regina, »natürlich. Die Zeit verändert vieles.«

Sie war bemüht, die Konversation aufrechtzuerhalten. Martin ging darauf ein. Er mußte ihr Zeit lassen, ihre Befangenheit zu überwinden.

»Es gab da einige Komplikationen«, erzählte er, »im Sommer, als ich in Hallbergen war.« Er berichtete kurz von Pauls Unfall.

»Mein Gott, das war schlimm«, sagte Regina. »Und ist er wieder ganz gesund?«

»Es sieht so aus. Na, ich hoffe, daß die beiden glücklich miteinander leben.« – »Ja.«

Eine kleine Pause entstand. Martin füllte wieder die Gläser. Wie hilflos sie dasaß, wie rührend jung! Und wie er sie liebte! Wenn er es ihr nur sagen könnte! Aber würde sie es hören wollen?

»Und du?« fragte er. »Hast du den ganzen Abend hier allein gesessen?«

»Ich bin erst spät heimgekommen. Ich hatte noch zu tun.« Sie erzählte ausführlich von Herrn Brunnhuber, von seinem Geschäft und ihrer Tätigkeit dort. Martin hörte teilnahmsvoll zu. Dann kam die Schule dran, auch das hörte Martin sich geduldig an.

»Du bist also sehr zufrieden mit deiner Arbeit?«

»Ja, ganz und gar. Und du?«

»Oh, bei mir hat sich viel ereignet. Pölsen geht jetzt wirklich nach Amerika, ab März bin ich im Plaza.«

»Nein? Wirklich? Das ist prima, nicht?«

»Ja, das ist prima. Das hätten wir vor einem Jahr nicht gedacht, was?«

»Nein, wirklich nicht.«

Kleine Pause. »Na und sonst?« fragte Martin.

Abwehr kam in Reginas Gesicht. »Nichts sonst. Was soll sonst noch sein? Ich kann mich über nichts beklagen. Überhaupt – mein Beruf ist mir die Hauptsache, verstehst du?«

»Natürlich«, sagte Martin ganz ernst. »Ich verstehe. Das ist ein sehr vernünftiger Standpunkt.«

Regina blickte ein wenig unsicher zu ihm hinüber. Glaubte er ihr das etwa nicht? Seine Stimme hatte so merkwürdig geklungen.

»Wenn ich fertig bin, haben wir schon Pläne, Stups und ich. Wir wollen gemeinsam etwas anfangen. Stups ist ja sehr tüchtig. Es gibt nichts, was sie nicht kann. Jetzt ist sie in Berlin, ihre Eltern wohnen da. Sie waren ausgebombt, weißt du, und Stups...«

Aber Martin war an dem Lebenslauf von Stups nicht sonderlich interessiert. »Das ist ja fein, daß ihr euch so gut versteht«, sagte er. »Und daß ihr gemeinsam arbeiten wollt, ist gar kein schlechter Gedanke.« Dann wechselte er das Thema. »Weißt du noch, vor einem Jahr? Da waren wir um die gleiche Zeit auch beisammen.«

»Ja, ich weiß.«

»Eigentlich... eigentlich war es doch sehr nett damals.«

»Ja, doch.« Sie sah ihn an und lächelte jetzt. »Man würde dich aber kaum wiedererkennen. Es ist ein großer Unterschied zwischen damals und heute.«

»Das hoffe ich. In jeder Beziehung hoffe ich es.« Es klang bedeutungsvoll.

Regina wich aus. »Na, jedenfalls habe ich mich jetzt für deine Silvestereinladung revanchiert.«

»Ja, das hast du. Aber ich hoffe, das ist nicht der einzige Grund, daß du mich eingeladen hast.« – »Nein, natürlich nicht.«

»Leider bist du nicht von selbst darauf gekommen, ich hätte mich gefreut.«

»O Martin«, sagte Regina unsicher. Wie er sie ansah! So liebevoll und so... so zärtlich! Und vorhin hatte er sie geküßt. Früher hatte er sie auch einmal geküßt. Es war schön gewesen, seinen Arm um sich zu spüren, man hatte sich so sicher und geborgen gefühlt. Und wenn er sie jetzt wieder umarmte, wie würde das sein? Würde sie dann... Sie schob den Gedanken rasch beiseite.

Sie stand plötzlich auf und fragte: »Möchtest du etwas essen?«

Er lachte. »Nein, bestimmt nicht. Das Menü war anstrengend genug.«

»Ich könnte was zurechtmachen«, sagte sie unbeirrt. »Ich hab' was da. Irgendwo muß auch noch Gebäck sein, warte einen Augenblick.«

Und ohne seinen Widerspruch zu beachten, ging sie in die Küche.

Als sie wieder hereinkam, ging Martin ihr entgegen, nahm ihr die Keksdose aus der Hand und stellte sie auf den Tisch.

»Wir brauchen jetzt kein Gebäck«, sagte er. »Ich möchte ganz etwas anderes mit dir besprechen.«

Regina stand stumm vor ihm, sie senkte den Kopf. »Ja?«

»Das erste Jahr ist vorüber, Regina«, sagte er. »Und jetzt hat das zweite begonnen. Wir haben es wieder zusammen begonnen, damals war es ein Zufall, heute aber nicht, Regina. Meinst du nicht, daß wir zusammenbleiben sollten?«

Sie neigte den Kopf noch tiefer, legte ihre Stirn an seine Schulter und schloß die Augen. »Du... du mußt ein bißchen Geduld mit mir haben«, sagte sie leise.

»Ja«, sagte er, »das will ich. Geduld und Verständnis und Liebe. Dies vor allem. Ich liebe dich, Regina.«

Er legte beide Arme um sie und hielt sie fest. Wie zart und schmal sie war! Was für ein Gefühl, sie im Arm zu halten! Hatte es jemals etwas gegeben, das süßer war?

Regina hielt ganz still. Es war so gut, daß er bei ihr war. Und daß er das gesagt hatte eben. Es gab ihr Trost und gab ihr Kraft, genau wie damals auch. Und noch etwas mehr, von dem sie nicht gleich erkannte, was es war. Ein neues Gefühl, nicht zu vergleichen mit dem, was einmal war. Geborgenheit, Schutz, eine Heimat, würde es das jetzt auf einmal für sie geben? War der unsichere Weg zu Ende, und war sie angelangt? Angelangt an dem Platz, an den sie gehörte?

»Ja«, flüsterte sie, »ein bißchen Geduld. Aber bleib bei mir!«

Seine Arme schlossen sich noch fester um sie. Nie in seinem ganzen Leben hatte er drei Worte gehört, die ihn glücklicher machten. Jetzt endlich war auch sein Herz heimgekehrt.

Utta Danella
Meine Freundin Elaine

«Liebe – was ist das? Ich wußte es weniger denn je, ich war auch an diesem schwülen Vormittag im Juni sternenweit davon entfernt. Das wurde mir so klar, als stände es mit großen Lettern vor mir auf einer Tafel geschrieben. Mir lief der Schweiß über die Schläfen, als ich einen Feldweg entlangritt, und schuld daran war nicht die Hitze, sondern auch das Erschrecken über mich selbst. Und ich war so ehrlich zu mir selbst wie nie zuvor in meinem Leben.»

Roman. 352 Seiten

Knaus
K

Utta Danella

Taschenbücher bei Goldmann

Alle Sterne vom Himmel

Alles Töchter aus guter Familie

Die Frauen der Talliens

Gestern oder Die Stunde
nach Mitternacht

Jovana

Quartett im September

Regina auf den Stufen

Tanz auf dem Regenbogen

Vergiß, wenn du leben willst

GOLDMANN

Charlotte Link bei Blanvalet

Roman. 528 Seiten

Ein luxuriöses Penthouse hoch über Manhattan wird Schauplatz eines Mordes – und für fünf ehemalige Freunde Ausgangspunkt einer qualvollen Reise in die gemeinsame Vergangenheit. Denn ihr Scheitern kennt mehr als nur einen Schuldigen.

Roman. 532 Seiten

Die faszinierende Geschichte einer ungewöhnlichen Frau in einer bewegten Zeit, ein Porträt der brüchigen Gesellschaft in den ersten dreißig Jahren dieses Jahrhunderts, ein großer Familienroman.

Ausgewählte Belletristik

Larry Collins
Das Labyrinth
Roman. 512 Seiten

Arthur Hailey
Reporter
Roman. 640 Seiten

Jack Higgins
Der Adler ist entkommen
Roman. 320 Seiten

Colleen McCullough
Die Macht und die Liebe
Roman. 896 Seiten

Eine Krone aus Gras
Roman. 992 Seiten

Alison McLeay
Das Amulett
Roman. 608 Seiten

CB
C. Bertelsmann